IPSVM.
boro dignum
AFRICA.
MAR DI INDIA
Psittacorum regio
ONDVM COGNITA
vanitatum et omnia vanitas.

Hans Jacob Christoffel von Grimmelshausen

Der abenteuerliche Simplicissimus Deutsch

DIE ANDERE BIBLIOTHEK
Begründet von Hans Magnus Enzensberger
Herausgegeben von
Klaus Harpprecht und Michael Naumann

Hans Jacob
Christoffel von
Grimmelshausen

Der abenteuerliche Simplicissimus Deutsch

Aus dem Deutschen des 17. Jahrhunderts
und mit einem Nachwort von Reinhard Kaiser

Eichborn

Frankfurt am Main 2009

Der Übersetzer dankt der Kreissparkasse Gelnhausen und der Sparkassen-Kulturstiftung Hessen-Thüringen für die Förderung und Finanzierung seiner Arbeit an diesem Buch.

1. Auflage
Einbändige Sonderausgabe des 296. und 297. Bandes der Anderen Bibliothek

Umschlaggestaltung: Christina Hucke
Abbildung auf dem Vorsatz: Die Karte der Welt als Narrenkopf. Anonym. Kolorierter Kupferstich, Ende des 16. – Anfang des 17. Jahrhunderts.
Lektorat: Heiner Boehncke und Rainer Wieland
Typografie und Ausstattung: Susanne Reeh und Cosima Schneider
Satz: Greiner & Reichel, Köln
Druck und Bindung: CPI – Clausen & Bosse, Leck
ISBN 978-3-8218-4772-6

Eichborn Verlag, Kaiserstraße 66, 60329 Frankfurt am Main
Mehr Informationen zu Büchern und Hörbüchern aus dem Eichborn Verlag finden Sie unter www.eichborn.de

Hans Jacob Christoffel von Grimmelshausen
Der abenteuerliche Simplicissimus Deutsch

INHALTSÜBERSICHT

Anhang

Der abenteuerliche Simplicissimus Deutsch

Ich wurde durchs Feuer wie Phönix geboren.
Ich flog durch die Lüfte, ging doch nicht verloren.
Ich wandert' durchs Wasser, ich reist' über Land,
in solchem Umschwärmen macht' ich mir bekannt,
was mich oft betrübte und selten ergötzt'.
Was war das? Ich hab's in dies Buch gesetzt,
damit sich der Leser, so wie ich jetzt tue,
entferne der Torheit und lebe in Ruhe.

Der abenteuerliche Simplicissimus Deutsch

Das ist die Beschreibung des Lebens eines seltsamen Vaganten, genannt Melchior Sternfels von Fuchshaim, nämlich: wo und wie er in diese Welt gekommen, was er darin gesehen, erfahren, gelernt und ausgestanden, auch warum er sie freiwillig wieder verlassen hat. Überaus unterhaltsam und für jedermann nützlich zu lesen.

An den Tag gegeben
von German Schleifheim
von Sulsfort.

Mompelgart*
Gedruckt bei Johann Fillion*
im Jahr 1669

ERSTES BUCH

Das 1. Kapitel. Berichtet von des Simplicius bäurischem Herkommen und ebensolcher Erziehung.

Es zeigt sich in dieser unserer Zeit (von der man glaubt, dass es die letzte sei) unter gewöhnlichen Leuten eine Sucht, bei der die Patienten, wenn sie daran erkranken und so viel zusammengerafft und erschachert haben, dass sie, neben ein paar Hellern im Beutel, ein närrisches Kleid mit tausenderlei Seidenbändern nach der neuen Mode zur Schau tragen können oder glücklich auf eigenen Beinen stehen und sich einen Namen gemacht haben, sogleich auch Ritterherren und Adelspersonen von uraltem Geschlecht sein wollen. Dabei verhält es sich doch oft so, dass ihre Vorfahren Tagelöhner, Karrenzieher und Lastträger, ihre Vettern Eseltreiber, ihre Brüder Büttel und Schergen, ihre Schwestern Huren, ihre Mütter Kupplerinnen oder gar Hexen waren, kurz, dass ihr ganzes Geschlecht von allen zweiunddreißig Ahnen her genauso besudelt und befleckt gewesen ist wie des Zuckerbastels Diebeszunft in Prag.* Ja, diese neuen *Nobilisten* sind oft selbst so schwarz, als wenn sie in Guinea geboren und erzogen worden wären.

Mit solchen närrischen Leuten möchte ich nicht in einen Topf geworfen werden, obwohl ich mir, um die Wahrheit zu bekennen, tatsächlich oft eingebildet habe, auch ich müsse von einem großen Herrn oder wenigstens einem einfachen Edelmann herstammen. Denn von Natur aus war ich immer geneigt, das Junkerhandwerk zu treiben, wenn ich nur das Geld und die Mittel dazu gehabt hätte. Und tatsächlich kann man mein Herkommen und meine Erziehung durchaus mit der eines Fürsten vergleichen, wenn man nur den großen Unterschied außer Acht lässt.

Wie bitte?

Nun, mein Knan (so nennt man die Väter im Spessart) hatte einen eigenen Palast, so gut wie jeder andere und sogar noch schöner, als ein König ihn sich mit eigenen Händen je erbauen könnte. Der war mit Lehm verputzt, und statt mit unfruchtbarem Schiefer, kaltem Blei oder rotem Kupfer war er mit Stroh gedeckt, auf dessen Halmen das edle Getreide wächst. Um mit seinem Adel und Reichtum recht zu protzen, ließ mein Knan die Mauer um sein Schloss auch nicht mit Mauersteinen aufrichten, wie man sie am Weg findet oder an unfruchtbaren Orten aus der Erde gräbt, und erst recht nicht, wie es andere große Herren zu tun pflegen, mit kümmerlichen Backsteinen, die in kurzer Zeit verfertigt und gebrannt werden können; sondern er nahm dazu Eichenholz, von einem nützlichen, edlen Baum, auf dem Bratwürste und fette Schinken wachsen* und der hundert Jahre braucht, bis er sich ausgewachsen hat. Wo ist der Monarch, der ihm solches nachtut?

Die Zimmer, Säle und Gemächer hatte er innen nur deshalb vom Rauch ganz schwärzen lassen, weil dies die haltbarste Farbe der Welt ist und weil ein solches Gemälde zu seiner Vollendung mehr Zeit erfordert, als ein geschickter Maler für seine trefflichsten Kunstwerke aufwendet. Die Tapisserien waren aus dem zartesten Gewebe, das man auf der ganzen Erde findet, denn jene hatte sie für uns gemacht, die sich vor Zeiten erdreistet hatte, mit Minerva selbst um die Wette zu spinnen.* Die Fenster hatte er nur deshalb dem Sankt Nittglas gewidmet, weil er wusste, dass solche aus Papier, von der Aussaat der Hanf- oder Flachssamen bis zu ihrer vollkommenen Verfertigung gerechnet, weit mehr Zeit und Arbeit kosten als das beste und durchsichtigste Glas von Murano.* Denn sein Stand ließ ihn glauben, dass alles, was durch viel Mühe zuwege gebracht wird, auch besonders schätzbar und deshalb besonders kostbar und alles Kostbare dem Adel besonders angemessen sei.

Statt Pagen, Lakaien und Stallknechte hatte er Schafe, Böcke und Säue, die, jedes fein ordentlich in seine natürliche Livree gekleidet, auch mir auf der Weide oft aufgewartet haben, bis ich sie dann heimtrieb. Die Waffen- oder Harnischkammer war mit Pflügen, Hacken, Äxten, Hauen, Schaufeln, Mist- und Heugabeln wohlversehen, und mit diesen Waffen übte er sich jeden Tag. Denn Hacken und Roden war seine *disciplina militaris*, wie bei den alten Römern zu Friedenszeiten. Beim Ochsenanspannen übte er sich als Befehlshaber, mit Mistfahren befestigte er die Umwallung seines Anwesens, das Ackern war sein Feldzug, das Stallausmisten aber seine adelige Kurzweil, sein Turnierspiel. In dieser Weise bekriegte er die ganze Weltkugel, so weit er darauf kam, und jagte ihr bei jeder Ernte reiche Beute ab.

Dies alles achte ich gering und bilde mir nichts darauf ein, damit niemand einen Grund habe, mich mit anderen ähnlichen neuen *Nobilisten* auszulachen, denn ich halte mich für nichts Besseres, als was mein Knan war, welcher diese seine Wohnung an einem sehr angenehmen Ort hatte – nämlich im Spessart, wo die Wölfe einander gute Nacht sagen. Dass ich aber nichts Ausführliches von meines Knans Geschlecht, Abstammung und Namen mitteile, geschieht vor allem der Kürze zuliebe und weil es hier nicht darum geht, eine adelige Ahnenreihe nachzuweisen und zu beeiden. Es genügt doch, wenn man weiß, dass ich im Spessart geboren bin.

Nachdem nun klargeworden ist, wie adelig das Hauswesen meines Knans war, wird jeder Verständige vermuten, dass meine Erziehung von ebensolcher oder ähnlicher Art gewesen sein müsse – und wer das glaubt, der täuscht sich nicht. Schon mit zehn Jahren hatte ich die Grundsätze der eben geschilderten adeligen Exerzitien meines Knans begriffen, während ich es in meinen Studien mit dem berühmten

Amphisteides* durchaus aufnehmen konnte, von dem uns Suidas* berichtet, dass er nur bis fünf zählen konnte. Vielleicht fühlte sich mein Knan über dergleichen erhaben und folgte dem Brauch der heutigen Zeit, in der sich vornehme Personen ums Studieren oder um Schulpossen, wie sie es nennen, oft kaum kümmern, weil sie ihre Leute haben, die ihnen die Tintenkleckserei abnehmen. Im Übrigen war ich ein trefflicher *Musicus* und konnte auf der Sackpfeife schöne Klagelieder spielen. Was aber die Theologie angeht, so kann mir keiner erzählen, dass es damals in der ganzen Christenwelt auch nur einen meines Alters gegeben habe, der es mir darin gleichgetan hätte, denn ich wusste nichts von Gott und Menschen, Himmel und Hölle, Engeln und Teufeln und konnte Gut und Böse nicht unterscheiden. Daher kann man sich unschwer vorstellen, dass ich mit der gleichen Theologie gelebt habe wie unsere ersten Eltern im Paradies, die in ihrer Unschuld von Krankheit, Tod und Sterben und erst recht von der Auferstehung nichts wussten. O, edels Leben (man könnte auch sagen: Eselsleben), in dem man sich auch um die Medizin nicht kümmert! Genauso darf man sich meine Erfahrenheit im Studium der Rechte und in allen anderen Künsten und Wissenschaften auf der Welt vorstellen. Ja, ich war so perfekt und vollkommen in der Unwissenheit, dass es mir unmöglich war, zu wissen, dass ich gar nichts wusste. Ich sage noch einmal: O, edles Leben, das ich damals führte! Aber mein Knan wollte mich solche Glückseligkeit nicht länger genießen lassen, sondern hielt es für angebracht, dass ich, meiner adeligen Geburt gemäß, mich auch adelig aufführen und adelig leben sollte, und fing deshalb an, mich zu höheren Dingen zu erziehen und mir schwerere Lektionen aufzugeben.

Das 2. Kapitel. Beschreibt die erste Stufe der Würde, die Simplicius erstiegen, rühmt außerdem die Hirten und gibt eine treffliche Unterweisung.

Er versah mich mit der herrlichsten Würde nicht allein seines Hofes, sondern der ganzen Welt, nämlich mit dem Hirtenamt. Er vertraute mir erstens seine Schweine, zweitens seine Ziegen und zuletzt seine ganze Schafherde an, auf dass ich sie hüten, weiden und vor dem Wolf beschützen sollte, und zwar vermittels meiner Sackpfeife, deren Klang, wie Strabo schreibt, die Schafe und Lämmer in Arabien obendrein fett macht.

Damals glich ich wohl dem David, außer dass der statt einer Sackpfeife nur eine Harfe hatte – kein schlechter Anfang für mich, sondern ein gutes Omen, dass ich mit der Zeit und einigem Glück eines Tages noch ein weltberühmter Mann werden könnte. Denn von Anbeginn der Welt sind immer wieder hohe Personen Hirten gewesen, wie wir in der Heiligen Schrift von Abel, Abraham, Isaak, Jakob und seinen Söhnen und von Moses selbst lesen, der seines Schwiegervaters Schafe hüten musste, ehe er Heerführer und Gesetzgeber über sechshunderttausend Israeliten wurde. Wollte mir jemand entgegenhalten, das seien heilige, gottergebene Menschen gewesen und keine Spessarter Bauernbuben, die von Gott nichts wissen, so muss ich das zugeben. Aber was kann meine damalige Unschuld dafür? Ähnliche Beispiele wie bei dem auserwählten Volk Gottes findet man auch bei den alten Heiden. Bei den Römern gab es vornehme Familien, die sich ohne Zweifel deshalb Bubulci, Statilii, Pomponii, Vituli, Vitellii, Annii und Caprae nannten*, weil sie mit solchem Vieh Handel trieben und es vielleicht auch gehütet haben. Auch Romulus und Remus sind Hirten gewesen. Spartacus, der die ganze Macht Roms in Angst und Schrecken versetzte, war ein Hirte. Wie bitte? Hirten, so bezeugt es Lukian in seinem *Gespräch mit Helena*, waren Paris, der Sohn des Königs Priamos, und Anchises, der Vater des trojanischen Fürsten Aeneas. Auch der schöne Endymion, um den selbst die keusche Luna buhlte, war ein Hirte, desgleichen der gräuliche Polyphem – ja, die Götter selbst, wie Cornutus* sagte, haben sich dieser Profession nicht geschämt: Apollo hütete die Kühe des Königs Admetos von Thessalien. Merkur und sein Sohn Daphnis, auch Pan und Proteus – das waren lauter Erzhirten, weshalb sie noch heute bei den närrischen Poeten als Schutzgötter der Hirten gelten. Mescha, König in Moab, ist ein Hirte gewesen, wie man im zweiten Buch der Könige liest.* Kyros, der mächtige König der Perser, ist nicht nur von Mithridates, einem Hirten, erzogen worden, sondern hat auch selbst gehütet. Gyges war ein Hirte und wurde nachher durch die Kraft eines Ringes König. Ismail Sophi*, ein persischer König, hat in seiner Jugend ebenfalls das Vieh gehütet, so dass Philon der Jude* wohl den Kern der Sache trifft, wenn er in seiner Lebensbeschreibung des Moses sagt, das Hirtenamt sei eine Vorbereitung und ein Anfang zum Regieren, denn so wie kämpferische und kriegerische Geister zuerst bei der Jagd geübt und erweckt würden, solle man jene, die zum Regieren erzogen werden sollen, zunächst in dem liebevollen, freundlichen Hirtenamt unterrichten. All das muss mein Knan gut verstanden haben, und noch in dieser Stunde macht es mir nicht geringe Hoffnung auf künftige Herrlichkeit.

Aber um auf meine Herde zurückzukommen, so wisset, dass ich den Wolf genauso wenig kannte wie meine eigene Unwissenheit. Deswegen war mein Knan mit seiner Unterweisung umso fleißiger. Er sagte: »Bub, bis fleißig. Loss die Schof nit ze weit vunananger laafen un spill wacker uff der Sackpfeifa, dass der Wolf nit komm und Schada dau, dann hej üss a solcher vieraboinigter Schelm und Dieb, der Menscha und Vieha frisst. Un wann du awer fahrlässi bist, so will eich dir da Buckel arauma.«

Ich antwortete genauso liebenswürdig: »Knan, sach mir aa, wie der Wolf ausseiht! Eich hun noch kan Wolf gesien.«

»Ah, dau grober Eselskopp«, entgegnete er, »dau bleiwst dein Lewe lang a Narr. Geiht meich wunner, was aus dir wera wird. Bist schun su a grußer Dölpel un weißt noch neit, was der Wolf für a vierafeußiger Schelm is.«*

Er gab mir noch mehr Unterweisungen und wurde zuletzt unwillig, bis er brummelnd fortging, weil ihm schien, mein grober Verstand begreife seine subtilen Lehren nicht.

Das 3. Kapitel. Berichtet vom Mitleid einer getreuen Sackpfeife.

Von nun an veranstaltete ich auf meiner Sackpfeife ein solches Gezwitscher, dass man die Kröten im Krautgarten damit hätte vergiften können, und fühlte mich vor dem Wolf, der mir nicht mehr aus dem Sinn ging, halbwegs sicher. Und weil ich mich meiner Meuder erinnerte (so heißen die Mütter im Spessart und im Vogelsberg) und dass sie oft gesagt hatte, sie fürchte, eines Tages würden noch die Hühner von meinem Gesang tot umfallen, begann ich auch zu singen, damit das Mittel gegen den Wolf desto stärker wirke, und zwar ein Lied, das ich von meiner Meuder selbst gelernt hatte.

Du sehr verachter Bauernstand,
Bist doch der beste in dem Land.
Kein Mann dich gnugsam preisen kann,
wann er dich nur recht siehet an.

Wie stünd es jetzund um die Welt,
Hätt' Adam nicht gebaut das Feld.
Mit Hacken nährt' sich anfangs der,
Von dem die Fürsten kommen her.

Es ist fast alles unter dir,
Ja, was die Erd nur bringt herfür.
Wovon ernähret wird das Land,
Geht dir anfänglich durch die Hand.

Der Kaiser, den uns Gott gegeben,
Uns zu beschützen, muss doch leben
Von deiner Hand, auch der Soldat,
Der dir doch zufügt manchen Schad.

Fleisch zu der Speis ziehst auf allein,
Von dir wird auch gebaut der Wein.
Der Pflug der Erden tut so not,
Dass sie uns gibt genugsam Brot.

Die Erde wär ganz wild durchaus,
Wenn du auf ihr nicht hieltest Haus.
Ganz traurig auf der Welt es stünd,
Wenn man kein Bauersmann mehr fünd.

Drum bist du billig hoch zu ehrn,
Weil du uns alle tust ernährn.
Die Natur liebt dich selber auch.
Gott segnet deinen Bauernbrauch.

Vom bitterbösen Podagram*
Hört man nicht, dass an Bauern kam,
Das doch den Adel bringt in Not
Und manchen Reichen gar in Tod.

Der Hoffart bist du sehr befreit,
Absonderlich zu dieser Zeit,
Und dass sie auch nicht sei dein Herr,
So gibt dir Gott des Kreuzes mehr.

Ja, der Soldaten böser Brauch,
Dient gleichwohl dir zum Besten auch.
Dass Hochmut dich nicht nehme ein,
Sagt er: Dein Hab und Gut ist mein.

Bis hierhin und nicht weiter kam ich mit meinem Gesang, da wurden ich und meine Schafe plötzlich von einem Trupp Kürassiere* umringt, die sich im großen Wald erst verirrt und nachher durch meine Musik und meine Hirtenrufe wieder zurechtgefunden hatten.

Hoho, dachte ich. Was für seltsame Käuze! Das sind die vierbeinigen Schurken und Diebe, von denen dir dein Knan erzählt hat. Denn anfangs sah ich Ross und Mann (so wie einst auch die Einwohner Amerikas die spanische Kavallerie gesehen hatten) für eine einzige Kreatur an und meinte, es müssten Wölfe sein. Daher wollte ich diese schrecklichen Zentauren in die Flucht schlagen und vertreiben. Ich hatte aber zu diesem Zweck meine Sackpfeife noch kaum aufgeblasen, als mich einer von ihnen beim Kragen packte und so ungestüm auf eines der Bauernpferde schleuderte, die sie erbeutet hatten, dass ich auf der anderen Seite wieder herunter- und auf meine liebe Sackpfeife fiel, die so erbärmlich zu schreien anfing, als wollte sie alle Welt zur Barmherzigkeit bewegen. Aber es half nichts. Obwohl sie ihre letzte Luft hergab, meinen Unfall zu beklagen, musste ich doch wieder aufs Pferd, egal, was meine Sackpfeife dazu sang oder sagte. Am meisten verdross mich jedoch, dass die Reiter behaupteten, ich hätte der Sackpfeife im Fallen weh getan und deshalb habe sie so ketzerlich geschrien.

So ging meine Mähre mit mir dahin, in einem stetigen Trab, als wäre sie die Ursache aller Bewegung im Universum, bis in den Hof meines Knans. Wundersame Vorstellungen stiegen mir damals ins Hirn, denn ich bildete mir ein, weil ich auf einem Tier säße, wie ich noch nie eines gesehen hatte, würde ich auch in einen solchen eisernen Kerl verwandelt.

Da aber diese Verwandlung nicht stattfand, kamen mir andere Grillen in den Kopf. Ich dachte, diese fremden Dinger wären nur dazu da, mir beim Heimtreiben der Schafe zu helfen, zumal keines von ihnen ein Schaf auffraß, sondern alle einhellig und geradewegs dem Hof meines Knans zueilten. Deshalb sah ich mich fleißig nach meinem Knan um, ob er und meine Meuder uns nicht bald entgegenkämen und willkommen hießen. Aber vergebens. Er und meine Meuder, samt unserem Ursele, welches meines Knans einzige Tochter war, hatten die Ankunft dieser Gäste nicht abwarten mögen und sich durch die Hintertür davongemacht.

Das 4. Kapitel. Des Simplicius Residenz wird erobert, geplündert und zerstört, und die Krieger hausen jämmerlich darin.

Obwohl ich wenig Lust habe, den friedliebenden Leser mit diesen Reitern in meines Knans Haus und Hof zu führen (denn es wird ziemlich schlimm dabei zugehen), erfordert doch der Verlauf meiner Geschichte, dass ich der lieben Nachwelt hinterlasse, was für Grausamkeiten in diesem unserem Deutschen Krieg zu manchen Zeiten verübt worden sind, und vor allem will ich an meinem eigenen Beispiel bezeugen, dass alle diese Übel zu unserem Nutzen und oft notwendig von der Güte des Allerhöchsten verhängt werden mussten. Denn, lieber Leser, wer hätte mir gesagt, dass ein Gott im Himmel sei, wenn nicht die Krieger das Haus meines Knans zerstört und mich durch diese Gefangennahme unter die Leute gezwungen hätten, von denen ich dann vieles erfahren habe? Vorher wusste ich nichts anderes und konnte mir auch nichts anderes vorstellen, als dass mein Knan, meine Meuder, ich und das übrige Hausgesinde allein auf Erden seien, weil ich sonst keinen Menschen kannte und auch keine andere menschliche Wohnung außer derjenigen, bei der ich täglich aus und ein ging. Bald hernach jedoch erfuhr ich, wie die Menschen in diese Welt gelangen und dass sie sie auch wieder verlassen müssen. Ich war nur der Gestalt nach ein Mensch und nur dem Namen nach ein Christenkind – im Übrigen aber eine Bestia! Der Allerhöchste jedoch sah meine Unschuld mit barmherzigen Augen an und wollte mich zu beidem bringen – ihn und mich selbst zu erkennen. Und wiewohl er hierzu tausenderlei Wege hatte, wollte er sich offenbar nur jenes Weges bedienen, auf dem mein Knan und meine Meuder, anderen zum Exempel, gestraft wurden, weil sie mich so nachlässig aufgezogen hatten.

Als Erstes stellten die Reiter ihre Pferde in den Stall. Dann hatte jeder seine besondere Aufgabe zu verrichten, und alles, was sie taten, verhieß Untergang und Verderben. Einige begannen zwar, zu schlachten, zu sieden und zu braten, so dass es aussah, als sollte ein lustiges Bankett veranstaltet werden. Andere jedoch durchwühlten das Haus von unten bis oben. Selbst das heimliche Örtchen war nicht sicher, als wäre dort das Goldene Vlies von Kolchis* versteckt. Andere packten Stoffe, Kleider und allerlei Hausrat in großen Ballen zusammen, als wollten sie damit auf einen Trödelmarkt. Was sie aber nicht mitnehmen mochten, wurde zerschlagen. Einige durchstachen das Heu und das Stroh mit ihren Degen, als ob sie nicht Schafe und Schweine genug zu stechen gehabt hätten. Einige schüttelten die Federn aus den Betten und füllten stattdessen Speck, Dörrfleisch und irgendwelche Gerätschaften hinein, als ob man nachher besser darauf hätte schlafen können. Andere zerschlugen Öfen und Fenster, als wollten sie einen ewigen Sommer ankündigen. Kupfer- und Zinngeschirr schlugen sie platt und packten die zertepperten Stücke zusammen. Betten, Tische, Stühle und Bänke verbrannten sie, obwohl viele Klafter trockenes Holz im Hof lagen. Alle Töpfe und Schüsseln schlugen sie entzwei, sei es, dass sie lieber Braten vom Spieß aßen, sei es, dass sie nur eine einzige Mahlzeit bei uns abhalten wollten.

Es ist eine Schande, davon zu berichten – aber unsere Magd wurde im Stall dermaßen traktiert, dass sie nachher nicht mehr herauskommen konnte. Den Knecht legten sie gefesselt auf die Erde, sperrten ihm mit einem Holz das Maul auf und schütteten ihm einen Melkeimer voll Jauchewasser in den Leib. Das nannten sie einen Schwedischen Trunk. So zwangen sie ihn, eine Abteilung von ihren Leuten an einen Ort zu führen, wo sie mehr Menschen und Vieh gefangen nahmen, die sie in unseren Hof brachten, unter ihnen auch mein Knan, meine Meuder und unser Ursele.

Nun erst fing man an, die Feuersteine von den Pistolen ab- und, statt ihrer, die Daumen der Bauern hineinzuschrauben und die armen Kerle so zu foltern, als wollten sie Hexen verbrennen, wie sie denn auch einen von den gefangenen Bauern in den Backofen steckten und mit Feuer hinter ihm her waren, obwohl er noch gar nichts gestanden hatte. Einem anderen banden sie ein Seil um den Kopf und drehten es mit einem Knebel so zusammen, dass ihm das Blut zu Mund, Nase und Ohren herausspritzte. Kurz, jeder hatte seine eigenen Erfindungen, um die Bauern zu peinigen, und so bekam jeder Bauer seine eigene Marter.

Nur mein Knan hatte, wie mir damals schien, großes Glück, weil er mit lachendem Mund gestand, was andere unter Schmerzen und jämmerlichen Wehklagen sagen mussten. Diese Ehre wurde ihm ohne Zweifel deshalb zuteil, weil er der Hausvater war. Sie setzten ihn zu einem Feuer, fesselten ihn so, dass er weder Hände noch Füße regen konnte, und rieben seine Fußsohlen mit angefeuchtetem Salz ein, das unsere alte Geiß ihm wieder ablecken und ihn dadurch so kitzeln musste, dass er vor Lachen beinah geplatzt wäre. Es klang so fröhlich, dass ich, um ihm Gesellschaft zu leisten oder weil ich es nicht besser verstand, von Herzen mitlachen musste. Unter solchem Gelächter gestand er seine Schuld und öffnete den verborgenen Schatz, der an Gold, Perlen und Schmuckstücken viel reicher war, als man es bei einem Bauern erwartet hätte.

Von den gefangenen Frauen, Mägden und Töchtern weiß ich nichts Genaues zu sagen, weil mich die Krieger nicht zusehen ließen, wie sie mit ihnen umgingen. Ich weiß nur, dass man sie aus den Winkeln des Hauses immer wieder erbärmlich schreien hörte, und schätze, dass es auch meiner Meuder und unserem Ursele nicht besser ergangen ist als den anderen. Inmitten all dieses Elends drehte ich den Bratspieß und half nachmittags die Pferde tränken, wodurch ich zu unserer Magd in den Stall kam. Sie sah so wunderlich zerzaust aus, dass ich sie kaum erkannte. Sie aber sprach zu mir mit kränklicher Stimme: »O Bub, lauf weg, sonst werden dich die Reiter mitnehmen. Guck, dass du fortkommst. Du siehst ja, wie schlimm …« Mehr konnte sie nicht sagen.

Das 5. Kapitel. Wie Simplicius Reißaus nimmt und von faulen Bäumen erschreckt wird.

Da erkannte ich, in was für einer unseligen Lage ich mich befand, und fing an zu überlegen, wie ich ihr am besten entkommen könnte. Aber wohin? Mit meinem bisschen Verstand brachte ich keinen Plan zustande. Doch gegen Abend gelang mir immerhin die Flucht in den Wald. Wohin nun aber weiter? Die Wege und der Wald waren mir so wenig bekannt wie die Straße durch das Eismeer hinter Nowaja Semlja nach China. Die stockfinstere Nacht hüllte mich zwar sicher ein, doch erschien sie meinem finsteren Verstand nicht finster genug. Deshalb verbarg ich mich in einem dichten Gebüsch, wo ich sowohl das Geschrei der gefolterten Bauern als auch den Gesang der Nachtigallen hören konnte. Diese

Vöglein wussten nichts von den Bauern, die man doch auch zuweilen Vögel nennt. Sie spürten kein Mitleid mit ihnen und hörten wegen deren Unglück nicht auf, sehr lieblich zu singen. Darum legte auch ich mich ohne Bedenken aufs Ohr und schlief ein.

Als dann der Morgenstern im Osten hervorflackerte, sah ich das Haus meines Knans in Flammen stehen, aber niemanden, der löschen wollte. Ich verließ mein Versteck in der Hoffnung, jemandem von den Leuten meines Knans zu begegnen, wurde aber gleich von fünf Reitern entdeckt und angeschrien: »Junge, komm heröver oder – schall mi dä Tüfel halen – ick schiet dick, datt di dä Dampf zum Hals utgeiht!«* Ich hingegen stand stocksteif mit offenem Maul da, weil ich nicht verstand, was die Reiter wollten oder meinten. Und während ich sie ansah wie die Katze ein neues Scheunentor, sie aber wegen eines Morastes nicht zu mir kommen konnten, was sie ohne Zweifel sehr ärgerte, schoss der eine seinen Karabiner auf mich ab. Das plötzliche Feuer und der unerwartete Knall, den mir das Echo durch vielfältige Verdoppelung noch grausamer machte, erschreckten mich, weil ich dergleichen noch nie gehört oder gesehen hatte, so sehr, dass ich im selben Augenblick zu Boden fiel und vor Angst erstarrte. Obwohl die Reiter ihres Weges ritten und mich liegen ließen – zweifellos, weil sie mich für tot hielten –, hatte ich doch den ganzen Tag über nicht das Herz, aufzustehen.

Erst als es wieder Nacht wurde, erhob ich mich und wanderte weiter durch den Wald, bis ich von fern einen faulen Baum schimmern sah, der mir neue Furcht einjagte. Deshalb kehrte ich auf der Stelle um und ging so lang, bis ich wieder einen solchen Baum erblickte, worauf ich von neuem kehrtmachte. So kam es, dass ich die Nacht mit Hin- und Herlaufen verbrachte, von einem faulen Baum zum andern. Zuletzt kam mir der liebe Tag zu Hilfe, der den Bäumen gebot, mich in seiner Gegenwart unbehelligt zu lassen. Aber damit war mir noch nicht geholfen, denn mein Herz war voller Angst und

Furcht, die Beine voller Müdigkeit, der leere Magen voller Hunger, das Maul voller Durst, das Hirn voller närrischer Einbildungen und die Augen voller Schlaf. Ich ging trotzdem weiter, wusste aber nicht, wohin, und je weiter ich ging, desto tiefer kam ich in den Wald und von den Leuten weg.

Damals erlitt ich und verspürte – jedoch ohne mir darüber im klaren zu sein – die Wirkung des Unverstandes und der Unwissenheit. Ein unvernünftiges Tier an meiner Stelle hätte besser als ich gewusst, was es für seine Erhaltung hätte tun sollen. Doch so gewitzt war ich immerhin, dass ich, als mich abermals die Nacht einholte, in einen hohlen Baum kroch und darin mein Nachtlager aufschlug.

Das 6. Kapitel. Ist kurz und so andächtig, dass Simplicius darüber in Ohnmacht fällt.

Kaum hatte ich es mir zum Schlafen bequem gemacht, da hörte ich eine Stimme: »O große Liebe gegen uns undankbare Menschen! Ach, mein einziger Trost! Meine Hoffnung, mein Reichtum, mein Gott!« – und mehr dergleichen, was ich mir nicht alles merken und nicht verstehen konnte.

Dies waren nun lauter Worte, die einen Christenmenschen in meiner Lage wohl hätten aufmuntern, trösten und erfreuen können. Aber, o Einfalt und Unwissenheit! Für mich waren sie nur Böhmische Dörfer und eine ganz unverständliche Sprache, die ich nicht nur nicht begreifen konnte, sondern deren Seltsamkeit mich auch erschreckte. Da ich aber hörte, dass der Hunger und der Durst dessen, der da redete, gestillt werden sollten, riet mir mein eigener unerträglicher Hunger, mich selbst zu dieser Mahlzeit einzuladen.

Ich fasste mir also ein Herz, meinen hohlen Baum zu verlassen und mich der Stimme, die ich gehört hatte, zu nähern.

Da erblickte ich einen großen Mann, dem lange, schwarzgraue Haare wirr über die Schultern hingen. Er hatte einen wilden Schweizerbart. Sein Angesicht war gelblich bleich, aber doch recht freundlich, und sein langer Rock war mit tausend Stücken aus unterschiedlichen Tuchen beflickt, oft eines über dem anderen. Um Hals und Leib hatte er eine schwere eiserne Kette gewunden wie Sankt Wilhelmus* und sah in meinen Augen so scheußlich und fürchterlich aus, dass ich anfing, zu zittern wie ein nasser Hund. Was aber meine Angst noch größer machte, war das Kruzifix, ungefähr sechs Schuh lang, das er an seine Brust drückte. Ahnungslos, wie ich war, hatte ich nur einen Gedanken: Dieser alte Greis musste der Wolf sein, von dem mir mein Knan kurz vorher erzählt hatte.

Aus lauter Angst griff ich nach meiner Sackpfeife, die ich als einzigen Schatz vor den Reitern gerettet hatte, blies sie auf, spielte los und ließ mich gewaltig hören, um den gräulichen Wolf zu vertreiben. Der Einsiedel erstaunte nicht wenig über die plötzliche, ungewohnte Musik an einem so wilden Ort. Sicher glaubte er, es sei ein teuflisches Gespenst zu ihm gekommen, um ihn, wie es dem großen Antonius* widerfahren ist, zu bedrängen und seine Andacht zu stören. Sobald er sich aber wieder gefasst hatte, begann er zu spotten, nannte mich seinen Versucher im hohlen Baum, denn in diesen hatte ich mich wieder zurückgezogen. Ja, er war so beherzt, dass er auf mich losging, um den Feind des Menschengeschlechts zu verhöhnen: »Ha«, sagte er, »du bist einer, der die Heiligen ohne Gottes Geheiß ...« – Mehr habe ich nicht verstanden, denn als er näher kam, packte mich ein solches Grausen und Erschrecken, dass ich meiner Sinne beraubt wurde und in Ohnmacht fiel.

Das 7. Kapitel. Simplicius wird in einer armen Herberge freundlich bewirtet.

Wie ich wieder zu mir kam, weiß ich nicht – nur so viel: dass der Alte, als ich erwachte, meinen Kopf in seinem Schoß hielt und meine Jacke vorn geöffnet hatte. Da ich den Einsiedel so nah bei mir sah, fing ich ein schreckliches Gezeter an, als ob er mir im selben Augenblick das Herz aus dem Leib würde reißen wollen. Er aber sagte: »Mein Sohn, schweig. Ich tue dir nichts. Beruhige dich.«

Doch je mehr er mich tröstete und liebkoste, desto mehr schrie ich: »Oh, du frisst mich! Oh, du frisst mich! Du bist der Wolf und willst mich fressen.«

»Aber nein, mein Sohn«, sagte er, »beruhige dich. Ich fresse dich nicht.«

Dieser Kampf dauerte lange, bis ich mich endlich darauf einließ, mit ihm in seine Hütte zu gehen. Hier war die Armut selbst Hofmeisterin, der Hunger war Koch und der Mangel Küchenmeister, doch mein Magen wurde mit Gemüse und einem Trunk Wasser gelabt und mein Gemüt, das ganz verwirrt gewesen war, durch die ermunternde Freundlichkeit des Alten wieder aufgerichtet und zurechtgerückt. Deswegen ließ ich mich auch durch die Versuchung des süßen Schlafes leicht verführen und gab der Natur, wonach sie verlangte. Der Einsiedel merkte, was ich am dringendsten brauchte, und überließ den Platz in seiner Hütte mir allein, denn es konnte nur einer darin liegen. Gegen Mitternacht erwachte ich wieder und hörte ihn folgendes Lied singen, das ich später auch lernte:

Komm, Trost der Nacht*, o Nachtigall,
Lass deine Stimm mit Freudenschall
Aufs lieblichste erklingen.
Komm, komm, und lob den Schöpfer dein,
Weil andre Vöglein schlafen sein
Und nicht mehr mögen singen:

Lass dein Stimmlein
Laut erschallen, dann vor allen
Kannst du loben
Gott im Himmel hoch dort oben.

Obschon ist hin der Sonnenschein
Und wir im Finstern müssen sein,
So können wir doch singen
Von Gottes Güt und seiner Macht,
Weil uns kann hindern keine Macht,
Sein Lob zu vollenbringen.
Drum dein Stimmlein
Lass erschallen, dann vor allen
Kannst du loben
Gott im Himmel hoch dort oben.

Echo, der wilde Widerhall,
Will sein bei diesem Freudenschall
Und lässet sich auch hören;
Verweist uns alle Müdigkeit,
Der wir ergeben allezeit,
Lehrt uns den Schlaf betören.
Drum dein Stimmlein etc.

Die Sterne, so am Himmel stehn,
Lassen sich zum Lob Gottes sehn
Und tun ihm Ehr beweisen.
Auch die Eul, die nicht singen kann,
Zeigt doch mit ihrem Heulen an,
Dass sie Gott auch tu preisen.
Drum dein Stimmlein etc.

Nur her mein liebstes Vögelein,
Wir wollen nicht die Fäulsten sein
Und schlafend liegen bleiben,

Sondern bis dass die Morgenröt
Erfreuet diese Wälder öd,
Im Lob Gottes vertreiben.
Lass dein Stimmlein
Laut erschallen, dann vor allen
Kannst du loben
Gott im Himmel hoch dort oben.

Während dieses Liedes kam es mir wahrhaftig so vor, als wenn die Nachtigall wie auch die Eule und Echo mit eingestimmt hätten, und wenn ich den Morgenstern je gehört hätte oder seine Melodie auf meiner Sackpfeife hätte erklingen lassen können, dann wäre ich aus der Hütte geschlüpft, um meine Karten mit ins Spiel zu bringen, weil mir diese Harmonie so lieblich erschien. Aber ich schlief wieder ein und erwachte erst, als der Tag längst angebrochen war. Vor mir stand der Einsiedel und sagte: »Uff, Kleiner. Ich will dir Essen geben und alsdann den Weg durch den Wald zeigen, damit du wieder zu den Leuten und noch vor der Nacht ins nächste Dorf kommst.«

Ich fragte ihn: »Was sind denn das für Dinger – Leute und Dorf?«

Er fragte: »Bist du denn noch nie in einem Dorf gewesen und weißt auch nicht, was Leute oder Menschen sind?«

»Nein«, sagte ich, »ich bin noch nirgends gewesen außer hier. Aber nun sag doch, was sind Leute, Menschen und Dorf?«

»Behüte Gott«, antwortete der Einsiedel, »bist du närrisch oder gescheit?«

»Nein«, sagte ich, »meiner Meuder und meines Knans Bub bin ich und nicht der Närrisch oder der Gescheit.«

Der Einsiedel wunderte sich, machte seufzend das Kreuzzeichen und sagte: »Nun gut, liebes Kind, in Gottes Namen! Mir scheint, ich muss dir einiges beibringen.«

Nachher verliefen unsere Reden und Gegenreden, wie das folgende Kapitel sie festhält.

Das 8. Kapitel. Wie Simplicius durch vornehme Reden seinen Rang zu erkennen gibt.

Einsiedel: Wie heißt du?

Simplicius: Ich heiße Bub.

Einsiedel: Dass du kein Mädchen bist, sehe ich. Aber wie haben dein Vater und deine Mutter dich gerufen?

Simplicius: Ich habe keinen Vater und keine Mutter.

Einsiedel: Wer hat dir dann dieses Hemd gegeben?

Simplicius: Ei, meine Meuder.

Einsiedel: Und wie sagt deine Meuder zu dir?

Simplicius: Sie sagt Bub zu mir – auch Schelm, ungezogener Tölpel und Galgenvogel.

Einsiedel: Wer ist denn der Mann von deiner Mutter gewesen?

Simplicius: Niemand.

Einsiedel: Bei wem hat denn deine Meuder des Nachts geschlafen?

Simplicius: Bei meinem Knan.

Einsiedel: Und wie hat dein Knan zu dir gesagt?

Simplicius: Er hat mich auch Bub genannt.

Einsiedel: Aber wie hieß dein Knan?

Simplicius: Er heißt Knan.

Einsiedel: Aber wie hat deine Mutter zu ihm gesagt?

Simplicius: Knan – und auch Meister.

Einsiedel: Hat sie ihn nie anders genannt?

Simplicius: Doch, das hat sie.

Einsiedel: Wie denn?

Simplicius: Rüpel, grober Bengel, volle Sau und noch anders – wenn sie mit ihm gestritten hat.

Einsiedel: Du bist wirklich ein unwissender Tropf, dass du weder die Namen deiner Eltern noch deinen eigenen Namen weißt!

Simplicius: Aber du weißt sie doch auch nicht!

Einsiedel: Kannst du denn beten?

Simplicius: Nein. Die Betten haben immer unsere Ann und meine Meuder gemacht.

Einsiedel: Danach frage ich nicht, sondern ob du das Vaterunser kannst?

Simplicius: Ja, das kann ich.

Einsiedel: Nun, so sag es mir.

Simplicius: Unser lieber Vater, der du bist Himmel, heiligt werde Nam, zukommest Reich, dein Wille schee Himmel ad Erden, gib uns Schuld, wie wir unsern Schuldigern geba, führe uns nicht in kein bös Versucha, sondern erlös uns von dem Reich, und die Kraft, und die Herrlichkeit, in Ewigkeit, Ama.

Einsiedel: Bist du denn nie in die Kirchen gegangen?

Simplicius: Oh, ich kann gut klettern und hab mal ein ganzes Brusttuch voll Kirschen gepflückt.

Einsiedel: Ich rede nicht von Kirschen, sondern von der Kirchen.

Simplicius: Ach ja, die Kriechen, das sind so kleine Pfläumlein, gelt?

Einsiedel: Ach, Gott steh mir bei. Weißt du denn nichts von unserem Herrgott?

Simplicius: Oh, doch. Er ist zu Hause neben unserer Stubentür gestanden, auf dem Altärchen. Meine Mutter hat ihn von der Kerb* mitgebracht und dort hingeklebt.

Einsiedel: Ach, gütiger Gott, nun erkenne ich erst, was für eine große Gnade und Wohltat du dem erweist, dem du die Erkenntnis deiner selbst mitteilst, und wie ein Mensch gar nichts ist, dem du sie nicht gibst. Ach Herr, mach, dass ich deinen heiligen Namen so ehre und dir für deine hohe Gnade genauso eifrig zu danken vermag, wie du freigebig warst, sie mir zu verleihen. Höre, du Simplicius (denn anders kann ich dich nicht nennen): Wenn du das Vaterunser betest, dann musst du so sprechen: Vater unser, der du bist im Himmel, geheiligt werde dein Name, zu uns komme dein Reich; dein Wille geschehe auf Erden wie im Himmel. Unser täglich Brot gib uns heute, und ...

Simplicius: Und auch den Käs dazu, gelt?

Einsiedel: Ach, liebes Kind, schweige und lerne. Das hast du nötiger als Käs. Du bist so ungezogen, wie deine Meuder gesagt hat. Solchen Buben wie dir steht es nicht an, einem alten Mann ins Wort zu fallen. Sie sollen schweigen, zuhören und lernen. Wenn ich wüsste, wo deine Eltern wohnen, so würde ich dich gern wieder zu ihnen bringen und sie zugleich lehren, wie sie ihre Kinder erziehen sollen.

Simplicius: Ich weiß nicht, wo ich hinsoll. Unser Haus ist abgebrannt, und meine Meuder ist weggelaufen und dann wiedergekommen, zusammen mit dem Ursele, mein Knan auch, und unsere Magd ist krank gewesen und lag im Stall.

Einsiedel: Wer hat denn das Haus abgebrannt?

Simplicius: Da sind so eiserne Männer gekommen, die saßen auf so Dingern, groß wie Ochsen, aber ohne Hörner. Diese Männer haben Schafe, Kühe und Schweine gestochen. Da bin ich auch weggelaufen, und nachher ist das Haus abgebrannt gewesen.

Einsiedel: Wo war denn dein Knan?

Simplicius: Den haben die eisernen Männer angebunden, dann hat ihm unsere alte Geiß die Füße geleckt, und mein Knan hat lachen müssen und hat den eisernen Männern viele Silbermünzen gegeben, große und kleine, auch hübsche gelbe und sonst noch schöne, glitzernde Dinger und hübsche Schnüre mit lauter weißen Kügelchen.

Einsiedel: Wann ist das geschehen?

Simplicius: Als ich die Schafe hab hüten sollen. Sie wollten mir auch meine Sackpfeife wegnehmen.

Einsiedel: Wann hast du denn die Schafe hüten sollen?

Simplicius: Ei, hörst du denn nicht zu? Als die eisernen Männer gekommen sind! Und danach hat unsere Ann gesagt, ich sollte auch weglaufen, sonst würden mich die Krieger mitnehmen. Sie hat aber damit die eisernen Männer gemeint. Und dann bin ich weggelaufen – bis hierher.

Einsiedel: Und wohin willst du jetzt?

Simplicius: Das weiß ich nicht. Ich will hier bei dir bleiben.

Einsiedel: Dich hier behalten, das nützt dir genauso wenig wie mir. Iss erst mal, dann will ich dich wieder zu Leuten bringen.

Simplicius: Aber dann sag mir auch, was Leute für Dinger sind.

Einsiedel: Leute sind Menschen wie ich und du. Dein Knan, deine Meuder und eure Ann sind Menschen, und wenn von denen viele beieinander sind, dann werden sie Leute genannt.

Simplicius: Ha!

Einsiedel: Nun geh und iss.

Dies war unser Diskurs, bei dem mich der Einsiedel oft mit tiefem Seufzen anschaute. Ich weiß nicht, ob es geschah, weil er so großes Mitleid mit meiner Einfalt und Unwissenheit hatte, oder aus der Ursache, die ich erst etliche Jahre später erfuhr.

Das 9. Kapitel. Simplicius wird aus einer Bestia zu einem Christenmenschen.

Ich fing an zu essen und hörte auf zu plappern, aber nur so lange, bis ich mich satt gefuttert hatte und der Alte sagte, ich solle nun fortgehen. Da suchte ich die schmeichelndsten Wörter hervor, die mir meine bäurische Grobheit eingab, und sie zielten alle dahin, den Einsiedel zu bewegen, dass er mich bei sich behielt. Und obwohl ich ihm mit meiner Gegenwart zur Last fiel und Verdruss bereitete, beschloss er doch, mich bei sich zu behalten – vor allem, um mich in der christlichen Religion zu unterrichten, und nicht so sehr, damit ich ihm in seinem Alter zu Diensten wäre. Seine größte Sorge war, dass ich mit meiner zarten Jugend eine so harte Lebensweise auf die Dauer nicht aushalten würde.

Eine Zeit von ungefähr drei Wochen war mein Probejahr, gerade als Sankt Gertraud mit den Gärtnern zu Felde lag*, so dass ich mich auch in deren Profession nützlich machen konnte. Mir gelang dies so gut, dass der Einsiedel sehr zufrieden war – nicht bloß wegen der Arbeit, mit der ich mich schon auskannte, sondern vor allem, weil er sah, wie begierig ich seine Unterweisungen anhörte und wie geschickt die wachsweiche, noch ganz glatte Tafel meines Herzens sie festzuhalten vermochte. Deswegen wurde auch er immer eifriger, mich in allem Guten anzuleiten. An den Anfang seines Unterrichts stellte er den Sturz Luzifers. Von dort kam er in das Paradies, und als wir mit unseren Voreltern daraus verstoßen wurden, durchquerte er das Gesetz des Moses und lehrte mich, mittels der Zehn Gebote (die er eine wahre Richtschnur zur Erkenntnis von Gottes Willen und zu einem frommen, gottgefälligen Leben nannte) die Tugenden von den Lastern zu unterscheiden, das Gute zu tun und das Böse zu lassen. Endlich kam er auf das Evangelium und sprach zu mir von Christi Geburt, Leiden, Sterben und Auferstehung, schloss dann mit dem Jüngsten Tag und stellte mir Himmel und Hölle vor Augen – dies alles in den nötigen Einzelheiten, aber doch ohne übermäßige Weitschweifigkeit und so, wie ich es seiner Vorstellung nach am besten fassen und verstehen würde. Wenn er mit einem Thema fertig war, nahm er ein anderes vor, ging auch immer wieder geduldig auf meine Fragen ein und wusste so geschickt mit mir umzugehen, dass mich niemand besser hätte unterrichten können. Seine Lebensweise und seine Reden waren mir eine immerwährende Predigt, die mein Verstand, der doch nicht gar so dumm und hölzern war, dank der göttlichen Gnade nicht fruchtlos über sich ergehen ließ – zumal ich in den besagten drei Wochen nicht nur alles begriff, was ein Christ wissen soll, sondern auch eine solche Liebe zu seinem Unterricht fasste, dass ich nachts nicht schlafen konnte.

Seitdem habe ich hierüber oft nachgedacht und bin zu der Ansicht gelangt, dass Aristoteles recht hat, wenn er im 3. Buch von *De anima** die Seele des Menschen mit einer leeren, unbeschriebenen Tafel vergleicht, auf die man allerhand notieren könne, und dass der höchste Schöpfer dies so eingerichtet hat, damit die glatte Tafel durch Eindrücke und Übung fleißig beschrieben und dadurch zur Vollkommenheit und Perfektion gebracht werde. So kommt auch Averroes* in seinem Kommentar zum 2. Buch von *De anima* (wo der Philosoph sagt, der *intellectus* sei eine *potentia* und werde durch die *scientiam* erst *in actum* gebracht, mit anderen Worten: der Verstand des Menschen sei zu allem fähig, doch ohne fleißige Übung könne gar nichts in ihn hineingebracht werden) zu diesem klaren Schluss: dass die Seele aus sich heraus gar nichts enthalte, sondern nur durch diese *scientia* oder Übung zur Vollkommenheit gelange. Das bestätigt auch Cicero im 2. Buch seiner *Tuskulanischen Gespräche*, wo er die Seele eines Menschen ohne Bildung, Wissenschaft und Übung mit einem Feld vergleicht, das zwar von Natur aus fruchtbar sei, aber dennoch keine Frucht bringe, wenn man es nicht bestellt und besät.

Das alles bewies ich mit meinem eigenen Exempel. Denn dass ich alles, was mir der fromme Einsiedel erklärte, so schnell begriff, lag daran, dass er die glatte Tafel meiner Seele ganz leer fand, ohne irgendwelche Bilder, die schon zuvor eingedruckt waren und ihn vielleicht gehindert hätten, etwas anderes darauf zu schreiben. Trotzdem war ich, verglichen mit anderen Menschen, noch immer die Einfalt selbst, weshalb mich der Einsiedel (da weder er noch ich meinen richtigen Namen wusste) nur *Simplicius** nannte.

Gleichzeitig lernte ich auch beten, und nachdem sich der Einsiedel mit meinem festen Vorsatz, bei ihm zu bleiben, abgefunden hatte, bauten wir für mich eine Hütte, wie er eine hatte – aus Holz, Reisig und Erde, ähnlich geformt wie die Zelte der Musketiere im Feld oder, besser gesagt, wie die Bauern mancherorts ihre Rübenmieten anlegen, nämlich so niedrig, dass ich kaum aufrecht darin sitzen konnte. Mein Bett war aus dürrem Laub und Gras und so groß wie die Hütte selbst, so dass ich nicht weiß, ob ich eine solche Wohnung oder Höhle eine überdachte Bettstatt oder eine Hütte nennen soll.

Das 10. Kapitel. Wie er im wilden Wald Schreiben und Lesen lernt.

Als ich das erste Mal den Einsiedel in der Bibel lesen sah, konnte ich mir nicht erklären, mit wem er da ein so vertrautes und, wie mir schien, sehr ernstes Gespräch führte. Ich sah zwar die Bewegung seiner Lippen, aber niemanden, der mit ihm redete. Und obwohl ich von Lesen und Schreiben nichts wusste, merkte ich doch an seinen Augen, dass er es mit etwas in diesem Buch zu tun hatte. Ich gab acht auf das Buch, und nachdem er es beiseite gelegt hatte, schlich ich hin, schlug es auf und hatte mit dem ersten Griff das erste Kapitel des Buchs Hiob und die davorstehende Abbildung, einen feinen, schön illuminierten Holzschnitt, vor Augen. Ich fragte die Figuren darin seltsame Sachen. Weil ich aber keine Antwort erhielt, wurde ich ungeduldig und sagte gerade, als der Einsiedel hinter mich schlich: »Ihr kleinen Halunken, habt ihr denn keine Mäuler mehr? Habt ihr nicht eben noch mit meinem Vater (denn so musste ich den Einsiedel nennen) lange genug schwätzen können? Ich sehe doch, dass ihr auch diesem armen Knan seine Schafe wegtreibt und das Haus angezündet habt. Halt, halt, ich will dieses Feuer noch löschen!« Ich stand auf, um Wasser zu holen, denn mir schien, es sei große Not.

»Wohin, Simplicius?«, fragte der Einsiedel, den ich hinter mir nicht bemerkt hatte.

»Ei, Vater«, sagte ich, »da sind auch Krieger, die haben Schafe und wollen sie wegtreiben. Die haben sie dem armen Mann genommen, mit dem du eben geredet hast. Jetzt brennt auch sein Haus lichterloh, und wenn ich nicht bald lösche, wird es ganz abbrennen.« Bei diesen Worten zeigte ich ihm mit dem Finger, was ich sah.

»Bleib nur«, sagte der Einsiedel. »Da ist gar keine Gefahr.«

Ich antwortete in meiner Art von Höflichkeit: »Bist du denn blind? Sorg du dafür, dass sie die Schafe nicht forttreiben. Inzwischen will ich Wasser holen.«

»Ei«, sagte der Einsiedel, »diese Bilder leben nicht. Sie sind nur gemacht, um uns Dinge, die früher geschehen sind, vor Augen zu stellen.«

Ich erwiderte: »Du hast doch eben erst mit ihnen geredet. Wie sollen sie da nicht leben?«

Wider seinen Willen und seine Gewohnheit musste der Einsiedel lachen und sagte: »Liebes Kind, diese Bilder können nicht reden. Was es mit ihnen auf sich hat, sehe ich an diesen schwarzen Linien. Das nennt man Lesen, und wenn ich nun lese, kommt es dir vor, als redete ich mit den Bildern. Aber so ist das nicht.«

Ich antwortete: »Wenn ich ein Mensch bin wie du, dann müsste doch auch ich an den schwarzen Zeilen sehen können, was du an ihnen siehst. Wie passt denn das zu dem, was du gerade gesagt hast? Lieber Vater, erklär mir bitte, wie ich das verstehen soll.«

Darauf sagte er: »Nun gut, mein Sohn, ich will dich lehren, dass du so gut wie ich mit diesen Bildern reden kannst. Aber das wird Zeit brauchen, in der ich Geduld und du Fleiß aufbringen musst.« Dann schrieb er mir in Druckbuchstaben ein

Alphabet auf ein Stück Birkenrinde, und nachdem ich mir diese Buchstaben eingeprägt hatte, lernte ich Buchstabieren, dann Lesen und schließlich Schreiben, sogar schöner, als es der Einsiedel selbst konnte, denn ich schrieb alles in Druckbuchstaben.

Das 11. Kapitel. Handelt von Speisen, Hausrat und anderen notwendigen Sachen, die man in diesem irdischen Leben haben muss.

Zwei Jahre ungefähr, nämlich bis der Einsiedel starb, und nach seinem Tod noch etwas länger als ein halbes Jahr bin ich in diesem Wald geblieben. Daher scheint es mir angebracht, dem neugierigen Leser, der oft auch die geringfügigsten Einzelheiten wissen will, zu erzählen, wie wir dort lebten und uns durchschlugen.

Unsere Speise bestand aus allerlei Gartengewächsen – Rüben, Kraut, Bohnen, Erbsen und dergleichen. Aber auch Bucheckern und wilde Äpfel, Birnen oder Kirschen verschmähten wir nicht, und wir ließen uns oft sogar Eicheln schmecken. Das Brot oder, besser gesagt, unsere Brotkuchen backten wir in heißer Asche aus zerstoßenem Mais. Im Winter fingen wir Vögel mit Fallen und Schlingen, im Frühjahr und Sommer aber bescherte Gott uns Junge aus den Nestern. Oft hielten wir uns an Schnecken und Frösche und hatten auch gegen das Fischen mit Angeln und Reusen nichts einzuwenden, denn nicht weit von unserer Wohnung floss ein fisch- und krebsreicher Bach. Das alles half uns, unser einfaches Gemüse herunterzubekommen. Einmal hatten wir ein junges Wildschwein gefangen, das wir in einen Pferch sperrten und, nachdem wir es mit Eicheln und Bucheckern aufgezogen und gemästet hatten, schließlich verspeisten, denn mein Einsiedel meinte, es könne keine Sünde sein, wenn man genießt, was Gott den Menschen zum Genuss erschaffen hat. Salz brauchten wir wenig und Gewürz gar nicht, denn wir wollten die Lust zum Trinken nicht reizen, weil wir keinen Keller hatten. Das bisschen Salz, dessen wir bedurften, gab uns ein Pfarrer, der ungefähr drei Meilen entfernt wohnte und von dem noch manches zu erzählen sein wird.

Mit Hausrat waren wir gut versehen, denn wir hatten eine Schaufel, eine Haue, eine Axt, ein Beil und einen eisernen Topf zum Kochen. Das alles gehörte uns allerdings nicht, sondern war von dem Pfarrer geliehen. Jeder von uns hatte ein abgenutztes, stumpfes Messer. Die waren unser Eigentum, sonst aber nichts. Schüsseln, Teller, Löffel, Gabeln, Kessel, Pfannen, Rost, Bratspieß oder Salzbüchse brauchten wir ebenso wenig wie anderes Tisch- und Küchengeschirr, denn unser Topf war zugleich unsere Schüssel, und unsere Hände dienten uns als Gabeln und Löffel. Wollten wir trinken, so geschah es durch ein Schilfrohr aus dem Brunnen, oder wir tauchten das Maul ins Wasser wie Gideons Krieger*. An Stoffen, ob aus Wolle, Seide, Baumwolle oder Leinen, sei es für Betten, Tische oder Tapisserien, hatten wir nichts außer dem, was wir am Leib trugen, denn uns genügte es, wenn wir vor Regen und Frost geschützt waren.

Im Übrigen gab es in unserem Haushalt keine feste Regel oder Ordnung – außer an Sonn- und Feiertagen, wenn wir schon um Mitternacht aufbrachen, um rechtzeitig und von niemandem bemerkt in die Kirche des erwähnten Pfarrherrn, die etwas außerhalb seines Dorfes lag, zu kommen und auf den Beginn des Gottesdienstes zu warten. Wenn wir dort ankamen, stiegen wir auf die Empore zu der kaputten Orgel, von wo wir sowohl den Altar als auch die Kanzel sehen konnten. Als ich den Pfarrer zum ersten Mal auf dieser Kanzel sah, fragte ich meinen Einsiedel, was er denn in dem großen Bottich machen wolle. Nach dem Gottesdienst aber gingen wir genauso verstohlen heim, wie wir gekommen waren, und wenn wir mit müdem Leib und müden Füßen wieder in unserer Wohnung waren, schmeckte uns die einfache Kost doppelt gut. Die übrige Zeit brachte der Einsiedel mit Beten zu, oder er unterrichtete mich in frommen Dingen.

An den Werktagen taten wir, was am nötigsten war, so wie es sich ergab und wie die Jahreszeit und der Haushalt es erforderten. Mal arbeiteten wir im Garten, mal suchten wir an schattigen Orten und aus hohlen Bäumen fettes Erdreich zusammen, um damit statt mit Dung unseren Garten zu verbessern. Dann wieder flochten wir Körbe oder Fischreusen, machten Brennholz, fischten oder taten sonst etwas gegen den Müßiggang. Bei all diesen Geschäften hörte der Einsiedel nie auf, mich in allem Guten redlich zu unterweisen, und gleichzeitig lernte ich Hunger, Durst, Hitze, Kälte und schwere Arbeit ertragen, vor allem aber, was das Wichtigste war, Gott erkennen und wie man ihm aufrichtig dienen soll. Mehr allerdings wollte mich mein getreuer Einsiedel nicht wissen lassen, denn er fand, damit ein Christ sein Ziel und seinen Zweck erreiche, sei es genug, wenn er fleißig bete und arbeite. So kam es, dass ich zwar in geistlichen Dingen hinreichend unterrichtet war, mein Christentum auch gut verstand und mich in der deutschen Sprache so schön ausdrückte, als spräche die *Orthographia* selbst aus mir – und doch sehr einfältig blieb und, als ich den Wald verließ, ein so elender Tropf in der Welt war, dass man mit mir keinen Hund hinter dem Ofen hervorlocken konnte.

Das 12. Kapitel. Vermerkt eine schöne Art, selig zu sterben und sich mit geringen Unkosten begraben zu lassen.

Zwei Jahre ungefähr hatte ich so zugebracht und mich an das harte Eremitenleben gerade erst gewöhnt, als mein bester Freund auf Erden eines Tages seine Hacke nahm, mir aber die Schaufel gab und mich, wie es seine tägliche Gewohnheit war, an der Hand in unseren Garten führte, wo wir unser Gebet zu verrichten pflegten. »Nun, Simplicius, liebes Kind«, sagte er, »ist für mich, gottlob, die Zeit gekommen, da ich aus dieser Welt scheiden, die Schuld der Natur begleichen und dich in dieser Welt verlassen soll. Weil ich auch vor mir sehe, wie es dir in deinem künftigen Leben ergehen wird, und weiß, dass du in dieser Einöde nicht mehr lange bleiben wirst, möchte ich dich auf dem Weg der Tugend, den du eingeschlagen hast, bestärken und dir einige Lehren mitgeben, nach denen du, wie nach einem unfehlbaren Leitfaden zur ewigen Seligkeit, dein Leben einrichten sollst, damit du würdig wirst, mit allen heiligen Auserwählten das Angesicht Gottes in jenem Leben ewig anzuschauen.«

Diese Worte setzten meine Augen unter Wasser, wie einst der Feind durch Findigkeit die Stadt Villingen*. Sie waren mir so unerträglich, dass ich sie nicht ertragen konnte. Ich sagte nur: »Herzliebster Vater, willst du mich denn allein in diesem wilden Wald zurücklassen? Soll denn ...?« Mehr brachte ich nicht heraus, denn meine Herzensqual wurde vor lauter Liebe, die ich für meinen treuen Vater empfand, so heftig, dass ich wie tot zu seinen Füßen niedersank. Er hingegen richtete mich wieder auf, tröstete mich, so gut es ihm in diesem Augenblick gelang, und tadelte, so könnte man sagen, meinen Fehler, indem er mir eine Frage stellte: Ob ich mich denn der Ordnung des Allerhöchsten widersetzen wolle? »Weißt du nicht«, fuhr er fort, »dass weder Himmel noch Hölle dazu imstande sind? Und du erst recht nicht, mein Sohn! Was willst du meinem schwachen Leib, der sich so sehr nach Ruhe sehnt, da noch aufbürden? Willst du mich etwa nötigen, noch länger in diesem Jammertal zu leben? Ach nein, mein Sohn, lass mich fahren – zumal du mich ohnedies weder mit Heulen noch Weinen und noch viel weniger mit meinem Willen dazu bringen kannst, länger in diesem Elend zu verweilen, denn es ist doch Gottes ausdrücklicher Wille, der mich daraus abberuft. Folge lieber, statt unnützes Geschrei zu machen, meinen letzten Worten, die da lauten, dass du dich, je länger, desto besser, selbst erkennen sollst. Und wenn du so alt wie Methusalem werden solltest – vergiss doch diese Übung nie. Denn dass die meisten Menschen in Verdammnis geraten, liegt daran, dass sie nicht gewusst haben, was sie gewesen sind und was sie werden können oder werden müssen.« Weiter riet er mir voller Wohlwollen, ich solle mich stets vor böser Gesellschaft hüten, denn deren Schädlichkeit sei unermesslich. Er erklärte es mir mit einem Gleichnis: »Wenn du einen Tropfen Malvasier in ein Gefäß voll Essig schüttest, so wird er auf der Stelle zu Essig. Wenn du aber einen Tropfen Essig in Malvasier gießt, wird er sich mit dem Malvasier vermischen und unbemerkt bleiben. Liebster Sohn«, sagte er, »bleibe vor allen Dingen standhaft, denn wer bis zum Ende ausharrt, der wird selig. Sollte es aber geschehen, was ich nicht hoffe, dass du aus menschlicher Schwäche fällst, so tue aufrichtig Buße, und stehe geschwind wieder auf.«

Der fürsorgliche, fromme Mann gab mir nur dies wenige mit auf den Weg – nicht, weil er nicht mehr zu sagen hatte, sondern, weil er mich wegen meiner jungen Jahre für unfähig hielt, in dieser Lage mehr zu begreifen; und auch weil wenige Worte besser zu behalten sind als ein langes Geplauder und, wenn sie Saft und Nachdruck haben, als Anstoß zum Nachdenken mehr taugen als ein langer Sermon, den man zwar gut versteht, doch bald wieder vergisst.

Diese drei Punkte – sich selbst erkennen, böse Gesellschaft meiden und standhaft bleiben – hat der fromme Mann ohne

Zweifel deshalb für gut und unentbehrlich erachtet, weil er sie selbst befolgt hat und damit gut gefahren ist. Denn nachdem er sich selbst erkannt hatte, wandte er sich nicht bloß von böser Gesellschaft ab, sondern von der ganzen Welt. Und er hielt an diesem Vorsatz, von dem ohne Zweifel die Seligkeit abhängt, bis an sein Ende fest, wie nun erzählt werden soll.

Nachdem er mir die genannten Punkte ans Herz gelegt hatte, begann er mit der Rodehacke sein eigenes Grab zu machen. Ich tat, wie er mir befahl, und half, so gut ich konnte, ahnte aber nicht, was er vorhatte. Doch dann sagte er: »Mein lieber und wahrhaft einziger Sohn (denn ich habe außer dir keine Kreatur zu Ehren unseres Schöpfers erzeugt)! Wenn meine Seele an ihren Ort gegangen ist, so leiste meinem Leib, was du ihm schuldig bist. Gib ihm die letzte Ehre, und scharre mich mit der Erde wieder zu, die wir eben aus dieser Grube gegraben haben.« Darauf nahm er mich in seine Arme und drückte mich unter Küssen viel fester an seine Brust, als man es einem Mann wie ihm noch zugetraut hätte. »Liebes Kind«, sagte er, »ich befehle dich in Gottes Schutz und sterbe umso fröhlicher, als ich darauf vertraue, dass er ihn dir gewähren wird.«

Ich hingegen konnte nur klagen und heulen. Ich hängte mich an die Kette, die er um den Hals trug, und glaubte, ihn auf diese Weise bei mir halten zu können. Er aber sagte: »Mein Sohn, lass los! Ich will sehen, ob das Grab lang genug für mich ist.« Er legte die Kette samt dem Überrock ab, stieg in das Grab wie einer, der sich schlafen legen will, und sprach dazu: »Ach, großer Gott, nun nimm wieder hin die Seele, die du mir gegeben. Herr, in deine Hände befehle ich meinen Geist, etc.« Hierauf schloss er sanften Mutes die Lippen und die Augen. Ich aber stand da wie ein Stockfisch und glaubte nicht, dass seine Seele den Leib wirklich verlassen habe, denn in ähnlichen Verzückungen hatte ich ihn schon öfter gesehen.

Ich verharrte, wie es in solchen Fällen meine Gewohnheit war, lange Stunden neben dem Grab und betete. Als sich aber mein allerliebster Einsiedel nicht mehr aufrichten wollte, stieg ich zu ihm ins Grab hinunter und fing an, ihn zu schütteln, zu küssen und zu liebkosen. Aber da war kein Leben mehr. Der grimmige, unerbittliche Tod hatte den armen Simplicius seiner freundlichen Gesellschaft beraubt. Ich begoss oder, besser gesagt, ich balsamierte den entseelten Körper mit meinen Tränen, und nachdem ich lange mit jammervollem Geschrei hin und her gelaufen war, fing ich an, ihn mit mehr Seufzern als Schaufeln voll Erde zu begraben. Doch jedes Mal, wenn ich sein Gesicht bedeckt hatte, stieg ich hinunter und legte es wieder frei, um es noch einmal zu sehen und zu küssen. So machte ich es den ganzen Tag, bis ich fertig war und auf diese Weise das Begräbnis, die Totenmesse und die Gladiatorenspiele* ganz allein besorgt hatte, denn es waren ja ohnehin weder Bahre, Sarg, Decken, Kerzen, Totengräber noch Geleitsleute und auch kein Geistlicher vorhanden, die den Toten besungen hätten.

Das 13. Kapitel. **Simplicius lässt sich wie ein Rohr im Wasser treiben.**

Einige Tage nach dem Ableben des Einsiedels begab ich mich zu dem Pfarrer, teilte ihm den Tod meines Herrn mit und fragte ihn um Rat, was ich nun tun sollte. Er riet mir zwar dringend davon ab, im Wald zu bleiben, doch ich trat tapfer in die Fußstapfen meines Vorgängers und lebte den ganzen Sommer über, wie ein frommer Mönch leben soll. Aber die Zeit, die alles verändert, verringerte nach und nach auch den Kummer, den ich um meinen Einsiedel empfand, und gleichzeitig löschte die scharfe Winterkälte draußen die innere Hitze meines festen Vorsatzes aus. Je mehr ich anfing zu wanken, desto träger wurde ich im Beten, weil ich, statt Betrachtungen über göttliche und himmlische Dinge anzustellen, in mir auch die Begierde aufkommen ließ, die Welt zu sehen. Als ich es dann im Wald nicht länger aushielt, beschloss ich, den Pfarrer wieder aufzusuchen und ihn zu fragen, ob er mir noch immer zum Verlassen des Waldes riete. Ich machte mich auf den Weg zu ihm, und als ich in sein Dorf kam, sah ich es in Flammen stehen, denn eben hatte ein Trupp Reiter es ausgeplündert und angezündet, hatte mehrere Bauern niedergemacht, viele vertrieben und einige gefangen genommen, auch den Pfarrer.

O Gott, wie ist das menschliche Leben mit Elend und Unheil angefüllt! Kaum ist ein Unglück vorüber, da geraten wir schon in das nächste. Mich wundert es nicht, dass der heidnische Philosoph Timon* in Athen zahlreiche Galgen aufrichtete, an denen sich die Menschen selbst aufhängen und so ihrem Leben durch eine kurze Grausamkeit ein Ende machen sollten.

Die Reiter waren zum Aufbruch bereit und führten den Pfarrer an einem Strick daher. Einige schrien: »Schießt den Kerl nieder!« Andere wollten Geld von ihm. Er aber hob die Hände und erbat von ihnen um des Jüngsten Gerichts willen Verschonung und christliche Barmherzigkeit. Doch vergebens, denn einer ritt ihn über den Haufen und gab ihm dabei eins über den Kopf, dass er alle viere von sich streckte und Gott seine Seele befahl. Den übrigen gefangenen Bauern erging es nicht besser.

In ihrer tyrannischen Grausamkeit schienen die Reiter ganz von Sinnen, als plötzlich ein Schwarm bewaffneter Bauern, wie wenn man in ein Wespennest gestochen hätte, aus dem Wald hervordrang. Die fingen an, so gräulich zu schreien, so grimmig dreinzuschlagen und zu schießen, dass mir alle Berge zu Haar* standen, denn einen solchen Rummel hatte ich noch nie erlebt. Aber die Spessarter und Vogelsberger Bauern lassen sich auf dem eigenen Misthaufen genauso wenig foppen wie die Hessen, die Sauerländer und die Schwarzwälder. Vor ihnen rissen die Reiter aus und ließen nicht bloß die erbeuteten Rinder zurück, sondern warfen auch Sack und Pack von sich, schlugen also ihre ganze Beute in den Wind, um nicht selbst eine Beute der Bauern zu werden, und doch fielen einige von ihnen den Bauern in die Hände.

Dieses Schauspiel nahm mir fast alle Lust, mehr von der Welt zu sehen, denn ich sagte mir: Wenn es so darin zugeht, lebt sich's in der Wildnis besser. Ich wollte aber auch hören, was der Pfarrer hierzu sagte. Wegen der Wunden und Stöße, die er erlitten hatte, war er ganz matt, schwach und kraftlos, erklärte mir aber, dass er weder Rat noch Hilfe für mich wisse, weil er in seiner Lage nun selbst fürchte, sein Brot am Bettelstab suchen zu müssen. Und auch wenn ich noch länger im Wald bliebe, dürfte ich auf seine Hilfe nicht rechnen, weil ja, wie ich mit eigenen Augen sähe, seine Kirche und sein Pfarrhaus in Flammen ständen. Darauf kehrte ich sehr traurig in den Wald zu meiner Wohnung zurück, und nachdem ich bei diesem Ausflug wenig Trost gefunden hatte, aber viel andächtiger geworden war, beschloss ich, die Wildnis nie mehr zu verlassen, zumal ich schon darüber nachgedacht hatte, ob es nicht möglich sei, ohne Salz zu leben (mit dem mich bisher der Pfarrer versorgt hatte) und also ganz ohne Menschen auszukommen.

Das 14. Kapitel. **Ist eine seltsame Komödie mit fünf Bauern.**

Um aber meinen Entschluss auch zu befolgen und ein echter Waldbruder zu werden, zog ich das härene Hemd an, das mein Einsiedel hinterlassen hatte, und gürtete seine Kette darüber – nicht weil ich es nötig gehabt hätte, mit ihr meinen ungebärdigen Leib zu kasteien, sondern weil ich meinem

Vorgänger wie im Leben so auch im Gewand gleichen und mich überdies durch solche Kleidung desto besser vor der rauen Winterkälte schützen wollte.

Zwei Tage nachdem das Dorf geplündert und niedergebrannt worden war, als ich gerade in meiner Hütte saß und beim Beten zu meiner Stärkung auch gelbe Rüben im Feuer briet, umringten mich plötzlich ungefähr vierzig oder fünfzig Musketiere. Sie wunderten sich zwar über mein seltsames Aussehen, durchwühlten aber trotzdem meine Hütte und suchten nach etwas, das dort nicht zu finden war. Denn ich besaß nur Bücher, die sie mir durcheinanderwarfen, weil sie mit ihnen nichts anfangen konnten. Als sie mich schließlich genauer in Augenschein nahmen und an meinen Federn erkannten, was für einen armseligen Vogel sie da gefangen hatten, konnten sie sich leicht selbst ausrechnen, dass bei mir nicht viel Hoffnung auf Beute war. Nun wunderten sie sich über mein beschwerliches Leben und zeigten viel Mitleid mit meiner zarten Jugend, vor allem der Offizier, der sie kommandierte. Höflich trat er auf mich zu und sagte in fast bittendem Ton, ich möge ihm und den Seinen den Weg aus dem Wald zeigen, in dem sie schon lange herumirrten. Ich weigerte mich nicht, sondern führte sie auf dem kürzesten Weg nach dem Dorf, wo der Pfarrer so übel zugerichtet worden war, zumal ich ohnehin keinen anderen Weg kannte.

Bevor wir aber aus dem Wald kamen, erblickten wir ungefähr zehn Bauern. Einige hatten sich mit Flinten bewaffnet. Andere waren dabei, etwas einzugraben. Die Musketiere gingen auf sie los und schrien: »Halt! Halt!« Jene aber antworteten mit ihren Flinten. Und als sie sahen, dass die Soldaten in der Überzahl waren, liefen sie so schnell davon, dass die müden Musketiere keinen von ihnen einholen konnten. Stattdessen wollten sie wieder ausgraben, was die Bauern eben verscharrt hatten. Das ließ sich auch leicht machen, weil die Bauern ihre Hacken und Schaufeln zurückgelassen hatten. Kaum hatten die Soldaten begonnen zu graben, da hörten sie von unten eine Stimme rufen: »O ihr nichtsnutzigen Spitzbuben! Ihr Erzbösewichter, glaubt ihr etwa, der Himmel werde eure unchristliche Grausamkeit und eure Schurkenstreiche ungestraft durchgehen lassen? Nein! Es sind noch genug redliche Kerle da, die euch eure Unmenschlichkeit so vergelten werden, dass keiner von euren Mitmenschen euch mehr den Hintern zu lecken braucht.«

Die Soldaten sahen einander an und wussten nicht, was sie tun sollten. Einige meinten, da sei ein Gespenst. Mir war, als würde ich träumen. Ihr Offizier aber hieß sie tapfer weitergraben. Bald stießen sie auf ein Fass, schlugen es auf und fanden darin einen Kerl, der weder Nase noch Ohren mehr hatte, aber doch noch lebte. Sobald er sich ein wenig erholt und auch einige von den Soldaten wiedererkannt hatte, erzählte er, wie die Bauern ihn und fünf weitere aus seinem Regiment, die zum Fouragieren* losgezogen waren, Tags zuvor gefangen hatten. Vor einer Stunde erst hätten sie fünf von diesen, die sich hintereinanderstellen mussten, totgeschossen. Weil nun die Kugel ihn, da er der Sechste und Letzte gewesen, nicht erreicht hatte, nachdem sie schon durch fünf Körper gedrungen war, hätten sie ihm Nase und Ohren abgeschnitten und ihn vorher auch noch gezwungen, fünf von ihnen – mit Verlaub – am Hintern zu lecken. Als er sich von diesen ehr- und gottvergessenen Übeltätern so sehr erniedrigt gesehen, habe er sie, obwohl sie ihm das Leben lassen wollten, mit den wüstesten Beschimpfungen, die ihm einfielen, überhäuft und bei ihrem rechten Namen genannt, in der Hoffnung, einer von ihnen werde die Geduld verlieren und ihm eine Kugel verpassen. Aber vergebens. Stattdessen hätten sie ihn, nachdem er sie so empört hatte, in dieses Fass gesteckt und darin lebendig begraben. Sie sagten, weil er den Tod so eifrig begehre, wollten sie ihm diesen Gefallen spaßeshalber gerade nicht tun.

Während dieser Mann noch über die Qualen klagte, die er erduldet hatte, kam durch den Wald ein anderer Trupp

Soldaten. Sie waren den Bauern begegnet, hatten fünf von ihnen gefangen genommen und die übrigen totgeschossen. Unter den Gefangenen waren auch vier, denen der übel zugerichtete Reiter kurz vorher so schändlich hatte zu Willen sein müssen. Als nun beide Trupps aus dem, was sie sich zuriefen, erkannten, dass sie zum gleichen Haufen gehörten, kamen sie zusammen und ließen den Reiter noch einmal erzählen, was ihm und seinen Kameraden widerfahren war. Dann konnte man sein blaues Wunder erleben, wie die Bauern gequält wurden.

Einige wollten sie in der ersten Wut gleich totschießen, andere aber sagten: »Nein, man muss die nichtsnutzigen Vögel zuvor ordentlich quälen und sie spüren lassen, wie sie sich an diesem Reiter vergangen haben.« Dabei bekamen sie mit den Musketen schon so kräftige Rippenstöße, dass sie drauf und dran waren, Blut zu spucken. Zuletzt trat ein Soldat vor und sagte: »Ihr Herren, weil es für den ganzen Soldatenstand eine Schande ist, dass fünf Bauern diesen Schurken (dabei deutete er auf den Reiter) gequält haben, so ist es nur recht und billig, wenn wir den Schandfleck wieder auslöschen und diese Lümmel ihrerseits den Reiter hundertmal lecken lassen.« Dagegen sagte ein anderer: »Der Kerl ist solche Ehre gar nicht wert, denn wäre er kein Feigling, hätte er den schändlichen Dienst, der allen redlichen Soldaten zum Spott gereicht, nicht verrichtet, sondern wäre tausendmal lieber gestorben.« Endlich wurde einhellig beschlossen, dass jeder von den abgesäuberten Bauern dies an zehn Soldaten wettmachen und jedes Mal sagen sollte: »Hiermit lösche ich aus und wische ab die Schande, die die Soldaten glauben empfangen zu haben, als uns ein Feigling hinten leckte.« Erst nachdem die Bauern ihre saubere Arbeit verrichtet hätten, wollten sie beschließen, was weiter mit ihnen geschehen sollte.

Hierauf gingen sie ans Werk. Doch die Bauern waren so halsstarrig, dass sie sich weder durch das Versprechen, ihnen das Leben zu lassen, noch durch verschiedene Martern dazu zwingen ließen. Einer führte den fünften Bauern, der nicht geleckt worden war, etwas beiseite und sagte zu ihm: »Wenn du Gott und alle seine Heiligen verleugnest, lass ich dich laufen, wohin du begehrst.« Hierauf antwortete der Bauer, er habe sein Lebtag nichts auf die Heiligen gegeben, habe auch bisher mit Gott selbst nur wenig Umgang gepflegt, schwor auch feierlich, dass er von Gott nichts wissen wolle und an seinem Reich nicht teilzuhaben begehre. Da jagte ihm der Soldat eine Kugel an die Stirn, die aber nicht mehr bewirkte, als wenn sie auf einen stählernen Berg geprallt wäre.* Nun zog der Soldat seinen Degen und sagte: »Holla, so einer bist du! Ich habe versprochen, dich laufenzulassen, wohin du begehrst. Also schicke ich dich nun in die Hölle, weil du nicht in den Himmel willst« – und spaltete ihm den Kopf bis auf die Zähne. Als er niederfiel, sagte der Soldat: »So muss man sich rächen und diese niederträchtigen Schurken in dieser und der anderen Welt strafen.«

Unterdessen hatten die anderen Soldaten sich auch die vier übrigen Bauern vorgenommen, die geleckt worden waren. Die banden sie über einem umgefallenen Baum mit Händen und Füßen derart zusammen, dass sie – mit Verlaub – den Hintern gerade in die Höhe kehrten. Und nachdem die Soldaten ihnen die Hosen heruntergezogen hatten, nahmen sie etliche Klafter Lunte, machten Knoten hinein und fiedelten ihnen jenen so unsäuberlich durch, dass der rote Saft bald zu triefen begann. »So«, sagten sie, »muss man euch Schurken den gereinigten Hintern abtrocknen.« Die Bauern schrien zwar jämmerlich, aber für die Soldaten war es nur ein Spaß, denn sie hörten nicht auf zu sägen, ehe nicht Haut und Fleisch bis auf den Knochen dahin waren. Mich aber ließen sie wieder zu meiner Hütte gehen, weil der zuletzt gekommene Trupp den Weg kannte. Daher weiß ich nicht, was sie mit den Bauern am Ende noch alles angestellt haben.

Das 15. Kapitel. Simplicius wird geplündert und träumt wundersam von den Bauern und davon, wie es in Kriegszeiten zugeht.

Als ich heimkam, waren mein Feuerzeug und der ganze Hausrat samt dem armseligen Vorrat an Lebensmitteln, die ich den Sommer über in meinem Garten gezogen und mir für den künftigen Winter vom Maul abgespart hatte, verschwunden. Was nun?, dachte ich. Damals lehrte mich die Not erst richtig beten. Ich nahm das bisschen Verstand zusammen, das mir zu Gebote stand, und überlegte, was ich tun oder lassen sollte. Aber mit meiner geringen Erfahrung kam ich zu keinem Entschluss. Das Beste schien mir, mich Gott zu befehlen und alles Vertrauen auf ihn zu setzen. Ohne ihn wäre ich gewiss verzweifelt und zugrunde gegangen. Außerdem ging mir nicht aus dem Sinn, was ich an diesem Tag gehört und gesehen hatte. Ich dachte weniger an Essen und daran, wovon ich leben sollte, als an die Abneigung, die zwischen Soldaten und Bauern besteht. Doch kam ich in meiner Torheit zu keinem anderen Schluss, als dass es in der Welt zweierlei Arten von Menschen geben müsse, die nicht beide von Adam abstammen konnten, sondern wie andere unvernünftige Tiere wild oder zahm waren, weil sie einander so grausam verfolgten.

Unter solchen Gedanken schlief ich in Kummer und Kälte mit hungrigem Magen ein. Da war mir, als würden sich wie in einem Traum alle Bäume, die um meine Behausung standen, verwandeln und plötzlich ein ganz anderes Aussehen annehmen. Auf jedem Wipfel saß ein Adeliger*, und alle Äste waren statt mit Blättern mit allerhand Kerlen geziert. Von denen hatten manche lange Spieße, andere Musketen, kurze Degen, Partisanen*, Fahnen, auch Trommeln und Pfeifen. Das war lustig anzusehen, weil alle so schön ordentlich in Reihen sortiert waren. Die Wurzel aber bestand aus Leuten ohne Rang und Namen, aus Handwerkern, Tagelöhnern, vor allem Bauern und dergleichen, die aber nichtsdestoweniger dem Baum seine Kraft gaben oder wiederverschafften, wenn er sie verloren hatte. Sie ersetzten aus ihren Reihen sogar die abgefallenen Blätter und hatten davon nur umso größeren Schaden. Gleichzeitig seufzten sie über jene, die auf dem Baum saßen, und dies nicht zu Unrecht, denn die ganze Last des Baumes lag auf ihnen und drückte sie so sehr, dass ihnen alles Geld aus den Beuteln und sogar hinter sieben Schlössern hervorquoll. Und wenn es nicht hervorwollte, dann striegelten die Kriegskommissare sie mit Ruten, auch militärische Eintreibungen genannt, so sehr, dass ihnen die Seufzer aus dem Herzen, die Tränen aus den Augen, das Blut unter den Nägeln und das Mark aus den Knochen hervordrangen. Und dennoch waren Leute unter ihnen, die man Spaßvögel nannte. Die kümmerten sich wenig um all das, nahmen es auf die leichte Schulter und boten den anderen, statt sie trösten, noch den Spott dazu.

Das 16. Kapitel. Heutiger Soldaten Tun und Lassen und wie schwer der einfache Kriegsmann eine Beförderung erlangt.

So mussten die Wurzeln dieser Bäume unter Mühen und Klagen, diejenigen auf den unteren Ästen aber unter noch mehr Mühsal, Arbeit und Ungemach geduldig ihr Leben fristen. Trotzdem waren diese Letzteren stets munterer als die darunter, zugleich aber auch trotzig, tyrannisch und großenteils gottlos und der Wurzel jederzeit eine schwere, unerträgliche Last. Bei ihnen standen diese Verse:

Hunger und Durst, auch Hitze und Kält,
Arbeit und Armut, wie es auch fällt,

Gewalttat und Ungerechtigkeit
Treiben wir Landsknechte allezeit.

Diese Verse waren keineswegs erlogen, sondern stimmten mit ihrem ganzen Tun und Wesen überein, das doch aus nichts besteht als Fressen und Saufen, Hunger- und Durstleiden, Hurerei und Knabenschänden, Lärmen und Spielen, Schlemmen und Schwelgen, Morden und Ermordetwerden, Totschlagen und Totgeschlagenwerden, Foltern und Gefoltertwerden, Vertreiben und Vertriebenwerden, Ängstigen und Geängstigtwerden, Rauben und Beraubtwerden, Plündern und Ausgeplündertwerden, Sichfürchten und Gefürchtetwerden, Jammer bereiten und Jammer erleiden, Schlagen und Geschlagenwerden; kurz, immer nur zugrunde richten und beschädigen und dafür wieder zugrunde gerichtet und beschädigt werden, woran sie weder der Winter noch der Sommer, weder Schnee noch Eis, weder Hitze noch Kälte, weder Regen noch Wind, weder Berg noch Tal, weder Feld noch Morast, weder Gräben, Pässe, Meer, Mauern, Wasser, Feuer noch Wälle, weder Vater noch Mutter, Brüder und Schwestern, weder Gefahr ihres Leibes, ihrer Seele noch ihres Gewissens, ja weder der Verlust ihres Lebens noch der des Himmels noch sonst etwas, das sich mit einem Namen benennen ließe, hindern konnte. Also taumelten sie in ihren Taten und Untaten immer eifrig fort, bis sie schließlich bei Schlachten, Belagerungen, Erstürmungen, Feldzügen und selbst in ihren Quartieren (die doch das irdische Paradies der Soldaten sind, vor allem wenn sie darin fette Bauern antreffen) nach und nach umkamen, starben, verdarben und krepierten, ausgenommen einige wenige, die im Alter, wenn sie nicht genug erbeutet und gestohlen hatten, die allerbesten Bettler und Landstreicher abgaben.

Gleich über diesen armseligen Leuten saßen die alten Hühnerdiebe, die sich jahrelang unter höchster Gefahr auf den untersten Ästen gehalten und durchgebissen hatten und dem

Tod bisher glücklich entgangen waren. Die machten ernste Gesichter und sahen etwas reputierlicher aus als die untersten, eben weil sie eine Stufe höher gestiegen waren. Aber über ihnen saßen noch höhere, die sich auch etwas Höheres zu sein dünkten, weil sie die unteren kommandierten. Man nannte sie Wamsklopfer, weil sie den Pikenieren* mit ihren Prügeln und Hellebarden auf den Rücken und den Kopf klopften und dafür sorgten, dass auch die Musketiere ihr Fett abbekamen, und zwar so reichlich, dass sie damit auch noch ihre Waffen schmieren konnten.

Über diesen wies der Stamm des Baumes einen Abschnitt oder Absatz auf, ein glattes Stück ohne Äste, das mit eigenartigen Mitteln und einer seltsamen Seife aus Missgunst geschmiert war, so dass kein Mann hinaufklettern konnte, so viel Mut, Geschicklichkeit oder Wissen er auch mitbringen mochte und sosehr er sich bemühte, es sei denn, er war von Adel. Denn dieses Stück war glatter poliert als eine Säule aus Marmor oder ein stählerner Spiegel.

Darüber saßen die mit den Fähnlein*, teils jung, teils von ziemlichem Alter. Die Jungen waren von ihren Vettern hinaufgehoben worden, die Alten aber waren zum Teil selbst hinaufgestiegen – entweder auf einer silbernen Leiter, Schmieralia genannt, oder auf einem Steg, den ihnen, da sonst niemand da war, das Glück geschlagen hatte. Weiter oben saßen noch höhere. Auch sie hatten ihre Mühen, Sorgen und Anfechtungen, genossen aber den Vorteil, dass sie ihre Beutel mit dem Speck spicken konnten, den sie sich mit einem Messer, Kontribution genannt, aus der Wurzel schnitten. Besonders geschickt stellten sie sich an, wenn ein Kriegskommissar daherkam und eine Wanne voll Geld über dem Baum ausschüttete, um ihn zu erquicken. Dann fingen sie das Beste gleich oben ab und ließen so gut wie nichts zu den unteren durch. Deshalb starben von den unteren durch Hunger mehr als durch den Feind, eine Gefahr, der die oberen allesamt enthoben schienen. So herrschte ein unaufhörliches Gekrabbel und Geklettter an diesem Baum, denn jeder wollte auf einem der oberen, glückseligen Plätze sitzen.

Es gab jedoch auch manche faule, liederliche Schlingel, die das Kommissbrot nicht wert waren, das man ihnen gab, und sich nicht um eine höhere Stelle bemühten, sondern allenfalls taten, was der Dienst von ihnen verlangte. Die unteren, die ehrgeizig waren, hofften auf den Absturz dieser oberen, um deren Plätze einzunehmen. Aber wenn einer unter Zehntausend tatsächlich so weit kam, dann geschah das erst, wenn er alt und verdrießlich war und besser dazu taugte, hinter dem Ofen zu sitzen und Äpfel zu braten, als dazu, im Feld vor dem Feind zu liegen. Und wenn es tatsächlich einer schaffte und seine Sache gut machte, neideten es ihm die anderen, oder er wurde durch irgendein unvorhersehbares Unheil seines Rangs und seines Lebens beraubt. Nirgendwo war es schwieriger als an jener glatten Stelle. Denn wer einen guten Feldwebel oder Schergianten hatte, der verlor ihn ungern – was aber unweigerlich geschah, wenn man einen Fähnrich aus ihm gemacht hätte. Statt alter Soldaten nahm man deshalb lieber Federfuchser, Kammerdiener, erwachsene Pagen, arme Edelleute, irgendwelche Vettern oder andere Schmarotzer und Hungerleider, die denen, die etwas Besseres verdient hatten, das Brot vor dem Maul abschnitten und Fähnrich wurden.

Das 17. Kapitel. Auch wenn im Krieg der Adel zu Recht dem gemeinen Mann vorgezogen wird, kommen doch viele aus verächtlichem Stand zu hohen Ehren.

Dies alles verdross einen Feldwebel so sehr, dass er anfing, laut zu maulen. Adelhold indessen sagte: »Weißt du denn nicht, dass man seit eh und je und überall die Kriegsämter mit Adeligen besetzt hat, weil sie hierzu am besten taugen? Ein grauer Bart schlägt noch keinen Feind. Sonst könnte man auch eine Herde Ziegenböcke mit diesem Geschäft betrauen. Es heißt doch:

Ein junger Stier wird vorgestellt
Dem Haufen als erfahren,
Den er auch hübsch beisammenhält
Trotz dem von vielen Jahren.
Der Hirt darf ihm vertrauen auch
Ohn Ansehn seiner Jugend
Man schließt nach gänzlich falschem Brauch
Von Altertum auf Tugend.*

Nun sag mir, du alter Knasterbart, ob nicht adelige Offiziere von den Soldaten mehr respektiert werden als solche, die vorher einfache Kriegsknechte waren? Und was soll man von einer Kriegsdisziplin halten, wo es keinen echten Respekt gibt? Darf nicht der Feldherr einem Edelmann mehr vertrauen als einem Bauernbuben, der seinem Vater vom Pflug weggelaufen ist und seinen Eltern nicht hat beistehen wollen? Ein rechtschaffener Edelmann würde lieber in Ehren sterben, als seiner Familie durch Untreue, Fahnenflucht oder dergleichen einen Schandfleck anzuhängen. Zudem gebührt dem Adel überall der Vorzug, wie man es schon in den Gesetzen des Honorius über die Ehrenämter* lesen kann. Johannes de Platea* will ausdrücklich, dass man bei der Besetzung der Ämter dem Adel den Vortritt lasse und die Edelleute den Plebejern schlichtweg vorziehe. In allen Rechten ist es so üblich und wird von der Heiligen Schrift bestätigt, denn ›Wohl dir, Land, dessen König ein Edler ist‹, sagt der Prediger Salomo, Kap. 10, was ein großartiges Zeugnis für den Vorzug ist, der dem Adel gebührt. Und wenn schon einer von euch ein guter Soldat ist, der das Pulver riechen mag und in jeder Lage treffliche Ratschläge geben kann, so ist er deshalb doch nicht auch gleich fähig, andere zu kommandieren, wohingegen dem Adel diese Fähigkeit angeboren ist oder von Jugend auf angewöhnt wird. Seneca* sagt: ›Die edle Seele hat diese Eigenschaft, dass das Ehrenvolle sie anspornt. Kein Mann von hervorragendem Geist erfreut sich am Niedrigen und Gemeinen.‹ Das drückte auch Faustus Poeta* in diesem Distichon aus:

Hätte ländliche Einfachheit derb dich geboren,
So besäßest den Adel des Geistes du nicht.

Außerdem ist der Adelige eher in der Lage als ein Bauer, seinen Untertanen mit Geld oder schwachen Kompanien mit Leuten aufzuhelfen. Es würde auch nach dem bekannten Sprichwort übel ausgehen, wenn man den Bauern über den Edelmann setzte. Die Bauern würden viel zu anmaßend, wenn man sie so ohne weiteres zu Herren machte, denn es heißt doch:

Es gibt kein Schwert, das schärfer schiert,
Als wenn ein Bauer zum Herren wird.

Hätten die Bauern von alters her durch lange, löbliche Gewohnheit die Kriegs- und anderen Ämter in ihrem Besitz wie nun der Adel, würden gewiss auch sie nicht ohne weiteres einem Edelmann den Zutritt gewähren. Außerdem, wenn man euch Glückssoldaten* (wie ihr genannt werdet) oft auch gern zu höheren Ehren verhelfen würde, so seid ihr, wenn man euch erprobt und eines Besseren für würdig befunden hat, meist so abgelebt, dass man Bedenken haben muss, euch noch zu befördern. Denn die Hitze der Jugend ist erloschen, und in Gedanken seid ihr nur bei eurem kranken Leib, der durch viel überstandene Widrigkeit ausgemergelt und zum Kriegsdienst kaum mehr nütze ist; und ihr fragt euch, wie ihr ihm wohltun könnt, während euch Kampf und Ehre gleichgültig geworden sind. Ein junger Hund geht beherzter auf die Jagd als ein alter Löwe.«

Der Feldwebel antwortete: »Welcher Narr würde denn dienen wollen, wenn er nicht hoffen darf, bei redlicher Erfüllung seiner Pflicht befördert und damit für seine treuen Dienste belohnt zu werden! Der Teufel hole solchen Krieg! Heute kommt es nicht darauf an, ob jemand seine Sache gut macht oder nicht. Ich habe unseren alten Obristen oft sagen hören, dass er keinen Soldaten unter seinem Befehl haben will, der nicht fest daran glaubt, dass er durch treue Pflichterfüllung General werden kann. Es kann auch keiner bestreiten, dass jene Nationen, die einfache, aber tüchtige Soldaten weiterkommen lassen und ihre Tapferkeit würdigen, im Allgemeinen siegreich sind, was man an den Persern und Türken deutlich sieht. Es heißt doch:

Die Lampe leucht' dir fein, doch musst du sie auch laben
Mit fett' Olivensaft. Die Flamm' sonst bald verlischt:
Getreuer Dienst durch Lohn bestärkt wird und erfrischt,
Soldatentapferkeit will Unterhalt auch haben.«*

Adelhold antwortete: »Wenn man bei einem redlichen Mann gute Eigenschaften erkennt, wird er auch nicht übergangen. Heutzutage findet man viele, die vom Pflug, von der Nadel, vom Schusterleisten und vom Schäferstecken zum Schwert gegriffen, sich gut bewährt und durch ihre Tapferkeit weit über den niederen Adel bis in den Grafen- und Freiherrenstand aufgeschwungen haben. Woher kam der kaiserliche General Johann von Werth?* Woher der schwedische Stallhans?* Woher der hessische Kleine Jacob* und Saint-André?* Leute wie sie kennt man noch viele, die ich hier der Kürze halber nicht alle nennen will. Es ist heute nichts Neues und wird auch in Zukunft so sein, dass einfache, aber redliche Leute durch den Krieg zu hohen Ehren gelangen, wie es schon im Altertum geschah: Tamerlan* ist ein mächtiger König und der Schrecken der ganzen Welt geworden und war doch zuvor nur ein Schweinehirt; Agathokles, König von Sizilien, war der Sohn eines Töpfers; Telephas, ein Wagenbauer, wurde König in Lydien; der Vater des Kaisers Valentianus war Seiler; nach Tiberius wurde Mauritius Cappadox, ein leibeigner Knecht, Kaiser; Johannes Tzimisces kam aus der Schule* zum Kaisertum. Ähnlich bezeugt Flavius Vobiscus, dass Bonosus Imperator der Sohn eines armen Schulmeisters gewesen sei; Hyperbolus, der Sohn des Chermidis, war zunächst Laternenmacher und nachher Fürst von Athen; Justinus, der Vorgänger Justinians, war Schweinehirt, bevor er Kaiser wurde; der Metzgersohn Hugo Capet wurde später König in Frankreich; auch Pizarro war ein Schweinehirt und später Statthalter in den Westindischen Ländern, wo er das Gold nach Zentnern maß.«

Der Feldwebel antwortete: »Alles schön und gut, trotzdem sehe ich, dass uns der Adel die Tür zu manchen Würden verschlossen hält. Man setzt diesen Adel, kaum dass er aus der Schale gekrochen ist, gleich auf Stellen, an die unsereiner im Leben nicht zu denken braucht, auch wenn wir mehr geleistet haben als mancher Nobilist, den man jetzt zum Obristen macht. Und wie unter den Bauern mancher edle Geist verdirbt, weil er in Ermangelung der nötigen Mittel nicht zum Studium angehalten wird, so wird mancher wackere Soldat unter seiner Muskete alt, der es verdient hätte, ein Regiment zu befehligen, und dem Feldherrn wertvolle Dienste leisten könnte.«

Das 18. Kapitel. Simplicius tut den ersten Sprung in die Welt mit wenig Glück.

Ich mochte dem alten Esel nicht mehr zuhören und gönnte ihm sogar, worüber er sich beklagte, weil er selbst die armen Soldaten wie Hunde prügelte. Ich wendete mich wieder den Bäumen zu, die das ganze Land bedeckten, und sah, wie sie schwankten und aneinanderstießen. Da prasselten die Kerle haufenweise herunter. Knall und Fall waren eins – eben noch munter, jetzt tot. Von einem auf den anderen Augenblick verlor der eine einen Arm, der andere ein Bein, der dritte gar den Kopf. Während ich dabei zusah, schien es mir, als seien alle diese Bäume nur ein einziger Baum, auf dessen Wipfel der Kriegsgott Mars saß und mit den Ästen des Baumes ganz Europa bedeckte. Mir schien, dieser Baum hätte auch die ganze Welt verdunkeln können. Weil er aber durch Neid und Hass, durch Argwohn und Missgunst, durch Dünkel, Hochmut und Geiz und ähnlich erfreuliche Tugenden wie von einem scharfen Nordwind angeweht wurde, wirkte er ziemlich dünn und durchsichtig. Deshalb hatte jemand diesen Reim an den Stamm geschrieben:

Die Steineich, durch den Wind getrieben und verletzet,
Ihr eigen Äst' abbricht, sich ins Verderben setzet:
Durch innerliche Krieg' und brüderlichen Streit
Wird alles umgekehrt und folget lauter Leid.*

Von dem gewaltigen Gerassel der schädlichen Winde und dem Zersplittern des Baumes selbst wurde ich aus dem Schlaf gerissen und fand mich allein in meiner Hütte. Da begann ich wieder zu überlegen, was ich tun sollte. Im Wald konnte ich nicht bleiben, weil mir alles, was ich zum Leben gebraucht hätte, genommen war. Ich hatte nichts mehr außer ein paar zerfledderten Büchern, die verstreut herumlagen. Als ich sie mit weinenden Augen aufhob und dabei Gott aus tiefstem Herzen anrief, er möge mich leiten und mir einen Ausweg zeigen, fand ich plötzlich ein Briefchen, das mein Einsiedel noch zu seinen Lebzeiten geschrieben hatte. Darin stand: »Lieber Simplicius, wenn du dieses Briefchen findest, dann verlasse nur bald den Wald und rette dich und den Pfarrer aus den Nöten dieser Zeit, denn er hat mir viel Gutes getan. Gott, den du stets vor Augen haben und zu dem du fleißig beten sollst, wird dich an einen Ort bringen, der dir zusagt. Behalte ihn aber stets vor Augen und gib dir Mühe, ihm jederzeit so zu dienen, als wenn du noch mit mir im Wald wärst. Denke immer an das, was ich dir zuletzt gesagt habe, und halte dich daran, dann wirst du dich stets behaupten. Leb wohl.«

Ich küsste das Briefchen und das Grab des Einsiedlers viel tausend Mal und machte mich dann auf den Weg, um so lange nach Menschen zu suchen, bis ich welche gefunden hatte. Zwei Tage zog ich dahin, und wenn mich die Nacht einholte, suchte ich Unterschlupf in einem hohlen Baum. Währenddessen aß ich nichts als Bucheckern, die ich unterwegs auflas. Am dritten Tag kam ich in der Nähe von Gelnhausen auf ein flaches Feld, wo mir ein Festmahl zuteil wurde. Denn dieses Feld lag voller Garben, die die Bauern, weil sie nach der berühmten Schlacht bei Nördlingen* verjagt worden waren, zu meinem Glück nicht hatten einbringen können. In einer von ihnen machte ich mir mein Nachtlager, weil es furchtbar kalt war, und schlug mir den Bauch mit Weizenkörnern voll, die ich aus den Ähren rieb. Seit langem hatte ich so etwas Leckeres nicht mehr genossen.

Das 19. Kapitel. Wie Hanau von Simplicius und Simplicius von Hanau eingenommen wird.

Als es tagte, futterte ich wieder von dem Weizen und ging dann nach Gelnhausen.* Dort fand ich die Stadttore offen, teils verbrannt, teils auch noch mit Misthaufen verbarrikadiert. Ich ging hinein, konnte aber nirgendwo einen lebenden Menschen entdecken. Stattdessen lagen in den Straßen überall Tote, manche vollständig nackt, andere bis aufs Hemd entkleidet. Dieser jammervolle Anblick war mir, wie sich jeder vorstellen kann, ein schreckliches Spektakel. In meiner Einfalt konnte ich mir nicht erklären, was für ein Unglück diesen Ort in eine solche Lage gebracht haben mochte. Wenig später erfuhr ich aber, dass die kaiserlichen Truppen einige Weimarische* dort überrumpelt hatten. Kaum zwei Steinwürfe weit drang ich in die Stadt vor, dann hatte ich mich an ihr schon satt gesehen, kehrte um und ging durch die Wiesen bis zu einer guten Landstraße, die mich bis vor die stolze Festung Hanau brachte. Als ich die erste Wache sah, wollte ich einfach durchgehen. Aber sogleich rückten mir zwei Musketiere auf den Leib, packten mich und führten mich in ihr Wachlokal.

Bevor ich erzähle, wie es mir weiter erging, muss ich dem Leser meine damalige ansehnliche Erscheinung schildern, denn meine Kleidung und mein Gebaren waren so seltsam, wunderlich und abstoßend, dass mich der Gouverneur später sogar hat porträtieren lassen. Zunächst einmal waren meine Haare seit zweieinhalb Jahren weder auf griechische noch auf deutsche noch auf französische Art geschnitten, gekämmt, gekräuselt oder gelockt worden, sondern standen mir in natürlicher Verwirrung und bestreut mit mehr als einjährigem Staub (statt dem Puder oder Pulver, mit dem andere Narren und Närrinnen ihren Haarplunder berieseln) so zierlich auf dem Kopf, dass ich mit meinem bleichen Gesicht darunter hervorsah wie eine Schleiereule, die zuschnappen will oder auf eine Maus lauert. Und weil ich stets ohne Kopfbedeckung zu gehen pflegte, mein Haar aber von Natur her kraus war, sah es aus, als hätte ich einen Turban auf dem Kopf. Der übrige Aufzug passte zu dieser Hauptzierde, denn ich trug den Rock meines Einsiedlers, falls ich ihn noch einen Rock nennen darf. Der erste Stoff, aus dem man ihn geschnitten hatte, war nämlich ganz verschwunden und nur die Form geblieben, die jetzt durch tausend aneinandergesetzte und zusammengestückte Flicken von unterschiedlich gefärbtem Tuch nur noch dargestellt wurde. Über diesem gründlich verschlissenen und doch vielmals verbesserten Rock trug ich das härene Hemd als Schulterkleid (weil ich die Ärmel des Rocks als Strümpfe gebraucht und zu diesem Zweck abgetrennt hatte). Mein ganzer Leib aber war, wie man den Sankt Wilhelm zu malen pflegt, hinten und vorn mit eisernen Ketten sorgfältig über Kreuz umgürtet, so dass ich fast aussah wie einer von den Bettlern, die als Gefangene der Türken herumziehen und für ihre Freunde betteln. Meine Schuhe waren aus Holz geschnitten und die Schuhbändel aus Lindenrinde geflochten. Die Füße selbst aber sahen so krebsrot aus, als hätte ich Strümpfe von der Farbe der spanischen Uniformen angehabt oder die Haut mit Fernambuk* gefärbt. Ich glaube, wenn mich damals ein Gaukler, Marktschreier oder Landfahrer angestellt und als Samojeden oder Grönländer ausgegeben hätte, würde so mancher Narr einen Kreuzer bezahlt haben, um mich zu sehen.

Obwohl nun jeder vernünftige Mensch aus meinem mageren, ausgehungerten Anblick und schäbigen Aufzug unschwer erschließen konnte, dass ich aus keiner Garküche und keinem Frauenzimmer oder gar vom Hof eines großen Herrn entlaufen war, wurde ich auf der Wachstube doch streng verhört. Und so wie mich die Soldaten anglotzten, staunte ich meinerseits über den extravaganten Aufzug ihres Offiziers, dem ich Rede und Antwort stehen musste. Ich wusste nicht, ob er ein Er oder eine Sie war, denn er trug Haar und Bart nach französischer Manier. Auf beiden Seiten hingen ihm lange Zöpfe wie Pferdeschwänze herunter, und sein Bart war so elend zugerichtet und niedergemacht, dass zwischen Mund und Nase nur noch ein paar kurze Haare hervorlugten, die man kaum sehen konnte. Erhebliche Zweifel wegen seines Geschlechts erregten bei mir auch seine weiten Hosen, die mich eher wie ein Weiberrock als wie Mannshosen anmuteten. Ich überlegte: Ist das ein Mann? Dann sollte er auch einen anständigen Bart haben, denn dieser Geck ist nicht mehr so jung, wie er tut. Ist es aber ein Weib, warum hat die alte Hure dann so viele Stoppeln um den Mund? Bestimmt ist es ein Weib, sagte ich mir, denn ein ehrlicher Mann würde seinen Bart nie und nimmer so jämmerlich verkommen lassen, wie ja auch die Ziegenböcke, wenn man ihnen die Bärte stutzt, aus lauter Schamhaftigkeit keinen Schritt in eine fremde Herde mehr tun. In meiner Unsicherheit und weil ich auch die neueste Mode nicht kannte, hielt ich ihn schließlich für Mann und Weib zugleich.

Dieses männische Weib oder dieser weibische Mann, wie er mir vorkam, ließ mich nun überall durchsuchen, fand aber nichts bei mir außer einem Büchlein aus Birkenrinde, in das ich meine täglichen Gebete geschrieben hatte und in dem auch jener Zettel lag, den mir mein frommer Einsiedel, wie im vorigen Kapitel beschrieben, zum Abschied hinterlassen hatte. Er nahm mir das Büchlein weg. Weil ich es aber ungern verlieren wollte, fiel ich vor ihm nieder, fasste ihn um beide Knie und sagte: »Ach, mein lieber Herr Maphrodit, lasst mir doch mein Gebetbüchlein!«

»Du Narr«, antwortete er, »wie zum Teufel kommst du darauf, dass ich Hermann heiße?«

Er befahl zwei Soldaten, mich zum Gouverneur zu führen, und gab ihnen das Buch mit, denn selbst konnte dieser Geck, wie ich gleich merkte, weder lesen noch schreiben.

So wurde ich in die Stadt geführt, und es gab einen Auflauf, als sollte ein Meerungeheuer zur Schau gestellt werden. So wie mich jeder sehen wollte, machte sich auch jeder seine

Gedanken darüber, wer oder was ich sei. Manche hielten mich für einen Spion, andere für einen Verrückten, wieder andere für einen wilden Menschen und noch andere für einen Geist, ein Gespenst oder sonst ein Wunder oder Vorzeichen, das etwas zu bedeuten habe. Einige hielten mich auch für einen Narren und hätten wohl am ehesten ins Schwarze getroffen, wenn ich nicht den lieben Gott gekannt hätte.

Das 20. Kapitel. Wie er vor Gefängnis und Folter bewahrt wird.

Als ich vor den Gouverneur gebracht wurde, fragte er mich, woher ich käme. Ich antwortete, das wisse ich nicht.

Er fragte weiter: »Wo willst du denn hin?«

Ich antwortete abermals: »Ich weiß es nicht.«

»Was zum Teufel weißt du denn? Welches ist dein Gewerbe?«

Wieder antwortete ich, dass ich es nicht wisse.

Er fragte: »Wo bist du zu Hause?«

Als ich nun wieder antwortete, ich wisse es nicht, verzog er sein Gesicht – ich weiß nicht, ob aus Zorn oder Verwunderung. Aber weil jeder immer zuerst an das Böse denkt, zumal ja auch der Feind in der Nähe war, der, wie gesagt, erst in der Nacht zuvor Gelnhausen eingenommen und darin ein Regiment Dragoner* geschlagen hatte, schloss er sich denen an, die mich für einen Verräter oder Kundschafter hielten, und befahl, man solle mich durchsuchen. Als er nun von den Wachsoldaten, die mich zu ihm geführt hatten, vernahm, dies sei schon geschehen und man habe nichts bei mir gefunden außer einem Büchlein, das sie ihm nun überreichten, da las er ein paar Zeilen darin und fragte mich, wer es mir gegeben habe. Ich antwortete, es sei immer meines gewesen, denn ich hätte es mir selbst gemacht und selbst vollgeschrieben.

»Warum denn auf Birkenrinde?«, fragte er.

»Weil man auf die Rinde von anderen Bäumen nicht schreiben kann«, antwortete ich.

»Du Flegel!«, sagte er. »Ich will wissen, warum du nicht auf Papier geschrieben hast!«

»Ei, wir haben im Wald keins mehr gehabt«, antwortete ich.

Da wandte sich der Gouverneur einigen Offizieren aus seinem Gefolge zu und sagte: »Entweder er ist ein ausgemachter Spitzbube oder ein Narr! Doch so, wie er schreibt, kann er kein Narr sein.«

Bei diesen Worten blätterte er, um ihnen meine schöne Handschrift zu zeigen, so heftig in meinem Büchlein herum, dass das Briefchen des Einsiedlers herausfiel. Er ließ es aufheben. Ich aber erbleichte, denn es war mein größter Schatz und mein Heiligtum. Dem Gouverneur entging dies nicht, und es bestärkte ihn in dem Verdacht, ich sei ein Verräter, vor allem, nachdem er das Briefchen geöffnet und gelesen hatte.

»Diese Handschrift kenne ich«, sagte er. »Ich weiß, sie stammt von einem mir wohlbekannten Offizier, aber ich kann mich nicht erinnern, von welchem.« Nun kam ihm auch der Inhalt höchst seltsam und unverständlich vor. Er sagte: »Das ist zweifellos eine Geheimsprache, die nur der versteht, mit dem sie abgesprochen ist.« Mich aber fragte er, wie ich hieße, und als ich antwortete: *Simplicius,* rief er: »Ja ja, du bist mir einer vom rechten Kraut!* Fort mit ihm – man soll ihn an Händen und Füßen in Eisen schließen!«

Also wanderten die beiden Wachsoldaten mit mir nach meiner neuen Herberge, nämlich zum Gefängnis, und übergaben mich dem dortigen Vorsteher, der mich befehlsgemäß an Händen und Füßen mit noch mehr eisernen Banden und Ketten verzierte – als hätte ich nicht an denen schon genug zu tragen gehabt, die ich mir selbst um den Leib geschlungen hatte.

Dieser Auftritt genügte der Welt als Begrüßung für mich aber noch nicht. Es erschienen auch der Henker und sein

Steckenknecht* mit grausigen Folterinstrumenten, die mir, obwohl ich mich mit meiner Unschuld trösten konnte, meine Not erst wirklich furchterregend machten. »Ach Gott«, sagte ich zu mir, »wie recht geschieht dir doch! Simplicius, dieses Zerrbild eines Christenmenschen, ist aus dem Dienst an Gott entlaufen, und nun bekommt er den gerechten Lohn für seine Leichtfertigkeit. O du unseliger Simplicius! Wohin bringt dich deine Undankbarkeit? Eben erst hatte dir Gott die Erkenntnis seiner selbst gewährt und dich in seinen Dienst genommen, da läufst du schon wieder davon und kehrst ihm den Rücken! Hättest du nicht Eicheln und Bohnen essen können wie bisher, um deinem Schöpfer ungestört zu dienen? Hast du nicht gewusst, dass dein getreuer Einsiedel und Lehrmeister der Welt entflohen ist und sich die Wildnis erwählt hat? O du blinder Klotz, du hast diese Wildnis verlassen in der Hoffnung, deiner schändlichen Begierde, die Welt zu sehen, Genüge zu tun. Aber sieh doch: Während du glaubtest, deine Augen weiden zu können, musst du nun in diesem gefahrvollen Irrgarten untergehen und verderben. Hast du unverständiger Tropf dir nicht vorher überlegen können, dass dein seliger Vorgänger die Freude der Welt gegen sein hartes Leben in der Einöde nie und nimmer getauscht hätte, wenn er zuversichtlich gewesen wäre, in der Welt den wahren Frieden, die rechte Ruhe und ewige Seligkeit zu erlangen? Armer Simplicius, nun ist es aus mit dir, und du bekommst den Lohn für deine eitlen Gedanken und deine anmaßende Torheit. Du darfst dich über kein Unrecht beklagen und kannst dich mit keiner Unschuld trösten, denn aus eigener Kraft bist du deiner Marter und dem darauf folgenden Tod entgegengeeilt.«

So klagte ich mich selbst an, bat Gott um Vergebung und befahl ihm meine Seele. Unterdessen näherten wir uns dem Diebsturm. Doch als die Not am größten war, da war auch Gottes Hilfe am nächsten. Denn als ich, von den Schergen umringt, inmitten einer großen Volksmenge vor dem Gefängnis stand und darauf wartete, dass es geöffnet und ich hineingesperrt würde, wollte mein Pfarrer, dessen Dorf vor kurzem geplündert und niedergebrannt worden war, ebenfalls sehen, was da draußen los war (auch er saß nämlich ganz in der Nähe in Arrest). Als er zum Fenster hinaussah und mich erblickte, rief er laut: »O Simplicius, bist du es?« Als ich ihn hörte und sah, hob ich unwillkürlich beide Hände zu ihm auf und schrie: »O Vater! O Vater! O Vater!« Er fragte, was ich getan hätte. Ich wisse es nicht, antwortete ich. Man habe mich wohl hierhergeführt, weil ich den Wald verlassen hatte. Als er aber hörte, dass man mich für einen Verräter hielt, bat er, mich zu verschonen und abzuwarten, bis er dem Herrn Gouverneur berichtete habe, was mit mir sei. Das werde zu meiner wie seiner Freilassung beitragen und verhindern, dass uns der Herr Gouverneur Unrecht tue, denn er, der Pfarrer, kenne mich besser als jeder andere lebende Mensch.

Das 21. Kapitel. Das trügerische Glück schenkt dem Simplicius einen freundlichen Blick.

Ihm wurde erlaubt, zum Gouverneur zu gehen, und eine halbe Stunde später holte man auch mich und setzte mich in die Gesindestube, wo sich schon zwei Schneider, ein Schuster mit Schuhen, ein Kaufmann mit Hüten und Strümpfen und ein anderer mit allerhand Tuchwaren eingefunden hatten, um mich so rasch wie möglich einzukleiden. Man zog mir den Rock samt den Ketten und dem härenen Hemd aus, damit die Schneider Maß nehmen konnten. Dann erschien ein Barbier mit scharfer Lauge und wohlriechender Seife. Doch gerade, als er seine Kunst an mir beweisen wollte, kam ein anderer Befehl, der mich furchtbar erschreckte: Ich solle mein Kleid wieder anziehen. Das war aber nicht so böse gemeint, wie ich befürchtet hatte. Denn nun erschien ein Maler mit seinem Werkzeug, nämlich Mennige und Zinnober für meine Augenlider, braunrotem Lack, Indigo und Lasurblau für meine korallenroten Lippen, Goldgelb, Rotgelb und Bleigelb für meine weißen Zähne, die ich vor lauter Hunger bleckte, Kienruß, Kohlschwarz und Umbrabraun für meine blonden Haare, Bleiweiß für meine wilden Augen und vielen andern Farben für meinen vom Wetter gegerbten und gefärbten Rock. Auch hatte er eine ganze Handvoll Pinsel dabei. Der fing nun an, mich zu betrachten, zu skizzieren, zu malen und mit schräggelegtem Kopf sein Werk und meine Gestalt immer wieder sorgfältig zu vergleichen. Mal änderte er die Augen, dann das Haar, dann wieder rasch die Nasenlöcher, kurz, alles, was ihm anfangs nicht recht gelungen war, bis er zuletzt ein naturgetreues Abbild des früheren Simplicius entworfen hatte. Erst dann durfte auch der Barbier Hand an mich legen. Er wusch mir den Kopf, machte sich wohl anderthalb Stunden an meinen Haaren zu schaffen und schnitt sie dann nach der damaligen Mode ab, denn ich hatte mehr als genug. Nachher setzte er mich in eine Wanne und säuberte meinen ausgehungerten Leib von mehr als drei- oder vierjährigem Schmutz.

Kaum war er fertig, da brachte man mir ein weißes Hemd, Schuhe und Strümpfe und einen Überschlag oder Kragen, samt Hut und Feder. Auch die Hose war schön geschnitten und überall mit Tressen besetzt. Nur das Wams fehlte noch, aber die Schneider arbeiteten in höchster Eile daran. Der Koch erschien mit einem kräftigen Süppchen und die Magd mit einem Trank. Da saß der Herr Simplicius wie ein junger Graf am Tisch und war bestens versorgt. Ich langte tapfer zu, obwohl ich nicht wusste, was man mit mir vorhatte. Aber von einer Henkersmahlzeit wusste ich noch nichts, weshalb mir dieses herrliche Mahl so gut bekam, dass es sich gar nicht sagen lässt. Ja, mir scheint, ich habe mich mein Lebtag nicht wohler gefühlt als damals.

Sobald das Wams fertig war, zog ich es ebenfalls an, machte aber in den neuen Kleidern keine gute Figur. Ich sah aus wie ein Siegesdenkmal, das man mit Beutestücken behängt hatte, oder wie ein dekorierter Zaunpfahl, denn die Schneider hatten mir die Kleider absichtlich zu weit machen müssen, da man hoffte, ich würde in kurzer Zeit zunehmen, was bei so gutem Futter auch tatsächlich geschah. Mein Waldkleid hingegen wurde mit der Kette und allem Zubehör in die Kunstkammer zu anderen Raritäten und Antiquitäten gebracht und mein Bildnis in Lebensgröße daneben aufgestellt.

Nach dem Abendessen wurde der Herr Simplicius in ein Bett gelegt, wie er noch nie eines gehabt hatte, weder bei seinem Knan noch beim Einsiedel. Aber mein Bauch rumorte die ganze Nacht hindurch so sehr, dass ich nicht schlafen konnte. Vielleicht wusste er einfach noch nicht, was gut war, oder er wunderte sich über die köstlichen neuen Speisen, die ihm zuteil geworden waren. Ich blieb jedenfalls liegen, bis die liebe Sonne wieder schien (denn es war kalt), und dachte über die seltsamen Vorfälle der letzten Tage nach, wie mir der liebe Gott so treu weitergeholfen und mich an einen so guten Ort geführt hatte.

Das 22. Kapitel. Wer der Einsiedel war, von dem Simplicius so viel Gutes empfangen hatte.

Am selben Morgen befahl mir der Hofmeister* des Gouverneurs, ich solle zum Pfarrer gehen und mir von ihm sagen lassen, was sein Herr meinetwegen mit ihm besprochen habe. Er gab mir einen Leibschützen mit, der mich zu ihm brachte. Der Pfarrer führte mich in sein Studierzimmer, setzte sich, ließ auch mich sitzen und sagte dann: »Lieber Simplicius, der Einsiedel, bei dem du im Wald gelebt hast, war nicht nur der Schwager des hiesigen Gouverneurs, sondern im Krieg auch sein Förderer und sein bester Freund. Seit seiner Jugend hat es ihm, wie mir der Gouverneur zu erzählen beliebte, weder an heldenmütiger Soldatentapferkeit noch an der Gottesfurcht eines Ordenbruders gefehlt – zwei Tugenden, die man selten beieinander findet. Seine Frömmigkeit und verschiedene unglückliche Begebenheiten hemmten schließlich den Lauf seines weltlichen Glücks so sehr, dass er seinem Adel und seinen beträchtlichen Gütern in Schottland, wo er geboren wurde, entsagte, weil ihm alles weltliche Treiben abstoßend, eitel und verwerflich vorkam. Mit einem Wort, er hoffte, seine hohe Stellung in der Gegenwart gegen eine rühmlichere Glorie in der Zukunft einzutauschen, weil aller irdischer Prunk seiner hohen Gesinnung nur noch Ekel einflößte. Sein ganzes Tun und Trachten richtete sich auf jenes armselige Leben, bei dem du ihm im Wald begegnet bist und ihm bis zu seinem Tod Gesellschaft geleistet hast. Mir scheint, er ist durch die Lektüre vieler papistischer Bücher über das Leben der alten Eremiten* hierzu verleitet worden.

Ich will dir aber auch nicht verheimlichen, wie er in den Spessart und nach eigenem Wunsch zu diesem armseligen Einsiedlerleben gekommen ist, damit du später anderen Leuten davon erzählen kannst. In der zweiten Nacht nachdem die blutige Schlacht bei Höchst* verloren war, kam er ganz allein zu meinem Pfarrhof, gerade als ich mit meiner Frau und den Kindern gegen Morgen eingeschlafen war. Wegen des Lärms im Land, den die Fliehenden und ihre Verfolger bei solchen Gelegenheiten zu verursachen pflegen, hatten wir die ganze vorige Nacht und während der Hälfte dieser zweiten Nacht kein Auge zugetan. Zuerst klopfte er höflich, dann ziemlich ungestüm, bis er mich und meine schlaftrunkenen Hausgenossen geweckt hatte. Als ich ihm auf sein Drängen und nachdem wir einige vorsichtige Worte gewechselt hatten, die Tür öffnete, sah ich den Reiter von seinem lebhaften Pferd steigen. Sein kostbares Gewand war nicht nur mit Gold und Silber besetzt, sondern auch mit dem Blut seiner Feinde bespritzt, und weil er seinen blanken Degen noch in der Faust hielt, packten mich Furcht und Schrecken. Nachdem er ihn aber eingesteckt hatte und mir voller Höflichkeit begegnete, begann ich mich zu wundern, dass ein so tapferer Herr einen einfachen Dorfpfarrer so freundlich bat, ihn zu beherbergen. Wegen seiner stattlichen Erscheinung und seines prächtigen Aufzugs hielt ich ihn für den Mansfelder* selbst. Er aber sagte, dies eine Mal sei er jenem nicht nur vergleichbar, sondern übertreffe ihn sogar – allerdings bloß im Unglück. Drei Dinge beklagte er: den Verlust seiner hochschwangeren Gemahlin, die verlorene Schlacht und dass er nicht wie andere redliche Soldaten das Glück gehabt hatte, in ihr sein Leben für das Evangelium zu lassen. Ich wollte ihn trösten, sah aber bald, dass sein Edelmut keines Trostes bedurfte. Dann teilte ich mit ihm, was das Haus zu bieten hatte, und ließ ihm ein Soldatenbett aus frischem Stroh machen, weil er in keinem anderen liegen wollte, obwohl er dringend Ruhe brauchte.

Am nächsten Morgen schenkte er mir als Erstes sein Pferd und verteilte sein Geld (von dem er in Gold nicht wenig bei sich hatte) samt einigen kostbaren Ringen an meine Frau, die Kinder und das Gesinde. Ich wusste nicht, was ich davon halten sollte, weil Soldaten ja doch eher zu nehmen als zu geben pflegen; hatte deshalb Bedenken, so große Geschenke anzunehmen, und wandte ein, dass ich sie weder verdient hätte noch wüsste, wie ich sie je verdienen könnte. Außerdem sagte ich, wenn man solchen Reichtum und vor allem das kostbare Pferd, das sich nicht verstecken lasse, bei mir und den Meinen sähe, würde jeder zu dem Schluss kommen, ich hätte mitgeholfen, ihn auszurauben oder gar zu ermorden. Er aber sagte, ich solle mir deswegen keine Sorgen machen, er werde mich vor dieser Gefahr mit einer schriftlichen Bestätigung von seiner Hand schützen. Selbst sein Hemd und erst recht seine Kleider wolle er nicht mehr anziehen, wenn er meinen Pfarrhof verlasse. Und nun eröffnete er mir seine Absicht,

Einsiedler zu werden. Ich tat, was ich konnte, ihn davon abzubringen, weil mir dieses Vorhaben zu sehr nach Papsttum schmeckte, und erinnerte ihn daran, dass er dem Evangelium mit seinem Degen bessere Dienste erweisen könnte. Aber vergebens. Er bedrängte mich so lange, bis ich auf alles einging und ihn mit den Büchern, den Bildern und dem Hausrat versah, die du bei ihm gefunden hast, obwohl er für alles, was er mir überlassen hatte, nur die Wolldecke haben wollte, unter der er in dieser Nacht auf dem Stroh geschlafen hatte. Aus ihr ließ er sich einen Rock machen. Auch meine Wagenkette, die er dann immer getragen hat, musste ich ihm gegen eine goldene Kette eintauschen, an der er das Konterfei seiner Liebsten trug, so dass er weder Geld noch irgendetwas, das Geld wert war, bei sich behielt. Mein Knecht führte ihn an den unwirtlichsten Ort des Waldes und half ihm, seine Hütte zu errichten. Wie er dann dort gelebt hat und womit ich ihm bisweilen zur Hand gegangen bin und ausgeholfen habe, weißt du so gut wie ich und teils sogar besser.

Nachdem nun kürzlich die Schlacht bei Nördlingen verlorenging und ich, wie du weißt, vollkommen ausgeraubt wurde und schwer zu leiden hatte, habe ich mich hierher in Sicherheit gebracht, weil ich ohnehin schon meine besten Sachen hierhergeschafft hatte. Als mir schließlich das Geld auszugehen drohte, nahm ich drei Ringe, unter ihnen auch seinen Siegelring, und die goldene Kette mit dem daran hängenden Konterfei, von der ich dir erzählte habe, und trug alles zu einem Juden, um es zu versilbern. Dieser aber bot es wegen der Kostbarkeit und der guten Arbeit dem Gouverneur zum Kauf an, der wiederum das Wappen und das Konterfei sofort erkannte, mich holen ließ und wissen wollte, wie ich an diese Kleinode gekommen sei. Ich sagte ihm die Wahrheit, zeigte ihm auch den Übergabebrief mit der Handschrift des Einsiedlers und erzählte ihm die ganze Geschichte, wie er im Wald gelebt habe und gestorben sei. Doch der Gouverneur wollte mir nicht glauben, sondern erklärte, er werde mich in Haft nehmen, bis er die ganze Wahrheit erfahren habe. Und gerade als er einen Trupp losschicken wollte, der die Wohnung des Einsiedlers in Augenschein nehmen und dich hierherholen sollte, sehe ich, wie man dich in den Turm führt. Weil nun aber der Gouverneur keine Ursache mehr hat, an meiner Aussage zu zweifeln, weil ich ihm den Ort, wo der Einsiedler gewohnt hat, nennen und mich auf dich und andere lebende Zeugen berufen konnte, vor allem auf meinen Messner, der dich und ihn oft vor Tagesanbruch in die Kirche gelassen hat, und weil ja auch das Briefchen, das er in deinem Gebetbüchlein gefunden hat, nicht allein die Wahrheit, sondern auch die Frömmigkeit des seligen Einsiedlers klar bezeugt – deshalb will er dir und mir im Gedenken an seinen seligen Schwager Gutes tun. Du brauchst dich nur zu entscheiden, was du von ihm willst. Wenn du studieren willst, so will er die Unkosten dafür übernehmen. Hast du Lust, ein Handwerk zu lernen, so will er dich eines lernen lassen. Willst du aber bei ihm bleiben, so will er dich wie sein eigenes Kind halten, denn er sagt: Selbst wenn ein Hund seines seligen Schwagers zu ihm käme, würde er ihn aufnehmen.«

Ich antwortete, mir sei alles recht, was der Herr Gouverneur mit mir tun wolle.

Das 23. Kapitel. Simplicius wird Page, und wie die Frau des Einsiedlers verlorenging.

Bis zehn Uhr hielt mich der Pfarrer in seiner Wohnung auf, ehe wir zum Gouverneur gingen, um ihm meinen Entschluss mitzuteilen, denn er hoffte, der Gouverneur, der eine gastfreie Tafel hielt, werde ihn zum Mittagessen einladen. Hanau war nämlich damals blockiert*, und es herrschte bei den einfachen Leuten, vor allem bei denen, die sich in die Festung geflüchtet hatten, eine solche Knappheit, dass auch mancher, der etwas auf sich hielt, sich nicht zu schade war, angefrorene Rübenschalen, die die Reichen weggeworfen hatten, von der Straße aufzuheben.

Dem Pfarrer glückte sein Plan so gut, dass er sogar neben dem Gouverneur am Kopf der Tafel zu sitzen kam. Ich aber bediente nach den Anweisungen des Hofmeisters mit einem Teller in der Hand, wobei ich mich so geschickt anstellte wie ein Esel beim Schachspiel. Doch der Pfarrer machte allein durch seine Zunge wieder wett, was meinem Körper an Fertigkeit fehlte. Er sagte, ich sei in der Wildnis aufgewachsen, hätte nie unter Menschen gelebt und müsse daher wohl für entschuldigt gelten, weil ich noch nicht wissen könne, wie ich mich benehmen solle. Wie ich aber dem Einsiedel die Treue gehalten und das harte Leben bei ihm ertragen hätte, das sei bewundernswert, und schon deswegen müsse man nicht nur Geduld mit meiner Ungeschicklichkeit haben, sondern mich auch dem elegantesten Edelknaben vorziehen. Dann erzählte er, ich sei des Einsiedels ganze Freude gewesen, weil ich, wie er öfter gesagt habe, seiner Liebsten so ähnlich gewesen sei. Oft habe er sich auch über meine Beharrlichkeit und Entschlossenheit, bei ihm zu bleiben, und über viele andere Tugenden, die er an mir rühmte, verwundert. Kurz, ihm fehlten die Worte, um auszudrücken, wie ernst und inbrünstig der Einsiedel mich kurz vor seinem Tod ihm, dem Pfarrer, empfohlen und wie er bekannt habe, dass er mich so liebe, als wäre ich sein eigenes Kind.

Dies kitzelte mich dermaßen in den Ohren, dass mir schon die Freude hierüber alles aufzuwiegen schien, was ich bei dem Einsiedel je ausgestanden hatte. Der Gouverneur fragte, ob seinem seligen Schwager denn nicht bekannt gewesen sei, dass er, der Gouverneur, zu dieser Zeit in Hanau kommandiert habe.

»Freilich«, antwortete der Pfarrer, »ich habe es ihm ja selbst gesagt. Er hat es aber – wenn auch mit fröhlicher Miene und einem kleinen Lächeln – so kühl und ungerührt aufgenommen, als ob er nie einen Ramsay* gekannt hätte, so dass ich mich, wenn ich es recht bedenke, noch immer über die Standhaftigkeit dieses Mannes wundern muss und darüber, wie entschlossen er an seinem Vorsatz festhielt und es übers Herz brachte, nicht nur der Welt zu entsagen, sondern sich auch seinen besten Freund, den er doch in der Nähe wusste, aus dem Sinn zu schlagen.«

Dem Gouverneur, der sonst kein weichherziges Weibergemüt hatte, sondern ein tapferer, heldenmütiger Soldat war, standen die Augen voll Wasser. Er sagte: »Hätte ich gewusst, dass er noch lebte und wo er anzutreffen gewesen wäre – ich hätte ihn auch gegen seinen Willen zu mir holen lassen, um ihm alles Gute zu vergelten, das er mir erwiesen hat. Weil mir mein Glück dies nun aber nicht gegönnt hat, will ich, statt für ihn, für seinen Simplicius sorgen. Ach«, sagte er weiter, »der brave Mann hatte wohl Grund, seine schwangere Gemahlin zu beklagen, denn bei der Verfolgung wurde sie, und zwar ebenfalls im Spessart, von einem Trupp kaiserlicher Reiter gefangen genommen. Als ich davon erfuhr und nichts anderes wusste, als dass mein Schwager bei Höchst gefallen sei, habe ich gleich einen Trompeter zum Feind geschickt, der sich nach meiner Schwester erkundigen und sie freikaufen sollte – ohne Erfolg, außer dass ich erfuhr, jener Reitertrupp habe meine Schwester schließlich wieder verloren, als er im Spessart von einigen Bauern zersprengt worden sei, so dass ich bis heute nicht weiß, was aus ihr geworden ist.«

So handelte das Tischgespräch des Gouveneurs und des Pfarrers vor allem von meinem Einsiedel und seiner Liebsten, und dieses Ehepaar wurde umso mehr bedauert, als die beiden einander nur ein Jahr gehabt hatten. Ich aber wurde der Page des Gouverneurs und war bald ein solcher Kerl, dass die Leute, vor allem die Bauern, wenn ich sie bei meinem Herrn anmelden sollte, mich schon Junkherr nannten, obwohl ich zwar noch jung, aber noch längst kein Herr war.

Das 24. Kapitel. Simplicius tadelt die Leute und sieht viele Abgötter in der Welt

Damals hatte ich nichts vorzuweisen als ein reines Gewissen und ein aufrichtig frommes Gemüt, das von edler Unschuld und Einfalt durchdrungen und umgeben war. Von den Lastern kannte ich nur die Namen, die mir in Gesprächen oder beim Lesen bisweilen begegnet waren. Wenn ich aber sah, wie sich jemand wirklich eines zuschulden kommen ließ, erschrak ich und wunderte mich sehr, weil ich gelernt und mich daran gewöhnt hatte, die Gegenwart Gottes stets vor Augen zu behalten und ernsthaft nach seinem heiligen Willen zu leben. Und weil ich diesen Willen kannte, pflegte ich das Tun und Treiben der Menschen an ihm zu messen. Was ich dabei sah, schien mir allerdings ein einziger Greuel zu sein. Herr Gott! Wie staunte ich anfangs, wenn ich das Gesetz und das Evangelium und die wohlmeinenden Warnungen Christi überdachte und dann die Werke derer betrachtete, die sich als seine Jünger und Nachfolger ausgaben. Statt der aufrichtigen Gesinnung, die jeder rechtschaffene Christ haben soll, fand ich bei allen Weltmenschen nur eitle Heuchelei und zahllose andere Torheiten, so dass ich zu zweifeln begann, ob ich überhaupt Christen vor mir hatte. Denn ich sah gleich, dass zwar alle den ernsthaften Willen Gottes kannten, aber ein ernsthaftes Bestreben, diesen Willen zu vollbringen, sah ich nicht.

So gingen mir tausend wunderliche Gedanken und seltsame Einbildungen durch den Kopf, und ich geriet in schwere Anfechtungen wegen des Befehls Christi, der da lautet: »Richtet nicht, so werdet ihr auch nicht gerichtet.«* Denn mir kamen auch die Worte des Paulus aus Kapitel 5 seines Briefes an die Galater in den Sinn, wo er schreibt: »Offenbar sind aber die Werke des Fleisches, als da sind Ehebruch, Hurerei, Unreinheit, Unzucht, Abgötterei, Zauberei, Feindschaft, Hader, Neid, Zorn, Zank, Zwietracht, Aufruhr, Hass,

Mord, Saufen, Fressen und dergleichen, von welchen ich euch vorausgesagt habe und sage noch einmal voraus: die solches tun, werden das Reich Gottes nicht erben.«* Da dachte ich: Das tut ja fast jeder ganz offen, warum sollte ich da nicht aus den Worten des Apostels auch den Schluss ziehen dürfen, dass nicht jeder selig werden wird?

Neben dem Hochmut und dem Geiz samt ihrem Gefolge von kleineren Schwächen waren Fressen und Saufen, Hurerei und Unzucht bei den Wohlhabenden ein täglicher Brauch. Am allerschrecklichsten erschien mir aber die gräuliche Art, in der manche Leute, vor allem Soldatenburschen, bei denen man es mit der Bestrafung der Laster nicht sehr ernst nimmt, mit der eigenen Gottlosigkeit wie auch mit dem heiligen Willen Gottes ihren Scherz trieben. So hörte ich einmal einen Ehebrecher, der wegen seiner Tat auch noch gerühmt werden wollte, diese gottlosen Worte sagen: »Es geschieht dem geduldigen Hahnrei ganz recht, dass er meinetwegen ein Paar Hörner trägt, und um ehrlich zu sein, ich habe es mehr dem Mann zuleide als der Frau zuliebe getan, um mich an ihm zu rächen.«

»Was für eine elende Rache«, antwortete ein ehrbares Gemüt, das dies mit anhörte, »wenn man durch sie sein eigenes Gewissen befleckt und den schändlichen Namen eines Ehebrechers auf sich lädt!«

»Was heißt hier Ehebrecher?«, entgegnete ihm jener mit höhnischem Gelächter. »Wenn ich diese Ehe ein wenig gebogen habe, so bin ich deswegen noch längst kein Ehebrecher. Ehebrecher sind die, von denen im sechsten Gebot die Rede ist, wo es heißt, dass keiner in des anderen Garten steigen und die Kirschen eher brechen soll als der Besitzer selbst!« Und dass dies so zu verstehen sei, untermauerte er nach seinem Teufelskatechismus mit dem siebten Gebot, das besagt: »Du sollst nicht stehlen« usw. In solchen Reden erging er sich noch lange, während ich seufzte und bei mir dachte: O du gotteslästerlicher Sünder! Dich selbst nennst du einen

Ehebieger und den gütigen Gott einen Ehebrecher, weil er Mann und Frau durch den Tod voneinander trennt.

»Meinst du nicht«, sagte ich empört und voller Ärger zu ihm, obwohl er ein Offizier war, »dass du dich mit diesen gottlosen Worten mehr versündigst als mit dem Ehebruch selbst?«

Er aber antwortete: »Du Mauskopf! Soll ich dir ein paar Ohrfeigen geben?«

Ich glaube, ich hätte sie glatt bekommen, wenn dieser Kerl meinen Herrn nicht hätte fürchten müssen. Aber ich schwieg, und mit der Zeit wurde mir klar, wie oft es geschieht, dass sich Ledige nach Verheirateten und Verheiratete nach Ledigen umsehen.

Als ich noch bei meinem Einsiedel den Weg zum ewigen Leben studierte, hatte ich mich darüber gewundert, dass Gott seinem Volk die Abgötterei so streng verboten hat. Denn ich sagte mir, wer einmal den wahren, ewigen Gott erkannt hat, der wird nie und nimmer einen anderen ehren und anbeten, kam also in meiner Dummheit zu dem Schluss, dieses Gebot sei unnötig und überflüssig. Aber ach, ich Narr wusste nicht, was ich da dachte, denn sobald ich in die Welt kam, merkte ich, dass diesem Gebot zum Trotz fast jeder Weltmensch einen besonderen Nebengott hatte, manche hatten sogar mehr von ihnen als die alten und die neuen Heiden selbst. Einige verwahrten den ihren in ihrer Kassette, auf die sie alles Vertrauen und alle Zuversicht setzten. Mancher hatte den seinen bei Hofe, indem er sich ganz und gar auf einen Höfling verließ, der doch nur ein Favorit und oft genauso ein Faulpelz war wie sein Anbeter, denn seine windige Göttlichkeit beruhte auf nichts als der wetterwendischen Gunst des Prinzen. Andere hatten ihren Gott in der Reputation und bildeten sich ein, wenn ihnen diese zuteil würde, wären sie selbst halbe Götter. Noch andere hatten den ihren im Kopf – das waren die, denen der wahre Gott ein gesundes Hirn verliehen hatte, so dass sie verschiedene Künste und Wissenschaften zu begreifen vermochten. Sie rückten den gütigen Geber beiseite und verließen sich ganz auf seine Gabe, in der Hoffnung, sie würde ihnen alles verschaffen, was sie zu ihrem Wohlergehen brauchten. Es gab auch viele, deren Gott der eigene Bauch war, dem sie täglich opferten wie vor Zeiten die Heiden dem Bacchus und der Ceres*, und wenn er sich ungnädig zeigte oder andere menschliche Gebrechen sich meldeten, dann machten diese elenden Menschen aus dem Arzt einen Gott und suchten ihre Nahrung in der Apotheke, aus der sie allerdings des Öfteren in den Tod befördert wurden. Manche Narren machten sich Göttinnen aus schlüpfrigen Dirnen, gaben ihnen andere Namen, beteten sie Tag und Nacht unter tausend Seufzern an und dichteten Lieder für sie, die nichts als ihr Lob sangen und sie obendrein demütig anflehten, sie sollten mit der Torheit ihrer närrischen Anbeter Mitleid haben und selbst zu Närrinnen werden. Andererseits gab es auch Weibsbilder, die hatten ihre eigene Schönheit zu ihrem Gott erhoben. Diese, so sagten sie sich, wird mir einen Mann verschaffen, gleichgültig, was Gott im Himmel dazu sagen mag. Dieser Abgott wurde, statt mit anderen Opfern, täglich mit allerhand Schminke, Salben, Wässern, Pulvern und sonstigem Geschmier unterhalten und verehrt. Ich sah Leute, die Häuser in guter Lage für Götter hielten, denn sie sagten, solange sie darin gewohnt hätten, sei ihnen Glück und Heil zuteil geworden und das Geld gleichsam zum Fenster hereingefallen. Ich wunderte mich sehr über diese Torheit, denn ich sah wohl, warum es dem Einwohner so gut gegangen war. Ich kannte einen Mann, der wegen des Tabakhandels jahrelang nicht richtig schlafen konnte. Er hatte sein ganzes Herz, seinen Sinn und all seine Gedanken daran gehängt, die man doch Gott widmen soll. Viele tausend Seufzer stieß er am Tag und in der Nacht über seinen Handel aus, weil er durch ihn prosperierte. Aber was geschah? Der Geck starb und verwehte wie der Tabakrauch selbst. Da dachte ich: O du elender Mensch! Hätte dir an der Seligkeit deiner Seele und der Ehre des wahren Gottes so viel gelegen wie an dem Abgott, der in Gestalt eines Brasilianers mit einer Rolle Tabak unter dem Arm und einer Pfeife im Maul auf deiner Ladentheke steht, so lebte ich nun in der sicheren Zuversicht, du habest dir einen herrlichen Ehrenkranz erworben, der dich in jener Welt wohl zieren wird.

Ein anderer Gesell oder vielmehr Esel hatte noch widerwärtigere Götter, denn als einmal in einer geselligen Runde jeder erzählte, wie er sich bei dem gräulichen Hunger und in der teuren Zeit ernährt und durchgebracht habe, da sagte dieser klipp und klar, die Schnecken und Frösche seien sein Herrgott gewesen, denn ohne sie hätte er Hungers sterben müssen. Ich fragte ihn, was für ihn damals denn Gott selbst gewesen sei, der ihm solche *Insecta* doch zur Speise beschert habe. Dieser Dummkopf wusste darauf nichts zu antworten, und ich musste mich umso mehr darüber wundern, als ich noch nirgendwo gelesen hatte, dass, wie es dieser Geck tat, jemals solches Ungeziefer zum Gott ausgerufen worden wäre – nicht mal bei den alten, abgöttischen Ägyptern und auch nicht bei den neuesten Amerikanern.

Ein vornehmer Herr zeigte mir einmal seine Kunstkammer, in der schöne Raritäten zu sehen waren. Unter den Gemälden gefiel mir am besten ein *Ecce Homo* wegen der ergreifenden Darstellung, mit der es den Betrachter zum Mitleiden hinriss. Daneben hing ein auf Papier gemaltes Schaubild aus China, auf dem die Abgötter der Chinesen, zum Teil in der Gestalt von Teufeln, majestätisch sitzend dargestellt waren. Der Herr des Hauses fragte mich, welches Stück in seiner Kunstkammer mir am besten gefiele. Ich deutete auf das *Ecce Homo*. Er aber sagte, ich irrte mich, das Chinesengemälde sei rarer und deshalb auch kostbarer. Er würde es auch für zehn solcher *Ecce Homo* nicht hergeben. Ich antwortete: »Herr, empfindet Ihr im Herzen so, wie Ihr mit dem Mund sprecht?«

Er sagte: »Gewiss doch.«

Da sagte ich: »So ist der Gott Eures Herzens also der, von dessen Konterfei Ihr mit dem Mund erklärt, es sei das kostbarste.«

»Narr!«, sagte jener. »Ich schätze die *Rarität*!«

»Aber was ist seltener und staunenswerter«, antwortete ich, »als dass Gottes Sohn selbst für uns gelitten hat, wie uns dieses Bildnis vor Augen stellt?«

Das 25. Kapitel. Dem seltsamen Simplicius kommt in der Welt alles seltsam vor – umgekehrt er der Welt aber auch.

Sosehr man nun diese und noch viele andere Abgötter verehrte, so sehr verachtete man umgekehrt die wahre göttliche Majestät. Ich sah niemand, der bereit war, Gottes Wort und Gebot in Ehren zu halten, wohl aber viele, die ihm in allem widerstrebten und sogar die Zöllner an Bosheit übertrafen (die doch zu der Zeit, da Christus noch auf Erden wandelte, als die größten Sünder galten). Christus spricht: »Liebet eure Feinde; segnet, die euch fluchen; tut wohl denen, die euch hassen; bittet für die, so euch beleidigen und verfolgen, auf dass ihr Kinder seid eures Vaters im Himmel. Denn wenn ihr liebet, die euch lieben, was werdet ihr für Lohn haben? Tun nicht dasselbe auch die Zöllner? Und wenn ihr nur zu euren Brüdern freundlich seid, was tut ihr Sonderliches? Tun nicht dasselbe auch die Zöllner?«* Aber ich fand nicht nur niemand, der diesem Befehl Christi nachzukommen bestrebt war, vielmehr tat jeder gerade das Gegenteil. Es hieß: »Viel Schwäger, viel Ärger« – und nirgendwo fand sich mehr Neid, Hass, Missgunst, Hader und Zank als zwischen Brüdern, Schwestern und anderen nahen Verwandten, vor allem wenn es galt, eine Erbschaft zu teilen. Auch sonst hassten die Handwerker einander allerorts, und es war nicht zu übersehen, dass die größten Sünder von einst, die Steuerpächter und Zöllner, die wegen ihrer Bosheit und Gottlosigkeit bei jedermann verhasst waren, uns heutige Christen in der Bruderliebe weit übertrafen – bestätigte ihnen doch Christus selbst, dass sie sich untereinander geliebt hätten. Deshalb dachte ich bei mir: Wenn uns kein Lohn zuteil wird, solange wir unsere Feinde nicht lieben, was müssen wir dann erst für große Strafen gewärtigen, wenn wir sogar unsere Freunde hassen. Wo die größte Liebe und Treue sein sollte, sah ich die höchste Untreue und den gewaltigsten Hass. So mancher Herr misshandelte seine getreuen Diener und Untertanen, während umgekehrt etliche Untertanen an ihren braven Herren zu Betrügern wurden. Fortwährenden Zank bemerkte ich zwischen vielen Eheleuten. Mancher Tyrann behandelte sein ehrbares Weib schlimmer als einen Hund und manche Schlampe ihren braven Mann wie einen Narren und Esel. Viele hündische Herren und Meister betrogen ihre fleißigen Dienstboten um den ihnen zustehenden Lohn und schmälerten ihnen Speise und Trank, während ich umgekehrt auch viel treuloses Gesinde sah, das seine brave Herrschaft durch Diebstahl oder Nachlässigkeit schädigte. Händler und Handwerker wucherten gleichsam um die Wette und zogen dem Bauern mit allerlei Kniffen und Künsten sein sauer verdientes Geld aus der Tasche. Umgekehrt waren manche Bauern so gottlos, dass sie einfältig taten, dabei aber andere Leute, und sogar die eigenen Herren, die gar nicht sonderlich bösartig waren, in Verruf brachten.

Einmal sah ich, wie ein Soldat einem anderen eine schallende Ohrfeige gab, und bildete mir ein (weil ich noch nie eine Schlägerei erlebt hatte), der Geschlagene würde nun auch die andere Backe hinhalten. Aber ich irrte, denn der Beleidigte zog den Degen und verpasste dem Angreifer eine Wunde am Kopf. Ich rief: »Ach Freund, was tust du!« – »Bin ich denn ein Feigling?«, antwortete jener. »Hol's der

Teufel, ich will mich rächen oder das Leben nicht haben! Das wäre ein mieser Kerl, der sich so übel mitspielen lässt.« Der Lärm zwischen den beiden Duellanten wurde immer größer, während sich ihre Gefährten, die Zuschauer und die Nachdrängenden ebenfalls in die Haare gerieten. Da hörte ich sie so leichtfertig bei Gott und ihren Seelen schwören, dass ich nicht glauben mochte, dass sie die Seele für ihren wertvollsten Schatz hielten. Aber dies war nur Kinderspiel, denn es blieb nicht bei solchen Kinderschwüren, sondern bald folgte: »Schlag mich der Donner, der Blitz, der Hagel. Zerreiß und hol mich der etc., ja nicht bloß einer allein, sondern hunderttausend, und sie sollen mich in die Lüfte führen!« Die Heiligen Sakramente mussten nicht nur in ihrer Siebenzahl, sondern hunderttausendfach, ja so viel Tonnen, Galeeren und Stadtgräben voll herhalten, dass mir abermals die Haare zu Berg standen. Ich dachte an das Gebot Jesu Christi, da er sagt: »Ihr sollt überhaupt nicht schwören, weder bei dem Himmel, denn der ist Gottes Thron; noch bei der Erde, denn sie ist seiner Füße Schemel; noch bei Jerusalem, denn sie ist eines großen Königs Stadt. Auch sollst du nicht bei deinem Haupt schwören; denn du vermagst nicht ein einziges Haar weiß oder schwarz zu machen. Eure Rede aber sei: Ja, ja; nein, nein. Was darüber ist, das ist vom Übel.«* Dieses alles und was ich sah und hörte, erwog ich, kam zu dem Schluss, dass diese Raufbrüder keine Christen seien, und suchte mir deshalb andere Gesellschaft.

Am allerschrecklichsten kam es mir vor, wenn ich hörte, wie sich manche Großmäuler ihrer Bosheit, ihrer Sünden, ihrer Schande und ihrer Laster rühmten. Denn Tag für Tag hörte ich von morgens bis abends: Potz Blut, wie haben wir gestern gesoffen! Ich hab mich an einem Tag wohl dreimal vollgesoffen und ebenso oft gekotzt. Potz Stern, wie haben wir die Bauern, diese Schelme, gepiesackt! Potz Strahl, wie haben wir Beute gemacht! Potz hundert, wie haben wir Spaß mit den Weibern und Mädchen gehabt! Oder auch: Ich habe ihn niedergehauen, als hätte ihn der Hagel erschlagen. Ich habe ihn umgeschossen, dass es ihm die Augen für immer verdreht hat. Ich habe ihn so gründlich an der Nase herumgeführt, dass ihm der Teufel lieber gewesen wäre. Ich hab ihm ein Bein gestellt, dass er sich fast den Hals gebrochen hätte. Solche und ähnliche unchristliche Redensarten füllten mir Tag für Tag die Ohren, und obendrein hörte ich und sah auch, wie im Namen Gottes gesündigt wurde, dass es zum Erbarmen war, vor allem von den Kriegern, wenn sie sagten: Wir wollen in Gottes Namen Beute machen, plündern, rauben, totschießen, niedermachen, angreifen, gefangen nehmen, in Brand stecken – und was ihrer schrecklichen Taten mehr sein mochten. Genauso treiben die Wucherer ihre Geschäfte in Gottes Namen, um in ihrer teuflischen Gier Geld zu schinden und zu raffen. Ich habe gesehen, wie zwei Halunken gehängt wurden. Die hatten eines Nachts stehlen wollen, und als sie die Leiter angestellt hatten und der eine in Gottes Namen einsteigen wollte, da stieß ihn der wachsame Hausvater in Teufels Namen wieder herunter, so dass er sich ein Bein brach und also gefangen und ein paar Tage später samt seinem Kameraden aufgeknüpft wurde.

Wenn ich nun so etwas hörte oder sah und sogleich, wie es meine Gewohnheit war, die Heilige Schrift hervorzog oder sonst treuherzige Ermahnungen gab, hielten mich die Leute für einen Narren. Ja, ich wurde wegen meiner rechtschaffenen Gesinnung so oft ausgelacht, dass ich schließlich unwillig wurde und mir vornahm, zu schweigen, was ich jedoch aus christlicher Liebe nicht fertigbrachte. Ich wünschte mir, jedermann wäre bei meinem Einsiedel aufgezogen worden, denn ich glaubte, dann würden auch alle anderen Leute das Treiben auf der Welt mit den Augen des Simplicius sehen, so wie ich es damals sah. Ich verstand allerdings nicht, dass es, wenn lauter Simplicii auf der Welt wären, auch nicht so viele Laster in dieser Welt zu sehen gäbe. Andererseits ist es aber gewiss, dass ein Weltmensch, der alle Untugenden und

Torheiten gewohnt ist und selbst begeht, am allerwenigsten erkennen kann, wie sehr er mit seinen Gefährten auf dem Weg der Bosheit wandelt.

Das 26. Kapitel. Eine sonderbare, neue Art, einander Glück zu wünschen und zu begrüßen.

Es kam dahin, dass ich nicht mehr wusste, ob ich unter Christen lebte oder nicht. Deshalb ging ich zu dem Pfarrer und erzählte ihm alles, was ich gehört und gesehen hatte und was mir durch den Kopf ging, nämlich, dass ich die Leute nicht für Christen, sondern für nichts als Spötter hielt, die sich über Christus und sein Wort lustig machten. Ich bat ihn, mir aus meiner Verwirrung zu helfen, weil ich wissen wollte, wofür ich meine Mitmenschen zu halten hätte. Der Pfarrer antwortete: »Freilich sind sie Christen, und ich möchte dir nicht raten, sie anders zu nennen.«

»O Gott!«, sagte ich. »Aber wie kann das sein? Denn wenn ich mal jemanden tadele, weil er sich gegen Gott vergangen hat, werde ich verspottet und ausgelacht.«

»Wundere dich nicht darüber«, antwortete der Pfarrer. »Ich glaube, wenn unsere ersten frommen Christen, die zu Christi Zeiten gelebt haben, und die Apostel selbst heute auferstehen und in die Welt kommen würden, dann würden sie die gleiche Frage stellen wie du, und zuletzt würden sie, genau wie du, von aller Welt für Narren gehalten werden. Was du bisher gesehen und gehört hast, ist noch harmlos und nur eine Kleinigkeit, verglichen mit dem, was sonst heimlich oder offen und mit Gewalt gegen Gott und die Menschen geschieht und in der Welt verübt wird. Aber ärgere dich nicht darüber. Du wirst wenige Christen finden, wie der selige Herr Samuel* einer gewesen ist.«

Während wir uns so unterhielten, führte man einige Gefangene aus dem feindlichen Heer über den Platz, was unser Gespräch unterbrach, weil auch wir uns diese Leute ansehen wollten. Da vernahm ich einen Aberwitz, wie ich ihn mir nie und nimmer hätte träumen lassen. Es war jedoch die neue Mode, einander zu grüßen und willkommen zu heißen. Einer von unserer Garnison, der zuvor ebenfalls dem Kaiser gedient hatte, erkannte nämlich einen der Gefangenen. Er trat zu ihm, gab ihm die Hand, drückte die seinige vor lauter Freude und Herzlichkeit und sagte: »Dass dich der Hagel erschlag! Lebst du auch noch, Bruder? Potz Fickerment! Was führt uns der Teufel hier zusammen! Ich habe, schlag mich der Donner, gemeint, du wärst längst gehängt worden.« Darauf antwortete der andere: »Potz Blitz, Bruder! Bist du's oder bist du's nicht? Dass dich der Teufel hol! Wie kommst denn du hierher? Ich hätte mein Lebtag nicht geglaubt, dass ich dich noch mal treffen würde – ich hab gedacht, dich hätte längst der Teufel geholt.« Und als sie wieder auseinandergingen, sagte einer zum anderen, statt »Behüte dich Gott«: »Strick zu, Strick zu – morgen kommen wir vielleicht wieder zusammen, dann wollen wir brav miteinander saufen.«

»Ist das nicht eine schöne, gottselige Begrüßung?«, sagte ich zum Pfarrer. »Sind das nicht wunderbar christliche Wünsche? Haben sie nicht einen frommen Vorsatz für den morgigen Tag gefasst? Wer soll sie als Christen erkennen oder ihnen ohne Erstaunen zuhören? Wenn sie in christlicher Liebe schon so miteinander sprechen, wie wird es erst zugehen, wenn sie miteinander zanken? Herr Pfarrer, wenn das Christi Schäflein sind und Ihr sein bestellter Hirt seid, dann solltet Ihr sie doch wohl auf eine bessere Weide führen.«

»Ja, liebes Kind«, antwortete der Pfarrer. »Es geht bei den gottlosen Soldaten nicht anders zu, Gott sei's geklagt! Für fromme Lehren sind sie auf beiden Ohren taub, und ich hätte nichts davon als den gefährlichen Hass dieser gottlosen Burschen.«

Ich wunderte mich, schwätzte noch ein Weilchen mit dem Pfarrer und ging dann zurück, um dem Gouverneur aufzuwarten, denn ich musste bestimmte Zeiten einhalten, in denen ich Erlaubnis hatte, mir die Stadt anzusehen und den Pfarrer zu besuchen. Mein Herr hatte nämlich meine Einfalt bemerkt und meinte, sie würde sich legen, wenn ich herumlief, mich umsah und umhörte und von anderen geschult oder, wie man sagt, gehobelt und geschliffen würde.

Das 27. Kapitel. Dem Sekretär wird ein starker Geruch in die Kanzlei geräuchert.

Die Gunst meines Herrn wuchs täglich und wurde mit der Zeit immer größer, weil ich nicht nur seiner Schwester, die mit dem Einsiedel verheiratet gewesen war, sondern auch ihm selbst mit der Zeit immer ähnlicher sah, da mir die guten Speisen und die faulen Tage bald ein gepflegteres Aussehen verschafften. Diese Gunst genoss ich bei vielen, denn alle, die mit dem Gouverneur zu tun hatten, erwiesen sich mir ebenfalls günstig. Besonders der Secretarius mochte mich gut leiden. Er sollte mich Rechnen lehren und hatte daher oft seinen Spaß an meiner Einfalt und Unwissenheit. Er hatte erst kürzlich sein Studium beendet und steckte noch voller Schulpossen, so dass es manchmal den Anschein hatte, als habe er einen Sparren zu viel oder zu wenig im Kopf. Oft machte er mir vor, schwarz sei weiß und weiß sei schwarz, und so kam es, dass ich ihm zuerst alles und zuletzt gar nichts mehr glaubte.

Einmal tadelte ich sein verschmiertes Tintenfass. Er jedoch antwortete, das sei sein bestes Stück in der ganzen Kanzlei, denn aus ihm ziehe er alles hervor, was er begehre. Die schönsten Dukaten, Kleider, kurz, alles, was er sich nur wünsche, habe er nach und nach dort herausgefischt. Ich wollte nicht glauben, dass aus einem so kleinen, verächtlichen Ding so herrliche Sachen zu bekommen wären. Er hingegen sagte, das bewirke der *Spiritus Papyri* (so nannte er die Tinte), und das Tintenfass würde deshalb ein Fass genannt, weil es so große Sachen fasse. Ich fragte, wie man denn dies alles dort herausbrächte, da man doch kaum zwei Finger hineinbekäme. Er antwortete, er habe einen Arm im Kopf, der diese Arbeit verrichte. Und er hoffe, sich bald eine schöne Jungfrau daraus hervorzuziehen. Mit einigem Glück werde es ihm wohl auch gelingen, eigenes Land und eigene Diener herauszuholen, wie es auch früher des Öfteren geschehen sei. Ich wunderte mich über solche kunstvollen Griffe und fragte, ob noch mehr Leute diese Kunst beherrschten.

»Freilich«, antwortete er, »alle Kanzler, Doktoren, Sekretäre, Prokuratoren oder Advokaten, Kommissare, Notare, Kauf- und Handelsherren und unzählige andere mehr, welche meistens, wenn sie nur fleißig fischen, dabei zu reichen Herren werden.«

Ich sagte: »Also sind die Bauern und andere arbeitsame Leute ziemlich dumm, wenn sie im Schweiße ihres Angesichts ihr Brot essen und diese Kunst nicht auch lernen.«

Er antwortete: »Manche kennen den Nutzen der Kunst nicht und wollen sie deshalb auch nicht lernen. Andere würden sie gern lernen, aber ihnen fehlt der Arm im Kopf oder ein anderes Werkzeug. Wieder andere erlernen die Kunst, haben auch Arm genug, kennen aber die Griffe nicht, die die Kunst erfordert, wenn man mit ihr reich werden will. Wieder andere wissen und können alles, was dazu gehört, wohnen aber am falschen Ort und haben keine Gelegenheit, die Kunst, so wie ich, richtig auszuüben.«

Während wir so über das Tintenfass diskutierten (das mich sehr an das Säckel des Fortunatus* erinnerte), kam mir zufällig das Titularbuch* unter die Hände. Darin fand ich, so wie ich die Dinge damals verstand, mehr Torheiten, als mir bisher je vor Augen gekommen waren. Ich sagte zu dem

Sekretär: »Diese alle sind doch Kinder Adams, alle miteinander von der gleichen Art, und zwar aus nichts als Staub und Asche! Woher kommt dann all der Unterschied? Allerheiligst! Unüberwindlichst! Durchleuchtigst! Sind das nicht Eigenschaften Gottes? Hier ist einer gnädig, dort ist ein anderer gestreng. Und was hat das ständige *geboren* dabei zu suchen? Man weiß doch, dass keiner vom Himmel fällt und keiner aus dem Wasser steigt und keiner aus der Erde wächst wie ein Krautskopf. Und warum stehen hier nur Hoch-, Wohl-, Vor- und Großgeachtete, aber keine Großgeneunete? Und wo bleiben die Gefünften, Gesechsten und Gesiebenten? Was für ein närrisches Wort ist das hier – *vorsichtig*? Wem stehen denn die Augen hinten am Kopf?«

Der Sekretär musste über mich lachen und gab sich Mühe, mir die verschiedenen Titel und alle Wörter zu erklären. Ich aber beharrte darauf, dass die Titel nicht das Rechte anzeigen. Es wäre viel rühmlicher für jemanden, wenn er mit *freundlich* tituliert würde, statt mit *gestreng*. Und wenn doch das Wort *edel* für sich genommen nichts als hochschätzenswerte Tugenden bedeute – warum es dann, wenn es in *hochgeboren* eingeschoben werde (womit ein Fürst oder Graf bezeichnet wird), diesen fürstlichen Titel verringere?* Das Wort *wohlgeboren* aber sei eine vollkommene Unwahrheit, wie die Mutter eines jeden Baron gewiss bezeugen würde, wenn man sie fragte, wie es ihr bei der Geburt ihres Sohnes ergangen sei.

Während ich mich nun über dies alles lustig machte, entwich mir unversehens ein so grausamer Leibesdunst, dass wir beide, ich und der Sekretär, darüber erschraken. Augenblicklich meldete er sich sowohl in unseren Nasen als auch in der ganzen Schreibstube so kräftig an wie einer, den man vorher nicht hat klopfen hören. »Troll dich, du Sau«, sagte der Sekretär zu mir, »zu den anderen Säuen in den Stall. Das passt besser zu dir, du ungehobelter Klotz, als dich mit ehrbaren Leuten zu unterhalten.« Er musste aber genau wie ich den Ort räumen und dem gräulichen Gestank den Platz überlassen. So hatte ich mein gutes Ansehen, das ich in der Schreibstube besaß, wie die Redensart lautet, auf einen Schlag vergeigt.

Das 28. Kapitel. Aus Neid lehrt einer den Simplicius das Wahrsagen und noch eine andere schöne Kunst.

Ich hatte aber wenig Schuld an diesem Unglück, denn die ungewohnten Speisen und Arzneien, die man mir täglich gab, um mir den verschrumpften Magen und den zusammengeschnurrten Darm wieder herzurichten, erregten in meinem Bauch gewaltige Unwetter und starke Sturmwinde, die mir schwer zu schaffen machten, wenn sie sich mit aller Kraft ihre Bahn brachen. Und weil ich gar nicht daran dachte, dass es falsch sein könnte, der Natur in diesem Punkt den Willen zu lassen, zumal es unmöglich ist, einer solchen innerlichen Gewalt auf die Dauer zu widerstehen, und weil auch weder mein Einsiedel (denn solche Gäste fanden sich selten bei uns ein) mich darüber jemals belehrt noch mein Knan mir verboten hatte, diese Kerle ihres Weges ziehen zu lassen, ließ ich ihnen Luft und alles durchgehen, was fortwollte, bis ich, wie berichtet, jeglichen Kredit bei dem Sekretär verloren hatte.

Dabei hätte ich auf seine Gunst vielleicht sogar verzichten können, wenn ich nicht in noch größere Schwierigkeiten geraten wäre. Aber mir erging es wie einem frommen Menschen, der an einen Hof kommt, wo allseits Zwietracht herrscht* und die Schlange gegen Nasica, Goliath gegen David, Minotaurus gegen Theseus, Medusa gegen Perseus, Circe gegen Odysseus, Aigistos gegen Menelaos, Paludes gegen Coroebus, Medea gegen Pelias, Nessus gegen Herkules und, schlimmer noch, Althaia gegen ihren eigenen Sohn Meleagros Ränke schmiedet.

Mein Herr hatte außer mir noch einen zweiten Pagen, einen ausgemachten Spitzbuben, der schon ein paar Jahre bei ihm war. Diesem öffnete ich mein Herz, weil er in meinem Alter war. Ich dachte mir: Er ist Jonathan und du bist David.* Er war aber eifersüchtig wegen der großen Gunst, die mir mein Herr erwies und die sich täglich vermehrte. Er fürchtete, ich könnte ihn von seinem Platz verdrängen, betrachtete mich deshalb insgeheim mit Neid und Missgunst und suchte nach Mitteln, wie er mir Steine in den Weg legen und durch meinen Fall seinen eigenen abwenden konnte. Ich aber sah alles mit Taubenaugen und ohne Argwohn. Ja, ich vertraute ihm sogar all meine Geheimnisse an, die aber aus nichts als kindlicher Einfalt und Frömmigkeit bestanden, so dass er mir damit nicht schaden konnte.

Einmal vor dem Einschlafen schwätzten wir im Bett noch lange miteinander, und als wir auf die Wahrsagerei zu sprechen kamen, versprach er, sie mich umsonst zu lehren. Dann ließ er mich den Kopf unter die Decke stecken und beteuerte, nur so könne er mir diese Kunst beibringen. Ich gehorchte und gab acht auf die Ankunft des Wahrsagergeistes. Und potz Glück! Er erschien und hielt so starken Einzug in meiner Nase, dass ich den Kopf unter der Decke wieder hervorziehen musste.

»Was ist?«, fragte mein Lehrmeister.

»Du hast einen streichen lassen«, sagte ich.

»Und du«, antwortete er, »hast wahrgesagt und beherrschst also nun diese Kunst.«

Ich fühlte mich nicht gekränkt deswegen, denn Groll kannte ich noch nicht. Ich wollte von ihm nur wissen, durch was für einen Kniff man diese Kerle so lautlos wegschaffen könne.

»Das ist keine große Kunst«, antwortete mein Kamerad. »Du musst nur das linke Bein heben, wie ein Hund, der an eine Ecke pinkelt, und dabei heimlich sagen: *Je pète, je pète, je pète.** Dann drückst du so stark, wie du kannst, und schon spazieren sie so still und leise davon, als hätten sie gestohlen.«

»Das ist gut«, sagte ich. »Und wenn es dann nachher stinkt, werden alle denken, ein Hund hätte die Luft verpestet, vor allem wenn ich das linke Bein recht hoch gehoben habe.«

Ach, dachte ich bei mir, hätte ich doch diese Kunst heute in der Schreibstube schon gekannt!

Das 29. Kapitel. Dem Simplicius werden zwei Augen aus einem Kalbskopf zuteil.

Am nächsten Tag veranstaltete mein Herr für seine Offiziere und andere gute Freunde ein fürstliches Gastmahl, weil er die gute Nachricht bekommen hatte, dass seine Leute das Schloss Braunfels* eingenommen hatten, ohne einen einzigen Mann zu verlieren. Da musste ich nun meines Amtes walten und wie die anderen Tischdiener beim Auftragen der Speisen helfen, einschenken und mit einem Teller in der Hand aufwarten. Gleich anfangs wurde mir ein großer, fetter Kalbskopf (von denen man sagt, sie würden einem Armen gar nicht bekommen) ausgehändigt, den ich auftragen sollte. Weil er nun ziemlich mürbgesotten war, hing ihm das eine Auge mit allem, was dazugehörte, ziemlich weit heraus – für mich ein köstlicher, verführerischer Anblick. Und weil mich zugleich auch der frische Geruch der Speckbrühe und des darübergestreuten Ingwers reizte, verspürte ich einen solchen Appetit, dass mir das Maul voll Wasser lief. Kurz, dieses Auge lachte meine Augen, meine Nase und meinen Mund gleichzeitig an und bat mich gleichsam, ich solle es doch meinem heißhungrigen Magen einverleiben. Ich ließ mich nicht lange bitten und folgte meiner Begierde. Im Gehen hob ich das Auge mit meinem Löffel, den ich gerade an diesem Tag erst bekommen hatte*, so meisterlich heraus und schickte es, ohne zu zögern, so geschwind an seinen Ort, dass niemand etwas bemerkte, bis das angekratzte Essen auf den Tisch kam und mich und sich selbst verriet. Denn als man den Kalbskopf zerlegen wollte und eines seiner besten Teile fehlte, sah mein Herr sofort, warum der Vorschneider stutzte. Dass man es wagte, ihm einen einäugigen Kalbskopf vorzusetzen, mochte mein Herr nicht auf sich sitzen lassen. Der Koch wurde an den Tisch gerufen und diejenigen, die aufgetragen hatten, mit ihm verhört. Zuletzt kam das Fazit über den armen Simplicius heraus, dass man ihm nämlich den Kopf mit beiden Augen zum Auftragen übergeben habe. Was aber dann geschehen sei, darüber konnte niemand etwas sagen. Mein Herr fragte mich mit einer Miene, die mir einen Schreck einjagte, was ich mit dem Kalbsauge angestellt hätte. Geschwind zog ich den Löffel wieder aus der Tasche, hieb noch einmal in den Kalbskopf und führte einfach vor, was man von mir wissen wollte, indem ich das andere Auge genau wie das erste im Hui verschlang.

»*Par Dieu!*«, sagte mein Herr. »Dieser Auftritt schmeckt besser als zehn Kälber!«

Die anwesenden Herren lobten diesen Ausspruch und nannten meine Tat, die ich aus Einfalt begangen hatte, einen wunderbar klugen Einfall und eine Verheißung künftiger Tapferkeit und unerschrockener Entschlossenheit. So kam es, dass ich meiner Strafe durch Wiederholung dessen, womit ich sie verdient hatte, für diesmal nicht nur glücklich entging, sondern von verschiedenen Spaßmachern, Schmeichlern und Tischräten sogar gelobt wurde: Ich hätte weise gehandelt, beide Augen am gleichen Ort unterzubringen, damit sie wie in dieser, so auch in jener Welt einander helfen und Gesellschaft leisten könnten, wozu sie ja auch die Natur von Anfang an bestimmt habe. Mein Herr aber sagte, ich solle ihm nicht noch einmal so kommen.

Das 30. Kapitel. Wie man nach und nach einen Rausch bekommt und schließlich, ohne es zu merken, stockbesoffen wird.

Bei dieser Mahlzeit (ich schätze, bei anderen geht es genauso zu) begab man sich ganz christlich an die Tafel und sprach sehr still und allem Anschein nach auch sehr andächtig das Tischgebet. Solange man mit der Suppe und den ersten Speisen beschäftigt war, hielt diese stille Andacht auch vor, als säße man in einem Kapuzinerkloster. Doch kaum hatte jeder drei- oder viermal »Gesegne's Gott!« gesagt, da wurde schon alles viel lauter. Es lässt sich schwer beschreiben, wie nach und nach jede Stimme, je länger sie ertönt, auch immer lauter wird. Man könnte die ganze Gesellschaft mit einem Redner vergleichen, der sacht beginnt und irgendwann losdonnert. Es wurden Gerichte gebracht, die man Vorspeisen nannte, weil sie gewürzt waren und vor dem Trunk genossen werden sollten, damit er desto besser mundete; desgleichen Beilagen, die beim Trinken nicht übel schmecken sollten, ganz zu schweigen von verschiedenen französischen Potagen und spanischen Olla Podriden*, die durch tausenderlei Kunstgriffe und unzählige Zusätze dermaßen verpfeffert, überkrümelt, vermummt und vermixt und für den Trunk präpariert waren, dass sie sich durch solche Zusätze und Gewürze in ihrem Wesen von dem, wie die Natur sie ursprünglich hervorgebracht hatte, weit entfernt hatten und selbst ein Gnaeus Manlius*, wenn er aus Asien gekommen wäre und die besten Köche bei sich gehabt hätte, sie nicht mehr erkannt hätte.

Ich fragte mich, ob so etwas einen Menschen, der sich all dies und den Trunk dabei schmecken lässt (um dessentwillen es ja vor allem zubereitet wird), nicht auch seiner Sinne berauben, ihn verändern oder gar zu einer Bestia machen könnte. Vielleicht waren dies ja die gleichen Mittel, mit denen Circe die Gefährten des Odysseus in Schweine verwandelt hatte. Und plötzlich sah ich, dass die Gäste die aufgetragenen Speisen fraßen wie die Säue, dann soffen wie die Kühe, sich dabei benahmen wie die Esel und schließlich kotzten wie die Gerberhunde!* Aus Gläsern groß wie Eimer gossen sie sich den edlen Hochheimer, den Bacharacher und den Klingenberger in den Magen, und die Wirkung zeigte sich gleich oben im Kopf. Staunend sah ich, wie alles sich veränderte, wie vernünftige Leute, die eben noch ihre fünf Sinne gesund beieinanderhatten, urplötzlich in die närrischsten Faxen verfielen und das albernste Zeug von der Welt daherredeten. Die großen Torheiten, die sie begingen, und die großen Trünke, die sie einander ausbrachten, wurden mit der Zeit immer noch größer, als ob diese beiden, die Torheit und der Trunk, um die Wette stritten, wer von beiden der größte sei, und zuletzt verkehrte sich dieser Kampf in eine unflätige Schweinerei. Aber das Schönste daran war, dass ich nicht wusste, woher dieser Taumel kam, denn die Wirkung des Weins und die Trunkenheit selbst kannte ich noch nicht, was mich auf allerlei seltsame Mutmaßungen und phantastische Gedanken brachte. Ich sah zwar, was für seltsame Gesichter sie schnitten, wusste aber nicht, woher ihr Zustand rührte.

Bis dahin hatte jeder seinen Teller mit gutem Appetit geleert. Als aber die Mägen gefüllt waren, wurde die Sache schwieriger – wie bei einem Fuhrmann, der zuerst mit ausgeruhtem Gespann in der Ebene gut fortrollt und dann den Berg nicht hochkommt. Und nachdem schließlich auch die Köpfe toll wurden, half dem einen die Courage weiter, die er sich mit dem Wein angetrunken hatte, dem anderen die Herzlichkeit, mit der er einem Freund zuprosten wollte, dem dritten die deutsche Redlichkeit, mit der er jedes Prosit ritterlich erwiderte. Nachdem aber auch das auf die Dauer nichts mehr nützte, beschworen sie einander, auf das Wohl großer Herren oder lieber Freunde oder die Gesundheit ihrer Liebsten den Wein maßweise in sich hineinzuschütten, wobei manchem die Augen übergingen und der Angstschweiß ausbrach. Doch gesoffen musste es sein. Zuletzt lärmten sie mit Trommeln, Pfeifen und Saitenspiel und schossen ihre Pistolen dazu ab, ohne Zweifel deshalb, weil sie den Wein nur noch mit Gewalt in ihre Mägen zwängen konnten. Ich fragte mich, wohin sie all den Wein schütteten, weil ich noch nicht wusste, dass sie ihn, bevor er bei ihnen recht warm wurde, unter großen Schmerzen durch jene Öffnung wieder von sich gaben, durch die sie ihn kurz zuvor unter höchster Gefahr für ihre Gesundheit hineingegossen hatten.

Mein Pfarrer war auch bei diesem Gastmahl, und da er ein Mensch wie die anderen war, musste auch er wie die anderen mal austreten. Ich ging ihm nach und sagte: »Herr Pfarrer, warum benehmen sich die Leute so seltsam? Woher kommt es, dass sie so herumtorkeln? Ich glaube fast, sie sind nicht mehr ganz bei Verstand. Alle haben sich satt gegessen und getrunken und schwören, der Teufel solle sie holen, wenn sie noch mehr saufen könnten, und trotzdem hören sie nicht auf, sich vollzustopfen. Können sie nicht anders, oder treiben sie Gott zum Trotz solche Verschwendung sinnlos und aus freien Stücken?«

»Liebes Kind«, antwortete der Pfarrer, »Wein rein, Witz raus! Aber das ist noch gar nichts, verglichen mit dem, was noch kommen wird. Denn vor Tagesanbruch werden diese Leute kaum auseinandergehen, und auch wenn ihre Mägen bis obenhin voll sind, waren sie doch bis jetzt noch nicht recht lustig.«

»Platzen ihnen denn nicht die Bäuche«, fragte ich, »wenn sie immer weiter so unmäßig einfahren? Können ihre Seelen, die doch Gottes Ebenbild sind, in solchen Mastschweinkörpern ausharren, wo sie wie in finsteren Gefängnissen und von Ungeziefer wimmelnden Diebstürmen fernab aller Frömmigkeit gefangen sitzen? Wie können sich ihre edlen Seelen so martern lassen? Sind nicht ihre Sinne, deren sich ihre Seelen doch bedienen sollten, wie in den Eingeweiden unvernünftiger Tiere begraben?«

»Halt bloß den Mund«, antwortete der Pfarrer, »sonst bekommst du noch gräuliche Prügel! Jetzt ist nicht der Augenblick zum Predigen, sonst würde ich es schon tun, und besser als du.«

Als ich das hörte, schwieg ich und sah nur noch zu, wie man hier mutwillig Speise und Trank vergeudete, obwohl der arme Lazarus*, den man damit hätte laben können, in Gestalt vieler hundert vertriebener Wetterauer, denen der Hunger zu den Augen herausschaute, draußen vor der Tür verschmachtete, weil Not im Schrank war.

Das 31. Kapitel. Wie dem Simplicius seine Kunst gründlich misslingt und man ihm nachher mit Prügeln die Passion singt.

Während ich so mit einem Teller in der Hand an der Tafel aufwartete und mir der Kopf brummte von allerlei quälenden Phantasien und seltsamen Gedanken, ließ mich auch mein Bauch nicht in Ruhe. Er rumorte ohne Unterlass und gab dadurch zu verstehen, dass Burschen in ihm wären, die an die frische Luft wollten. Ich beschloss, mich dieses ungeheuren Gerumpels zu entledigen, den Übergang zu öffnen und dabei jene Kunst anzuwenden, die mich mein Kamerad erst am Abend vorher gelehrt hatte. Also hob ich das linke Bein samt dem Schenkel, so hoch ich konnte, drückte mit aller Kraft und wollte dazu meinen Spruch *Je pète* dreimal leise vor mich hin sagen. Doch als der ungeheure Kamerad, der mir zum Hintern hinauswischte, wider Erwarten gräulich laut daherkam, wusste ich vor Schreck nicht mehr, was ich tat. Mir wurde mit einem Mal so bang, als stände ich auf der Leiter unter dem Galgen und der Henker wollte mir gerade den Strick um den Hals legen, und in dieser jähen

Angst geriet ich in solche Verwirrung, dass ich auch nicht mehr Herr meiner eigenen Glieder war und mein Maul bei diesem plötzlichen Lärm ebenfalls rebellisch wurde, hinter dem Hintern nicht zurückstehen und nicht zulassen wollte, dass er allein das Wort habe, während es selbst, das doch zum Reden und Schreien erschaffen war, seine Reden nur heimlich brummeln sollte. Deshalb ließ es das, was ich nur leise hatte vor mich hin sagen wollen, dem Hintern zum Trotz überlaut hören, und mit einem solchen Schrecken in der Stimme, als wollte mir jemand die Kehle durchschneiden. Je gräulicher der Unterwind knallte, desto grauslicher fuhr oben das *Je pète* heraus, als veranstalteten Eingang und Ausgang meines Magens einen Wettstreit, wer von ihnen mit der erschreckendsten Stimme losdonnern könnte. Das brachte mir zwar Linderung im Inneren, zugleich aber auch die Ungnade meines Herrn, des Gouverneurs. Seine Gäste wurden durch den unerwarteten Knall fast alle wieder nüchtern. Ich aber, der ich trotz aller Bemühung den Wind nicht hatte bannen können, wurde in einen Futtertrog gespannt und so ausgepeitscht, dass ich noch heute daran denke. Seit ich den ersten Atemzug getan hatte, war dies die erste Bastonade, die ich bekam – weil ich die Luft, in der wir doch alle gemeinsam leben müssen, so gräulich verdorben hatte. Man brachte Räuchertäfelchen und Kerzen, und die Gäste kramten ihre Moschuskugeln und Balsambüchsen und sogar ihren Schnupftabak hervor, aber auch die besten Aromata richteten kaum etwas aus. So hatte ich von diesem Auftritt, den ich besser spielte als der beste Komödiant der Welt, zwar Frieden im Bauch, aber Schläge auf dem Buckel, die Gäste hingegen hatten die Nasen voller Gestank und die Diener ihre liebe Mühe, wieder einen guten Geruch im Saal zu stiften.

Das 32. Kapitel. **Handelt wiederum von nichts als dem Besäufnis und davon, wie man die Pfaffen dabei loswird.**

Als das vorbei war, musste ich wieder aufwarten wie zuvor. Mein Pfarrer war noch da und wurde wie die anderen immerfort zum Trinken gedrängt, mochte aber nicht recht mitmachen, sondern sagte, so bestialisch wolle er nicht saufen. Da bewies ihm ein tapferer Zechbruder, dass er, der Pfarrer, wie eine Bestia, er, der Säufer, und die anderen Anwesenden hingegen wie Menschen söffen. »Denn«, so sagte er, »ein Vieh säuft nur so viel, wie ihm gut schmeckt und den Durst löscht, denn es weiß nicht, was gut ist, und mag keinen Wein. Uns Menschen aber gefällt es, den Trunk zu genießen und uns den edlen Rebensaft einzuträufeln, wie es auch unsere Vorfahren getan haben.«

»Schon recht«, sagte der Pfarrer, »aber ich will doch Maß dabei halten.«

»Gut so!«, antwortete der andere. »Ein ehrlicher Mann hält sein Wort« – und ließ einen Maßbecher einschenken und hielt ihn dem Pfarrer am schwankenden Arm hin. Der hingegen ging davon und ließ den Säufer mit seinem Eimer stehen.

Nachdem man ihn los war, ging es drunter und drüber. Nun schien es, als sei dieses Gastmahl vor allem dazu da, sich durch Saufen aneinander zu rächen, sich gegenseitig in den Schmutz zu ziehen oder einander andere Streiche zu spielen. Denn wenn einer so fix und fertig war, dass er nicht mehr sitzen, stehen oder gehen konnte, dann hieß es: »Jetzt sind wir quitt! Du hast mir neulich genauso mitgespielt, nun hab ich's dir heimgezahlt.« Wer aber durchhielt und am besten saufen konnte, brüstete sich damit und hielt sich für einen tollen Kerl. Zuletzt taumelten alle durcheinander, als hätten sie Samen vom Bilsenkraut* genossen. So führten sie alle miteinander ein wundersames Fastnachtsspiel auf, aber niemand war da, der sich darüber wunderte, außer mir. Der eine sang, der andere weinte. Einer lachte, ein anderer trauerte. Einer fluchte, der andere betete. Einer schrie mit voller Kraft: »Courage!«, der andere konnte nicht mehr reden. Hier war einer still und friedlich, dort wollte einer den Teufel vertreiben, indem er ihm Prügel androhte. Einer schlief und schwieg still, der andere plauderte, dass sonst keiner zu Wort kam. Einer erzählte von seinen Liebesabenteuern, der andere von seinen schrecklichen Kriegstaten. Manche redeten über Kirche und Religion, andere über die Staatsräson, über Politik und Welt- und Reichshändel. Manche liefen ruhelos hin und her und konnten nicht stillsitzen, andere lagen da und konnten nicht den kleinsten Finger regen, geschweige denn aufrecht stehen oder gehen. Manche fraßen wie die Drescher, als hätten sie acht Tage lang Hunger gelitten, andere kotzten wieder heraus, was sie den ganzen Tag über geschluckt hatten. Mit einem Wort, ihr ganzes Tun und Lassen war derart komisch, närrisch, seltsam und dabei so sündhaft und gottlos, dass der mir entfahrene üble Geruch, der mir so gräuliche Prügel eingetragen hatte, dagegen nur ein Witz war. Zuletzt brach am unteren Ende der Tafel ernstlich Streit aus. Da warfen sie sich Gläser, Becher, Schüsseln und Teller an die Köpfe und schlugen nicht nur mit Fäusten, sondern auch mit Stühlen, Stuhlbeinen, Degen und allem Möglichen so kräftig drein, dass manchem der rote Saft über die Ohren lief. Aber mein Herr machte dem Streit bald ein Ende.

Das 33. Kapitel. Wie der Herr Gouverneur einen abscheulichen Fuchs schoss

Als wieder Friede eingekehrt war, zogen die Meistersäufer mit den Musikern und den Frauen in ein anderes Haus, dessen Saal noch zu einer anderen Torheit bestimmt und geeignet war. Mein Herr aber setzte sich, entweder weil ihm vor Zorn oder von der Prasserei schlecht geworden war, auf sein Sofa. Ich ließ ihn, wo er lag, damit er ruhen und schlafen konnte. Doch als ich gerade bei der Tür des Zimmers war, wollte er nach mir pfeifen, brachte es aber nicht zustande. Stattdessen rief er nach mir, aber nur: »Simbl!« Ich eilte zu ihm und sah, dass er die Augen verdreht hatte wie ein Rind, das man absticht. Stocksteif stand ich da und wusste nicht, was ich tun sollte. Er aber deutete auf die Anrichte und lallte: »Br-bra-bring da-das, du Schuft. La-la-lang's Lavoir, ich m-mu-muss ein Fu-Fuchs schießen!«* Ich beeilte mich, holte die Schüssel herbei, und als ich wieder bei ihm war, hatte er Backen wie ein Trompeter. Er packte mich beim Arm und stellte mich so vor sich hin, dass ich ihm das Lavoir gerade vor den Mund halten musste, den es ihm dann unter schmerzhaften Leibeszuckungen plötzlich aufriss, worauf sich eine so wüste Materia in das Lavoir ergoss, dass ich von dem widerlichen Gestank fast ohnmächtig wurde, vor allem weil mir – mit Verlaub – einige Brocken davon ins Gesicht spritzten. Da hätte ich beinahe mitgemacht, aber als ich sah, wie er immer bleicher wurde, ließ ich es bleiben, weil ich befürchtete, mit dem Unflat würde ihm auch die Seele durchgehen, denn der kalte Schweiß stand ihm auf der Stirn, und er sah aus wie ein Sterbender. Doch erholte er sich rasch und hieß mich frisches Wasser holen, mit dem er seinen Weinschlauch wieder ausspülte.

Dann befahl er, ich solle den Fuchs wegtragen, der mir, wie er da in einem silbernen Lavoir lag, plötzlich gar nicht mehr so verachtenswert vorkam, sondern eher wie eine Schüssel mit Vorspeisen für vier Mann und viel zu schade, um sie wegzuschütten. Ich wusste ja auch, dass mein Herr nichts Schädliches in seinem Magen gesammelt hatte, sondern nur herrliche, delikate Pasteten und allerhand Gebackenes, Geflügel, Wildbret sowie Fleisch von zahmen Tieren, lauter Dinge, die man noch gut unterscheiden und erkennen konnte. Also sah ich zu, dass ich nach draußen kam, wusste aber nicht, wohin und was ich damit anfangen sollte, und konnte ja auch meinen Herrn nicht fragen. Ich ging zum Hofmeister, zeigte ihm den herrlichen Schmaus und fragte, was ich mit dem Fuchs machen sollte. Er antwortete: »Du Narr, geh hin und bring ihn dem Kürschner. Der soll sich den Pelz vornehmen.«

Ich fragte, wo ich den Kürschner finden könne.

»Nein«, antwortete der Hofmeister, als er meine Einfalt bemerkte, »bring ihn besser dem Doktor, damit er daran sehe, wie es um die Gesundheit unseres Herrn steht.«

So hätte ich mich in den April schicken lassen, wenn dem Hofmeister nicht neue Bedenken gekommen wären. Endlich ließ er mich das Ganze in die Küche tragen. Die Mägde sollten es aufbewahren und gut einpfeffern. Diesen Befehl richtete ich auch mit allem Ernst aus, wofür mich die Schlampen reichlich mit Spott überhäuften.

Das 34. Kapitel. **Wie Simplicius den Tanz verdarb.**

Gerade als ich mein Lavoir losgeworden war, wollte mein Herr ausgehen. Ich folgte ihm zu einem großen Haus, wo ich in einem Saal Männer und Frauen und einzelne Personen sah, die so schnell durcheinanderwirbelten, dass es ein einziges Gewimmel war. Sie veranstalteten ein solches Getrappel und Gejohle, dass ich glaubte, alle seien rasend geworden, denn ich konnte mir nicht erklären, was sie mit diesem Wüten und Toben bezweckten. Ja, ihr Anblick kam mir so grauenhaft, furchtbar und erschreckend vor, dass mir alle Berge zu Haar standen. Mir schien, sie müssten alle den Verstand verloren haben. Doch als wir näher kamen, sah ich, dass es sich um unsere Gäste handelte, die am Vormittag noch ganz vernünftig gewesen waren. Mein Gott!, dachte ich. Was ist bloß mit den armen Leuten los? Bestimmt hat sie ein

Wahnsinn überfallen. Dann fiel mir ein, es könnten Höllengeister sein, die eine andere Gestalt angenommen hätten und nun mit solchem leichtfertigen Getue und Herumäffen das ganze Menschengeschlecht verspotteten, denn ich sagte mir: Hätten sie menschliche Seelen und Gottes Ebenbild in sich, dann würden sie sich nicht so abartig benehmen.

Gerade als mein Herr in den Hausflur kam und den Saal betreten wollte, hörte die Wut auf – bis auf ein Bücken und Nicken mit den Köpfen und ein Kratzen und Schuhschleifen mit den Füßen auf dem Boden, als wollten sie die Fußstapfen wieder verwischen, die sie während ihrer Raserei getreten hatten. An dem Schweiß, der ihnen über die Gesichter floss, und an ihrem Schnaufen konnte ich erkennen, dass sie sich sehr angestrengt hatten. Aber ihre fröhlichen Gesichter gaben auch zu verstehen, dass diese Arbeit nicht sauer aufstieß.

Ich hätte nur zu gern gewusst, worauf dieses närrische Treiben abzielte, und fragte deshalb meinen Kameraden und vertrauten Herzbruder, der mir erst kürzlich das Wahrsagen beigebracht hatte, was diese Wut zu bedeuten habe und was mit dem rasenden Getrippel und Getrappel bezweckt werde. Der stellte mir nun als eine solide Wahrheit hin, dass sich die Anwesenden verabredet hätten, mit vereinten Kräften den Boden des Saals einzutreten.

»Was meinst du wohl«, sagte er, »warum sie sich sonst so tapfer tummeln würden? Hast du nicht gesehen, wie sie schon zum Spaß die Fenster eingeschlagen haben? Genauso wird es auch diesem Boden ergehen.«

»Herr Gott!«, antwortete ich. »Dann müssen wir ja mit zugrunde gehen und uns beim Hinunterfallen genau wie sie Hals und Beine brechen.«

»Ja«, sagte mein Kamerad, »darauf läuft es hinaus, und es kümmert sie kein bisschen. Du wirst sehen, wenn sie sich so in Todesgefahr begeben, schnappt sich jeder eine hübsche Frau oder ein Mädchen, denn man sagt, Paaren, die sich im Fallen umarmen, kann so leicht nichts passieren.«

Weil ich das alles glaubte, überkam mich eine solche Angst und Todesfurcht, dass ich nicht mehr wusste, wo ich noch hintreten sollte. Und als sich nun auch die Musikanten, die ich bisher gar nicht bemerkt hatte, hören ließen und die Burschen sich auf die Damen stürzten wie die Soldaten auf ihre Waffen und ihre Posten, wenn sie die Trommel rühren hören, und jeder eine bei der Hand packte, da war mir, als sähe ich den Boden schon einbrechen und mich und viele andere Hals über Kopf hinabstürzen. Sie begannen zu hüpfen und zu springen, dass der ganze Bau bebte, weil man eben einen lustigen Gassenhauer anstimmte, und ich dachte: Nun ist es um dein Leben geschehen! Mir schien, das ganze Haus werde im nächsten Augenblick in sich zusammenstürzen. Deshalb packte ich in meiner allerhöchsten Angst eine Dame von hohem Adel und vortrefflichen Tugenden, mit der sich mein Herr eben unterhielt, beim Arm wie ein Bär und hängte mich an sie wie eine Klette. Als sie sich, nicht wissend, was für närrische Gedanken mir durch den Kopf gingen, von mir losreißen wollte, spielte ich den Verzweifelten und begann zu schreien, als ob man mich ermorden wollte. Doch damit nicht genug. Es entwischte mir ohne böse Absicht etwas in die Hose, das einen so über alle Maßen üblen Geruch abgab, wie meine Nase ihn seit langem nicht empfunden hatte. Die Musikanten brachen ab, die Tänzer und Tänzerinnen standen still, und die ehrbare Dame, an deren Arm ich mich noch immer klammerte, war beleidigt, weil sie glaubte, mein Herr habe sich über sie lustig machen wollen. Doch der befahl, mich zu verprügeln und nachher irgendwo einzusperren, weil ich ihm an diesem Tag schon mehr solcher Streiche gespielt hatte. Die Fourierschützen*, die die Strafe vollstrecken sollten, hatten Mitleid mit mir, und nicht nur das: Sie hielten es auch wegen des Gestanks nicht in meiner Nähe aus, erließen mir deshalb die Schläge und sperrten mich in einen Gänsestall unter einer Stiege. Seither habe ich über diese Sache oft nachgedacht und bin zu der Ansicht gelangt, dass *Excrementa,* die einem aus Angst und Schrecken abgehen, einen viel übleren Geruch von sich geben, als wenn man ein starkes Abführmittel nimmt.

ZWEITES BUCH

Das 1. Kapitel. Wie sich ein Gänserich und eine Gänsin paarten.

In meinem Gänsestall legte ich mir zurecht, was ich im ersten Teil meines Buches »Schwarz und Weiß«* über das Tanzen und Saufen geschrieben habe. Deshalb brauche ich das hier nicht zu wiederholen. Nur so viel: Mir war in diesem Augenblick noch immer nicht klar, ob die Tänzer tatsächlich so gewütet hatten, um den Boden einzutreten, oder ob man mir das nur weisgemacht hatte. Doch jetzt will ich weitererzählen und berichten, wie ich aus dem Gänsekerker freikam.

Drei ganze Stunden, nämlich bis das *Präludium Veneris*, das Vorspiel zur Liebe, oder der sogenannte ehrbare Tanz endete, musste ich in meinem eigenen Schmutz sitzen, bevor jemand geschlichen kam und an dem Riegel ruckelte. Ich lauschte wie eine Sau, wenn sie ins Wasser pisst. Der Kerl an der Tür machte sie aber nicht nur auf, sondern schlüpfte so schnell hinein, wie ich gern draußen gewesen wäre, und zog dazu noch ein Weibsbild an der Hand hinter sich her, wie ich es auch die Tänzer beim Tanz hatte tun sehen. Ich hatte keine Ahnung, was das nun wieder werden sollte. Weil ich aber nach allem, was meinem närrischen Sinn an diesem Tag begegnet war, fast schon mit weiteren seltsamen Abenteuern rechnete und mir vorgenommen hatte, mich in alles, was mir mein Verhängnis bescheren würde, mit Geduld und Stillschweigen zu fügen, glitt ich voller Furcht und zitternd zur Tür und machte mich auf das Schlimmste gefasst.

Bald begann zwischen den beiden ein Geflüster, von dem ich aber nichts verstand, außer dass sich die eine über den schlimmen Geruch an diesem Ort beklagte, während der andere sie deswegen tröstete.

»Gewiss, schönste Dame«, sagte er, »es betrübt mich tief, dass uns das missgünstige Glück keinen ehrbaren Ort gönnt, die Früchte der Liebe zu genießen. Aber ich versichere Euch, dass mir in Eurer holden Gegenwart dieser abscheuliche Winkel anmutiger ist als selbst das lieblichste Paradies.«

Darauf hörte ich Küssen und erspähte seltsame Posituren, wusste aber nicht, was das war oder was das bedeuten sollte, und hielt mich deshalb weiter still wie eine Maus. Als jedoch ein weiteres merkwürdiges Geräusch laut wurde und der ganze Gänsestall, der nur aus Brettern unter die Stiege gezimmert war, zu knarren anfing und sich die Frau obendrein anstellte, als würde ihr bei der Sache weh getan, dachte ich: Das sind zwei von den wütenden Leuten, die beim Bodeneintreten mitgetan haben, und nun sind sie gekommen, um hier genauso zu hausen und dich ums Leben zu bringen. So wie mich diese Gedanken bestürmten, bestürmte ich im nächsten Augenblick die Tür, um dem Tod zu entgehen, und schoss mit einem Zeter und Mordio hinaus, das natürlich genauso klang wie jenes, das mich an diesen Ort gebracht hatte. Immerhin war ich klug genug, die Tür hinter mir wieder zu verriegeln, bevor ich durch die offene Haustür nach draußen huschte.

Dies war nun die erste Hochzeit meines Lebens, der ich beiwohnte, obwohl man mich gar nicht eingeladen hatte. Ich hatte ja auch kein Geschenk dabei, aber die Rechnung, die mir der Bräutigam später präsentierte und die ich redlich bezahlte, fiel deshalb nur umso höher aus.

Geneigter Leser, ich erzähle diese Geschichte nicht, damit Ihr viel zu lachen habt, sondern weil meine Erzählung vollständig sein und der Leser begreifen soll, mit was für ehrbaren Früchten man beim Tanzen rechnen muss. Und so viel weiß ich jedenfalls: dass beim Tanz mancher Handel geschlossen wird, für den sich später eine ganze Sippe schämen muss.

Das 2. Kapitel. **Wann man am besten badet.**

So war ich aus dem Gänsestall zwar glücklich entronnen, doch mein Unglück wurde mir erst jetzt wirklich klar. Meine Hosen waren nämlich voll, und ich wusste nicht, wohin damit. Im Haus meines Herrn war alles still und jedermann schlief, deshalb konnte ich mich nicht an die Schildwache wenden, die vor dem Haus stand. Bei der Hauptwache wollte man mich nicht hineinlassen, weil ich so übel stank. Auf der Straße mochte ich nicht bleiben, weil es zu kalt war. Kurz, ich wusste nicht mehr ein noch aus. Es war schon lange nach Mitternacht, als mir einfiel, ich könnte beim Pfarrer unterkommen. Also klopfte ich so hartnäckig an seiner Tür, dass mich die Magd schließlich missmutig einließ. Doch als sie roch, was ich mitbrachte (denn ihre lange Nase verriet ihr mein Geheimnis sogleich), wurde sie noch ärgerlicher und fing an, mich auszuschimpfen, was auch ihr Herr, der inzwischen fast ausgeschlafen hatte, bald hörte. Er rief uns an sein Bett. Doch sobald er merkte, wo der Hase im Pfeffer lag, und die Nase ein wenig gerümpft hatte, sagte er, egal, was im Kalender stehe, es gebe keinen günstigeren Zeitpunkt zum Baden, als wenn man sich in dem Zustand befinde, in dem ich gerade sei. Er befahl seiner Magd auch, bis es vollends Tag geworden sei, meine Hose zu waschen und an den Ofen in der Stube zu hängen, mich aber solle sie in ein Bett legen, denn er sah, dass ich vor Kälte ganz erstarrt war.

Ich hatte mich kaum aufgewärmt, da begann es zu tagen, und schon stand auch der Pfarrer vor meinem Bett, um zu hören, wie es mir ergangen sei. Denn weil mein Hemd und meine Hose noch nass waren, konnte ich nicht aufstehen und zu ihm gehen. Ich erzählte ihm alles und begann mit der Kunst, die mich mein Kamerad gelehrt hatte, und wie übel es mir damit ergangen war. Dann berichtete ich ihm, dass die Gäste, nachdem er sich zurückgezogen hatte, verrückt gespielt und sich vorgenommen hätten, dem Haus – so habe es mir mein

Kamerad erklärt – den Boden auszutreten; auch in was für eine entsetzliche Angst mich das gestürzt habe, auf welche Weise ich mich vor dem Verderben hatte retten wollen und wie ich deswegen in den Gänsestall gesperrt worden sei; und was ich darin von den beiden, die mich daraus erlösten, an Worten und Werken mitbekommen hatte und wie ich sie an meiner Stelle dort eingesperrt hatte.

»Simplicius«, sagte der Pfarrer, »es steht schlecht um dich. Alles hatte so gut begonnen, aber ich fürchte, ich fürchte, du hast es dir gründlich verscherzt. Und jetzt steh rasch auf und verschwinde aus diesem Haus, damit ich nicht zusammen mit dir bei deinem Herrn in Ungnade falle, wenn man dich bei mir findet.« So musste ich mit feuchtem Gewand abziehen und zum ersten Mal erfahren, wie gut man mit den Leuten auskommt, wenn man in der Gunst seines Herrn steht, und wie scheel sie einen ansehen, wenn es an ihr fehlt.

Ich ging zum Quartier meines Herrn, wo noch alles fest schlief, ausgenommen der Koch und einige Mägde. Diese putzten den Saal, in dem man gestern gezecht hatte, während jener aus den Resten ein Frühstück oder vielmehr einen Imbiss herrichtete. Zuerst kam ich zu den Mägden. Dort lag alles voller Scherben von Trink- und Fenstergläsern. An manchen Stellen war der Boden mit dem, was den Leuten nach oben und unten abgegangen war, an anderen mit großen Wein- und Bierlachen bedeckt und sah aus wie eine Landkarte, auf der verschiedene Meere, Inseln und trockene, trittfeste Länder abgebildet und vor Augen gestellt waren. Es stank in diesem Saal viel schlimmer als in meinem Gänsestall. Deshalb war meines Bleibens dort nicht lange. Stattdessen ging ich in die Küche, ließ mir beim Feuer dort die Kleider am Leib ganz trocknen und wartete mit Furcht und Zittern, was das Glück mir bescheren werde, wenn mein Herr ausgeschlafen hatte. Dabei dachte ich über die Torheit und den Unverstand der Welt nach und ließ mir noch einmal durch den Kopf gehen, was ich tags zuvor und in der letzten Nacht erlebt und auch sonst gesehen, gehört und erfahren hatte. Bei solchen Gedanken erschien mir das einfache, armselige Leben meines Einsiedlers so glücklich, dass ich ihn und mich dahin zurückwünschte.

Das 3. Kapitel. Der andere Page bekommt sein Lehrgeld, und Simplicius wird zum Narren erwählt.

Als mein Herr aufgestanden war, schickte er seinen Leibschützen los, mich aus dem Gänsestall zu holen. Der kam mit der Meldung zurück, er habe die Tür offen und hinter dem Riegel, mit dem Messer gebohrt, ein Loch gefunden. Auf diese Weise habe sich der Gefangene selbst befreit. Doch bevor diese Nachricht eintraf, erfuhr mein Herr von anderen, dass ich schon in der Küche gewesen sei. Inzwischen wurden die Diener ausgesandt, um die Gäste von gestern zum Frühstück einzuladen – auch meinen Pfarrer, der früher als die anderen erscheinen musste, weil mein Herr mit ihm über mich reden wollte, bevor man sich zu Tisch setzte.

Zuerst fragte er ihn, ob er mich für besonders schlau oder für verrückt hielte, ob ich einfältig sei oder boshaft, und erzählte ihm dann, wie ungehörig ich mich tags zuvor benommen hätte und wie etliche seiner Gäste dies sehr übel aufgenommen und sich empört hätten, weil sie glaubten, all dies sei mutwillig und ihnen zum Hohn geschehen. Er habe mich dann, damit ich ihm nicht noch mehr Spott antäte, in einen Gänsestall sperren lassen, aus dem ich aber ausgebrochen sei, und nun stolzierte ich in der Küche herum wie ein Junker, der es nicht mehr nötig habe, seinem Herrn aufzuwarten. Sein Lebtag habe ihm niemand so übel mitgespielt wie ich, und dies in Gegenwart so vieler ehrbarer Leute. Er wisse nicht, was er mit mir anfangen solle, außer dass er mich durchprügeln lassen und, weil ich mich so dumm anstellte, zum Teufel jagen werde.

Während mein Herr so über mich klagte, versammelten sich nach und nach auch die anderen Gäste. Als er aber ausgeredet hatte, antwortete der Pfarrer, wenn der Herr Gouverneur bereit sei, ihm mit etwas Geduld einen Augenblick zuzuhören, wolle er ihm über den Simplicius einiges erzählen, was nicht nur dessen Unschuld erweisen, sondern auch diejenigen, die sein Verhalten abstoßend gefunden hätten, von ihren falschen Vorstellungen abbringen werde.

Während man oben im Saal über mich sprach, verhandelte der fesche Fähnrich, den ich samt seiner Begleiterin an meiner Stelle eingesperrt hatte, unten in der Küche mit mir und rang mir durch Drohungen und einen Taler, den er mir zusteckte, das Versprechen ab, niemandem etwas von seinen Händeln zu sagen.

Die Tische wurden gedeckt und wie am Tag zuvor mit Speisen und Leuten besetzt. Wermut-, Salbei-, Alant-, Quitten- und Zitronenwein mussten neben dem *Hippokras* genannten Würzwein den Säufern die Köpfe und Mägen stärken, denn fast alle waren sie Märtyrer des Teufels. Anfangs sprachen sie nur von sich selbst, wie sie sich gestern tapfer vollgesoffen hatten. Aber keiner wollte zugeben, dass er sturzbetrunken gewesen war, obwohl am Abend vorher einige »Wein, mein Herr!« geschrien oder geflucht hatten, der Teufel solle sie holen, wenn sie noch etwas herunterbekämen. Einige sagten zwar, sie hätten einen hübschen Schwips gehabt, aber andere behaupteten, dass sich keiner mehr sinnlos besaufe, seit die Schwipse aufgekommen seien. Als sie schließlich von ihren eigenen Torheiten genug geredet und reden gehört hatten, musste der arme Simplicius herhalten. Der Gouverneur selbst erinnerte den Pfarrer daran, er solle mit dem, was er an Interessantem zu erzählen habe, nun herausrücken.

Der Pfarrer bat, man möge es ihm nicht übelnehmen, wenn er Wörter gebrauchen müsse, die einer geistlichen

Person übel anständen, und begann zu erzählen: Wegen welcher natürlichen Ursachen die Leibesdünste mich zu plagen pflegten und welche Ungelegenheiten ich mit ihnen schon dem Sekretär in seiner Kanzlei gemacht hätte; was für eine Kunst ich außer dem Wahrsagen noch als Mittel gegen sie erlernt hätte und wie schlecht sie sich bei der Probe bewährt habe; wie seltsam mir das Tanzen vorgekommen sei, weil ich dergleichen noch nie gesehen hätte, und was für eine Erklärung mir mein Kamerad dafür gegeben habe, weswegen ich dann die vornehme Dame ergriffen hätte und darüber in den Gänsestall gekommen sei. Das alles gab er mit so wohlgesetzten Worten zum Besten, dass sich die Zuhörer halb totlachen mussten, und entschuldigte dabei meine Einfalt und Unwissenheit auf so behutsame Weise, dass ich wieder in die Gnade meines Herrn gelangte und an der Tafel aufwarten durfte.

Von dem, was mir im Gänsestall begegnet und wie ich daraus freigekommen war, wollte der Pfarrer allerdings nicht sprechen, weil er fürchtete, damit den Zorn einiger saturnischer* Sturköpfe zu erregen, die meinten, Geistliche müssten immer sauer dreinblicken. Stattdessen fragte mich mein Herr, um seine Gäste zu unterhalten, was ich denn meinem Kameraden dafür gegeben hätte, dass er mir diese sauberen Künste beibrachte. Als ich dann antwortete: »Nichts!«, sagte mein Herr: »Dann will ich ihm das Lehrgeld für dich bezahlen«, und ließ ihn in einen Futtertrog spannen und ordentlich auspeitschen, wie es tags zuvor auch mir widerfahren war, als ich meine Kunst geprobt und für untauglich erkannt hatte.

Mein Herr wusste nun genug über meine Einfalt und wollte mich dazu bringen, ihn und seine Gäste mit weiteren Späßen zu unterhalten. Er sah ja, dass die Musikanten beim Publikum nicht ankamen, solange sich die Leute mit mir vergnügen konnten, denn alle fanden, ich allein mache mit meinen närrischen Einfällen mehr her als die ganze Kapelle. Er fragte mich, warum ich an der Tür des Gänsestalls herumgeschnitzt hätte. Ich antwortete: »Das kann auch jemand anders getan haben.«

»Wer denn?«, fragte er.

»Vielleicht der, der zu mir gekommen ist.«

»Wer ist denn zu dir gekommen?«

Ich antwortete: »Das darf ich nicht sagen.« Aber mein Herr war ein gewitzter Kopf. Er sah, wie er mich hereinlegen konnte, und fragte, wer mir dies denn verboten habe.

»Der fesche Fähnrich«, antwortete ich sogleich. Doch als dann alle lachten und ich merkte, dass ich mich gründlich verhauen haben musste und dass der fesche Fähnrich, der mit am Tisch saß, rot wie eine glühende Kohle wurde, da wollte ich überhaupt nichts mehr sagen, außer wenn er es erlaubte. Es genügte aber ein Wink, den mein Herr dem feschen Fähnrich statt eines Befehls gab, dann durfte ich sagen, was ich wusste.

Nun fragte mich mein Herr, was denn der fesche Fähnrich bei mir im Gänsestall zu tun gehabt habe.

»Er brachte eine Jungfer mit.«

»Und weiter?«

»Mir scheint, er wollte im Stall sein Wasser abschlagen.«

Mein Herr fragte: »Und die Jungfer? Was tat die dabei? Schämte sie sich nicht?«

»Überhaupt nicht, Herr!«, sagte ich. »Sie hob den Rock und wollte dazu« – mein hochgeehrter, zucht-, ehr- und tugendliebender Leser, möge meiner unhöflichen Feder verzeihen, dass sie alles so grob niederschreibt, wie ich es damals vorbrachte – »scheißen.«

Hierüber erhob sich bei allen Anwesenden ein solches Gelächter, dass mich mein Herr nicht mehr hören, geschweige denn noch etwas fragen konnte. Aber das war auch besser so, denn sonst hätte man womöglich auch noch die ehrbare, fromme Jungfer, wenn ich sie denn so nennen darf, mit Spott überhäuft.

Hierauf erzählte der Hofmeister am Tisch, wie ich neulich von den Wallanlagen nach Hause gekommen sei und gesagt hätte, ich wüsste nun, wo Donner und Blitz herkämen. Auf halben Wagen hätte ich dicke Kloben liegen sehen, die innen hohl gewesen seien. In die habe man Zwiebelsamen und eine eiserne weiße Rübe mit abgeschnittenem Schwanz gestopft und nachher die Kloben hinten herum mit einem Zinkenspieß gekitzelt. Davon wären dann vorn Dampf, Donner und ein höllisches Feuer herausgeschlagen. Sie ließen noch mehr solcher Geschichten vom Stapel, so dass man während der ganzen Mahlzeit allein von mir zu reden und zu lachen hatte. Die Folge davon war, dass die ganze Gesellschaft auf einen Gedanken verfiel, der mein Verderben wurde: dass man mich nämlich nur ordentlich foppen müsse, dann würde ich mit der Zeit bei Tisch einen großartigen Witzbold abgeben, mit dem man auch die größten Herrscher der Welt erfreuen und selbst Sterbende zum Lachen bringen könne.

Das 4. Kapitel. Vom Mann, der's Geld gibt, und den Kriegsdiensten, die Simplicius der schwedischen Krone geleistet hat, und wie er dabei den Namen Simplicissimus bekam.

Als man nun so schlemmte und es, wie tags zuvor, lustig angehen lassen wollte, überbrachte die Wache dem Gouverneur ein Schreiben und meldete, vor dem Tor stehe ein Kommissar, der im Auftrag des schwedischen Kriegsrats die Garnison mustern und die Festung inspizieren solle. Dies verdarb allen den Spaß, und das Lachen verstummte, wie wenn aus dem Zipfel der Sackpfeife die Luft entweicht. Musiker und Gäste stoben auseinander wie Tabakrauch, der auch nur seinen Geruch hinterlässt. Mein Herr begab sich mit seinem Adjutanten, der die Schlüssel trug, und samt einer Abordnung von der Hauptwache und vielen Windlichtern zu dem Tor, um den Tintenkleckser, wie er ihn nannte, selbst einzulassen. Er wünschte sich, dass ihm der Teufel den Hals in tausend Stücke breche, bevor er in die Festung käme! Doch sobald er ihn hereingelassen hatte und auf der inneren Zugbrücke willkommen hieß, da fehlte nicht viel oder gar nichts, und er hätte ihm selbst den Steigbügel gehalten, um ihm seine Ergebenheit zu bezeugen. Die Ehrerbietung zwischen den beiden wurde von einem auf den anderen Augenblick so groß, dass der Kommissar abstieg und zu Fuß mit meinem Herrn zu dessen Quartier weiterging, und dabei wollte nun jeder links vom anderen gehen, usw.* Ach, dachte ich, was ist das doch für ein verschrobener Geist, der die Menschen beherrscht und jeden durch den anderen zum Narren macht.

So näherten wir uns der Hauptwache, und die Schildwache rief ihr »Wer da?«, obwohl sie sah, dass es mein Herr war. Der wollte aber nicht antworten, sondern dem anderen die Ehre lassen. Deshalb wiederholte die Schildwache ihren Ruf nur umso lauter. Auf das letzte »Wer da?«, antwortete der Kommissar schließlich: »Der Mann, der's Geld gibt!«

Als wir dann bei der Schildwache vorübergingen und ich ein wenig hinter den anderen zurückblieb, hörte ich, wie die Schildwache, ein neugeworbener Soldat, der vorher ein wohlhabender junger Bauer im Vogelsberg gewesen war, vor sich hin brummte: »So ein verlogener Kunde! Der Mann, der's Geld gibt! Ein Schindhund, der's Geld nimmt, bist du! Du hast mir so viel Geld abgeluchst, dass ich wollte, dich würde der Hagel erschlagen, bevor du wieder aus der Stadt bist!«

Da kam mir der Gedanke, der fremde Herr mit seinem samtenen Umhang müsse ein Heiliger sein – nicht nur weil alle Flüche von ihm abprallten, sondern auch weil ihm jene, die ihn hassten, nur Ehre und Freundlichkeit und Gutes erwiesen. Noch am selben Abend wurde er fürstlich bewirtet, sturzbetrunken gemacht und zuletzt in ein herrliches Bett gelegt.

Am nächsten Tag bei der Musterung ging es munter zu. Selbst ich Einfaltspinsel war geschickt genug, den klugen Kommissar (ein Amt, das man nun wahrlich nicht von Kindern versehen lässt) zu täuschen, und das lernte ich in weniger als einer Stunde, weil die ganze Kunst nur darin bestand, Fünf und Neun auf der Trommel zu schlagen*, denn ich war noch zu klein, um als Musketier durchzugehen. Also staffierte man mich mit einer geliehenen Uniform und einer ebenfalls geliehenen Trommel aus (denn meine geschürzte Pagenhose taugte hier nichts), bestimmt deshalb, weil ich selbst auch nur geliehen war. So kam ich glücklich durch die Musterung. Weil man aber meiner Einfalt nicht zutraute, dass ich mir einen fremden Namen merken könnte, bei dessen Nennung ich mich melden und vortreten sollte, musste ich der Simplicius bleiben. Der Gouverneur selbst steuerte den Zunamen bei und ließ mich als *Simplicius Simplicissimus* in die Rolle eintragen, machte mich also wie ein Hurenkind zum Ersten meines Geschlechts, obwohl ich doch seinem eigenen Bekunden nach seiner Schwester ähnlich sah. Ich behielt diesen Namen und Zunamen auch später, bis ich den richtigen erfuhr, und spielte unter ihm meine Rolle zum Nutzen des Gouverneurs und zum geringen Schaden der schwedischen Krone ziemlich gut. Und damit sind alle Kriegsdienste genannt, die ich Schweden in meinem Leben geleistet habe, weshalb seine Feinde keinen Grund haben, mich deswegen mit ihrem Hass zu verfolgen.

Das 5. Kapitel. Simplicius wird von vier Teufeln in die Hölle geführt und dort mit spanischem Wein traktiert.

Als der Kommissar wieder abgereist war, ließ mich der schon oft erwähnte Pfarrer heimlich zu sich in die Wohnung kommen und sagte: »O Simplicius! Deine Jugend macht mir Kummer, und das Unglück, das dir bevorsteht, erregt mein Mitleid. Höre, mein Kind, und lass dir gesagt sein, dass dein Herr dich all deiner Vernunft berauben und einen Narren aus dir machen will. Schon lässt er zu diesem Zweck ein Kleid für dich anfertigen, und morgen sollst du in die Schule gehen, in der du deine Vernunft verlernen sollst. Dort wird man dich gewiss so gräulich quälen, dass du, wenn Gott und natürliche Mittel es nicht verhindern, ohne Zweifel ein Phantast werden wirst. Weil das aber ein elendes und riskantes Gewerbe ist, will ich dir um der Frömmigkeit deines Einsiedlers und deiner eigenen Unschuld willen aus treuer, christlicher Liebe mit Rat und guten Mitteln beispringen und diese Arznei übergeben. Befolge deshalb, was ich dir sage, und nimm dies Pulver ein. Es wird dir das Hirn und das Gedächtnis so stärken, dass du ohne Schaden für deinen Verstand alles leicht überstehen wirst. Außerdem bekommst du hier eine Salbe, mit der du die Schläfen, den Haarwirbel, das Genick und die Nasenlöcher einschmieren sollst. Nimm beides am Abend, wenn du dich schlafen legst, denn du kannst nie sicher sein, dass man dich nicht aus dem Bett holt. Sieh aber zu, dass niemand etwas von meiner Warnung und dieser Arznei erfährt, sonst wird es dir und mir schlecht ergehen. Und wenn man dich jener verfluchten Kur unterzieht, so nimm nicht alles ernst und glaub nicht alles, was man dir einredet, tu aber doch so, als wenn du es glauben würdest, und rede wenig, damit die, die sich um dich kümmern sollen, dir nicht anmerken, dass ihr Gefasel bei dir nichts fruchtet. Sonst werden sie sich noch andere Qualen für dich ausdenken – welche, das weiß ich nicht.

Wenn du aber den Federbusch und das Narrenkleid trägst, so komm wieder zu mir, damit ich dir weiter mit Rat zur Seite stehen kann. Bis dahin will ich bei Gott für dich bitten, dass er dir deinen Verstand und deine Gesundheit erhalte.« Mit diesen Worten übergab er mir das Pulver und die Salbe, und ich wanderte wieder nach Hause.

Wie der Pfarrer gesagt hatte, so geschah es. Ich schlief noch nicht lange, da kamen vier Kerle, mit gräulichen Teufelsmasken vermummt, zu mir ins Zimmer und sprangen wie Gaukler und Fastnachtsnarren vor meinem Bett herum. Einer hatte einen glühenden Haken, ein zweiter eine Fackel in den Händen. Die beiden anderen machten sich über mich her, zerrten mich aus dem Bett, tanzten eine Zeit lang mit mir hin und her und zwangen mich in meine Kleider. Ich aber tat so, als hielte ich sie für richtige, natürliche Teufel, vollführte ein jämmerliches Zetergeschrei und ließ die ängstlichsten Gebärden sehen. Sie indessen verkündeten, ich müsse mit ihnen kommen, und wickelten mir ein Handtuch um den Kopf, so dass ich weder hören noch sehen noch schreien konnte. Dann führten sie mich auf allerlei Umwegen viele Treppen auf und ab, bis in einen Keller, in dem ein großes Feuer brannte, und nachdem sie mir das Handtuch wieder abgenommen hatten, begannen sie, mir mit spanischem Wein und Malvasier zuzutrinken. Sie glaubten, sie hätten mich überzeugt, dass ich gestorben und nun im Abgrund der Hölle sei, weil ich so tat, als glaubte ich alles, was sie mir vorlogen.

»Sauf nur tapfer zu!«, sagten sie. »Du musst ja doch ewig bei uns bleiben. Wenn du aber nicht unser Kumpan sein und mitmachen willst, musst du in dieses Feuer.«

Die armen Teufel wollten ihre Stimmen verstellen, damit ich sie nicht erkannte. Ich merkte aber bald, dass es die Fourierschützen meines Herrn waren, ließ mir jedoch nichts anmerken, sondern lachte mir in die Faust, weil die, die mich zum Narren machen sollten, nun meine Narren sein mussten.

Ich trank meinen Teil von dem spanischen Wein, sie aber soffen mehr als ich, denn ein so himmlischer Nektar begegnet solchen Burschen nur selten im Leben, und ich möchte schwören, sie wären eher voll gewesen als ich. Doch als mir die Zeit gekommen schien, tat ich, als könnte ich nur noch herumtorkeln, wie ich es kürzlich bei den Gästen meines Herrn gesehen hatte, und wollte zuletzt gar nicht mehr saufen, sondern nur noch schlafen. Sie aber jagten und stießen mich mit ihrem Haken, den sie immerzu im Feuer liegen hatten, in allen Ecken des Kellers herum, als wären sie selbst närrisch geworden. Ich solle mehr trinken oder wenigstens nicht schlafen. Und wenn ich bei dieser Hatz hinfiel, wie ich es oft absichtlich tat, so stellten sie mich wieder auf die Beine und taten, als wollten sie mich ins Feuer werfen. Da erging es mir wie einem Falken, den man beim Abrichten wach hält, und das wurde mir zum Verhängnis. Beim Trinken und Schlafen hätte ich sie zuletzt wohl ausgestochen, aber sie blieben nicht ständig zusammen, sondern wechselten sich ab. Darum musste ich zuletzt den Kürzeren ziehen. Drei Tage und zwei Nächte habe ich in diesem verräucherten Keller zugebracht, in dem der Schein des Feuers das einzige Licht war. Davon fing mir der Kopf an zu brausen und zu schmerzen, als wollte er zerspringen, so dass ich mir schließlich eine List ausdenken musste, um meine Qualen zu beenden und meine Peiniger loszuwerden. Ich machte es wie der Fuchs, der den Hunden ins Gesicht harnt, wenn er glaubt, ihnen nicht mehr entrinnen zu können. Denn als mich die Natur trieb, meine – mit Verlaub – Notdurft zu verrichten, fuhr ich mir zugleich mit dem Finger in den Hals und bezahlte die Zeche auf diese Weise mit einem doppelt üblen Gestank, so dass selbst meine Teufel es kaum noch bei mir aushielten. Sie wickelten mich in ein Laken und walkten mich so unbarmherzig durch, dass es mir vorkam, als würden mir alle Innereien samt der Seele aus dem Leib geprügelt. Ich verlor die Besinnung, wurde ohnmächtig und blieb wie tot liegen, so dass ich nicht weiß, was sie sonst noch mit mir anstellten.

Das 6. Kapitel. Simplicius kommt in den Himmel und wird in ein Kalb verwandelt.

Als ich wieder zu mir kam, befand ich mich nicht mehr in dem trostlosen Keller bei den Teufeln, sondern in einem schönen Saal unter den Händen von drei der allergarstigsten alten Weiber, die auf Erden je herumgelaufen sind. Anfangs, als ich die Augen ein wenig öffnete, hielt ich sie für echte Höllengeister. Hätte ich aber damals schon die alten heidnischen Poeten gelesen, dann hätte ich sie für die Eumeniden* gehalten und besonders eine von ihnen für Tisiphone, eigens aus der Hölle gekommen, um mich, wie einst den Athamas*, meiner Sinne zu berauben, denn ich wusste ja, dass man aus mir einen Narren machen wollte.

Diese hatte Augen wie zwei Irrlichter und dazwischen eine lange Habichtsnase, deren Ende oder Spitze ihr tatsächlich bis an die Unterlippe reichte. Nur zwei Zähne sah ich in ihrem Maul. Die waren aber so ungemein lang, rund und dick, dass sich jeder von ihnen der Form nach mit dem Ringfinger und der Farbe nach mit dem Gold des Rings an einem solchen Finger vergleichen ließ. Kurz, es gab genug Knochen für ein ganzes Maul voll Zähne, er war nur schlecht verteilt. Ihr Gesicht war zerknittert wie spanisches Leder, und das weiße Haar hing ihr seltsam zerzaust um den Kopf, weil man sie eben erst aus dem Bett geholt hatte. Ihre langen Brüste aber kann ich nur mit zwei schlaffen Kuhblasen vergleichen, denen zwei Drittel der Luft entwichen ist. An jeder hing unten ein schwarzbrauner Zapfen, einen halben Finger lang, wahrlich ein grausiger Anblick, der allenfalls als Arznei getaugt hätte, geile Böcke vom Liebeswahn zu kurieren. Die beiden anderen Frauen waren auch nicht schöner, außer dass sie stumpfe Affennäschen hatten und etwas ordentlicher gekleidet waren.

Als ich mich ein wenig erholt hatte, sah ich, dass die eine unsere Schüsselspülerin und die beiden anderen die Frauen von zwei Fourierschützen waren. Ich stellte mich, als könnte ich mich nicht rühren, und es lockte mich wahrhaftig auch dann nicht zum Tanz, als diese ehrbaren alten Mütterlein mich splitternackt auszogen und wie ein kleines Kind von allem Unrat säuberten. Mir bekam dies jedoch sehr gut, und sie zeigten bei ihrem Geschäft so viel Geduld und freundliche Zuwendung, dass ich ihnen fast offenbart hätte, wie gut ich noch beisammen war. Doch dann sagte ich mir: Nein, Simplicius! Vertraue keinem alten Weib, sondern nimm es als Sieg, wenn du es in deinen jungen Jahren schaffst, drei abgefeimte alte Weiber zu täuschen, mit denen man auf offenem Feld den Teufel fangen könnte. Lass es dir bei diesem Abenteuer mit der Hoffnung genug sein, dass du, wenn du älter bist, mehr zustande bringen wirst.

Als sie mit mir fertig waren, legten sie mich in ein herrliches Bett, in dem ich, ohne dass mich jemand hätte wiegen müssen, einschlief. Sie aber gingen und nahmen ihre Kübel und die anderen Sachen, mit denen sie mich gewaschen hatten, samt meinen Kleidern und allem Unflat mit hinaus. Ich glaube, diesmal schlief ich länger als vierundzwanzig Stunden, und als ich wieder erwachte, standen zwei schöne geflügelte Knaben an meinem Bett, die mit weißen Hemden, Bändern aus Taft, Perlen, Schmuckstücken, goldenen Ketten und anderen Preziosen herrlich geschmückt waren. Der eine hielt eine vergoldete Schale voller Waffeln, Zuckerbrot, Marzipan und anderem Konfekt in den Händen, der andere einen vergoldeten Becher. Sie gaben sich als Engel aus und wollten mir einreden, ich sei nun im Himmel, hätte zuvor das Fegefeuer glücklich überstanden und sei dem Teufel samt seiner Mutter entkommen. Ich solle nur sagen, was mein Herz begehrte, denn was immer ich wünschte sei vorhanden, oder sie könnten es mir doch leicht beschaffen. Mich quälte der Durst, und weil ich den Becher vor mir sah, verlangte ich nur den Trank, der mir auch mehr als gutwillig gereicht wurde. Darin war aber kein Wein, sondern ein süßer Schlaftrunk. Ich nahm ihn in einem Zug zu mir und schlief noch einmal ein, sobald er sich in mir erwärmt hatte.

Am nächsten Tag erwachte ich wieder (sonst würde ich ja noch immer schlafen), befand mich aber nicht mehr im Bett und im Saal wie vorher, sondern in meinem alten Gänsekerker. Da herrschte nun wieder eine gräuliche Finsternis wie in jenem Keller, und außerdem trug ich ein Kleid aus Kalbfell mit der rauen Seite nach außen. Die Hosen waren nach polnischer oder schwäbischer Art eng geschnitten, das Wams aber war noch viel närrischer gemacht. Oben am Hals war eine Kappe wie eine Mönchskapuze angebracht. Die hatte man mir über den Kopf gezogen und mit zwei schönen, großen Eselsohren verziert. Ich musste selbst über mein Unglück lachen, weil ich an meinem Nest und auch an meinen Federn sah, was für ein Vogel ich nun sein sollte. Damals begann ich, in mich zu gehen und zu überlegen, wie ich aus alledem das Beste für mich machen könnte. Ich nahm mir vor, mich so närrisch zu geben wie möglich, im Übrigen aber geduldig abzuwarten, was mir mein Geschick noch bringen werde.

Das 7. Kapitel. Wie sich Simplicius in sein tierisches Dasein fügt.

Dank dem Loch, das der fesche Fähnrich in die Tür gebohrt hatte, hätte ich mich natürlich selbst befreien können. Weil ich aber ein Narr sein sollte, ließ ich es bleiben und verhielt mich nicht bloß wie ein Narr, der nicht gewitzt genug ist, sich selbst einen Ausweg zu suchen, sondern führte mich auf wie ein hungriges Kalb, das sich nach seiner Mutter sehnt. Mein Geplärr wurde auch bald von denen bemerkt, die sich um mich kümmern sollten. Zwei Soldaten kamen an den Gänsestall und fragten, wer darin sei. Ich antwortete: »Ihr Narren! Hört ihr denn nicht, dass da ein Kalb ist?« Sie öffneten den

Stall, holten mich heraus und wunderten sich, dass ein Kalb reden könne. Aber es wirkte wie das verkrampfte Getue eines frischgebackenen Schauspielers, der die Person, die er darstellen soll, nicht wirklich verkörpert, so dass ich die ganze Zeit das Gefühl hatte, ich selbst müsste ihnen noch auf die Sprünge helfen. Sie berieten, was sie mit mir tun sollten, und kamen überein, mich dem Gouverneur zu verehren, der ihnen, weil ich reden konnte, bestimmt mehr für mich schenken würde, als der Metzger zu bezahlen bereit wäre.

Sie fragten mich, wie es mir ginge.

Ich antwortete: »Ziemlich schlecht!«

Sie fragten: »Warum?«

Ich sagte: »Weil es hier anscheinend üblich ist, anständige Kälber in den Gänsestall zu sperren. Ihr Kerle müsst doch wissen, wenn ein rechter Ochse aus mir werden soll, dann muss man mich auch aufziehen, wie es einem ehrlichen Stier zusteht.«

Nach diesem kurzen Diskurs führten sie mich über die Straße zum Quartier des Gouverneurs, hinter uns ein ganzer Schwarm Buben – und weil sie alle blökten wie ich, wäre ein Blinder nach dem bloßen Gehör wohl zu dem Schluss gekommen, man treibe eine Herde Kälber durch die Straße, aber für das Auge glich es einem Haufen teils junger, teils alter Narren.

So überreichten mich die beiden Soldaten dem Gouverneur, als hätten sie mich eben beim Fouragieren erbeutet, und er gab den beiden ein Trinkgeld. Mir aber versprach er, es solle mir bei ihm an nichts fehlen. Im Stillen dachte ich: Du kannst mich mal ... – während ich laut sagte: »Wohlan, Herr, aber in einen Gänsestall darf man mich nicht sperren, denn das bekommt uns Kälbern nicht, wenn wir wachsen und ein ordentliches Stück Vieh werden sollen.« Das werde sich nun bessern, beschwichtigte er mich und hielt sich offenbar für wer weiß wie schlau, weil er einen so ansehnlichen Narren aus mir gemacht hatte. Ich hingegen dachte bei mir:

Warte nur, mein Lieber – ich habe die Feuerprobe bestanden und bin darin gehärtet worden. Jetzt wollen wir mal sehen, wer hier wen zum Besten hat.

In diesem Augenblick trieb ein Bauer, der sich in die Stadt geflüchtet hatte, sein Vieh zur Tränke. Kaum hatte ich das gesehen, da verließ ich den Gouverneur und eilte mit Kälbergeblök den Kühen zu, als wollte ich an ihnen saugen. Als die mich kommen sahen, erschraken sie vor mir mehr als vor einem Wolf, obwohl ich doch ihr Fell trug. Sie gerieten in solche Aufregung und stoben so plötzlich auseinander, als wenn sich im August ein Schwarm Hornissen zwischen ihnen erhoben hätte, so dass ihr Herr sie an diesem Platz nicht wieder zusammenbringen konnte. Das war ein munteres Schauspiel, und im Nu strömte ein Haufen Leute herbei, die sich das närrische Treiben ansahen. Mein Herr platzte fast vor Lachen und sagte schließlich: »Ein Narr macht ihrer hundert.« Ich aber dachte bei mir: Da sprichst du wohl von dir selber!

So wie mich von nun an jedermann »das Kalb« nannte, gab auch ich jedem einen besonderen Spottnamen. Diese Namen gerieten mir nach Meinung der Leute und vor allem meines Herrn größtenteils sehr treffend, denn ich taufte jeden nach seinen besonderen Eigenschaften. Kurz, alle hielten mich für einen unwissenden Toren, und ich hielt alle für gescheite Narren. Und wenn ich mich nicht irre, hält man es überall in der Welt so, denn mit dem eigenen Verstand ist jeder stets zufrieden und bildet sich ein, er sei der Gescheiteste von allen.

Die obenerwähnte Kurzweil – der Streich, den ich mit den Rindern des Bauern anstellte – machte uns den kurzen Vormittag noch kürzer, es war nämlich damals um die Zeit der Wintersonnenwende. Beim Mittagessen bediente ich wieder wie früher, tischte den Leuten aber auch sonst einiges auf, und als ich schließlich auch selbst essen sollte, verweigerte ich alles für Menschen bestimmte Essen und Trinken. Ich bestand auf Gras, das aber in dieser Jahreszeit nicht zu bekommen war. Mein Herr ließ bei den Metzgern zwei frische Kalbfelle holen und sie zwei kleinen Jungen über die Köpfe streifen. Die setzte er nun zu mir an den Tisch, verabreichte uns als ersten Gang Wintersalat und sagte, wir sollten kräftig zulangen. Auch ließ er ein lebendiges Kalb herbeibringen, dem man den Salat mit Salz schmackhaft machte. Ich tat, als wäre ich starr vor Staunen, aber die Zuschauer drängten mich, mitzuessen. »Jawohl«, sagten sie, als sie meine unbewegte Miene sahen, »es ist nichts Neues, wenn Kälber Fleisch, Fisch, Käse, Butter und anderes fressen. Was denn! Manchmal besaufen sie sich sogar! Die Tiere wissen inzwischen sehr genau, was gut ist. Heutzutage ist nur noch ein kleiner Unterschied zwischen ihnen und den Menschen. Willst du da etwa als einziges nicht mitmachen?«

Was mich daran überzeugte, war mein eigener Hunger – aber nicht der Umstand, dass manche Menschen, wie ich ja schon selbst gesehen hatte, sogar säuischer als Schweine waren, grimmiger als Löwen, geiler als Ziegenböcke, neidischer als Hunde, ungebärdiger als Pferde, gröber als Esel, versoffener als Rinder, listiger als Füchse, gefräßiger als Wölfe, närrischer als Affen, giftiger als Schlangen und Kröten und dennoch Menschennahrung genossen. Nur in der äußeren Gestalt unterschieden sie sich von den Tieren, aber von der Unschuld eines Kalbs waren sie weit entfernt. Ich futterte mit meinen Mitkälbern, wie mein Appetit es verlangte, und wenn uns ein Fremder am Tisch so hätte beieinandersitzen sehen, hätte er bestimmt geglaubt, die alte Circe* sei auferstanden, um Menschen in Tiere zu verwandeln, während es doch mein Herr war, der diese Kunst damals beherrschte und praktizierte. Wie beim Mittagessen wurde ich dann auch beim Abendessen versorgt. Und so wie meine Mitesser oder Schmarotzer mit mir speisten, damit auch ich speiste, mussten sie auch mit mir zu Bett gehen, weil mein Herr sonst nicht zugelassen hätte, dass ich die Nacht über im Kuhstall schlief. Das alles tat ich, um diejenigen zu narren, die glaubten, sie hätten mich zum Narren gemacht, und kam darüber zu dieser soliden Einsicht: dass der grundgütige Gott jedem Menschen so viel Verstand verleiht, wie er in dem Stand, in den ihn Gott berufen hat, zu seiner Selbsterhaltung braucht. Deshalb bildet sich so mancher, ob mit Doktortitel oder ohne, zu Unrecht ein, er allein sei klug und geschickt in allen Dingen. Denn hinter den Bergen wohnen auch Leute.

Das 8. Kapitel. Redet von dem wunderbaren Gedächtnis mancher Menschen und der Vergesslichkeit anderer.

Als ich am Morgen erwachte, waren meine beiden verkälberten Schlafgesellen schon fort. Da stand auch ich auf, und als der Adjutant den Schlüssel holen kam, um das Stadttor zu öffnen, schlich ich aus dem Haus zu meinem Pfarrer. Dem erzählte ich, wie es mir im Himmel und in der Hölle ergangen war. Als er sah, dass mich mein Gewissen plagte, weil ich so viele Leute und vor allem meinen Herrn betrog, indem ich mich verstellte und bloß närrisch tat, sagte er: »Mach dir deswegen keine Sorgen. Die närrische Welt will betrogen werden. Und wenn man dir deinen Verstand gelassen hat, so gebrauche ihn zu deinem Vorteil. Stell dir vor, du seist wie Phönix durchs Feuer gegangen, von der Unvernunft zur Vernunft, und dadurch zu einem neuen Menschenleben auch neu geboren worden. Aber denk daran, dass du noch nicht über den Graben bist, sondern, bei großer Gefahr für deine Vernunft, nur diese Narrenkappe übergestülpt hast. Die Zeiten sind heute so wunderlich, dass man nicht wissen kann, ob du sie wieder loswirst, ohne dabei auch das Leben zu verlieren. In der Hölle ist man schnell, aber wenn man wieder herauswill, geht es nicht ohne Schnaufen und Schuften ab. Du bist noch längst nicht Manns genug, wie du dir vielleicht einbildest, mit der Gefahr, die dir droht, fertig zu werden.

Darum brauchst du jetzt mehr Vorsicht und Verstand als zu der Zeit, da du noch nicht wusstest, was Verstand oder Unverstand überhaupt ist. Halte dich also zurück und sieh zu, wie sich die Dinge entwickeln.«

Seine Rede war mit Absicht so vieldeutig. Ich glaube, er hatte an meiner Stirn abgelesen, dass ich mir schon wer weiß wie großartig vorkam, weil ich dank meiner Verstellung und seiner Künste so weit gekommen war. Ich meinerseits sah ihm an, dass er missmutig und unzufrieden mit mir war, so als fragte er sich, warum er sich überhaupt mit mir abgab. Deshalb schlug auch ich nun einen anderen Ton an und dankte ihm überschwänglich für die wunderbaren Mittel, die er mir zur Erhaltung meines Verstandes überlassen hatte. Ich versprach sogar das Unmögliche – ihm alles, wie es meine Schuldigkeit sei, dankbar zu vergelten. Das freute ihn und besserte seine Laune, denn nun lobte er wieder seine Arznei und erzählte mir, wie Simonides Melicus* eine Kunst erfunden habe, die Metrodorus Sceptius dann nicht ohne große Mühe perfektioniert habe, mit der er den Menschen beibringen konnte, alles, was sie nur einmal gehört oder gelesen hatten, Wort für Wort wieder herzusagen. Ohne den Kopf stärkende Arzneien, wie er sie mir gegeben habe, so sagte er, wäre dies unmöglich gewesen.

Ja, dachte ich bei mir, mein lieber Herr Pfarrer. In deinen eigenen Büchern habe ich bei meinem Einsiedel über die Gedächtnis-Gunst des Sceptius aber etwas ganz anderes gelesen. Ich war jedoch so schlau, dies nicht laut zu sagen, denn, um ehrlich zu sein: erst als ich zum Narren werden sollte, bin ich klug und in meinen Reden behutsamer geworden.

Der Pfarrer sprach weiter* und erzählte mir, dass Cyrus jeden seiner 30 000 Soldaten mit dem eigenen Namen rufen, Lucius Scipio alle Bürger Roms bei den ihren nennen und Cyneas, der Gesandte des Pyrrhus, schon am Tag nach seiner Ankunft in Rom die Namen aller Senatoren und Adeligen der Stadt der Reihe nach aufzählen konnte. »Mithridates, der König von Pontus und Bithynien«, so sagte er, »hatte Völker mit zweiundzwanzig Sprachen unter sich, und allen hat er in ihrer eigenen Sprache Recht sprechen und mit jedem Einzelnen reden können, wie Sabellicus in Buch 10, Kapitel 9, schreibt. Der griechische Gelehrte Charmides beantwortete auswendig jede Frage, die ihm jemand über eines der Bücher aus einer ganzen Bibliothek stellte, sofern er es nur einmal durchgelesen hatte. Lucius Seneca konnte 2000 Namen so wiederholen, wie sie ihm zuvor gesagt worden waren, und nach dem Bericht des Ravisius konnte er ebensogut 200 Verse, die ihm von 200 Schülern vorgesprochen worden waren, vom letzten bis zum ersten nachher wieder aufsagen. Esdras, wie Eusebius in seiner Chronik, Buch 1, Kapitel 18, schreibt, kannte die fünf Bücher Mose auswendig und konnte sie Wort für Wort den Schreibern in die Feder diktieren. Themistokles lernte die persische Sprache in einem Jahr. Crassus beherrschte in Asien die fünf verschiedenen Dialekte des Griechischen und konnte seinen Untertanen darin Recht sprechen. Julius Caesar konnte gleichzeitig lesen, diktieren und Audienz halten. Von Aelius Hadrianus, Portius Latro und anderen Römern will ich nicht sprechen, sondern nur von dem heiligen Hieronymus sagen, dass er Hebräisch, Chaldäisch, Griechisch, Persisch, Medisch, Arabisch und Latein konnte. Der Einsiedler Antonius kannte die ganze Bibel allein dadurch auswendig, dass er sie hatte lesen hören.* So berichtet auch Colerus, Buch 18, Kapitel 21, im Anschluss an Marcus Antonius Muretus von einem Korsen, der 6000 Personennamen gehört und sie nachher in der richtigen Reihenfolge schnell wiederholt habe.«

»Das alles erzähle ich«, fuhr er fort, »damit du nicht glaubst, es sei unmöglich, einem Menschen das Gedächtnis durch Medizin zu stärken und zu erhalten, so wie es umgekehrt auf mancherlei Art und Weise auch geschwächt werden und sogar verlorengehen kann – wie ja auch Plinius in Buch 7, Kapitel 24, schreibt, dass am Menschen nichts so schwach sei wie eben das Gedächtnis und dass die Erinnerung durch Krankheit, Erschrecken, Furcht, Sorge und Kummer ganz verschwinden oder einen großen Teil ihrer Kraft verlieren könne. Von einem Gelehrten zu Athen liest man, er habe alles, was er je studiert hatte, sogar das ABC, vergessen, nachdem ihm ein Stein auf den Kopf gefallen sei. Mit einem anderen kam es durch eine Krankheit so weit, dass er den Namen seines Dieners vergaß, und Messala Corvinus, der zuvor ein gutes Gedächtnis gehabt hatte, wusste schließlich seinen eigenen Namen nicht mehr. Schramhans* schreibt auf Blatt 60 seines *Fasciculus Historiarum* (was allerdings so übertrieben klingt, als hätte Plinius selbst es geschrieben), ein Priester habe aus seiner eigenen Ader Blut getrunken und darüber das Schreiben und Lesen verlernt, im Übrigen aber sein Gedächtnis unversehrt behalten. Als er dann ein Jahr später am gleichen Ort und um die gleiche Zeit von demselben Blut noch einmal trank, habe er wieder, wie zuvor, schreiben und lesen können. Glaubwürdiger ist, was Johann Wierus *De praestigiis daemonum*, Buch 3, Kapitel 18, schreibt: dass man, wenn man Bärenhirn verzehre, sich vorzustellen und zu phantasieren beginne, man sei selbst ein Bär geworden, was er am Beispiel eines spanischen Edelmannes beweist, der, nachdem er solches zu sich genommen hatte, in der Wildnis herumgelaufen sei und sich eingebildet habe, er sei ein Bär. Lieber Simplicius, wenn dein Herr diese Kunst gekannt hätte, dann wärst du wohl eher in einen Bären wie Kallisto als in einen Stier wie Jupiter* verwandelt worden.«

Der Pfarrer erzählte mir noch viel von diesen Dingen, gab mir wieder etwas von der Arznei und sagte mir, wie ich mich weiter verhalten solle. Danach machte ich mich auf den Weg nach Hause und brachte mehr als hundert Buben mit, die mir nachliefen und wieder allesamt wie Kälber schrien. Deswegen trat mein Herr, der eben aufgestanden war, ans Fenster und beliebte herzhaft zu lachen, weil er so viele Narren auf einmal sah.

Das 9. Kapitel. Schräges Lob einer schönen Dame.

Kaum war ich im Haus, da musste ich ins Empfangszimmer, denn es waren bei meinem Herrn einige adelige Damen, die seinen neuen Narren gern sehen und hören wollten. Ich erschien und stand da wie ein Stummer, was diejenige, an die ich mich beim Tanz geklammert hatte, zu der Bemerkung veranlasste, sie habe sich sagen lassen, dieses Kalb könne reden, doch nun erkenne sie, dass es nicht wahr sei. Worauf ich erwiderte, ich meinerseits hätte geglaubt, Affen könnten nicht reden, doch nun hörte ich, dass auch dies nicht stimme.

»Wie bitte?«, rief mein Herr. »Willst du etwa behaupten, diese Damen seien Affen?«

Ich erwiderte: »Wenn sie keine sind, dann werden sie wohl bald welche werden. Unverhofft kommt oft. Ich hätte auch nie gedacht, dass ich mal ein Kalb würde, und bin's nun doch.«

Mein Herr fragte, woran ich denn sähe, dass sie Affen werden würden.

Ich antwortete: »Unser Affe läuft mit nacktem Hintern herum, so wie diese Damen jetzt schon mit ihren Brüsten, während andere Mädchen sie ja zu bedecken pflegen.«

»Du schlimmer Vogel!«, sagte mein Herr. »Ein närrisches Kalb bist du. Und wie du bist, so redest du. Diese Damen lassen einfach sehen, was sehenswert ist. Der Affe aber läuft aus Armut nackt herum. Und jetzt geschwind, mach wieder gut, was du gesündigt hast, sonst wirst du ausgepeitscht und mit den Hunden in den Gänsestall gejagt, wie man es mit Kälbern macht, die sich nicht fügen wollen. Lass hören, ob du eine Dame auch zu loben weißt, wie es sich gehört!«

Ich betrachtete die Dame von den Füßen bis nach oben und dann wieder von oben bis unten und sah sie dabei so fest und innig an, als ob ich sie heiraten wollte. Schließlich sagte ich: »Herr, jetzt sehe ich, wo der Fehler steckt. Der Schneider ist an allem schuld. Er hat das Tuch, das oben um den Hals gehört und die Brüste bedecken soll, unten am Rock stehen lassen. Darum schleift der auch so weit hinten nach. Man sollte dem Taugenichts die Hände abhauen, wenn er nicht besser schneidern kann. – Jungfer«, sagte ich zu ihr selbst, »jagt ihn fort, damit er Euch nicht weiter der Schande aussetzt, und seht zu, dass Ihr den Schneider von meinem Knan bekommt. Er hieß Meister Paulchen und hat meiner Meuder, unserer Ann und unserem Ursele sehr schöne Faltenröcke gemacht, die unten herum ganz gerade waren. Die sind nicht so durch den Dreck geschlappt wie der Eure. Und Ihr würdet nicht glauben, was für schöne Kleider er erst den Huren gemacht hat.«

Mein Herr fragte, ob die Ann und das Ursele von meinem Knan denn schöner gewesen seien als diese Jungfer.

»Aber nicht doch, Herr!«, sagte ich. »Diese Jungfer hat ja Haar, das ist so gelb wie Kinderkacke, und ihre Scheitel sind so weiß und gerade, als wenn man Schweineborsten bis auf die Haut gekappt hätte. Ihre Haare sind so hübsch zusammengerollt, dass sie aussehen wie hohle Pfeifen oder als wenn sie auf jeder Seite ein Pfund Kerzen oder ein Dutzend Bratwürste hängen hätte. Ach, seht nur, was für eine schöne, glatte Stirn sie hat! Ist die nicht feiner gewölbt als eine fette Sitzbacke und weißer als ein Totenkopf, der viele Jahre lang in Wind und Wetter gehangen hat! Wie schade, dass ihre zarte Haut durch das Haarpuder so fleckig ist. Denn wenn ahnungslose Leute das sehen, werden sie glauben, die Jungfer habe den Kopfgrind und davon die Schuppen. Noch größer wäre der Schaden für die funkelnden Augen, die in ihrer Schwärze strahlender glitzern als der Ruß am Ofenloch bei meinem Knan, wenn unsere Ann mit einem Bündel Stroh davorstand, um die Stube zu heizen. Da glühte es so schrecklich, als steckte genug Feuer darin, um die ganze Welt anzuzünden. Ihre Backen sind hübsch rosig, aber doch nicht gar so rot wie neulich die roten Schleifen, mit denen die schwäbischen Fuhrleute aus Ulm ihre Jacken verziert hatten. Aber das starke Rot, das sie da auf den Lippen hat, übertrifft das Rot dieser Bänder bei weitem, und wenn sie lacht oder spricht (bitte, Herr, achtet mal darauf), dann sieht man zwei Reihen Zähne in ihrem Maul stehen, so schön regelmäßig und zuckrig, als wenn sie aus einem Stück von einer weißen Rübe geschnitzt wären. O du Wunderbild! Ich glaub nicht, dass es weh tut, wenn du einen mit diesen Zähnen beißt. Ihr Hals ist ja fast so weiß wie abgestandene Sauermilch, und die Brüstlein darunter haben die gleiche Farbe und fühlen sich bestimmt genauso fest an wie ein von Milch strotzender Ziegeneuter. Die sind wohl nicht so schlaff wie die der alten Weiber, die mir neulich den Hintern putzten, als ich in den Himmel kam. Ach, Herr, seht nur, ihre Hände und die Finger. Die sind so fein, so lang, so gelenkig, so geschmeidig, so geschickt wie die der Zigeunerinnen neulich, mit denen sie einem in die Hosentasche fahren, wenn sie fischen wollen. Aber was ist das alles gegen ihren ganzen Leib! Zwar kann ich ihn nicht nackt sehen, aber ist er nicht so zart und schmal und anmutig, als wenn sie acht Wochen hintereinander die schnelle Katharina gehabt hätte?«

Hierüber brach ein solches Gelächter los, dass man mich nicht mehr hören und ich nicht mehr reden konnte. Also verdrückte ich mich und ließ mich von anderen nur so lange auf den Arm nehmen, wie es mir selbst gefiel.

Das 10. Kapitel. Redet von lauter Helden und namhaften Künstlern.

Es folgte das Mittagsmahl, bei dem ich mich dann wieder kräftig einmischte, denn ich hatte mir vorgenommen, alle Torheiten zur Sprache zu bringen und alle Eitelkeiten anzuprangern, wozu sich mein damaliger Rang gut eignete.

Kein Tischgenosse war mir zu vornehm, ihm sein Laster vorzuhalten, und wenn sich das einer nicht gefallen lassen wollte, lachten ihn die anderen entweder obendrein noch aus, oder mein Herr erinnerte ihn daran, dass kein Weiser einem Narren zu zürnen pflegt. Den feschen Fähnrich, der mein ärgster Feind war, brachte ich gleich anfangs in Rage. Der Erste aber, der mir auf einen Wink meines Herrn mit Vernunft begegnete, war der Secretarius, denn als ich ihn einen Titelschmied nannte und wegen der vielen eitlen Titel auslachte und ihn fragte, wie man denn wohl den Urvater der Menschen tituliert habe, da antwortete er:

»Du redest wie ein unverständiges Kalb, weil du nicht weißt, dass nach unseren ersten Eltern viele Leute gelebt haben, die durch seltene, vorzügliche Eigenschaften und Weisheit, mannhafte Heldentaten und Erfindung nützlicher Künste sich und ihr Geschlecht so sehr geadelt haben, dass sie auch von anderen über alles Irdische und noch über die Sterne zu Göttern erhöht wurden. Wärst du ein Mensch oder hättest wenigstens wie ein Mensch die Geschichtsbücher gelesen, dann verständest du auch den Unterschied, der zwischen den Menschen besteht, und würdest jedem seinen Ehrentitel gern gönnen. Da du aber ein Kalb und keiner menschlichen Ehre würdig und fähig bist, redest du auch wie ein Kalb von diesen Dingen und missgönnst dem edlen Menschengeschlecht etwas, das ihm zur Freude gereicht.«

Ich antwortete: »Ich bin genauso gut ein Mensch gewesen wie du, hab auch recht viel gelesen und kann daher wohl ermessen, dass du die Sache entweder nicht richtig verstehst oder durch dein Interesse davon abgehalten wirst, anders zu reden, obwohl du es besser weißt. Sag mir doch, welche herrlichen Taten und löblichen Künste es rechtfertigen, ein Geschlecht als Ganzes jahrhundertelang zu adeln, nachdem die Helden und Künstler selbst längst gestorben sind? Ist nicht beides – die Stärke der Helden und die Weisheit und Verstandeskraft der Künstler – mit ihnen gestorben? Wenn du das nicht verstehst und die Eigenschaften der Eltern sich tatsächlich auf die Kinder vererben, dann muss ich wohl annehmen, dein Vater sei ein Stockfisch gewesen und deine Mutter eine Flunder.«

»Ha!«, antwortete der Secretarius. »Wenn es bloß darum geht, einander in den Schmutz zu ziehen, könnte ich dir vorhalten, dass dein Knan ein grober Spessarter Bauer gewesen ist und dass du, aus dessen Heimat und Familie nun wirklich die größten Dämel kommen, es trotz allem geschafft hast, noch tiefer zu sinken als sie, indem du ein dummes Kalb geworden bist.«

»Ganz recht«, antwortete ich. »Genau das will ich ja sagen: dass die Eigenschaften der Eltern sich nicht immer auf die Kinder vererben und die Kinder deshalb der Tugendtitel ihrer Eltern auch nicht immer würdig sind. Im Übrigen halte ich es nicht für eine Schande, dass ich ein Kalb geworden bin, weil ich so die Ehre habe, in die Fußstapfen des großmächtigen Königs Nebukadnezar* zu treten. Und wer weiß, ob es Gott nicht gefällt, dass auch ich wieder, wie dieser, zu einem Menschen und sogar noch größer werde, als mein Knan gewesen ist? Ich rühme ja gerade die, die sich durch eigene Tugenden adeln.«

»Nun«, sagte der Secretarius, »angenommen, aber nicht zugegeben, dass die Kinder die Ehrentitel ihrer Eltern nicht immer erben sollen, so musst du doch einräumen, dass Leute, die sich durch eigene Leistung adeln, allen Lobes wert sind. Wenn dem aber so ist, dann folgt daraus, dass man recht tut, auch die Kinder wegen ihrer Eltern zu ehren, denn der Apfel fällt nicht weit vom Stamm. Wer würde in den Nachkommen Alexanders des Großen, wenn denn noch welche vorhanden wären, nicht die beherzte Tapferkeit ihres Urahns im Krieg rühmen? Schon als kleiner Junge stellte er seine Kampfeslust unter Beweis, als er noch keine Waffe tragen konnte und Tränen vergoß, weil er fürchtete, sein Vater werde vor ihm alles erobern und ihm nichts zu erobern übriglassen. Hat er dann nicht schon vor seinem dreißigsten Lebensjahr die ganze Welt bezwungen und sich eine zweite gewünscht, um sie ebenfalls zu bezwingen? Hat er nicht in einer Schlacht mit den Indern, als ihn seine Leute im Stich gelassen hatten, Blut geschwitzt vor lauter Zorn? Hatte es nicht den Anschein, als wenn er von lauter Feuerflammen umgeben sei – so dass auch die Barbaren aus Furcht vor ihm vom Schlachtfeld flohen? Wer würde ihn nicht höher schätzen und für edler halten als andere Menschen, da doch Quintus Curtius* bezeugt, sein Atem habe wie Balsam, sein Schweiß wie Moschus und sein toter Leib nach kostbaren Kräutern und Gewürzen geduftet. Ich könnte hier auch den Julius Caesar und den Pompejus anführen, von denen der Erste – außer und neben den Siegen, die er im Bürgerkrieg errungen hat – fünfzigmal in offenen Feldschlachten gekämpft und dabei 1 152 000 Männer gefällt und totgeschlagen hat, während der andere den Seeräubern nicht nur 940 Schiffe abgenommen, sondern auch zwischen den Alpen und den fernsten Teilen Spaniens 876 Städte und Orte erobert und besiegt hat. Den Ruhm des Marcus Sergius* will ich übergehen und nur kurz auf Lucius Sucius Dentatus zu sprechen kommen, der unter den Konsuln Spurius Turpejus und Aulus Eternius Volkstribun zu Rom war. In 110 Feldschlachten hat er gestanden, hat in acht Zweikämpfen seine Herausforderer überwunden, konnte 45 Wundmale an seinem Leib vorweisen, die er allesamt von vorn, keines von hinten empfangen hatte, und ist mit neun Oberfeldherren bei ihren Triumphen (die sie vor allem durch ihre Mannhaftigkeit erlangten) nach Rom eingezogen. Die Kriegsehre des Manlius Capitolinus* wäre nicht geringer, wenn er sie am Ende seines Lebens nicht selbst verkleinert hätte – denn auch er konnte 33 Narben aufweisen und hatte überdies einst das Kapitol mit all dessen Schätzen allein vor den Galliern bewahrt. Wo bleiben der starke Herkules, Theseus und all die anderen, von denen zu berichten und deren unsterbliches Lob niederzuschreiben fast unmöglich ist? Sollte man sie etwa nicht in ihren Nachkommen ehren?

Aber ich will mich von Krieg und Waffen den Künsten zuwenden, die zwar etwas unter jenen zu stehen scheinen, aber denen, die sich darin hervortun, dennoch zu großem Ruhm verhelfen. Wie viel Geschicklichkeit findet sich doch bei Zeuxis, der mit seinem Kunstverstand und einer geschickten Hand sogar die Vögel in der Luft betrog*; ebenso bei Apelles, der eine Venus so naturgetreu malte, so schön, so hinreißend und in all ihren Zügen so subtil und zart, dass die jungen Männer sich in sie verliebten. Plutarch schreibt, Archimedes habe ein großes Schiff voller Handelswaren mit nur einer Hand an einem einzigen Seil quer über den Markt von Syrakus gezogen wie ein Packpferd an seinem Zügel – was zwanzig Ochsen nicht vollbracht hätten, geschweige denn zweihundert Kälber von deiner Sorte.* Sollte man da nicht diesem tüchtigen Meister, seiner Kunst gemäß, einen besonderen Ehrentitel zugestehen? Wer würde den nicht mehr als andere preisen, der dem persischen König Sapor eine gläserne Maschinerie baute, die so groß und geräumig war, dass er, in ihrer Mitte sitzend, die Sterne unter seinen Füßen auf- und niedergehen sehen konnte? Archimedes schuf auch einen Spiegel, mit dem er die Kriegsschiffe der Feinde auf dem Meer in Brand setzte. Und Ptolemäus erdachte eine sonderbare Art von Spiegeln, die so viele Gesichter zeigten, wie der Tag Stunden hat. Wer würde den nicht preisen, der die Buchstaben erfunden hat? Und wer würde nicht den über alle Künstler erheben, der die edle und der ganzen Welt höchst nützliche Kunst der Buchdruckerei erfunden hat? Wenn Ceres für eine Göttin gehalten wurde, weil sie den Ackerbau und die Kornmühle erfunden haben soll, warum soll es dann falsch sein, andere, wie es ihren Vorzügen entspricht, mit Ehrentiteln zu loben und zu rühmen? Bei alledem kommt es nicht darauf an, ob du grobes Kalb dies mit deinem unvernünftigen Ochsenhirn begreifst oder nicht.

Dir ergeht es wie dem Hund, der auf einem Haufen Heu lag und dieses, weil er es selbst nicht genießen konnte, auch dem Ochsen nicht gönnen wollte. Du taugst nicht zur Ehre, und deshalb gönnst du sie auch denen nicht, die ihrer wert sind.«

So in die Enge getrieben, antwortete ich: »All die herrlichen Heldentaten wären gewiss hoch zu rühmen, wenn sie nicht anderen Menschen Tod und Verderben gebracht hätten. Aber was ist das für ein Lob, das mit so viel Blut von unschuldigen Menschen besudelt ist? Und was ist das für ein Adel, der mit dem Elend so viel tausend anderer Menschen erstritten und gewonnen wurde? Und was die Künste angeht – sind sie nicht lauter Nichtigkeiten und Torheiten? Jawohl, sie sind so leer, so eitel und so unnütz wie die Titel selbst, die man sich mit ihnen verdienen kann. Denn entweder dienen sie dem Geiz oder der Wollust und dem Luxus, oder sie stürzen andere Leute ins Verderben, wie die schrecklichen Kloben, die ich neulich auf den halben Wagen liegen sah. Und auch auf Druckerei und Bücher kann man gut und gern verzichten – denkt nur an das Wort und die Meinung jenes heiligen Mannes*, der einst erklärte, die ganze weite Welt sei ihm Buch genug, um die Wunder seines Schöpfers zu erwägen und die göttliche Allmacht daraus zu erkennen.«

Das 11. Kapitel. Von dem mühseligen und gefährlichen Geschäft des Regierens.

Auch mein Herr wollte sein Vergnügen mit mir haben und sagte: »Ich sehe schon – weil du nicht glaubst, jemals Ehren und Adel zu erlangen, verachtest du die Ehrentitel des Adels.«

Ich antwortete: »Herr, wenn ich in diesem Augenblick an deine Ehrenstelle treten sollte – ich würde sie nicht nehmen!«

Mein Herr lachte und sagte: »Das glaub ich gern, denn der Ochse will nichts anderes als sein Haferstroh. Hättest du aber die hohe Gesinnung, die adelige Gemüter haben sollen, dann würdest du eifrig nach hohen Ehren und Würden streben. Ich jedenfalls halte es für keine Kleinigkeit, dass mich mein Glück über andere erhebt.«

Ich seufzte und sagte: »Ach, was für ein mühseliges Glück! Ich sage dir, Herr: Du bist der unglücklichste Mensch in ganz Hanau.«

»Wieso? Wieso, du Kalb?«, rief mein Herr. »Sag mir, warum. Ich verstehe nicht, was das heißen soll.«

Ich antwortete: »Wenn du nicht weißt und nicht fühlst, mit wie viel Sorgen und wie viel Unruhe du als Gouverneur von Hanau beladen bist, dann verblendet dich entweder übergroße Ehrsucht, oder du bist aus Eisen und bekommst gar nichts mit. Du kannst zwar befehlen, und wer dir unter die Augen kommt, muss dir gehorchen. Aber tun die Leute das umsonst? Bist du nicht ihrer aller Knecht? Musst du nicht für jeden Einzelnen von ihnen sorgen? Sieh doch, wie du auf allen Seiten von Feinden umstellt bist und die Sicherung dieser Festung allein auf deinen Schultern liegt. Du musst versuchen, dem Gegner Verluste beizubringen, und gleichzeitig darauf achten, dass deine Pläne nicht ausspioniert werden. Kommt es da nicht öfter vor, dass du selbst Wache stehen musst wie ein einfacher Knecht? Außerdem musst du dafür sorgen, dass kein Mangel an Geld, Munition, Verpflegung und Truppen entsteht, und musst daher dem ganzen Land durch Drängen und Quälen immerzu Kontributionen abpressen. Schickst du deine Leute zu diesem Zweck aus, so tun sie nichts als rauben, plündern, stehlen, brennen und morden. Erst neulich haben sie Orb geplündert, Braunfels eingenommen und Staden* in Schutt und Asche gelegt. So haben sie zwar ihre Beute gemacht, aber du hast dir eine schwere Verantwortung vor Gott aufgeladen. Mag sein, dass du neben der Ehre auch einen Genuss davon hast. Aber weißt du denn, wer die Schätze, die du da sammelst, am Ende wirklich genießen wird? Und angenommen, dass dir selbst von diesem Reichtum etwas bleibt (was ja durchaus nicht sicher ist), so musst du ihn zuletzt doch in der Welt zurücklassen und nimmst bloß die Sünden mit dir, durch die du ihn erworben hast. Wenn du aber einmal das Glück hast und dir deine Beute selbst zunutze machen kannst, so vergeudest du dabei den Schweiß und das Blut der Armen, die jetzt im Elend Mangel leiden oder gar zugrunde gehen und verhungern.

Ach, wie oft sehe ich, dass deine Gedanken wegen der Last deines Amts zerstreut sind, während ich und andere Kälber unbekümmert und ruhig schlafen. Tätest du das alles aber nicht, so kostete es dich womöglich den Kopf, weil du versäumen würdest, alles zu unternehmen, was für den Unterhalt der dir unterstellten Truppen und der Festung getan werden muss. Siehst du, solche Sorgen habe ich nicht! Weil ich weiß, dass ich der Natur einen Tod schuldig bin, mache ich mir keine Sorgen, dass jemand meinen Stall erstürmt oder ich mühselig um mein Leben kämpfen müsste. Wenn ich jung sterbe, bleibt mir die Mühsal erspart, ein Zugochse zu werden. Dich aber verfolgt man zweifellos auf tausenderlei Art. Deshalb besteht dein ganzes Leben aus nichts als Sorge und Schlaflosigkeit, denn du musst Freund und Feind fürchten, die dich, wie du es umgekehrt mit anderen vorhast, ohne Zweifel um dein Leben oder dein Geld oder deine Reputation oder deine Befehlsgewalt oder sonst etwas zu bringen trachten. Der Feind setzt dir offen zu, und deine vermeintlichen Freunde beneiden heimlich dein Glück. Sogar vor deinen Untergebenen bist du nicht sicher. Schweigen will ich hier davon, wie dich jeden Tag die brennende Begierde quält und umtreibt, wenn du überlegst, wie du dir einen noch größeren Namen machen und noch mehr Ruhm ernten kannst, wie du zu noch höheren Kriegsämtern aufsteigen, noch mehr Reichtum erwerben, den Feind in einen Hinterhalt locken, diesen oder jenen Ort überrumpeln kannst – also lauter Dinge tun, die anderen Leuten Ungemach bereiten, deiner Seele schaden und der göttlichen Majestät missfallen! Und was das Allerschlimmste ist: du lässt dir von deinen Günstlingen so schmeicheln, dass du dich selbst nicht mehr kennst, lässt dich von ihnen so beeinflussen und vergiften, dass du gar nicht siehst, wie gefährlich der Weg ist, auf dem du gehst. Denn alles, was du tust, nennen sie gut und richtig, alle deine Laster halten sie für lauter Tugenden und rühmen sie als solche. Dein Grimm ist ihnen Gerechtigkeit, und wenn du Land und Leute ins Verderben stürzt, sagen sie, du seist ein braver Soldat, spornen dich also an, anderen Leuten zu schaden, damit sie deine Gunst behalten und dabei ihren Beutel füllen können.«

»Du Schlaumeier!«, sagte mein Herr. »Wer hat dir beigebracht, so zu predigen?«

Ich antwortete: »Liebster Herr, ist es denn nicht wahr, wenn ich sage, deine Zuträger und Favoriten haben dich so verdorben, dass dir gar nicht mehr zu helfen ist? Andere Leute hingegen bemerken deine Laster bald und urteilen über dich nicht nur nach hohen und wichtigen Angelegenheiten, sondern finden auch genug Kleinigkeiten an dir zu tadeln. Gibt es dafür nicht schon bei den großen Männern der Vergangenheit genug Beispiele? Die Athener murrten wider ihren Simonides nur, weil er zu laut redete. Die Thebaner beklagten sich über ihren Paniculus, weil er ausspuckte. Die Spartaner tadelten an ihrem Lykurg, dass er ständig mit gesenktem Kopf umherging. Die Römer hielten es für ungehörig, dass Scipio im Schlaf laut schnarchte. Sie fanden es abstoßend, dass sich Pompejus nur mit einem Finger kratzte. Über Julius Caesar spotteten sie, weil er seinen Gürtel nicht hübsch ordentlich umschnallte. Die Bewohner von Utica lästerten über ihren braven Cato, weil er bei den Mahlzeiten allzu gierig, wie sie meinten, auf beiden Backen kaute. Und die Karthager verunglimpften ihren Hannibal, weil er immer mit entblößter Brust herumging.

Nun denn, mein lieber Herr, glaubst du noch immer, ich sollte mit einem tauschen, der neben zwölf oder dreizehn

Tischgenossen, Schmeichlern und Schmarotzern mehr als hundert und vermutlich sogar mehr als zehntausend teils heimliche, teils offene Feinde, Verleumder und missgünstige Neider hat? Außerdem – wie viel Glück und Lust und was für Freude kann ein Herrscher denn überhaupt genießen, unter dessen Fürsorge, Schutz und Schirm so viele Menschen leben? Musst du nicht für alle, die dir untergeben sind, wachen, dich um jeden kümmern und eines jeden Klagen und Beschwerden anhören? Wäre das allein nicht schon mühselig genug, wenn du weder Feinde noch Neider hättest? Ich sehe doch, wie sauer dich das alles ankommt und welche Lasten du dir aufhalst. Aber was, liebster Herr, wird am Ende dein Lohn sein? Sag es mir. Was hast du davon? Wenn du es nicht weißt, lass es dir von dem Griechen Demosthenes gesagt sein, der, nachdem er das Gemeinwohl und das Recht der Athener tapfer und getreulich gefördert und beschützt hatte, wider Recht und Billigkeit wie ein gemeiner Verbrecher des Landes verwiesen und ins Elend gejagt wurde. Dem Sokrates wurde sein Wirken mit Gift vergolten. Dem Hannibal wurden seine Taten von den Seinen so übel belohnt, dass er als Verbannter elend in der Welt umherschweifen musste. Das Gleiche widerfuhr dem Camillus. Und ähnlich belohnten die Griechen den Lykurg und den Solon – den einen steinigten sie, den anderen trieben sie wie einen Mörder aus dem Land, nachdem sie ihm ein Auge ausgestochen hatten. Darum behalte du nur deine Befehlsgewalt samt dem Lohn, den du davon haben wirst. Mit mir brauchst du nichts davon zu teilen, denn selbst im besten Falle wird dir von alledem nichts bleiben als dein schlechtes Gewissen. Willst du aber deinem Gewissen folgen, so wird man dich beizeiten wegen Unfähigkeit absetzen – nicht anders, als wenn auch du, so wie ich, zu einem dummen Kalb geworden wärst.«

Das 12. Kapitel. Über den Verstand und das Wissen mancher unvernünftiger Tiere.

Während dieses Vortrags sahen mich alle an und wunderten sich, dass ich Reden halten konnte, wie sie auch ein vernünftiger Mann ohne Vorbereitung schwerlich zuwege gebracht hätte. Ich aber kam zum Schluss meiner Ausführungen und verkündete: »Darum also, mein liebster Herr, will ich nicht mit dir tauschen – zumal ich es auch nicht im Geringsten nötig habe. Denn die Quellen geben mir einen gesunden Trunk statt deiner kostspieligen Weine. Und der, dem es beliebte, aus mir ein Kalb zu machen, wird mir auch die Gewächse der Erde so zu segnen wissen, dass sie mir, wie einst dem Nebukadnezar, als Speise und Lebensunterhalt nicht unangenehm sein werden. Die Natur hat mir ja auch ein gutes Fell geschenkt, während es dich oft vor den besten Sachen ekelt und der Wein dir den Kopf zerreißt und dich bald in diese, bald in jene Krankheit stürzt.«

Mein Herr antwortete: »Was ist eigentlich mit dir los? Für ein Kalb kommst du mir viel zu vernünftig vor. Mir scheint fast, du trägst unter deiner Kalbshaut noch eine Schalkshaut.«

Ich tat zornig und entgegnete: »Ja, glaubt ihr Menschen denn, wir Tiere seien Narren? Bildet euch das bloß nicht ein! Ich vermute, wenn ältere Tiere als ich so gut sprechen könnten wie ich, würden sie noch ganz anders mit euch reden!* Wenn ihr meint, wir seien dumm, dann sagt mir bitte mal, wer den wilden Waldtauben, den Amseln, Hähern und Rebhühnern beigebracht hat, wie sie sich mit Lorbeerblättern innerlich purgieren können – und den Tauben, den Turteltäubchen und den Hühnern, wie sie es mit Löwenzahn tun können. Wer lehrt die Hunde und Katzen, dass sie vom Tau benetztes Gras fressen müssen, wenn sie ihren vollen Bauch reinigen wollen? Wer lehrt die Schildkröte, wie sie einen Biss mit Schirling heilen kann – und den Hirsch, wenn er angeschossen ist, wie er sich mit Diptam oder Minze zu retten vermag? Und wer hat dem Wiesel beigebracht, sich mit Weinraute zu versehen, wenn es mit der Fledermaus oder einer Schlange kämpfen will? Wer hat den Wildschweinen den Efeu und den Bären die Alraune* gezeigt und ihnen gesagt, dass es gute Arzneien für sie sind? Wer hat dem Adler geraten, er solle den Adlerstein* suchen und gebrauchen, wenn ihm das Eierlegen schwerfällt? Und wer gibt der Schwalbe zu verstehen, dass sie die schwachen Augen ihrer Jungen mit Schöllkraut kurieren soll? Wer hat die Schlange instruiert, Fenchel zu fressen, wenn sie ihre Haut abstreifen und ihre Augen kräftigen will? Wer lehrt den Storch, sich zu klistieren? Den Pelikan, sich selbst das Blut abzuzapfen? Den Bären, wie er sich von den Bienen zur Ader lassen kann?

Wahrhaftig, eigentlich könnte man sagen, dass ihr Menschen eure Künste und Wissenschaften bei uns gelernt habt! Allerdings fresst und sauft ihr euch krank und tot, wie wir Tiere es nie tun. Wenn ein Löwe oder ein Wolf zu fett wird, dann fastet er, bis er wieder mager, frisch und gesund ist. Wer handelt nun klüger, ihr oder wir?

Betrachtet zu alledem die Vögel unter dem Himmel! Betrachtet die unterschiedliche Bauweise ihrer hübschen Nester. Und weil ihnen diese Arbeit niemand nachmachen kann, müsst ihr zugeben, dass sie nicht nur verständiger, sondern auch geschickter sind als ihr Menschen. Wer sagt den Sommervögeln, wann sie im Frühling zu uns kommen sollen, um ihre Jungen auszubrüten, und wann sie sich im Herbst wieder davonmachen und in die warmen Länder verfügen sollen? Wer lehrt sie, dass sie sich dazu einen Sammelplatz bestimmen müssen? Wer führt sie oder weist ihnen den Weg? Oder leiht ihr Menschen ihnen etwa euren Seekompass, damit sie sich unterwegs nicht verirren? Nein, ihr Lieben, sie kennen den Weg auch ohne euch und wissen, wie lange sie darauf wandern müssen und wann sie von diesem und von jenem Ort aufbrechen müssen, benötigen also weder euren Kompass noch euren Kalender.

Oder seht euch die fleißige Spinne an, deren Gewebe fast ein Wunderwerk ist! Seht, ob ihr in ihrer ganzen Arbeit irgendwo einen Knoten entdecken könnt! Welcher Jäger oder Fischer hat sie gelehrt, wie sie ihr Netz ausspannen und, je nachdem, wie sie dieses Netz gebraucht und ihrer Beute auflauert, sich entweder in die hinterste Ecke oder gar in die Mitte ihres Gewebes setzen soll? Ihr Menschen staunt über den Raben, von dem Plutarch bezeugt, dass er in einen mit Wasser halb gefüllten Topf so viele Steine geworfen habe, bis das Wasser so weit gestiegen sei, dass er bequem davon trinken konnte. Was würdet ihr erst tun, wenn ihr bei und unter den Tieren wohnen und ihr übriges Tun und Lassen beobachten könntet! Da müsstet ihr zugeben, dass es den Anschein hat, als besitze jedes Tier seine eigenen, besonderen Naturkräfte und Fähigkeiten, als habe jedes in seinen Affekten und Gemütsneigungen, in Vorsicht, Stärke, Milde, Furcht und Wildheit, seine besondere Lehre und seinen besonderen Unterricht empfangen. Sie kennen einander, und sie unterscheiden sich voneinander. Sie verfolgen die Zwecke, die ihnen nützlich sind, fliehen das, was ihnen schädlich ist, und meiden die Gefahr, sammeln, was sie zu ihrer Ernährung benötigen, und führen bisweilen auch euch Menschen hinters Licht. Viele alte Philosophen haben deshalb ernstlich erwogen und sich nicht gescheut, zu fragen und zu diskutieren, ob nicht auch die unvernünftigen Tiere einen Verstand haben. Aber genug von alledem. Geht zu den Bienen und seht, wie sie Wachs und Honig machen, und dann sagt mir, was ihr davon haltet.«

Das 13. Kapitel. Enthält so allerlei. Wer wissen will, was, der muss es nur lesen oder sich vorlesen lassen.

Hierauf gaben die Tischgenossen meines Herrn verschiedene Urteile über mich ab. Der Secretarius meinte, man müsse mich für närrisch halten, weil ich mich selbst für ein vernünftiges Tier hielte und auch so aufführte. Denn gerade die Leute, die einen Sparren zu viel oder zu wenig im Kopf hätten und sich trotzdem für besonders klug hielten, seien die größten und wunderlichsten Narren. Andere sagten, wenn man mich von der Vorstellung, ein Kalb zu sein, abbrächte und überzeugen könnte, dass ich wieder ein Mensch geworden sei, könnte ich durchaus für vernünftig oder klug gelten. Mein Herr sagte: »Ich halte ihn für einen Narren, weil er jedem ohne Scheu die Wahrheit sagt. Doch seine Art zu reden passt ganz und gar nicht zu einem Narren.« Das alles sprachen sie miteinander auf Latein, damit ich es nicht verstände. Mein Herr fragte mich, ob ich studiert hätte, als ich noch ein Mensch gewesen sei.

Ich wisse nicht, was Studieren sei, gab ich zur Antwort. »Aber lieber Herr«, fuhr ich fort, »sagt mir doch, was für Dinger diese Studen sind, mit denen man studiert? Sind die so ähnlich wie die Kegel, mit denen man kegelt?«

Da rief der fesche Fähnrich: »Wat wollts met deesem Kerl sien? Hej hätt dem Düvel im Lief. Hej ös besäten. Dä Düvel, dä küret ut jehme.«*

Das veranlasste meinen Herrn zu der Frage, ob ich denn, nachdem ich nun ein Kalb geworden sei, immer noch wie früher und wie die anderen Menschen beten und daran glauben würde, dass ich in den Himmel komme?

»Freilich«, antwortete ich, »ich habe ja noch meine unsterbliche Menschenseele. Die wird ja, wie du dir denken kannst, nicht in die Hölle wollen, zumal es mir dort schon einmal übel ergangen ist. Ich habe nur eine andere Gestalt angenommen, wie einst auch Nebukadnezar, und eines Tages werde ich wohl wieder ein Mensch werden.«

»Das wünsche ich dir«, sagte mein Herr mit einem tiefen Seufzer, woraus ich leicht erschließen konnte, wie sehr es ihn inzwischen reute, dass er aus mir einen Narren zu machen gewagt hatte. »Aber lass hören«, fuhr er fort, »wie du betest.«

Darauf kniete jener nieder und hob Augen und Hände auf gut Einsiedlerisch zum Himmel empor. Und weil die Reue, die ich an meinem Herrn bemerkt hatte, mich von Herzen tröstete, konnte auch ich die Tränen nicht zurückhalten und betete – dem äußeren Schein nach in höchster Andacht –, nachdem ich das Vaterunser gesprochen hatte, für die ganze Christenheit, für meine Freunde und meine Feinde und bat Gott, er möge mir hienieden ein Leben bescheren, in dem ich würdig werden könnte, ihn in ewiger Seligkeit zu loben. Denn ein solches Gebet in andächtigen, wohlgesetzten Worten hatte mein Einsiedel mich gelehrt. Davon fingen nun einige weichherzige Zuschauer ebenfalls beinahe an zu weinen, weil sie so großes Mitleid mit mir hatten. Ja, selbst meinem Herrn standen die Augen voll Wasser.

Nach dem Essen ließ er den Pfarrer holen, erzählte ihm, was ich vorgetragen hatte, und fügte hinzu, er mache sich Sorgen, bei mir gehe es nicht mit rechten Dingen zu. Vielleicht habe ja der Teufel die Hand im Spiel, denn früher hätte ich mich stets einfältig und unwissend gezeigt, nun aber würde ich Reden schwingen, dass man sich wundern müsse.

Der Pfarrer, der am besten wusste, wie es um mich stand, erwiderte, das hätte man sich überlegen sollen, bevor man sich erdreistet hätte, einen Narren aus mir zu machen. Menschen seien Ebenbilder Gottes, mit denen man, zumal in so zartem Alter, nicht wie mit wilden Tieren seinen Scherz treiben dürfe. Doch dass dem bösen Geist hierbei Gelegenheit gegeben worden sein könnte, sich einzumischen, könne er nicht glauben, da ich mich ja durch inbrünstige Gebete immer wieder Gott anbefohlen hätte. Sollte man dies dem

Bösen aber, was er nicht hoffen wolle, doch ermöglicht und erlaubt haben, so hätte man sich eine schwere Verantwortung gegenüber Gott aufgeladen, denn es gebe kaum eine größere Sünde, als wenn ein Mensch den anderen seiner Vernunft beraube und damit dem Lob und Dienst Gottes entziehe, zu dem er doch vor allem erschaffen sei.

»Ich habe Euch schon früher erklärt, dass der Junge Verstand genug hatte. Wenn er sich in die Welt nicht fügen mochte, so deshalb, weil er bei seinem Vater, einem groben Bauern, und bei Eurem Schwager in der Wildnis in aller Einfalt erzogen wurde. Hätte man anfangs ein wenig mehr Geduld mit ihm gehabt, hätte sich sein Betragen mit der Zeit wohl gebessert. Er war eben ein frommes, einfältiges Kind, das die boshafte Welt noch nicht kannte. Doch zweifele ich nicht im Geringsten daran, dass man ihn wiederherstellen kann, wenn man ihn nur von seinem Wahn befreit und dazu bringt, dass er nicht mehr glaubt, er sei ein Kalb geworden.

Von einem liest man, er habe so fest geglaubt, er sei ein tönerner Krug geworden, dass er seine Angehörigen bat, sie sollten ihn hoch auf ein Wandbrett stellen, damit er nicht zerbräche. Ein anderer bildete sich ein, er sei ein Hahn, und krähte in seiner Krankheit Tag und Nacht. Ein Dritter meinte, er sei schon gestorben und wandere nur noch als Geist umher, wollte deswegen keine Arznei mehr und weder Speise noch Trank zu sich nehmen, bis endlich ein kluger Arzt zwei Burschen anstellte, die sich ebenfalls als Geister ausgaben, gleichzeitig aber auch kräftig zechten, sich zu jenem anderen gesellten und ihn davon überzeugten, dass heutigentags auch die Geister zu essen und zu trinken pflegten, wodurch dann jener wieder geheilt wurde.

Ich selbst habe einen kranken Bauern in meiner Pfarre gehabt. Als ich den besuchte, klagte er mir, er habe drei oder vier Ohm* Wasser im Leib, wenn er das wieder los sei, würde er wohl wieder gesund werden, und zuletzt bat er mich, ich solle ihn entweder aufschneiden lassen, damit es ablaufen könne, oder ihn in die Räucherkammer hängen, damit es wegtrockne. Ich redete ihm gut zu und erklärte, ich hätte eine andere Methode, ihm sein Wasser abzulassen. Ich nahm einen Hahn, wie man ihn bei Wein- und Bierfässern braucht, befestigte einen Darm daran und stülpte dessen anderes Ende über den Abfluss eines großen Zubers, den ich mit Wasser füllen ließ. Dann tat ich, als steckte ich ihm den Hahn in seinen Bauch, den er mit Lumpen dick und fest umwickelt hatte, damit er ihm nicht platze. Hierauf ließ ich das Wasser aus dem Zuber durch den Hahn laufen, worüber sich der Einfaltspinsel herzlich freute. Nach der Prozedur legte er die Lumpen ab und war in wenigen Tagen wieder gesund.

Auf ähnliche Weise ist einem anderen geholfen worden, der sich einbildete, er habe allerlei Pferdezaumzeug und dergleichen im Leib. Dem gab sein Doktor ein Abführmittel und legte ein paar Gegenstände dieser Art unter den Nachtstuhl, so dass der Mann glauben musste, das alles habe er beim Stuhlgang hinter sich fallen lassen.

Man erzählt auch von einem Phantasten, der sich einbildete, seine Nase sei so lang, dass sie bis auf den Boden reiche. Dem habe man eine Wurst an seine Nase gehängt und sie dann nach und nach bis an die Nase selbst weggeschnitten. Als er schließlich das Messer an der Nase spürte, habe er geschrien, es sei genug, seine Nase habe jetzt wieder die richtige Form. So wie diesen Leuten kann auch dem braven Simplicius geholfen werden.«

»Das alles würde ich gern glauben«, antwortete mein Herr, »bedenklich erscheint mir nur, dass er früher so unwissend war, nun aber von Dingen zu sprechen weiß und sich dabei auch noch so perfekt ausdrückt, wie man es bei älteren, erfahreneren und beleseneren Leuten als ihm so leicht nicht finden wird. Er hat mir von mancherlei Eigenschaften der Tiere berichtet und mir meine eigene Person so teffend beschrieben, als wenn er schon immer in der Welt gelebt hätte, so dass ich gar nicht anders kann, als mich darüber zu wundern, und seine Reden fast für ein Orakel oder eine Warnung Gottes halten muss.«

»Herr«, antwortete der Pfarrer, »das alles lässt sich auch auf natürliche Weise erklären. Ich weiß, dass er sehr belesen ist, schließlich sind er und sein Einsiedel alle meine Bücher – und das waren nicht wenige – durchgegangen. Weil nun der Knabe ein gutes Gedächtnis hat, seinen Geist jetzt aber untätig lässt und sogar sich selbst vergisst, kann er umso leichter hervorholen, was er sich früher einmal eingeprägt hat. Aber ich vertraue darauf, dass sich auch dies mit der Zeit wieder ins Lot bringen lässt.«

So ließ der Pfarrer den Gouverneur zwischen Furcht und Hoffnung im Ungewissen. Mir und meiner Sache leistete er damit gute Dienste, verschaffte mir einige angenehme Tage und sich selbst den Zutritt bei meinem Herrn. Schließlich kamen sie überein, man sollte noch eine Zeit lang abwarten und zusehen, was aus mir würde. In diesem Punkt dachte der Pfarrer mehr an seinen als an meinen Vorteil, denn indem er nun häufig zu uns kam und so tat, als bemühe und sorge er sich vor allem um mich, erwarb er sich die Gunst des Gouverneurs, der ihn deshalb in seine Dienste nahm und zum Kaplan der Garnison machte. In diesen schweren Zeiten war das keine Kleinigkeit, und ich gönnte es ihm von Herzen.

Das 14. Kapitel. Was für ein gutes Leben Simplicius hatte und wie die Kroaten es ihm raubten, als sie ihn selbst raubten.

Seither besaß ich, so darf ich wohl behaupten, die ganze Gnade, Gunst und Liebe meines Herrn. Nichts fehlte mir zu meinem Glück, außer dass ich ein Kalbskleid zu viel und ein paar Jahre zu wenig hatte. Doch das wusste ich damals nicht.

Auch der Pfarrer wollte mich noch nicht vernünftig haben – er hielt die Zeit hierzu nicht für gekommen, und auch für ihn selbst schien es ihm vorteilhaft, wenn alles blieb, wie es war.

Als mein Herr sah, dass ich Freude an der Musik hatte, ließ er mich darin unterrichten und schickte mich zu einem vortrefflichen Lautenspieler, dessen Kunst ich in kurzer Zeit begriff und sogar übertraf, weil ich besser als er auch dazu singen konnte. So verschaffte ich meinem Herrn nichts als Freude, Unterhaltung und Erstaunen.

Alle Offiziere erwiesen mir ihre Zuneigung, die reichsten Bürger gaben mir Geschenke, und auch das Hausgesinde und die Soldaten waren mir wohlgesinnt, weil sie sahen, wie sehr mir mein Herr gewogen war. Der eine steckte mir hier etwas zu, der andere dort, denn sie wussten, dass Schalksnarren bei ihren Herren oft mehr ausrichten können als die Rechtschaffenheit, und das bezweckten sie mit ihren Geschenken. Manche gaben mir etwas, damit ich ihnen nichts Übles nachreden, andere aber gerade dafür, dass ich ihnen zum Gefallen andere verleumden sollte. Jedenfalls brachte ich auf diese Weise allerhand Geld zusammen, das ich größtenteils dem Pfarrer gab, weil ich noch nicht wusste, wozu es nütze war. Und weil es sich keiner mit mir verderben wollte, blieben mir Anfeindungen, Sorgen oder Kummer erspart. Ich dachte nur an die Musik und daran, wie ich diesen oder jenen wegen seiner Unarten ordentlich tadeln konnte. So wuchs und gedieh ich ohne Sorgen wie ein Narr im Zwiebelland*, und meine Körperkräfte nahmen merklich zu. Bald sah man mir an, dass ich mich nicht mehr im Wald mit Wasser, Eicheln, Bucheckern, Wurzeln und Kräutern kasteite, sondern mir den Rheinwein und das Hanauische Doppelbier bei einem guten Bissen schmecken ließ, was in diesen Elendszeiten als eine große Gnade Gottes gelten musste, denn damals stand ganz Deutschland in Kriegsflammen, litt unter Hunger und Pestilenz, und Hanau selbst war von Feinden belagert. Aber das alles störte mich nicht im Geringsten.

Nach der Aufhebung der Belagerung wollte mich mein Herr dem Kardinal Richelieu* oder dem Herzog Bernhard von Weimar* zum Geschenk machen. Nicht deshalb, so erklärte er mir, weil er auf großen Dank hoffe, sondern weil er es kaum mehr ertragen könne, wie ich ihm die Gestalt seiner vermissten Schwester, der ich mit der Zeit immer ähnlicher würde, Tag für Tag in meinem Narrengewand vor Augen führte. Der Pfarrer machte Einwände. Er meinte, es sei Zeit, ein Wunder zu tun. Er wolle mich nun wieder in einen vernünftigen Menschen verwandeln. Er riet dem Gouverneur, zwei weitere Kalbsfelle anfertigen zu lassen, zwei andere Knaben mit ihnen zu bekleiden und einen Dritten zu bestellen, der in der Rolle eines Arztes, Propheten oder Gauklers mich und die beiden anderen unter allerlei seltsamen Zeremonien ausziehen und dabei behaupten solle, er könne Tiere in Menschen und Menschen in Tiere verwandeln. Auf diese Weise könne man mich leicht heilen und ohne viel Mühe überzeugen, dass ich wieder ein Mensch geworden sei. Erst nachdem der Gouverneur sich mit diesem Vorschlag einverstanden erklärt hatte, sagte mir der Pfarrer, was er mit meinem Herrn verabredet hatte, und ich willigte gern ein.

Aber das neidische Schicksal wollte mich nicht so leicht aus meinem Narrenkleid schlüpfen und auch nicht das herrliche Leben noch länger genießen lassen. Denn während die Gerber und Schneider mit den Kleidern beschäftigt waren, die zu dieser Komödie gebraucht wurden, spazierte ich mit einigen anderen Knaben vor der Festung auf dem Eis umher. Da führte plötzlich ich weiß nicht wer einen Trupp Kroaten* herbei, die uns ergriffen, auf ein paar freie Bauernpferde setzten, die sie eben gestohlen hatten, und uns alle miteinander entführten. Zuerst waren sie unschlüssig, ob sie mich mitnehmen sollten oder nicht. Doch dann sagte einer von ihnen auf Böhmisch: *»Mih weme daho Blasna sebao, bo we deme ho gbabo Oberstowi.«* Ihm antwortete ein anderer: *»Prschis am bambo ano, mi ho nagonie possadeime, wan rosumi niemezki,* *won bude mit Kratockwille sebao.«** Also musste ich aufsitzen und erfahren, dass einem ein einziges unglückliches Stündchen alles Wohlergehen rauben und alles Glück und Heil so weit entrücken kann, dass man die Erinnerung an diesen Schlag sein Lebtag nicht mehr loswird.

Das 15. Kapitel. Simplicius kommt unter die Reiter, und was er bei den Kroaten gesehen und erfahren hat.

Obwohl die Hanauer gleich Alarm schlugen, sich auf die Pferde schwangen, den Kroaten nachjagten und sie mit einem Scharmützel auch ein wenig aufhielten und ärgerten, konnten sie ihnen ihre Beute doch nicht wieder abnehmen. Denn diese leichte Reiterei war sehr beweglich und kam rasch voran – zuerst nach Büdingen, wo sie sich verpflegten und den Bürgern die gefangenen Söhnchen der reichen Hanauer gegen ein Lösegeld überließen, auch die gestohlenen Pferde und andere Dinge verkauften. Von dort brachen sie wieder auf, bevor es richtig Nacht, geschweige denn wieder Tag geworden war, zogen schnell durch den Büdinger Wald in Richtung Fulda und nahmen unterwegs alles mit, was sie davontragen konnten. Das Rauben und Plündern hinderte sie nicht im Geringsten am raschen Fortkommen, denn sie machten es wie der Teufel, von dem man sagt, dass er im Laufen – mit Verlaub – sein Geschäft verrichtet und trotzdem nichts an seinem Weg versäumt, so dass wir noch am selben Abend im Stift Hersfeld, wo sie ihr Quartier hatten, mit einer großen Beute ankamen. Die wurde dort geteilt, und mich bekam der Obrist Corpes.*

Bei diesem Herrn kam mir alles widerwärtig und fast spanisch vor. Die Hanauer Leckereien verwandelten sich in grobes Schwarzbrot und mageres Rindfleisch oder bestenfalls ein Stück gestohlenen Speck. Aus Wein und Bier wurde Wasser, und anstelle eines Bettes musste ich mit der Streu bei den Pferden vorliebnehmen. Statt die Laute zu schlagen, was sonst jedermann erfreut hatte, musste ich manchmal wie andere Jungen unter den Tisch kriechen, wie ein Hund heulen und mich mit Stiefelsporen stechen lassen, was ich nicht besonders lustig fand. Statt wie in Hanau spazierenzugehen, sollte ich nun mit auf Fourage reiten, Pferde striegeln und bei ihnen ausmisten. Dieses Fouragieren besteht aber nur darin, dass man mit viel Mühe und Anstrengung, oft auch nicht ohne Gefahr für Leib und Leben, auf die Dörfer ausschwärmt, um zu dreschen, zu mahlen, zu backen, zu stehlen und zu nehmen, was man findet, auch um die Bauern zu quälen und zu ruinieren und sogar ihre Mägde, Frauen und Töchter zu schänden! Und wenn den armen Bauern das nicht gefällt und sie sich erdreisten, dem einen oder anderen Fouragierer, von denen es in Hessen damals viele gab, bei seinem Geschäft auf die Finger zu klopfen, dann bringt man sie um, sofern man sie zu fassen bekommt, oder schickt zumindest ihre Häuser im Rauch zum Himmel.

Mein Herr hatte keine Frau (wie alle Kriegsleute dieses Schlages keine Frauen bei sich zu haben pflegen), keinen Pagen, keine Kammerdiener, keinen Koch, wohl aber einen Haufen Pferdeknechte und Stalljungen, die gleichzeitig ihm und den Pferden aufwarteten. Aber er schämte sich auch nicht, ein Ross selbst zu satteln oder ihm Futter vorzuschütten. Er schlief immer auf Stroh oder auf der nackten Erde und deckte sich mit seinem Pelzrock zu. Folglich sah man oft Läuse auf seinen Kleidern herumwandern, wofür er sich nicht im Geringsten schämte – ja, er lachte noch dazu, wenn ihm jemand eine Laus von der Jacke las. Er trug sein Haar kurz und einen breiten Schweizerbart, was ihm gut zustatten kam, denn er verkleidete sich oft als Bauer, um die Gegend auszukundschaften. Obwohl er, wie gesagt, keine vornehme

Tafel pflegte, wurde er von seinen Leuten und anderen, die ihn kannten, doch geehrt, geliebt und gefürchtet.

Wir kamen nie zur Ruhe, sondern waren immer unterwegs. Bald stürmten wir, bald wurden wir bestürmt. Nie ruhten wir, die Streitmacht der Hessen zu schwächen, aber auch deren General Melander* ruhte nicht, sondern jagte uns manchen Reiter ab und schickte ihn ins Kasseler Gebiet.

Dieses unruhige Leben schmeckte mir überhaupt nicht, und oft, aber vergebens, wünschte ich mich zurück nach Hanau. Am schlimmsten war, dass ich mit den Kerlen nicht richtig reden konnte, sondern mich von jedem herumstoßen, plagen, schlagen und jagen lassen musste. Das größte Vergnügen, das mein Obrist mit mir hatte, bestand darin, dass er mich auf Deutsch singen und mit anderen Stalljungen das Horn blasen ließ. Das kam zwar nur selten vor, aber ich bekam dabei jedes Mal solche Ohrfeigen, dass es nachher blutete und ich auf lange hinaus genug davon hatte. Schließlich fing ich an, mich um das Kochen zu kümmern und meinem Herrn die Waffen, die ihm lieb und teuer waren, sauber zu halten, zumal ich beim Fouragieren ohnehin noch nicht viel nutzen konnte. Das ging mir nun so gut von der Hand, dass ich endlich doch die Gunst meines Herrn erlangte. Er ließ mir ein neues Narrenkleid machen, wieder aus Kalbsfellen, aber mit noch viel größeren Eselsohren als vorher. Und weil mein Herr ein anspruchsloser Esser war, brauchte ich bei meinen Kochkünsten nicht allzu viel Geschick. Da es mir aber öfter an Salz, Schmalz und Gewürz fehlte, wurde ich auch dieses Handwerks bald überdrüssig und überlegte mir Tag und Nacht, wie ich am geschicktesten ausreißen könnte, denn inzwischen war es wieder Frühling geworden. An dem Tag, an dem ich meinen Plan in die Tat umsetzen wollte, erbot ich mich, die überall in unserem Quartier herumliegenden Innereien und Abfälle vom Schlachten der Schafe und Kühe fortzuschaffen und so dem Gestank ein Ende zu machen.

Meinem Herrn gefiel der Vorschlag, und ich ging an die Arbeit. Aber als es dunkel wurde, blieb ich einfach weg und entwischte in den nächsten Wald.

Das 16. Kapitel. Simplicius schnappt sich eine gute Beute und wird ein diebischer Waldbruder.

Doch allem Anschein nach sollte es mir mit der Zeit immer nur noch schlechter ergehen – so schlecht, dass ich mir einbildete, ich sei zu nichts als zum Unglück geboren. Denn wenige Stunden nachdem ich den Kroaten entlaufen war, fiel ich ein paar Strauchdieben in die Hände. Die glaubten, sie hätten mit mir einen guten Fang gemacht, weil sie in der tiefen Nacht mein Narrenkleid nicht sahen. Zwei von ihnen führten mich an eine Stelle im Wald, wo es stockfinster war. Der eine wollte gleich mein Geld haben. Er zog die Handschuhe aus, legte sein Feuerrohr nieder, um mich zu durchsuchen, und fragte: »Wer bist du? Hast du Geld?« Sobald er aber mein haariges Kleid und die langen Eselsohren an meiner Kappe berührte – er hielt sie für Hörner – und dabei die grellen Funken gewahr wurde, die man oft sieht, wenn man im Dunklen über Tierfelle streicht, erschrak er und zuckte zusammen. Bevor er sich erholen oder besinnen konnte, fing ich an, mit beiden Händen mein Kleid derart zu striegeln, dass es schimmerte, als wäre es mit brennendem Schwefel gefüllt, und antwortete ihm mit furchterregender Stimme: »Der Teufel bin ich und werde dir und deinem Kumpan den Hals umdrehen!« Da packte die beiden ein solcher Schrecken, dass sie Hals über Kopf davonrannten, als wäre das Höllenfeuer selbst hinter ihnen her. Von der Finsternis ließen sie sich nicht aufhalten, und obwohl sie im Laufen oft über Stöcke und Steine strauchelten oder gegen Stämme und Bäume stießen und noch öfter zu Boden stürzten, rafften sie sich immer wieder auf und rannten weiter, bis ich keinen von ihnen mehr hören konnte. Dabei gab ich ein so grausiges Gelächter von mir, dass es im ganzen Wald widerhallte, was in einer solchen finsteren Einöde ganz furchtbar geklungen haben muss.

Als ich nun weitergehen wollte, stolperte ich über das Feuerrohr und nahm es mit, denn den Umgang mit Schusswaffen hatte ich bei den Kroaten gelernt. Im nächsten Augenblick stieß ich auch an einen Tornister, der, wie mein Gewand, aus Kalbsfell gemacht war. Ich nahm ihn und stellte fest, dass unten eine Patronentasche daranhing, die mit Pulver, Blei und allem Zubehör wohlgefüllt war. Ich hängte mir alles um, nahm die Flinte wie ein Soldat auf die Schulter und versteckte mich nicht weit entfernt in einem dichten Gebüsch, um ein Weilchen zu schlafen. Doch kaum war der Tag angebrochen, da erschien der ganze Trupp wieder im Wald und suchte nach dem verlorenen Feuerrohr und dem Tornister. Ich spitzte die Ohren wie ein Fuchs und hielt mich stiller als eine Maus. Als sie aber nichts fanden, lachten sie die beiden aus, die vor mir geflohen waren.

»Pfui, was seid ihr für Feiglinge!«, sagten sie. »Schämt euch! Sich von einem einzigen Kerl erschrecken, verjagen und auch noch die Waffen abnehmen zu lassen!«

Aber der eine von beiden beteuerte, der Teufel solle ihn holen, wenn es nicht der Teufel selbst gewesen sei. Er habe die Hörner und die raue Haut ja selbst berührt. Der andere jedoch war furchtbar wütend und sagte: »Ob's der Teufel war oder seine Mutter – wenn ich bloß meinen Ranzen wieder hätte!«

Einer aus dem Haufen, der mir der Anführer zu sein schien, antwortete ihm: »Glaubst du vielleicht, der Teufel ist auf deinen Ranzen und dein Feuerrohr angewiesen? Ich verwette meinen Hals, dass der Kerl, den ihr so schändlich habt laufenlassen, beides mitgenommen hat.«

Dem widersprach ein anderer. Es könnte ja auch sein, dass inzwischen ein paar Bauern vorbeigekommen seien, die die Sachen gefunden und mitgenommen hätten. Dem stimmten schließlich alle zu, und so war die ganze Truppe doch wieder überzeugt, sie hätten den Teufel selbst in den Händen gehabt – vor allem deshalb, weil derjenige, der mich im Dunkeln hatte durchsuchen wollen, dies nicht nur mit wüsten Flüchen bekräftigte, sondern auch das raue, funkensprühende Fell und die beiden Hörner als sichere Merkmale eines teuflischen Wesens eindringlich zu beschreiben und herauszustreichen wusste. Ich glaube, wenn ich mich in diesem Augenblick noch einmal gezeigt hätte, wäre die ganze Bande davongelaufen.

Nachdem sie lange genug gesucht und doch nichts gefunden hatten, zogen sie schließlich weiter. Ich aber öffnete den Ranzen, weil ich frühstücken wollte, und zog mit dem ersten Griff ein Säckchen hervor, in dem an die dreihundertsechzig Dukaten waren. Keine Frage – ich freute mich darüber. Aber ich kann dem Leser versichern, noch mehr als diese schöne Summe Geldes erfreute mich, dass der Tornister mit Proviant so wohlgefüllt war.

Weil solche Möpse den einfachen Soldaten zu selten in die Taschen geraten, als dass sie sie auf ihren Raubzügen mit sich herumschleppen, kam mir der Gedanke, der Kerl habe das Geld erst auf eben dieser Tour heimlich eingesackt und schnell in seinen Ranzen geschoben, um es nachher mit den anderen nicht teilen zu müssen.

Ich frühstückte fröhlich und fand auch bald eine munter sprudelnde Quelle, bei der ich mich erquickte und meine schönen Dukaten zählte. Aber selbst wenn mein Leben davon abhinge – ich könnte nicht sagen, in welcher Landschaft oder Gegend ich mich damals befand.

Solange mein Proviant vorhielt, mit dem ich sparsam umging, blieb ich im Wald. Doch als der Ranzen leer war, trieb mich der Hunger zu den Bauernhäusern. Da kroch ich nachts in die Keller und Küchen und nahm mit, was ich an Essbarem fand und tragen konnte. Das schleppte ich in den

Wald, wo er am wildesten war, und führte nun wieder, wie zuvor, ein Einsiedlerleben, wobei ich nie viel stahl, aber noch weniger betete und auch keine feste Bleibe hatte, sondern mich bald hierhin, bald dorthin wendete. Es traf sich gut, dass der Sommer gerade begonnen hatte. Aber mit meinem Gewehr konnte ich auch Feuer machen, wann immer ich wollte.

Das 17. Kapitel. Wie Simplicius zu den Hexen auf den Tanz fuhr.

Während ich so durch die Wälder strich, begegnete ich bisweilen auch Bauersleuten. Sie ergriffen aber immer gleich die Flucht, wenn sie mich sahen – warum, weiß ich nicht. Vielleicht hatte der Krieg sie scheu gemacht und vertrieben, und sie hatten selbst keine feste Bleibe mehr. Oder die Strauchdiebe hatten herumerzählt, was für Abenteuer sie mit mir erlebt hatten, so dass die Leute, wenn sie mich nun sahen, ebenfalls glaubten, in ihrer Gegend sei der Leibhaftige unterwegs. Deshalb begann ich zu fürchten, der Proviant könnte mir ausgehen und ich dadurch in die größte Not geraten, und am Ende müsste ich gar wieder Wurzeln und Kräuter essen, die ich nicht mehr gewohnt war.

Mit solchen Gedanken im Kopf hörte ich eines Tages in der Ferne zwei Holzfäller. Hoch erfreut ging ich den Schlägen nach, und als ich die beiden sah, nahm ich eine Handvoll Dukaten aus meinem Säckchen, trat auf sie zu und sagte, indem ich ihnen das funkelnde Gold hinhielt: »Ihr Herren, wenn ihr mir helfen wollt, schenke ich euch diese Handvoll Gold.« Doch kaum hatten sie mich und mein Gold erblickt, da nahmen auch sie Reißaus und ließen ihre Schlegel und Keile samt Käse- und Brotsack zurück. So konnte ich meinen Ranzen füllen und schlug mich nachher wieder in die Büsche, ohne viel Hoffnung, in meinem Leben je wieder unter Menschen zu kommen.

Nachdem ich lange hin und her überlegt hatte, sagte ich mir: Wer weiß, wie es dir noch ergehen wird, aber wenigstens hast du Geld, und wenn du das bei braven Leuten in Sicherheit bringst, wirst du ziemlich lange davon leben können. So kam ich darauf, es fürs Erste einzunähen. Aus meinen Eselsohren, die die Leute so verschreckten, machte ich mir zwei Armbänder, tat meine hanauischen zu den strauchdiebischen Dukaten, zwängte alles in die Armbänder und schnallte sie mir um die Oberarme. Nachdem ich meinen Schatz auf diese Weise gesichert hatte, stieg ich wieder bei den Bauern ein und holte mir von ihren Vorräten, was ich brauchte und bekommen konnte, und war trotz meiner Einfalt schlau genug, mich nie zweimal am selben Ort zu bedienen. Deshalb hatte ich Glück beim Stehlen und wurde nicht ertappt.

Eines Abends Ende Mai, als ich mich wieder einmal auf meine gewohnte, wenn auch verbotene Weise mit Essbarem versorgen wollte und deshalb zu einem Bauernhof geschlichen war, kam ich in die Küche und merkte bald, dass die Leute noch wach waren (nebenbei bemerkt: wo es Hunde gab, da ging ich gar nicht erst hin!). Ich ließ die Tür zum Hof weit offen, um gleich weglaufen zu können, falls es gefährlich werden würde, blieb dann mäuschenstill sitzen und wartete, dass die Leute zu Bett gingen. Nach einiger Zeit entdeckte ich einen Spalt an der Durchreiche, die in die Stube ging. Ich schlich hin, um zu sehen, ob die Leute nicht bald schlafen wollten. Aber ich hoffte vergebens, denn sie hatten sich eben erst angezogen.

Statt eines Lichts hatten sie auf der Bank eine schweflige blaue Flamme stehen, bei der sie Stöcke, Besen, Mistgabeln, Stühle und Bänke einschmierten und auf diesen einer nach dem anderen zum Fenster hinausflogen. Ich war ganz verdattert, und ein Grauen überkam mich. Aber ich hatte schon größere Schrecken erlebt und außerdem mein Lebtag noch nichts von Hexen und Hexenmeistern gelesen oder gehört. Deshalb dachte ich mir nicht viel dabei – zumal auch alles so still und leise vonstatten ging. Nachdem alle davongefahren waren, trat ich in die Stube und überlegte, was ich mitnehmen könnte und wo ich danach suchen sollte. In solchen Gedanken setzte ich mich rittlings auf eine Bank. Aber ich saß noch kaum, da fuhr auch ich samt der Bank zum Fenster hinaus und ließ meinen Ranzen und das Feuerrohr, die ich neben mich gelegt hatte, als Lohn für das Schmieren und die Zaubersalbe in der Stube zurück. Aufsitzen, davonfahren, absteigen – all das, so schien es mir, war die Sache eines Augenblicks, und schon befand ich mich bei einer riesigen Menschenmenge. Aber vielleicht habe ich auch vor Schreck nicht darauf geachtet, wie lang die weite Reise wirklich dauerte.

Die Leute tanzten einen seltsamen Tanz, wie ich ihn noch nie gesehen hatte. Sie hielten sich bei den Händen und hatten viele ineinandergeschachtelte Kreise gebildet. Dabei tanzten sie mit dem Rücken nach innen und dem Gesicht nach außen, so wie man auf Gemälden die drei Grazien darstellt. Der innere Kreis bestand aus sieben oder acht Personen, der nächste aus ungefähr doppelt so vielen, der dritte aus mehr als diesen beiden zusammen und so weiter, so dass sich im äußeren Kreis wohl über zweihundert Personen tummelten. Und weil ein Kreis linksherum und der nächste rechtsherum tanzte und so abwechselnd immer weiter, konnte ich nicht erkennen, wie viele Kreise es waren und was sie in der Mitte, um die sie tanzten, stehen hatten. Alles sah sonderbar und unheimlich aus, weil die Köpfe der Tanzenden so seltsam durcheinanderkreisten. Und genauso seltsam wie der Tanz war auch die Musik. Jeder, der mittat, schien sein eigenes Lied zu singen, und das ergab eine merkwürdige Harmonie.

Die Bank, die mich hingetragen hatte, war bei den Musikanten niedergegangen, die außerhalb der Kreise um den Tanzplatz standen. Von denen hatten manche statt Flöten, Querpfeifen und Schalmeien nichts anderes als Nattern,

Vipern und Blindschleichen, auf denen sie lustig daherpfiffen. Andere hatten Katzen, denen sie in den Hintern bliesen und dazu auf dem Schwanz herumfingerten – das klang wie Sackpfeifenmusik. Andere geigten auf Pferdeköpfen wie auf der besten Diskantgeige, und wieder andere schlugen die Harfe auf Kuhgerippen, wie man sie auf dem Schindanger liegen sieht. Einer war dabei, der hielt eine Hündin im Arm, leierte an ihrem Schwanz herum und klimperte mit den Fingern auf den Zitzen. Und mittendrin trompeteten die Teufel durch ihre Nasen, dass der ganze Wald davon dröhnte. Kaum war dieser Tanz vorbei, da verfiel die ganze höllische Gesellschaft in ein Rasen und Rammeln, ein Rauschen und Brausen, ein Heulen, Wüten, Toben, als ob sie alle toll und töricht geworden wären. Da kann sich jeder vorstellen, wie ich erschrak und mich fürchtete.

In diesem Getöse kam ein Kerl mit einer riesigen Kröte unter dem Arm auf mich zu, die bestimmt so groß war wie eine Kesselpauke. Ihr waren die Därme aus dem Hintern gezogen und vorn wieder ins Maul gestopft worden, was so ekelhaft aussah, dass ich mich fast erbrochen hätte. »Sieh hin, Simplicius«, sagte er. »Ich weiß, du bist ein guter Lautenspieler. Lass uns doch ein schönes Stückchen hören.« Ich fiel fast um vor Schreck, weil mich der Kerl beim Namen nannte, und brachte kein Wort heraus. Ich kam mir vor wie in einem schweren Traum und wünschte mir nur eines – endlich daraus zu erwachen. Doch der mit der Kröte, den ich immer noch anstarrte, schniefte wie ein Truthahn durch die Nase und versetzte mir schließlich einen solchen Stoß vor die Brust, dass ich fast erstickt wäre und anfing, so laut ich konnte, nach Gott zu rufen. Da verschwand das ganze Heer. Mit einem Schlag war es stockfinster, und mich packte ein solches Grauen, dass ich zu Boden fiel und mich wohl hundertmal bekreuzigte.

Das 18. Kapitel. Warum man den Simplicius nicht für einen Aufschneider halten soll.

Nun gibt es viele, darunter auch hochgelehrte Leute, die nicht glauben, dass Hexen und Unholde wirklich existieren, und erst recht nicht, dass sie durch die Lüfte fahren. Daher wird auch mancher sagen, Simplicius habe hier mit dem großen Messer aufgeschnitten. Mit diesen Leuten will ich hier nicht streiten. Denn Aufschneiden ist heutzutage keine Kunst, sondern ein gewöhnliches Handwerk, und schon deshalb mag ich nicht leugnen, dass ich es nicht auch könnte, anderenfalls wäre ich ja ein unfähiger Trottel. Wer aber das Ausfahren der Hexen bestreitet, der besinne sich auf Simon den Zauberer*, den der böse Geist in die Luft hob und der auf das Gebet des heiligen Petrus hin wieder herunterfiel. Nikolaus Remigius*, ein tapferer, gelehrter und verständiger Mann, der im Herzogtum Lothringen mehr als ein halbes Dutzend Hexen verbrennen ließ, erzählt von einem Johann aus Heubach; dessen Mutter, die eine Hexe war, habe ihn in seinem sechzehnten Lebensjahr mit auf ihre Versammlung genommen, wo er ihnen, weil er das Pfeifen gelernt hatte, beim Tanz aufspielen sollte. Dazu stieg er auf einen Baum, blies auf seiner Flöte und sah dem Tanz aufmerksam zu (wohl deshalb, weil ihm alles so merkwürdig vorkam). Schließlich sagte er: »Ach, du lieber Gott, wo kommt bloß das ganze närrische, unsinnige Volk her?« Kaum hatte er aber diese Worte gesprochen, da fiel er vom Baum herunter, verrenkte sich die Schulter und rief um Hilfe. Doch außer ihm war niemand mehr da. Als er das später herumerzählte, hielten es die meisten für eine Erfindung, bis man kurz darauf die schnelle Katharina wegen Zauberei gefangen nahm, die bei demselben Tanz zugegen gewesen war und alles gestand und bestätigte, ohne von dem zu wissen, was der Heubacher ausgestreut hatte.

Majolus* gibt zwei Beispiele – von einem Knecht, der es seiner Frau nachgemacht hat, und von einem Ehebrecher, der die Büchse der Ehebrecherin genommen und sich mit deren Salbe eingeschmiert hat. So sind auch diese beiden zur Versammlung der Zauberer gekommen. Außerdem wird von einem Knecht berichtet, der eines Tages in aller Frühe aufstand, um den Wagen zu schmieren. Weil er aber im Dunkeln nach der falschen Büchse gegriffen hatte, hob sich der Wagen in die Luft und musste nachher mühsam wieder heruntergezogen werden.

Olaus Magnus* erzählt im dritten Buch seiner *Beschreibung der mitternächtlichen Völker*, Kapitel 19, dass der dänische König Hadingus, nachdem Aufrührer ihn aus seinem Reich vertrieben hatten, auf dem Geist des Odin, der sich in ein Pferd verwandelt hatte, durch die Luft über das weite Meer zurückgekehrt sei. Sattsam bekannt ist auch, wie in Böhmen manche Frauen, sowohl verheiratete als auch ledige, ihre Beischläfer des Nachts auf Böcken von weit her zu sich holen lassen. Was Torquemada* in seinem *Hexamerone* von einem Schulkameraden erzählt, kann man bei ihm selber nachlesen. Auch Grillandus* schreibt von einem vornehmen Mann, der beobachtet hatte, wie sich seine Frau mit Salbe einrieb und dann aus dem Haus fuhr. Eines Tages drängte er sie, ihn auf die Zusammenkunft der Zauberer mitzunehmen. Als sie dann dort etwas aßen und kein Salz zur Hand* war, habe er darum gebeten, habe es nach langem Hin und Her auch bekommen und dabei gesagt: »Gott sei gelobt, jetzt kommt das Salz!« – worauf die Lichter erloschen und alles verschwand. Als es wieder Tag wurde, erfuhr er von Hirten, dass er sich in der Nähe der Stadt Benevent im Königreich Neapel befand, an die hundert Meilen von seiner Heimat entfernt. Da habe er sich, obwohl er reich war, nach Hause durchbetteln müssen, und habe gleich nach der Heimkehr seine Frau bei der Obrigkeit als Zauberin angezeigt, die dann auch verbrannt wurde. Wie der Doktor Faust* mit anderen, die nicht einmal

Zauberer waren, von einem Ort zum anderen durch die Luft fuhr, ist aus seiner *Historia* hinreichend bekannt.

Ich selbst habe eine Frau und eine Magd gekannt, bei denen sich etwas Ähnliches zutrug. Beide sind heute, da ich dies schreibe, tot, aber der Vater der Magd lebt noch. Diese schmierte einmal beim Feuer auf dem Herd die Schuhe ihrer Herrin, und als sie mit dem einen fertig war und ihn beiseite stellte, um sich den anderen vorzunehmen, da fuhr der geschmierte Schuh plötzlich zum Kamin hinaus. Die Sache wurde damals allerdings vertuscht. Ich berichte all dies auch nur, um deutlich zu machen, dass Zauberinnen und Hexenmeister tatsächlich bisweilen auf ihre Versammlungen fahren, und nicht, weil man mir glauben soll, ich sei selbst ebenfalls, wie ich es berichtet habe, dorthin gefahren. Mir ist es gleich, ob man mir glaubt oder nicht. Und wer es nicht glauben will, der möge sich eine andere Methode ausdenken, wie ich in so kurzer Zeit aus dem Bistum Hersfeld oder Fulda (denn ich weiß selbst nicht, in welchen Wäldern ich mich herumgetrieben habe) in das Erzbistum Magdeburg marschiert sein könnte.

Das 19. Kapitel. **Simplicius wird wieder, wie zuvor, ein Narr.**

Ich setze meine Erzählung fort und versichere dem Leser, dass ich die ganze Zeit auf dem Bauch liegen geblieben war, bis es heller Tag wurde, denn ich hatte den Mut nicht, aufzustehen. Außerdem war mir immer noch unklar, ob ich das, wovon ich soeben erzählt habe, geträumt hatte oder nicht. Trotz meiner Ängste war ich allerdings so kühn gewesen, ein wenig zu schlafen, denn ich sagte mir, schlimmer als der wilde Wald, in dem ich seit der Trennung von meinem Knan die meiste Zeit zugebracht und an den ich mich deshalb einigermaßen gewöhnt hatte, könne der Ort, an dem ich mich befand, auch nicht sein. Erst gegen neun Uhr vormittags, als mehrere Fouragierer auftauchten und mich weckten, sah ich, dass ich mitten auf dem freien Feld lag. Sie nahmen mich mit zu ein paar Windmühlen, wo sie ihr Korn mahlen ließen, und dann weiter in ihr Lager vor Magdeburg.* Dort übergaben sie mich einem Obristen der Infanterie, der mich fragte, woher ich käme und wer mein Herr sei. Ich erzählte es ihm in allen Einzelheiten, und weil ich nicht wusste, dass die Kroaten Kroaten hießen, beschrieb ich ihm ihre Uniformen, gab Proben von ihrer Sprache und sagte auch, dass ich ihnen entlaufen sei. Von meinen Dukaten sagte ich nichts, und was ich von meiner Luftfahrt und dem Hexentanz erzählte, hielt man für Einbildung und Narretei, zumal ich auch sonst in meinem Bericht vom Hundertsten ins Tausendste kam.

Unterdessen umringten mich immer mehr Leute (denn ein Narr macht ihrer tausend). Bei denen war einer, der im Jahr zuvor als Gefangener in Hanau gewesen und in dortige Dienste getreten, dann aber wieder zu den Kaiserlichen gekommen war. Der erkannte mich und sagte gleich: »Hoho, dies ist das Kalb des Kommandanten zu Hanau!« Der Obrist wollte von ihm mehr über mich wissen. Der Kerl wusste aber nur, dass ich gut Laute spielen könne, dass mich die Kroaten aus dem Regiment des Obristen Corpes vor den Befestigungen von Hanau entführt hatten und dass den Kommandanten dies sehr betrübt habe, weil ich so ein unterhaltsamer Narr gewesen sei.

Darauf schickte die Frau des Obristen einen Diener zu einer anderen Obristin, die ebenfalls Laute spielte und deshalb stets ein Instrument bei sich hatte, und ließ sie bitten, es ihr zu leihen. Die Laute kam und wurde mir mit dem Befehl präsentiert, etwas hören zu lassen. Ich aber wandte ein, man solle mir erst einmal etwas zu essen geben, denn mein leerer Bauch und der dicke Bauch der Laute vertrügen sich nicht. So geschah es, und nachdem ich mich satt gegessen und dabei einen kräftigen Schluck Zerbster Bier zu mir genommen hatte, ließ ich hören, was ich mit der Laute und meiner Stimme zuwege brachte. Zwischendurch redete ich von diesem und jenem, was mir gerade in den Sinn kam, und so fiel es mir nicht schwer, die Leute glauben zu machen, ich sei einer von der Art, die mein Gewand darstellte. Der Obrist fragte mich, wohin ich von hier aus wolle. Und als ich antwortete, das sei mir gleichgültig, kamen wir überein, dass ich bei ihm bleiben und sein Page werden sollte. Er wollte auch wissen, was aus meinen Eselsohren geworden sei. »Ja«, sagte ich, »wenn du wüsstest, wo die sind, kämen sie auch dir gut zupass.« Aber ich konnte es doch für mich behalten, denn in ihnen steckte mein ganzer Reichtum.

In kurzer Zeit war ich bei den meisten hohen Offizieren im kursächsischen wie auch im kaiserlichen Lager bekannt, vor allem bei den Frauen, die mir meine Kappe, die Ärmel und die Ohrenstummel über und über mit bunten Bändern verzierten, so dass ich fast glaube, die Lackaffen von heute haben sich ihre neueste Mode bei mir abgesehen. Was mir aber die Offiziere an Geld zusteckten, das brachte ich mildtätig wieder unter die Leute, indem ich es bis auf den letzten Heller in Gestalt von Hamburger und Zerbster Bier – beide Sorten bekamen mir vorzüglich – mit braven Kumpeln versoff, und das, obschon es überall, wo ich hinkam, für mich auch genug zu schmarotzen gab.

Als mir mein Obrist dann eine eigene Laute beschaffte – offenbar war er der Meinung, ich würde ewig bei ihm bleiben –, durfte ich mich nicht mehr nach Belieben in beiden Lagern herumtreiben. Er bestellte nämlich auch einen Hofmeister oder Privatlehrer, der mich beaufsichtigen und dem ich umgekehrt gehorchen sollte. Das war nun ein Mann nach meinem Herzen, still, verständnisvoll, gebildet, ein angenehmer, kein geschwätziger Gesprächspartner, und vor allem äußerst fromm, sehr belesen und in verschiedenen Wissenschaften und Künsten bewandert. Nachts musste ich in seinem Zelt schlafen, und tagsüber ließ er mich nicht aus den Augen. Früher war er Rat und Beamter eines großen Fürsten und obendrein sehr reich gewesen. Aber die Schweden hatten ihn ruiniert, und weil dann auch seine Frau gestorben war und sein einziger Sohn aus Geldmangel nicht weiterstudieren konnte, sondern nun als Kompanieschreiber in der kursächsischen Armee diente, war er selbst zu dem Obristen gekommen und diente ihm als Stallmeister. Hier wartete er darauf, dass sich die Kriegslage an der Elbe zum Besseren wenden und die Sonne seines früheren Glücks ihm wieder scheinen möge.

Das 20. Kapitel. Ist ziemlich lang und handelt vom Würfelspiel und seinen Folgen.

Mein Hofmeister war kein junger Mann mehr und konnte deshalb nachts nicht durchschlafen. Deshalb kam er mir schon in der ersten Woche auf die Schliche und erfuhr aus meinem eigenen Mund, dass ich nicht so närrisch war, wie ich mich stellte. Der Verdacht war ihm schon früher gekommen, als er mein Gesicht studiert hatte, denn auch in der Physiognomik kannte er sich gut aus.

Einmal erwachte ich um Mitternacht, fing an, über mein Leben und seine seltsamen Wechselfälle nachzudenken, und stand schließlich auf, um ein Dankgebet zu sprechen, in dem ich all das Gute aufzählte, was mir mein lieber Gott erwiesen, und alle Gefahren, aus denen er mich errettet hatte. Danach legte ich mich mit einem tiefen Seufzer wieder hin und schlief weiter.

Mein Hofmeister hörte alles mit an, tat aber so, als würde er fest schlafen, und so ging es mehrere Nächte hintereinander, bis er sich einigermaßen sicher war, dass ich mehr Verstand hätte als mancher Ältere, der sich Wunders was darauf einbildet. Im Zelt mochte er davon jedoch nicht sprechen, weil ihm die Wände zu dünn waren und er aus bestimmten Gründen nicht wollte, dass ein anderer in diesem Augenblick und solange er sich meiner Lauterkeit nicht selbst vollkommen sicher war, von dem Geheimnis erführe.

Eines Tages ging ich hinter dem Lager spazieren, was er gern zuließ, weil er auf diese Weise einen Grund hatte, mich zu suchen, und eine Gelegenheit, mit mir allein zu sprechen. Er fand mich, wie er gehofft hatte, an einer einsamen Stelle, wo ich meinen Gedanken Audienz gab, und sagte: »Lieber Freund, ich will nur dein Bestes und freue mich deshalb, dass ich hier allein mit dir reden kann. Ich weiß, du bist kein solcher Narr, wie du immer tust, und willst in diesem elenden, verächtlichen Stand auch nicht für immer weiterleben. Wenn du es besser haben willst und mir vertraust, kannst du mir erzählen, was mit dir ist und wie es dir in deinem Leben ergangen ist. Dann will ich dir mit Rat und Tat zur Seite stehen und, wenn möglich, helfen, dieses Narrenkleid loszuwerden.«

Ich fiel ihm vor Freude um den Hals, als wäre er ein Zauberer, der mich von meiner Narrenkappe erlösen könnte. Wir setzten uns auf die Erde, und ich erzählte ihm mein ganzes Leben. Dabei betrachtete er meine Hände und staunte über die seltsamen Begebenheiten, die mir teils schon widerfahren waren, teils noch bevorstanden. Er riet mir aber entschieden davon ab, das Narrenkleid in der nächsten Zeit abzulegen, weil er mittels seiner Chiromantie sah, dass mir eine Gefangenschaft mit großer Gefahr für Leib und Leben drohe. Ich dankte ihm für seine Freundlichkeit und seinen guten Rat und bat Gott, er möge ihn für seine Treuherzigkeit belohnen. Ihn selbst aber bat ich, er möge, da ich von aller Welt verlassen sei, mein treuer Freund und Vater sein und bleiben.

Schließlich standen wir auf und kamen auf den Spielplatz, wo man um die Wette würfelte und alle Flüche in hunderttausend mal tausend Galeeren und Schnellseglern, tonnenweise und stadtgräbenvoll daherpoltern ließ. Der Platz war ungefähr so groß wie der Alte Markt in Köln. Überall hatte man Mäntel ausgebreitet und Tische aufgestellt, und alle waren von Spielern umringt. Jede Gruppe hatte drei von diesen eckigen Teufelsknöcheln, denen die Leute ihr ganzes Glück anvertrauten, denn sie sollten ihnen das Geld teilen, es dem einen zuschieben und dem anderen wegnehmen. Außerdem gehörte zu jedem Mantel oder Tisch ein Schinder oder vielmehr Scholderer, der den Schiedsrichter machte und darauf achten sollte, dass niemandem Unrecht geschah. Diese Scholderer liehen auch die Mäntel, Tische und Würfel aus und wussten ihren Anteil vom Gewinn so geschickt einzunehmen, dass sie dabei gewöhnlich das meiste Geld einsackten. Aber viel hatten sie nicht davon. Meistens verspielten sie es wieder, und wenn sie es mal gut anlegten, dann beim Marketender oder beim Feldscher, denn diese Scholderer bekamen oft eins auf die Mütze, so dass an ihren Köpfen immer viel zu flicken war.

Bei diesen närrischen Leuten konnte man sein blaues Wunder erleben. Jeder von ihnen glaubte, er werde gewinnen, was doch unmöglich war, es sei denn, sie hätten ihre Einsätze aus fremden Taschen gezahlt. Und obwohl alle das Gleiche hofften, ging es doch mal so und mal so aus. Die einen trafen, die anderen nicht. Manche gewannen, andere verloren. Deswegen fluchten die einen, und die anderen johlten. Manche betrogen, andere wurden betrogen. Da lachten die Gewinner, und die Verlierer knirschten mit den Zähnen. Manche versetzten ihre Kleider und was ihnen sonst lieb und teuer war, andere gewannen ihnen auch ihr so erlangtes Geld noch ab. Die einen forderten ehrliche Würfel, andere wünschten sich falsche und brachten sie auch unbemerkt ins Spiel. Wieder andere warfen sie weg, zerschlugen sie, zerbissen sie mit den Zähnen oder zerrissen den Scholderern die Mäntel, auf denen gespielt wurde.

Unter den falschen Würfeln gab es die »Niederländer«, die man flach von der Seite rollen lassen musste. Die Flächen mit der Fünf und der Sechs waren gewölbt, um nicht zu sagen: fast so spitzig wie die mageren Holzesel, auf die man die Soldaten zur Strafe setzt.* Anders war es bei den »Oberländischen«. Denen musste man die bayrische Höhe geben, wenn man werfen wollte. Manche waren aus Hirschhorn gemacht, oben leicht und unten schwer. Andere waren mit Quecksilber oder Blei, wieder andere mit zerschnittenen Haaren, Schwämmen, Spreu oder Kohle gefüllt. Manche hatten spitzige Ecken, bei anderen waren sie ganz weggeschliffen. Es gab auch längliche Kolben, während andere aussahen wie breite Schildkröten. Und alle diese Modelle waren nur zum Betrug gefertigt: sie taten nur das, wozu sie gemacht waren. Ob man sie in der Hand wiegte und dann fallen ließ oder sie behutsam von der Seite schleichen ließ: Kniffe halfen nicht – und natürlich erst recht nicht bei denen, die entweder zwei Fünfer oder zwei Sechser oder umgekehrt zwei Einser oder zwei Zweier hatten. Mit diesen Teufelsknöcheln zwackten, luchsten und stahlen sie einander das Geld weg, das sie womöglich auch noch geraubt oder zumindest unter Gefahr für Leib und Leben oder auf andere Art mühsam errungen hatten.

Während ich dastand und den Spielplatz mit seinen törichten Spielern nachdenklich betrachtete, fragte mich mein Hofmeister, wie mir dieses Treiben gefalle. Ich antwortete: »Dass man hier Gott so gräulich lästert, gefällt mir nicht. Aber von dem anderen weiß und verstehe ich nichts und kann es deshalb nicht beurteilen.«

Da sagte mein Hofmeister: »Dann lass dir gesagt sein, dies ist der schlimmste und abscheulichste Platz im ganzen Lager. Hier giert man nach dem Geld des anderen und verliert dabei sein eigenes. Wer ihn betritt, um hier zu spielen, der hat das zehnte Gebot schon übertreten, das da lautet: ›Du sollst nicht begehren deines Nächsten Gut.‹ Spielst du und gewinnst dabei, vor allem durch Betrug und falsche Würfel, so übertrittst du das siebte und das achte Gebot. Es kann sogar geschehen, dass du zum Mörder an demjenigen wirst, dem du sein Geld abgewonnen hast, wenn nämlich dessen Verlust so groß ist, dass er deshalb in Armut, äußerste Not und Verzweiflung oder irgendwelche abscheulichen Laster gerät. Es hilft dir auch nichts, wenn du dich hinter der Ausrede verschanzt: ›Ich hab ja auch das Meinige aufs Spiel gesetzt und dann ehrlich gewonnen.‹ Denn du Halunke bist auf den Spielplatz gegangen, um dich am Schaden eines anderen zu bereichern. Und falls du verlierst, ist dieser Verlust noch lange nicht Buße genug, denn wie auf dem Reichen lastet auch auf dir die Verantwortung vor Gott, dass du sinnlos verschwendest, was er dir und den Deinen zum Lebensunterhalt verliehen hat. Wer auf den Spielplatz geht, um zu spielen, der riskiert nicht nur sein Geld, sondern auch Leib und Leben und, was das Allerschrecklichste ist, sogar sein Seelenheil. Mein lieber Simplicius, ich erkläre dir das alles nur, weil du sagst, du wissest nicht, was Glücksspiel ist, und damit du dich dein Leben lang davor hütest.«

Ich antwortete: »Aber lieber Herr, wenn das Spiel etwas so Schreckliches und Gefährliches ist, warum erlauben es dann die Vorgesetzten?«

Mein Hofmeister antwortete: »Ich will nicht sagen, es läge daran, dass die Offiziere selbst mittun. Es liegt vor allem daran, dass die Soldaten es nicht mehr lassen wollen und sogar nicht mehr lassen können! Denn wer sich einmal dem Spiel ergeben oder wen einmal die Gewohnheit oder vielmehr der Spielteufel gepackt hat, der wird mit der Zeit – egal, ob er gewinnt oder verliert – so süchtig danach, dass er eher auf den natürlichen Schlaf als auf das Spiel verzichten kann. So sieht man denn manche die ganze Nacht hindurch klappern, die selbst das beste Essen und Trinken dafür stehen lassen und noch ihr letztes Hemd verspielen.

Mehrmals schon ist das Glücksspiel bei Leib- und Lebensstrafe verboten und auf Befehl der Generalität durch Rumormeister, Profosse, Henker und Steckenknechte* öffentlich und mit Waffengewalt unterdrückt worden. Aber das half alles nichts, denn die Spieler trafen sich anderswo in Schlupfwinkeln und hinter den Hecken, gewannen einander das Geld ab, gerieten darüber in Streit und schlugen sich die Köpfe ein, so dass man wegen solcher Morde und Totschläge und vor allem auch, weil mancher seine Waffen und sein Pferd, ja selbst sein bisschen Kommissbrot verspielte, das Spiel schließlich nicht nur wieder allgemein erlauben, sondern sogar einen eigenen Platz dafür einrichten musste, damit die Wache rasch zur Stelle sein kann, wenn etwas passiert – und doch kann sie nicht immer verhüten, dass so mancher nicht wieder aufsteht. Und weil das Glücksspiel eine Erfindung des Teufels selbst ist und ihm nicht wenig einbringt, hat er auch spezielle Spielteufel abgeordnet, die in der Welt umherschwärmen und nichts anderes tun als die Menschen zum Spiel reizen. Mit denen lassen sich manche leichtsinnige Burschen auf einen Pakt oder ein Bündnis ein, damit der Teufel sie gewinnen lässt. Und doch wird man unter zehntausend Spielern kaum einen reichen finden. Im Gegenteil, sie sind arm und elend dran, weil sie ihren Gewinn leicht nehmen und das Gewonnene sofort wieder verspielen oder sonst irgendwie leichtfertig verschwenden. Daher stammt das ebenso wahre wie bedrückende Sprichwort: Der Teufel verlässt keinen Spieler, er lässt ihn aber blutarm werden. Er raubt ihm nämlich Gut, Mut und Ehre und bleibt so lange, bis er ihn – falls nicht Gottes unendliche Barmherzigkeit ihm zuvorkommt – endlich auch um sein Seelenheil bringt. Ist ein Spieler aber von Natur aus so munter und fröhlich veranlagt, dass kein Unglück und kein Verlust ihn in Melancholie, Trübsinn oder andere hieraus erwachsende Laster zu stürzen vermag, so lässt ihn der Leibhaftige in seiner Arglist nur umso mehr gewinnen, damit jener ihm am Ende durch Verschwendung, Hochmut, Fressen, Saufen, Hurerei und Knabenschänden ins Netz geht.«

Ich bekreuzigte und segnete mich bei dem Gedanken, dass man in einem christlichen Heer Dinge zuließ, die der Teufel erfunden haben soll und aus denen offenkundig so viele Schäden und Nachteile sowohl auf Erden als auch im Jenseits erwuchsen. Doch mein Hofmeister sagte, was er mir erzählt habe, sei noch gar nichts. Wer alles Unheil beschreiben wolle, das aus dem Spiel entstehe, der wolle etwas Unmögliches verrichten. Wenn man sage, sobald der Wurf die Hand verlassen habe, sei er des Teufels, müsse ich mir dies so vorstellen, dass neben jedem Würfel, wenn er aus der Hand des Spielers auf den Mantel oder den Tisch rollt, ein kleines Teufelchen mitlaufe, das ihn lenkt und die Zahl der Augen so bestimmt, wie es das Interesse seines Gebieters verlangt. Ich solle mir auch klarmachen, dass der Teufel sich nicht umsonst so eifrig mit dem Spielen abgebe und sehr genau wisse, wie er dabei auf seine Kosten komme.

»Und merke dir: So wie neben dem Spielplatz meistens ein paar Wucherer und Juden stehen, die von den Spielern billig kaufen, was sie an Ringen, Kleidungs- oder Schmuckstücken gewonnen haben oder versilbern wollen, um es noch zu verspielen, so lauern hier auch überall die Teufel, um bei den Spielern, die aufhören wollen, egal, ob sie gewonnen oder verloren haben, andere verderbliche Gedanken zu erregen und zu hegen. Vor denen, die gewonnen haben, bauen sie gefährliche Schlösser in die Luft. Und bei denen, die verloren haben und die ohnehin schon ganz verwirrt sind, haben sie es mit ihren schädlichen Einflüsterungen und Ränken noch leichter, die letztlich alle ins Verderben führen.

Ich sage dir, Simplicius, ich werde ein ganzes Buch über dieses Thema schreiben, sobald ich mit meiner Familie wieder in Ruhe lebe. Darin will ich den Verlust an wertvoller Zeit beschreiben, die man beim Spielen nutzlos vertut, und ebenso die grausamen Flüche, mit denen man Gott beim Spielen lästert. Ich will die Schimpfwörter aufzählen, die sich die Leute an die Köpfe werfen, und viele erschreckende Beispiele und Geschichten anführen, die sich bei, während und in dem Spiel zutragen, und dabei auch die Duelle und

Fälle von Totschlag nicht vergessen, zu denen das Spiel der Anlass war; ja, ich will den Geiz, den Zorn, den Neid, die Gier, die Falschheit, den Betrug, die Hinterlist, den Diebstahl, mit einem Wort: all die unsinnigen Torheiten der Würfel- und Kartenspieler in so lebendigen Farben schildern und vor Augen stellen, dass Leute, die dieses Buch nur einmal lesen, einen solchen Abscheu vor dem Spiel entwickeln, als hätten sie Saumilch* gesoffen, die man ja den Spielsüchtigen, ohne dass sie es merken, gegen ihre Krankheit auch eingibt. So will ich der ganzen Christenheit deutlich machen, dass der liebe Gott von einem einzigen Grüppchen Spieler mehr gelästert und beleidigt wird als sonst von einer ganzen Armee.«

Ich lobte sein Vorhaben und wünschte ihm, dass er eines Tages Gelegenheit bekäme, es ins Werk zu setzen.

Das 21. Kapitel. Ist etwas kürzer und kurzweiliger als das vorige.

Mit der Zeit fasste mein Hofmeister immer mehr Zuneigung zu mir und ich zu ihm. Doch unseren vertrauten Umgang behielten wir für uns. Ich spielte weiter den Narren, brachte aber keine Zoten oder groben Scherze mehr vor, so dass meine Einwürfe und Auftritte zwar immer noch einfältig genug, aber doch eher sinnreich als närrisch ausfielen.

Mein Obrist war ein begeisterter Jäger. Einmal nahm er mich mit, um Rebhühner mit dem Tyrass, dem Decknetz, zu fangen, eine Erfindung, die mir sehr gefiel. Aber der Vorstehhund war so hitzig, dass er immer wieder auf die Vögel losging, ehe wir mit dem Netz bei der Hand waren, so dass wir kaum etwas fingen. Deshalb gab ich dem Obristen den Rat, er solle die Hündin von einem Falken oder einem Steinadler decken lassen, so wie man Pferd und Esel zusammenbringt, wenn man ein Maultier haben will. Dann bekämen die jungen Hunde Flügel, und man könnte mit ihnen die Hühner in der Luft fangen.

Weil es mit der Eroberung von Magdeburg, das wir belagerten, so schleppend voranging, schlug ich auch vor, ein langes Seil, so dick wie ein kleines Fass, anzufertigen und es wie eine Schlaufe um die Stadt zu legen, dann alle Leute und alles Vieh aus beiden Lagern daran zu spannen und die Stadt auf diese Weise an einem einzigen Tag schleifen zu lassen.

Solche närrischen Ideen kamen mir jeden Tag im Überfluss, denn das war mein Handwerk, und nie fand man meine Werkstatt leer. Auch der Herr Schreiber, ein übler Bursche und durchtriebener Halunke, lieferte mir reichlich Stoff, den ich für mein Gewerbe verwertete – denn alles, was mir dieser Spötter auftischte, glaubte ich nicht nur, sondern erzählte es auch weiter, wenn ich in meinen Reden eine passende Stelle dafür fand.

Einmal fragte ich ihn, was eigentlich mit unserem Regimentskaplan los sei, dass er sich so anders kleide als alle anderen, und er antwortete: »Das ist der Herr *Dicis et non facis** – auf Deutsch gesagt: ein Kerl, der anderen Leuten Frauen gibt und selbst keine nimmt. Die Diebe kann er nicht leiden, denn die reden nicht über das, was sie tun, während er immerzu über etwas redet, was er nicht tut. Die Diebe ihrerseits mögen ihn aber auch nicht, weil sie meistens nur bei ihrer Hinrichtung mit ihm zu tun bekommen.« Als ich dann später den guten, ehrlichen Pater auch bei jenem Namen nannte, wurde er zwar ausgelacht, mich aber nannte man einen bösartigen Narren, und ich bekam seinetwegen eine Tracht Prügel.

Außerdem erzählte mir der Schreiber, in Prag habe man die öffentlichen Häuser hinter der Mauer abgerissen und verbrannt. Davon seien Funken und Staub zerstoben und hätten sich wie Unkrautsamen in der ganzen Welt verbreitet. Und auch dies: Von den Soldaten kämen keine tapferen Helden und echten Kerle in den Himmel, sondern nur die

Stubenhocker und Faulpelze, die nichts als ihren Sold im Sinn haben; auch keine eleganten Kavaliere und galanten Damen, sondern nur Biedermänner und Pantoffelhelden, langweilige Mönche, melancholische Pfaffen, Bettschwestern und Bettelhuren, allerhand Bummelanten, mit denen in der Welt nichts anzufangen sei, und kleine Kinder, die die Bänke vollscheißen. Er log mir auch vor, den Wirt nenne man Wirt, weil er am eifrigsten von allen Menschen dafür sorgt, dass er entweder Gottes oder des Teufels Beute *wird.* Und als wir über das Kriegswesen sprachen, behauptete er, manchmal würde auch mit goldenen Kugeln geschossen, und je kostbarer sie seien, desto mehr Schaden richteten sie an. »Ja«, sagte er, »bisweilen werden ganze Kriegsheere samt Artillerie, Munition und Tross in goldenen Ketten in die Gefangenschaft geführt.« Und von den Frauen behauptete er, mehr als die Hälfte hätten Hosen an, auch wenn man die nicht sähe. Und obgleich sie weder zaubern könnten noch Göttinnen seien, wie Diana eine war, würden viele von ihnen ihren Männern größere Hörner auf die Köpfe setzen, als Aktaion* sie getragen habe. Und ich war so ein dummer Narr, dass ich ihm alles glaubte.

Mein Hofmeister dagegen unterhielt sich, wenn wir unter uns waren, ganz anders mit mir. Er machte mich auch mit seinem Sohn bekannt, der, wie gesagt, bei der kursächsischen Armee Kompanieschreiber und von ganz anderem Format war als der Schreiber meines Obristen. Deshalb hielt mein Obrist große Stücke auf ihn und wollte ihn sogar bei dessen Hauptmann abwerben und zu seinem eigenen Regimentssekretär machen. Auf diesen Posten hatte es aber auch sein eigener Schreiber abgesehen.

Mit jenem anderen Kompanieschreiber, der genau wie sein Vater Ulrich Herzbruder hieß, freundete ich mich so gut an, dass wir uns ewige Bruderschaft gelobten und einander im Glück wie im Unglück, in Liebe und Leid niemals im Stich lassen wollten. Und weil dies mit Wissen seines Vaters geschah, nahmen wir unseren Bund nur umso ernster. Im Übrigen schien uns nichts dringlicher als die Frage, wie ich mein Narrenkleid in Ehren loswerden könnte, damit wir ungezwungen und von Gleich zu Gleich miteinander umgehen konnten. Der alte Herzbruder jedoch, den ich wie einen Vater ehrte, hielt davon gar nichts. Er sagte, wenn ich in der nächsten Zeit meinen Stand veränderte, würde ich im Gefängnis landen und in große Leib- und Lebensgefahr geraten. Und weil er auch für sich und seinen Sohn große Schmach voraussah und deshalb besonders umsichtig und wachsam sein wollte, war ihm umso weniger daran gelegen, in die Angelegenheiten von jemandem gezogen zu werden, der seinerseits in große Bedrängnis zu geraten drohte. Er fürchtete nämlich, wenn ich offenbarte, wie es in Wirklichkeit um mich stand, würde mein künftiges Unglück auch ihn treffen, weil er ja seit langem schon von meinem Geheimnis wusste und mich gleichsam in- und auswendig kannte, dem Obristen aber nie etwas davon gesagt hatte.

Bald merkte ich immer deutlicher, wie neidisch der Schreiber meines Obristen auf meinen neuen Bruder war, weil er fürchtete, dieser könnte ihm bei der Besetzung der Sekretärsstelle vorgezogen werden. Ich sah, wie griesgrämig er manchmal war, wie die Missgunst ihn überkam und wie er sich in finsteren Gedanken verlor und immerfort seufzte, wenn er den alten oder den jungen Herzbruder sah. Daraus schloss ich und war mir gewiss, dass er heimliche Pläne schmiedete, wie er diesem ein Bein stellen und ihn zu Fall bringen könnte. Aus treuer Liebe und weil ich es ihm schuldig war, teilte ich meinem Bruder mit, was ich vermutete, und riet ihm zur Vorsicht gegenüber diesem Judasbruder. Doch er nahm es auf die leichte Schulter, weil er dem Schreiber sowohl mit der Feder als auch mit dem Degen mehr als überlegen war und obendrein die Gunst und Gnade des Obristen genoss.

Das 22. Kapitel. Ein hinterhältiger Trick, jemandem den Platz streitig zu machen.

Im Krieg macht man häufig alte, erprobte Soldaten zu Profossen*, und auch wir hatten einen von dieser Sorte in unserem Regiment, einen derart abgefeimten Schurken und Bösewicht, dass sich von ihm sagen ließ, er habe sehr viel mehr Erfahrung gehabt, als man braucht. Er war nämlich ein richtiger Schwarzkünstler, Siebdreher* und Teufelsbanner und nicht nur selbst unverwundbar und fest wie Stahl – er konnte auch andere unverwundbar machen und obendrein ganze Reiterschwadronen im Feld auftreten lassen. Er sah aus, wie Maler und Dichter den Saturn darstellen, nur dass er weder Krücken noch eine Sense bei sich hatte. Während die bedauernswerten in den Dienst gezwungenen Soldaten, die ihm in die unbarmherzigen Hände fielen, unter seiner Art und Allgegenwart schwer zu leiden hatten, gab es andere, die die Gesellschaft dieses Tunichtguts schätzten, besonders Olivier, unser Schreiber, und je mehr sein Neid auf den jungen Herzbruder – der immer guter Dinge war – zunahm, desto größer wurde auch die Vertraulichkeit zwischen ihm und dem Profoss. So konnte ich mir leicht ausrechnen, dass diese Konjunktion von Saturn und Merkur* für den redlichen Herzbruder nichts Gutes zu bedeuten hatte.

Damals wurde die Frau meines Obristen eben von einem kleinen Sohn entbunden, und bei der Taufmahlzeit wurde ein geradezu fürstlicher Aufwand getrieben. Man bat auch den jungen Herzbruder, dabei zu bedienen, und weil er aus edler Gesittung hierzu gern bereit war, nutzte Olivier die Gelegenheit, seinen seit langem geplanten Anschlag auszuführen.

Als das Fest vorüber war, fehlte plötzlich der vergoldete Trinkbecher meines Obristen. Dieser mochte nicht glauben, dass er verlorengegangen sei, denn als von den fremden Gästen schon niemand mehr da gewesen war, hatte der Becher noch auf dem Tisch gestanden. Der Page sagte zwar, er habe den Becher zuletzt bei Olivier gesehen, doch beschwören wollte er es nicht. Man holte den Profoss, fragte ihn, was er von der Sache hielt, und befahl ihm, falls er den Diebstahl durch seine Magie rückgängig machen könne, solle er es so einrichten, dass niemand außer dem Obristen erführe, wer der Dieb sei, denn es seien noch einige Offiziere von seinem eigenen Regiment anwesend, und falls sich einer von ihnen womöglich vergessen habe, wolle er ihn nicht vor allen anderen bloßstellen.

Wir wussten ja, dass wir unschuldig waren, und so kamen wir fröhlich in das große Zelt des Obristen, wo sich der Zauberer ans Werk machte. Gespannt sahen wir einander an und waren neugierig, wie die Sache ausgehen und der verschwundene Becher wieder zum Vorschein kommen würde. Nachdem der Profoss allerlei Worte gemurmelt hatte, sprangen plötzlich, dem einen hier, dem anderen dort, ein, zwei, drei oder noch mehr junge Hündchen aus den Hosentaschen, den Ärmeln, den Stiefeln, den Hosenschlitzen und wo die Kleidung sonst noch Öffnungen hat. Die Hündchen wuselten überall im Zelt herum. Sie waren sehr schön, in unterschiedlich gefärbten Fellen, jedes auf seine besondere Art gezeichnet, und boten einen lustigen Anblick. Mir aber wurden so viele junge Hunde in meine engen kroatischen Kälberhosen gezaubert, dass ich sie ausziehen musste und nachher nackt dastand, denn mein Hemd war mir im Wald schon längst vom Leib gefault. Zuletzt sprang dem jungen Herzbruder noch ein Hündchen aus dem Hosenschlitz. Es war das hurtigste von allen und trug ein goldenes Halsband. Es verschlang alle anderen Hündchen, obwohl es von ihnen im Zelt so wimmelte, dass man nirgendwo einen Fuß hinsetzen konnte, ohne auf eines zu treten. Als jenes Hündchen schließlich alle anderen gefressen hatte, wurde es selbst immer kleiner, das Halsband indessen immer größer, bis es sich endlich in den Trinkbecher des Obristen verwandelte.

Da mussten der Obrist und alle Anwesenden annehmen, dass kein anderer als der junge Herzbruder den Becher gestohlen hatte. Deshalb sagte der Obrist zu ihm: »Du undankbarer Kerl! Einen solchen Diebstahl hätte ich dir nie zugetraut. Ist das der Lohn für die Wohltaten, die ich dir erwiesen habe? Am morgigen Tag hatte ich dich zu meinem Sekretär machen wollen, aber nun hättest du verdient, dass ich dich noch heute aufhängen lasse! Und das würde auch geschehen, wenn dein ehrlicher alter Vater nicht wäre, dem ich das nicht antun will. Pack dich, verschwinde aus meinem Lager und lass dich nie wieder bei mir blicken!«

Der junge Herzbruder wollte sich verteidigen, fand aber kein Gehör, weil seine Schuld so sonnenklar zutage lag. Als er dann fortging, wurde der brave, alte Herzbruder fast ohnmächtig. Man musste ihm beistehen, und der Obrist selbst tröstete ihn mit den Worten, ein frommer Vater könne nichts für sein ungeratenes Kind. So erlangte Olivier mit Hilfe des Teufels, worum er sich so lange bemüht hatte und was er doch auf ehrlichem Weg nicht hatte erringen können.

Das 23. Kapitel. Ulrich Herzbruder verkauft sich für hundert Dukaten.

Als der Hauptmann des jungen Herzbruder von dieser Geschichte erfuhr, nahm er ihm auch die Stelle als Kompanieschreiber weg und versetzte ihn zu den Pikenieren. Fortan sank sein Ansehen bei aller Welt so sehr, dass selbst die Hunde drauf und dran waren, ihn anzupinkeln, und er sich oft den Tod wünschte. Sein Vater wurde vor lauter Kummer schwer krank und machte sich aufs Sterben gefasst.

Schon bevor dies alles geschehen war, hatte er sich selbst prophezeit, dass er am 26. Juli in große Gefahr für Leib und Leben geraten werde – und dieser Tag stand nun tatsächlich kurz bevor. Deshalb erwirkte er beim Obristen die Erlaubnis, dass sein Sohn vorher noch einmal zu ihm kommen durfte, damit er mit ihm über sein Erbe reden und ihm seinen letzten Willen kundtun könne.

Ich wurde bei diesem Treffen nicht ausgeschlossen, sondern war der dritte Teilhaber an ihrem Leid. Da sah ich, dass der Sohn sich vor dem Vater nicht im Geringsten verteidigen oder rechtfertigen musste, so sehr war dieser von der Unschuld seines Sohnes überzeugt, so gut kannte er dessen Wesensart und wusste, wie er aufgewachsen und erzogen worden war. Als weiser, verständiger, nachdenklicher Mann konnte er aus den Umständen leicht ermessen, dass Olivier es war, der seinem Sohn mit Hilfe des Profoss so übel mitgespielt hatte. Doch was sollte er gegen einen Zauberer ausrichten, bei dem er sich auf noch Schlimmeres gefasst machen musste, wenn er sich an ihm zu rächen wagte? Außerdem hatte er den Tod vor Augen und wusste doch, dass er nicht in Ruhe würde sterben können, weil er seinen Sohn in solcher Schande zurückließ. Dem Sohn wiederum war seine Lage so unerträglich, dass er sich nur eines wünschte: vor dem Vater zu sterben.

Der Kummer dieser beiden war so zum Erbarmen, dass ich von Herzen weinen musste. Zuletzt fassten sie gemeinsam den Entschluss, geduldig zu sein und auf Gott zu bauen. Der Sohn sollte nach Mitteln und Wegen suchen, aus seiner Kompanie freizukommen, und anderswo sein Glück versuchen. Doch bei genauerem Überlegen stellte sich heraus, dass ihnen das Geld fehlte, mit dem er sich bei seinem Hauptmann hätte loskaufen können. Erst in diesem Augenblick, während sie so hin und her überlegten und sich über das Elend grämten, in dem die Armut sie gefangenhielt und ihnen alle Hoffnung raubte, fielen mir die Dukaten ein, die ich in meine Eselsohren eingenäht hatte. Ich fragte, wie viel Geld sie denn brauchten, worauf der junge Herzbruder antwortete: »Wenn einer käme und uns hundert Taler gäbe, wäre mir, glaube ich, aus allen Nöten geholfen.«

Ich sagte: »Bruder, wenn das so ist, dann sei guten Mutes! Denn ich werde dir sogar hundert Dukaten* geben.«

»Ach, Bruder«, entgegnete er. »Was soll das? Bist du denn wirklich ein Narr? Oder so gewissenlos, dass du noch in unserem tiefsten Kummer deine Scherze mit uns treibst?«

»Nein, nein. Ich gebe dir das Geld«, sagte ich, streifte mein Wams ab, band mir das eine Eselsohr vom Arm, öffnete es und ließ ihn selbst hundert Dukaten daraus abzählen und an sich nehmen. Den Rest behielt ich und sagte: »Hiermit will ich deinem kranken Vater helfen, wenn er etwas braucht.«

Da fielen sie mir um den Hals und wussten sich vor Freude nicht zu lassen. Sie wollten mir ein Papier ausstellen, in dem mich der alte Herzbruder als Miterben neben seinem Sohn einsetzte oder in dem sich beide verpflichteten, falls Gott ihnen wieder zu ihrem Besitz verhälfe, mir diesen Betrag mitsamt den Zinsen dankbar zurückzuzahlen. Aber von alledem wollte ich nichts wissen, sondern bat sie nur, mir ihre Freundschaft zu bewahren. Nun wollte der junge Herzbruder schwören, sich an Olivier zu rächen, selbst wenn es ihn das Leben kosten sollte. Aber sein Vater verbot ihm den Schwur und versicherte ihm, derjenige, der den Olivier totschlüge, bekäme nachher von mir, dem Simplicius, den Rest. »Andererseits«, so fuhr er fort, »bin ich mir aber auch sicher, dass ihr beide einander nicht umbringen werdet, denn keiner von euch wird durch eine Waffe umkommen.« Dann ließ er uns schwören, dass wir einander bis in den Tod lieben und in allen Nöten beistehen würden.

Nachher kaufte sich der junge Herzbruder mit dreißig Reichstaler frei, für die sein Hauptmann ihm einen ehrbaren Abschied gab, ging dann mit einigem Glück und dem übrigen Geld nach Hamburg, besorgte sich dort zwei Pferde und schloss sich als Freiwilliger der Kavallerie in der schwedischen Armee an, während er seinen Vater in meiner Obhut zurückließ.

Das 24. Kapitel. Zwei Weissagungen gehen auf einmal in Erfüllung.

Von den Leuten meines Obristen eignete sich keiner besser als ich, den alten Herzbruder während seiner Krankheit zu pflegen, und weil auch der Kranke mit mir mehr als zufrieden war, wurde mir dieses Amt von der Frau des Obristen übertragen, die dem alten Herzbruder viel Gutes tat. Bei so guter Pflege und weil er über das Schicksal seines Sohnes nun beruhigt sein konnte, ging es ihm von Tag zu Tag besser, so dass er schon vor dem 26. Juli fast vollkommen genesen war. Er wollte jedoch noch für sich bleiben und sich krank stellen, bis jener Tag vorüber war, vor dem es ihn offenbar grauste.

Nun kamen aber von jeher immer wieder Offiziere aus beiden Armeen zu ihm, die etwas über ihr künftiges Glück und Unglück erfahren wollten. Denn weil er ein guter Mathematiker und Horoskopsteller und außerdem ein ausgezeichneter Physiognomist und Chiromantiker war, irrte er sich in seinen Weissagungen nur selten. Ja, er sagte sogar den Tag voraus, an dem später die Schlacht bei Wittstock* stattfand, denn es besuchten ihn viele, denen er gerade für diese Zeit einen gewaltsamen Tod voraussagen musste. Der Obristin hatte er prophezeit, dass sie ihr Kind noch im Lager zur Welt bringen werde, weil Magdeburg nicht vor Ablauf von sechs Wochen den Unseren übergeben würde. Dem hinterhältigen Olivier, der sich ebenfalls an ihn heranmachte, hatte er klipp und klar gesagt, dass er eines gewaltsamen Todes sterben werde und dass ich seinen Tod, wann immer er geschähe, rächen und seinen Mörder umbringen werde, weshalb mir Olivier seither mit einem gewissen Respekt begegnete. Mir selbst hatte der alte Herzbruder mein ganzes künftiges Leben so ausführlich erzählt, als wenn es schon zu Ende und er die ganze Zeit dabei gewesen wäre. Allerdings nahm ich das nicht besonders ernst. Erst später, nachdem sie eingetreten waren oder sich bewahrheitet hatten, erinnerte ich mich an viele seiner Prophezeiungen. Vor allem warnte er mich vor dem Wasser, denn er fürchtete, es werde mein Untergang sein.

Als nun der 26. Juli gekommen war, ermahnte er mich und den Fourierschützen, den der Obrist ihm auf seine Bitte geschickt hatte, um mich zu unterstützen, wir sollten niemanden zu ihm ins Zelt lassen. So lag er dort allein und betete ohne Unterlass. Nachmittags jedoch kam ein Leutnant aus dem Reiterlager dahergeritten und fragte nach dem Stallmeister des Obristen. Man wies ihn zu uns, und wir wiesen ihn ab. Er jedoch wollte sich nicht abweisen lassen, sondern bedrängte den Fourierschützen unter allerlei Versprechungen, er möge ihn zum Stallmeister lassen. Er müsse unbedingt noch an diesem Abend mit ihm sprechen. Als auch das nichts half, begann er zu fluchen, ließ Donner und Hagel rollen und erklärte, er sei schon so oft da gewesen, um den Stallmeister zu sprechen, habe ihn aber nie angetroffen, und nun, wo er einmal zugegen sei, solle er wieder nicht die Ehre haben, wenigstens ein paar Worte mit ihm zu wechseln. Er saß ab und ließ sich nicht hindern, das Zelt eigenhändig aufzuknöpfen, wobei ich ihm in die Hand biss und eine kräftige Maulschelle dafür bekam.

Als er den alten Mann sah, sagte er: »Mein Herr, Er möge mir die Frechheit verzeihen, dass ich hier eindringe, um ein Wort mit Ihm zu reden.«

»Nun gut«, antwortete der Stallmeister, »was wünscht denn der Herr?«

»Ich möchte den Herrn bitten«, sagte der Leutnant, »mir freundlicherweise mein Horoskop zu stellen.«

Der Stallmeister antwortete: »Ich hoffe, der werte Herr wird mir verzeihen, wenn ich Seinen Wunsch in diesem Augenblick wegen meiner Krankheit nicht erfüllen kann. Bei dieser Arbeit gibt es viel zu rechnen, und dazu ist mein dumpfer Kopf jetzt nicht imstande. Wenn Er sich freundlicherweise bis morgen gedulde, werde ich Seine Wünsche hoffentlich befriedigen können.«

»Dann lese mir der Herr aber doch bitte für heute wenigstens aus der Hand«, erwiderte der Leutnant.

»Mein Herr«, antwortete der alte Herzbruder, »das Handlesen ist eine sehr ungewisse Kunst, bei der man sich leicht täuscht. Deswegen möge Er sich bitte bis morgen gedulden, dann will ich gern alles tun, was Er wünscht.«

Doch der Leutnant wollte sich nicht abweisen lassen. Er trat an das Bett meines Vaters, hielt ihm die Hand hin und sagte: »Herr, ich bitte Ihn – nur ein paar Worte über mein Lebensende. Und ich versichere Ihn, wenn es ein schlimmes sein sollte, werde ich mir, was immer Er sagt, als eine Warnung Gottes zu Herzen nehmen und mich umso besser in Acht nehmen. Deshalb meine Bitte: Verschweige Er mir um Gottes willen nicht die Wahrheit!«

Der redliche Alte antwortete kurz und knapp: »Nun denn, dann nehme sich der Herr in Acht, sonst wird Er nämlich noch in dieser Stunde aufgehängt.«

»Was soll das heißen, du alter Spitzbube?«, rief der Leutnant, den der Trunk in einen bissigen Hund verwandelt hatte. »Du wagst es, so mit einem Kavalleristen zu reden?« Bei diesen Worten zog er den Degen und erstach meinen geliebten alten Herzbruder in seinem Bett.

Ich und der Fourierschütze riefen Zeter und Mordio, so dass alles zu den Waffen stürzte. Der Leutnant aber wollte sich aus dem Staub machen und wäre auf seinem Pferd auch ohne Zweifel entkommen, wenn nicht gerade in diesem Augenblick der Kurfürst von Sachsen höchstselbst mit vielen Pferden vorbeigekommen wäre und ihn hätte verfolgen lassen. Als er hörte, was geschehen war, wandte er sich an unseren General von Hatzfeld* und sagte nur: »Das wäre eine schlechte Disziplin in einem kaiserlichen Lager, wenn selbst ein Kranker im Bett vor Mördern nicht sicher wäre!« Dieser Urteilsspruch war scharf, und er genügte, den Leutnant ums Leben zu bringen, denn wenig später ließ ihn unser General an seinem allerbesten Hals aufhängen.

Das 25. Kapitel. Simplicius wird in eine Jungfrau verwandelt und in verschiedene Liebschaften verwickelt.

Diese wahre Geschichte zeigt, dass man Prophezeiungen nicht immer verwerfen soll, wie es manche Dummköpfe tun, die überhaupt nichts glauben können. Sie zeigt aber auch, dass der Mensch dem, was ihm im Leben vorbestimmt ist, schwerlich entgeht, egal, ob ihm sein Unglück lang oder kurz zuvor geweissagt wurde. Mancher wird sich außerdem die Frage stellen, ob es für einen Menschen nötig, nützlich und gut ist, sich wahrsagen und ein Horoskop stellen zu lassen. Dazu nur dies: Mir hat der alte Herzbruder so viel geweissagt, dass ich schon oft gewünscht habe und noch immer wünsche, er hätte geschwiegen. Den Unglücksfällen, die er mir angezeigt hat, bin ich nie entgangen, und jene, die mir noch bevorstehen, machen mir nur unnötig graue Haare, denn, ob ich mich vor ihnen in Acht nehme oder nicht, sie werden mir wohl genauso zustoßen wie die früheren. Und was die Glücksfälle angeht, die einem geweissagt werden, so scheinen sie mir oft trügerisch zu sein oder jedenfalls den Menschen nicht so zum Guten auszuschlagen wie die prophezeiten Unglücksfälle zum Schlechten. Was half es mir, dass mir der alte Herzbruder hoch und heilig schwor, ich sei von edler Geburt und von adeligen Eltern erzogen worden, da ich doch nur wusste, dass mein Knan und meine Meuder einfache Bauersleute im Spessart waren. Und was half Wallenstein, dem Herzog von Friedland, die Prophezeiung, er werde unter Geigenklängen zum König gekrönt werden? Man weiß doch, wie man ihm in Eger mitgespielt hat.* Mögen sich andere über dieser Frage den Kopf zerbrechen, ich kehre zu meiner Geschichte zurück.

Nachdem ich, wie berichtet, meine beiden Herzbrüder verloren hatte, war mir das Lager vor Magdeburg, dieser Stadt, die mir aus nichts als Leinwand und Stroh mit Mauern aus Erdreich zu bestehen schien*, ganz verleidet. Ich war meines

Narrenstands so überdrüssig, als hätte ich ihn mit eisernen Kochlöffeln gefressen. Ich war es leid, mich von aller Welt veralbern zu lassen. Ich wollte mein Narrengewand um jeden Preis loswerden, und das gelang mir auch, wenngleich auf denkbar ungeschickte Weise.

Der Sekretär Olivier, der nach dem Tod des alten Herzbruder mein Hofmeister geworden war, erlaubte mir oft, mit den Knechten auf Fourage auszureiten. Als wir hierbei einmal in ein großes Dorf kamen, wo es für die Reiter so manches zu holen gab, und alle auf der Suche nach Brauchbarem durch die Häuser streiften, stahl ich mich davon und hielt Ausschau nach einem alten Bauernkittel, den ich mit meiner Narrenkappe hätte vertauschen können. Aber ich fand nicht, was ich suchte, sondern musste mit einem Frauenkleid vorliebnehmen. Da ich allein war, zog ich es gleich an, warf mein Kalbskleid in einen Lokus und bildete mir ein, nun sei ich aus allen Nöten erlöst.

In diesem Aufzug trat ich auf die Straße, an deren Ende ein paar Offiziersfrauen standen. Ich näherte mich ihnen und machte dabei so zierlich kleine Schritte wie einst Achilles, als seine Mutter ihn in Mädchenkleidern zu König Likomedes schickte, um ihn vor dem Krieg zu bewahren.* Doch kaum war ich aus dem Haus, da erblickten mich ein paar Fouragierer und brachten mir das Springen wieder bei. Denn als sie schrien »Halt! Halt!«, rannte ich, so schnell ich konnte, und war bei den Offiziersfrauen, bevor sie mich eingeholt hatten. Auf Knien und bei der Ehre und Tugend aller Frauen flehte ich sie an, meine Jungfräulichkeit vor diesen geilen Burschen zu beschützen. Meine Bitte wurde mehr als erfüllt, denn eine Rittmeisterin wollte mich sogar als Magd nehmen. Bei ihr blieb ich, bis Magdeburg und dann die Schanze bei Werben sowie Havelberg und Perleberg* von den Unseren eingenommen waren.

Diese Rittmeisterin war zwar noch jung, aber bestimmt kein Kind mehr. Sie vernarrte sich so sehr in mein hübsches

Gesicht und meinen ranken Leib, dass sie mir nach langem Hin und Her und vielen vergeblichen Andeutungen deutsch und deutlich zu verstehen gab, wo sie der Schuh am meisten drückte. Ich aber war noch viel zu sittsam für solche Ansinnen, stellte mich begriffsstutzig und ließ mir auch nichts anmerken, woraus man hätte schließen können, ich sei etwas anderes als eine tugendhafte Jungfrau.

Bald erkrankten der Rittmeister und sein Knecht an der gleichen Leidenschaft. Deswegen befahl der Rittmeister seiner Frau, mich besser zu kleiden, damit sie sich wegen meines hässlichen Bauernkittels nicht zu schämen brauchte. Sie tat mehr, als sie sollte, und putzte mich heraus wie eine französische Puppe, wodurch das Feuer bei allen dreien nur noch mehr geschürt wurde. Bald loderte es so hoch, dass Herr und Knecht voller Eifer von mir begehrten, was ich ihnen gar nicht bieten konnte, während ich es der Frau auf höfliche Art verweigerte. Zuletzt beschloss der Rittmeister, sich bei der nächsten Gelegenheit mit Gewalt zu nehmen, was bei mir unmöglich zu haben war. Aber seine Frau merkte es, und weil sie immer noch hoffte, mich herumzubekommen, versperrte sie ihm den Weg und kam ihm in all seinen Schlichen zuvor, so dass er darüber rasend wurde und fast den Verstand verlor.

Eines Nachts, als Herr und Herrin schliefen, kam der Knecht zu dem Wagen, in dem ich immer schlafen musste, gestand mir unter heißen Tränen seine Liebe und erflehte von mir Gnade und Barmherzigkeit. Ich aber gab mich hart wie Stein und erklärte ihm, ich wolle meine Keuschheit bis in die Ehe bewahren. Als er mir dann tausendmal die Ehe anbot und doch immer wieder nur von mir zu hören bekam, dass ich ihn unmöglich heiraten könne, geriet er in tiefste Verzweiflung oder gab sich zumindest den Anschein, zog seinen Degen, setzte sich die Spitze an die Brust und den Knauf gegen den Wagen und tat, als wolle er sich erstechen. Ich dachte: Am Ende tut er's wirklich – redete ihm gut zu und vertröstete ihn auf den nächsten Morgen. Dann würde ich ihm meinen Entschluss mitteilen. Damit gab er sich zufrieden und ging schlafen.

Ich aber lag desto länger wach und dachte über meine seltsame Lage nach. Ich sah wohl, dass es auf die Dauer so nicht weitergehen konnte, denn die Rittmeisterin wurde immer zudringlicher mit ihren Lockungen, der Rittmeister immer verwegener mit seinen Zumutungen und der Knecht immer verzweifelter in seinen Liebesbeteuerungen. Ich jedoch wusste keinen Ausweg aus diesem Labyrinth.

Oft musste ich am helllichten Tage bei meiner Herrin Flöhe fangen, nur weil ich ihre alabasterweißen Brüste sehen und ihren zarten Leib ausgiebig betasten sollte, was mir, der ich auch nur aus Fleisch und Blut war, auf die Dauer schwer erträglich wurde. Ließ die Frau von mir ab, war gleich der Rittmeister hinter mir her, und wenn ich vor diesen beiden Ruhe gefunden hatte, plagte mich der Knecht, so dass es mir in Frauenkleidern noch viel ärger erging als in meiner Narrenkappe. Damals – aber viel zu spät – dachte ich an des seligen Herzbruders Weissagung und Warnung und bildete mir ein, ich sei schon in dem Gefängnis und der Lebensgefahr, von der er mir gesprochen hatte. Denn das Frauenkleid hielt mich gefangen, weil ich darin nicht ausreißen konnte, und der Rittmeister wäre übel mit mir umgesprungen, wenn er mich durchschaut und mit seiner schönen Frau beim Flöhefangen ertappt hätte. Was sollte ich tun? In dieser Nacht beschloss ich, mich am nächsten Morgen dem Knecht zu offenbaren. Denn ich dachte, seine Liebesregungen würden sich dann legen. Und wenn du ihm ein paar von deinen Dukaten spendierst, sagte ich mir, wird er dir wieder zu einem Männerkleid verhelfen und dich damit aus all deinen Nöten befreien. Die Idee war gut. Wenn nur das Glück gewollt hätte. Aber es wollte nicht.

Mein Hans begann seinen Tag gleich nach Mitternacht und rüttelte an dem Wagen, um sich mein Jawort zu holen, als ich gerade am tiefsten schlief. Ein bisschen zu laut rief er »Sabina! Sabina! Ach, mein Schatz, steht auf und haltet Euer Versprechen!« – so dass er den Rittmeister, dessen Zelt gleich neben dem Wagen stand, eher damit weckte als mich. Grün und gelb muss dem Rittmeister vor den Augen geworden sein, denn längst hatte ihn die Eifersucht gepackt. Er kam aber nicht nach draußen, um uns auseinanderzubringen, sondern stand nur auf, um zu sehen, wie es weitergehen würde.

Schließlich weckte mich der Knecht mit seiner Zudringlichkeit und wollte unbedingt, dass ich zu ihm hinauskam oder ihn zu mir hereinließ. Ich aber wies ihn zurecht. Ob er mich denn für eine Hure halte? Meine gestrige Zusage sei an den Ehestand geknüpft. Ohne den sei ich nicht zu haben. Darauf antwortete er, ich solle trotzdem aufstehen, es beginne zu tagen und ich müsse beizeiten das Essen für das Gesinde vorbereiten. Er wolle schon mal Holz und Wasser holen und Feuer für mich machen. Ich antwortete: »Wenn du mir helfen willst, kann ich ja noch ein bisschen schlafen. Also geh nur, ich komme gleich.« Der Narr wollte jedoch keine Ruhe geben, also stand ich auf – weniger seinetwegen, als um meine Arbeit zu tun, zumal mir schien, dass der gestrige verzweifelte Irrsinn bei ihm verflogen war.

Als Magd kam ich in einem Feldlager ganz gut durch, denn bei den Kroaten hatte ich Kochen, Backen und Waschen gelernt, und mit dem Spinnen gaben sich die Soldatenfrauen im Feld ohnehin nicht ab. Dass ich mit anderen Frauenarbeiten ganz und gar nicht zurechtkam, zum Beispiel mit Haarebürsten oder Zöpfemachen, darüber sah meine Rittmeisterin gern hinweg, denn sie wusste, dass ich es nicht gelernt hatte.

Als ich nun mit zurückgestreiften Ärmeln aus dem Wagen stieg, versetzte der Anblick meiner weißen Arme meinen Hans in solche Verzückung, dass er nicht mehr an sich halten konnte und mich küsste. Und weil ich mich nicht allzu heftig wehrte, hielt es auch den Rittmeister, unter dessen Augen dies geschah, nicht mehr auf seinem Posten. Mit blankem Degen sprang er aus dem Zelt, um meinen armen Liebhaber zu durchbohren. Doch der suchte das Weite und vergaß das Wiederkommen. Zu mir aber sagte der Rittmeister: »Du verfluchte Hure, ich will dich lehren …« Mehr brachte er in seinem Zorn nicht heraus, sondern schlug wie von Sinnen auf mich ein. Ich fing an zu schreien, und so musste er aufhören, um keinen Alarm auszulösen – denn beide Armeen, die sächsische und die kaiserliche, lagen damals beieinander, weil die Schweden unter Johan Banér* näher kamen.

Das 26. Kapitel. Wie er als Verräter und Zauberer in Gefangenschaft gerät.

Als es Tag geworden war und beide Armeen zum Aufbruch rüsteten, überließ mich mein Herr den Stallknechten. Das war ein Haufen Lumpengesindel, und als mir diese Kerle auf den Leib rückten, erging es mir noch viel schlimmer als bisher. Sie schleppten mich zu einem Gebüsch, um dort ihre viehischen Begierden an mir zu befriedigen, wie es bei diesen Teufelsbraten der Brauch ist, wenn man ihnen eine Frau ausliefert. Es folgten ihnen auch viele, die bei dem jämmerlichen Spaß zusehen wollten, unter ihnen mein Hans. Er ließ mich nicht aus den Augen, und als er sah, was mir blühte, wollte er mich mit Gewalt retten, auch wenn es ihn den Kopf kosten würde. Andere schlugen sich auf seine Seite, als er sagte, ich sei ihm als seine Braut versprochen. Sie hatten Mitleid mit mir und wollten mir helfen. Aber die Stallknechte, die ein besseres Anrecht auf mich zu haben meinten und eine so gute Beute nicht wieder hergeben wollten, ließen sich das nicht gefallen. Sie setzten sich zur Wehr, und schon entstand ein Gerangel. Die ersten Schläge wurden ausgeteilt, der Lärm wurde größer, und immer mehr Leute kamen dazu und mischten sich ein, so dass es fast aussah wie bei einem Turnier, wo jeder zu Ehren einer schönen Dame sein Bestes gibt.

Das Geschrei lockte den Rumormeister herbei. Er tauchte genau in dem Augenblick auf, als sie mir die Kleider vom Leib gerissen und gesehen hatten, dass ich keine Frau war. Mit einem Schlag war alles still, denn man fürchtete diesen Mann mehr als den Teufel selbst. Auch jene, die sich eben noch geprügelt hatten, stoben auseinander. Der Rumormeister ließ sich kurz berichten, was geschehen war, und als ich schon hoffte, er werde mich retten, da nahm er mich fest, weil es ihm sonderbar und geradezu verdächtig vorkam, dass sich ein Mann bei der Armee in Frauenkleidern herumtreibt. So wanderten er und sein Bursche mit mir an den zum Abmarsch bereitstehenden Regimentern vorbei, um mich dem Generalauditor oder Generalprofoss* zu überbringen. Als wir bei dem Regiment meines Obristen vorüberkamen, erkannte dieser mich, sprach mich an und verschaffte mir ein paar Lumpen, um mich zu bekleiden, und nachher übergab er mich unserem alten Profoss, der mich an Händen und Füßen in Eisen schloss.

Es schmeckte mir überhaupt nicht, so in Ketten und gefesselt zu marschieren, und auch der Hunger hätte mich heftig gequält, wenn mir der Sekretär Olivier nicht etwas spendiert hätte. Meine eigenen Dukaten, die ich bisher noch überall durchgebracht hatte, durfte ich ja nicht sehen lassen, sonst wäre ich sie schnell los gewesen und hätte mich obendrein noch verdächtiger gemacht. Olivier erklärte mir auch noch am selben Abend, warum ich so streng bewacht wurde. Unser Regimentsauditor hatte den Befehl bekommen, mich unverzüglich zu verhören, damit meine Aussage so schnell wie möglich dem Generalauditor übermittelt werden könnte. Man hielt mich nämlich nicht nur für einen Kundschafter und Spion, sondern auch für einen Hexer, weil, kurz nachdem ich meinen Obristen verlassen hatte, einige Zauberinnen verbrannt worden waren, die vor ihrem Tod gestanden hatten, sie hätten mich bei ihrer großen Zusammenkunft gesehen, als es darum gegangen sei, die Elbe auszutrocknen, damit Magdeburg schneller eingenommen werden könnte. Nun sollte ich folgende Fragen beantworten:

Erstens: Ob ich nicht studiert hätte oder zumindest schreiben und lesen könnte?

Zweitens: Warum ich mich dem Lager vor Magdeburg in Gestalt eines Narren genähert hätte, obwohl ich doch Verstand genug besäße und auch in den Diensten des Rittmeisters schon besessen hätte?

Drittens: Aus welchem Grund ich mich als Frau verkleidet hätte?

Viertens: Ob ich nicht auch mit anderen Unholden bei dem Hexentanz gewesen sei?

Wo, fünftens, meine Heimat sei und wer meine Eltern gewesen seien?

Sechstens: Wo ich mich aufgehalten hätte, bevor ich in das Lager vor Magdeburg gekommen sei?

Wo und zu welchem Zweck ich, siebtens, Frauenarbeit wie Waschen, Backen, Kochen usw. gelernt hätte? Und außerdem das Lautenspiel?

Hierauf wollte ich mein ganzes Leben erzählen, um mit den seltsamen Begebenheiten, die mir widerfahren waren, alles in allen Einzelheiten zu erläutern und die Fragen wahrheitsgemäß und verständlich zu beantworten. Aber der Regimentsauditor war so neugierig nicht, sondern müde und missmutig vom Marschieren. Er verlangte kurze, knappe Antworten auf die Fragen, die mir gestellt worden waren. Deshalb antwortete ich ihm nichtssagend und oberflächlich, nämlich so:

Auf die erste Frage: Ich hätte zwar nicht studiert, könne aber Deutsch lesen und schreiben.

Auf die zweite: Weil ich kein anderes Kleid gehabt hätte, hätte ich im Narrenkleid auftreten müssen.

Auf die dritte: Weil ich mein Narrenkleid leid gewesen sei, mir Männerkleider jedoch nicht hätte beschaffen können.

Auf die vierte: Ja, ohne es zu wollen, sei ich hingefahren, könne aber dennoch nicht zaubern.

Auf die fünfte: Meine Heimat sei der Spessart, und meine Eltern seien Bauern.

Auf die sechste: In Hanau beim Gouverneur und bei einem kroatischen Obristen namens Corpes.

Auf die siebte: Bei den Kroaten hätte ich Waschen, Backen und Kochen gegen meinen Willen lernen müssen. Das Lautespielen aber hätte ich in Hanau gelernt, weil ich Lust dazu hatte.

Nachdem meine Aussage protokolliert war, sagte der Regimentsauditor: »Wie kannst du leugnen und behaupten, du habest nicht studiert! Als man dich noch für einen Narren hielt, hast du einem Priester während der Messe bei den Worten *Domine, non sum dignus** ebenfalls in Latein geantwortet, er brauche nicht weiterzureden, es sei doch bekannt, was noch kommt.«

»Herr«, antwortete ich, »das haben mir damals andere Leute so beigebracht und mir weisgemacht, es sei ein Gebet, das man bei der Messe sprechen müsse, wenn der Kaplan Gottesdienst hält.«

»Ja, ja«, sagte der Regimentsschultheiß, »mir scheint, du bist einer von der Sorte, denen man die Zunge mit der Folter lockern muss.«

Ich dachte im Stillen: Gott helfe mir, wenn es nach deinem närrischen Willen geht!

Am nächsten Morgen kam ein Befehl des Generalauditors an unseren Profoss, mich sorgfältig zu bewachen, weil er mich, sobald die Armeen wieder stillstünden, selbst verhören wolle. In diesem Fall wäre ich bestimmt gefoltert worden. Doch Gott fügte es anders. Immer wieder dachte ich während dieser Gefangenschaft an meinen Pfarrer in Hanau und den verstorbenen alten Herzbruder. Beide hatten mir geweissagt, wie es mir ergehen würde, wenn ich mein Narrenkleid ablegte.

Das 27. Kapitel. Wie es dem Profoss in der Schlacht bei Wittstock erging.

Noch am selben Abend, kaum dass wir unser Lager errichtet hatten, wurde ich zum Generalauditor geführt. Er hatte meine Aussage und ein Schreibzeug bereitliegen und fing an, mich gründlicher zu verhören. Ich erzählte ihm wahrheitsgemäß, wie es mir ergangen war, fand jedoch keinen Glauben. Weil ich so prompt auf seine Fragen antwortete, die Geschichte selbst aber so unwahrscheinlich klang, konnte sich der Generalauditor nicht schlüssig werden, ob er es mit einem Narren oder einem ausgefuchsten Bösewicht zu tun hatte. Er befahl mir, eine Feder zu nehmen und etwas zu schreiben. Er wolle sehen, was ich könne und ob ihm vielleicht meine Handschrift bekannt sei oder er irgendwelche Schlüsse aus ihr ziehen könne. Ich griff so geschickt nach Feder und Papier wie jemand, der täglich damit umgeht, und fragte ihn, was ich denn schreiben solle. Der Generalauditor – vielleicht schlecht gelaunt, weil sich mein Verhör so tief in die Nacht hineinzog – antwortete: »Na, was schon – schreib: Meine Mutter ist eine Hure!« Ich setzte diese Worte aufs Papier, und als er sie las, machten sie alles noch schlimmer, denn der Generalauditor sagte, jetzt glaube er erst recht, dass ich ein verruchter Vogel sei.

Er fragte den Profoss, ob man mich durchsucht und etwa Schriftstücke bei mir gefunden habe, worauf der Profoss erwiderte: »Nein. Was sollte man an dem denn durchsuchen, hat ihn der Rumormeister doch so gut wie nackt zu uns gebracht.«

Aber ach, es half nichts. Der Profoss musste mich vor allen Anwesenden durchsuchen, und weil er es diesmal besonders gründlich tat, fand er, o Unglück, die beiden Eselsohren mit den Dukaten, die ich mir um die Arme gebunden hatte.

Nun hieß es: »Was brauchen wir noch weitere Beweise? Dieser Verräter führte bestimmt etwas im Schilde. Wozu sonst sollte sich ein vernünftiger Mensch Narrenkleider oder ein Mannsbild Frauenkleider anziehen? Wozu sollte er so viel Geld bei sich haben, wenn nicht zu einer Schandtat? Hat er nicht selbst zugegeben, dass er bei dem Gouverneur von Hanau, dem verschlagensten Kriegsmann von der Welt, das Lautespielen gelernt hat? Was glaubt ihr, welche Schliche er bei den reformierten Spitzköpfen sonst noch gelernt hat? Als Nächstes werden wir ihn morgen auf die Folter spannen und dann ins Feuer schicken, zumal er sich ohnehin bei den Zauberern aufgehalten hat und nichts anderes verdient.«

Man kann sich leicht vorstellen, wie mir zumute war. Ich wusste zwar, dass ich unschuldig war, und hatte großes Vertrauen zu Gott. Aber ich sah auch die Gefahr, in der ich schwebte, und bedauerte den Verlust meiner schönen Dukaten, die sich der Generalauditor in die Tasche steckte.

Doch noch bevor man diesen strengen Prozess gegen mich begann, gerieten die Truppen Banérs mit den unseren aneinander. Anfangs kämpften beide Armeen* um eine vorteilhafte Stellung, doch schon bald ging es um die schwere Artillerie, wobei wir die unsere sogleich verloren. Unser Profoss hielt sich mit seinen Untergebenen und den Häftlingen ziemlich weit hinter dem Schlachtfeld auf, dennoch waren wir unserer Brigade so nahe, dass wir jeden von hinten an der Kleidung erkennen konnten. Und als eine schwedische Schwadron sie angriff, gerieten wir genauso in Lebensgefahr wie die Kämpfenden selbst. Denn plötzlich schwirrten über uns so viel singende Kugeln durch die Luft, dass man glauben konnte, die Salve habe uns gegolten. Die Furchtsamen duckten sich, als wollten sie sich in sich selbst verkriechen, während die anderen, die Courage besaßen und ähnliche Scherze schon mitgemacht hatten, die Kugeln, ohne blass zu werden, über sich hinwegstreichen ließen.

Im Gefecht selbst aber versuchte jeder, dem eigenen Tod zu entgehen, indem er sein Gegenüber niedermachte. Das gräuliche Schießen, das Klappern der Harnische, das Krachen der Piken, die Schreie der Verwundeten und der Vorwärtsstürmenden und dazu die Trompeten, Trommeln und Pfeifen – das alles ergab eine grausige Musik. Man sah nur dicken Rauch und Staub, der den grauenhaften Anblick der Verwundeten und Toten verdecken zu wollen schien. Darin hörte man das jämmerliche Wehklagen der Sterbenden und das beherzte Geschrei derer, die noch voller Mut waren. Die Pferde schienen, je länger die Schlacht währte, zur Verteidigung ihrer Reiter immer frischer zu werden – so heißblütig zeigten sie sich bei der Erfüllung ihrer Aufgabe. Manche sah man tot unter ihren Herren zusammenbrechen, übersät mit Wunden, die sie unverschuldet, zum Lohn für ihre treuen Dienste empfangen hatten. Andere stürzten aus der gleichen Ursache auf ihre Reiter und hatten so im Tod die Ehre, von denen getragen zu werden, die sie in ihrem Leben hatten tragen müssen. Wieder andere, nachdem ihnen die tapfere Last abgenommen war, die sie zuvor kommandiert hatte, ließen die Menschen in ihrer Wut und Raserei hinter sich, rissen aus und suchten ihre erste Freiheit auf dem offenen Feld.

Die Erde, die doch sonst die Toten deckt, war an diesem Ort nun selbst mit Toten übersät, die ganz unterschiedlich zugerichtet waren. Da lagen Köpfe, die ihre natürlichen Herren verloren hatten, und Leiber, denen die Köpfe fehlten. Manchen hingen grausiger-, beklagenswerterweise die Eingeweide aus dem Leib, anderen war der Kopf zerschmettert und das Hirn zerspritzt. Da sah man entseelte Leiber blutleer liegen, während lebendige von fremdem Blut trieften. Da lagen abgeschossene Arme, an denen sich noch die Finger regten, als wollten sie in den Kampf zurück, während anderswo Kerle, die noch keinen Tropfen Blut vergossen hatten, das Weite suchten. Da lagen abgetrennte Schenkel, die, obwohl der Bürde ihres Körpers entledigt, trotzdem viel schwerer waren als zuvor. Da sah man verstümmelte Soldaten um die Beschleunigung ihres Todes flehen und andere um Gnade und Verschonung ihres Lebens. *Summa summarum* war da nichts als ein elender, jammervoller Anblick! Die siegreichen Schweden vertrieben die Unseren von dem Ort ihrer unglücklichen Niederlage, trennten die Einheiten voneinander und zerstreuten sie dann durch rasche Verfolgung vollends. An diesem Punkt ergriff auch unser Profoss mit seinen Häftlingen die Flucht, obwohl wir als Unbeteiligte von den Siegern nicht viel zu befürchten hatten. Doch gerade als uns der Profoss mit dem Tod drohte und auf diese Weise zwang, mit ihm zu fliehen, jagte der junge Herzbruder mit fünf weiteren Pferden heran und begrüßte ihn mit einer Pistole.

»Sieh mal an, du alter Hund«, rief er, »ist es noch Zeit für junge Hündchen? Jetzt bekommst du den Lohn für deine Künste!« Doch der Schuss beschädigte den Profoss so wenig wie einen stählernen Amboss.

»Ach, so einer bist du?«, sagte Herzbruder. »Aber du sollst mir nicht umsonst begegnet sein. Sterben musst du, auch wenn dir die Seele im Leib festgewachsen ist.«

Und dann befahl er einem der Musketiere aus der Wache, die den Profoss begleitet hatte, wenn er selbst verschont werden wolle, jenen mit einer Axt totzuschlagen. So bekam der Profoss seinen Lohn. Ich aber wurde von Herzbruder erkannt. Er befreite mich aus meinen Ketten und Fesseln, setzte mich auf ein Pferd und ließ mich von seinem Knecht in Sicherheit bringen.

Das 28. Kapitel. Von einer großen Schlacht, in welcher der Triumphator beim Siegen gefangen wird.

Während der Knecht meines Retters mich außer Gefahr brachte, stürzte sich sein Herr, vom Verlangen nach Ehre und Beute getrieben, nun erst recht und so tief hinein, dass er schließlich gefangen genommen wurde. Als dann die Sieger ihre Beute teilten und ihre Toten begruben, mein Herzbruder aber fehlte, erbte mich sein Rittmeister und den Knecht mit den Pferden dazu. Ich musste als Stalljunge für ihn arbeiten und bekam dafür nichts als das Versprechen, wenn ich fleißig und ein bisschen älter geworden sei, werde er mich »aufsetzen«, das heißt zu einem Reiter machen, womit ich mich fürs Erste begnügen musste.

Kurz darauf wurde mein Rittmeister zum Oberstleutnant befördert, und ich bekam bei ihm das Amt, das einst David beim König Saul innehatte.* Im Quartier spielte ich ihm auf der Laute vor, und auf dem Marsch musste ich seinen Kürass oder Brustpanzer tragen, und zwar am eigenen Leib, was sich als eine üble Plackerei erwies. Eigentlich hat man solche Panzer ja erfunden, um ihren Träger vor feindlichen Stößen zu beschützen. Bei mir jedoch verhielt es sich genau umgekehrt: Meine eigenen Jungen konnten mir in seinem Schutz umso unbehelligter zusetzen. Unter ihm hatten sie freien Weg und einen Spaß- und Tummelplatz, so dass dieser Harnisch eher ihnen als mir zum Schutz gereichte, weil ich mit Armen und Händen nicht darunterlangen konnte, um Jagd auf sie zu machen. Immerzu sann ich auf Kriegslisten, um diese Armada zu vernichten, aber ich hatte weder Zeit noch Gelegenheit, sie durch Feuer – wie es in Backöfen geschieht – oder Wasser oder Gift – ich wusste nämlich, was Quecksilber vermag – auszurotten. Und erst recht hatte ich nicht die Möglichkeit, mich ihrer durch andere Kleidung oder ein weißes Hemd zu entledigen, sondern musste sie mit mir herumschleppen und ihnen Leib und Blut überlassen. Wenn sie mich unter dem Harnisch plagten und benagten, zog ich eine Pistole hervor, als wollte ich eine Schießerei mit ihnen anfangen. Ich nahm jedoch nur den Ladestock und kratzte sie damit von ihrer Weide. Schließlich kam ich auf die Idee, ein Stück Pelz um den Ladestock zu wickeln. Mit ein wenig Leim machte ich sogar eine richtige Läuseangel daraus. Nun fischte ich sie, wenn ich damit unter den Harnisch fuhr, zu

Dutzenden aus ihrem Hinterhalt und brach ihnen nachher das Genick. Es nützte aber wenig.

Einmal bekam mein Oberstleutnant den Befehl, mit einem größeren Trupp nach Westfalen vorzustoßen. Hätte er damals so viele Reiter gehabt wie ich Läuse, hätte er die ganze Welt in Schrecken versetzt. Aber dem war nicht so. Deshalb musste er Vorsicht walten lassen und sich in der Günner Mark (einem Wald zwischen Hamm und Soest) verborgen halten. Damals trieben es die Meinen besonders arg. Mit Wühlen und Bohren quälten sie mich so sehr, dass ich fürchtete, sie würden sich bei mir zwischen Haut und Fleisch einnisten. Es wundert mich nicht, dass die Brasilianer ihre Läuse aus Wut und Rache fressen – so sehr setzen sie einem zu! Einmal konnte ich diese Qualen nicht mehr ertragen und ging, während manche Reiter ihre Pferde versorgten, andere schliefen und wieder andere Wache hielten, ein wenig abseits unter einen Baum, um meinen Feinden eine Schlacht zu liefern. Hierfür zog ich den Harnisch aus, obwohl man ihn ja sonst anzieht, wenn man kämpfen will, und begann nun ein solches Würgen und Morden, dass meine beiden Schwerter an den Daumen schon bald von Blut trieften und voller toter Körper oder vielmehr Bälge hingen. Diejenigen, die ich nicht umbringen konnte, stürzte ich ins Elend und ließ sie unter dem Baum herumspazieren. Jedes Mal, wenn ich an dieses Treffen denke, juckt es mich wieder überall, als wäre ich noch mitten im Kampf. Ich dachte zwar, es sei falsch, gegen sein eigenes Blut zu wüten und vor allem gegen so treue Diener, die einen auch dann nicht im Stich lassen würden, wenn man gehenkt oder aufs Rad geflochten würde, und deren riesige Menge mir im freien Feld auf harter Erde oft ein sanftes Ruhebett geboten hatte. Aber ich fuhr in meinem Wüten doch so unbarmherzig fort, dass ich gar nicht mitbekam, wie die Kaiserlichen meinen Oberstleutnant attackierten, bis sie schließlich auch zu mir kamen und den armen Läusen Entlastung verschafften, indem sie mich gefangen nahmen.

Denn die Tapferkeit, mit der ich eben etliche tausend erlegt hatte und weit über den Titel eines Schneiders (Siebene auf einen Streich) hinausgelangt war, beeindruckte sie nicht im Geringsten. Mich bekam ein Dragoner, und die beste Beute, die er an mir hatte, war meines Oberstleutnants Kürass, den er in Soest, wo er im Quartier lag, dem Kommandanten ziemlich teuer verkaufte. So wurde er im Krieg mein sechster Herr, weil ich sein Junge sein musste.

Das 29. Kapitel. Wie gut es einem frommen Soldaten im Paradies erging und wie nach dessen Tod der Jäger an seine Stelle trat.

Da unsere Wirtin nicht wollte, dass ich sie und ihr ganzes Haus mit meinen Heerscharen eroberte, musste sie mich von ihnen befreien. Sie machte mit ihnen kurzen Prozess, steckte meine Lumpen in den Backofen und brannte sie so sauber aus wie eine alte Tabakspfeife, so dass ich nachher, was dieses Ungeziefer anging, wieder wie in einem Rosengarten lebte. Niemand kann sich vorstellen, wie froh ich war, diese Qual los zu sein, nachdem ich monatelang wie in einem Ameisenhaufen gesessen hatte. Dafür hatte ich dann aber gleich eine andere Plage auf dem Hals.

Mein Herr gehörte zu jener Sorte Soldaten, die glauben, sie könnten in den Himmel kommen. Deshalb begnügte er sich mit seinem Sold und tat im Übrigen niemandem etwas zuleide. Sein ganzer Reichtum bestand in dem, was er mit seinem Wachdienst verdiente und von seinem wöchentlichen Lohn aufsparte, und auch wenn es wenig war, nahm er es doch besser in Acht als ein anderer seine orientalischen Perlen. Jeden Achteltaler nähte er sich in seine Kleider, und damit noch mehr dazukämen, mussten ich und sein armes Pferd ihm sparen helfen. So kam es, dass ich drögen Pumpernickel mit aller Kraft zerbeißen und mit Wasser oder, wenn es hochkam, Dünnbier nachspülen musste, das mir überhaupt nicht schmeckte. Meine Kehle wurde von dem trockenen Schwarzbrot ganz rau, und ich magerte am ganzen Leib ab. Wollte ich besser essen, meinte mein Herr, so könnte ich ja stehlen, aber nur unter der Bedingung, dass er davon nichts mitbekäme.

Seinetwegen hätte man weder Galgen noch Esel gebraucht und auch keine Henker, Steckenknechte, Feldscherer, Marketender oder Trommelschläger, die den Zapfenstreich schlagen, denn mit Fressen, Saufen, Spielen und Duell hatte er nichts im Sinn. Wenn er aber zum Geleitschutz oder zum Fouragieren oder Parteigehen* oder zu irgendeiner anderen Operation abkommandiert wurde, schlich er dahin wie ein altes Weib am Stock. Ich bin mir sicher, ohne diese heroischen Soldatentugenden hätte dieser brave Dragoner auch mich gar nicht gefangen, denn dann hätte er sich an der Verfolgung meines Oberstleutnants beteiligt.

Auf neue Kleider brauchte ich bei ihm nicht zu hoffen – er lief ja selbst in lauter Flicken herum, fast wie mein Einsiedel. Sein Sattel und das Zaumzeug waren kaum drei Batzen wert, und sein Pferd war so ausgehungert, dass sich weder die Schweden noch die Hessen vor einer ausdauernden Verfolgung zu fürchten brauchten.

Das alles veranlasste seinen Hauptmann, ihn als bezahlte Schutzwache im Paradies zu stationieren, einem Frauenkloster, das diesen Namen trug*. Nicht dass er dazu besonders geeignet gewesen wäre – aber er sollte sich satt essen und zunehmen und sich neu einkleiden, und vor allem hatten sich die Nonnen einen frommen, gewissenhaften und sittsamen Mann erbeten. Also ritt er dorthin, und ich ging nebenher, weil er leider nur ein Pferd besaß.

»Potz Glück, Simbrecht!«, sagte er unterwegs – denn er konnte sich den Namen Simplicius nicht merken. »Nun kommen wir also ins Paradies. Da werden wir fressen!«

Ich antwortete: »Der Nomen ist ein gutes Omen – hoffentlich hält der Ort, was sein Name verspricht.«

»Na klar«, sagte er, denn er verstand mich nicht richtig, »jeden Tag zwei Ohmen* vom besten Bier, das wird uns bekommen! Immer wacker! Ich werde mir bald einen ordentlichen neuen Mantel machen lassen. Dann bekommst du den alten, der ist noch tadellos in Schuss.«

Alt war das richtige Wort – ich glaube, dieser Mantel konnte sich noch an die Schlacht bei Pavia erinnern.* Er sah so verblichen und schäbig aus, dass sich meine Freude in engen Grenzen hielt.

Das Paradies fanden wir so, wie wir es uns gewünscht hatten – sogar noch besser, denn statt der Engel lebten schöne Jungfrauen darin, die uns mit Speise und Trank so gut bewirteten, dass ich bald wieder rund und gesund aussah. Da kamen das dickste Bier und die besten westfälischen Schinken auf den Tisch, außerdem Knackwürste und köstliches, zartes Rindfleisch, das man in Salzwasser kochte und kalt aß. Da lernte ich das Schwarzbrot schmieren, fingerdick mit gesalzener Butter, damit es besser rutscht, und Käse drauf. Und wenn ich über einer mit Knoblauch gespickten Hammelkeule saß, neben mir eine gute Kanne Bier, lebten Leib und Seele auf, und ich vergaß alles Leid, das ich ausgestanden hatte. Kurz, dieses Paradies tat mir so gut, als wenn es das echte gewesen wäre. Das Problem bestand nur darin, dass es nicht ewig währen würde und dass ich so zerlumpt herumlaufen musste.

Aber nachdem mich das Unglück, seit es über mich gekommen war, in dichten Schwaden bedrängt hatte, schien nun das Glück dies alles wettmachen zu wollen. Denn als mich mein Herr nach Soest schickte, um den Rest seines Gepäcks zu holen, fand ich unterwegs ein Paket mit mehreren Ellen Scharlach für einen Mantel und rotem Samt für das Futter. Ich nahm es mit und tauschte es in Soest bei einem Tuchhändler gegen einfaches grünes Wolltuch für ein Gewand mit allem, was dazugehört, und vereinbarte außerdem mit ihm, dass er mir dieses Gewand auch anfertigen lassen und noch einen Hut dazugeben werde. Als mir dann nichts mehr fehlte, außer einem Paar neuer Schuhe und einem Hemd, gab ich dem Händler auch die silbernen Knöpfe und Borten zu dem Mantel, die ebenfalls in dem Paket gewesen waren, und er besorgte mir dafür, was ich noch brauchte, um mich nagelneu herauszuputzen. In dem Gefühl, ein wirklich gutes Geschäft gemacht zu haben, kehrte ich ins Paradies zu meinem Herrn zurück. Der jedoch schimpfte mächtig, weil ich meinen Fund nicht ihm überbracht hatte, drohte mir mit Prügeln und hätte mir fast das Kleid ausgezogen, um es selbst anzuziehen. Aber zuletzt war ihm das dann doch zu peinlich, und außerdem passte es ihm nicht.

Stattdessen musste sich der Geizkragen nun dafür schämen, dass sein Junge besser angezogen war als er. Deswegen ritt er nach Soest, lieh sich Geld bei seinem Hauptmann und kleidete sich damit neu ein. Dem Hauptmann versprach er, nach und nach alles von dem Wochenlohn für seinen Wachdienst zurückzuzahlen, und das tat er auch. Zwar hätte er auch selbst genug gehabt, um seine Einkäufe zu bezahlen, aber er war viel zu schlau, sein Erspartes anzutasten. Hätte er das getan, wäre er den bequemen Posten, auf dem er den Winter über im Paradies saß, wahrscheinlich bald wieder los gewesen, und ein anderer bedürftiger Mann hätte ihn bekommen. So aber musste der Hauptmann ihn dort sitzen lassen, wenn er sein Geld zurückbekommen wollte.

Seit dieser Zeit führten wir das faulste Leben von der Welt, in dem das Kegelschieben unsere anstrengendste Arbeit war. Wenn ich den Klepper meines Dragoners gestriegelt, gefüttert und getränkt hatte, ging ich spazieren wie ein junger Edelmann. Das Kloster hatte sich auch von den Hessen, unseren Gegnern, die in Lippstadt lagen, einen Musketier als Schutzwache bestellt, von Beruf Kürschner und deshalb nicht bloß ein echter Meistersänger, sondern auch ein vorzüglicher Fechter. Um in Form zu bleiben, übte er sich mit mir jeden

Tag stundenlang in verschiedenen Waffen, und bald war ich so geschickt, dass ich mich nicht scheute anzutreten, wenn er mich herausforderte. Mein Dragoner kegelte mit ihm, statt zu fechten, und zwar nur darum, wer bei Tisch das meiste Bier saufen musste – so dass die Verluste der beiden immer auf die Rechnung des Klosters gingen.

Das Stift besaß ein Jagdrevier und hatte deshalb auch einen eigenen Jäger. Weil auch ich grün gekleidet war, freundete ich mich mit ihm an und lernte in diesem Herbst und Winter alle seine Künste von ihm, vor allem bei der Jagd auf Niederwild. Aus diesem Grund und weil der Name Simplicius ungewöhnlich war und einfache Leute ihn nicht behalten oder nur schwer aussprechen konnten, nannten mich alle »dat Jäjerken«. Bei alledem lernte ich die ganze Gegend kennen, was mir später sehr nützlich wurde. Wenn ich aber bei schlechtem Wetter nicht in den Wäldern und Feldern herumstreifen konnte, las ich alle möglichen Bücher, die mir der Verwalter des Klosters auslieh. Als die adeligen Klosterfrauen schließlich merkten, dass ich nicht nur eine gute Stimme hatte, sondern auch Laute und ein bisschen auf dem Klavichord spielen konnte, schenkten sie mir mehr Beachtung, und weil ein wohlgestalter Leib und schöne Gesichtszüge hinzukamen, erschien ihnen mein Betragen und mein Wesen, mein ganzes Tun und Lassen adelig, so dass ich mich plötzlich in der Rolle eines allseits beliebten Junkers wiederfand, bei dem man sich nur darüber wunderte, dass er sich mit einem derart armseligen Dragoner eingelassen hatte.

Nachdem ich den Winter auf diese Weise in größter Annehmlichkeit verbracht hatte, wurde mein Herr von seinem Posten abgelöst, worüber er sich nach dem guten Leben so sehr grämte, dass er krank wurde. Ein starkes Fieber befiel ihn, und die alten Gebrechen, die er sich im Laufe seines Lebens im Krieg zugezogen hatte, kamen noch hinzu. So machte er es kurz, und drei Wochen später musste ich ihn begraben. Ich verfasste ihm diese Grabinschrift:

Schmalhans liegt hier, ein tapferer Soldat,
der all sein Lebetag kein Blut vergossen hat.

Nach Recht und Gewohnheit hätte der Hauptmann Pferd und Waffen, der Feldwebel die übrige Hinterlassenschaft zu sich nehmen und erben sollen. Weil ich aber inzwischen ein frischer, aufgeweckter Jüngling geworden war und mit der Zeit ein tapferer Kämpfer zu werden versprach, bot man mir an, ich könne alles für mich behalten, wenn ich mich anstelle meines verstorbenen Herrn anwerben ließ. Ich willigte umso lieber ein, als ich wusste, dass mein Herr in seiner alten Hose eine gehörige Anzahl Dukaten eingenäht hatte, die er im Laufe seines Lebens zusammengekratzt hatte.

Als ich dann bei der Musterung meinen vollständigen Namen angab, nämlich Simplicius Simplicissimus, der Kompanieschreiber aber, der mich in die Musterrolle eintrug und selbst Cyriacus hielt, nicht wusste, wie er ihn schreiben sollte, maulte er: »Nicht mal in der Hölle gibt es einen Teufel, der so heißt.« Als ich ihm entgegnete, ob es denn dort einen gebe, der Cyriacus heiße, und der eingebildete Schlaumeier darauf nichts zu erwidern wusste, gefiel dies meinem Hauptmann so gut, dass er schon gleich eine gute Meinung von mir bekam.

Das 30. Kapitel. Wie der Jäger sich anstellte, als er Soldat geworden war – den jungen Soldaten zur Lehre.

Da der Kommandant in Soest einen Stallburschen brauchte und glaubte, ich sei der Richtige für diesen Posten, missfiel es ihm, dass ich Soldat geworden war. Um mich doch noch zu bekommen, wandte er sich an meinen Herrn und hielt ihm vor, ich sei zu jung und noch kein Mann. Auch mich ließ er zu sich kommen und sagte: »Hör mal, Jäjerken. Du sollst mein Diener werden.«

Ich fragte, was ich denn bei ihm zu tun hätte.

»Du sollst mir die Pferde warten«, antwortete er.

»Herr«, sagte ich, »das trifft sich schlecht. Ich hätte lieber einen Herrn, in dessen Dienst die Pferde auf mich warten. Weil ich den nicht finden kann, will ich Soldat bleiben.«

Er gab zurück: »Dafür ist dein Bart noch viel zu kurz.«

»O nein«, antwortete ich, »mit einem Mann von achtzig Jahren könnte ich es leicht aufnehmen. Wenn beim Kampf der Bart den Ausschlag gäbe, wären die Ziegenböcke gesuchte Kämpfer.«

Darauf sagte er: »Wenn deine Courage so groß ist wie dein Mundwerk, will ich dir deinen Willen lassen.«

Ich antwortete: »Das können wir ja bei nächster Gelegenheit ausprobieren« – und gab ihm damit zu verstehen, dass ich kein Stallknecht werden wollte. Er ließ mich bleiben, was ich war, und sagte nur, das Werk werde seinen Meister loben.

Nachher nahm ich mir die alte Hose meines Dragoners vor, und nachdem ich sie gründlich anatomiert hatte, besorgte ich mir aus ihren Eingeweiden ein gutes Soldatenpferd und die besten Waffen, die ich bekommen konnte. Das alles hielt ich spiegelblank und ließ mich auch neu einkleiden, wieder in Grün, weil mir der Name Jäger gut gefiel. Das alte Kleid, das mir zu klein geworden war, gab ich meinem Jungen, ritt nun, von ihm begleitet, herum wie ein junger Edelmann und kam mir wirklich nicht mehr vor wie eine Sau. Ich war so kühn, meinen Hut wie ein Offizier mit einem schicken Federbusch zu verzieren, und natürlich gab es bald einige, die mir mit Neid und Missgunst begegneten. Zwischen ihnen und mir gab es allerlei heftige Wortwechsel und schließlich auch Ohrfeigen. Aber kaum hatte ich zweien oder dreien von ihnen gezeigt, was ich bei dem Kürschner im Paradies gelernt hatte, da ließen die anderen mich nicht nur in Ruhe, sondern suchten sogar meine Freundschaft.

Außerdem beteiligte ich mich zu Pferd und zu Fuß gern am Parteigehen, denn ich hatte ein gutes Pferd und war auch zu Fuß schneller als die meisten, und wenn wir es mit dem Feind zu tun bekamen, war ich immer vorneweg und obenauf, wie der Abschaum auf dem Bier. So wurde ich in kurzer Zeit bei Freund und Feind bekannt. Beide Seiten trauten mir Wunders was zu, und so wurden mir die gefährlichsten Operationen übertragen und zu diesem Zweck auch ganze Trupps unterstellt. Da begann ich hinzulangen wie ein Böhme, und jedes Mal, wenn ich etwas Nennenswertes ergattert hatte, ließ ich meinen Offizieren einen so großen Anteil davon, dass ich mich in diesem Handwerk auch dort betätigen konnte, wo es eigentlich verboten war, denn ich hatte überall Protektion.

Der General Graf von Götz* hatte in Westfalen drei feindliche Garnisonen übriggelassen*, Dorsten, Lippstadt und Coesfeld. Denen setzte ich gewaltig zu. Denn ich lag mit meinen kleinen Trupps fast täglich, mal hier mal dort, vor ihren Toren und machte dabei manch gute Beute. Und weil ich überall glücklich durchkam, glaubten die Leute, ich könnte mich unsichtbar machen und sei so unverletzlich wie Eisen und Stahl. Man begann mich zu fürchten wie die Pest, und bald schämten sich dreißig feindliche Soldaten nicht mehr, Reißaus zu nehmen, wenn sie wussten, dass ich mit fünfzehn Leuten in der Nähe war.

Schließlich kam es so weit, dass, wann immer an einem Ort Kontributionen einzutreiben waren, ich damit beauftragt wurde. Davon wurde mir der Geldbeutel so groß wie mein Name. Meine Offiziere und die Kameraden liebten ihren Jäger. Die streitbarsten Kämpfer des Feindes gerieten meinetwegen in Angst und Schrecken. Und die Bauern hielt ich mit einer Mischung aus Furcht und Liebe auf meiner Seite, denn ich verstand es, alle, die gegen mich waren, zu strafen und jeden, der mir auch nur den geringsten Dienst erwies, reichlich zu belohnen, so dass ich fast die Hälfte meiner Beute wieder weggab oder Kundschafter damit bezahlte, die mich mit Informationen versorgten. So ging keine Streife, kein Geleitzug und keine Reisegesellschaft aus den Standorten des Feindes ab, ohne dass ich davon erfuhr. Ich versuchte dann zu erraten, was sie vorhatten, und richtete meine Pläne danach aus, und weil sie mir mit einigem Glück auch meistens gelangen, wunderte sich alle Welt so sehr über meine Jugend, dass sogar viele Offiziere und tapfere Soldaten aus den Reihen des Feindes sehen wollten, wer ich war. Außerdem behandelte ich meine Gefangenen sehr großzügig und ließ sie mich oft mehr kosten, als die Beute wert war, die ich bei ihrer Gefangennahme gemacht hatte. Und wenn ich jemandem von der feindlichen Seite, vor allem den Offizieren, auch wenn ich sie gar nicht kannte, eine Freundlichkeit erweisen konnte, ohne meine Pflichten als Soldat und gegenüber meinem Herrn zu verletzen, so versäumte ich es nicht.

Bei so viel Einsatz hätte ich wohl bald eine Offiziersstelle bekommen, wäre ich nicht noch so jung gewesen. Wer in meinem Alter ein Fähnlein kommandieren wollte, musste von solidem Adel sein. Mein Hauptmann konnte mich auch deshalb nicht befördern, weil es in seiner Kompanie keine freien Stellen gab. Aber einem anderen wollte er mich nicht überlassen, weil er an mir mehr als eine gute Melkkuh verloren hätte. Immerhin wurde ich Gefreiter. Die Ehre, dass ich älteren Soldaten vorgezogen wurde, obgleich das an sich keine große Sache war, und das Lob, das mir täglich zuteil wurde, spornten mich zu Höherem an. Tag und Nacht überlegte ich, wie ich mehr aus mir machen könnte, und konnte wegen all dem närrischen Grübeln oft nicht schlafen. Mir fehlte es an Gelegenheiten, meinen Mut durch Taten zu beweisen. Deshalb schmerzte es mich, dass mir nicht jeder Tag die Chance zu einem Waffengang mit dem Gegner bot. Ich Narr wäre am liebsten im Trojanischen Krieg oder bei der Belagerung von Ostende* gewesen und bedachte nicht, dass der Krug so lange zum Brunnen geht, bis er zerbricht. Aber so geht es nun mal. Wenn ein junger, unbesonnener Soldat Geld, Glück und Courage hat, dann sind auch Übermut und Hochmut nicht fern. Und aus solchem Hochmut nahm ich mir statt eines Jungen zwei Knechte, putzte sie prächtig heraus, gab ihnen sogar Pferde und lud mir damit den Neid aller Offiziere auf den Hals.

Das 31. Kapitel. Wie der Teufel dem Pfaffen seinen Speck stiehlt und der Jäger sich selbst fängt.

Ich will hier eine Geschichte erzählen, die mir passierte, bevor ich meine Dragoner wieder verließ. Bedeutsam ist sie nicht, aber lustig anzuhören. Ich nahm mir damals nämlich nicht nur große Taten vor, sondern verschmähte auch die kleinen nicht, wenn ich nur meinte, ich könnte meinen Ruhm bei den Leuten damit vermehren.

Mein Hauptmann wurde mit ungefähr fünfzig Mann zu Fuß in den Bezirk Recklinghausen kommandiert, um dort eine Unternehmung aus dem Hinterhalt ins Werk zu setzen. Weil wir damit rechneten, dass wir uns einige Tage im Gebüsch versteckt halten mussten, bis es so weit war, hatte jeder von uns Proviant für acht Tage mitgenommen. Als nun aber die reiche Karawane, der wir auflauerten, länger als erwartet ausblieb, wurde uns das Brot knapp. Neues Brot rauben durften wir nicht, denn damit hätten wir uns verraten und unseren Plan selbst zunichte gemacht, so dass uns der Hunger gewaltig zusetzte. Ich hatte in dieser Gegend auch keine Bekannten wie anderswo, die mir und meinen Leuten heimlich etwas hätten beschaffen können. Wir mussten uns also etwas anderes ausdenken, um unseren Proviant zu erneuern, wenn wir nicht unverrichteter Dinge heimkehren wollten.

Mein Kamerad, ein Student, der erst vor kurzem von der Universität weggelaufen war und sich hatte anwerben lassen, sehnte vergeblich die Gerstensuppe herbei, die seine Eltern ihm einst vorgesetzt, die er aber oft verschmäht und stehengelassen hatte. Während er daran dachte, wie er früher immer gut zu essen gehabt hatte, fiel ihm auch ein, was er an der Universität gelernt hatte.

»Ach, Bruder«, sagte er zu mir, »ist es nicht eine Schande, dass ich so viel studiert habe und mich jetzt trotzdem nicht davon ernähren kann? Ich bin mir sicher, ich bräuchte nur zu dem Pfaffen in das Dorf da drüben zu gehen und er würde mir ein köstliches Gastmahl vorsetzen!«

Ich ließ mir diese Worte durch den Kopf gehen und überdachte unsere Lage. Diejenigen von uns, die sich in der Gegend auskannten, durften nicht losziehen, weil sie erkannt worden wären, und die anderen, die sich nicht auskannten, hätten nicht gewusst, wo sie etwas stehlen oder kaufen sollten. Deshalb setzte ich bei meinem Plan auf unseren Studenten und erklärte dem Hauptmann, was ich vorhatte. Die Sache war nicht ungefährlich, aber mein Hauptmann hatte so viel Vertrauen zu mir und außerdem steckten wir inzwischen so tief in der Klemme, dass er zustimmte.

Ich zog die Kleider von einem anderen an und wanderte mit meinem Studenten auf einem weiten Umweg zu dem Dorf, das eigentlich nur eine halbe Stunde entfernt war. Dort erkannten wir gleich, dass das Haus neben der Kirche das Pfarrhaus sein musste, denn es war wie ein Stadthaus gebaut* und bemalt und stieß an eine Mauer, die den ganzen Pfarrhof umschloss. Ich hatte meinem Kameraden eingeschärft, was er sagen sollte, denn er trug noch sein abgewetztes Studentengewand. Ich selbst gab mich als Malergeselle aus, denn ich dachte, in einem Dorf würde ich diese Kunst nicht auszuüben brauchen, weil die Häuser der Bauern ja selten angemalt sind.

Der geistliche Herr begrüßte uns höflich. Als ihm mein Geselle mit tiefer Verbeugung einen lateinischen Gruß entboten und allerlei Lügen aufgetischt hatte, wie er auf seiner Reise von Soldaten geplündert und seiner Wegzehrung beraubt worden sei, lud ihn der Pfarrer zu Butter und Brot und einem guten Schluck Bier ein. Ich aber tat so, als gehörte ich nicht zu ihm, und sagte, ich würde im Wirtshaus etwas essen und ihn später abholen kommen, damit wir an diesem Tag noch ein Stück Weg hinter uns bringen könnten. Ich ging also zu dem Wirtshaus, weniger um den Hunger zu stillen, als um auszukundschaften, was ich in der nächsten Nacht dort holen könnte. Doch auf dem Weg dorthin hatte ich schon das Glück, einem Bauern zu begegnen, der gerade seinen Backofen mit großen Pumpernickeln gefüllt hatte, die nun vierundzwanzig Stunden darin bleiben und ausbacken sollten. Bei dem Wirt machte ich es kurz, denn ich wusste ja schon, wo Brot zu bekommen war, und kaufte nur ein paar Stuten (so nennt man in dieser Gegend das Weißbrot), die ich meinem Hauptmann mitbringen wollte.

Als ich wieder zum Pfarrhof kam, um meinen Kameraden abzuholen, hatte er sich satt gegessen und dem Pfarrer erzählt, ich sei ein Maler und wolle nach Holland wandern, um dort meine Kunst zu vervollkommnen. Der Pfarrer begrüßte mich freundlich und bat mich, mit ihm in die Kirche zu kommen, wo er mir verschiedene Stellen zeigen wollte, die instand gesetzt werden müssten. Mir blieb nichts anderes übrig, als gute Miene zu machen und mitzukommen. Er führte uns durch die Küche, und während er das Nachtschloss an der schweren Eichentür zum Kirchhof aufsperrte, sah ich – o Wunder! –, dass der schwarze Himmel schwarz vor lauter Lauten, Flöten und Geigen war, anders gesagt: dass der Kamin voller Schinken, Knackwürste und Speckseiten hing! Sehnsüchtig sah ich zu ihnen hinauf, denn mir schien, sie lachten mich an. Ich wünschte sie zu meinen Kameraden in den Wald, aber vergebens, denn sie waren trotzig und blieben hängen. Ich überlegte, ob ich mit ihnen nicht genauso verfahren konnte, wie ich es mit dem Brot im Backofen vorhatte.

Aber mir kam keine zündende Idee. Der ganze Pfarrhof war, wie gesagt, von einer Mauer umgeben und alle Fenster mit Eisengittern gesichert. Außerdem lagen zwei riesige Hunde im Hof, die, so fürchtete ich, in der Nacht bestimmt nicht schlafen würden, vor allem dann nicht, wenn jemand ausgerechnet das stehlen wollte, woran sie zum Lohn für ihre treuen Wachdienste wohl gern selbst geknabbert hätten.

Als wir nun in die Kirche kamen, über die Gemälde dort sprachen und der Pfarrer mich beauftragen wollte, verschiedene Stellen auszubessern, während ich alle möglichen Ausflüchte machte und meine Wanderschaft vorschützte, sagte der Küster oder Glöckner plötzlich: »Mein lieber Freund, du kommst mir eher vor wie ein entlaufener Soldatenjunge als wie ein Malergeselle.«

So hatte schon lange keiner mehr mit mir gesprochen, aber ich nahm es hin und sagte bloß mit einem leichten Kopfschütteln: »Ach du, mein lieber Freud, gib mir nur rasch Pinsel und Farbe, dann mal ich dir im Nu einen Narren, wie du einer bist.«

Der Pfarrer fasste das alles als Spaß auf und sagte zu uns, es gehöre sich nicht, einander an einem so heiligen Ort zu hänseln. Damit gab er mir und meinem Kameraden aber auch zu verstehen, dass er uns glaubte. Er ließ uns noch einen Trunk bringen, dann zogen wir unseres Weges. Mein Herz aber ließ ich bei den Knackwürsten.

Noch vor Einbruch der Nacht waren wir zurück bei unseren Leuten. Ich zog meine eigenen Sachen wieder an, nahm meine Waffen, erstattete dem Hauptmann Bericht und suchte mir schließlich sechs tüchtige Männer, die beim Brottragen helfen sollten. Gegen Mitternacht waren wir wieder in dem Dorf und hoben in aller Stille das Brot aus dem Ofen, denn wir hatten einen bei uns, der die Hunde durch Zauber ruhig halten konnte. Als wir am Pfarrhof vorüberkamen, brachte ich es nicht übers Herz, ohne Speck weiterzugehen. Ich blieb stehen und überlegte hin und her, ob man nicht irgendwie in die Küche des Pfaffen gelangen könnte. Aber ich sah keinen anderen Eingang als den Kamin, also musste der für diesmal meine Tür sein.

Wir schafften das Brot und unsere Waffen in das Beinhaus auf dem Friedhof hinter der Kirche und schleppten aus einer Scheune eine Leiter und ein Seil herbei. Weil ich in Kaminen so gut auf- und absteigen konnte wie ein Schornsteinfeger (schon als Junge hatte ich das in hohlen Bäumen gelernt), kletterte ich selbst zusammen mit einem anderen auf das Dach, das mit einer doppelten Schicht Hohlziegel gedeckt war und zu meinem Vorhaben sehr gut taugte.

Ich wickelte mein langes Haar auf dem Kopf zu einem Knäuel zusammen, ließ mich an dem Seil zu meinem geliebten Speck hinunter und band dann unten einen Schinken nach dem anderen, eine Speckseite nach der anderen an das Seil. Der Mann auf dem Dach fischte sie fein säuberlich zum Kamin heraus und ließ sie auf der anderen Seite zu den Männern herunter, die alles in das Beinhaus trugen. Aber Potz Unstern! Gerade als ich fertig war und wieder nach oben wollte, brach unter mir eine Stange weg, die mir als Tritt gedient hatte, so dass der arme Simplicius herunterfiel und der Jäger selbst wie in einer Mausefalle saß. Meine Kameraden auf dem Dach ließen das Seil herunter, um mich daran hinaufzuziehen, aber es zerriss schon, als ich vom Boden noch gar nicht abgehoben hatte. Ich dachte: Jäger, jetzt wird Jagd auf dich gemacht, und es geht dir ans Fell wie einst dem Aktaion.* Der Pfarrer war nämlich von meinem Sturz erwacht und befahl seiner Köchin, sofort ein Licht anzuzünden.

Sie kam im Hemd zu mir in die Küche. Ihr Kleid hatte sie nur um die Schultern gelegt, und sie trat so dicht zu mir, dass sie mich damit streifte. Sie nahm einen glimmenden Span, hielt die Kerze daran und begann zu blasen. Ich aber blies viel stärker als sie, worauf die arme Frau so erschrak, dass sie Feuer und Licht fallen ließ und den Rückzug zu ihrem Herrn antrat. So hatte ich einen Augenblick, um zu überlegen, was ich tun sollte. Mir fiel jedoch nichts ein. Meine Kameraden gaben mir durch den Kamin leise zu verstehen, sie wollten das Haus aufstoßen und mich mit Gewalt herausholen. Doch das ließ ich nicht zu, sondern befahl ihnen, sich ruhig zu verhalten, nur den Springinsfeld* oben beim Kamin zu lassen und abzuwarten, ob ich ohne großen Lärm und Aufruhr davonkäme, damit unser Vorhaben nicht vollends scheiterte. Wenn mir dies aber nicht gelänge, sollten sie mir helfen, so gut es ging.

Inzwischen schlug sich der Geistliche selbst ein Licht an, während seine Köchin ihm erklärte, in der Küche sei ein gräuliches Gespenst mit zwei Köpfen (vielleicht hatte sie mein Haarknäuel gesehen und es für einen zweiten Kopf gehalten). Ich hörte alles mit an, zerrieb Asche, Ruß und Kohle zwischen den Händen und machte mich damit nun tatsächlich so abscheulich, dass ich ganz gewiss nicht mehr einem Engel glich – wie einst die Klosterfrauen im Paradies gesagt hatten –, während der Küster mich, wenn er es gesehen hätte, als einen flotten Maler wahrscheinlich hätte durchgehen lassen. Ich fing an, in der Küche herumzupoltern und das Geschirr durcheinanderzuwerfen. Plötzlich bekam ich den Henkel des großen Kessels zu fassen und hängte ihn mir um den Hals. Auch den Schürhaken behielt ich in der Hand, um mich notfalls damit zu verteidigen.

Der fromme Priester ließ sich von alledem nicht beirren. Wie bei einer Prozession hielt er Einzug mit seiner Köchin. Sie vorneweg trug in jeder Hand eine Wachskerze und hatte den Weihwasserkessel über den Arm gehängt. Er selbst hinterdrein hatte sich mit Chorrock und Stola gewappnet und hielt in der einen Hand den Weihwasserwedel, in der anderen ein Buch, aus dem er mich zu exorzieren begann, indem er fragte, wer ich sei und was ich bei ihm zu schaffen hätte. Da er mich offenbar für den Teufel selbst hielt, hielt ich es für angebracht, mich auch aufzuführen wie der Teufel und ihm etwas vorzulügen. Daher antwortete ich: »Ich bin der Teufel und will dir und deiner Köchin den Hals umdrehen!«

Er fuhr mit seinem Exorzismus fort, hielt mir vor, ich hätte mit ihm und seiner Köchin nichts zu schaffen, befahl mir mit den kräftigsten Beschwörungen, dahin zurückzukehren, wo ich hergekommen sei. Ich aber antwortete ihm mit schauriger Stimme, das sei unmöglich, wenn ich es auch gern wollte. Währenddessen gab Springinsfeld, der ein durchtriebener Spitzbube war und kein Latein verstand, auf dem Dach die seltsamsten Gaukelkünste zum Besten. Als er hörte, wie es in der Küche stand, dass ich mich als Teufel ausgab und der Geistliche mich auch für einen hielt, heulte er wie eine Eule, bellte wie ein Hund, wieherte wie ein Pferd, blökte wie ein Ziegenbock, schrie wie ein Esel und krakeelte mal wie ein Haufen Katzen, die im Februar rammeln, mal wie eine Henne, die ein Ei legen will. Denn dieser Bursche konnte die Stimmen aller Tiere nachmachen und, wenn er wollte, so natürlich heulen, als wäre ein ganzer Haufen Wölfe beieinander. Das versetzte den Pfarrer und seine Köchin in höchste Angst. Ich aber bekam Gewissensbisse, dass ich mich von ihm als Teufel beschwören ließ. Wahrscheinlich glaubte er auch deshalb, ich sei der Teufel, weil er gelesen oder gehört hatte, dass sich der Teufel gern in grünen Kleidern sehen lasse.

Inmitten solcher Ängste, die uns alle drei gepackt hatten, bemerkte ich, dass das Nachtschloss an der Tür zum Kirchhof nicht zugesperrt, sondern nur der Riegel vorgeschoben war. Ich schob ihn rasch zurück, entwischte auf den Kirchhof, wo ich meine Gefährten mit schussbereiten Musketen fand, und ließ den Pfaffen Teufel beschwören, so lange er wollte. Nachdem mir dann Springinsfeld meinen Hut vom Dach mit heruntergebracht hatte und wir uns den Proviant aufgeladen hatten, kehrten wir zu unserem Lager zurück, denn in dem Dorf gab es für uns nichts mehr zu tun, außer dass wir vielleicht die entliehene Leiter und das Seil hätten zurückbringen sollen.

Der ganze Trupp ließ sich schmecken, was wir gestohlen hatten, und trotzdem bekam kein Einziger den Schluckauf davon, so gesegnet waren wir! Auch zu lachen hatten alle genug über mein Abenteuer. Nur dem Studenten wollte es nicht gefallen, dass ich den Pfaffen bestohlen hatte, der ihm gegenüber so großzügig gewesen war. Er beteuerte immer wieder, er wollte ihm den Speck gern bezahlen, wenn er nur die Möglichkeit dazu hätte, fraß aber trotzdem mit, als hätte er alles rechtmäßig erworben.

Wir lagerten dann noch zwei Tage an dem Ort und warteten auf die, denen wir schon so lange auflauerten. Bei dem Angriff verloren wir keinen einzigen Mann und machten doch dreißig Gefangene und eine Beute, wie ich sie kostbarer nie hatte verteilen helfen. Weil ich die Hauptarbeit geleistet hatte, bekam ich doppelten Anteil, drei prächtige Friesenhengste mit so viel Kaufmannswaren beladen, wie jene zügig davontragen konnten. Und wenn wir Zeit gehabt hätten, die Beute gründlich zu durchsuchen und sie in Sicherheit zu bringen, wäre wohl jeder von uns ziemlich reich geworden. Aber wir ließen mehr zurück, als wir mitnahmen, denn mit dem, was wir fortschaffen konnten, mussten wir uns beeilen. Sicherheitshalber zogen wir uns nach Rheine zurück, wo der Hauptteil unserer Armee lag. Dort versorgten wir die Pferde und teilten die Beute.

Da fiel mir auch wieder der Pfaffe ein, dem ich seinen Speck gestohlen hatte. Wie verwegen und ehrgeizig ich war, mag der Leser daraus ersehen, dass es mir nicht genügte, den frommen Geistlichen bestohlen und schrecklich geängstigt zu haben. Ich wollte die Sache auch noch in Ehren beschließen. Deshalb nahm ich einen Goldring mit einem Saphir, den ich bei diesem Ausflug ergattert hatte, und schickte ihn von Rheine durch einen zuverlässigen Boten mit dem folgenden Briefchen an meinen Pfarrer:

Wohlerwürdiger etc. Wenn ich neulich im Wald noch Speise genug zum Leben gehabt hätte, so hätte kein Anlass bestanden, Euer Wohlehrwürden den Speck zu stehlen, wobei Sie vermutlich sehr erschrocken sind. Ich versichere im Namen des Höchsten, dass es nicht in meiner Absicht lag, Sie in solche Angst zu versetzen, und hoffe deshalb umso mehr auf Vergebung. Was aber den Speck angeht, so sollte er gerechterweise bezahlt werden. Deshalb schicke ich an Geldes statt den beiliegenden Ring, der von denen stammt, die den Anlass gaben, dass man sich Ihrer Fleischwaren bemächtigen musste, und füge die Bitte hinzu, Euer Wohlehrwürden mögen damit vorliebnehmen. Versichere außerdem, dass Euer Wohlehrwürden unter allen Umständen einen eifrigen und treuen Diener hat an dem, den Ihr Küster für keinen Maler hält und der im Übrigen genannt wird

Der Jäger.

Dem Bauern aber, dem sie den Backofen ausgeräumt hatten, schickte die Truppe aus der Gemeinschaftsbeute sechzehn Reichstaler, denn ich hatte ihnen klargemacht, dass es ratsam ist, sich die Bauern gewogen zu halten. Oft können sie einer Truppe aus allen Nöten helfen oder aber sie an den Feind verraten und verkaufen und ins Verderben stürzen. Von Rheine gingen wir nach Münster und von dort über Hamm zurück in unser Quartier nach Soest, wo ich wenige Tage später eine Antwort des Pfaffen mit folgendem Wortlaut empfing:

Edler Jäger etc. Wenn der, dem Ihr den Speck gestohlen habt, gewusst hätte, dass Ihr ihm in Gestalt des Teufels erscheinen würdet, hätte er sich nicht so oft gewünscht, den weitberühmten Jäger auch einmal zu sehen. Aber so wie das geborgte Fleisch und Brot viel zu teuer bezahlt wurden, ist auch der erlittene Schrecken umso leichter zu verschmerzen, als er von einer so berühmten Person und unabsichtlich verursacht wurde. Ihr wird hiermit also gern verziehen und gleichzeitig die Bitte übermittelt, gelegentlich ohne Scheu bei dem vorzusprechen, der sich nicht scheut, den Teufel zu beschwören. Lebt wohl.

So machte ich es überall und erwarb mir dadurch großes Ansehen. Je mehr ich ausgab und spendierte, desto mehr Beute floss mir zu, und so schien mir, dass ich diesen Ring, obwohl er an die hundert Reichstaler wert gewesen war, gut angelegt hatte. Doch hiermit endet das Zweite Buch.

DRITTES BUCH

Das 1. Kapitel. **Wie der Jäger seinen Weg verfehlt.**

Der geneigte Leser wird dem vorigen Buch entnommen haben, wie ehrgeizig ich in Soest wurde und dass ich Ehre, Ruhm und Gunst in Taten suchte und fand, die eigentlich sträflich waren. Nun will ich erzählen, wie ich mich von meiner Torheit weiter in die Irre leiten ließ und dadurch immer wieder in Leib- und Lebensgefahr geriet. Ich war, wie gesagt, so versessen auf Ehre und Ruhm, dass ich oft nicht schlafen konnte, und wenn ich dann wach lag und meinen Gedanken nachhing, um neue Schliche und Listen zu ersinnen, hatte ich wundersame Einfälle.

Ich erfand zum Beispiel eine Art Schuhe, die man verkehrt herum anziehen konnte, so dass sich die Absätze unter den Zehen befanden. Von denen ließ ich auf eigene Kosten dreißig Paar anfertigen. Wenn ich die an meine Burschen verteilte und mit ihnen auf Partei ging*, konnte man uns unmöglich ausfindig machen. Denn mal trugen wir diese verkehrten Schuhe, mal trugen wir unsere richtigen und packten die anderen in den Ranzen. Wenn jemand an eine Stelle kam, wo ich den Befehl zum Schuhewechseln gegeben hatte, sahen die Spuren aus, als seien hier zwei Trupps zusammengetroffen und hätten sich nachher in Luft aufgelöst. Und wenn ich meine verkehrten Schuhe anzog, sah es aus, als sei ich gerade dorthin unterwegs, wo ich schon gewesen war, oder als käme ich von dort, wohin ich erst noch gehen wollte. Die Spuren, die ich auf meinen Gängen zurückließ, waren verwirrender als ein Irrgarten, so dass Leute, die mir nachspüren oder nachjagen wollten, mich nicht zu fassen bekamen. Oft war ich ganz nah bei den Feinden, die mich in der Ferne suchen sollten, und noch öfter meilenweit von dem Gehölz entfernt, das sie gerade umstellt hatten und durchkämmten, um mich darin zu ergreifen.

Wenn ich ausritt, machte ich es genauso, wie wenn wir zu Fuß auf Partei gingen. Nicht selten ließ ich meine Leute an einer Wegscheide oder Kreuzung kurzerhand absitzen und den Pferden die Hufeisen verkehrt herum anschlagen. Die einfachen Kniffe aber, die man benutzt, um als schwacher Trupp nach den Spuren, die man hinterlässt, stark zu erscheinen, oder umgekehrt, wenn man als starker Trupp für schwach gehalten werden will, waren mir so selbstverständlich, dass ich hier nicht darauf eingehen will.

Außerdem ersann ich ein Instrument, mit dem ich bei Nacht, wenn es windstill war, eine Trompete auf eine Entfernung von drei Stunden, ein wieherndes Pferd oder einen bellenden Hund auf zwei Stunden und Menschen, die sich miteinander unterhielten, auf eine Stunde hören konnte. Diese Erfindung hielt ich sehr geheim, aber sie trug viel zu meinem Ansehen bei, denn niemand hielt so etwas für möglich. Tagsüber nützte mir dieses Instrument, das ich zusammen mit einem Fernrohr meistens in der Hosentasche trug, allerdings viel weniger, außer in sehr einsamen, stillen Gegenden. Denn dann musste man von den Pferden und Rindern bis zu den kleinsten Vögeln in der Luft und den Fröschen im Wasser alles mit anhören, was sich in der Umgebung regte und seine Stimme erhob, und kam sich vor wie auf einem Markt zwischen vielen Menschen und Tieren, die sich alle vernehmen lassen, so dass man wegen des Geschreis der einen die andern nicht verstehen kann.

Ich weiß, dass es noch immer Leute gibt, die mir das nicht glauben wollen. Aber ob sie's glauben oder nicht – wahr bleibt es trotzdem. Nachts vermag ich mit diesem Instrument einen Menschen, der in gewöhnlicher Lautstärke spricht, an seiner Stimme genauso gut und aus der gleichen Entfernung zu erkennen, wie ich ihn tagsüber mit einem guten Fernrohr an seinen Kleidern erkenne. Ich kann es aber niemandem verdenken, wenn er mir nicht glaubt, was ich hier schreibe – denn mir wollte ja auch keiner von denen glauben, die mit eigenen Augen gesehen haben, wie ich dieses Instrument benutzte und ihnen sagte: Ich höre Reiter reiten, denn ihre Pferde sind beschlagen; ich höre Bauern kommen, denn ihre Pferde gehen barfuß; ich höre Fuhrleute, aber es sind nur Bauern, ich erkenne sie an ihrer Sprache; da kommen Musketiere, und zwar ungefähr soundso viele, das höre ich am Klappern ihrer Patronengehänge; in dieser oder jener Richtung liegt ein Dorf, ich höre die Hähne krähen, die Hunde bellen etc.; dort geht eine Viehherde, ich höre Schafe blöken, Kühe muhen, Schweine grunzen und so fort. Die eigenen Kameraden hielten mich anfangs für einen Aufschneider, und als sich ein ums andere Mal bestätigte, dass meine Voraussagen zutrafen, sollte alles Zauberei und mir das, was ich ihnen gesagt hatte, vom Teufel und seiner Mutter offenbart worden sein. Ich vermute, der geneigte Leser wird genauso denken. Nichtsdestoweniger bin ich dem Feind hierdurch oft wunderbar entwischt, wenn er erfahren hatte, wo ich mich aufhielt, und näher kam, um mich zu schnappen. Hätte ich meine Erfindung anderen offenbart, wäre sie wohl längst allgemein bekannt, denn im Krieg würde sie ihre Nützlichkeit bald erweisen, vor allem bei Belagerungen. Doch zurück zu meiner Geschichte.

Wenn es nichts zu fouragieren gab, ging ich trotzdem stehlen. Dann waren im Umkreis von vielen Meilen weder Pferde noch Kühe, weder Schweine noch Schafe in ihren Ställen vor mir sicher. Den Rindern und Pferden zog ich, bis ich sie auf eine feste Straße gebracht hatte, Stiefel oder Schuhe an, damit man ihrer Spur nicht folgen konnte. Dann schlug ich den Pferden die Hufeisen verkehrt herum an, und den Kühen oder Ochsen zog ich Schuhe über, die ich eigens hierfür gemacht hatte, und brachte sie auf diese Weise in Sicherheit.

Für die großen, fetten Mutterschweine, die zwar grunzen, sich aber nachts aus lauter Faulheit nicht vom Fleck rühren, hatte ich mir etwas Besonderes überlegt. Aus Mehl und Wasser machte ich ihnen einen ordentlich gesalzenen Brei und tränkte damit einen Schwamm, an den ich eine starke Schnur gebunden hatte. Nachher ließ ich die Schweine, auf die ich es abgesehen hatte, den Schwamm in aller Ruhe fressen, behielt dabei aber die Schnur in der Hand, worauf sie ohne viel Widerworte geduldig mitkamen und mir die Zeche mit Schinken und Würsten bezahlten. Wenn ich solche Fänge heimbrachte, teilte ich stets redlich mit den Offizieren und meinen Kameraden. Daher konnte ich auch immer wieder losziehen, und wenn mein Diebstahl einmal verraten oder ausspioniert war, halfen mir die anderen aus der Klemme. Aber arme Leute bestehlen, Hühner fangen oder irgendwelchen Krimskrams klauen – dafür war ich mir zu schade.

Über all dem Fressen und Saufen fing ich an, ein echtes Epikureerleben zu führen, denn die Lehren meines Einsiedlers hatte ich vergessen, und es war niemand da, der mich jungen Kerl gelenkt hätte oder an den ich mich hätte halten können. Meine Offiziere machten ja selbst mit, wenn sie bei mir schmarotzten. Und jene, die mich hätten bestrafen oder ermahnen sollen, stifteten mich gerade zu allen Lastern an. Auf diese Weise wurde ich mit der Zeit so gottlos und verrucht, dass mir keine Schandtat zu groß erschien. Viele beneideten mich heimlich – die Kameraden, weil ich beim Stehlen eine glücklichere Hand hatte als die meisten, und die Offiziere, weil ich mich so herausputzte und weil ich, wenn ich auf Partei ging, so viel Glück hatte und mir einen größeren Namen machte und mehr Ansehen erwarb als sie. Wäre ich nicht so spendabel gewesen, hätte mich der eine oder andere von ihnen bestimmt irgendwann aus der Welt geschafft.

Das 2. Kapitel. Der Jäger von Soest legt dem Jäger von Werl das Handwerk.

Während ich es immer ärger trieb und mir gerade ein paar Teufelsmasken und dazu passende grausige, mit Pferde- und Ochsenfüßen verzierte Gewänder machen ließ, mit denen ich meine Feinde erschrecken wollte, aber auch meinen Freunden das Ihre unerkannt wegzunehmen gedachte (worauf mich vor allem der Speckdiebstahl gebracht hatte), hörte ich von einem Kerl in Werl*, einem geschickten Beutemacher, der sich ebenfalls in Grün kleidete und in der ganzen Gegend, vor allem aber an Orten, die uns kontributionspflichtig waren, unter meinem Namen mit Frauenschänden und Plündern allerlei Untaten verübte, was mir wiederum eine Menge Klagen eintrug und mich teuer zu stehen gekommen wäre, wenn ich nicht hätte nachweisen können, dass ich um die Zeiten, zu denen dieser Bursche seine Schurkenstücke begangen hatte, ganz woanders gewesen war. Ich wollte ihm das nicht länger durchgehen lassen, und erst recht wollte ich nicht dulden, dass er unter meinem Namen und in meiner Gestalt weiter Beute machte und mich damit in Verruf brachte. Deshalb ließ ich ihn mit Wissen des Kommandanten von Soest auf Degen oder Pistolen ins freie Feld fordern. Als er sich aber nicht hervorwagte, ließ ich ausstreuen, ich würde mich an ihm rächen, wo immer ich ihn fände – und sei es in Werl selbst, am Sitz des dortigen Kommandanten, der ihn straflos gewähren ließ. Ich erklärte öffentlich, wenn ich ihn auf einem Beutezug erwischte, würde ich ihn wie einen Feind behandeln!

So kam es, dass ich nicht nur meine Masken liegenließ, mit denen ich so viel vorgehabt hatte, sondern auch mein grünes Gewand in kleine Stücke hackte und vor meinem Quartier in Soest öffentlich verbrannte, obwohl das Kleid, ohne Federn und Zaumzeug, allein schon über hundert Dukaten wert war. Ich war so außer mir vor Wut, dass ich drohte, der Nächste, der mich noch einmal Jäger nennen würde, müsse mich auch ermorden, sonst würde ich ihn dafür umbringen, und wenn es mich den Hals kostete. Solange ich mich nicht an meinem Gegenspieler in Werl gerächt hatte, wollte ich auch keine Partei mehr anführen (was ohnehin nicht zu meinen Pflichten gehörte, da ich noch kein Offizier war). So hielt ich mich denn zurück, tat nichts außer Wache schieben und was mir sonst befohlen wurde – dies aber nur wie jeder x-beliebige Faulpelz auf die denkbar schläfrigste Weise. Auch diese Kunde verbreitete sich in der ganzen Gegend, und die Folge war, dass unsere Feinde immer übermütiger wurden und sich so sicher fühlten, dass sie fast täglich vor unseren Kontrollposten erschienen, was ich auf die Dauer nicht ertragen konnte. Vollends gegen den Strich ging es mir aber, dass der Jäger von Werl weiter unter meinem Namen auftrat und dabei reiche Beute machte.

Doch während noch alle glaubten, ich würde eine ruhige Kugel schieben und damit so bald auch nicht aufhören, kundschaftete ich schon das Treiben meines Feindes in Werl aus und erfuhr, dass er mich nicht nur mit dem Namen und den Kleidern nachäffte, sondern auch nachts heimlich stehlen ging, wenn er etwas bekommen konnte. Das brachte mich auf eine Idee.

Meine beiden Knechte hatte ich mit der Zeit so gründlich abgerichtet wie die Wachtelhunde. In ihrer Treue wären sie für mich zur Not auch durchs Feuer gegangen, denn sie bekamen bei mir immer gut zu fressen und zu saufen und konnten reichlich Beute machen. Nun schickte ich den einen nach Werl zu meinem Gegenspieler. Dem erklärte er, weil ich, sein ehemaliger Herr, begonnen hätte, wie jeder andere Feigling zu leben, und geschworen hätte, nie mehr auf Partei zu gehen, habe er nicht länger bei mir bleiben wollen, sondern sei zu ihm gekommen und wolle in seine Dienste treten, da ja nun er das Jägerkleid seines ehemaligen Herrn übernommen habe und sich wie ein rechtschaffener Soldat aufführe.

Er, mein Knecht, kenne alle Wege und Stege im Land und könne ihm so manchen Hinweis geben, wo sich gute Beute machen lasse.

Der einfältige Narr glaubte meinem Knecht und war bereit, ihn in seine Dienste zu nehmen und in einer bestimmten Nacht mit ihm und einem anderen Kameraden ein paar fette Hammel bei einer Schäferhütte zu holen, wo ich und Springinsfeld zusammen mit meinem zweiten Knecht schon auf ihn warteten. Wir hatten dem Schäfer Geld gegeben, damit er seine Hunde anband und die Ankömmlinge ungehindert in die Scheune vordringen ließ – ich würde ihnen die Hammelbeine schon langziehen. Als sie nun ein Loch in die Wand gebrochen hatten, wollte der Jäger von Werl, dass mein Knecht als Erster hineinschlüpfte. Der aber sagte: »Nein. Es könnte doch drinnen jemand sein und Wache halten und mir eins über den Schädel geben. Ich sehe schon, dass Ihr vom Klauen nichts versteht. Erst muss man sondieren!« Zog darauf seinen Degen, hängte den Hut über die Spitze, stieß ihn mehrmals durch das Loch in die Scheune und sagte: »So muss man nachsehen, ob der Herr im Haus ist oder nicht!« Darauf kroch der Jäger von Werl selbst als Erster in die Scheune. Doch Springinsfeld erwischte ihn gleich bei dem Arm, mit dem er seinen Degen hielt, und fragte ihn, ob er sich ergeben wolle. Das hörte sein Kamerad und wollte weglaufen. Weil ich aber noch nicht wusste, wer von den beiden der Jäger sei, und schneller zu Fuß war als der andere, lief ich ihm nach und schnappte ihn mir nach wenigen Sprüngen.

»Von welchem Heer?«, fragte ich.

»Kaiserlich«, antwortete er.

Ich fragte: »Von welchem Regiment? Ich bin auch kaiserlich. Ein Schuft, wer seinen Herrn verleugnet!«

Der andere erwiderte: »Wir sind von den Dragonern in Soest und wollen hier ein paar Hammel holen. Bruder, ich hoffe doch, wenn ihr auch Kaiserliche seid, dass ihr uns passieren lasst.«

»Wer seid ihr denn, wenn ihr aus Soest kommt?«, entgegnete ich.

»Mein Kamerad im Stall dort ist der Jäger.«

»Schurken seid ihr!«, sagte ich. »Warum plündert ihr im eigenen Quartier? Der Jäger von Soest ist nicht so dumm, sich in einem Schafstall fangen zu lassen.«

»Ach, der Jäger von Werl, wollte ich sagen!«, antwortete der andere.

Während dieses Wortwechsels kamen mein Knecht und Springinsfeld mit meinem Feind daher.

»Sieh mal an, du sauberer Vogel! Treffen wir uns also doch noch? Wenn ich die kaiserlichen Waffen, die du ergriffen hast, um damit gegen den Feind zu kämpfen, nicht respektierte, würde ich dir sofort eine Kugel in den Kopf jagen! Bisher bin ich der Jäger von Soest gewesen, und dich halte ich für einen Schurken, wenn du nicht einen von diesen Degen nimmst und dich nach Soldatenart mit mir misst!«

Da legte uns mein Knecht, der wie Springinsfeld ein abscheuliches Teufelskleid mit großen Bockshörnern trug, auch schon zwei gleiche Degen vor die Füße, die ich aus Soest mitgenommen hatte, und ließ dem Jäger von Werl die Wahl. Doch der arme Jäger erschrak derart, dass es ihm erging wie mir in Hanau, als ich den Tanz verdarb. Er machte sich die Hosen so voll, dass man es in seiner Nähe kaum aushalten konnte. Er und sein Kamerad zitterten wie nasse Hunde. Sie fielen auf die Knie und baten um Gnade. Doch Springinsfeld dröhnte, als säße er in einem hohlen Krug: »Kämpfen musst du nun mal, sonst brech ich dir den Hals!«

»Ach, hochgeehrter Herr Teufel, ich bin nicht zum Kämpfen hergekommen. Der Herr Teufel möge mir das gnädig erlassen, dann will ich auch alles tun, was er von mir verlangt.«

Bei diesem Gestammel drückte ihm mein Knecht den einen Degen in die Hand und gab mir den anderen. Doch der Jäger von Werl konnte ihn vor lauter Zittern nicht halten.

Der Mond schien sehr hell, so dass der Schäfer und sein Gesinde aus ihrer Hütte alles mit ansehen und anhören konnten. Ich rief ihn herbei, um einen Zeugen zu haben. Er kam auch, tat so, als würde er meine beiden Begleiter in ihren Teufelsgewändern nicht sehen, und fragte mich, wie ich dazu käme, mich mit den beiden anderen auf seinem Schafhof herumzustreiten. Wenn ich etwas mit ihnen zu regeln hätte, solle ich das anderswo besorgen. Unsere Händel gingen ihn nichts an, er zahle jeden Monat seine »Kontrabition« und erwarte, dass man ihn ansonsten auf seinem Schafhof in Ruhe lasse. Die beiden anderen aber fragte er, warum sie sich von mir so herumstoßen ließen und mich nicht zusammenschlügen.

»Du Flegel«, rief ich. »Diese beiden wollten dir deine Schafe stehlen!«

Darauf antwortete der Bauer: »Dann sollen sie mich und meine Schafe im Hintern lecken«, und ging davon.

Wieder drängte ich darauf, den Kampf zu beginnen. Aber der arme Jäger konnte sich vor lauter Angst kaum auf den Beinen halten, und ich bekam Mitleid mit ihm. Er und sein Kamerad baten in so bewegenden Worten um Schonung, dass ich ihm schließlich alles verzieh. Aber Springinsfeld war damit nicht zufrieden. Er zwang den Jäger, drei Schafen – denn so viele hatten sie stehlen wollen – den Hintern zu küssen und zerkratzte ihm außerdem das Gesicht so gräulich, dass es aussah, als hätte er bei den Katzen mitgefressen. Ich war zufrieden mit dieser einfachen Rache. Aber der Jäger schämte sich so, dass er bald aus Werl verschwand, während sein Kamerad überall herumerzählte, ich hätte wahrhaftig zwei echte Teufel in meinen Diensten, weshalb man mich nachher noch mehr fürchtete und noch weniger liebte.

Das 3. Kapitel. Der große Gott Jupiter wird gefangen genommen und offenbart die Ratschlüsse der Götter.

Ich spürte das schon bald, ließ deshalb von meinem gottlosen Leben ab und besann mich auf Tugend und Frömmigkeit. Zwar ging ich, wie früher, wieder auf Partei, doch begegnete ich Freunden und Feinden nun so freundlich und rücksichtsvoll, dass alle, die mit mir zu tun bekamen, den Eindruck gewannen, ich sei gar nicht so, wie sie über mich hatten reden hören. Außerdem hörte ich auf, meine Reichtümer sinnlos zu verschwenden, und begann stattdessen, die schönen Dukaten und Schmucksachen zu horten. Ich versteckte sie an verschiedenen Stellen der Soester Börde in hohlen Bäumen, wie es mir die bekannte Wahrsagerin von Soest* riet. Sie behauptete auch, ich hätte in dieser Stadt und in meinem eigenen Regiment mehr Feinde, die es auf mich und mein Geld abgesehen hätten, als außerhalb und in den feindlichen Garnisonen. Während sich nun die Nachricht verbreitete, der Jäger sei weggelaufen, rückte ich denen, die sich deswegen die Hände rieben, unversehens wieder auf den Pelz, und noch bevor ein Ort erfuhr, dass ich in einem anderen gehaust hatte, ließ ich auch diesen schon spüren, dass mit mir immer noch zu rechnen war. Wie ein Wirbelwind fuhr ich in der Gegend herum, war bald hier und bald dort, so dass über mich bald mehr geredet wurde als in der Zeit davor, als sich noch ein anderer für mich ausgegeben hatte.

Einmal saß ich mit fünfundzwanzig Feuerrohren unweit von Dorsten* in einem Hinterhalt und lauerte auf einen Konvoi von mehreren Fuhrleuten, der nach Dorsten kommen sollte. Weil wir dem Feind nahe waren, hielt ich meiner Gewohnheit gemäß selbst Schildwache. Da kam ein einzelner Mann des Wegs.* Er war ehrbar gekleidet, redete mit sich selbst und fuchtelte dabei mit einem Rohrstock, den er in der Hand hielt, vor sich in der Luft herum. Von dem was er sagte, verstand ich nur: »Ich werde diese Welt bestrafen, sofern sie sich meines höheren Waltens* nicht besinnt.« Mir kam der Gedanke, der Mann sei womöglich ein mächtiger Fürst, der inkognito herumging, das Leben und die Sitten seiner Untertanen zu erkunden, und habe soeben – vielleicht aus Unzufriedenheit mit dem, was er vorgefunden – beschlossen, sie zu strafen. Ich dachte mir: Wenn dieser Mann zum Feind gehört, bekommst du ein gutes Lösegeld, und wenn nicht, wirst du ihn höflich behandeln und ihm dadurch sein Wohlwollen abgewinnen, so dass er dir dein Lebtag seine Gunst bewahrt – sprang also vor, die Waffe mit gespanntem Hahn im Anschlag, und sagte: »Wenn der Herr freundlicherweise vor mir her hier in den Busch gehen würde – falls nicht, müsste ich ihn als Feind traktieren.«

Worauf er ganz ernsthaft erwiderte: »Eine derartige Traktation ist meinesgleichen nicht gewohnt.«

Ich schob ihn höflich vor mir her und sagte: »Der Herr wird trotzdem die Freundlichkeit haben, sich für diesmal zu fügen.«

Als ich ihn dann zu meinen Leuten in den Busch gebracht und die Schildwache an der Straße neu besetzt hatte, fragte ich ihn, wer er sei. Darauf entgegnete er ziemlich hochmütig, wozu ich ihm die Frage noch stellte, da ich doch schon wisse, dass er ein großer Gott sei. Ich dachte, er würde mich vielleicht kennen, sei womöglich ein Edelmann aus Soest und wolle mich auf den Arm nehmen, weil man die Soester gern mit ihrem großen Gott und seinem goldenen Lendentuch aufzieht.* Doch bald wurde mir klar, dass ich keinen Fürsten gefangen hatte, sondern einen Phantasten, der zu viel studiert und sich in die Poesie verstiegen hatte. Denn als er ein bisschen aufgetaut war, ließ er mich wissen, er sei Jupiter.

Ich bedauerte zwar meinen Fang, aber da ich den Narren nun mal hatte, musste ich ihn wohl oder übel bei mir behalten, bis wir wieder abrückten, und weil mir die Zeit ziemlich lang wurde, fiel mir ein, ich könnte mit ihm meinen Spaß haben und von seinen Gaben profitieren. Also sagte ich: »Nun ja, mein lieber Jupiter, aber wie kommt es, dass deine Göttlichkeit ihren himmlischen Thron verlassen hat und zu uns auf die Erde herabgestiegen ist? Verzeih die Frage, o Jupiter, die dir vorwitzig erscheinen mag, aber wir hier sind den himmlischen Göttern in gewissem Sinne ja verwandt. Wir sind zwar bloß einfache Waldgötter, von Faunen und Nymphen geboren, aber ein Anrecht, dass uns dieses Geheimnis offenbart werde, haben wir doch.«

»Ich schwöre dir beim Styx*«, antwortete Jupiter, »auch wenn du Pans* eigener Sohn wärst, würde ich dir nichts sagen. Weil du aber meinem Mundschenk Ganymed* so ähnlich siehst, will ich, ihm zuliebe, dir doch mitteilen, dass schlimme Klagen über die Laster der Welt durch die Wolken zu mir gedrungen sind, derentwegen der Götterrat es mir anheimgestellt hat, die Erde wie zu Lykaons* Zeiten in Wasser zu ersäufen. Nun bin ich aber dem Menschengeschlecht sehr gewogen und regiere überhaupt lieber mit Güte als mit Strenge. Also wandere ich hier umher und erkunde mit eigenen Augen das Tun und Lassen der Menschen, und obwohl ich alles schlimmer finde als vermutet, will ich doch nicht unterschiedslos alle Menschen auf einen Schlag ausrotten, sondern nur diejenigen strafen, die Strafe verdient haben, und dann die übrigen nach meinem Willen umerziehen.«

Ich verbiss mir das Lachen, so gut ich konnte, und sagte: »Ach, Jupiter, ich fürchte, deine Mühe wird vergeblich sein, wenn du die Welt nicht, wie schon einmal, mit Wasser oder gar mit Feuer heimsuchst. Denn wenn du bloß einen Krieg schickst, sind alle bösen Waghälse gleich mit von der Partie und werden die friedliebenden, braven Menschen nur quälen; schickst du eine Teuerung, sind die Wucherer desto zufriedener, weil das Korn dann im Wert steigt; schickst du aber ein großes Sterben, so sind die Geizhälse und alle Überlebenden nachher fein heraus, weil sie so reichlich erben; da wirst du die Welt also doch mit Stumpf und Stiel ausrotten müssen, wenn du sie wirklich strafen willst.«

Das 4. Kapitel. Von dem deutschen Helden, der die Welt bezwingen und Frieden zwischen allen Völkern stiften wird.

Jupiter antwortete: »Du redest von diesen Dingen wie ein einfältiger Mensch, als ob du nicht wüsstest, dass wir Götter es so einrichten können, dass nur die Bösen gestraft und die Guten erhalten werden. Ich will einen deutschen Helden erwecken. Der soll alles mit der Schärfe des Schwertes vollenden. Alle verruchten Menschen wird er umbringen und die frommen erhalten und erhöhen.«

Ich sagte: »Aber dann muss ein solcher Held ja auch Soldaten haben, und wo man Soldaten braucht, da ist auch Krieg, und wo Krieg ist, da trifft es den Unschuldigen genauso wie den Schuldigen!«

»Seid ihr Erdengötter denn genauso beschränkt wie die Erdenmenschen«, erwiderte Jupiter, »dass ihr gar nichts begreift? Ich will einen Helden schicken, der keine Soldaten braucht und doch die ganze Welt reformieren wird. In der Stunde seiner Geburt will ich ihm einen wohlgestalten Leib verleihen, stärker als der des Herkules, und will ihn mit Umsicht, Weisheit und Verstand reichlich versehen. Dazu soll Venus* ihm ein schönes Antlitz schenken, so dass er Narziss, Adonis* und selbst meinen Ganymed übertrifft. Sie soll ihm zu all seinen Tugenden besondere Gesittung, Vornehmheit und Anmut schenken und ihn damit bei aller Welt beliebt machen. Und um dies zu erreichen, werde ich sie in der Stunde seiner Geburt ganz besonders freundlich ansehen.* Merkur aber soll ihn mit einer Vernunft von unvergleichlicher Tiefe ausstatten. Und der unbeständige Mond soll ihm nicht schädlich, sondern nützlich sein, indem er ihm eine unglaubliche Gewandtheit einpflanzt. Die Pallas* soll ihn auf dem Parnass erziehen, und Vulcanus* soll ihm in der Stunde des Krieges seine Waffen schmieden, vor allem ein Schwert, mit dem er die ganze Welt bezwingen und alle Gottlosen niedermachen wird, ohne dass ihm auch nur ein einziger Mensch, etwa als Soldat, dabei helfen müsste. Solchen Beistands bedarf er nicht. Jede große Stadt soll bei seinem Erscheinen erzittern, und jede Festung, die sonst uneinnehmbar ist, wird er sich binnen einer Viertelstunde gefügig machen. Zuletzt wird er den größten Potentaten auf der Welt seine Befehle erteilen und die Regierung über Meere und Länder so löblich einrichten, dass Götter und Menschen ihr Wohlgefallen daran haben.«

Ich sagte: »Wie lassen sich denn all die Gottlosen ohne Blutvergießen niedermachen, und wie soll eine Befehlsgewalt über die ganze Welt ohne ein ungeheures Maß an Gewalt und ohne starken Arm ausgeübt und errichtet werden? O Jupiter, ich muss dir gestehen, dass ich dies noch weniger verstehe als jeder andere Sterbliche!«

Jupiter antwortete: »Das wundert mich nicht, denn du weißt ja nicht, über welche besondere Kraft das Schwert meines Helden verfügt. Vulcanus wird es aus den gleichen Materialien anfertigen wie meine Donnerkeile, und er wird es so einrichten, dass mein Held, wenn er das Schwert zieht und nur einen Streich damit durch die Luft tut, einer ganzen Armada, auch wenn sie hinter einem Berg und eine ganze Schweizer Meile entfernt von ihm stünde, mit einem Schlag die Köpfe abhauen kann, so dass die armen Teufel ohne Köpfe daliegen müssen, bevor sie auch nur wissen, wie ihnen geschieht! Wenn er dann seinen Lauf beginnt und vor eine Stadt oder eine Festung kommt, wird er es machen wie einst Tamerlan.* Er wird eine weiße Fahne hissen, um anzuzeigen, dass er in friedlicher Absicht und zur Beförderung der Wohlfahrt aller gekommen sei. Wenn die Leute nun zu ihm herauskommen und sich fügen, dann gut. Wenn nicht, wird er vom Leder ziehen und mit seinem Schwert allen Zauberern und Zauberinnen, die sich in der Stadt aufhalten, die Köpfe herunterhauen und eine rote Fahne hissen. Wenn dann immer noch niemand herauskommt, wird er alle Mörder, Wucherer, Diebe, Schurken, Ehebrecher, Huren und Lustknaben auf die gleiche Weise umbringen und eine schwarze Fahne aufziehen. Sofern dann aber nicht bald diejenigen, die sich noch in der Stadt aufhalten, zu ihm kommen und sich demütig erweisen, wird er die ganze Stadt samt ihren Einwohnern als halsstarriges, ungehorsames Volk ausrotten wollen, wird aber doch nur diejenigen hinrichten, die die anderen daran gehindert haben, sich zu ergeben.

So wird er von einer Stadt zur anderen ziehen, und jeder wird er ihr Umland übergeben, damit sie es friedlich regiere. Und aus jeder Stadt in ganz Deutschland wird er zwei der klügsten und gelehrtesten Männer nehmen und aus ihnen ein Parlament bilden und so die Städte auf ewig miteinander vereinigen. Die Leibeigenschaften und alle Zölle, Steuern, Zinsen, Pachten und Abgaben in ganz Deutschland wird er aufheben und dafür sorgen, dass Fron- und Wachdienste, Kontributionen, Umlagen, der Krieg und andere Beschwernisse beim Volk bald in Vergessenheit geraten und die Menschen noch glückseliger als auf den Feldern von Elysium leben werden.

Alsdann, so fuhr Jupiter fort, werde ich oft mit der ganzen Götterversammlung zu den Deutschen herabsteigen und es mir zwischen ihren Weinstöcken und Feigenbäumen gut sein lassen. Ich werde den Helikon mitten in ihr Gebiet setzen und die Musen von neuem darauf ansiedeln. Ich werde Deutschland mit allem Überfluss reichlicher segnen als Arabien, Mesopotamien und die Gegend um Damaskus. Der griechischen Sprache werde ich abschwören und nur noch

Deutsch reden – kurz, ich werde mich so gut deutsch zeigen, dass ich ihnen schließlich auch, wie einst den Römern, die Herrschaft über die ganze Welt einräumen werde.«

Ich sagte: »Aber, höchster Jupiter, was werden die Fürsten und Herren sagen, wenn der künftige Held es sich erlaubt, ihnen das Ihre so unrechtmäßig abzunehmen und es den Städten zu überlassen? Werden sie sich nicht mit Gewalt widersetzen oder zumindest vor Göttern und Menschen dagegen protestieren?«

Jupiter antwortete: »Das wird den Helden wenig kümmern. Er wird die Großen und Mächtigen in drei Gruppen teilen. Jene, die ein verruchtes Leben führen und ein schlechtes Beispiel geben, wird er wie die einfachen Leute strafen, weil keine irdische Gewalt seinem Schwert widerstehen kann. Die Übrigen wird er vor die Wahl stellen, im Land zu bleiben oder nicht. Wer bleibt und sein Vaterland liebt, der wird leben müssen wie andere einfache Leute. Allerdings wird das Leben der Deutschen dann viel vergnüglicher und glückseliger sein als jetzt das Leben und der Stand eines Königs, und die Deutschen werden alsdann allesamt dem Fabricius* gleichen, der mit dem König Pyrrhus dessen Reich nicht teilen wollte, weil er neben seiner Ehre und seiner Tugend sein Vaterland so sehr liebte. So viel zur zweiten Gruppe. Die dritte aber, die eingefleischten Herren, die immerzu herrschen wollen, wird er durch Ungarn und Italien in die Moldau und die Walachei führen, nach Mazedonien, Trakien, Griechenland, ja, sogar über den Hellespont nach Asien. Er wird diese Länder für sie gewinnen und wird ihnen alles kriegslüsterne Volk aus ganz Deutschland mitgeben und sie dort zu Königen machen. Da wird er dann Konstantinopel an einem Tag erobern, wird allen Türken, die sich nicht bekehren oder nicht gehorchen wollen, die Köpfe vor den Hintern legen und das römische Kaisertum wieder errichten. Dann wird er sich zurück nach Deutschland begeben und zusammen mit seinen Parlamentsherren – die er, wie gesagt, paarweise aus allen deutschen

Städten versammeln und zu Vorstehern und Vätern seines deutschen Vaterlands ernennen wird – mitten in Deutschland eine Stadt bauen, die viel größer sein wird als Manoah* in Amerika und goldreicher als Jerusalem zu Zeiten Salomons. Die Mauern werden den tirolischen Alpen gleichen und die Wassergräben so breit sein wie das Meer zwischen Spanien und Afrika. Er wird in ihr einen Tempel aus lauter Diamanten, Rubinen, Smaragden und Saphiren erbauen. In der Kunstkammer, die er einrichten wird, werden alle Raritäten der ganzen Welt gesammelt – dank der kostbaren Geschenke, die ihm die Könige von China und Persien, der Großmogul im orientalischen Indien, der Große Khan der Tataren, der Priester Johannes in Afrika und der Große Zar zu Moskau schicken werden. Der türkische Kaiser würde sich noch eifriger beteiligen, wenn ihm der Held sein Kaisertum nicht genommen und es dem römischen Kaiser zum Lehen gegeben hätte.«

Ich fragte meinen Jupiter, was denn bei alledem mit den christlichen Königen geschehen solle. Worauf er antwortete: »Die Könige in England, Schweden und Dänemark, die von deutschem Geblüt und Herkommen sind, werden ihre Kronen und Königreiche samt den einverleibten Ländern von der deutschen Nation aus freien Stücken als Lehen empfangen – die Könige in Spanien, Frankreich und Portugal die ihren ebenso, weil die alten Deutschen* diese Länder auch früher schon eingenommen und regiert haben. Und von da an wird, wie zu den Zeiten des Augustus, ewiger, beständiger Friede zwischen allen Völkern auf der ganzen Welt sein.«

Das 5. Kapitel. Wie er die Religionen miteinander versöhnen und in eine einzige Form gießen wird.

Springinsfeld, der uns zuhörte, hätte den Jupiter beinah gekränkt und unser Gespräch gestört, weil er sagte: »Da wird es dann in Deutschland also zugehen wie im Schlaraffenland, wo es Muskatwein regnet und nachts die Pastetchen wie die Pfifferlinge aus der Erde wachsen. Da werde ich wie ein Drescher auf beiden Backen fressen müssen und den Malvasier saufen, dass mir die Augen übergehen.«

»Allerdings!«, antwortete ihm Jupiter. »Vor allem wenn ich dich, wie Ceres den Erysichthon*, mit unersättlichem Heißhunger strafe, weil du, wie mir scheint, meine Hoheit verspottest.« Zu mir aber sagte er: »Ich dachte, ich sei hier unter lauter Waldgöttern. Nun sehe ich, dass ich einem neidischen Momus oder Zoilus* begegnet bin. Soll man die Ratschlüsse des Himmels etwa solchen Verrätern offenbaren? Das hieße Perlen vor die Säue werfen oder einem auf den Buckel scheißen, damit ein Halstuch draus wird!«

Ich dachte bei mir: Was für ein seltsam unflätiger Abgott, wenn er außer mit so hohen Dingen auch mit so weicher Materie hantiert! Aber ich sah, dass es ihm nicht gefiel, wenn man lachte, und verkniff es mir deshalb, so gut ich konnte.

»Allergütigster Jupiter«, sagte ich zu ihm, »du wirst wegen der Unbotmäßigkeit eines groben Waldgottes deinem zweiten Ganymed doch gewiss nicht verschweigen, wie es mit Deutschland weitergehen wird!«

»Natürlich nicht«, antwortete er, »aber sorge dafür, dass dieser Theon* seine Kritikasterzunge von nun an im Zaum hält, sonst verwandele ich ihn – wie Merkur den Battus* – in einen Stein. Du aber gib nur endlich zu, dass du mein Ganymed bist! Hat dich nicht meine eifersüchtige Gemahlin Juno in meiner Abwesenheit aus dem Himmel verjagt?«

Ich versprach ihm, alles zu erzählen, sobald ich von ihm gehört hatte, was ich wissen wollte. Darauf sprach er: »Lieber Ganymed – leugne nicht, denn ich sehe ja, dass du es bist! –, in Deutschland wird das Goldmachen dann so zuverlässig funktionieren und so allgemein verbreitet sein wie das Töpferhandwerk, so dass bald jeder Pferdeknecht den Stein der Weisen bei sich trägt!«

Ich fragte: »Aber wie wird Deutschland mit seinen unterschiedlichen Religionen einen so dauerhaften Frieden erlangen können? Werden die Pfaffen der verschiedenen Religionen ihre Anhänger nicht aufhetzen und um des Glaubens willen einen neuen Krieg anzetteln?«

»O nein«, sagte Jupiter. »Mein Held in seiner Weisheit wird dem vorbeugen und alle christlichen Religionen auf der ganzen Welt miteinander versöhnen.«

Ich sagte: »O Wunder, das wäre eine gewaltige Leistung! Aber wie soll das geschehen?«

Jupiter antwortete: »Das will ich dir herzlich gern offenbaren. Nachdem mein Held den Weltfrieden hergestellt hat, wird er sich mit einer sehr zu Herzen gehenden Ansprache an die geistlichen und weltlichen Führer und Oberhäupter der christlichen Völker und der verschiedenen Kirchen wenden und ihnen die bestehenden, äußerst schädlichen Spaltungen in Glaubensangelegenheiten klar und deutlich vor Augen stellen. Durch ganz und gar vernünftige Gründe und unwiderlegliche Argumente wird er sie dahin bringen, dass sie von sich aus eine allgemeine Einigung wünschen und ihm die Aufgabe anvertrauen, sie mit aller ihm zu Gebote stehenden Vernunft herzustellen. Sodann wird er die klügsten, gelehrtesten und frömmsten Theologen aus allen Teilen der Welt und allen Religionen zusammenrufen und ihnen, wie es einst Ptolemäus Philadelphus für die zweiundsiebzig Übersetzer tat*, einen anmutigen, aber ruhigen Platz einrichten und sie dort mit Speise und Trank und allem, was sie sonst brauchen, versehen lassen, und er wird ihnen die

Aufgabe stellen, so bald wie möglich, aber doch mit reiflicher und gründlicher Überlegung, die Streitigkeiten zwischen ihren verschiedenen Religionen erst beizulegen und dann einmütig und im Einklang mit der Heiligen Schrift, der Überlieferung und den Meinungen der anerkannten Kirchenväter die wahre heilige und christliche Religion in schriftlicher Form niederzulegen.

Währenddessen wird Pluto* sich schon mächtig hinter den Ohren kratzen, weil er fürchtet, sein Reich könnte schrumpfen. Er wird sich allerlei Schliche und Listen ausdenken und Einwände erheben. Und falls er nicht gar versucht, die ganze Sache zu hintertreiben, wird er sich doch bemühen, sie in die Länge zu ziehen oder im Vagen zu halten. Er wird jedem Theologen das eigene Interesse und die eigene Position, sein geruhsames Leben mit Frau und Kindern, sein Ansehen und überhaupt alles vor Augen stellen, was ihn dazu bringen könnte, an seinen Meinungen festzuhalten. Aber auch mein tapferer Held wird die Hände nicht in den Schoß legen. Er wird, solange dies Konzil dauert, in der ganzen Christenheit alle Glocken läuten lassen und das christliche Volk immerzu ermahnen, den höchsten Gott um Aussendung des Geistes der Wahrheit zu bitten. Wenn er aber bemerken sollte, dass sich der eine oder andere von Pluto beschwatzen lässt, wird er die ganze Versammlung, wie bei einem Konklave, mit Hunger quälen, und wenn sie dann noch immer nicht bereit sind, das große Werk voranzubringen, wird er ihnen vom Henken predigen oder ihnen sein Wunderschwert vorweisen und sie also zuerst im Guten, zuletzt aber im Ernst und unter Drohungen dahin bringen, dass sie zur Sache kommen und die Welt nicht länger wie bisher mit ihren halsstarrigen, falschen Meinungen zum Narren halten. Ist dann die Einigung erzielt, wird er eine große Jubelfeier veranstalten und diese geläuterte Religion der ganzen Welt publizieren. Wer aber diesen Glauben dann verleugnet, den wird er mit Schwefel und Pech märtyrisieren, oder er wird einen solchen

Ketzer mit Buchsbaum bestecken und dem Pluto zum Neujahr schenken.*

Jetzt weißt du alles, was du wissen wolltest, lieber Ganymed. Nun sage aber du mir auch, warum du den Himmel verlassen hast, in dem du mir schon so manchen Becher Nektar eingeschenkt hast.«

Das 6. Kapitel. Was die Gesandtschaft der Flöhe bei Jupiter ausrichtete.

Ich dachte: Vielleicht ist der Kerl gar kein solcher Narr, wie er tut, sondern macht mir bloß was vor, um besser bei uns durchzukommen, wie ich es in Hanau getan habe. Deshalb wollte ich seinen Zorn auf die Probe stellen, denn daran erkennt man einen Narren am besten. Also antwortete ich ihm: »Den Himmel habe ich verlassen, weil du mir dort gefehlt hast. Deshalb nahm ich die Flügel des Dädalus* und flog zur Erde, um dich zu suchen. Aber wo ich auch nach dir fragte, überall fand ich, dass man schlecht über dich sprach. Denn Zoilus und Moscus* haben dich und die anderen Götter mit der Behauptung, ihr wäret lauter verruchte, liederliche und obendrein stinkende Gesellen, so in Verruf gebracht, dass ihr bei den Menschen allen Kredit verloren habt. Du selbst, so sagen sie, seist ein verlauster, ehebrecherischer Hurenhengst – woher du also das Recht nähmest, die Welt wegen solcher Laster zu strafen? Vulcanus sei ein kleinmütiger Hahnrei und habe den Ehebruch des Mars* ohne nennenswerte Rache geschehen lassen müssen – was könnten da die Waffen taugen, die ein solcher Schlappschwanz schmiedet? Venus selbst sei wegen ihrer Lasterhaftigkeit das meistgehasste Weib der Welt – wie könnte sie da anderen Anmut und Liebreiz verschaffen? Mars sei ein Mörder und Räuber, Apollo* ein schamloser Hurenbock, Merkur ein unnützer Schwätzer,

Dieb und Kuppler, Priapus* ein Widerling, Herkules ein hirnverbrannter Wüterich, und die Schar der Götter alles in allem so verrucht, dass nur der Stall des Augias* als Unterkunft für sie in Frage kommt, der ohnehin die ganze Welt mit seinem Gestank verpestet.«

»Ach«, sagte Jupiter, »wäre es ein Wunder, wenn ich meine Güte vergäße und diese unseligen Ehrabschneider und gotteslästerlichen Verleumder mit Donner und Blitz verfolgte? Was meinst du dazu, mein treuer, liebster Ganymed? Soll ich diese Schwätzer mit ewigem Durst plagen wie den Tantalus? Oder soll ich sie auf dem Berg Thorax neben dem Schandmaul Daphitas* kreuzigen oder zusammen mit Anaxarchos* in einem Mörser zerstoßen lassen? Oder soll ich sie zu Agrigent in den glühenden Stier des Phalaris* stecken? Nein, Ganymed, nein! Alle diese Strafen sind viel zu harmlos. Ich werde die Büchse der Pandora von neuem füllen und über den Köpfen dieser Strolche ausleeren. Nemesis, die Vergeltung, soll ihre Furien Alekto, Megära und Tisiphone wecken und ihnen auf den Hals schicken, und Herkules soll sich bei Pluto den Höllenhund Zerberus ausleihen und diese Bösewichter hetzen wie die Wölfe. Und erst wenn ich sie lang genug gejagt und geplagt habe, will ich sie im Haus der Hölle neben Hesiod und Homer* an eine Säule fesseln und von den rächenden Eumeniden in alle Ewigkeit erbarmungslos bestrafen lassen.«

Während Jupiter noch solche Drohungen ausstieß, zog er sich vor meinen und den Augen der ganzen Truppe ohne alle Scham die Hose herunter und stöberte darin nach den Flöhen, die ihn, wie an seiner fleckigen Haut deutlich zu sehen war, schrecklich gepiesackt hatten. Ich wusste nicht, was ich davon halten sollte, bis er sagte: »Schert euch fort, ihr kleinen Quälgeister. Ich schwöre euch beim Styx, eurem Gesuch wird nie und nimmer stattgegeben.«

Ich fragte ihn, was er damit meine, worauf er antwortete, als das Geschlecht der Flöhe erfahren habe, dass er auf die Erde herabgestiegen sei, hätten sie Gesandte zu ihm geschickt, die ihm huldigen sollten. Doch nachher hätten sie begonnen, sich zu beschweren: Er, Jupiter, habe ihnen zwar die Hundefelle als Wohnung zugewiesen, doch komme es vor, dass manche von ihnen wegen gewisser Eigenschaften, die die Frauen an sich hätten, in deren Pelz gerieten. Diese verirrten, armen Kerle würden nun von den Frauen schrecklich misshandelt, nicht nur eingefangen und ermordet, sondern vorher noch zwischen den Fingern so sehr gemartert und zerrieben, dass es einen Stein erbarmen möchte.

»Ja«, fuhr Jupiter fort, »sie stellten mir die Sache so ergreifend und erbarmungswürdig dar, dass ich Mitleid bekam und ihnen Hilfe versprach, allerdings unter dem Vorbehalt, dass ich zunächst auch die Frauen hören wollte. Da wandten sie ein, sie seien sicher, wenn den Frauen erlaubt würde, Ein- und Widerspruch zu erheben, würden diese entweder mit ihren giftigen Hundszungen meinen Gerechtigkeitssinn und meine Güte einschläfern und die Flöhe übertönen, oder sie würden mich durch ihre lieblichen Reden und ihre Schönheit betören und zu einem Fehlurteil verleiten. Sie baten mich, ihnen gewogen zu bleiben, da sie ihrerseits mir stets ihre untertänige Treue erwiesen hätten und auch weiterhin zu halten gedächten. Schließlich seien sie immer in der Nähe gewesen und hätten stets am besten gewusst, was zwischen mir und Io, Kallisto, Europa* und anderen vor sich ging, und hätten trotzdem nie etwas ausgeplaudert, hätten selbst der Juno, obwohl sie sich auch bei ihr aufzuhalten pflegten, nie ein Wort davon gesagt, sondern sich eine solche Verschwiegenheit auferlegt, dass bis jetzt (obwohl sie bei fast allen Liebschaften mit von der Partie seien) noch kein Mensch – wie seinerzeit Apollo von den Raben* – etwas von ihnen erfahren habe. Falls ich aber doch zulassen sollte, dass die Frauen sie weiterhin in ihrem Bezirk jagen, fangen und nach dem Waidrecht metzeln dürften, so bäten sie mich, wenigstens dafür zu sorgen, dass ihnen künftig ein heroischer Tod zuteil werde – ein Schlag mit der Axt, wie man ihn den Ochsen verabreicht, oder so, wie man das Wild auf der Jagd fällt. Aber zwischen den Fingern schimpflich zerquetscht oder zerrieben werden – damit müsse Schluss sein, zumal die Frauen hierdurch die eigenen Hände, mit denen sie ja oft noch ganz andere Dinge berührten, zu Henkerswerkzeugen machten, was für jeden ehrlichen Mann eine Schande sei.

Ich sagte: ›Ihr Herren müsst sie gräulich quälen, wenn sie euch so schrecklich tyrannisieren.‹ – ›Ja, gewiss‹, antworteten sie, ›aber sie können uns sowieso nicht leiden, vielleicht weil sie fürchten, wir könnten zuviel sehen, hören oder spüren, und weil sie unserer Verschwiegenheit nicht trauen. Aber was sollen wir machen? Auf unserem eigenen Territorium können sie uns ja auch nicht leiden. Denn manche gehen ihren Schoßhündchen mit Bürsten, Kämmen, Seifen, Laugen und anderem dermaßen ans Fell, dass wir unser Vaterland notgedrungen verlassen und uns einen anderen Aufenthalt suchen müssen. Dabei wären sie gut beraten, wenn sie ihre Zeit darauf verwendeten, die eigenen Kinder von Läusen zu säubern.‹

Schließlich erlaubte ich ihnen, bei mir einzuziehen und meinen menschlichen Leib ihre Anwesenheit und ihr Treiben spüren zu lassen, damit ich mir darüber selbst ein Urteil bilden könnte. Da begann mich dieses Lumpenpack derart zu plagen, dass ich sie, wie ihr gesehen habt, wieder abschaffen musste. Und nun werde ich ihnen ein Privileg auf die Nase klatschen, demzufolge die Frauen sie nach Belieben zerreiben und vertreiben können. Und wenn ich selbst einen von diesen Strolchen erwische, werde ich es mit ihm genauso machen.«

Das 7. Kapitel. Der Jäger erjagt abermals Ehre und Beute.

Richtig lachen durften wir nicht, denn in unserem Versteck mussten wir uns still verhalten, und außerdem hätte es dem Phantasten missfallen. Aber Springinsfeld wäre dabei fast geplatzt. In diesem Augenblick meldete der Ausguck, den wir auf einen hohen Baum gesetzt hatten, er sehe in der Ferne etwas kommen. Ich stieg zu ihm hinauf und erkannte durch mein Fernrohr, dass es die Fuhrleute sein mussten, denen wir auflauerten, dass ihr Geleitschutz aber wider Erwarten nicht aus Fußsoldaten, sondern aus ungefähr dreißig Reitern bestand. Da konnte ich mir leicht ausrechnen, dass sie nicht über die Höhe durch den Wald gehen würden, wo wir lagen, sondern sich auf dem freien Feld, wo wir ihnen nichts anhaben konnten, durchschlagen würden, obwohl der Weg schlecht war, der dort unten etwa sechshundert Schritt von unserem Platz und dreihundert Schritt vom Fuß des Berges und dem Waldrand entfernt vorbeiführte. Ich wollte nicht vergebens so lange auf der Lauer gelegen oder nur einen Narren erbeutet haben und machte deshalb rasch einen neuen Plan, der mir auch glückte.

Von der Stelle, wo wir lagen, führte ein Rinnsal durch eine Schlucht, in der man auch zu Pferd gut vorankam, bis zu dem Feld hinunter. Am Ausgang dieser Schlucht postierte ich zwanzig Männer und blieb auch selbst bei ihnen, während ich den Springinsfeld anwies, sich dort, wo wir vorher gewesen waren, versteckt zu halten. Ich schärfte den Leuten ein, dass sich jeder, wenn die Eskorte erst herangekommen sei, über seinen Mann hermachen solle, und sagte auch jedem, ob er Feuer geben oder seinen Schuss in Reserve halten sollte. Da fragten mich einige ältere Kerle, was denn das werden solle? Ob ich etwa glaubte, die Reiter würden an diese Stelle kommen, wo sie nichts zu tun hätten und wohin wahrscheinlich seit hundert Jahren auch kein Bauer mehr seinen Fuß gesetzt habe? Andere aber, die glaubten, ich könne zaubern (wofür ich damals sehr berühmt war), meinten, ich wolle den Feind durch Magie in unsere Gewalt bringen.

Doch dazu brauchte ich keine Teufelskünste, sondern nur meinen Springinsfeld, denn als die Eskorte, die einigermaßen geschlossen ritt, bei uns vorüberwollte, begann er auf meinen Befehl zu brüllen wie ein Ochse und zu wiehern wie ein Pferd, so dass der ganze Wald davon widerhallte und jeder geschworen hätte, es müssten sich Pferde und Rinder darin aufhalten. Kaum hatten die Reiter das gehört, dachten sie an Beute und glaubten, sie könnten sich hier etwas beschaffen, was ringsherum nirgends mehr zu finden war, denn das ganze Land war ausgeplündert. Sie lösten sich aus ihrem Verband und stürmten allesamt so rasch auf unseren Hinterhalt los, als wollte jeder der Erste sein, dem es an den Kragen ginge. Und das ging es ihnen so sehr, dass gleich beim ersten Empfang, den wir ihnen bereiteten, dreizehn aus den Sätteln kippten und einige andere sich nur mit knapper Not darin halten konnten. Nun lief Springinsfeld durch die Schlucht auf sie zu und schrie: »Jäger, hierher!« – was die Kerle noch mehr erschreckte. Es entstand ein solches Durcheinander, dass sie nicht mehr wussten, wohin sie sich auf ihren Pferden wenden sollten. Sie sprangen ab und wollten zu Fuß fliehen. Aber ich bekam sie alle siebzehn, samt ihrem Leutnant, nahm sie gefangen und machte mich dann über die Wagen her. Ich spannte vierundzwanzig Pferde aus, konnte aber nur ein paar Ballen Seide und holländisches Tuch mitnehmen, denn es war keine Zeit, die Toten zu plündern oder gar die Wagen gründlich zu durchsuchen. Die Fuhrleute hatten sich nämlich schon zu Pferd aus dem Staub gemacht, als der Kampf begann, und würden womöglich in Dorsten Alarm schlagen und mir Verfolger auf den Hals hetzen.

Als wir zusammengepackt hatten, kam auch Jupiter aus dem Wald gelaufen und schrie uns nach, ob ihn Ganymed denn verlassen wolle. Ich antwortete ihm, ja – wenn er den Flöhen das Privileg, das sie begehrten, nicht erteilen wolle.

»Lieber will ich, dass sie alle miteinander im Kokytos* liegen!«, erwiderte er.

Ich musste lachen, und weil ich ohnehin noch freie Pferde hatte, lud ich ihn ein, aufzusitzen. Aber ich musste ihn auf seinem Pferd festbinden lassen, denn im Reiten war er eine taube Nuss. Da sagte er, unser Scharmützel habe ihn an die Schlacht erinnert, die bei der Hochzeit des Peirithoos* die Lapithen einst mit den Zentauren begonnen hätten.

Erst als alles vorüber war und wir mit unseren Gefangenen davonjagten, als würden wir schon verfolgt, wurde dem gefangenen Leutnant klar, was für einen groben Fehler er begangen hatte, indem er einen so stattlichen Reitertrupp dem Feind so unvorsichtig in die Hände geführt und dreizehn brave Soldaten auf die Fleischbank geliefert hatte. Er fing an zu verzweifeln, kündigte mir das Pardon, das ich ihm gewährt hatte, wieder auf und wollte mich auf diese Weise gleichsam zwingen, ihn erschießen zu lassen. Ihm begann zu dämmern, dass sein Versagen nicht nur als unverantwortlich und als große Schande angesehen, sondern auch seine weitere Beförderung verhindern und ihn vielleicht gar den Kopf kosten würde. Ich aber redete ihm gut zu und gab ihm zu bedenken, das unbeständige Glück habe schon manchem rechtschaffenen Soldaten seine Tücke bewiesen, aber ich hätte noch keinen gesehen, der deshalb verzagt oder gar verzweifelt sei. Sein Verhalten sei ein Zeichen von Kleinmut. Tapfere Soldaten würden sich stattdessen überlegen, wie sie den angerichteten Schaden ein andermal wiedergutmachen könnten. Mich jedenfalls werde er nicht dazu bringen, auf so schändliche Weise gegen den Ehrenkodex und alle Vereinbarungen und Vorschriften über den Umgang mit Gefangenen zu verstoßen.

Als er sah, dass ich auf sein Ansinnen nicht eingehen würde, fing er an, mich zu beleidigen. Er wollte mich in

Rage bringen und behauptete, ich hätte nicht ehrlich und redlich mit ihm gekämpft, sondern mich wie ein Schurke und Meuchelmörder benommen und den Soldaten, die bei ihm gewesen seien, ihr Leben wie ein Dieb gestohlen. Seine eigenen Leute, die wir gefangen hatten, erschraken gewaltig über diese Reden, und die meinen gerieten in eine solche Wut, dass sie ihn wie ein Sieb durchlöchert hätten, wenn ich es zugelassen hätte, und ich hatte wahrlich Mühe, sie daran zu hindern. Ich selbst jedoch regte mich über seine Reden nicht weiter auf, sondern nahm Freunde und Feinde als Zeugen dessen, was hier geschah, und ließ den Leutnant fesseln und bewachen wie jemanden, der den Verstand verloren hat. Außerdem versprach ich ihm, sobald wir an unserem Standort wären und wenn meine Vorgesetzten es zuließen, würde ich ihn, nach seiner Wahl, mit meinen eigenen Pferden und Waffen versehen und ihm mit Pistolen und Degen öffentlich klarmachen, dass Täuschung des Feindes im Krieg erlaubt und rechtens sei. Warum er nicht bei den Wagen geblieben sei, die ihm anvertraut waren? Und wenn er schon habe sehen wollen, was da im Wald versteckt sei – warum er dann nicht erst die Gegend habe auskundschaften lassen? Das hätte ihm besser angestanden, als sich jetzt wie ein Narr aufzuführen, den keiner mehr ernst nehme. Hierin stimmten mir Freund und Feind zu, und alle sagten: Unter hundert Parteigängern sei ihnen noch nicht einer begegnet, der nach solchen Schmähungen den Leutnant nicht auf der Stelle totgeschossen und ihm alle Gefangenen gleich hinterhergeschickt habe.

So brachte ich meine Beute und meine Gefangenen am nächsten Morgen glücklich nach Soest, und dieser Ausflug trug mir mehr Ehre und Ruhm ein als jeder andere davor. Alle sagten: Der wird mal ein junger Johann von Werth!* – was mir sehr schmeichelte. Aber mit dem Leutnant Kugeln zu wechseln oder zu kämpfen, wollte mir der Kommandant nicht erlauben. Ich hätte ihn ja schon zweimal überwunden, erklärte er. Aber je mehr Ansehen ich mir erwarb, desto größer wurde der Neid derer, die mir ohnehin mein Glück nicht gönnten.

Das 8. Kapitel. Wie er in einem Trog den Teufel findet, Springinsfeld hingegen schöne Pferde an sich bringt.

Ich wurde meinen Jupiter nicht mehr los, denn der Kommandant wollte ihn nicht, weil es an ihm nichts zu gewinnen gab, und sagte, ich könnte ihn behalten. So bekam ich einen eigenen Narren und brauchte ihn nicht mal zu kaufen. Dabei hatte ich mich noch im Jahr zuvor selbst als ein solcher verschleißen lassen müssen. So seltsam ist das Glück und so veränderlich die Zeit! Eben noch piesackten mich die Läuse, jetzt hatte ich den Gott der Flöhe in meiner Gewalt. Vor einem halben Jahr diente ich noch als Pferdejunge einem biederen Dragoner, und jetzt gebot ich über zwei Knechte, die mich mit Herr anredeten. Es war noch kein Jahr vergangen, seit mir die Wüstlinge nachgerannt waren, die mich zur Hure machen wollten, jetzt vernarrten sich die Mädchen von selbst in mich – aus Liebe. So wurde ich beizeiten gewahr, dass es in dieser Welt nichts Beständigeres gibt als die Unbeständigkeit. Deshalb begann ich zu fürchten, mein jetziges Wohlergehen könnte mich eines Tages noch teuer zu stehen kommen, wenn das Glück wieder seine Launen an mir ausließ.

Damals zog der Graf von der Wahl* als oberster Gouverneur des Westfälischen Kreises aus allen Garnisonen Truppen zusammen, um einen Kavallerievorstoß durch das Stift Münster in Richtung der Vechte auf Meppen, Lingen und andere Orte in dieser Gegend zu unternehmen – vor allem aber, um zwei Kompanien hessischer Reiter aus dem Stift Paderborn zu vertreiben, die zwei Meilen von Paderborn entfernt lagen und den Unseren dort viel zu schaffen machten. Ich wurde den Dragonern zugeteilt, und sobald sich in Hamm eine größere Truppe gesammelt hatte, zogen wir schnell fort und bestürmten, noch ehe die Unseren nachkamen, das schlecht befestigte Städtchen, in dem die hessischen Reiter sich einquartiert hatten. Sie versuchten zu fliehen, aber wir jagten sie in ihr Nest zurück und boten ihnen an, sie ohne Pferde und Waffen, aber mit dem, was der Gürtel umschließt, abziehen zu lassen. Darauf mochten sie sich nicht einlassen, sondern wollten sich mit ihren Karabinern wie Musketiere wehren.

So kam es, dass ich noch in derselben Nacht erproben musste, ob ich auch Glück beim Stürmen hatte, denn wir Dragoner gingen dabei ganz weit vorn. Es gelang mir so gut, dass ich mit dem Springinsfeld vollkommen unverletzt unter den Ersten war, die in das Städtchen gelangten. Wir räumten die Gassen in kurzer Zeit, denn alles, was in Waffen daherkam, wurde niedergemacht. Die Einwohner jedoch hatten sich geweigert, ebenfalls zu den Waffen zu greifen, so dass wir uns bald um die Häuser kümmern konnten.

Springinsfeld meinte, wir sollten uns ein Haus mit einem großen Misthaufen davor aussuchen, denn in diesen wohnten oft die reichsten Leute, bei denen sich gewöhnlich die Offiziere einquartierten. Wir nahmen uns ein solches vor, in dem Springinsfeld den Stall und ich das Haus durchsuchen wollte, wobei wir vereinbarten, alles, was wir finden würden, miteinander zu teilen. Also zündeten wir jeder eine Fackel an und gingen los. Ich rief nach dem Hausherrn, bekam aber keine Antwort, weil sich alle versteckt hatten, und gelangte bald in eine Kammer, in der nichts war außer einem leeren Bett und einem verschlossenen Backtrog. In der Hoffnung, etwas Wertvolles darin zu finden, stemmte ich ihn auf. Doch als ich den Deckel abnahm, richtete sich daraus ein kohlschwarzes Etwas vor mir auf – niemand anders als Luzifer selbst, so schien es mir.

Ich könnte schwören, dass ich mich mein Lebtag nicht so erschrocken habe wie in diesem Augenblick, da ich plötzlich den schwarzen Teufel vor mir sah. Trotzdem rief ich in meinem Schrecken: »Dass dich der Etcetera erschlag!« – und zückte die kleine Axt, mit der ich den Trog geöffnet hatte, hatte aber doch nicht den Mut, sie ihm in den Kopf zu hauen. Er aber kniete nieder, hob mir die Hände entgegen und sagte: »Min leeve Heer. Ik bitt ju door Gott, schinkt mi min Leeven!« Da begriff ich, dass er kein Teufel war, denn er sprach ja von Gott und bat um sein Leben. Ich sagte, er solle aus dem Trog steigen. Das tat er und kam mit mir – so nackt, wie Gott ihn erschaffen hatte.

Ich schnitt ein Stück von meiner Fackel ab und gab es ihm, damit er mir leuchtete. Gehorsam führte er mich in eine Stube, wo ich den Hausvater fand, der uns samt seinem Gesinde in unserem seltsamen Aufzug erschrocken anstarrte und zitternd um Gnade bat. Die bekam er leicht, weil wir den Bürgern der Stadt ohnehin nichts antun durften und er mir das Gepäck des Rittmeisters, der bei ihm logierte, sogleich aushändigte, darunter ein wohlgefüllter, verschlossener Reisesack. Außerdem berichtete er, der Rittmeister und seine Leute seien bis auf einen Knecht und den bei mir befindlichen Mohren auf ihre Posten gegangen, um den Ort zu verteidigen.

Unterdessen hatte Springinsfeld auch schon den besagten Knecht mit sechs prächtigen, gesattelten Pferden im Stall erwischt. Die stellten wir ins Haus, verriegelten es und ließen den Mohren sich anziehen und den Hausvater auftragen, was er für den Rittmeister hatte zubereiten müssen. Als aber die Stadttore geöffnet, die Posten besetzt und unser Generalfeldzeugmeister, der Herr Graf von der Wahl, eingelassen wurde, logierte er sich in eben dem Haus ein, in dem wir uns befanden. Deshalb mussten wir uns in finsterer Nacht ein anderes Quartier suchen. Wir fanden es bei den Kameraden, die an dem Sturm auf das Städtchen beteiligt gewesen waren. Bei denen ließen wir es uns gutgehen und verbrachten den Rest der Nacht mit Fressen und Saufen.

Nachdem ich und Springinsfeld unsere Beute geteilt hatten, blieben mir der Mohr und die beiden besten Pferde, eines davon ein spanisches, auf dem sich ein Soldat vor dem Feinde wohl sehen lassen konnte und auf dem ich später nicht wenig glänzte. Aus dem Reisesack aber bekam ich verschiedene kostbare Ringe und ein Porträt des Prinzen von Oranien in einer goldenen, mit Rubinen besetzten Schatulle, während ich alles andere dem Springinsfeld überließ. So kam ich, wenn ich alles weggegeben hätte, mit den Pferden und allem anderen auf über zweihundert Dukaten. Für den Mohren aber, dessen Eroberung mir am meisten Mühe gemacht hatte, bekam ich von dem Generalfeldzeugmeister, dem ich ihn präsentierte, nicht mehr als zwei Dutzend Taler.

Wir zogen dann rasch weiter bis an die Ems, richteten aber wenig aus. Und als wir nachher in die Nähe von Recklinghausen kamen, holte ich mir die Erlaubnis, dem Pfaffen, dem ich den Speck gestohlen hatte, zusammen mit Springinsfeld einen Besuch zu machen. Das wurde ein fröhliches Beisammensein. Ich erzählte ihm, wie mir der Schreck, den ich ihm und seiner Köchin neulich eingejagt hatte, von dem Mohren kräftig heimgezahlt worden sei, und schenkte ihm zum freundlichen Abschied eine schöne, schlagende Halsuhr, die ebenfalls aus dem Reisesack des Rittmeisters stammte. So machte ich mir überall diejenigen zu Freunden, die sonst Ursache gehabt hätten, mich zu hassen.

Das 9. Kapitel. Ein ungleicher Kampf, bei dem der Schwächere siegt und der Sieger in Gefangenschaft gerät.

Mit wachsendem Glück wuchs auch mein Hochmut, so dass ich am Ende notwendig stürzen musste. Wir lagerten ungefähr eine halbe Stunde von Rheine entfernt, als ich eines Tages um die Erlaubnis bat, mit meinen besten Kameraden in das Städtchen zu gehen, um an unseren Waffen etwas reparieren zu lassen. In Wirklichkeit wollten wir mal ordentlich einen auf die Lampe gießen, kehrten deshalb im besten Wirtshaus ein und bestellten Musikanten dazu, die uns den Wein und das Bier lustig hinunterfiedeln sollten. Da ging es dann hoch her, und was für Geld zu kaufen war, das ließen wir uns kommen. Ich hielt sogar Burschen aus anderen Regimentern frei und führte mich auf wie ein junger Fürst, der Land und Leute sein eigen nennt und jedes Jahr einen Haufen Geld zu verzehren hat. Deshalb wurden wir auch besser bedient als eine Gruppe Reiter, die nicht so auf die Pauke hauten wie wir. Darüber ärgerten sie sich und fingen an, mit uns zu zanken.

»Wie kommt's«, sagten sie untereinander, »dass diese Stoppelhopser das Geld so springen lassen?« (Sie hielten uns für Musketiere, denn auf der ganzen Welt sieht kein Tier dem Dragoner so ähnlich wie ein Musketier, und wenn ein Dragoner vom Pferd fällt, steht ein Musketier wieder auf.*)

Ein anderer antwortete: »Der Säugling dort ist bestimmt ein Strohjunker, dem die Mutter ihr Milchgeld geschickt hat, und jetzt spendiert er es seinen Kameraden, damit sie ihn demnächst irgendwo aus dem Dreck ziehen oder über einen Graben tragen.«

Das ging gegen mich, denn sie hielten mich für einen jungen Landadeligen. Die Kellnerin hinterbrachte es mir, aber weil ich es nicht selbst gehört hatte, konnte ich nichts anderes tun, als ein großes Bierglas mit Wein zu füllen, es auf die Gesundheit aller braven Musketiere herumgehen zu lassen und bei jedem Trinkspruch einen solchen Lärm zu veranstalten, dass keiner mehr sein eigenes Wort verstand.

Das ärgerte die Reiter noch mehr, und nun sagten sie für alle hörbar: »Teufel auch, was haben doch die Stoppelhopser für ein tolles Leben!«

Worauf Springinsfeld erwiderte: »Was kümmert das die Stiefelwichser?«

Sie ließen ihm das durchgehen, denn er sah so grässlich aus und blickte so wütend und bedrohlich drein, dass sich keiner mit ihm anlegen mochte. Aber einer von ihnen, ein kräftiger Bursche, fing dann doch wieder an.

»Wenn sich die Mauerscheißer auf ihrem Mist (er glaubte, wir lägen in der Garnison, weil unsere Kleidung nicht verschossen war wie die der Musketiere, die Tag und Nacht im Freien liegen) nicht so aufspielen könnten, wo sollten sie sich dann sehen lassen? Man weiß ja, dass in offener Feldschlacht jeder von ihnen uns zur Beute fallen würde, wie die Taube dem Falken!«

Ich erwiderte: »Wir müssen Städte und Festungen einnehmen, und auch zur Bewachung werden sie uns anvertraut. Ihr Reiter hingegen könnt selbst vor dem elendsten Rattennest keinen Hund hinter dem Ofen hervorlocken. Warum also sollen wir es uns in dem, was mehr uns als euch gehört, nicht gutgehen lassen?«

Der Reiter antwortete: »Wer das Feld beherrscht, dem fallen auch die Festungen zu. Und dass wir auf dem Feld gewinnen müssen, ergibt sich schon daraus, dass ich drei Jüngelchen, wie du eines bist, samt ihren Musketen nicht nur nicht fürchten würde, sondern mir zwei davon an den Hut stecken und erst den dritten fragen würde, wo noch mehr von deiner Sorte sind. Und wenn ich neben dir säße«, fügte er höhnisch hinzu, »würde ich dem Junker zur Bestätigung auch noch ein paar hinter die Löffel geben!«

Ich entgegnete: »Ich glaube zwar, ich habe genauso gute Pistolen wie du, obwohl ich kein Reiter bin, sondern nur ein Zwitter zwischen Reiter und Musketier.* Trotzdem getraut sich das Jüngelchen, allein mit seiner Muskete einem Prahlhans zu Pferd, wie du einer bist, auf freiem Feld zu Fuß entgegenzutreten, auch wenn du in voller Rüstung auftrittst.«

»Ach, du Knirps«, rief der Kerl, »für einen Lumpen halte ich dich, wenn du nicht wie ein braver Edelmann deinen Worten bald auch Taten folgen lässt.«

Da warf ich ihm einen Handschuh zu und sagte: »Sieh her, wenn ich dir den im freien Feld und zu Fuß mit meiner Muskete nicht wieder abgewinne, kannst du mich für das halten, was du mir in deiner Vermessenheit eben an den Kopf geworfen hast, und es überall herumerzählen.«

Wir bezahlten den Wirt, und dann machte der Reiter seinen Karabiner und seine Pistolen fertig, während ich mich um meine Muskete kümmerte. Als er mit seinen Kameraden aufsaß und zu dem vereinbarten Ort reiten wollte, sagte er zu meinem Springinsfeld, er solle mir schon mal ein Grab bestellen. Der aber erwiderte, er solle sich nur selbst von seinen Kameraden vorsorglich eines bestellen lassen. Mich aber tadelte Springinsfeld für meinen Übermut und sagte unverhohlen, er fürchte, ich käme aus der Sache nicht lebend heraus. Ich dagegen lachte, denn ich hatte mir schon vor längerem überlegt, was ich tun müsste, wenn ich auf offenem Feld zu Fuß und mit meiner Muskete bewaffnet von einem Reiter in voller Rüstung angegriffen würde. Als wir an den Ort kamen, wo die Balgerei vonstatten gehen sollte, hatte ich meine Muskete schon mit zwei Kugeln geladen, hatte frisches Zündkraut aufgelegt und den Deckel über der Zündpfanne mit Talg verschmiert, wie es umsichtige Musketiere machen, wenn sie das Zündloch und das Pulver auf der Pfanne bei Regen vor dem Nasswerden schützen wollen.

Bevor wir aufeinander losgingen, vereinbarten meine und seine Kameraden, dass wir uns im freien Feld angreifen und der eine von Osten, der andere von Westen ein umzäuntes Feld betreten sollten, wo dann jeder sein Bestes gegen den anderen geben sollte wie ein Soldat, der sich plötzlich einem Feind gegenübersieht. Niemand aus den beiden Parteien sollte vor, während oder nach dem Kampf seinem Kameraden helfen noch dessen Tod oder Verwundung rächen dürfen. Nachdem sie dies einander versprochen und mit Handschlag bestätigt hatten, gaben ich und mein Gegner einander ebenfalls die Hand, und jeder verzieh dem anderen den eigenen Tod – wobei jeder von uns mit dieser unsinnigsten aller Torheiten, die ein vernünftiger Mensch begehen kann, seiner Waffengattung den Vorrang sichern wollte, als würden deren Ehre und Ansehen tatsächlich vom Ausgang unseres teuflischen Unterfangens abhängen.

Als ich mit zwei brennenden Lunten auf der mir zugewiesenen Seite in das besagte Feld trat und meinen Gegner erblickte, tat ich, als würde ich das alte Zündkraut im Gehen abschütten. In Wirklichkeit aber gab ich nur ein wenig Zündpulver auf den Deckel meiner Zündpfanne, blies die Lunte an und legte zwei Finger an die Pfanne, wie es üblich ist; und bevor ich noch das Weiße im Auge meines Gegners sah, der mich ebenfalls nicht aus den Augen ließ, legte ich auf ihn an und brannte mein falsches Zündkraut auf dem Deckel der Pfanne ab – ohne Effekt. Mein Gegner glaubte, die Muskete habe versagt und das Zündloch sei verstopft, galoppierte daher mit der Pistole in der Hand direkt auf mich zu, um es mir mit gleicher Münze heimzuzahlen. Aber ehe er sich's versah, hatte ich die Pfanne geöffnet, hatte wieder angelegt und bescherte ihm ein Willkommen, bei dem Knall und Fall eins waren.

Ich trat den Rückzug zu meinen Kameraden an, die mich umarmten. Seine Kameraden lösten ihn aus den Steigbügeln, verhielten sich ihm und uns gegenüber wie redliche Kerle und schickten mir auch meinen Handschuh mit großem Lob zurück. Aber gerade als ich meine Ehre am größten wähnte, kamen fünfundzwanzig Musketiere aus Rheine daher und nahmen mich und meine Kameraden gefangen. Wenig später wurde ich in Ketten gelegt und an den Generalstab überstellt, denn alle Duelle waren bei Todesstrafe verboten.

Das 10. Kapitel. Der Generalfeldzeugmeister schenkt dem Jäger das Leben und macht ihm obendrein auch Hoffnung.

Da unser Generalfeldzeugmeister auf strenge Militärdisziplin hielt, befürchtete ich die Einbuße meines Kopfes. Ein wenig Hoffnung blieb mir aber noch, weil ich mich schon in der Blüte meiner jungen Jahre immer wieder gegen den Feind bewährt und mir durch meine Tapferkeit großes Ansehen erworben hatte. Doch diese Hoffnung war ungewiss, denn weil Streitereien zwischen den Soldaten täglich vorkamen, mussten auch Exempel statuiert werden.

Die Unseren hatten damals ein befestigtes Rattennest belagert und zur Übergabe aufgefordert, hatten jedoch eine abschlägige Antwort erhalten, weil die Feinde wussten, dass wir schweres Geschütz nicht mit uns führten. Deshalb ließ unser Graf von der Wahl seine ganze Streitmacht vor dem Ort aufmarschieren, verlangte durch einen Trompeter noch einmal die Übergabe und drohte, die Stadt zu stürmen. Es kam aber nichts dabei heraus, außer dem folgenden Schreiben:

Hochwohlgeborener Graf etc. Der von Eurer Gräflichen Exzellenz ausgesandten Mitteilung habe ich entnommen, was Eure Exzellenz im Namen der Römisch-Kaiserlichen Majestät von mir verlangen. Nun wissen aber Eure Hochgräfliche Exzellenz in Ihrer großen Vernunft, wie verwerflich und geradezu unverantwortlich ein Soldat sich verhalten würde, wenn er einen Ort wie diesen dem Gegner ohne Not auslieferte. Deswegen werden Eure Exzellenz es mir hoffentlich nicht verdenken, wenn ich es vorziehe, weiter auszuharren, bis die Waffen Eurer Exzellenz sich hier bemerkbar machen. Kann aber meine Wenigkeit unter Berücksichtigung ihrer Pflichten Eurer Exzellenz irgendwie zu Diensten sein, so werde ich sein

Eurer Exzellenz

allerdienstwilligster Diener
N. N.

In unserem Langer gingen die Meinungen über diesen Ort und wie wir mit ihm verfahren sollten, auseinander. Ihn unbehelligt zu lassen war nicht ratsam. Ihn ohne Bresche in der Mauer zu stürmen, hätte viel Blutvergießen gekostet, und ob es gelingen würde, war nicht gewiss. Hätten wir aber erst schwere Geschütze aus Münster oder Hamm herbeischaffen wollen, wären viel Mühe, Zeit und Unkosten draufgegangen. Während man quer durch alle Ränge beratschlagte, kam ich auf die Idee, die Gelegenheit zu nutzen und mich zu befreien.

Ich nahm meinen ganzen Verstand zusammen und überlegte, wie wir, da es uns ja nur an Geschützen fehlte, den Feind täuschen könnten. Und weil mir gleich etwas einfiel, teilte ich meinem Oberstleutnant mit, ich hätte eine Idee, wie wir den Ort mühelos und ohne Kosten einnehmen könnten – wenn ich dafür begnadigt und auf freien Fuß gesetzt würde.

Ein paar alte, erfahrene Soldaten lachten darüber und sagten: »Wer hangt, der langt.* Der Bursche will sich doch bloß herausreden!« Doch der Oberstleutnant und andere, die mich kannten, glaubten mir aufs Wort. Deshalb ging er selbst zum Generalfeldzeugmeister, berichtete ihm, was ich gesagt hatte, und erzählte ihm auch sonst noch einiges, was er über mich wusste. Weil der Graf schon vom Jäger gehört hatte, ließ er mich holen und für diese Zeit von meinen Fesseln befreien. Als ich kam, saß er gerade zu Tisch, und mein Oberstleutnant erzählte ihm, wie ich im vergangenen Frühjahr zum ersten Mal am Sankt-Jakobs-Tor in Soest Wache gehalten hatte. Da sei plötzlich ein starker Platzregen mit großem Donner und Sturmwind losgebrochen, und aus den Feldern und Gärten außerhalb hätten sich alle Leute in die Stadt gerettet. Es habe ein gewaltiges Gedränge von Rennenden und Reitenden gegeben, und ich hätte schon damals die Umsicht besessen, in diesem Augenblick die Wache zu verstärken, weil es für den Feind ein Leichtes sei, bei solchem Getümmel die Stadt einzunehmen.

»Zuletzt«, fuhr der Oberstleutnant fort, »kam triefnass eine alte Frau daher. Gerade als sie bei dem Jäger vorüberging, sagte sie: ›Ja, dies Wetter steckt mir schon seit vierzehn Tagen im Rücken!‹ Als der Jäger, der gerade einen Stock in der Hand hielt, dies hörte, schlug er ihr damit auf den Buckel und sagte: ›Du alte Hexe, hättest du es da nicht früher herauslassen können? Warum musstest du warten, bis ich hier auf Schildwache stehe?‹ Als sein Offizier dazwischentrat und ihn beschwichtigen wollte, erklärte der Jäger: ›Sie hat es nicht anders verdient. Das alte Rabenaas hat schon vor vier Wochen gehört, wie jeder nach einem kräftigen Regenguss rief. Warum hat sie ihn den ehrlichen Leuten nicht früher gegönnt? Gerste und Hopfen stünden dann vielleicht jetzt besser da!‹«

Der Generalfeldzeugmeister, der sonst ein ernster Mann war, lachte herzlich darüber. Ich aber dachte mir: Wenn der Oberstleutnant dem Grafen von solchen Narrenstreichen erzählt, hat er ihm bestimmt auch nicht verschwiegen, was ich sonst noch alles angestellt habe.

Vorgelassen wurde ich trotzdem.

Der Generalfeldzeugmeister fragte mich nach meinem Anliegen, und ich antwortete: »Gnädiger Herr etc. Obwohl ich durch mein Verbrechen und Euer Exzellenz rechtmäßiges Gebot und Verbot mein Leben verwirkt habe, gebietet mir die alleruntertänigste Treue, die ich meinem allergnädigsten Herrn, der Römisch-Kaiserlichen Majestät, bis in den Tod schuldig bin, nach meinem geringen Vermögen alles zu tun, was ich kann, um dem Feind zu schaden und dem Wohl und den Waffen der allerhöchsten Römisch-Kaiserlichen Majestät zu nutzen.«

Der Graf unterbrach mich und fragte: »Hast du mir nicht neulich den Mohren gebracht?«

»Ja, gnädiger Herr«, antwortete ich.

»Gut so«, sagte er. »Bei deinem Eifer und deiner Treue hast du vielleicht verdient, dass ich dir das Leben schenke. Aber was ist das für ein Plan, mit dem du den Feind ohne großen Verlust an Zeit und Leuten aus diesem Ort vertreiben willst?«

Ich antwortete: »Gegen schweres Geschütz kann sich der Ort nicht halten. Deshalb scheint es meiner Wenigkeit, unsere Feinde werden sich schon ergeben, wenn sie nur glauben, dass wir solche Geschütze bei uns haben.«

»Das hätte mir auch jeder andere Dummkopf sagen können«, antwortete der Graf. »Es fragt sich nur, wer sie dazu bringt, das zu glauben.«

»Ihre eigenen Augen«, antwortete ich. »Ich habe mir ihren Ausguck mit dem Fernrohr angesehen. Diese Leute kann man täuschen. Wenn man ein paar Baumstämme, dick wie Brunnenrohre, auf Wagen lädt, viele Pferde vorspannt und sie ins Feld ziehen lässt, so werden sie glauben, das seien schwere Geschütze – vor allem, wenn Eure Gräfliche Exzellenz irgendwo im Feld Schanzen errichten lässt, als sollten dort Geschütze in Stellung gebracht werden.«

»Mein lieber Junge, die Leute da drinnen sind keine Kinder«, antwortete der Graf. »Die werden den Trick durchschauen. Die wollen solche Geschütze auch hören. Und wenn der Streich danebengeht«, sagte er zu den umstehenden Offizieren, »sind wir vor aller Welt blamiert!«

»Gnädiger Herr«, antwortete ich, »ich will ihnen die Geschütze schon in den Ohren klingen lassen. Dazu brauchen wir nur ein paar Doppelhakenbüchsen* und ein großes Fass – der Knall wird allerdings der einzige Effekt sein. Sollte man damit wider Erwarten nur Spott erlangen, dann werde ich als der Erfinder, weil ich ohnehin sterben muss, diesen Spott mit ins Grab nehmen und mit meinem Leben tilgen.«

Der Graf wollte sich noch immer nicht darauf einlassen, aber mein Oberstleutnant überredete ihn. Er sagte, ich hätte in solchen Dingen eine so glückliche Hand, dass er am Erfolg dieses Streichs nicht im mindesten zweifele. Zuletzt befahl ihm der Graf, er möge die Sache so angehen, wie er es für richtig halte, und fügte im Scherz hinzu, die Ehre, die er damit erwerben werde, solle ganz allein ihm gehören.

Also wurden drei solche Kloben zusammengezimmert und vor jeden von ihnen vierundzwanzig Pferde gespannt, obwohl zwei genügt hätten. Die brachten wir am Abend vor die Stadt, so dass der Feind sie sehen konnte. Inzwischen hatte ich auch drei Doppelhaken und ein großes Fass aus einem Schloss bekommen – alles wurde nach meinen Anweisungen vorbereitet und im Schutz der Nacht zu unserer imposanten Artillerie geschafft. Die Doppelhaken füllte ich mit doppelter Ladung und ließ sie durch das erwähnte Fass, von dem ein Boden entfernt war, wie drei Signalschüsse losgehen. Das donnerte dermaßen, dass jeder geschworen hätte, es handele sich um Quartierschlangen oder Halbkartaunen.* Unser Generalfeldzeugmeister musste über dieses Schauspiel lachen. Noch einmal forderte er den Feind zur Übergabe auf und fügte hinzu, wenn sie nicht noch an diesem Abend einwilligten, würde es ihnen am nächsten Tag schlecht ergehen. Schon wenig später wurden Geiseln getauscht, der Übergabevertrag geschlossen und noch in der Nacht ein Stadttor für uns geöffnet. Dies alles kam mir sehr zugute, denn der Graf schenkte mir nicht nur das Leben, das ich schon verwirkt hatte, sondern ließ mich auch in derselben Nacht auf freien Fuß setzen und befahl dem Oberstleutnant in meinem Beisein, mir den ersten frei werdenden Fähnrichposten zu geben. Dem Oberstleutnant war das gar nicht recht, denn er hatte so viele Vettern und Schwäger, die auf einen solchen Posten spitzten, dass er mich ihnen nicht vorziehen konnte.

Das 11. Kapitel. **Handelt von allerhand Nichtigkeiten und großer Einbildung.**

Bei diesem Feldzug widerfuhr mir sonst nichts Bemerkenswertes. Als ich aber nach Soest zurückkam, hatten die Hessen aus Lippstadt den Knecht gefangen, den ich bei meinem Gepäck im Quartier zurückgelassen hatte, und ein Pferd von der Weide dazu. Von dem Knecht erfuhren die Feinde mehr über mein Tun und Lassen, und hierdurch stieg ich noch in ihrer Achtung, denn bis dahin hatten sie dem Gerücht geglaubt, ich könnte zaubern. Er erzählte ihnen auch, er sei einer von den Teufeln gewesen, vor denen sich der Jäger von Werl auf dem Schafhof so erschrocken hatte. Als dies auch jenem Jäger zu Ohren kam, schämte er sich so sehr, dass er von neuem die Flucht ergriff und von Lippstadt zu den Holländern lief. Die Gefangennahme meines Knechts jedoch erwies sich als ein großes Glück für mich, wie der Fortgang meiner Geschichte zeigen wird.

Ich begann, mich ehrbarer aufzuführen als bisher, weil ich mir Hoffnung machte, bald Fähnrich zu werden, und hielt mich mehr an die Offiziere und jungen Edelleute. Die waren auf dasselbe aus, was ich demnächst zu bekommen wähnte, und waren deshalb meine ärgsten Feinde, taten aber so, als wären sie meine besten Freunde. Der Oberstleutnant war nicht gut auf mich zu sprechen, weil er den Befehl bekommen hatte, mich vor seinen Verwandten zu befördern. Mein Hauptmann, der alte Geizhals, war mir abhold, weil meine Pferde, Kleider und Waffen besser waren als seine und ich ihn beim Trinken nicht mehr so oft freihielt wie früher. Ihm wäre es lieber gewesen, wenn man mir den Kopf abgeschlagen hätte, statt mir ein Fähnlein zu versprechen, denn er hatte sich schon Hoffnung auf meine schönen Pferde gemacht.

Mein Leutnant aber hasste mich wegen eines einzigen unbedachten Satzes, den ich vor einiger Zeit hatte fallen lassen. Das kam so: Auf unserem letzten Feldzug waren wir beide abkommandiert worden, an einer besonders gefährlichen Stelle Wache zu halten. Während ich an der Reihe war – das Wachehalten musste im Liegen geschehen, obwohl die Nacht stockfinster war –, kam der Leutnant irgendwann wie eine Schlange angekrochen und fragte: »Schildwache, siehst du was?«

»Ja, Herr Leutnant«, erwiderte ich.

»Was denn? Was denn?«, fragte er.

»Ich sehe, dass sich der Herr Leutnant fürchtet.«

Von da an hatte ich seine Gunst verloren, und wo es am riskantesten war, dorthin wurde ich als Erster abkommandiert. Auf Schritt und Tritt suchte er nach Gelegenheiten, mir eins auszuwischen, solange ich noch kein Fähnrich war und mich nicht gegen ihn wehren konnte.

Nicht weniger feindlich gesinnt waren mir die Feldwebel, weil ich ihnen allen vorgezogen worden war. Und selbst die einfachen Soldaten begannen in ihrer Liebe und Freundschaft zu wanken, weil es so aussah, als würde ich sie verachten, indem ich mich, wie gesagt, weniger an sie als an die großen Hanseln hielt, die mir deshalb jedoch um nichts besser gesinnt waren als vorher.

Das Schlimmste dabei war, dass mir kein Mensch sagte, wie man über mich dachte. Ich selbst bekam es nicht mit, weil sich so mancher in den freundlichsten Worten mit mir unterhielt, der mich in Wahrheit lieber tot gesehen hätte. So lebte ich wie ein Blinder in falscher Sicherheit und wurde mit der Zeit noch hochmütiger. Obwohl ich wusste, dass sich mancher ärgerte, wenn ich einen Edelmann oder einen hohen Offizier an Prachtentfaltung übertraf, unterließ ich es doch nicht und scheute mich auch nicht, nachdem ich Gefreiter* geworden war, ein Wams für sechzig Reichstaler, scharlachrote Seidenhosen und weiße Ärmel aus Atlas zu tragen, alles mit Gold und Silber verbrämt, was damals die Tracht der höchsten Offiziere war und daher allen in die Augen stach. Aber es war die pure Dummheit, mich so aufzuführen.

Denn hätte ich mit dem Geld, das ich mir so nutzlos an den Leib hängte, die richtigen Hände geschmiert, hätte ich nicht bloß mein Fähnlein bald bekommen, sondern hätte mir auch weniger Feinde gemacht.

Aber damit ließ ich es noch nicht genug sein, sondern putzte auch mein bestes Pferd, das Springinsfeld von dem hessischen Rittmeister übernommen hatte, mit Sattel, Zaumzeug und Waffen so heraus, dass man mich, wenn ich darauf saß, für einen zweiten Sankt Georg hätte halten können. Nichts ärgerte mich so sehr, wie zu wissen, dass ich kein Edelmann war. Dann hätte ich nämlich auch meinen Knecht und meine Pferdejungen in meine Livree kleiden dürfen. Ich sagte mir: Das Leben geht erst richtig los, wenn du ein Wappen hast. Dann hast du zumindest eine eigene Livree, und wenn du Fähnrich wirst, musst du ja auch ein Siegel haben, selbst wenn du kein Junker bist. Kaum waren mir solche Gedanken gekommen, da ließ ich mir von einem Pfalzgrafen* ein Wappen ausstellen. Es zeigte drei rote Masken auf weißem Feld und als Helmzier das Brustbild eines jungen Narren im Kälbergewand mit zwei Hasenohren auf der Schellenkappe. Ich dachte, das passe am besten zu meinem Namen Simplicius. Dieser Narr sollte mich auch in meinem künftigen hohen Stand daran erinnern, was ich in Hanau für ein Gesell gewesen war, damit ich nicht allzu hochmütig werden würde, denn schon jetzt hielt ich mich nicht mehr für das Letzte vom Letzten. So wurde ich denn der Erste meines Namens, meines Stamms und Wappens, und hätte sich deswegen jemand über mich lustig gemacht, so hätte ich ihm nur noch die Wahl zwischen Degen und Pistolen gelassen.

Obwohl ich mich damals noch nicht für Frauen interessierte, begleitete ich doch die Adeligen, wenn sie junge Damen besuchten, von denen es in der Stadt viele gab, denn ich wollte mich sehen lassen und mein schönes Haar, meine Kleider und Federbüsche zur Schau stellen. Ich darf wohl sagen, dass ich dem Aussehen nach allen anderen vorgezogen wurde.

Andererseits musste ich hören, wie mich die verwöhnten Weibsbilder mit einer schönen Schnitzfigur verglichen, der es trotz aller Schönheit an Saft und Kraft fehlte. Außer dem Lautespielen hatte ich ja nichts, was ihnen gefiel und womit ich mich ihnen hätte angenehm machen können, denn vom Lieben verstand ich noch nichts. Als sich aber auch die anderen, die besser mit den Frauen umzugehen wussten, über meine linkische, hölzerne Art lustig machten, um sich desto mehr bei ihnen einzuschmeicheln und die eigene Gewandtheit hervorzukehren, da sagte ich allen, mir sei nun mal die Freude an einem blanken Degen und einer guten Muskete noch genug. Den Frauen gefiel das, was wiederum die anderen so verdross, dass sie mir heimlich den Tod an den Hals wünschten. Aber keiner hatte den Mut, mich herauszufordern oder mir einen Anlass zu geben, einen von ihnen herauszufordern, obwohl eine Ohrfeige oder ein paar spitze Worte vollauf genügt hätten, zumal ich mich ihnen gegenüber ziemlich aufspielte. Daraus schlossen nun wieder die Frauen, ich müsse ein forscher Jüngling sein, und sagten auch laut, allein mein Aussehen und meine edle Gesinnung könnten bei einer jungen Dame mehr ausrichten als alle Komplimente, die Amor je erfunden hätte, was die übrigen Anwesenden noch mehr erbitterte.

Das 12. Kapitel. Das Glück macht dem Jäger unversehens ein fürstliches Geschenk.

Ich hatte zwei schöne Pferde, die waren damals meine ganze Freude auf der Welt. Jeden Tag, wenn ich sonst nichts zu tun hatte, ritt ich mit ihnen in die Reitschule oder in der Gegend herum – nicht weil sie noch etwas hätten lernen müssen, sondern weil die Leute sehen sollten, was für schöne Tiere ich besaß. Wenn ich so durch eine Straße paradierte oder vielmehr das Pferd mit mir dahintänzelte und die einfachen Leute staunten und zueinander sagten: »Seht, das ist der Jäger! Oh, was für ein schönes Pferd! Oh, was für ein schöner Federbusch!« Oder: »Min Gott, wat vor en brave Keel is mi dat!« – dann spitzte ich gewaltig die Ohren und genoss es, als hätte mich die Königin von Saba* mit dem weisen Salomon in seiner höchsten Majestät verglichen. Dabei achtete ich Narr nicht darauf, wie verständige Leute damals über mich dachten und was meine Neider von mir sagten. Diese Letzteren wünschten mir gewiss, ich möchte mir Hals und Beine brechen, weil sie nicht mithalten konnten. Andere aber werden gedacht haben, dass ich in diesem prächtigen Aufzug nicht herumstolzieren würde, wenn jeder noch besäße, was ihm mal gehört hat. Kurz, die Klügsten müssen mich für einen jungen Laffen gehalten haben, dessen Hochmut sich nicht lange halten würde, weil er auf einem schlechten Fundament stand und sich nur aus zweifelhafter Beute speiste. Und wenn ich selbst die Wahrheit bekennen soll, muss ich gestehen, dass diese Letzteren recht hatten, obwohl ich es damals noch nicht verstand. Denn eigentlich konnte ich nichts, außer einem Mann oder Gegner, der es mit mir aufnehmen wollte, ordentlich einzuheizen, so dass ich immerhin als tüchtiger, einfacher Soldat gelten konnte, obwohl ich fast noch ein Kind war. Groß machte mich bloß der Umstand, dass heutzutage der letzte Pferdeknecht imstande ist, den tapfersten Helden von der Welt totzuschießen. Wäre aber das Pulver noch nicht erfunden gewesen, hätte ich die Pfeife wohl im Sack stecken lassen müssen.

Ich hatte mir angewöhnt, bei meinen Ausritten alle Wege und Stege, alle Gräben, Sümpfe, Gebüsche, Hügel und Gewässer der Umgebung zu erkunden und mir einzuprägen, wie sich ihre Lage und Beschaffenheit zum Angriff oder zur Verteidigung nutzen ließen, falls es einmal zu einem Scharmützel mit dem Feind kommen sollte. So kam ich eines

Tages auch an einem alten Gemäuer unweit der Stadt vorbei. Früher hatte dort ein festes Haus gestanden, und schon auf den ersten Blick kam mir der Gedanke, diese Ruine könnte sich gut als Hinterhalt oder auch zum Rückzug eignen, vor allem für uns Dragoner, wenn wir einmal von Reitern übermannt und verfolgt werden sollten. Ich ritt in den Hof, dessen Mauern stark verfallen waren, um zu sehen, ob man sich notfalls auch zu Pferd dorthin zurückziehen und wie man sich hier zu Fuß verteidigen könnte. Als ich mir alles genau ansehen und dabei auch an dem halbwegs erhaltenen Keller vorbeireiten wollte, konnte ich mein Pferd, das sonst nie scheute, um nichts in der Welt dazu bringen, noch einen Schritt weiter zu gehen. Ich gab ihm die Sporen, dass es mir schon leidtat, aber das half nichts. Ich stieg ab, um mich genauer umzusehen, und führte das Tier an der Hand die verfallene Kellertreppe hinunter, vor der es so sehr scheute. Es schlug aus und wollte zurück, aber zuletzt brachte ich es mit Schlägen und guten Worten doch nach unten, und als ich es dort tätschelte und streichelte, merkte ich, dass es vor Angst schwitzte und immerfort in eine Ecke des Kellers starrte, in die es am allerwenigsten wollte, während ich dort nichts zu entdecken vermochte, was auch das scheueste Pferd im Geringsten hätte erschrecken können.

Während ich verwundert dastand und mein Pferd vor Furcht zittern sah, überfiel auch mich ein Grausen, als würde mich jemand an den Haaren in die Höhe ziehen und mir einen Kübel kaltes Wasser über den Kopf gießen. Doch sehen konnte ich nichts. Weil sich aber das Pferd immer seltsamer gebärdete, kam mir plötzlich der Gedanke, ich sei zusammen mit ihm verzaubert und müsste in diesem Keller mein Ende finden. Also wollte ich zurück. Aber nun weigerte sich mein Pferd, mir zu folgen, was mich noch mehr ängstigte und so verwirrte, dass ich kaum mehr wusste, was ich tat. Zuletzt zog ich eine Pistole hervor und band das Pferd an einen starken Holunderstrauch, der da unten gewachsen war. Ich wollte den Keller verlassen und in der Nähe Leute suchen, die mir helfen könnten, das Pferd wieder herauszubringen. Aber während ich noch hierüber nachdachte, fiel mir ein, dass in diesem alten Gemäuer ein Schatz verborgen liegen und es deshalb hier so unheimlich sein könnte. Ich glaubte diesem Einfall und sah mich genauer um. Da fiel mir in der Ecke, in die mein Pferd partout nicht wollte, ein Mauerstück auf, ungefähr so groß wie ein gewöhnlicher Fensterladen, das sich in der Farbe und der Art, wie es gemauert war, von der übrigen Wand unterschied. Als ich aber nähertreten wollte, erging es mir wie zuvor – es war, als stünden mir die Haare zu Berge, was mich in dem Glauben bestärkte, hier müsse ein Schatz versteckt liegen.

Zehnmal, ja, hundertmal lieber hätte ich mit einem Gegner Kugeln gewechselt, als mich in solcher Angst zu winden. Etwas quälte mich, aber ich wusste nicht, was es war, denn ich sah nichts und hörte nichts. Ich zog auch die zweite Pistole aus dem Sattelhalfter und wollte damit fliehen und das Pferd zurücklassen. Aber nun kam ich die Treppe nicht mehr hoch, weil mich, so schien es mir, ein starker Wind daran hinderte. Da kroch mir das Grauen erst recht den Buckel herauf! Zuletzt fiel mir ein, ich könnte die Pistolen abschießen und die auf den umliegenden Feldern arbeitenden Bauern damit zu Hilfe rufen. Das tat ich dann auch, weil ich nicht wusste, wie ich aus dieser unheimlichen Wunderkammer anders wieder hätte freikommen sollen. Ich war so wütend oder vielmehr so verzweifelt – eigentlich weiß ich selbst nicht mehr, wie mir zumute war –, dass ich meine Pistole beim Abdrücken genau auf die Stelle richtete, wo nach meiner Vermutung die Ursache all der seltsamen Erscheinungen saß. Ich traf das erwähnte Mauerstück mit zwei Kugeln von solcher Wucht, dass ein Loch entstand, groß genug, um zwei Fäuste hindurchzustecken. Gleich nach dem Schuss wieherte mein Pferd und spitzte die Ohren, was mich sehr erleichterte. Ich weiß nicht, ob das Ungeheuer oder Gespenst in diesem

Augenblick verschwunden war oder ob sich das arme Tier über mein Schießen freute. Jedenfalls fasste ich neuen Mut und trat ungehindert und ohne Furcht zu dem Loch, das ich mit dem Schuss geöffnet hatte, fing an, die Mauer vollends einzubrechen, und fand einen so reichen Schatz von Silber, Gold und Edelsteinen, dass ich noch heute davon zehren würde, wenn ich ihn nur richtig zu verwahren und anzulegen gewusst hätte.

Da waren sechs Dutzend uralte Tischbecher aus Silber, ein großer goldener Pokal, einige Doppelbecher, vier silberne und ein goldenes Salzfass, eine altertümliche Goldkette, verschiedene, in Ringe und andere Schmuckstücke gefasste Diamanten, Rubine, Saphire und Smaragde, außerdem ein ganzes Kästchen voll großer Perlen, aber alle verdorben und verblichen, und dann in einem vermoderten Ledersack achtzig von den ältesten Joachimstalern* aus feinem Silber und 893 Goldstücke* mit dem französischen Wappen und einem Adler – Münzen, die nachher keiner annehmen wollte, weil man, so hieß es, die Schrift nicht lesen könne.

Münzen, Ringe und Schmuckstücke steckte ich in meine Taschen, Stiefel, Hosen und in die Pistolenhalfter, und weil ich keinen Sack dabeihatte, da ich ja nur einen Spazierritt hatte machen wollen, schnitt ich die Satteldecke vom Sattel ab und packte (weil sie gefüttert war und mir als Sack dienen konnte) das übrige Silbergeschirr hinein, hängte mir die Goldkette um den Hals und schwang mich fröhlich auf mein Pferd, um in mein Quartier zurückzukehren.

Beim Verlassen des Hofes sah ich zwei Bauern, die davonlaufen wollten, als sie mich erblickten. Mit meinen sechs Füßen und in dem flachen Gelände holte ich sie allerdings leicht ein und fragte sie, warum sie vor mir hätten ausreißen wollen und sich so sehr fürchteten. Da sagten sie, sie hätten mich für das Gespenst gehalten, das in dem verlassenen Herrenhaus wohne und den Leuten, wenn sie ihm zu nahe kämen, furchtbar zusetze. Als ich mehr wissen wollte, antworteten sie, aus Furcht vor dem Ungeheuer komme oft jahrelang kein Mensch an diesen Ort, allenfalls ein Fremder, der sich verirrt habe. In der Gegend erzähle man sich, in dem Haus gebe es eine Truhe voller Geld, die würde von einem schwarzen Hund und einer verzauberten Jungfrau bewacht. Sie selbst hätten von ihren Großeltern die alte Sage noch gehört: Eines Tages werde ein fremder Edelmann, der weder seinen Vater noch seine Mutter kenne, ins Land kommen, werde die Jungfrau erlösen, die eiserne Truhe mit einem feurigen Schlüssel aufschließen und das darin versteckte Geld mit sich nehmen.

Sie erzählten mir noch etliche alberne Geschichten, die ich hier der Kürze zuliebe weglasse. Nachher fragte ich die beiden, was sie hier überhaupt gewollt hätten, wenn sie sich nicht in das Gemäuer getrauten. Sie hätten einen Schuss und dann einen lauten Schrei gehört, antworteten sie, und seien herbeigelaufen, um zu sehen, was los sei. Als ich ihnen sagte, geschossen hätte ich zwar und auch gehofft, es würden Leute zu mir in das Gemäuer kommen, weil auch ich große Angst ausgestanden hatte, von einem Schrei jedoch hätte ich nichts gehört, da entgegneten sie: »In diesem Schloss kann jemand lange schießen, bis von uns Nachbarn einer kommt – denn hier geht es so abenteuerlich zu, dass wir dem Junker nicht glauben würden, dass er darin war, wenn wir ihn nicht mit eigenen Augen hätten herausreiten sehen.«

Nun begannen sie mich auszufragen, wie es dort drinnen sei und ob ich nicht die Jungfrau mit dem schwarzen Hund auf der Truhe gesehen hätte. Ich hätte kräftig aufschneiden und den beiden seltsame Bären aufbinden können, aber ich sagte ihnen lieber gar nichts, auch nicht, dass ich den kostbaren Schatz gehoben hatte, sondern ritt zurück in mein Quartier und besah meinen Fund, der mich von Herzen freute.

Das. 13. Kapitel. Seltsame Einfälle und Luftschlösser des Simplicius, und wie er seinen Schatz verwahrt.

Leute, die wissen, was das Geld wert ist, und es deshalb vergöttern, tun dies nicht ohne Grund. Und wenn einer in der Welt die Kräfte des Geldes und dessen beinah göttliche Tugenden erfahren hat, dann ich. Ich weiß, wie einem zumute ist, der einen ordentlichen Vorrat davon besitzt, habe aber auch mehr als einmal erfahren, wie sich einer fühlt, der keinen Heller mehr hat. Ich würde mich anheischig machen zu beweisen, dass Geld die Kräfte und Wirkungen der Edelsteine in viel reicherem Maße besitzt als diese selbst. Denn es vertreibt die Melancholie wie der Diamant. Es fördert die Lust und Freude am Studieren wie der Smaragd, weshalb auch mehr Kinder von reichen als von armen Leuten Studenten werden. Es vertreibt die Furcht wie der Rubin und macht den Menschen fröhlich und glückselig. Es hindert oft den Schlaf wie der Granat, besitzt aber auch, wie der Hyazinth, große Kraft, die Ruhe und den Schlaf zu fördern. Es stärkt das Herz und macht den Menschen freudig, umgänglich, frisch und gutmütig wie Saphir und Amethyst. Es vertreibt böse Träume, ermuntert und schärft den Verstand und lässt den, der mit jemandem im Streit liegt, obsiegen wie der gelbe Karneol, vor allem wenn er mit ihm den Richter tapfer schmiert. Es löscht auch die geilen, unkeuschen Gelüste, weil man für Geld schöne Frauen bekommen kann. Kurz, es lässt sich, wie ich schon in meinem Buch »Schwarz und Weiß«* geschrieben habe, gar nicht sagen, was das liebe Geld alles vermag, wenn man es nur richtig zu gebrauchen und anzulegen weiß.

Das meine, das ich durch Rauben und Auffinden dieses Schatzes zusammengebracht hatte, wirkte sich seltsam bei mir aus. Zunächst einmal machte es mich hochmütiger, als ich bisher gewesen war, und dies so sehr, dass mich schon mein Name Simplicius von Herzen ärgerte. Dann raubte es mir den Schlaf wie der Amethyst, denn nächtelang lag ich wach und überlegte, wie ich es anlegen und weiter vermehren könnte. Es machte mich zu einem perfekten Rechenmeister, denn ich überschlug, was mein ungemünztes Silber und Gold wert sein mochte, addierte es zu dem, was ich hier und da schon versteckt hatte oder noch bei mir trug, und kam dabei selbst ohne die Edelsteine auf eine beträchtliche Summe. Es ließ mich auch von der ihm anhaftenden Verschlagenheit und Bosheit kosten, indem es mir das Sprichwort »Wo viel ist, begehrt man immer mehr« deutlich vor Augen stellte und mich so geizig machte, dass mir bald alle Welt feindlich gesinnt war. Es pflanzte mir närrische Pläne und seltsame Einfälle ins Hirn, von denen ich jedoch keinen einzigen weiter verfolgte: Einmal kam ich auf die Idee, das Kriegshandwerk an den Nagel zu hängen, mich irgendwo niederzulassen und fortan mit sattem Bauch und schmutzigem Mund aus dem Fenster zu glotzen. Doch davon kam ich bald wieder ab, wenn ich an mein freies Leben dachte und an die Aussicht, ein großes Tier zu werden. Da sagte ich mir: He, Simplicius, lass dich adeln und wirb mit deinem Geld eine eigene Kompanie Dragoner für den Kaiser an, dann bist du ein gemachter Mann und ein junger Herr, der mit der Zeit noch hoch steigen kann. Sobald ich mir aber vor Augen führte, dass ich aus solcher Höhe schon durch ein einziges Gefecht mit unglücklichem Ausgang leicht abstürzen und diese Bahn wie der ganze Krieg durch einen Friedensschluss bald ein Ende finden könnte, gefiel mir auch dieser Plan nicht mehr. Nun begann ich mir das volle Mannesalter zu wünschen. Denn wenn du das hast, sagte ich mir, nimmst du dir eine schöne, junge, reiche Frau, kaufst dir ein ansehnliches Gut und führst ein geruhsames Leben. Ich wollte mich auf die Viehzucht verlegen und damit auf ehrliche Weise ein gutes Auskommen haben. Weil ich aber wusste, dass ich hierfür noch viel zu jung war, musste ich auch diesen Plan fallen lassen. Ich hatte noch viele solcher Einfälle, bis ich endlich beschloss, meine besten Sachen einem wohlhabenden Mann in einer gut gesicherten Stadt in Verwahrung zu geben und abzuwarten, was das Glück weiter mit mir vorhabe.

Damals hatte ich noch meinen Jupiter bei mir, denn ich konnte ihn einfach nicht loswerden. Bisweilen sprach er sehr verständig, erwies sich in manchen Wochen als kluger Kopf und hatte mich über die Maßen gern, weil ich ihm viel Gutes tat. Als er mich so in Gedanken versunken herumlaufen sah, sagte er: »Lieber Sohn, am besten schenkt Ihr Euer Schandgeld, das Gold und das Silber weg!«

»Warum denn das, lieber Jupiter?«, fragte ich.

»Damit Ihr Freunde gewinnt und Eure unnützen Sorgen loswerdet.«

Ich sagte, ich hätte lieber noch viel mehr Geld, worauf er entgegnete: »Dann seht nur zu, wo Ihr es bekommt. Aber Ruhe und Freunde werdet Ihr auf diese Weise Euer Lebtag nicht finden. Überlasst den Geiz den alten Schnapphähnen, und betragt Euch, wie es sich für einen jungen, braven Kerl gehört. An guten Freunden wird es Euch eher fehlen als am Geld.«

Ich ließ mir das durch den Kopf gehen und fand, dass Jupiter recht hatte. Aber ich war schon so sehr vom Geiz besessen, dass ich gar nicht mehr auf den Gedanken kam, noch etwas wegzugeben. Doch schließlich schenkte ich dem Kommandanten zwei vergoldete Doppelbecher* aus Silber und meinem Hauptmann zwei silberne Salzfässer, womit ich ihnen aber nur das Maul nach dem Übrigen wässrig machte, denn es handelte sich um kostbare Antiquitäten.

Meinem treuesten Kameraden Springinsfeld schenkte ich zwölf Reichstaler, wofür er mir den Rat gab, ich solle mich meiner Reichtümer entledigen, sonst müsste ich damit rechnen, dass sie mich ins Unglück stürzten. Die Offiziere sähen es nicht gern, wenn ein einfacher Soldat mehr Geld hätte als sie. Er habe schon erlebt, wie ein Kamerad den anderen wegen seines Geldes heimtückisch ermordet habe. Bisher hätte ich ja noch geheim halten können, wie viel ich ergattert hatte, denn jeder glaubte, ich hätte alles wieder in Kleider, Pferde und Waffen gesteckt. Nun aber könnte ich nichts mehr verbergen und niemandem mehr weismachen, dass ich nicht noch mehr Geld besäße. Inzwischen stelle sich jeder den Schatz, den ich gefunden hatte, sogar noch größer vor, als er in Wirklichkeit sei, zumal ich auch weniger spendabel sei als früher. Er höre oft, wie die anderen Burschen über mich sprächen. Er an meiner Stelle würde den Krieg Krieg sein lassen, sich irgendwo ein sicheres Plätzchen suchen und auf den lieben Gott vertrauen.

»Hör mal, Bruder«, antwortete ich, »soll ich denn die Hoffnung, selbst bald ein Fähnlein zu bekommen, einfach in den Wind schlagen?«

»Ja, ja«, sagte Springinsfeld, »der Dingsda soll mich holen, wenn du je ein Fähnlein bekommst! Eher werden die anderen, die auch darauf hoffen, dir tausendmal den Hals umdrehen, wenn sie sehen, dass ein Posten frei wird und du ihn bekommst. Erklär mir nicht, was ein Karpfen ist – mein Vater war Fischer! Nichts für ungut, Bruder, aber ich habe länger als du mit angesehen, wie es im Krieg zugeht. Siehst du denn nicht, wie so mancher Feldwebel über seinen kurzen Waffen grau wird, der es mehr als viele andere verdient hätte, eine Kompanie zu befehligen? Glaubst du etwa, diese Kerle würden sich keine Hoffnung machen? Und du weißt selbst, dass sie eine solche Beförderung mehr verdient haben als du.«

Dagegen war nichts einzuwenden, denn ich wusste, dass Springinsfeld mir mit deutscher Aufrichtigkeit die Wahrheit sagte und nicht heuchelte. Trotzdem biss ich insgeheim die Zähne zusammen, denn ich bildete mir Wunders was auf mich ein. Aber dann dachte ich auch immer wieder an das, was mir Springinsfeld und mein Jupiter gesagt hatten, und musste erkennen, dass ich keinen einzigen Verwandten hatte, der mir in der Not beistehen oder mich rächen würde, wenn ich, sei es heimtückisch oder offen, getötet würde. Außerdem war es offensichtlich, in was für einer Lage ich mich befand. Mein Ehr- und Geldgeiz und erst recht die Hoffnung, ein Großer zu werden, ließen aber nicht zu, dass ich mich vom Krieg abwandte und zur Ruhe setzte. Stattdessen hielt ich an meinem ersten Vorsatz fest, und da sich gerade eine Gelegenheit bot, nach Köln zu gelangen – ich sollte mit hundert anderen Dragonern einigen Kaufleuten und ihren Güterwagen von Münster aus Geleitschutz nach dort geben –, packte ich meinen Schatz zusammen, nahm ihn mit und übergab ihn einem der angesehensten Kaufleute der Stadt gegen Aushändigung eines Papiers, auf dem alles genau verzeichnet war: ungemünztes Feinsilber im Wert von vierundsiebzig Mark, Gold für fünfzehn Mark, achtzig Joachimstaler und in einem versiegelten Kästchen verschiedene Ringe und Schmuckstücke, die mit Gold und Edelsteinen zusammen achteinhalb Pfund wogen, und außerdem 893 altertümliche Goldmünzen, jede so schwer wie anderthalb Goldgulden.

Meinen Jupiter nahm ich auch mit, weil er mich darum bat, denn er hatte in Köln einige angesehene Verwandte. Vor ihnen rühmte er die Wohltaten, die ich ihm erwiesen hatte, und sorgte dafür, dass sie mich ehrenvoll empfingen. Trotzdem ermahnte er mich immer wieder, ich solle mein Geld besser anlegen und mir Freunde dafür kaufen. Die würden mir mehr nutzen als das Gold im Kasten.

Das 14. Kapitel. Wie der Jäger vom Feind gefangen wird.

Auf dem Rückweg überlegte ich hin und her, wie ich mich in Zukunft verhalten sollte, um die Gunst der Leute wiederzugewinnen. Denn was Springinsfeld mir gesagt hatte und was ja auch stimmte: dass alle Welt neidisch auf mich sei –, beunruhigte mich doch sehr. Mir fiel auch wieder ein, was die berühmte Wahrsagerin von Soest mir einmal geweissagt hatte, und das machte meine Sorgenlast noch größer. Immerhin schärften mir solche Gedanken den Verstand, und ich sah klarer als bisher, wie sehr ein Mensch, der sorglos in den Tag hineinlebt, einem wilden Tier gleicht.

Ich überlegte mir also, aus welchem Grund mich dieser oder jener hassen könnte und wie ich jedem Einzelnen begegnen sollte, um seine Gunst wiederzuerlangen, wunderte mich aber auch sehr darüber, wie falsch diese Kerle waren, dass sie so freundlich mit mir redeten, obwohl sie mich überhaupt nicht leiden konnten. So kam ich auf die Idee, es genauso zu machen wie sie – jedem nach dem Mund zu reden und mit Ehrerbietung zu begegnen, auch wenn es mir damit nicht Ernst war. Vor allem aber verstand ich, dass mir der eigene Hochmut die meisten Feinde verschafft hatte, und hielt es für ratsam, wieder bescheidener aufzutreten, obwohl ich das nicht wirklich war – also auch mit den einfachen Soldaten zu verkehren, vor den höheren aber den Hut in der Hand zu behalten und weniger zu protzen, bis sich meine Stellung verändert hatte.

Von dem Kaufmann in Köln hatte ich mir hundert Taler geliehen, die ich ihm mit Zinsen zurückzahlen sollte, wenn er mir meinen Schatz wieder aushändigte. Mit diesem Geld wollte ich auf dem Rückweg die Kameraden freihalten, denn ich hatte begriffen, dass man sich mit Geiz keine Freunde macht – war also entschlossen, mich zu ändern, und wollte schon auf diesem Marsch damit beginnen.

Ich hatte aber die Zeche ohne den Wirt gemacht. Denn als wir ins Bergische Land kamen, lauerten uns an einem hierzu besonders geeigneten Ort achtzig Musketiere und fünfzig Reiter auf, gerade als ich mit drei anderen Soldaten und einem Korporal vorausgeschickt worden war, um die Straße auszukundschaften. Die Feinde verhielten sich still, als wir in ihren Hinterhalt kamen, und ließen uns passieren, denn wenn sie uns in diesem Augenblick angegriffen hätten, wäre der Hauptteil gewarnt worden. Stattdessen warteten sie, bis der ganze Konvoi in die Enge gelangt war, schickten uns aber einen Kornett* mit acht Reitern nach, die uns im Auge behielten, bis die übrigen unseren Konvoi angriffen und wir kehrtmachen und zu den Wagen zurückwollten. In diesem Augenblick gingen sie auf uns los und fragten, ob wir uns ergeben würden. Ich selbst war gut beritten. Ich hatte mein bestes Pferd unter mir, wollte aber trotzdem nicht die Flucht antreten, sondern schwang mich herum und stürmte auf eine kleine Anhöhe, um zu sehen, ob hier noch Ehre zu gewinnen sei. Da hörte ich schon an der Salve, die auf die Unseren abgefeuert wurde, was die Glocke geschlagen hatte, und wollte fliehen. Der Kornett hatte das vorausgesehen und uns den Weg abgeschnitten. Ich versuchte mich durchzuschlagen, aber er fragte noch einmal, ob ich mich ergeben wolle, denn er hielt mich für einen Offizier. Ich dachte, mit dem Leben davonkommen ist besser, als es dem Zufall zu überlassen, und fragte ihn, ob ich seinem Wort trauen könne und er ein redlicher Soldat sei. Er rief: »Ja, gewiss!« – worauf ich ihm meinen Degen überließ und mich gefangen gab. Er wollte gleich wissen, wer ich sei, da er mich für einen Edelmann und deshalb auch für einen Offizier hielt. Als ich ihm antwortete, man nenne mich den Jäger von Soest, erwiderte er: »Da habt Ihr Glück, dass Ihr uns nicht vor vier Wochen in die Hände gefallen seid. Damals hätte ich Euch kein Pardon anbieten und es auch nicht halten dürfen, weil man Euch damals bei uns für einen ausgemachten Hexenmeister hielt.«

Dieser Kornett war ein tapferer, junger Kavallerist und kaum zwei Jahre älter als ich. Er freute sich sehr über die Ehre, den berühmten Jäger gefangen zu haben, und hielt deshalb auch das versprochene Pardon sehr ehrlich und nach dem Brauch der Holländer, die ihren spanischen Feinden, wenn sie sie gefangen haben, nichts von dem zu nehmen pflegen, was der Gürtel umschließt. Ja, er ließ mich nicht einmal durchsuchen. Ich aber zog mein Geld freiwillig aus der Tasche und gab es ihnen, als es ans Teilen der Beute ging. Dem Kornett sagte ich im Stillen noch, er solle zusehen, dass er mein Pferd mit Sattel und Zaumzeug bekomme. Im Sattel fände er dreißig Dukaten, und ein so gutes Pferd würde ihm nicht so bald wieder begegnen. Daher schloss mich der Kornett in sein Herz, als wäre ich sein leiblicher Bruder, setzte sich auch gleich auf mein Pferd und ließ mich auf seinem reiten. Von unserem Konvoi aber waren nicht mehr als sechs tot. Dreizehn wurden gefangen, acht von ihnen verwundet. Die Übrigen suchten das Weite und hatten nicht den Mut, dem Feind im freien Feld seine Beute wieder abzujagen, was sie durchaus hätten tun können, denn alle waren beritten.

Nachdem die Beute und die Gefangenen geteilt waren, gingen die Schweden und die Hessen noch am selben Abend wieder auseinander, denn sie lagen in verschiedenen Garnisonen. Mich und den Korporal sowie drei weitere Dragoner behielt der Kornett, weil er uns gefangen genommen hatte. Wir wurden in eine Festung gebracht, die kaum zwei Meilen von unserer Garnison entfernt lag.* Und weil ich diesem Ort vor nicht allzu langer Zeit schwer zugesetzt hatte, war ich dort allgemein bekannt, aber nicht beliebt, sondern gefürchtet. Als wir die Stadt vor uns sahen, schickte der Kornett einen Reiter voraus, der dem Kommandanten seine Ankunft melden und berichten sollte, was sich zugetragen hatte und wer die Gefangenen seien. Da entstand in der Stadt ein unbeschreiblicher Auflauf, denn jeder wollte den Jäger sehen. Alle redeten über mich, und es war, als würde ein großer Potentat Einzug halten.

Wir Gefangenen wurden gleich zum Kommandanten geführt, der sich über meine Jugend sehr wunderte. Er fragte mich, ob ich nie auf schwedischer Seite gedient hätte und was für ein Landsmann ich sei. Als ich ihm wahrheitsgemäß antwortete, wollte er wissen, ob ich nicht Lust hätte, wieder auf ihrer Seite zu bleiben. Ich erwiderte, eigentlich hätte ich nichts dagegen, aber da ich nun mal dem Römischen Kaiser einen Eid geschworen hätte, hielte ich es doch für angebracht, diesen auch zu halten. Darauf befahl der Kommandant, uns dem Generalprofoss zu übergeben, erlaubte dem Kornett auf dessen Einwand dann aber doch, uns zu bewirten – so wie auch ich zuvor meine Gefangenen (unter denen auch einmal ein Bruder des Kommandanten gewesen war) bewirtet hatte. Abends kamen mehrere Offiziere, sowohl solche, die mit Glück aufgestiegen waren, als auch edelgeborene Kavaliere, zu dem Kornett, der dann auch mich und den Korporal holen ließ. Ich muss sagen, sie behandelten mich sehr zuvorkommend. Ich gab mich so fröhlich, als wenn ich nichts verloren hätte, benahm mich so leutselig und offenherzig, als säße ich nicht beim Feind gefangen, sondern bei meinen besten Freunden, und bemühte mich nach Kräften um Bescheidenheit, denn ich konnte mir wohl denken, dass dem Kommandanten über mein Verhalten berichtet würde, was dann, wie ich später erfuhr, auch tatsächlich geschah.

Am nächsten Tag wurden wir Gefangenen einer nach dem anderen zum Verhör vor den Regimentsschulzen* geführt – der Korporal zuerst, ich als Zweiter. Kaum hatte ich den Saal betreten, da begann sich auch der Regimentsschulze über mein jugendliches Alters zu wundern, und ließ es mich merken, indem er sagte: »Mein Kind, was hat dir der Schwede getan, dass du gegen ihn in den Krieg ziehst?« Dies wurmte mich sehr, zumal ich bei ihnen Soldaten gesehen hatte, die genauso jung waren wie ich. Deshalb antwortete ich: »Die schwedischen Krieger haben mir meine Murmeln oder Klicker weggenommen. Die wollte ich mir gern zurückholen.«

Die schlagfertige Antwort machte die beisitzenden Offiziere so verlegen, dass einer von ihnen dem Richter auf Latein sagte, er solle ernsthaft mit mir reden. Er höre ja, dass er kein Kind vor sich habe. Aus dem, was sie sprachen, erfuhr ich auch, dass der Richter Eusebius hieß. Nun fragte er mich nach meinem Namen, und als ich ihm den genannt hatte, sagte er: »Simplicissimus heißt nicht mal ein Teufel in der Hölle!« Worauf ich antwortete: »Aber einen Eusebius gibt es dort vermutlich auch nicht!« Ich zahlte es ihm also in gleicher Münze heim wie seinerzeit unserem Kompanieschreiber Cyriacus, was allerdings von den Offizieren ziemlich übel vermerkt wurde, denn sie sagten mir, ich solle mir gefälligst klarmachen, dass ich ihr Gefangener und nicht zum Witzemachen geholt worden sei.

Ich errötete wegen dieses Verweises nicht, bat auch nicht um Verzeihung, sondern antwortete nur, weil sie mich als Soldaten gefangen genommen und nicht wieder hätten laufen lassen, wie sie es mit einem Kind ja wohl gemacht hätten, wollte ich mich auch nicht wie ein Kind von ihnen auf den Arm nehmen lassen. Deshalb hätte ich im gleichen Ton geantwortet, in dem man mich befragt habe, und hoffte doch, damit nichts Unrechtes getan zu haben. Nun fragten sie mich nach meiner Heimat, meiner Herkunft und Geburt und vor allem, ob ich nicht schon auf schwedischer Seite gedient hätte, dann auch, wie es in Soest aussehe, wie stark die Garnison sei und dergleichen mehr. Ich gab auf alles kurze, klare Antwort, sagte über Soest und die dortige Garnison so viel, wie mir die Dienstpflicht erlaubte, verlor aber kein Wort darüber, dass ich das Narrenhandwerk getrieben hatte, weil es mir peinlich war.

Das 15. Kapitel. Zu welchen Bedingungen der Jäger wieder freikam.

Inzwischen wurde in Soest bekannt, was mit dem Konvoi geschehen war, dass ich mit dem Korporal und einigen anderen in Gefangenschaft geraten war und wohin man uns gebracht hatte. Deshalb kam schon am nächsten Tag ein Trommler, um uns abzuholen. Der Korporal und die drei anderen wurden ihm übergeben und dazu ein Schreiben mit folgendem Inhalt, das der Kommandant auch mir zur Kenntnis übersandte:

Monsieur etc. Der Tambour hat mir Sein Schreiben überbracht, so dass ich Ihm nach Erhalt des Lösegelds nun den Korporal und die drei anderen Gefangenen schicke. Was aber Simplicius den Jäger angeht, so kann er, da er schon früher auf dieser Seite gedient hat, nicht wieder hinübergelassen werden. Sofern ich aber dem Herrn außerhalb der Pflichten gegen meine Vorgesetzten mit etwas zu Diensten sein kann, hat Er an mir einen willigen Diener, der ich bin und bleibe als

des Herrn

dienstbarer

*N. de S.A.**

Dieses Schreiben gefiel mir überhaupt nicht, und doch musste ich dankbar sein, dass es mir mitgeteilt wurde. Ich bat um ein Gespräch mit dem Kommandanten, bekam aber zur Antwort, er werde mich schon von sich aus rufen lassen, nachdem er den Trommler verabschiedet habe, was früh am nächsten Morgen geschehen solle. Bis dahin sollte ich mich gedulden.

Also wartete ich, und am nächsten Tag, gerade um die Mittagszeit, ließ mich der Kommandant rufen. Da widerfuhr mir zum ersten Mal die Ehre, an seiner Tafel zu sitzen. Solange man aß, stieß er immer wieder mit mir an, verlor aber kein Wort darüber, was er mit mir vorhabe, und ich hielt es nicht für angebracht, selbst davon anzufangen. Erst nach dem Essen, als ich mit einem ziemlichen Rausch dasaß, begann er: »Lieber Jäger, Ihr habt meinem Schreiben entnommen, unter welchem Vorwand ich Euch hierbehalte. Daran ist nichts Unrechtes und nichts, was der Vernunft oder den Kriegsbräuchen zuwiderliefe, denn Ihr selbst habt mir und dem

Regimentsschultheiß gestanden, dass Ihr schon auf unserer Seite bei der Hauptarmee gedient habt. Deshalb werdet Ihr Euch entschließen müssen, unter meinem Befehl zu dienen, und ich werde Euch, wenn Ihr Euch gut aufführt, so vorwärtshelfen, wie Ihr es Euch bei den Kaiserlichen nie und nimmer erhoffen könntet. Anderenfalls werdet Ihr es mir nicht verübeln, wenn ich Euch jenem Oberstleutnant wieder überstelle, dem die Dragoner Euch seinerzeit weggenommen haben.«

Ich antwortete: »Hochgeehrter Herr Obrist« – denn damals war es noch nicht üblich, Soldaten, die durch ihr Glück und nicht durch ihren Adel Offizier geworden waren, mit »Euer Gnaden« anzureden, auch wenn sie Obristen waren –, »da ich mich weder der schwedischen Krone noch deren Verbündeten und erst recht nicht dem Oberstleutnant je durch Eid verpflichtet habe, sondern nur ein Pferdejunge war, hoffe ich doch, dass ich deshalb nun nicht gezwungen bin, schwedische Dienste anzunehmen und damit den Eid zu brechen, den ich dem Römischen Kaiser geschworen habe, und bitte meinen hochgeehrten Herrn Obristen allergehorsamst, Er möge mir diese Zumutung ersparen.«

»Wie bitte?«, rief der Obrist. »Verachtet Ihr die schwedischen Dienste so sehr? Denkt daran, dass Ihr mein Gefangener seid. Bevor ich Euch zurück nach Soest und wieder beim Feind dienen lasse, werde ich noch einen ganz anderen Prozess gegen Euch anstrengen oder Euch im Gefängnis verrotten lassen. Macht Euch das klar.«

Ich erschrak zwar über diese Worte, gab mich aber noch nicht geschlagen, sondern antwortete, Gott möge mich sowohl vor solcher Verachtung wie vor dem Meineid behüten. Im Übrigen hoffte ich untertänigst, der Herr Obrist werde mich in seiner allgemein bekannten Redlichkeit als Soldaten behandeln.

»Ich weiß schon, wie ich Euch behandeln könnte, wenn ich strengen Prozess machen würde«, sagte er. »Überlegt Euch die Sache lieber noch mal. Sonst wäre ich gezwungen, andere

Saiten aufzuziehen.« Dann wurde ich wieder ins Gefängnis geführt.

Man kann sich leicht vorstellen, dass ich in dieser Nacht nicht viel geschlafen, sondern viel nachgedacht habe. Am nächsten Morgen kamen ein paar Offiziere und der Kornett, der mich gefangen genommen hatte, angeblich, um mir die Zeit zu vertreiben, in Wirklichkeit aber, um mir weiszumachen, der Obrist wolle mir, weil ich nicht bereit sei, mich zu fügen, wegen Zauberei den Prozess machen. Auf diese Weise wollten sie mich erschrecken und mir auf den Zahn fühlen. Ich aber setzte auf mein gutes Gewissen, hörte alles ganz ungerührt an und redete nicht viel – begriff aber bald, dass es eigentlich nur darum ging, dass mich der Obrist nicht mehr in Soest sehen wollte. Er konnte sich denken, dass ich, wenn er mich freiließe, nicht ausgerechnet dem Ort fernbleiben würde, wo ich auf Beförderung hoffen durfte und obendrein zwei schöne Pferde und allerlei andere wertvolle Sachen hatte.

Am nächsten Tag ließ er mich wieder zu sich kommen und fragte, wozu ich mich entschlossen hätte. Ich antwortete: »Mein Entschluss, Herr Obrist, ist dieser: dass ich eher sterben als meineidig werden will. Wenn aber mein hochgeehrter Herr Obrist bereit wäre, mich freizulassen und mir keine Kriegsdienste aufzuerlegen, so will ich ihm mit Herz, Mund und Hand versprechen, sechs Monate lang keine Waffe gegen die Schweden oder die Hessen zu tragen oder zu gebrauchen.«

Damit war der Obrist sofort einverstanden, streckte mir die Hand entgegen, erließ mir auch das Lösegeld und befahl seinem Sekretär, eine Bescheinigung in doppelter Ausfertigung aufzusetzen, die wir beide unterschrieben und in der er mir Schutz und Schirm und alle Freiheit zusicherte, solange ich mich in der ihm anvertrauten Festung aufhielte. Ich meinerseits verpflichtete mich über die obengenannten beiden Punkte hinaus, dass ich, solange ich mich in dieser Festung aufhielt, nichts Nachteiliges gegen diese Garnison und ihren Kommandanten unternehmen und auch nichts, was etwa zu ihrem Nachteil und Schaden unternommen würde, verheimlichen, sondern deren Nutzen und Frommen fördern und allen Schaden nach Möglichkeit von ihr abwenden würde; und sollte der Ort von Feinden angegriffen werden, so wollte und würde ich ihn auch verteidigen helfen.

Darauf lud er mich wieder zum Mittagessen ein und tat mir mehr Ehre an, als ich von den Kaiserlichen mein Lebtag hätte erhoffen dürfen. So brachte er mich nach und nach dahin, dass ich selbst dann nicht nach Soest zurückgegangen wäre, wenn er mich freigelassen und von meinem Versprechen entbunden hätte.

Das 16. Kapitel. Wie Simplicius ein Freiherr wurde.

Was sein soll, das fügt sich auch. Mir kam es vor, als habe sich das Glück mit mir vermählt oder zumindest so eng verbunden, dass mir noch die unerfreulichsten Begebenheiten zum Besten ausschlugen, denn ich saß noch an der Tafel des Kommandanten, als ich vernahm, mein Knecht sei mit meinen beiden schönen Pferden aus Soest zu mir gekommen. Ich wusste aber nicht, sondern erkannte erst viel später, dass das tückische Glück nach Art der Sirenen* verfährt, die demjenigen am übelsten mitspielen, dem sie sich besonders geneigt zeigen, und ihn nur in die Höhe heben, um ihn nachher desto tiefer zu stürzen.

Dieser Knecht, den ich mir von den Schweden gefangen hatte, war mir über die Maßen treu, weil ich ihn so gut behandelte. Daher sattelte er auch täglich meine Pferde und ritt an dem betreffenden Tag dem Trommler, der mich abholen sollte, von Soest aus ein gutes Stück entgegen, damit ich nicht so weit zu gehen hätte, und auch, damit ich nicht etwa gar nackt oder zerlumpt in Soest einziehen müsste, denn er glaubte, man habe mich meiner Kleider beraubt. So begegnete er dem Trommler mit den befreiten Gefangenen und hatte auch mein bestes Kleid aufgepackt. Als er mich aber nicht sah, sondern hörte, dass mich die Gegner nicht ziehen lassen, sondern in Dienst stellen wollten, gab er den Pferden die Sporen und sagte: »Lebt wohl, Tambour, und Ihr ebenfalls, Korporal! Wo mein Herr ist, da will auch ich sein.« So machte er sich davon und kam bei mir an, als mich der Kommandant gerade freigelassen hatte und mir große Ehre erwies. Dieser sorgte dann auch dafür, dass meine Pferde in einem Wirtshaus untergebracht wurden, bis ich mir eine Unterkunft nach meiner Vorstellung gesucht hatte, und beglückwünschte mich zu der Treue meines Knechts, wunderte sich aber auch, dass ich als einfacher Dragoner und in so jungen Jahren so schöne Pferde besaß und überhaupt so gut ausgestattet war. Als ich mich verabschiedete und zu jenem Wirtshaus gehen wollte, lobte er eines der beiden Pferde so überschwänglich, dass ich gleich merkte, wie gern er es mir abgekauft hätte. Weil er sich aber zurückhielt und mir kein Angebot machte, sagte ich, wenn er mir die Ehre erweisen wolle, das Pferd anzunehmen, stünde es zu seinen Diensten. Das lehnte er jedoch rundweg ab, vor allem, weil ich einen ziemlichen Rausch hatte und er lieber auf das edle Pferd verzichten wolle, als sich nachsagen zu lassen, er habe einem Betrunkenen etwas abgeschwatzt, dessen Verlust diesen später, wenn er wieder nüchtern war, vielleicht reuen würde.

In der folgenden Nacht überlegte ich, wie ich mein künftiges Leben einrichten sollte, und beschloss, während der nächsten sechs Monate zu bleiben, wo ich war, und den Winter, der vor der Tür stand, hier in Ruhe zu verbringen. Geld genug hatte ich, so dass ich meinen Schatz in Köln nicht anzutasten brauchte. In dieser Zeit, so sagte ich mir, wirst du vollends erwachsen, erlangst deine ganze Stärke und kannst dann im nächsten Frühling mit der Kaiserlichen Armee desto tapferer wieder ins Feld ziehen.

Am nächsten Morgen anatomierte ich meinen Sattel, der weitaus besser gespickt war als der, den der Kornett von mir bekommen hatte. Nachher ließ ich mein bestes Pferd zum Quartier des Obristen bringen und sagte ihm, da ich mich entschlossen hätte, die sechs Monate, in denen ich mich nicht als Soldat betätigen durfte, hier unter seinem Schutz zu verbringen, seien mir meine Pferde zu nichts nutze. Es wäre schade, wenn sie verderben würden. Deshalb bäte ich ihn, diesem Soldatenklepper einen Platz unter seinen Pferden zu gönnen und ihn als ein Zeichen meiner Dankbarkeit für die empfangene Gnade bereitwillig anzunehmen. Der Obrist bedankte sich mit großer Höflichkeit und freundlichen Verheißungen und schickte mir noch am selben Nachmittag seinen Verwalter mit einem lebendigen Mastochsen, zwei fetten Schweinen, einem Fass Wein, vier Fässern Bier und zwölf Fudern Brennholz. Das alles ließ er mir vor meine neue, gerade für ein halbes Jahr gemietete Wohnung bringen und dazu ausrichten: Da er sehe, dass ich bei ihm wohnen wolle, und sich leicht vorstellen könne, dass es am Anfang mit Lebensmitteln bei mir schlecht bestellt sei, schicke er mir hier als Beihilfe neben einem Trunk auch ein Stück Fleisch samt dem Holz, um es zu kochen, und wenn er mir sonst noch behilflich sein könne, sei er dazu gern bereit. Ich bedankte mich, so höflich ich konnte, schenkte dem Verwalter zwei Dukaten und bat ihn, mich seinem Herrn bestens zu empfehlen.

Als ich sah, wie sehr ich durch meine Freigebigkeit in der Achtung des Obristen stieg, wollte ich auch bei den einfachen Leuten etwas für meinen Ruf tun, damit sie mich nicht für einen armseligen Lumpen hielten. Also rief ich im Beisein meines Hauswirts meinen Knecht zu mir und sagte ihm: »Lieber Niklas, du hast mir mehr Treue erwiesen, als ein Herr von seinem Knecht verlangen darf. Nun aber weiß ich nicht, wie ich dir das vergelten soll, denn für die nächste Zeit habe ich keinen Herrn und auch keinen Krieg, in dem ich etwas erobern könnte, um dich damit zu belohnen, wie es sich gehört.

Außerdem will ich mir wegen des stillen Lebens, das ich von nun an zu führen gedenke, keinen Knecht mehr halten. Deshalb gebe ich dir hier als Lohn das zweite Pferd mitsamt dem Sattel, dem Zaumzeug und den Pistolen und bitte dich, damit vorliebzunehmen und dir fürs Erste einen anderen Herrn zu suchen. Wenn ich dir aber in Zukunft noch irgendwie behilflich sein kann, so kannst du es mich jederzeit wissen lassen.«

Da küsste er meine Hände und konnte vor lauter Weinen kaum sprechen. Er wollte auch das Pferd nicht nehmen, sondern meinte, ich solle es versilbern, um mich selbst davon zu erhalten. Zuletzt aber, nachdem ich ihm versprochen hatte, ihn wieder einzustellen, wenn ich jemanden brauchte, überredete ich ihn doch dazu. Auch meinem Hauswirt gingen bei diesem Abschied vor Rührung die Augen über, und während der Knecht bei den Soldaten ein Loblied auf mich sang, besorgte der Hauswirt dies bei den Bürgern der Stadt. Und der Kommandant hielt mich für einen so soliden Kerl, dass er fest auf mein Ehrenwort baute, denn ich hielt mich ja nicht nur an den Eid, den ich dem Kaiser geschworen hatte, sondern erfüllte auch das, wozu ich mich ihm, dem Kommandanten, gegenüber verpflichtet hatte, so getreulich, dass ich mich dazu selbst meiner herrlichen Pferde, meiner Waffen und meines Knechts entäußerte.

Das 17. Kapitel. Womit der Jäger die sechs Monate zu verbringen gedenkt, außerdem etwas von der Wahrsagerin.

Ich glaube, es gibt keinen Menschen auf der Welt, in dem nicht auch ein Narr steckt. Wir sind ja doch alle vom gleichen Stamm, und an den eigenen Birnen kann ich schon sehen, wann die anderen reif sind. Du Jeck!, könnte mir hier ein anderer antworten: Meinst du etwa, weil du ein Narr bist, müssten alle anderen auch Narren sein? – Nein, das meine ich nicht, denn das wäre zu viel gesagt. Ich glaube aber, dass manche Leute ihren Narren besser verbergen als andere. Bloß weil einer närrische Einfälle hat, ist er noch kein Narr, denn in jungen Jahren hat jeder von uns solche Einfälle. Wer sie aber herauslässt, wird für einen Narren gehalten, weil manche sie gar nicht und andere sie nur halb sehen lassen. Jene, die ihren Narren ganz unterdrücken, sind die echten Sauertöpfe. Diejenigen aber, die den ihren bei Gelegenheit ein wenig mit den Ohren hervorgucken und Luft holen lassen, damit er nicht erstickt, halte ich für die besten und verständigsten Leute.

Ich ließ den meinen allerdings zu weit heraus, als ich mich plötzlich in solcher Freiheit und mit Geld wohlversehen fand und mir einen Jungen nahm, den ich wie den Pagen eines Edelmannes kleidete, und zwar in den närrischsten Farben. Violettbraun und gelb sollte meine Livree sein, weil es mir so gefiel. Dieser Junge musste mir aufwarten, als wäre ich ein Freiherr und nicht kurz zuvor Dragoner und vor einem halben Jahr noch ein armseliger Pferdejunge gewesen.

Dies war die erste Torheit, die ich in dieser Stadt beging. Sie blieb jedoch ungetadelt und sogar unbemerkt, obgleich sie ziemlich groß war. Aber die Welt steckt nun mal so voller Torheiten, dass keiner mehr auf sie achtet und niemand sich über sie lustig macht oder wundert, so sehr hat sich jedermann daran gewöhnt. Deshalb galt auch ich als kluger, guter Soldat und nicht als Narr, der noch in Kinderschuhen herumläuft.

Ich vereinbarte mit meinem Hauswirt, dass er mich und meinen Jungen auch verköstigte, und bezahlte ihn dafür im Voraus mit dem, was mir der Kommandant wegen meines Pferdes an Fleisch und Holz geschenkt hatte. Zu den Getränken allerdings musste mein Junge den Schlüssel haben, weil ich den Leuten, die mich besuchten, gern etwas vorsetzte. Denn da ich nun weder Bürger noch Soldat war und keinen meinesgleichen hatte, der mir hätte Gesellschaft leisten können, verkehrte ich mit beiden Seiten und hatte auf diese Weise jeden Tag Kameraden genug, die bei mir nicht auf dem Trockenen sitzen sollten.

Mein bester Bekannter unter den Bürgern war der Organist, denn ich liebte die Musik und hatte – ohne prahlen zu wollen – eine sehr gute Stimme, die ich nicht verkommen lassen wollte. Er lehrte mich das Komponieren und zeigte mir, wie ich mein Spiel auf dem Klavichord und auf der Harfe verbessern konnte. Auf der Laute war ich ja schon Meister, schaffte mir deshalb auch eine eigene an und hatte fast täglich mein Vergnügen damit. Wenn ich genug musiziert hatte, ließ ich den Kürschner kommen, der mich schon im »Paradies« in allen Waffen unterrichtet hatte, und exerzierte mit ihm, um mich weiter zu vervollkommnen. Außerdem erlangte ich vom Kommandanten die Genehmigung, dass mich einer von seinen Kanonieren gegen ein Entgelt im kunstvollen Umgang mit Artillerie und Pulver unterweisen durfte. Ansonsten lebte ich so still und zurückgezogen, dass sich die Leute wunderten, wenn sie mich ständig über den Büchern sitzen sahen wie ein Student, während ich mich doch früher hauptsächlich mit Rauben und Blutvergießen abgegeben hatte.

Mein Hauswirt war der Spion und Aufpasser des Kommandanten. Ich merkte bald, dass er ihm von allem, was ich tat, berichtete, fand mich aber damit ab, denn ich hatte mir das Kriegshandwerk wirklich aus dem Kopf geschlagen, und wenn die Sprache darauf kam, tat ich, als ob ich nie Soldat gewesen und nur hier wäre, um den erwähnten täglichen Übungen nachzugehen. Ich wünschte mir zwar, dass die sechs Monate bald herum wären, aber ich ließ mir nicht anmerken, auf welcher Seite ich dann zu dienen gedachte. Sooft ich dem Obristen meine Aufwartung machte, lud er mich zum Essen ein, und da kam es dann bisweilen zu Unterhaltungen, bei denen er meine künftigen Absichten auszuforschen versuchte. Ich antwortete aber jedes Mal so vorsichtig, dass niemand daraus ersehen konnte, wie ich wirklich dachte.

Einmal sagte er zu mir: »Wie steht's, Jäger, wollt Ihr immer noch nicht zu den Schweden? Gestern ist mir ein Fähnrich gestorben!«

Ich antwortete: »Hochgeehrter Herr Obrist. Einer Frau steht es gut an, wenn sie nach dem Tod ihres Mannes nicht gleich wieder heiratet. Warum sollte da nicht auch ich mich sechs Monate gedulden?«

So redete ich mich immer wieder heraus, und trotzdem wuchs die Gunst des Obristen mit der Zeit so sehr, dass er mir gestattete, innerhalb und außerhalb der Festung spazierenzugehen. Ja, ich durfte schließlich sogar Hasen, Feldhühner und Vögel jagen, was seinen eigenen Soldaten nicht vergönnt war. Ich angelte auch in der Lippe und hatte dabei so viel Glück, dass es den Anschein hatte, als zöge ich die Fische und Krebse durch Zauberei aus dem Wasser. Da ließ ich mir ein einfaches Jägerkleid machen, in dem ich bei Nacht – denn ich kannte alle Wege und Stege – in der Soester Börde herumstrich und die Schätze, die ich dort an verschiedenen Stellen versteckt hatte, zusammenholte und in die Festung schleppte, wo ich so tat, als wollte ich ewig bei den Schweden wohnen.

Auf diesen Wanderungen begegnete ich auch einmal der Wahrsagerin von Soest. »Nun, mein Sohn«, sagte sie, »war das kein guter Rat von mir, dein Geld außerhalb von Soest zu verstecken? Ich sage dir, es war dein größtes Glück, dass du in Gefangenschaft geraten bist. Denn wärst du zurückgekommen, hätten dich einige Kerle, die dir den Tod geschworen hatten, weil du bei den Frauen mehr Erfolg hattest als sie, auf der Jagd erwürgt.«

Ich antwortete: »Aber wie kann jemand eifersüchtig auf mich sein, wenn ich mit den Frauen doch gar nichts im Sinn habe?«

»Lass dir gesagt sein: Sobald du in diesem Punkt deine Ansichten änderst, werden die Frauen dich mit Spott und

Schande aus dem Land jagen. Bis jetzt hast du mich immer ausgelacht, wenn ich dir etwas geweissagt habe. Willst du mir diesmal wieder nicht glauben, wenn ich dir noch mehr verrate? Findest du dort, wo du jetzt bist, nicht freundlichere Leute als in Soest? Ich schwöre dir, diese Leute haben dich sogar sehr gern, und wenn du dich der Liebe, die sie für dich hegen, nicht fügst, wird sie dir zum Schaden gereichen.«

Ich antwortete, wenn sie so viel wisse, wie sie behaupte, solle sie mir erst einmal sagen, was mit meinen Eltern sei, ob ich sie in meinem Leben jemals wiedersehen würde. Aber nicht so dunkel solle sie davon sprechen, sondern auf gut Deutsch mit der Sprache frei herauskommen. Darauf antwortete sie, nach meinen Eltern solle ich fragen, wenn mir mein Pflegevater unversehens über den Weg laufe und die Tochter meiner Säugamme an einem Strick hinter sich herziehe.* Dabei lachte sie laut und fügte hinzu, nun habe sie mir aus freien Stücken sogar mehr gesagt, als andere ihr selbst mit den inständigsten Bitten entlockt hätten. Als ich aber doch wieder anfing, mich über sie lustig zu machen, ging sie davon. Doch vorher schenkte ich ihr noch ein paar Taler, weil ich an meinem Silbergeld so schwer zu tragen hatte.

Ich besaß damals eine Menge Geld und viele kostbare Ringe und Schmuckstücke, denn wenn ich erfuhr, dass Soldaten Edelsteine hatten, oder beim Parteigehen oder sonst irgendwo selbst auf welche stieß, brachte ich sie an mich, oft für weniger als die Hälfte ihres Werts. Dieser Schmuck, so schien mir, schrie geradezu danach, wieder unter die Leute zu kommen und gesehen zu werden. Ich gehorchte ihm nur zu gern, denn ich war eitel und stolz, stellte meinen Besitz gern zur Schau und ließ alles, ohne zu zögern, auch meinen Wirt sehen, der es dann bei den Leuten noch größer machte, als es war. Sie fragten sich, woher ich das alles hätte, denn dass sich der Schatz, den ich gefunden hatte, in Köln befand, war allgemein bekannt: Bei meiner Gefangennahme hatte der Kornett die Aufstellung des Kaufmanns gelesen.

Das 18. Kapitel. Wie der Jäger ein Frauenheld wird und ein Handwerk daraus macht.

In diesen sechs Monaten die Kanonier- und die Fechtkunst vollends zu erlernen war ein guter Vorsatz, und es gelang mir auch. Es genügte jedoch nicht, mich vor dem Müßiggang, dem Anfang so vieler Laster, zu bewahren – vor allem deshalb, weil es niemanden gab, der mir gesagt hätte, was ich tun und was ich lassen soll. Ich saß zwar fleißig über allen möglichen Büchern, aus denen ich viel Gutes lernte. Es gerieten mir aber auch solche in die Hände, die mir bekamen wie dem Hund das Gras. Der unvergleichliche Roman Arcadia*, aus dem ich die Beredsamkeit erlernen wollte, war das erste Buch, das mich von den echten Historien zu den Liebesbüchern und von den wahren Geschichten zu den Heldendichtungen herüberzog. Solche Bücher suchte ich mir aus, wo immer ich sie fand, und wenn ich eines ergattert hatte, hörte ich nicht auf zu lesen, bis ich damit fertig war, auch wenn Tage und Nächte darüber vergingen.

Statt der Beredsamkeit lernte ich aus ihnen, wie man schöne Vöglein fängt. Doch gewann dieses Laster in jener Zeit bei mir nicht solche Heftigkeit und Stärke, dass man es mit Seneca* ein göttliches Rasen oder mit Thomas Thomai in seinem *Welt-Gärtlein** eine beschwerliche Krankheit hätte nennen können. Denn wo meine Liebe hinfiel, da bekam ich leicht und ziemlich mühelos, was ich begehrte, so dass ich keinen Grund zum Klagen hatte, wie andere Liebhaber und Frauenfreunde, die sich in phantastischen Gedanken, in Mühen und Begierden, in heimlichen Leiden, Zorn, Eifersucht, Rachgier, Raserei, Weinen, Protzen, Drohen und tausend anderen Torheiten ergehen und sich aus lauter Aufgeregtheit den Tod wünschen. Ich hatte Geld und brauchte mir in diesem Punkt keine Sorgen zu machen. Außerdem besaß ich eine schöne Stimme und übte mich beharrlich auf verschiedenen Instrumenten. Statt beim Tanz, der mir nie besonders lag, zeigte ich meine gute Figur beim Fechten mit dem Kürschner. Dazu hatte ich ein schönes, glattes Gesicht und machte mir ein liebenswürdiges Auftreten zur Gewohnheit, so dass mir, ohne dass ich mich groß ins Zeug legte, mehr Frauen von sich aus nachliefen, als ich begehrte, so wie Aurora dem Clito, dem Cephalus und dem Thiton nachlief, die Venus dem Anchises, dem Atys und dem Adonis, die Ceres dem Glaucus, dem Odysseus und dem Jason und selbst die keusche Diana ihrem Endymion.*

In diese Zeit fiel auch der Martinstag. Da geht bei uns Deutschen das Fressen und Saufen los und dauert mancherorts bis Fastnacht.* Ich bekam verschiedene Einladungen von Offizieren und Bürgern, beim Verputzen der Martinsgans mitzuhelfen. Bei solchen Gelegenheiten geschah es dann, dass ich Frauen kennenlernte. Meine Laute und mein Gesang zwangen jede, mich anzuschauen, und wenn sie mich dann betrachteten, wusste ich die neuen, selbstgemachten Liebeslieder mit so anmutigen Blicken und Gesten zu begleiten, dass sich manches hübsche Mädchen vernarrte und plötzlich Gefallen an mir fand.

Damit mich niemand für einen Hungerleider hielt, veranstaltete ich auch selbst zwei Gastmähler, eines für die Offiziere, das andere für die vornehmsten Bürger, wodurch ich mir auf beiden Seiten Gunst und Zutritt verschaffte, denn ich ließ mich die Sache etwas kosten. Eigentlich aber ging es mir nur um die jungen Damen, und auch wenn ich bei der einen oder anderen nicht fand, was ich suchte – denn es gab noch einige, die sich zurückhalten konnten –, besuchte ich doch auch diese gelegentlich, um die anderen, die mir mehr Gunst erwiesen, als sich für eine ehrbare junge Dame geziemt, nicht in bösen Verdacht zu bringen. Jene sollten glauben, dass ich mich auch bei diesen nur zum Gespräch einfand. Und auch diese machte ich glauben, ich ginge zu den anderen nur, um mich zu unterhalten, damit jede meinte, sie sei die Einzige, die sich meiner Liebe erfreute.

Ich hatte sechs, die mich liebten – und ich liebte sie. Aber keiner von ihnen gehörten mein Herz oder ich ganz. An der einen gefielen mir nur die schwarzen Augen, an der anderen das goldgelbe Haar, an der dritten ihre liebreizende Anmut und an den übrigen auch etwas, das die anderen nicht hatten. Wenn ich aber außer diesen auch noch andere besuchte, so geschah dies entweder aus dem obengenannten Grund oder weil etwas Neues und Fremdes dabei war und ich ohnehin keine Gelegenheit ausließ oder verachtete, und vor allem, weil ich die Abwechslung schätzte. Mein Junge, ein äußert raffinierter Bursche, hatte reichlich zu tun, Verabredungen zu arrangieren und Liebesbriefchen hin- und herzutragen. Aber er hielt den Mund und verstand es, mein treuloses Treiben gegenüber allen Beteiligten so geheim zu halten, dass nichts herauskam. Dafür wurde er von den Frauenzimmern mit Gunst und Geschenken überhäuft, die allerdings mich am teuersten zu stehen kamen, weil ich bei alledem eine Menge Geld verschwendete, so dass man wohl sagen konnte: Was mit Trommeln gewonnen wird, geht mit Pfeifen wieder dahin. Dabei hielt ich mein Treiben so geheim, dass mich von hundert nicht einer für einen Frauenhelden hätte halten können – ausgenommen der Pfarrer, bei dem ich mir nicht mehr so viele fromme Bücher auslieh wie früher.

Das 19. Kapitel. Mit welchen Mitteln der Jäger sich Freunde macht und welche Gedanken ihm bei einer Predigt kommen.

Wen das Glück stürzen will, den hebt es vorher in die Höhe, und der gütige Gott lässt jeden vor seinem Fall getreulich warnen. Auch mir ging es so, doch ich achtete nicht darauf! Ich war mir sicher, meine damalige Stellung sei so fest gegründet, dass mir kein Unglück etwas anhaben konnte, weil alle mir so wohlgesinnt waren, vor allem der Kommandant. Diejenigen, die er besonders schätzte, nahm ich durch Ehrerbietung für mich ein. Seine treuen Diener brachte ich durch Geschenke auf meine Seite. Und mit denen, die etwas über mir standen, trank ich Bruderschaft und schwor ihnen unverbrüchliche Treue und Freundschaft. Die einfachen Bürger und Soldaten mochten mich gut leiden, weil ich mich mit jedem freundlich unterhielt. »Ach, was für ein netter Mensch ist doch der Jäger«, sagten sie oft. »Er redet mit den Kindern auf der Straße und streitet sich mit niemandem!« Wenn ich ein Häschen oder ein paar Rebhühner gefangen hatte, schickte ich sie denen in die Küche, deren Freundschaft ich suchte, lud mich damit bei ihnen zum Essen ein und ließ auch noch einen Krug Wein dazu holen, der in dieser Gegend teuer war. Ja, oft richtete ich es so ein, dass alle Kosten auf mich gingen. Wenn ich bei solchen Gelagen dann mit jemandem ins Gespräch kam, lobte ich jeden, nur nicht mich selbst, sondern gab mich so bescheiden, als sei mir aller Stolz fremd. Weil ich auf diese Weise jedermanns Gunst erlangte und alle Leute große Stücke auf mich hielten, kam ich gar nicht auf die Idee, dass mir ein Unglück widerfahren könnte, zumal auch mein Beutel noch gut gefüllt war.

Ich besuchte oft den ältesten Pfarrer der Stadt, der mir aus seiner Bibliothek viele Bücher lieh, und wenn ich ihm eines zurückbrachte, unterhielt er sich mit mir über alles Mögliche, denn wir kamen gut miteinander aus. Als schließlich nicht nur die Martinsgänse und Wurstsuppen verzehrt, sondern auch die Weihnachtsfeiertage vorüber waren, wollte ich ihm zu Neujahr eine Flasche Straßburger Branntwein verehren, den er nach westfälischer Sitte gern mit einem Stück Kandiszucker schlürfte, und traf ihn zufällig, wie er gerade in meinem Josephsroman* las, den mein Wirt ihm ohne mein Wissen geliehen hatte. Ich erbleichte bei dem Gedanken, dass meine Arbeit einem so gelehrten Mann in die Hände geraten war, zumal es ja heißt, einen Menschen erkenne man am besten an seinen Schriften.

Er aber lud mich ein, Platz zu nehmen, und lobte nun zwar meine Erfindungsgabe, tadelte aber heftig, dass ich mich so lange bei den Liebesangelegenheiten der Selicha, der Frau des Potiphar, aufgehalten hätte. »Wes das Herz voll, des geht der Mund über«, fuhr er fort. »Wenn der Herr nicht selbst wüsste, wie einem Buhler ums Herz ist, hätte Er die Leidenschaften dieser Frau nicht so gut darstellen oder vor Augen führen können.«

Ich antwortete, was ich da geschrieben hätte, sei nicht meine eigene Erfindung. Ich hätte es aus anderen Büchern gezogen, um mich ein wenig im Schreiben zu üben.

»Ja, ja«, sagte er, »das glaube ich gern. Aber – mit Verlaub – Er sei versichert, dass ich nun mehr über Ihn weiß, als Er sich vorstellt.«

Ich erschrak und dachte im Stillen: Hat dir das etwa der Leibhaftige gesagt? Weil er sah, wie bleich ich geworden war, sprach er weiter: »Der Herr ist jung und munter, Er ist müßig und sieht gut aus, Er lebt sorglos und, wie ich höre, im Überfluss. Darum bitte und ermahne ich Ihn im Namen des Herrn, zu bedenken, in was für einer gefährlichen Lage Er sich befindet. Er hüte sich vor dem Tier, das Zöpfe hat, wenn Ihn an Seinem Glück und Heil etwas liegt. Vielleicht denkt Er: Was geht es den Pfaffen an, was ich tue und lasse« – ich dachte: Du hast es erraten! –, »und was hat er mir zu befehlen? Es ist wahr, ich bin ein Seelsorger! Aber ich versichere Euch, meinem Wohltäter, dass mir aus christlicher Nächstenliebe an Eurem irdischen Wohlergehen so sehr gelegen ist, als wärt Ihr mein eigener Sohn.* Es wäre schade, und Ihr könnt es vor Eurem himmlischen Vater in alle Ewigkeit nicht verantworten, wenn Ihr das Talent, das er Euch geschenkt hat, vergrabt und Euren edlen Geist, den ich auch in dieser Schrift erkenne, verkommen lasst. Mein aufrichtiger, väterlicher Rat wäre dieser: dass Ihr Eure Jugend und Eure Mittel, die Ihr hier so unnütz verschwendet, zum Studieren anwendet, damit Ihr über kurz oder lang sowohl Gott als auch den Menschen und Euch selbst nützlich sein könnt, und dass Ihr dem Kriegswesen, zu dem Ihr Euch, wie ich höre, so sehr hingezogen fühlt, entsagt, bevor Euch ein Unglück trifft und sich auch an Euch das Sprichwort bewahrheitet: ›Junge Soldaten, alte Bettler‹.«

Ich hörte diese Predigt voller Ungeduld, weil ich solche Sprüche nicht mehr gewohnt war, ließ mir aber nichts anmerken, um meinen Ruf als umgänglicher Mensch nicht zu verlieren. Ich bedankte mich vielmehr für das Vertrauen, das er mir geschenkt hatte, und versprach, über seine Ratschläge nachzudenken. Im Stillen aber dachte ich: Rutsch mir den Buckel runter – und was geht es diesen Pfaffen an, wie ich mein Leben einrichte? Denn inzwischen war es mit mir so weit gekommen, dass ich die Liebeswollüste, von denen ich gekostet hatte, nicht mehr missen mochte. So geht es nun mal mit den Warnungen, wenn sich die Jugend des Zaumzeugs und der Sporen entwöhnt hat und in vollem Galopp ins eigene Verderben rennt.

Das 20. Kapitel. Was er dem treuherzigen Pfarrer auf die Nase bindet, damit der aufhört, sein epikureisches Leben zu tadeln.

Ich war aber nicht so dumm oder der Wollust so verfallen, dass ich darüber vergessen hätte, mir jedermanns Freundschaft zu erhalten, solange ich in dieser Festung zu bleiben beabsichtigte, nämlich bis der Winter vorüber war. Ich wusste auch, wie schädlich es sein kann, wenn man sich den Unwillen der Geistlichen zuzieht, die bei allen Völkern, gleichgültig, welcher Religion sie anhängen, in hohem Ansehen stehen. Also besann ich mich, besuchte meinen Pfarrer gleich am nächsten Tag noch einmal und tischte ihm in gelehrten Worten einen so ansehnlichen Haufen Lügen auf, die alle besagten, ich hätte mich entschlossen, seinen Rat anzunehmen, dass er sich, wie ich ihm ansehen konnte, herzlich darüber freute.

»Ja«, sagte ich, »das Einzige, was mir immer fehlte, seit ich in Soest bin, war ein solcher Schutzengel und Ratgeber, wie ich ihn in meinem hochgeehrten Herrn nun gefunden habe.« Und dann fragte ich ihn, welche Universität er mir empfehlen würde, wenn der Winter vorbei sei oder das Wetter milder würde und ich weiterreisen konnte. Er selbst habe in Leiden studiert, antwortete er. Mir aber rate er, nach Genf zu gehen, weil ich der Aussprache nach ein Hochdeutscher sei.*

»Jesus, Maria!«, rief ich. »Genf ist aber viel weiter von meiner Heimat entfernt als Leiden!«

»Was höre ich da?!«, erwiderte der Pfarrer bestürzt. »Der Herr ist Papist!* O mein Gott, wie konnte ich mich so sehr täuschen!«

»Aber was ist denn, Herr Pfarrer?«, erwiderte ich. »Weshalb muss ich denn ein Papist sein, wenn ich nicht nach Genf will?«

»Nein, nicht deshalb«, sagte er. »Aber dass Er Maria anruft!«

»Ist es denn einem Christenmenschen nicht gestattet, die Mutter seines Erlösers bei ihrem Namen zu nennen?«

»Das schon«, antwortete er. »Trotzdem ermahne und bitte ich Euch inständig, tut Gott die Ehre an und erklärt mir, welcher Religion Ihr angehört. Ich zweifle nämlich sehr, dass Ihr dem Evangelium glaubt – obwohl ich Euch jeden Sonntag in meiner Kirche gesehen habe. Beim letzten Fest der Geburt Christi seid Ihr nämlich weder bei uns noch bei den Lutheranern* zum Tisch des Herrn gegangen!«

»Ihr hört doch, dass ich Christ bin«, antwortete ich. »Wäre ich keiner, hätte ich mich nicht so oft zur Predigt eingefunden. Allerdings gebe ich zu, dass ich weder katholisch noch evangelisch bin, sondern nur einfach und *simpliciter* an das glaube, was die zwölf Artikel des allgemeinen christlichen Glaubensbekenntnisses sagen. Und ich werde mich auch nicht ganz und gar auf diese oder jene Seite schlagen, bevor mich nicht die eine oder die andere durch triftige Beweise überzeugt hat, dass sie im Besitz der einzig wahren und alleinseligmachenden Religion sei.«

»Jetzt«, sagte er, »glaube ich erst recht, dass Ihr ein tollkühnes Soldatenherz habt und nur deshalb so verwegen seid, weil Ihr ohne Religion und Gottesdienst in den Tag hineinlebt und Euch erdreistet, mit der eigenen Seligkeit ein frevelhaftes Spiel zu treiben. Mein Gott, wie kann ein sterblicher Mensch, der doch entweder in Verdammnis geraten oder selig werden muss, nur so unverfroren sein? Hat man Euch denn in Hanau nichts anderes über das Christentum gelehrt? So sagt mir doch, warum Ihr nicht in den Fußstapfen Eurer Eltern dem wahren Christentum nachfolgt. Und warum bekennt Ihr Euch nicht zu einer Religion, deren Fundamente in der Natur wie in der Heiligen Schrift verankert sind und so sonnenklar zutage liegen, dass kein Papist und auch kein Lutheraner sie je wieder wird umstoßen können?«

Ich antwortete: »Herr Pfarrer, das Gleiche sagen auch alle anderen von ihrer Religion. Wem soll ich da glauben? Haltet

Ihr es denn für eine Kleinigkeit, wenn ich mein Seelenheil einer Seite anvertraue, die von zwei anderen beschimpft und als Irrlehre verketzert wird? Seht Euch doch einmal an – aber mit meinem unparteiischen Blick –, was Conrad Vetter und Johannes Nas* gegen Luther, was Luther und seine Anhänger gegen den Papst, vor allem aber, was Spangenberg* gegen Franziskus, den man ein paar hundert Jahre lang für einen heiligen und gottseligen Mann gehalten hat, im Druck haben erscheinen lassen! Auf welche Seite soll ich mich da stellen, wenn alle sich gegenseitig verleumden und kein gutes Haar aneinander lassen? Meint der Herr Pfarrer, ich tue Unrecht, wenn ich innehalte, bis mein Verstand so weit ist und begreift, was hier Schwarz und was Weiß ist? Will Er mir etwa raten, mich da hineinzustürzen wie eine Fliege in den heißen Brei? O nein, das wird der Herr Pfarrer mir guten Gewissens nicht raten können. Es kann nicht anders sein, als dass eine dieser Religionen recht hat und die beiden anderen unrecht. Würde ich mich nun ohne reifliche Überlegung zu einer von ihnen bekennen, könnte ich ebensogut die unrechte wie die rechte erwischen und müsste es nachher in alle Ewigkeit bereuen. Lieber will ich gar nicht auf die Straße gehen, als auf ihr in die Irre zu geraten. Außerdem gibt es außerhalb Europas noch mehr Religionen, etwa die der Armenier, der Abessinier, der Griechen, der Georgier und so weiter. Und zu welcher von diesen allen ich mich auch bekenne – nachher muss ich mit meinen Glaubensgenossen allen anderen widersprechen. Aber wenn der Herr Pfarrer mein Ananias* sein will, so will ich ihm dankbar folgen und die Religion annehmen, zu der er sich selbst bekennt.«

Darauf erwiderte er: »Ihr befindet Euch in einem großen Irrtum, aber ich hoffe, Gott wird Euch erleuchten und wieder aus dem Sumpf helfen. Deshalb will ich Euch unsere Konfession demnächst mit Gründen aus der Heiligen Schrift so schlüssig beweisen, dass sie auch dann noch bestehen kann, wenn sich die Pforten der Hölle auftun.«

Ich antwortete, das sei es, was ich am heftigsten begehrte, dachte aber im Stillen: Solange du mir nichts mehr von meinen Liebchen vorhältst, will ich mich mit deinem Glauben schon abfinden. Der Leser sieht daran, was für ein gottloser Bösewicht ich damals war. Denn ich machte dem braven Pfarrer vergeblich Mühe, nur damit er mich nicht in meinem ruchlosen Leben störe, und dachte: Bis du mit deinen Beweisen fertig bist, bin ich längst über alle Berge.

Das 21. Kapitel. Wie der Jäger unversehens zum Ehemann wird.

Gegenüber meinem Quartier wohnte ein Oberstleutnant außer Dienst mit einer überaus schönen Tochter, die sich sehr vornehm gab. Schon lange wollte ich sie kennenlernen, obwohl sie mir anfangs nicht so gefiel, dass ich glaubte, ich würde nur sie allein lieben können und für immer haben wollen. Trotzdem lief ich ihr nach und warf ihr manchen liebevollen Blick zu. Sie wurde aber so streng behütet, dass ich kein einziges Mal mit ihr sprechen konnte, wie ich es mir wünschte. Und einfach zu ihr gehen konnte ich nicht, weil ich mit ihren Eltern nicht bekannt war und mir ihr Haus viel zu hochherrschaftlich erschien für einen Kerl von so niederer Herkunft wie der, deren ich mir bewusst war. Am nächsten kam ich ihr noch, wenn wir in die Kirche gingen oder nach dem Gottesdienst die Kirche verließen. Da passte ich den Augenblick immer genau ab, versuchte, mich ihr zu nähern, und konnte dabei oft einige Seufzer anbringen, worin ich ein Meister war, auch wenn sie nicht wirklich von Herzen kamen. Sie nahm diese Seufzer allerdings auch so ungerührt auf, dass ich mir sagen musste, sie werde sich nicht so leicht verführen lassen wie eine einfache Bürgerstochter. Doch je unerreichbarer sie mir zu sein schien, desto heftiger begehrte ich sie.

Zum ersten Mal brachte mich jener Glücksstern mit ihr zusammen, den die Schüler in dieser Jahreszeit zur Erinnerung an die drei Weisen aus dem Morgenland herumtragen, denen ein solcher Stern den Weg nach Bethlehem gewiesen hat. Anfangs hielt ich das für ein gutes Omen, weil er nun auch mir einen Weg in ihre Wohnung wies, als mich nämlich ihr eigener Vater zu sich rufen ließ.

»Monsieur«, sagte er, »wegen der Neutralität, die Er zwischen Bürgern und Soldaten wahrt, habe ich Ihn zu mir bitten lassen, denn bei einer Angelegenheit, die ich zwischen diesen beiden Seiten arrangieren möchte, benötige ich einen unparteiischen Zeugen.«

Ich glaubte, er habe Wunders was für ein Projekt, weil Schreibzeug und Papier auf dem Tisch lagen, und bot ihm deshalb mit wohlgewählten Komplimenten meine willigste Bereitschaft zu allen ehrlichen Geschäften an, indem ich ihm erklärte, es wäre mir eine große Ehre, wenn mir das Glück zuteil würde, ihm, womit auch immer, dienen zu können. Es handelte sich aber nur darum, den Bohnenkönig* und seinen Hofstaat zu ermitteln, wie es in vielen Gegenden der Brauch ist. Es war nämlich der Abend vor dem Dreikönigstag, und ich sollte zusehen, dass alles mit rechten Dingen zugehe und die Ämter ohne Ansehen der Person durch das Los verteilt würden. Zu diesem Geschäft, an dem auch sein Sekretär teilnahm, ließ der Oberstleutnant Wein und Süßigkeiten reichen. Er war nämlich ein großer Zechbruder und das Abendessen schon längst vorüber.

Das junge Fräulein zog die Zettel, auf die der Sekretär die Namen geschrieben hatte, und ich las sie vor, während die Eltern zusahen. Es gibt sonst nicht viel zu erzählen über diesen Abend, an dem ich die Bekanntschaft dieser Leute machte. Die Eltern klagten über die langen Winterabende und gaben mir damit zu verstehen, wenn ich sie mir verkürzen wollte, dürfte ich sie gern wieder besuchen, denn sie gingen nur selten aus. Genau das hatte ich mir schon lange gewünscht.

Seit diesem Abend, an dem ich allerdings nur wenig mit dem Fräulein getändelt hatte, begann ich wieder, mich als Buhler und Narr zu betätigen, so dass mein Fräulein und ihre Eltern glauben mussten, ich hätte den Köder geschluckt, obwohl es mir nicht einmal halb ernst damit war. Wie die Hexen kleidete ich mich erst abends an, wenn ich zu ihr wollte, während ich am Tag über Liebesbüchern saß und aus ihnen Briefe an meine Liebste zusammenstellte, die klangen, als lebte ich hundert Meilen von ihr entfernt und könnte auf Jahre hinaus nicht zu ihr kommen. Bald war ich ein häufiger Gast in ihrem Haus, denn gegen mein Getändel hatten die Eltern wenig einzuwenden – im Gegenteil: sie wollten, dass ich ihrer Tochter das Lautenspiel beibrächte. Von nun an hatte ich nicht nur, wie bisher, am Abend, sondern auch tagsüber freien Zutritt, so dass ich mein Motto:

Ich und eine Fledermaus
Fliegen nur bei Nachte aus –

abänderte und ein neues Liedchen machte, in dem ich das Glück besang, das mir nach so manchem guten Abend nun auch so freudenreiche, herzerquickende Tage bescherte, an denen ich meine Augen am Anblick meiner Liebsten weiden konnte. In dem gleichen Lied klagte ich allerdings auch über mein Unglück und beschwerte mich bitter, wie es meine Nächte vergälle und mir nicht vergönne, diese, wie die Tage, im liebevollen Beieinander zu verbringen. Es war ein bisschen frech, aber ich sang es meiner Liebsten trotzdem unter schmachtenden Seufzern zu einer lustreizenden Melodie vor, wobei die Laute kräftig half und gleichsam mit mir das Fräulein anflehte, sie möge doch mitwirken, dass mir die Nächte so glücklich gerieten wie die Tage. Aber ich bekam eine entschieden abschlägige Antwort, denn sie war sehr klug und verstand es, mir gewisse geistreiche Anspielungen, die ich bisweilen geschickt einzuflechten wusste, ordentlich heimzuzahlen.

Ich achtete sehr darauf, das Gespräch nicht aufs Heiraten zu bringen, und wenn das Thema im Laufe einer Unterhaltung doch einmal aufkam, hielt ich mich mit allem, was ich sagte, im Ungewissen, was der Schwester meines Fräuleins, die schon verheiratet war, bald auffiel. Daher versuchte sie sich zwischen mich und mein liebes Mädchen zu stellen und dafür zu sorgen, dass wir nicht mehr so viel zusammen waren. Denn sie sah genau, dass ihre Schwester mich von Herzen liebte und die Sache auf die Dauer nicht gutgehen würde.

Es ist unnötig, die Torheiten meines Getändels hier in ihren Einzelheiten zu erzählen – die Bücher mit Liebesgeschichten sind voll von solchen Possen. Es mag genügen, wenn der geneigte Leser weiß, dass es schließlich dahin kam, dass ich mich erkühnen durfte, mein liebes Mädchen erst zu küssen und endlich auch andere Narreteien mit ihm anzustellen. Diesen erwünschten Fortschritt erzielte ich, indem ich sie immerzu umgarnte und berückte, bis ich eines Nachts von meiner Liebsten eingelassen wurde und mich zu ihr in das Bett verfügte, als gehörten wir zusammen. Nun weiß jeder, wie es bei solchen Lustbarkeiten für gewöhnlich zugeht, und so wird sich auch der Leser vorstellen, ich hätte etwas Ungehöriges getan. Doch dem war nicht so! All mein Trachten war vergebens. Ich stieß auf einen Widerstand, wie ich ihn noch bei keiner Frau erlebt hatte, denn alle ihre Gedanken und Absichten waren einzig und allein auf Ehre und Ehe gerichtet, und obwohl ich ihr diese unter den wüstesten Flüchen versprach, wollte sie doch vor der ehelichen Trauung nichts geschehen lassen. Sie gestattete mir allerdings, neben ihr auf dem Bett liegen zu bleiben, auf dem ich dann auch, vom eigenen Ärger erschöpft, einschlief.

Anderen Morgens um vier Uhr wurde ich unsanft geweckt. Vor dem Bett stand der Oberstleutnant, in der einen Hand eine Fackel, in der anderen eine Pistole.

»Kroat«, schrie er seinen Diener an, der mit blankem Säbel neben ihm stand, »geschwind, Kroat, hol den Priester!«

Davon erwachte ich und erkannte, in welcher Gefahr ich war. O weh, dachte ich, du solltest besser beichten, bevor er dir den Rest gibt. Mir wurde ganz grün und gelb vor Augen, und ich wusste nicht, ob ich sie ganz öffnen sollte oder nicht.

»Du Nichtsnutz«, sagte er zu mir, »muss ich dich hier finden, wie du mein Haus schändest? Täte ich etwa Unrecht, wenn ich dir und dieser Schlampe, die deine Hure geworden ist, den Hals umdrehen würde? Du Mistkerl, am liebsten würde ich dir das Herz aus dem Leib reißen und in kleinen Stücken den Hunden vorwerfen!« Dann knirschte er mit den Zähnen und verdrehte die Augen wie ein tollwütiges Tier.

Ich wusste nicht, was tun, und meine Bettgenossin tat nichts als weinen. Als ich mich etwas besonnen hatte, versuchte ich ihm zu erklären, dass wir unschuldig seien. Er aber hieß mich den Mund halten und fing wieder an zu toben. Er habe mir sein ganzes Vertrauen geschenkt, ich aber hätte ihn mit der größten Untreue von der Welt betrogen. Schließlich tauchte auch seine Frau auf und begann eine neue Predigt. Ich hätte lieber in irgendeiner Dornenhecke gelegen als auf diesem Bett, und sie hätte gewiss noch zwei Stunden weiter krakeelt, wenn nicht der Kroate mit dem Pfarrer gekommen wäre.

Bevor er kam, versuchte ich mehrmals aufzustehen, aber der Oberstleutnant zwang mich mit drohender Miene, liegen zu bleiben. So erfuhr ich, wie einem Kerl, der auf frischer Tat ertappt wird, alle Courage abhanden kommt und wie einem Dieb zumute ist, den man erwischt, wenn er eingebrochen ist, aber noch nichts gestohlen hat. Ich dachte an bessere Tage. Wenn mir der Oberstleutnant da mit zwei solchen Kroaten in die Quere gekommen wäre, hätte ich sie alle drei in die Flucht geschlagen. Stattdessen lag ich nun hier wie irgendein Feigling und hatte den Mut nicht, das Maul aufzumachen, geschweige denn, die Fäuste sprechen zu lassen.

»Herr Pfarrer«, sagte er, »nun seht Euch dieses Spektakel an, zu dem ich Euch als Zeugen meiner Schande rufen muss!« Kaum hatte er diese Worte in der richtigen Reihenfolge vorgebracht, da begann er wieder zu wüten und warf alles durcheinander, so dass ich nur noch »Hals umdrehen« und »Hände in Blut waschen« verstand. Der Schaum stand ihm vor dem Mund wie einem Wildschwein, und er führte sich auf, als hätte er den Verstand verloren. Ich hatte nur noch einen Gedanken: »Jetzt jagt er dir eine Kugel durch den Kopf!«

Der Pfarrer hatte alle Hände voll zu tun, ihn daran zu hindern, etwas zu tun, was er nachher bereuen würde.

»Aber Herr Oberstleutnant«, rief er, »seid doch vernünftig und denkt an das Sprichwort: Was einmal geschehen ist, dazu muss man das Beste reden! Dieses hübsche junge Paar, das im ganzen Land kaum seinesgleichen hat, ist nicht das erste und wird auch nicht das letzte sein, das sich von den unüberwindlichen Kräften der Liebe hat besiegen lassen. Den Fehler, den sie begangen haben, wenn man es denn einen Fehler nennen will, können sie leicht wiedergutmachen. Ich lobe es nicht, wenn man auf diese Art die Ehe schließt, aber das junge Paar hat hierdurch weder den Galgen noch das Rad verdient, und auch der Herr Oberstleutnant muss keine Schande fürchten, wenn er diesen Fehler – von dem ja noch niemand weiß – geheim hält und verzeiht, seine Zustimmung zur Verehelichung dieser beiden gibt und die Ehe durch die gewöhnliche Zeremonie in der Kirche bestätigen lässt.«

»Wie bitte?«, schrie der Oberstleutnant. »Soll ich denen, statt ihnen die gerechte Strafe zu verpassen, auch noch den Hof machen und die Ehre geben? Lieber lasse ich sie bei Tagesanbruch aneinanderbinden und in der Lippe ertränken! Ihr müsst sie mir jetzt auf der Stelle trauen! Deswegen habe ich Euch holen lassen. Sonst erwürge ich alle beide wie die Hühner.«

Ich dachte: Da ist nichts zu machen! Es heißt ja: Vogel friss oder stirb! Außerdem brauchst du dich dieser jungen

Dame wirklich nicht zu schämen. Und wenn du dein Herkommen recht bedenkst, bist du kaum würdig, da zu sitzen, wo sie ihren Schuh hinstellt. Trotzdem schwor und beteuerte ich hoch und heilig, dass wir nichts Unrechtes miteinander gehabt hätten. Aber die Antwort lautete: Dann hätten wir uns so benehmen sollen, dass man keinen bösen Verdacht schöpfen könne. Mit solchen Beteuerungen würden wir den einmal gefassten Verdacht bei niemandem ausräumen.

Nun wurden wir, im Bett sitzend, von dem Pfarrer zusammengegeben und gleich nachher genötigt, aufzustehen und gemeinsam das Haus zu verlassen. In der Tür sagte der Oberstleutnant zu mir und seiner Tochter, wir sollten uns in alle Ewigkeit nicht mehr bei ihm blicken lassen. Ich aber hatte mich inzwischen ein wenig gefasst, spürte auch wieder den Degen an meiner Seite und antwortete ihm halb im Scherz: »Ich weiß gar nicht, warum Ihr alles so verdreht und verkehrt, Herr Schwiegervater. Wenn sonst junge Eheleute getraut werden, führen die nächsten Verwandten sie zum Schlafen. Ihr aber jagt mich nach der Trauung nicht nur aus dem Bett, sondern sogar aus dem Haus. Und statt des Glücks, das Ihr mir für den Ehestand wünschen solltet, wollt Ihr mir nicht einmal das Glück gönnen, meinen Schwiegervater zu sehen und ihm zu dienen. Wirklich, wenn alle es so machten, würde das Heiraten in der Welt wenig Freundschaft stiften.«

Das 22. Kapitel. Wie es bei der Hochzeit zuging und was er nachher anzufangen gedachte.

In dem Haus, wo ich wohnte, wunderten sich alle, dass ich eine junge Dame mit heimbrachte, und sie wunderten sich noch mehr, als diese Dame ganz unbekümmert mit mir schlafen ging. Denn was mir zugestoßen war, machte mir zwar allerlei verdrießliche Gedanken, aber so blöd, meine Braut zu verschmähen, war ich nun doch nicht. Ich hielt also meine Liebste in den Armen, und gleichzeitig gingen mir tausend Gedanken durch den Kopf, wie ich mich zu dem, was mir passiert war, stellen sollte. Einmal sagte ich mir, du hast es nicht anders verdient. Dann wieder meinte ich, mir sei eine ungeheure Schmach widerfahren, die ich nicht in Ehren verschmerzen könnte, ohne mich zu rächen. Doch wenn ich mir klarmachte, dass sich diese Rache gegen meinen Schwiegervater und daher auch gegen meine unschuldige, brave Liebste richten müsste, fielen all diese Gedanken wieder in sich zusammen, und ich schämte mich so sehr, dass ich mich nirgendwo mehr blicken lassen wollte, und musste doch bald erkennen, dass ich damit nun gewiss die allergrößte Dummheit begehen würde. Zuletzt beschloss ich, erst einmal die Freundschaft meines Schwiegervaters zurückzugewinnen und im Übrigen so zu tun, als ob mir nichts Schlimmes widerfahren sei und mit meiner Hochzeit alles zum Besten stehe. Ich sagte mir: Weil sich alles so merkwürdig und seltsam angelassen und ergeben hat, musst du es auch so zu Ende führen. Würden die Leute erfahren, dass deine Heirat dich ärgert und du gegen deinen Willen verheiratet worden bist wie ein armes Mädchen mit einem alten, reichen Schlappsack, hättest du auch noch den Spott davon.

In solchen Gedanken stand ich früh auf, obwohl ich gern länger geschlafen hätte. Als Erstes ließ ich meinen Schwager zu mir bitten, der mit der Schwester meiner Frau verheiratet war. Ich erinnerte ihn daran, wie nah wir nun verwandt seien, und bat ihn, seine Liebste ebenfalls kommen zu lassen, damit sie bei den Vorbereitungen für das Hochzeitsmahl helfen könne. Wenn er selbst versuchen wolle, bei unseren gemeinsamen Schwiegereltern ein gutes Wort für mich einzulegen, würde ich inzwischen Gäste einladen, die die Versöhnung zwischen mir und ihnen dann vollenden könnten. Dazu war er gern bereit, und ich begab mich zum Kommandanten. Dem erzählte ich auf eine kurzweilige Art in wohlgesetzten Worten von der neuesten Mode, Hochzeit zu halten, die ich und mein Schwiegervater erfunden hätten und bei der es so schnell zugehe, dass Verlobung, Kirchgang und die Ehe selbst allesamt binnen einer Stunde vollzogen seien. Weil aber mein Schwiegervater an der Morgensuppe gespart habe, wolle ich nun stattdessen den ehrenwerten Leuten eine stattliche Abendmahlzeit vorsetzen, zu der ich hiermit auch ihn untertänigst eingeladen haben wollte. Der Kommandant lachte sich über meinen komischen Vortrag fast kaputt, und das machte mich, weil ich sah, dass er in der rechten Stimmung war, noch kecker, so dass ich mich nun auch noch für meinen Unernst entschuldigte. Andere Ehemänner seien vier Wochen vor und nach der Hochzeit nicht bei Trost, hätten also vier Wochen Zeit, ihre Torheiten nach und nach unbemerkt wegzudrücken, und könnten hierdurch ihren zeitweiligen Mangel an Verstand einigermaßen verbergen. Mich hingegen habe die Heiraterei schlagartig überfallen, deshalb müsste ich auch die Narreteien auf einen Schlag, als eine geballte Ladung fliegen lassen, um mich nachher desto vernünftiger in den Ehestand zu fügen.

Der Kommandant fragte mich, wie denn der Ehevertrag aussehe und wie viele seiner zahlreichen Dukaten mein Schwiegervater mir als Mitgift gebe. Ich antwortete, unser Heiratsabkommen bestehe nur in einem Punkt, nämlich, dass ich und seine Tochter ihm in alle Ewigkeit nicht mehr unter die Augen kommen sollten. Weil aber weder ein Notar noch Zeugen dabei gewesen seien, hoffte ich, die Sache könnte wieder rückgängig gemacht werden, vor allem weil alles Heiraten doch auf Verbreitung und Festigung von guter Freundschaft zielte – es sei denn, mein Schwiegervater habe mir seine Tochter in die Ehe gegeben, wie Pythagoras es mit der seinen gemacht habe* – was ich mir aber nicht vorstellen könne, da ich ihn meines Wissens nie beleidigt hätte.

Mit solchen Schwänken, die man in dieser Stadt von mir nicht gewohnt war, erreichte ich, dass der Kommandant versprach, bei meinem Festmahl zu erscheinen und auch meinen Schwiegervater zum Mitkommen zu bewegen. Außerdem schickte er mir gleich ein Fass Wein und einen Hirsch in die Küche. Ich aber ließ alles zurichten, als wollte ich Fürsten bewirten, und brachte auch eine stattliche Anzahl ehrenwerter Gäste zusammen, die sich nicht nur prächtig miteinander amüsierten, sondern auch den Schwiegervater und die Schwiegermutter mit mir und meiner Frau so gründlich versöhnten, dass sie uns schließlich mit mehr Glückwünschen überhäuften als in der Nacht zuvor mit Verwünschungen.

In der ganzen Stadt aber wurde herumerzählt, wir hätten unsere Trauung absichtlich so seltsam arrangiert, damit uns nicht irgendwelche boshaften Leute einen Streich spielen könnten. Und mir kam diese schnelle Hochzeit tatsächlich in gewisser Hinsicht gut zupass. Denn wenn ich nach dem üblichen Brauch geheiratet hätte und alles auch von der Kanzel herab angekündigt worden wäre, hätten sich vermutlich ein paar Weibsbilder berufen gefühlt, mir allerlei Hindernisse in den Weg zu bauen. Unter den Bürgerstöchtern hatte ich ja doch ein halbes Dutzend, die mich nur zu gut kannten.

Am nächsten Tag bewirtete mein Schwiegervater die Hochzeitsgäste, aber längst nicht so gut wie ich, denn er war ein Knauser. Nun kam er auch auf die Frage zu sprechen, welchem Gewerbe ich in Zukunft nachgehen und wie ich meinen Haushalt ordnen wollte, und erst in diesem Augenblick wurde mir klar, dass ich meine herrliche Freiheit verloren hatte und von nun an unter einem neuen Regiment leben sollte. Ich spielte den Gehorsamen und sagte, zunächst einmal wolle ich hören, wozu mein lieber Schwiegervater mit seiner großen Erfahrung mir rate, und mich daran dann auch halten. Der Kommandant lobte diese Antwort und sagte: »Es wäre eine Riesendummheit, wenn sich ein junger, frischer Soldat wie er mitten im jetzigen Krieg entschließen würde, das Soldatenhandwerk gegen ein anderes zu vertauschen. Denn es ist nun einmal viel besser, sein Pferd in eines anderen Stall zu stellen, als eines anderen Pferd im eigenen Stall zu füttern. Was mich betrifft, so bin ich bereit, ihm, wann immer er will, ein Fähnlein zu geben.«

Mein Schwiegervater und ich dankten ihm für diesen Vorschlag, und ich lehnte ihn nicht mehr ab wie zuvor, zeigte dem Kommandanten aber die Aufstellung des Kaufmanns, der in Köln meinen Schatz verwahrte.

»Das hier«, sagte ich, »muss ich holen, bevor ich schwedische Dienste annehme. Denn wenn in Köln bekannt wird, dass ich beim Feind diene, wird man mir dort die Feige zeigen und mein Eigentum behalten. Denn solche Reichtümer findet man nicht so leicht auf der Straße.«

Beide gaben mir recht, und so wurde zwischen uns dreien verabredet und beschlossen, dass ich in einigen Tagen nach Köln reisen, meinen Schatz dort an mich nehmen und damit wieder in die Festung zurückkehren sollte, um nachher ein Fähnlein zu übernehmen. Gleichzeitig wurde auch ein Tag bestimmt, an dem mein Schwiegervater eine Kompanie und den Posten des Oberstleutnants bei dem Regiment des Kommandanten übernehmen sollte. Denn weil der Graf von Götz mit zahlreichen kaiserlichen Truppen in Westfalen lag und sein Quartier in Dortmund hatte, rechnete der Kommandant für den kommenden Frühling mit einer Belagerung und bemühte sich um tüchtige Soldaten. Seine Sorge erwies sich dann jedoch als unbegründet, denn weil Johann von Werth im Breisgau geschlagen worden war, musste Graf von Götz in jenem Frühling Westfalen räumen und wegen Breisach am Oberrhein gegen den Fürsten von Weimar operieren.*

Das 23. Kapitel. Simplicius kommt in eine Stadt, die er allerdings nur ›pro forma‹* Köln nennt, um seinen Schatz abzuholen.

Die Dinge fügen sich mal so und mal anders. Des einen Unglück kommt in Raten, den anderen überfällt das seine mit einem Schlag. Das meine aber begann so süß und angenehm, dass ich es gar nicht für ein Unglück hielt, sondern für das höchste Glück. Kaum acht Tage hatte ich mit meiner lieben Frau im Stand der Ehe gelebt, da nahm ich in meinem Jägerrock, ein Gewehr auf der Schulter, Abschied von ihr und ihren Verwandten. Ich schlug mich glücklich durch, weil ich alle Wege kannte, so dass mir unterwegs keine Gefahr begegnete. Bis ich an den Schlagbaum nach Deutz kam, das gegenüber von Köln auf dieser Seite des Rheins liegt, sah mich so gut wie niemand. Ich dagegen sah viele Leute – namentlich einen Bauern im Bergischen Land, der mich sehr an meinen Knan im Spessart erinnerte, während sein Sohn am ehesten dem Simplicius glich.

Dieser Bauernjunge hütete die Schweine. Sie witterten mich, als ich bei ihm vorüberwollte, und begannen zu grunzen. Der Knabe aber begann, auf sie zu fluchen: dass Donner und Hagel sie erschlagen und »dä Düvel dartoo halen soll«. Das hörte die Magd und schrie den Jungen an, er solle aufhören zu fluchen, sonst würde sie es seinem Vater sagen. Der Knabe antwortete, sie sollte ihn am Arsch lecken und ihre »Moer dartoo brühen«.* Der Bauer hatte seinen Sohn ebenfalls gehört, kam mit einem Prügel in der Hand aus dem Haus und schrie: »Halt dein Maul, du Flegel, ick sall di lehren swören. Dä Hagel schlag di dann, datt dir der Düvel in den Lief fahr« – packt ihn beim Kragen, verdrischt ihn wie einen Tanzbären und ruft bei jedem Streich: »Du böse Bof! Ick sall die lehren fluocken. Dä Düvel hal di dann. Ick sall di im Arsch lecken. Ich sall di lehren, dine Moer brühen«

etc. Solche Erziehungsmethoden erinnerten mich natürlich an meinen Knan und mich, aber ich war doch nicht so aufrichtig oder so fromm, Gott dafür zu danken, dass er mich aus solcher Finsternis und Unwissenheit gerettet und mir mehr Wissen und Verständnis verschafft hatte. Wie sollte da mein Glück, das er mir täglich schenkte, auf die Dauer Bestand haben?

In Köln kam ich anfangs bei meinem Jupiter unter, der damals ganz verständig war. Als ich ihn ins Vertrauen zog und ihm den Grund meines Kommens nannte, sagte er mir gleich, da hätte ich die Reise wohl umsonst gemacht. Der Kaufmann, dem ich meine Sachen zur Aufbewahrung gegeben hatte, habe nämlich Bankrott gemacht und sei verschwunden. Meine Sachen seien zwar von der Obrigkeit versiegelt worden, und den Kaufmann habe man aufgefordert, vor der Behörde zu erscheinen. Dass er aber noch einmal zurückkehre, werde sehr bezweifelt, weil er von allem, was sich wegschaffen ließ, das Beste mitgenommen habe. Es werde noch viel Wasser den Rhein herunterfließen, bis die ganze Angelegenheit geklärt sei.

Man kann sich leicht vorstellen, wie mir diese Nachricht gefiel. Ich fluchte schlimmer als ein Fuhrmann. Aber was half's? So bekam ich meine Sachen auch nicht zurück und hatte noch nicht einmal die Hoffnung, sie irgendwann wiederzusehen. Außerdem hatte ich nicht mehr als zehn Taler Reisegeld mitgenommen und konnte deshalb gar nicht so lange bleiben, wie es nötig sein würde. Ein längerer Aufenthalt war überdies riskant. Denn weil ich in Verbindung mit einer feindlichen Garnison stand, musste ich fürchten, denunziert zu werden und auf diese Weise nicht nur meinen Besitz zu verlieren, sondern in noch viel ärgere Nöte zu geraten. Sollte ich also unverrichteter Dinge heimkehren, meinen Besitz sehenden Auges aufgeben und die ganz Reise umsonst gemacht haben? Das schien mir nun auch wieder nicht ratsam. Zuletzt beschloss ich, in Köln zu bleiben, bis die Sache geklärt war, und meiner Liebsten den Grund für mein langes Fortbleiben mitzuteilen.

Ich suchte einen Prokurator auf, der auch Notar war, berichtete ihm von meinem Problem und bat ihn, mir gegen Honorar mit Rat und Tat beizustehen. Wenn er die Sache beschleunigte, würde ich ihm über sein Entgelt hinaus noch ein ansehnliches Geschenk machen. Weil er hoffte, an mir sei gut zu verdienen, nahm er meinen Fall gern an und mich selbst in Kost und Logis. Am nächsten Tag ging er mit mir zu den Herren, die für Bankrottangelegenheiten zuständig waren, überreichte ihnen eine beglaubigte Abschrift der Aufstellung des Kaufmanns und legte auch das Original vor – worauf uns geantwortet wurde, wir müssten uns bis zur vollständigen Klärung der Angelegenheit gedulden, weil nicht alles, was in der Aufstellung verzeichnet stehe, auch vorhanden sei.

So musste ich mich wieder auf eine Zeit des Müßiggangs gefasst machen, in der ich mir nun ansehen wollte, wie es in einer Großstadt zugeht. Mein Vermieter war, wie gesagt, Notar und Prokurator. Daneben hatte er ein halbes Dutzend Gäste in Pension und hielt ständig acht Pferde im Stall, die er an Reisende vermietete. Außerdem hatte er einen deutschen und einen französischen Knecht, die reiten und kutschieren konnten und sich um die Pferde kümmerten. Mit seinen drei oder dreieinhalb Gewerben verdiente dieser Mann nicht nur, was er zum Leben brauchte, sondern machte auch einen satten Gewinn, mit dem er umso besser wuchern konnte, als sich in der Stadt keine Juden aufhalten durften.

Ich lernte viel, während ich bei ihm war – vor allem Krankheiten erkennen, worin ja die größte Kunst eines Doktors der Medizin besteht. Denn es heißt doch, hat man eine Krankheit erst richtig erkannt, ist dem Patienten schon halb geholfen. Dass ich mich mit dieser Wissenschaft befasste, lag an meinem Wirt, denn als ich ihn genauer beobachtete, fing ich an, auch andere und ihre Gemütsbeschaffenheit zu studieren. Da fand ich so manchen todkrank, der von seiner Krankheit selbst nichts wusste und den die anderen und sogar die Ärzte für gesund hielten.

Ich fand Leute, die waren krank vor Zorn. Wenn ihre Krankheit über sie kam, verzerrten sie die Gesichter wie die Teufel, brüllten wie die Löwen, kratzten wie die Katzen, schlugen um sich wie die Bären, wurden bissig wie die Hunde, und als wollten sie die rasenden Tiere noch übertreffen, warfen sie auch, wie die Narren, mit allem um sich, was ihnen in die Hände kam. Man sagt, diese Krankheit komme aus der Galle. Mir scheint jedoch, sie entsteht, wenn ein Narr hochmütig wird. Daher kann man, wenn man einen Zornigen, zumal wegen irgendeiner Kleinigkeit, rasen hört, getrost annehmen, dass bei ihm der Stolz stärker ist als die Vernunft. Aus dieser Krankheit erwächst viel Unglück, sowohl für den Kranken selbst wie auch für andere – dem Kranken bringt sie vor allem Lähmung, Gicht und einen frühen, wenn nicht gar den ewigen Tod! Aber auch wenn diese Kranken schwer erkrankt sind, kann man sie doch nicht gut Patienten nennen, denn gerade an Patienz, nämlich Geduld, fehlt es ihnen ja am meisten.

Manche sah ich auch am Neid daniederliegen. Weil sie immer so bleich und traurig herumschleichen, sagt man von ihnen, sie fräßen ihr eigenes Herz. Ich halte diese Krankheit für die gefährlichste, denn sie kommt vom Teufel – obwohl sie vom Glück herrührt, nämlich dem Glück, das der Feind des Kranken genießt. Wer einen solchen Kranken gründlich kuriert, der darf sich fast rühmen, eine verlorene Seele zum Christentum bekehrt zu haben, denn rechtschaffene Christen befällt diese Krankheit gar nicht, weil ihnen Laster und Sünde zuwider sind.

Auch die Spielsucht halte ich für eine Krankheit, nicht nur, weil schon ihr Name dies nahelegt, sondern vor allem weil jene, die damit behaftet sind, so erpicht aufs Spielen sind, als wären sie vergiftet. Die Spielsucht erwächst nicht aus dem Geiz, wie manche meinen, sondern aus dem Müßiggang, und wenn man Wollust und Müßiggang unterbindet, vergeht sie von selbst.

Auch das Fressen und Saufen ist, wie ich festgestellt habe, eine Krankheit, und sie kommt nicht vom Überfluss, sondern von der Gewohnheit. Armut ist zwar gut dagegen, aber ein gründliches Heilmittel ist sie nicht, denn ich habe Bettler schlemmen und reiche Filze Hunger leiden sehen. Diese Krankheit bringt das Mittel, das ihr abhilft, selbst mit sich – den Mangel, wenn nicht an Geld, so doch an allgemeinem Wohlbefinden, so dass diese Kranken zuletzt meist von selbst gesund werden, wenn sie sich aus Armut oder wegen einer anderen Krankheit das Fressen nicht mehr leisten können.

Den Hochmut hielt ich für eine Art von Phantasterei, die ihren Ursprung in der Unwissenheit hat. Denn wer sich selbst kennt, weiß, woher er stammt und wohin er zuletzt kommt, und kann nachher unmöglich noch so ein hochmütiger Narr sein. Wenn ich einen Pfau oder einen Truthahn sehe, wie er sich spreizt und daherkollert, kann ich mich immer wieder amüsieren, wie trefflich diese unvernünftigen Tiere den bedauernswerten Menschen in seiner großen Krankheit verspotten können. Eine besondere Arznei dagegen konnte ich nicht finden, weil jene, die daran leiden, wie andere Narren auch, nicht ohne Demut zu kurieren sind.

Ich stellte fest, dass auch Lachen eine Krankheit ist. Schon Philemon ist daran gestorben, Demokrit war zeit seines Lebens damit infiziert*, und noch heute sagen unsere Frauen, sie möchten sich totlachen! Es heißt, das Lachen habe seinen Ursprung in der Leber, aber ich glaube eher, es rührt aus allgemeiner Torheit, denn viel Lachen ist kein Zeichen von Vernunft. Eine Arznei dagegen zu verordnen ist unnötig, zum einen, weil Lachen eine vergnügliche Krankheit ist, zum anderen, weil es so manchem ohnehin schneller vergeht, als ihm lieb ist.

Ich erkannte, dass auch die Neugier eine Krankheit und insbesondere dem weiblichen Geschlecht beinahe angeboren ist. Scheinbar harmlos, ist sie in Wirklichkeit sehr gefährlich. Schließlich haben wir noch heute unter dem Vorwitz unserer ersten Mutter schwer zu leiden. Von Faulheit, Rachgier, Eifersucht, Frevelhaftigkeit, Liebesleiden und ähnlichen Krankheiten und Lastern will ich hier schweigen und stattdessen wieder auf meinen Vermieter zurückkommen, der für mich der Anlass war, über solche Gebrechen nachzudenken, denn er selbst war bis in die äußersten Haarspitzen vom Geiz befallen und besessen.

Das 24. Kapitel. Der Jäger fängt einen Hasen mitten in der Stadt.

Dieser Mann trieb, wie gesagt, verschiedene Gewerbe, die ihm alle Geld einbrachten. Sich selbst ernährte er gut von seinen Pensionsgästen – sie aber ernährte er schlecht. Von dem, was sie ihm einbrachten, hätten er und alle im Haus gut und reichlich essen können, wenn der Geizkragen es nur dazu verwendet hätte. Stattdessen mästete er uns auf Schwäbisch und knauserte gewaltig. Weil ich nicht viel Geld bei mir hatte, aß ich anfangs nicht mit den übrigen Pensionsgästen, sondern mit seinen Kindern und dem Gesinde. Da waren die Portionen besonders klein und kamen meinem inzwischen an westfälische Gelage gewöhnten Magen ziemlich spanisch vor. Nie kam bei uns ein gutes Stück Fleisch auf den Tisch, sondern immer nur das, was acht Tage vorher, gründlich benagt, vom Tisch der Studenten abgeräumt worden und inzwischen so alt und grau war wie Methusalem. Die Hausherrin, die die Küche selbst besorgen musste, denn eine Magd stellte ihr Mann nicht für sie ein, übergoss alles mit einer säuerlichen, schwarzen Brühe und bekrümelte es mit Pfeffer. Da wurden die Knochen nun so sauber abgeschleckt, dass man gleich Schachfiguren daraus hätte drechseln können.

Trotzdem waren sie noch immer zu etwas nütze und kamen deshalb in einen eigens hierfür aufgestellten Behälter. Wenn unser Geizhals dann eine gehörige Menge beisammenhatte, wurden sie kleingehackt und das restliche Fett bis auf den letzten Tropfen herausgesiedet. Ob das dann wieder in die Suppe kam oder als Schuhwichse verwendet wurde, entzieht sich meiner Kenntnis.

An den Fastentagen, die reichlich vorkamen und alle feierlich begangen wurden, weil der Hausvater in dieser Beziehung überaus gewissenhaft war, mussten wir an stinkenden Bücklingen, versalzenen Felchen, faulen Stock- und anderen abgestandenen Fischen herumknabbern. Denn er kaufte, was billig war, und machte sich sogar die Mühe, selbst auf den Fischmarkt zu gehen und das zu wählen, was die Fischer gerade wegwerfen wollten.

Unser Brot war meistens schwarz und altbacken, und zu trinken gab es ein dünnes, saures Bier, das mir fast den Magen verätzte und trotzdem ein gut gelagertes, reifes Märzbier sein sollte. Der deutsche Knecht erzählte mir, im Sommer sei es noch schlimmer. Da sei das Brot verschimmelt, das Fleisch voller Würmer, und das Beste, was es gebe, seien am Mittag ein paar Radieschen und abends eine Handvoll Salat. Als ich ihn fragte, warum er überhaupt bei diesem Knauser bleibe, antwortete er, die meiste Zeit sei er ja auf Reisen, und das Trinkgeld der Reisenden sei für ihn wichtiger als alles, was er bei diesem Pfennigfuchser verdiene. Der lasse seine Frau und die Kinder nicht in den Keller, weil er ihnen selbst den Tropfwein in den Schalen unter den Zapfhähnen der Fässer nicht gönne, und sei alles in allem ein Raffke, wie man selten einen finde. Was ich bisher gesehen hätte, sei noch gar nichts. Wenn ich ein Weilchen bliebe, würde ich erleben, dass er sich nicht schämen würde, wegen zwei Hellern einen Esel halb totzuprügeln.

Eines Tages brachte er sechs Pfund Kaldaunen oder Rinderkutteln heim und verschloss sie in seinem Vorratskeller.

Aber zum Glück für seine Kinder stand das Kellerfenster offen. Da banden sie eine Gabel an einen Stock und angelten damit alle Kutteln heraus, verschlangen sie halbgekocht, wie sie waren, und behaupteten nachher, die Katze sei's gewesen. Aber dieser Erbsenzähler wollte es nicht glauben. Er fing die Katze ein, wog sie und stellte fest, dass sie mit Haut und Haaren nicht so schwer war, wie seine Kutteln gewesen waren. Ich fand sein Betragen so unappetitlich, dass ich nicht mehr mit seinen Leuten, sondern, egal was es kostete, am Tisch der Studenten essen wollte.

Dort ging es zwar etwas manierlicher zu, aber das half mir wenig, denn die Speisen, die man uns vorsetzte, waren nur halb gar – was unserem Hausherrn in zwei Punkten zupass kam: erstens, weil er auf diese Weise am Holz für den Herd sparte, und zweitens, weil wir nicht so viel davon verdauen konnten. Ich hatte ohnehin das Gefühl, er zähle bei jedem Bissen mit, den wir nahmen, und kratzte sich hinter dem Ohr, wenn wir mal richtig zulangten. Sein Wein war reichlich verwässert und der Verdauung wenig förderlich. Der Käse, den man nach jeder Mahlzeit anbot, war meistens steinhart, und die holländische Butter so versalzen, dass niemand mehr als ein paar Gramm davon bei einer Mahlzeit genießen konnte. Das Obst musste man tagelang liegen lassen, bis es reif und essbar war. Und wenn dann der eine oder andere eine spitze Bemerkung fallenließ, so fing er deswegen in unser aller Beisein einen großen Streit mit seiner Frau an, sagte ihr aber nachher insgeheim, sie solle weitermachen wie bisher.

Einmal brachte ihm einer seiner Klienten einen Hasen als Geschenk mit. Ich sah ihn in der Speisekammer hängen und dachte schon, nun würde es bei uns ausnahmsweise einmal Wild geben. Doch der deutsche Knecht meinte, den Hasen würden wir nicht zwischen die Zähne bekommen. Sein Herr habe mit den Pensionsgästen vereinbart, dass er ihnen derartige Leckerbissen nicht vorzusetzen brauche. Ich solle am

Nachmittag mal auf den Alten Markt gehen und nachsehen, ob der Hase dort nicht zum Verkauf angeboten würde.

Da schnitt ich dem Hasen ein kleines Stück von einem Ohr ab, und beim Mittagessen, als unser Hausherr nicht dabei war, erzählte ich den anderen, der Geizhals habe einen Hasen zu verkaufen, den ich ihm abluchsen wolle, wenn mir nur einer von ihnen dabei helfen würde, und am Ende hätten wir davon nicht nur unseren Spaß, sondern auch den Hasen selbst. Alle wollten mitmachen und sagten, sie hätten unserem Wirt schon längst gern einen Streich gespielt, über den er sich nicht würde beklagen können.

So begaben wir uns nachmittags an die Stelle, die mir der Knecht genannt hatte, wo unser Hausherr, wenn er etwas verkaufen ließ, immer aufpasste, wie viel sein Verkäufer einnahm, damit er nur ja nicht betrogen würde. Wir fanden ihn bei einigen vornehmen Leuten stehen, mit denen er sich unterhielt. Der Bursche, mit dem ich mich verabredet hatte, ging zu dem Höker, der den Hasen verkaufen sollte, und sagte: »Hör zu, mein Lieber, der Hase da gehört mir, und ich nehme ihn als Diebesgut rechtmäßig wieder an mich. Er wurde mir heute Nacht vor meinem Fenster geklaut, und wenn du ihn mir nicht bereitwillig herausgibst, gehe ich auf deine Gefahr und deine Kosten mit dir, wohin du willst.«

Der Höker antwortete, er wolle sich erkundigen, was zu tun sei. Dort stehe ein vornehmer Herr, der habe ihm den Hasen zum Verkauf übergeben und habe ihn gewiss nicht gestohlen. Während die beiden miteinander debattierten, sammelten sich gleich Leute um sie, was auch unserem Geizhals nicht entging. Er ahnte, was die Glocke geschlagen hatte, und gab dem Höker mit einem Wink zu verstehen, er solle den Hasen herausgeben, weil er wegen seiner vielen Pensionsgäste kein Aufsehen erregen wollte. Doch da zeigte der Bursche, mit dem ich mich verabredet hatte, dem Publikum schon ganz munter das Stück vom Ohr und fügte es in die Lücke ein, so dass alle ihm recht gaben und ihm den Hasen zusprachen.

Wie zufällig tauchte nun auch ich mit meinen Kumpanen auf, trat auf den Burschen zu, der den Hasen an sich genommen hatte, und begann mit ihm darum zu feilschen. Und nachdem wir handelseinig geworden waren, überreichte ich das Tier unserem Hausherrn mit der Bitte, es mit heimzunehmen und für uns zubereiten zu lassen. Dem Kerl, mit dem ich diesen Auftritt verabredet hatte, zahlte ich dann nicht den Hasen, sondern gab ihm ein Trinkgeld für zwei Kannen Bier. So musste uns unser Geizhals wider Willen den Hasen auftischen und durfte sich nicht mal darüber beklagen. Da hatten wir genug zu lachen, und wenn ich länger in seinem Haus geblieben wäre, hätte ich ihm wohl noch manchen Streich gespielt.

VIERTES BUCH

Das 1. Kapitel. Wie und warum der Jäger nach Frankreich gelockt wurde.

Allzu scharf macht schartig, und wenn man den Bogen überspannt, muss er irgendwann brechen. Der Streich, den ich meinem Wirt mit dem Hasen gespielt hatte, genügte mir nicht. Ich wollte ihn für seinen unersättlichen Geiz noch ärger büßen lassen und zeigte den Pensionsgästen, wie sich die versalzene Butter wässern und das überflüssige Salz herausziehen ließ und wie sie den harten Käse schaben und ähnlich wie Parmesan mit Wein anfeuchten konnten, was dem Geizhals jedes Mal einen Stich ins Herz versetzte. Mit einem Trick entzog ich dem Wein bei Tisch sogar das Wasser und machte ein Lied, in dem ich den Geizkragen mit einer Sau verglich, die zu gar nichts taugt, solange der Metzger sie nicht tot auf der Schlachtbank liegen hat. Aber zu solchen Scherzen hatte er mich nicht in sein Haus geholt, und er zahlte sie mir mit einer List heim, von der ich nun erzählen will.

Unter seinen Gästen waren zwei junge Adelige, die eines Tages von ihren Eltern einen Wechsel bekamen und dazu die Aufforderung, nach Frankreich zu gehen, um die Sprache zu erlernen. Nun war aber der deutsche Knecht gerade anderswo unterwegs, und dem französischen mochte unser Wirt, wie er sagte, die Pferde für eine Reise nach Frankreich nicht anvertrauen. Er kenne ihn noch nicht gut genug und fürchte, der Bursche könnte das Wiederkommen vergessen und ihn um seine Pferde bringen. Deshalb fragte er mich, ob ich ihm nicht den Gefallen tun und die beiden Edelleute mit seinen Pferden nach Paris begleiten könne. Meine Angelegenheiten könnten ja ohnehin in den nächsten vier Wochen noch nicht verhandelt werden. Er seinerseits wolle sich, wenn ich ihm eine Vollmacht dafür erteilte, in dieser Zeit so gewissenhaft um meine Geschäfte kümmern, wie wenn ich selbst zugegen wäre. Auch die Adeligen drängten mich, und meine eigene Neugier riet mir ebenfalls, einzuwilligen, denn hier bot sich eine Gelegenheit, Frankreich ohne große Kosten anzusehen, während ich in Köln nur vier Wochen auf der faulen Haut liegen und auch noch Geld verbrauchen würde. Also machte ich mich anstelle eines Postillions mit den Edelleuten auf die Reise, bei der mir unterwegs nichts Besonderes widerfuhr.

In Paris jedoch, wo wir anfangs bei dem Geschäftspartner unseres Wirts unterkamen, der den Edelleuten auch ihre Wechsel einlöste, wurde ich gleich am zweiten Tag samt den Pferden verhaftet – und nicht nur das: ein Mensch, der behauptete, mein Wirt in Köln schulde ihm eine Summe Geldes, nahm mit Billigung des Polizeibüros, das für unser Viertel zuständig war, die Pferde in Beschlag und verkaufte sie, ohne sich um meine Einwände zu scheren. Da saß ich und wusste nicht, was ich tun und wie ich auf dem weiten, damals sehr unsicheren Weg zurückkehren sollte. Die Adeligen hatten viel Mitleid mit mir und schenkten mir ein großzügiges Trinkgeld, wollten mich auch nicht gehen lassen, ehe ich nicht einen guten Herrn oder eine Möglichkeit gefunden hätte, wieder nach Deutschland zu kommen. Sie mieteten sich eine Wohnung, und ich blieb noch ein paar Tage bei ihnen, um einem von ihnen aufzuwarten, der nach der langen, ungewohnten Reise ein wenig unpässlich geworden war. Und da ich meine Sache gut machte, schenkte er mir sein Gewand, das er ablegte, sobald er sich nach der neuesten Mode neu eingekleidet hatte. Beide rieten mir, ich solle ein paar Jahre in Paris bleiben und die Sprache lernen. Was ich in Köln besäße würde mir ja nicht weglaufen.

Während ich noch hin und her überlegte und mich zu nichts entschließen konnte, hörte mich einmal der Medicus der täglich zu uns kam und sich um meinen kranken Junker kümmerte, auf der Laute spielen und ein deutsches Lied dazu singen, was ihm so gefiel, dass er mir eine gute Stelle mit Kost und Logis in seinem Haus anbot, wo ich seine beiden Söhne unterrichten sollte, denn er wusste schon besser als ich selbst, wie es um mich stand und dass ich einen guten Herrn nicht ausschlagen würde. So wurden wir bald handelseinig, denn auch den beiden Edelleuten gefiel der Plan, und sie empfahlen mich herzlich. Aber länger als von einem Vierteljahr aufs nächste verdingte ich mich nicht.

Dieser Doktor sprach Deutsch so gut wie ich und Italienisch, als wäre es seine Muttersprache. Umso lieber sagte ich ihm zu. Während des Abschiedsessens mit meinen Adeligen, an dem auch er teilnahm, gingen mir düstere Gedanken durch den Kopf – ich dachte an meine Frau, die ich eben erst geheiratet hatte, an das Fähnlein, das mir versprochen war, an meinen Schatz in Köln und daran, wie leichtfertig ich mich hatte überreden lassen, das alles aufzugeben. Und als wir auf den Geiz unseres früheren Pensionswirts zu sprechen kamen, kam mir ein Gedanke, den ich dann auch aussprach: »Wer weiß, ob mich unser Wirt nicht mit Absicht nach hier gelockt hat, um sich in Köln an meinem Eigentum zu vergreifen.«

Der Doktor meinte, das könne durchaus sein, vor allem, wenn der Wirt mich für einen Menschen von niederer Herkunft halte.

»Nein«, entgegnete der eine Edelmann, »wenn er hierhergeschickt wurde, um hierzubleiben, dann deshalb, weil er dem Wirt wegen dessen Geiz so zugesetzt hat.«

Nun meldete sich auch der Kranke zu Wort: »Ich glaube, es gibt noch eine andere Ursache. Neulich stand ich in meiner Kammer und hörte, wie sich unser Wirt lautstark mit seinem französischen Knecht unterhielt. Ich horchte, worum es ging, und begriff schließlich aus dem, was der Franzose zusammenstotterte, dass er sich beklagte: Der Jäger schwärze ihn bei der Hausherrin an und behaupte, er kümmere sich nicht genug um die Pferde. Weil sich nun aber der Franzose so undeutlich ausdrückte, verstand ihn unser eifersüchtiger Wirt falsch. Er glaubte, sein Knecht spiele auf etwas Ungehöriges an, und beredete ihn nun, er solle nur bleiben, der Jäger werde bald verschwinden. Auch seine Frau verfolgte der Narr seither mit misstrauischen Blicken und hat noch mehr mit ihr geschimpft als früher. Das war deutlich zu merken.«

Der Doktor sagte: »Aus welchem Grund auch immer – mir scheint jedenfalls, die Sache wurde eingefädelt, damit Ihr hierbleiben müsst. Doch keine Sorge, ich werde eine Gelegenheit für Euch finden, wieder nach Deutschland zu kommen. Schreibt fürs Erste Eurem Wirt, er solle den Schatz nur gut verwahren, sonst würde er streng zur Rechenschaft gezogen. Der Verdacht, dass die ganze Sache abgesprochen ist, kommt mir auch deshalb, weil der Mann, der hier als Gläubiger auftrat, mit Eurem Wirt in Köln und seinem hiesigen Partner gut befreundet ist. Ich glaube, den Schuldschein, kraft dessen er die Pferde beschlagnahmt und verkauft hat, habt Ihr selbst mitgebracht.«

Das 2. Kapitel. Simplicius bekommt einen besseren Hauswirt als zuvor.

Monseigneur Canard, so hieß mein neuer Herr, erbot sich, mir mit Rat und Tat beizustehen, damit mir mein Eigentum in Köln nicht verlorenging, denn er sah, wie sehr mich die Sache bedrückte. Sobald wir in seiner Wohnung waren, wollte er alles noch einmal und in allen Einzelheiten von mir hören, damit er sich die Angelegenheit besser vorstellen und mir mit Ratschlägen desto besser helfen könne. Ihm meine wahre Herkunft zu eröffnen, hielt ich nicht für hilfreich und gab mich stattdessen als armer deutscher Edelmann aus, der weder Vater noch Mutter hatte, sondern nur ein paar Verwandte in einer Festung, in der eine schwedische Garnison lag. Vor meinem Wirt in Köln und auch vor den beiden Adeligen hätte ich dies verheimlichen müssen, weil sie zu den Kaiserlichen hielten und mein Eigentum womöglich als feindlichen Besitz an sich reißen würden, wenn sie es erführen. Meiner Meinung nach sei es nun das Beste, wenn ich dem Kommandanten jener Festung, in dessen Regiment ich Fähnrich sei, in einem Brief berichtete, wie man mich hierhergelockt habe, und ihn bäte, sich meines Eigentums anzunehmen und es meinen Verwandten zu übergeben, bis ich Gelegenheit fände, zum Regiment zurückzukehren.

Canard fand meinen Plan vernünftig und versprach, dafür zu sorgen, dass meine Briefe ihren Bestimmungsort erreichten, und läge er in Mexiko oder China. Da schrieb ich meiner Liebsten, meinem Schwiegervater und dem Obristen de Saint André, dem Kommandanten in Lippstadt. An diesen adressierte ich auch das Kuvert, dem ich die beiden anderen Briefe beifügte. Ich schrieb ihnen, ich wolle rasch zurückkehren, sobald ich nur die Mittel für eine so weite Reise beisammen hätte, bat meinen Schwiegervater und den Obristen, sie möchten versuchen, über die Militärverwaltung an mein Eigentum zu gelangen, bevor Gras über die Sache gewachsen sei, und teilte ihnen außerdem mit, um wie viel Gold, Silber und Schmucksachen es sich handelte. Alle Briefe verfasste ich in doppelter Ausfertigung. Die eine Sendung überließ ich Monseigneur Canard, die andere gab ich auf die Post, um sicher zu sein, dass wenigstens eine von beiden ankäme.

Nachher war mir wieder fröhlicher zumute, und das Unterrichten der beiden Söhne meines Herrn ging mir leichter von der Hand. Wie junge Prinzen wurden sie erzogen. Denn weil Monseigneur Canard sehr reich war, war er auch sehr eitel und wollte Eindruck machen. Diese Krankheit hatte er sich bei den großen Herren geholt, denn mit Fürsten verkehrte er so gut wie täglich und äffte sie in allem nach. In seinem Haus sah es aus wie im Schloss eines Grafen. Es fehlte an nichts, außer dass man ihn nicht mit »Gnädiger Herr« ansprach. Er war von sich so eingenommen, dass er selbst einem Marquis, wenn denn mal einer zu ihm kam, nicht wie einem Höhergestellten begegnete. Er gab auch einfachen Leuten von seinen Medikamenten, nahm aber von ihnen kein Geld, sondern erließ ihnen ihre Schuld, um sich auf diese Weise einen noch größeren Namen zu machen.

Weil ich sehr neugierig war und wusste, dass er überall mit mir renommierte, wenn ich neben anderen Dienern bei einem Krankenbesuch hinter ihm einherschritt, ergab es sich, dass ich ihm in seinem Laboratorium auch oft bei der Herstellung der Arzneien half. Hierdurch und weil er ohnehin gern Deutsch sprach, wurde unser Umgang mit der Zeit immer vertrauter, und eines Tages sagte ich ihm, er habe sich doch kürzlich in der Nähe von Paris für zwanzigtausend Kronen einen Adelssitz gekauft – warum er diesen nicht als ein »von« auch seinem Namen beifüge? Und weiter: Warum er aus seinen Söhnen unbedingt Doktoren machen wolle und sie so streng studieren lasse, ob es nicht besser sei, ihnen – da er den Adel doch schon habe –, wie es andere Chevaliers täten, Ämter zu kaufen und sie dadurch vollends in den Adelsstand treten zu lassen?

»Nein«, antwortete er. »Wenn ich zu einem Fürsten komme, heißt es: Herr Doktor, so setzen Sie sich doch. Der Edelmann hingegen muss stehen bleiben, und es heißt: Wartet auf!«

Ich sagte: »Aber weiß denn der Herr Doktor nicht, dass der Arzt drei Gesichter hat? Das eines Engels, wenn der Kranke ihn kommen sieht; das eines Gottes, wenn er ihm hilft; und das eines Teufels, wenn der Kranke geheilt ist und ihn wieder entlässt. Also währt diese Ehre nur so lange, wie dem Kranken die Winde im Leib herumgehen. Wenn sie aber draußen sind und das Rumpeln aufhört, ist Schluss mit der Ehre. Dann heißt es: Doktor, dort ist die Tür! Also hat der Edelmann von seinem Stehen mehr Ehre als der Doktor von seinem Sitzen, weil er dem Prinzen ständig aufwartet und ihm niemals von der Seite weicht. Neulich hat der Herr Doktor von einem Fürsten etwas in den Mund genommen und hat den Geschmack von diesem Etwas prüfen müssen. Ich würde lieber zehn Jahre stehen und aufwarten, als von jemandem den Kot zu kosten, auch wenn man mich dafür auf Rosen betten würde.«

Er antwortete: »Ich musste das nicht tun, sondern tat es gern, damit, wenn der Fürst sieht, was ich alles auf mich nehme, um sein Befinden zu erkunden, mein Honorar entsprechend wächst. Und warum sollte ich nicht den Kot von jemandem probieren, der mir dafür ein paar hundert Pistolen* zahlt, während er von mir noch ganz andere Sachen zu schlucken bekommt und ich ihm nichts dafür zahle? Ihr redet von diesen Dingen wie ein Deutscher, und wenn Ihr kein Deutscher wärt, würde ich sagen, Ihr redet wie ein Narr!«

Ich verkniff mir eine Entgegnung, weil ich sah, dass er langsam zornig wurde. Um ihn aufzumuntern, bat ich, er möge meine Einfalt entschuldigen, und brachte das Gespräch auf ein appetitlicheres Thema.

Das 3. Kapitel. Wie er als Schauspieler auftritt und einen neuen Namen bekommt.

Monseigneur Canard ließ nicht nur mehr Wildbret wegwerfen, als mancher Besitzer eines Jagdreviers zu essen hat – ihm wurde auch mehr zahmes Fleisch und Geflügel geschenkt, als er und die Seinen verspeisen konnten. Deshalb kamen jeden Tag so viele Schmarotzer zu ihm, dass man ihn für einen großzügigen Gastgeber hätte halten können.

Eines Tages besuchten ihn der Zeremonienmeister des Königs und andere vornehme Personen des Hofes. Er ließ ihnen eine fürstliche Mahlzeit herrichten, denn er wusste genau, mit wem er sich vor allem gut stellen musste, nämlich mit denen, die dem König nahe oder in dessen Gunst standen. Um ihnen seine Ergebenheit zu beweisen und eine Freude zu machen, bat er mich, ihm zur Ehre und der vornehmen Gesellschaft zum Vergnügen, ein deutsches Liedchen auf meiner Laute hören zu lassen. Das tat ich gern, zumal ich auch gerade in der richtigen Stimmung war, worauf es bei den launischen Musikanten ja oft sehr ankommt, gab also mein Bestes und stellte die Anwesenden so zufrieden, dass der Zeremonienmeister sagte, es sei schade, dass ich kein Französisch spräche, sonst hätte er mich nur zu gern dem König und der Königin vorgestellt. Mein Herr aber fürchtete, man wolle mich aus seinen Diensten locken, und antwortete, ich sei von Adel, hätte nicht die Absicht, lange in Frankreich zu bleiben, und würde mich daher wohl kaum als Musiker anstellen lassen.

Darauf erwiderte der Zeremonienmeister, eine so erlesene Schönheit, eine so klare Stimme und einen so virtuosen Lautenspieler habe er sein Lebtag noch nicht in einer Person vereint gefunden. Demnächst solle im Louvre-Palast vor dem König ein Theaterstück aufgeführt werden, und wenn er mich hierfür gewinnen könnte, so würde uns das wohl viel Ehre einbringen. Monseigneur Canard übersetzte mir seine Worte, und ich erwiderte, wenn man mir erklären würde, welche Rolle ich darzustellen hätte und welche Lieder ich zu meiner Laute singen solle, könnte ich die Melodien und Texte ja auswendig lernen und zur Laute vortragen, auch wenn sie in Französisch seien. Ich hätte doch nicht weniger Verstand als die Schuljungen, die solche Rollen sonst meist übernähmen und ihre Texte und Gebärden ja auch erst lernen müssten.

Als der Zeremonienmeister meinen Eifer sah, musste ich ihm versprechen, am nächsten Tag zu einer Probe in den Louvre zu kommen, und ich erschien auch zur verabredeten Zeit. Die Melodien der Lieder, die ich singen sollte, spielte ich gleich perfekt vom Blatt, weil ich auch die Tabulatur mit den Griffen vor mir hatte. Dann bekam ich die Texte der französischen Lieder, um sie auswendig zu lernen und die Aussprache zu üben. Sie wurden mir zugleich auch ins Deutsche übersetzt, damit ich meine Gebärden danach richten konnte. Das alles fiel mir nicht schwer, und ehe ich mich's versah, war ich so weit, dass jeder, der meinen Gesang hörte, mich für einen echten Franzosen hielt – wie Monseigneur Canard lobend bemerkte. Und als wir uns zum ersten Mal trafen, um die Komödie zu proben, gelang es mir, meinen Liedern, Melodien und Gebärden einen so klagenden Ausdruck zu verleihen, dass alle dachten, ich müsse die Rolle des um seine Eurydike bangenden Orpheus* schon viele Male gespielt haben.

Der Tag, an dem dieses Stück aufgeführt wurde, war der schönste in meinem Leben. Monseigneur Canard gab mir ein Mittel, das meine Stimme noch klarer machen sollte. Aber als er auch meine Schönheit mit Talksteinöl vermehren und mein halbkrauses, schwarz glänzendes Haar pudern wollte, merkte er selbst, dass er mich damit nur entstellte. Mir wurde ein Lorbeerkranz aufgesetzt und ein antik anmutendes, meergrünes Gewand übergestreift, das den ganzen Hals, den oberen Teil der Brust, die Arme bis über die Ellenbogen und die Beine von der Mitte der Oberschenkel bis zur Mitte der Waden unbedeckt und nackt sehen ließ. Darüber trug ich einen fleischfarbenen Mantel aus Taft, der mehr einem Fähnchen als einem Mantel glich. In diesem Aufzug buhlte ich nun um Eurydike, rief mit einem schönen Liedchen auch Venus um Beistand an und gewann endlich meine Liebste für mich. Der ganze Akt gelang mir vortrefflich, vor allem die vielsagenden Blicke, die ich unter Seufzern meiner Geliebten zuwarf.

Nachdem ich meine Eurydike dann verloren hatte, zog ich ein ähnlich gefertigtes, aber vollkommen schwarzes Gewand an, aus dem meine weiße Haut hervorleuchtete wie Schnee.

Darin beklagte ich den Verlust meiner Gemahlin und versetzte mich dabei in eine solche Trostlosigkeit, dass mir über meinen traurigen Liedern und Melodien Tränen in die Augen traten und das Weinen mich fast am Singen hinderte. Ich kam aber auf anmutige Art darüber hinweg und gelangte schließlich in die Hölle vor Pluto und Proserpina. Denen stellte ich in einem ergreifenden Lied die Liebe, die sie doch selbst füreinander empfänden, vor Augen und bat sie, an ihr zu ermessen, wie sehr mich und Eurydike unsere Trennung schmerzte. Mit den innigsten Gebärden und dabei immer zu meiner Harfe singend, flehte ich sie schließlich an, mir meine Geliebte zurückzugeben, und bedankte mich, als ich ihr Ja erhalten hatte, mit einem fröhlichen Lied, bei dem ich mein Mienenspiel, meine Bewegungen und meine Stimme so ins Freudige verwandelte, dass alle Zuschauer darüber staunten.

Doch als ich Eurydike dann unversehens wieder verlor, stellte ich mir die größte Gefahr vor, in die ein Mensch überhaupt geraten kann, und wurde so bleich davon, als wenn ich einer Ohnmacht nahe wäre. Weil ich in diesem Moment ganz allein auf der Bühne war und alle Zuschauer auf mich blickten, gab ich mir besonders viel Mühe, und so wurde mir die Ehre zuteil, dass alle sagten, ich hätte am besten gespielt.

In der nächsten Szene setzte ich mich auf einen Felsen und begann mit ergreifenden Worten zu einer traurigen Melodie den Verlust meiner Liebsten zu beklagen und alle Geschöpfe um ihr Mitleid anzuflehen, worauf sich verschiedene zahme und wilde Tiere, auch Berge, Bäume und dergleichen um mich versammelten, so dass es den Anschein hatte, hier sei Zauberei im Spiel. Nur am Schluss unterlief mir ein Fehler. Ich hatte inzwischen den Frauen entsagt, war von den Bacchantinnen erwürgt und ins Wasser geworfen worden (wobei man nur meinen Kopf sah, während mein übriger Leib unter der Bühne auf sicherem Boden stand) und sollte nun von dem Drachen verschlungen werden. Doch der Kerl, der in dem Drachen steckte und ihn lenken sollte, konnte meinen Kopf nicht sehen und ließ den Kopf des Drachen neben dem meinen nur Gras fressen. Ich fand das so komisch, dass ich mich eines Lächelns nicht erwehren konnte, was wiederum den Damen, die mich aufmerksam beobachteten, nicht entging.

Dieses Stück trug mir nicht nur bei jedermann viel Lob und ein ansehnliches Geschenk ein, es bescherte mir auch einen neuen Namen, denn von nun an nannten mich die Franzosen nur noch *Beau Allemand*.* Weil man gerade Fastnacht feierte, wurden noch mehr Spiele und Ballette veranstaltet, bei denen ich ebenfalls auftrat. Zuletzt jedoch merkte ich, dass andere es mir neideten, wie ich die Blicke der Zuschauer und vor allem der Zuschauerinnen auf mich zog, und hängte die Sache an den Nagel – vor allem, nachdem ich einmal kräftige Schläge bezogen hatte, als ich in der Rolle des Herkules so gut wie nackt in einer Löwenhaut mit dem Flussgott Acheloos um die schöne Deianeira* kämpfte, wobei mir der Kollege sehr viel härter zusetzte, als es auf der Bühne üblich ist.

Das 4. Kapitel. ›Beau Allemand‹ **gerät gegen seinen Willen in den Venusberg.**

Hierdurch wurde ich in den höchsten Kreisen bekannt, und es schien, als wolle mir das Glück von neuem günstig sein, denn man bot mir sogar an, in die Dienste des Königs zu treten, was auch manchem großen Hansel nicht widerfährt. Eines Tages kam ein Lakai und übergab meinem Monseigneur Canard ein Briefchen, in dem es um mich ging. Ich saß gerade mit ihm in seinem Laboratorium und reverberierte – denn Perlutieren, Resolvieren, Sublimieren, Coagulieren, Digerieren, Kalzinieren, Filtrieren und etliche andere alkuhmistische Verfahren, mit denen er seine Arzneien herzustellen pflegte, hatte ich aus lauter Interesse bei meinem Doktor schon erlernt. Nun sagte er: »Monsieur Beau Allemand, dieses Schreiben betrifft Euch. Ein vornehmer Herr bittet Euch zu sich und wünscht, dass Ihr gleich kommt. Er möchte mit Euch sprechen und erfahren, ob Ihr nicht seinem Sohn Unterricht auf der Laute erteilen mögt. Mich bittet er, Euch gut zuzureden, dass Ihr ihm diesen Besuch nicht abschlagt, und verspricht sehr höflich, er werde Euch für Eure Mühe auch dankbar belohnen.«

Ich antwortete, wenn ich ihm, das heißt Monseigneur Canard, zuliebe jemandem einen Dienst erweisen könne, so wolle ich dies nach Kräften gern tun. Darauf sagte er, ich solle mich nur umziehen und mit dem Lakaien gehen. Bis ich so weit sei, wolle er mir etwas zu essen machen lassen, denn ich hätte einen ziemlich weiten Weg vor mir und würde mein Ziel kaum vor dem Abend erreichen.

Also putzte ich mich fein heraus und verschlang hastig etwas von der Mahlzeit, vor allem ein paar kleine, delikate Würstchen, die mir ziemlich stark nach Apotheke schmeckten. Dann folgte ich dem Lakaien auf seltsam gewundenen Wegen ungefähr eine Stunde lang, bis wir, als es schon Abend wurde, an ein Gartentor kamen, das nur angelehnt war. Der Lakai stieß es auf, und nachdem ich hinter ihm eingetreten war, schlug er es wieder zu und führte mich in einen Pavillon, der in einer Ecke des Gartens stand. Nachdem wir einen langen Gang hinter uns gebracht hatten, klopfte er an eine Tür, die sogleich von einer vornehmen alten Dame geöffnet wurde. Sie begrüßte mich sehr höflich auf Deutsch und bat mich, einzutreten, während sich der Lakai, der kein Deutsch verstand, mit einer tiefen Verbeugung verabschiedete.

Die Alte nahm mich bei der Hand und führte mich in einen reichdekorierten Raum, dessen Wände ringsum mit den kostbarsten Wandteppichen behängt waren. Sie lud mich ein, Platz zu nehmen, damit ich verschnaufen könnte, während sie mir erklärte, warum man mich hierhergeholt habe. Ich ließ mich auf einem Sessel nieder, den sie mir ans Feuer rückte denn es war ziemlich kalt hier. Sie setzte sich neben mich und sagte: »Monsieur, wenn Er etwas von der Liebe versteht, dass nämlich ihre Kraft auch die tapfersten, stärksten und klügsten Männer immer wieder überwältigt und bezwingt, so wird es Ihn nicht wundern, wenn sie auch eine schwache Frau besiegt. Nicht wegen Seiner Laute und von einem Herrn ist Er hierhergerufen worden, wie man Ihm und Monseigneur Canard gesagt hat, sondern wegen Seiner unübertrefflichen Schönheit, und zwar von der allervortrefflichsten Dame in ganz Paris, die glaubt, sie sei des Todes, wenn ihr nicht bald das Glück zuteil wird, des Herrn überirdische Gestalt zu betrachten und sich an ihr zu erquicken. Deshalb hat sie mir befohlen, dem Herrn als meinem Landsmann dies mitzuteilen und Ihn inständiger zu bitten, als Venus ihren Adonis bat, Er möge sich noch heute Abend bei ihr einfinden und Seine Schönheit ausgiebig von ihr betrachten lassen, was Er meiner Herrin, die ein vornehme Dame ist, hoffentlich nicht abschlagen wird.«

Ich antwortete: »Madame, ich weiß nicht, was ich hiervon halten, und noch weniger, was ich dazu sagen soll. Ich erkenne nichts an mir, was so beschaffen wäre, dass eine Dame solchen Ranges nach meiner Wenigkeit verlangen könnte. Außerdem scheint mir, die Dame, die mich so dringend zu sehen begehrt, wenn sie denn so vortrefflich und vornehm ist, wie meine hochverehrte Frau Landsmännin sie schildert, hätte mich auch zu einer früheren Tageszeit zu sich kommen lassen können, statt mich erst so spät abends an diesen einsamen Ort zu rufen. Warum hat sie nicht befohlen, ich möge direkt zu ihr kommen? Was habe ich in diesem Garten zu suchen? Meine hochgeehrte Landsmännin vergebe mir, wenn ich, ein auf sich allein gestellter Fremdling, befürchte, man wolle mich, nachdem sich schon die Versicherung, ich solle zu einem Herrn kommen, als falsch erwiesen hat, nun auch weiter täuschen. Sollte man mir hier mit List und böser Tücke nach dem Leben trachten, so würde ich vor meinem Tod den Degen noch tapfer zu gebrauchen wissen!«

»Sachte, sachte, mein hochgeehrter Landsmann! Solche unnötigen Gedanken kann Er sich getrost sparen«, antwortete sie mir. »Die Frauen sind in ihren Plänen seltsam und so vorsichtig, dass man sie nicht ohne weiteres durchschaut. Wenn jene, die Ihn über alles liebt, gewollt hätte, dass Er wisse, wer sie sei, hätte sie Ihn gewiss nicht erst hierher, sondern geradewegs zu sich kommen lassen. Dort« – sie deutete auf den Tisch – »liegt eine Kappe. Auch die muss der Herr noch aufsetzen, wenn man Ihn von hier zu ihr führt, denn sie will auch nicht, dass Er erfährt, wo das Treffen stattfindet, und erst recht nicht, wen Er dort trifft. Deshalb bitte ich den Herrn so inständig, wie ich kann: Er möge dieser Dame die Freundlichkeit erweisen, die ihr Rang und die unaussprechliche Liebe, die sie Ihm entgegenbringt, verdienen, denn anderenfalls würde Er bald erfahren, dass sie mächtig genug ist, Ihn für Seinen Hochmut und Seine Verachtung auf der Stelle zu bestrafen. Wenn Er sich aber willig zeigt und ihr begegnet, wie es sich gebührt, dann sei er versichert, dass Ihm auch der kleinste Schritt, den Er ihretwegen tut, nicht unbelohnt bleiben wird.«

Es wurde allmählich finster. Allerlei Sorgen und furchtsame Gedanken gingen mir durch den Kopf, und ich saß da wie eine Schnitzfigur. Mir war klar, dass ich von diesem Ort so leicht nicht wieder wegkommen würde, wenn ich nicht mit allem einverstanden war, was man von mir wollte. Deshalb sagte ich zu der Alten: »Nun denn, hochgeehrte Frau Landsmännin, wenn es so ist, wie Sie mir sagt, will ich mich Ihrer deutschen Redlichkeit anvertrauen und hoffen, Sie werde nicht zulassen und erst recht nicht daran mitwirken, dass man einen harmlosen Deutschen in eine Falle lockt. Sie tue also mit mir, wie Ihr befohlen wurde. Die Dame, von der Sie spricht, wird ja hoffentlich keine Basiliskenaugen* mit tödlichem Blick haben.«

»Gott behüte!«, sagte sie. »Es wäre schade, wenn ein solcher Leib, der unserer ganzen Nation zur Zierde gereicht, so früh sterben müsste. Nein, der Herr wird ein Vergnügen finden, wie Er es sich Sein Lebtag nicht hat träumen lassen.«

Nachdem ich eingewilligt hatte, rief sie: »Jean!«, und: »Pierre!« Und schon traten die beiden, jeder mit blankem Brustpanzer und vom Scheitel bis zur Sohle gerüstet, in der einen Hand eine Hellebarde, in der anderen eine Pistole, hinter einem Wandteppich hervor, worüber ich vor lauter Schreck ganz bleich wurde. Die Alte sah es und sagte lächelnd: »So braucht man sich nicht zu fürchten, wenn man zu den Frauen geht.« Dann befahl sie den beiden, ihre Harnische abzulegen und nur die Laternen und ihre Pistolen mitzunehmen. Mir streifte sie die Kappe, die aus schwarzem Samt gefertigt war, über den Kopf und führte mich dann an der Hand einen seltsamen Weg entlang. Ich spürte, dass ich durch viele Türen trat und über einen gepflasterten Weg ging. Schließlich, nach ungefähr einer halben Viertelstunde, musste ich eine kurze steinerne Treppe hinauf, da tat sich eine kleine Tür auf, dahinter ging es durch einen engen Gang, dann eine Wendeltreppe hinauf, nachher wieder ein paar Stufen hinunter, wo sich nach sechs Schritten schließlich eine weitere Tür öffnete, und als ich die durchschritt, zog mir die Alte meine Kappe wieder ab.

Ich befand mich in einem elegant eingerichteten Saal – an den Wänden schöne Gemälde, auf der Anrichte Silbergeschirr, und das Bett darin war mit golddurchwirkten Vorhängen versehen. Mitten im Raum stand ein prächtig gedeckter Tisch und in der Nähe des Kamins eine Badewanne, die an sich zwar hübsch war, aber nach meinem Gefühl doch den ganzen Saal verdarb. Die Alte sagte zu mir: »Willkommen, Herr Landsmann! Kann Er noch immer behaupten, man wolle Ihn in eine Falle locken? Er schlage sich die trüben Gedanken nur aus dem Kopf und zeige sich wie neulich auf der Bühne, als Pluto Ihm Seine Eurydike zurückgab. Ich versichere Ihm, Er wird hier eine schönere finden, als Er dort verloren hat.«

Das 5. Kapitel. Wie es ihm darin erging und wie er wieder herauskam.

Schon diesen Worten entnahm ich, dass ich mich hier nicht nur betrachten lassen, sondern auch noch etwas ganz anderes tun sollte. Deshalb sagte ich zu meiner alten Landsmännin, einem Durstigen wäre wenig geholfen, wenn er neben einem Brunnen säße, aus dem er nicht trinken dürfe. Worauf sie erwiderte, so missgünstig sei man in Frankreich nicht, dass man jemandem das Wasser verbiete, zumal dort, wo es im Überfluss vorhanden sei.

»Ja, Madame«, rief ich, »alles schön und gut – aber ich bin verheiratet!«

»Unsinn!«, antwortete das gottlose Weib. »Niemand wird Euch das hier heute Abend glauben, denn Verheiratete auf Kavalierstour in Frankreich sieht man selten. Und auch wenn es so wäre, kann ich mir nicht vorstellen, dass der Herr so dumm wäre, lieber zu verdursten, als aus einem fremden Brunnen zu trinken, vor allem wenn er vielleicht erfrischender ist und besseres Wasser führt als sein eigener.«

So unterhielten wir uns, während mir ein edles Fräulein, das sich sonst um das Feuer kümmerte, Schuhe und Strümpfe auszog, die ich mir in der Dunkelheit schmutzig gemacht hatte, wobei man sagen muss, dass Paris überhaupt sehr verdreckt ist. Gleich darauf kam der Befehl, man solle mich vor dem Essen noch baden, und schon lief jenes Fräulein hin und her und brachte die Badesachen, die alle nach Moschus und aromatischer Seife dufteten. Die Badetücher waren von feinstem Leinen und mit kostbaren holländischen Spitzen besetzt. Ich schämte mich und wollte mich vor der Alten nicht nackt sehen lassen, aber es half nichts. Ich musste mich von ihr abreiben lassen. Das Fräulein allerdings musste für ein Weilchen hinausgehen.

Nach dem Bad wurde mir ein luftiges Hemd gereicht und ein kostbarer Schlafrock aus veilchenblauem Taft angelegt, dazu noch seidene Strümpfe von der gleichen Farbe. Nachthaube und Pantoffeln waren mit Gold und Perlen bestickt, so dass ich mir vorkam wie der Herzkönig.

Während mir meine Alte das Haar trocknete und kämmte, denn sie kümmerte sich um mich wie um einen Fürsten oder ein kleines Kind, trug das Fräulein die Speisen auf, und nachdem der Tisch gedeckt war, traten drei stattliche junge Damen in den Saal, die ihre alabasterweißen Brüste ziemlich weit entblößt, ihre Gesichter indessen hinter Masken vollkommen verborgen hatten. Alle drei erschienen mir vortrefflich schön. Und doch war eine von ihnen noch viel schöner als die anderen.

Wortlos begrüßte ich sie mit einer tiefen Verbeugung, und sie bedankten sich bei mir genauso zeremoniös. Das sah aus, als stünden ein paar Stumme beieinander und spielten Gespräch. Alle drei nahmen gleichzeitig Platz, so dass ich nicht erraten konnte, welche von ihnen die vornehmste war, und erst recht nicht, welcher von ihnen ich zu Diensten sein sollte.

Die Erste fragte, ob ich kein Französisch könne. Meine Landsmännin sagte: »Nein.« Hierauf bat die Zweite sie, mir zu sagen, ich möge mich doch setzen. Nachdem dies geschehen war, befahl die Dritte meiner Dolmetscherin, sie solle sich ebenfalls setzen – so dass ich wieder nicht erkennen konnte, welche von ihnen die vornehmste war.

Ich saß neben der Alten, den drei Damen gegenüber, so dass meine Schönheit neben dem alten Gerippe besonders gut zur Geltung kam. Alle drei blickten mich andächtig an, und ich kann schwören, dass ihnen etliche hundert Seufzer entfuhren. Funkeln sah ich ihre Augen aber nicht – wegen der Masken, die sie vor sich hatten.

Meine Alte – weil ja sonst keine mit mir reden konnte – fragte mich, welche von den dreien ich für die Schönste hielt. Ich sagte, da gebe es nichts zu wählen. Hierüber lachte sie so herzlich, dass man sämtliche vier Zähne, die sie noch im

Maul hatte, sehen konnte, und fragte mich: »Warum denn das?« Weil ich sie nicht richtig sehen könne, antwortete ich. Soweit ich aber sehen könne, seien sie alle drei nicht hässlich.

Nun wollten die Damen wissen, was die Alte mich gefragt und was ich geantwortet hätte. Sie übersetzte es und log noch dazu, ich hätte gesagt, der Mund einer jeden sei es wert, dass man ihn hunderttausendmal küsse! Denn ihre Münder könnte ich unter den Masken ja sehen, vor allem den Mund von der, die mir direkt gegenübersitze. Mit dieser Schmeichelei brachte mich die Alte auf den Gedanken, dass die Dame mir gegenüber auch die vornehmste sei. Deshalb betrachtete ich sie desto aufmerksamer.

Das war alles, was bei Tisch gesprochen wurde, und ich tat weiter so, als verstände ich kein Französisch. Weil es dann genauso schweigsam weiterging, machten wir desto früher Schluss. Die Damen wünschten mir noch eine gute Nacht und gingen ihres Weges, auf dem ich sie nur bis zur Tür des Zimmers begleiten durfte, die die Alte hinter ihnen gleich verriegelte. Als ich das sah, fragte ich, wo ich denn schlafen sollte. Sie antwortete, ich müsste mit ihr in dem Bett hier im Zimmer vorliebnehmen. Das Bett sei ja sehr gut, antwortete ich, wenn nur auch eine von jenen dreien darin läge.

»Gewiss«, sagte die Alte, »aber von denen wird Euch heute ganz bestimmt keine zuteil.«

Während wir so plauderten, zog eine schöne Dame, die in dem Bett lag, den Vorhang etwas zur Seite und sagte zu der Alten, sie solle aufhören zu schwatzen und schlafen gehen. Ich griff nach dem Licht, das die Alte in der Hand hielt, um zu sehen, wer da im Bett lag. Aber die Alte blies es aus und sagte: »Herr, wenn Ihm Sein Kopf lieb ist, so lass Er das sein! Er lege sich nur zu ihr. Falls Er aber allen Ernstes versuchen sollte, diese Dame gegen ihren Willen auch zu sehen, wird Er dieses Haus nicht lebend verlassen!« Damit ging sie hinaus und schloss die Tür hinter sich. Das Fräulein, das sich um das Feuer gekümmert hatte, löschte auch dieses ganz aus und verschwand ebenfalls durch eine verborgene Tür hinter einem Wandteppich.

Da sagte die Dame, die im Bett lag: »*Allez, Monsieur Beau Allemand* – geh schlaff, mein Ärz! Gomm, rick ßu mir!« So viel Deutsch hatte ihr die Alte beigebracht. Ich näherte mich dem Bett, um zu sehen, wie es nun weitergehen sollte. Und kaum war ich dort, fiel sie mir um den Hals, begrüßte mich mit lauter Küssen und biss mir vor heißer Begierde fast die Unterlippe ab. Ja, sie machte sich daran, meinen Schlafrock aufzuknöpfen, zerriss mir fast das Hemd, zog mich an sich und gebärdete sich in ihrer Liebestollheit auf eine Weise, dass es sich nicht beschreiben lässt. *Rick ßu mir, mein Ärz!* war das Einzige, was sie auf Deutsch sagen konnte. Das andere gab sie mir durch Gebärden zu verstehen. Ich dachte zwar an meine Liebste daheim. Aber was half's? Ich war leider ein Mensch und fand hier ein so wohlproportioniertes Geschöpf und zudem eines von solcher Liebenswürdigkeit! Ein Holzklotz hätte ich sein müssen, um hier keusch davonzukommen.

Acht Tage und ebenso viele Nächte brachte ich in diesem Haus zu und glaube, auch die anderen drei haben sich in dieser Zeit zu mir gelegt, denn nicht alle redeten wie die Erste, und sie benahmen sich auch nicht so närrisch. Aber obwohl ich nun volle acht Tage bei diesen vier Damen war, bekam ich doch keine einzige zu Gesicht, außer hinter einem Schleier oder im Dunkeln. Als die acht Tage vorüber waren, setzte man mich im Hof des Hauses mit verbundenen Augen in eine Kutsche, deren Vorhänge zugezogen waren. Meine Alte begleitete mich und nahm mir unterwegs das Tuch von den Augen. Die Kutsche brachte mich in den Hof meines Herrn und fuhr unverzüglich wieder ab. Mein Geschenk bestand aus zweihundert Goldpistolen, und als ich die Alte fragte, ob ich davon nicht auch Trinkgelder verteilen sollte, erwiderte sie: »Auf keinen Fall! Das würde den Damen sehr missfallen – sie würden denken, Ihr bildetet Euch ein, in einem Hurenhaus gewesen zu sein, wo man jeden belohnen muss.«

Nachher bekam ich noch mehr Kundinnen von dieser Art, die sich in einer Weise über mich hermachten, dass ich solcher Späße schließlich aus Kräftemangel ganz überdrüssig wurde.

Das 6. Kapitel. Wie Simplicius sich heimlich davonmacht und wie er von dem kuriert wird, was er für das ›Malum Neapolitanum‹* hält.

Mit diesem Handel brachte ich so viel Ehrengeschenke in Form von Geld und anderen Dingen zusammen, dass ich selbst erschrak und mich nicht mehr wunderte, dass Frauen ins Bordell gehen und ein Gewerbe aus dieser tierischen Unflätigkeit machen können, da es doch so viel einbringt. Ich begann aber, in mich zu gehen – nicht aus Frömmigkeit oder weil mich mein Gewissen trieb, sondern aus Sorge, es könnte mich bei diesem Lotterleben einmal bös erwischen und mir der gerechte Lohn davon zuteil werden. Deshalb wollte ich zurück nach Deutschland, zumal mir auch der Kommandant von Lippstadt schrieb, er habe einige Kölner Kaufleute beim Kragen gepackt und wolle sie nicht loslassen, ehe ihm nicht meine Sachen ausgehändigt seien. Außerdem halte er mir das versprochene Fähnlein noch immer frei und erwarte meine Rückkehr vor dem Frühjahr. Käme ich aber nicht rechtzeitig, so müsse er die Stelle mit einem anderen besetzen. Auch meine Frau hatte ein Briefchen voll liebreizender Bekundungen ihrer großen Sehnsucht beigelegt. Hätte sie gewusst, wie ehrbar ich gelebt hatte, wäre ihr Gruß vermutlich anders ausgefallen.

Ich wusste, dass Monseigneur Canard mit meinen Plänen nicht einverstanden sein würde, und wollte deshalb heimlich abreisen, sobald sich eine Gelegenheit bot, wie es dann zu meinem großen Unglück auch bald geschah. Denn eines Tages begegnete ich einigen Offizieren der Weimarischen Armee* und gab mich ihnen zu erkennen. Ich sei Fähnrich im Regiment des Obristen de Saint-André, hätte mich wegen persönlicher Angelegenheiten eine Zeit lang in Paris aufgehalten und wolle nun wieder zu meinem Regiment – ob ich mich ihnen nicht anschließen könne? Sie waren einverstanden und nannten mir den Tag ihrer Abreise. Ich kaufte mir ein Pferd und traf so unauffällig wie möglich meine Vorbereitungen, packte mein Geld zusammen (an die fünfhundert Dublonen, die ich alle bei den gottlosen Frauen verdient hatte) und machte mich ohne Monseigneur Canards Erlaubnis mit ihnen davon. Ich schrieb ihm allerdings von unterwegs und datierte den Brief aus Maastricht, um ihn glauben zu machen, ich wolle nach Köln. Darin nahm ich meinen Abschied und fügte hinzu, länger zu bleiben sei mir unmöglich gewesen, weil ich seine aromatischen Würste nicht mehr hätte verdauen können.

Im zweiten Nachtlager nach der Abreise von Paris bekam ich am ganzen Körper einen roten Ausschlag und dazu so grausame Kopfschmerzen, dass ich gar nicht mehr hochkam. In dem kleinen Dorf, wo wir Halt gemacht hatten, gab es keinen Arzt, und – was das Schlimmste war – bald hatte ich überhaupt niemanden mehr, der sich um mich kümmerte. Denn die Offiziere reisten frühmorgens nach dem Elsass weiter und ließen mich wie einen, der sie nichts anging, todkrank zurück. Immerhin baten sie beim Abschied den Wirt, er solle sich um mich und mein Pferd kümmern, und ließen dem Dorfschulzen ausrichten, er solle mich als einen Offizier im Dienst des Königs betrachten.*

Da lag ich nun einige Tage flach, vergaß mich selbst und phantasierte wie ein Irrer. Man holte den Priester, aber der brachte kein vernünftiges Wort aus mir heraus. Als er sah, dass er meine Seele nicht kurieren konnte, überlegte er, wie meinem Leib zu helfen sei, und sorgte dafür, dass mir eine Ader geöffnet, ein Schweißtrank gereicht und ich zum Schwitzen in ein warmes Bett gelegt wurde. Diese Behandlung tat mir so gut, dass ich mich noch in derselben Nacht wieder besann, wo ich war und wie ich dahin gekommen und krank geworden war.

Am nächsten Morgen kam der Pfarrer wieder und fand mich in tiefster Verzweiflung, nicht nur, weil mir mein ganzes Geld gestohlen worden war, sondern vor allem, weil ich glaubte, ich hätte mir – mit Verlaub – die lieben Franzosen* geholt, denn die hatte ich gewiss mehr verdient als das viele Geld. Ich war nun am ganzen Leib mit Flecken übersät wie ein Tiger. Ich konnte nicht gehen und nicht stehen, weder sitzen noch liegen. Und mir fehlte jegliche Geduld, denn obwohl ich nicht der Meinung war, das Geld, das ich verloren hatte, sei mir von Gott beschert worden, war ich doch so außer mir, dass ich erklärte, der Teufel habe es mir wieder gestohlen. Ich war so wütend und verzweifelt, dass der gute Pfarrer mich kaum zu trösten vermochte, denn mich drückte der Schuh gleich an zwei Stellen, und zwar heftig.

»Mein Freund«, sagte er, »wenn Ihr schon Euer Kreuz nicht tragen wollt wie ein frommer Christ, dann benehmt Euch wenigstens wie ein vernünftiger Mensch! Was soll das? Wollt Ihr mit Eurem Geld auch noch das Leben und gar die Seligkeit verlieren?«

Ich antwortete: »Das Geld ist mir gleichgültig, wenn ich nur diese abscheuliche, verfluchte Krankheit nicht am Hals hätte oder an einem Ort wäre, wo man mich kurieren könnte!«

»Ihr müsst Geduld haben«, antwortete der Geistliche. »Denkt an die armen kleinen Kinder, die sich mit der gleichen Krankheit quälen – allein hier im Dorf sind es mehr als fünfzig!«

Als ich hörte, dass auch Kinder daran litten, wurde ich gleich munterer, denn ich konnte mir denken, dass sie jene andere garstige Seuche nicht bekommen würden. Ich zog meine Reisetasche hervor und sah nach, was noch darin zu finden war. Da war aber nur meine Weißwäsche und sonst nichts Wertvolles außer einer Kapsel mit dem Bildnis einer Dame, das mir in Paris verehrt worden war. Die Kapsel war mit Rubinen besetzt. Ich nahm das Bild heraus und bat den Geistlichen, sie in der nächsten Stadt zu verkaufen, damit ich etwas zum Leben hatte. So verschwand auch sie, und ich bekam dafür kaum ein Drittel von dem, was sie wert war. Aber lange hielt es nicht vor, so dass ich bald auch mein Pferd abschaffen musste. Nun reichte mein Geld mit knapper Not, bis die Pusteln zu trocknen anfingen und mir wieder besser wurde.

Das 7. Kapitel. Simplicius grübelt, und als ihm das Wasser ins Maul läuft, lernt er schwimmen.

Womit einer sündigt, damit wird er auch gestraft. Die Blattern entstellten mich derart, dass ich von nun an Ruhe vor den Frauen hatte. Ich bekam solche Gruben im Gesicht, dass ich aussah wie eine Tenne, auf der man Erbsen gedroschen hat. Ich wurde so hässlich, dass sich selbst meine schönen Locken, in denen sich so manche Frau verfangen hatte, meinetwegen schämten und ihre Heimat verließen. An ihrer Stelle wuchsen mir Haare, die aussahen wie Schweineborsten und mich nötigten, eine Perücke zu tragen. Und so wie mir äußerlich nichts Ansehnliches blieb, verlor ich auch meine liebliche Stimme, denn ich hatte auch den Hals voller Blattern gehabt, und meine Augen, in denen das Liebesfeuer früher nie erloschen war und jede Frau entflammt hatte, waren jetzt rot und tränten immerzu wie bei einem triefäugigen Weib von achtzig Jahren. Und obendrein befand ich mich in einem fremden Land, kannte keinen Hund und keinen Mensch, dem ich trauen konnte, verstand die Sprache nicht und hatte bald auch keinen Pfennig mehr.

Da erst besann ich mich und fing an, den wunderbaren Gelegenheiten zur Förderung meines Wohlergehens nachzutrauern, die ich leichtfertig versäumt hatte. Jetzt erst blickte ich zurück und erkannte, dass mein ungeheures Glück im Krieg und der Schatz, den ich gefunden hatte, nur die Ursache und Vorbereitung meines Unglücks gewesen waren, das mich nie und nimmer so tief hätte herabstürzen können, wenn es mich nicht zuvor mit falschem Blick angeschaut und so hoch gehoben hätte. Ja, ich stellte fest, dass alles Gute, das mir begegnet war, und alles, was ich für gut gehalten hatte, in Wirklichkeit böse gewesen war und mich nur ins tiefste Elend gebracht hatte. Da war kein Einsiedel mehr, der es gut mit mir meinte, kein Obrist Ramsay, der mich in meiner Not zu sich nahm, kein Pfarrer, der mir die besten Ratschläge gab, und überhaupt kein Mensch, der mir noch Gutes tat. Sobald mein Geld weg war, hieß es vielmehr, auch ich solle verschwinden und zusehen, wo ich bliebe, und sei es bei den Säuen, wie der Verlorene Sohn.*

Da erst fiel mir der gute Rat des Pfarrers wieder ein, der gemeint hatte, ich solle meine Mittel und meine Jugend zum Studieren gebrauchen. Aber es war zu spät, dem Vogel die Flügel zu stutzen. Er war ja längst entflogen. Ach, wie schnell und unselig sich alles verändert! Vor vier Wochen war ich noch ein Mann gewesen, der die Fürsten in Staunen versetzte, die Frauen entzückte und dem Volk wie ein Meisterstück der Natur, ja, wie ein Engel erschien. Jetzt aber war ich so tief gesunken, dass mich die Hunde anpissten. Ich überlegte hin und her, was ich anfangen sollte, denn als ich nicht mehr bezahlen konnte, setzte mich der Wirt vor die Tür. Gern hätte ich mich als Soldat verdingt, aber kein Werber wollte mich nehmen, weil ich aussah wie ein grindiger Kuckuck, und arbeiten konnte ich auch nicht, denn ich war noch zu schlapp und außerdem an keine Arbeit mehr gewöhnt. Mein größter

Trost war, dass der Sommer bevorstand und ich mich zur Not auch hinter eine Hecke legen konnte, wenn mich niemand im Haus haben wollte.

Ich hatte noch das gute Kleid, das ich mir für die Reise hatte machen lassen, und einen Reisesack voll teurer Leinenwäsche, die mir aber niemand abkaufen wollte, aus Furcht, ich würde ihm damit eine Krankheit an den Hals hängen. Schließlich nahm ich den Sack auf den Buckel, den Degen in die Hand und den Weg unter die Füße und ließ mich von ihm in ein kleines Städtchen führen, wo es immerhin eine Apotheke gab. Dort ließ ich mir eine Salbe gegen die Pockennarben im Gesicht zubereiten, und weil ich kein Geld hatte, gab ich dem Apothekergehilfen ein schönes, feines Hemd dafür. Er ekelte sich nicht davor wie die anderen Narren, die keine Kleider von mir nehmen wollten. Ich sagte mir, wenn du die schändlichen Flecken erst los bist, wirst du auch wieder aus deinem Elend herauskommen. Und als mich der Apotheker tröstete, außer den tiefen Narben, die mir die Pusteln in die Haut gefressen hatten, würde man mir in acht Tagen kaum noch etwas ansehen, war ich schon zuversichtlicher.

Es war gerade Markt in dem Städtchen, und da stand auch ein Quacksalber, der reichlich Geld einnahm, indem er den Leuten nutzloses Zeug andrehte. Du Narr, sagte ich mir, warum machst du nicht auch so einen Laden auf? Ein Trottel wärst du, wenn du in all der Zeit bei deinem Monseigneur Canard nicht genug gelernt hättest, um einen einfältigen Bauern zu betrügen und dein Maulfutter damit zu verdienen.

Das 8. Kapitel. Wie er ein Landfahrer, Marktschreier und Betrüger wird.

Ich hatte damals Appetit wie ein Drescher. Mein Magen war unersättlich. Dabei war mir nichts geblieben als ein Goldring mit einem Diamanten, der etwa zwanzig Kronen wert war. Ich versilberte ihn für zwölf, und weil ich mir leicht ausrechnen konnte, dass auch dieses Geld bald ausgegeben sein würde, wenn ich nichts hinzuverdiente, beschloss ich, Arzt zu werden. Ich kaufte sämtliche Zutaten, die für den Theriak* nötig waren, und mischte ihn mir daraus zusammen. Dann stellte ich aus Kräutern, Wurzeln, Butter und verschiedenen Ölen eine grüne Wundsalbe her, mit der man auch ein wundgescheuertes Pferd hätte kurieren können. Aus Galmei*, Kieselstein, Krebsaugen, Schmirgel und Talkum mischte ich ein Pulver für weiße Zähne und ferner ein blaues Wasser aus Lauge, Kupfer, Salmiak und Kampfer gegen Skorbut, Mundfäule sowie Zahn- und Augenschmerzen und besorgte mir außerdem eine Menge Blechbüchsen und Holzkästchen, Gläser und Papier, um meine Ware darin zu verpacken. Und damit es nach etwas aussah, ließ ich mir einen Zettel in französischer Sprache aufsetzen und drucken, dem zu entnehmen war, wofür oder wogegen welches Mittel gut war. Mit dieser Arbeit war ich in drei Tagen fertig und hatte kaum drei Kronen an die Apotheke und für die Gefäße gezahlt, als ich das Städtchen wieder verließ. Ich packte mir alles auf den Rücken und nahm mir vor, von Dorf zu Dorf bis ins Elsass zu wandern und meine Ware unterwegs an den Mann zu bringen. Danach wollte ich mich im neutralen Straßburg nach einer Gelegenheit umsehen, mit Kaufleuten den Rhein hinunter bis Köln zu fahren, und mich von dort auf den Weg zu meiner Frau machen. Der Plan war gut, aber er schlug gründlich fehl.

Als ich mich zum ersten Mal vor einer Kirche aufstellte und meine Quacksalbereien feilbot, blieb der Erlös gering, denn ich war viel zu schüchtern, kam mit dem Französischen und der Marktschreierei als solcher nicht zurecht und merkte gleich, dass ich es anders anstellen musste, wenn ich etwas verdienen wollte. Ich nahm meine Sachen mit ins Wirtshaus und erfuhr beim Essen von dem Wirt, am Nachmittag würden eine Menge Leute unter der Linde vor seinem Haus zusammenkommen. Da könnte ich wohl einiges verkaufen, wenn ich gute Ware hätte. Es seien aber so viele Betrüger im Land unterwegs, dass die Leute ihr Geld nicht herausrückten, solange sie nicht mit eigenen Augen sähen, dass der Theriak vorzüglich sei. Da begriff ich, woran es bei mir fehlte, ließ mir ein halbes Glas guten Straßburger Branntwein geben und fing eine Kröte, von der Art, die man Röhling oder Möhmlein nennt und die im Frühling und Sommer in den Matschpfützen sitzen und singen. Sie sind goldgelb oder fast rotgelb und am Bauch schwarz gefleckt und bieten einen hässlichen Anblick. So eine setzte ich in ein Schoppenglas voll Wasser und stellte es neben meine Ware auf einen Tisch unter der Linde.

Als nun die Leute nach und nach kamen und sich um mich versammelten, meinten einige, ich wollte mit der Zange, die ich mir aus der Küche der Wirtin geliehen hatte, Zähne ziehen. Ich aber begann: »Ihr Herre und gutt Freund« – denn mein Französisch war noch mangelhaft –, »ich nix Brech-dir-die-Zahn-aus. Hab bloß gutt Wasser für die Auge, nimmt alles Triefen aus die rote Augen.«

»Ja«, rief einer. »Das sieht man an Euren! Die sehen ja aus wie zwei Irrlichter!«

»Ist wahr«, sagte ich, »wenn ich aber die Wasser für mich nicht hätte gehaben, ich wäre blind worden. Ich auch nicht verkaufe diese Wasser, sonder den Theriak und den Pulver für die weiße Zähnen und das Wundsalbe will ich verkaufe – das Wasser schenk ich dann dazu. Ich bin nämenlich kein Schreihals und bescheiß die Leuten nicht. Ich biete feil mein Theriak, und geb die Prob davon, und wenn dich nicht gefallt, brauchstu nicht kaufen ab mir.«

Nun ließ ich einen der Umstehenden eines von meinen Theriakbüchschen auswählen. Aus dem tat ich ein erbsengroßes Stückchen in meinen Branntwein, den die Leute für Wasser hielten, zerdrückte es darin, nahm mit der Zange das Möhmlein aus dem Wasserglas und sagte: »Siecht her, gutt Freund, wenn diese giftige Wurm kann mein Theriak trink und sterbt nicht, so ist der Ding nix nutz und nicht ihr kaufen ab mir.«

Mit diesen Worten steckte ich die arme Kröte, die im Wasser geboren und aufgewachsen war und kein anderes Element oder *Liquidum* leiden konnte, in meinen Branntwein und hielt das Glas mit einem Papier zu, damit sie nicht herausspringen konnte. Da fing sie an zu wüten und zappelte noch mehr, als wenn ich sie auf glühende Kohlen geworfen hätte, weil ihr der Branntwein viel zu stark war, und nachdem sie es ein Weilchen so getrieben hatte, verreckte sie und streckte alle viere von sich.

Die Bauern sperrten Maul und Beutel auf, als sie diese überzeugende Probe mit eigenen Augen gesehen hatten, und waren mit einem Schlag überzeugt, auf der ganzen Welt gebe es keinen besseren Theriak als meinen, so dass ich reichlich zu tun hatte, den Plunder in die Zettel zu wickeln und das Geld dafür zu kassieren. Einige kauften drei, vier, fünf und sechs Portionen, damit sie im Notfall nur ja genug von dem kostbaren Gegengift im Haus hätten, und kauften es sogar auch für Freunde und Verwandte, die anderswo wohnten. So kam es, dass ich mit diesem Narrenstück, obwohl nicht mal Markttag gewesen war, bis zum Abend zehn Kronen verdiente und nachher immer noch mehr als die Hälfte von meiner Ware übrig hatte.

Noch in derselben Nacht wanderte ich weiter in ein anderes Dorf, weil ich fürchtete, ein Bauer könnte so neugierig sein und selbst eine Kröte ins Wasser setzen, um meinen Theriak zu prüfen, und mir am Ende die Hucke vollhauen, wenn das Experiment misslang. Um aber die Vortrefflichkeit meines Gegengifts auch noch auf andere Weise demonstrieren zu können, stellte ich mir aus Mehl, Safran und Gallussäure ein gelbes Arsen und aus Mehl und Vitriol ein Quecksilbersublimat her. Wenn ich nun die Probe machen wollte, hatte ich zwei gleiche Gläser mit frischem Wasser vor mir auf dem Tisch, von denen das eine mit einem guten Schuss Scheidewasser oder Vitriolgeist vermischt war. Darin zerrührte ich auch etwas von meinem Theriak und schabte dann von meinen beiden Giften eine genügende Menge hinein. Das Wasser, in dem kein Theriak und auch kein Scheidewasser war, wurde so schwarz wie Tinte, das andere aber blieb wegen des Scheidewassers, wie es war. »Ha«, riefen die Leute, »seht doch, was für ein großartiger Theriak, und so billig!« Wenn ich dann beide Gläser zusammengoss, wurde alles wieder klar. Die braven Bauern zogen ihre Beutel und kauften, was nicht nur meinem hungrigen Magen gut zupass kam, denn ich beschaffte mir auch wieder ein Pferd und verdiente gut auf meiner Reise, bis ich an die deutsche Grenze kam. Darum, liebe Bauern, glaubt den fremden Marktschreiern nicht alles, was sie sagen, sonst werdet ihr betrogen. Denn an eurer Gesundheit liegt ihnen nichts, sondern alles an eurem Geld.

Das 9. Kapitel. Wie der Doktor unter dem Befehl des Hauptmanns Hunger ein Musketier wird.

Auf dem Weg durch Lothringen ging mir meine Ware aus, und weil ich mich von den Garnisonen fernhielt, hatte ich keine Gelegenheit, neue herzurichten, musste mir also etwas anderes einfallen lassen, bis ich wieder Theriak machen konnte. Ich kaufte mir zwei Maß Branntwein, färbte ihn mit Safran und füllte ihn in Gläschen, die ein halbes Lot* fassten. Diesen Branntwein verkaufte ich den Leuten als kostbares

Goldwasser, das gut gegen Fieber sei, und erlöste damit an die dreißig Gulden. Als mir auch diese Gläschen auszugehen drohten und ich von einer Glashütte im Fleckensteinischen Gebiet* hörte, beschloss ich, dorthin zu gehen und mich neu einzudecken, wurde jedoch auf diesem Weg unversehens von einer Partei aus Philippsburg*, die auf dem Schloss Wagelnburg* lag, gefangen genommen und verlor dabei alles, was ich den Leuten auf meiner Reise durch Betrug abgezwackt hatte. Und weil der Bauer, der mit mir ging und mir den Weg zeigte, den Kerlen sagte, ich sei ein Doktor, brachten sie mich, ob ich wollte oder nicht, auch als einen solchen nach Philippsburg.

Dort wurde ich verhört und erklärte ohne Scheu, wer ich sei. Man glaubte mir aber nicht, sondern wollte mehr aus mir machen, als ich war. Nun sollte ich auch ein Doktor bleiben. Ich musste beschwören, dass ich bei den kaiserlichen Dragonern in Soest gewesen war, und berichtete ihnen unter Eid alles, was mir seither zugestoßen war und was ich weiter vorhatte. Da hieß es, Soldaten brauche der Kaiser nicht nur in Soest, sondern auch in Philippsburg, und sie würden mich behalten, bis ich eine Gelegenheit fände, zu meinem Regiment zurückzukehren. Und falls mir der Vorschlag nicht passte, könnte ich mich auch ins Gefängnis setzen und mich dort bis zu meiner Freilassung wie einen Doktor behandeln lassen, da sie mich ja auch als einen solchen gefangen genommen hätten.

So kam ich vom Pferd auf den Esel und musste gegen meinen Willen Musketier werden. Das verdross mich sehr, denn hier regierte der Hunger, und das Kommissbrot war schrecklich klein. Ich sage mit Vorbedacht »schrecklich klein«, denn ich erschrak tatsächlich jeden Morgen, wenn ich es bekam, weil ich wusste, dass ich den ganzen Tag damit haushalten musste, während ich es mühelos auf einen Schlag hätte verputzen können. Der Musketier in einer Garnison führt wahrlich ein elendes Leben, wenn er mit trockenem Brot vorliebnehmen muss, an dem er sich noch dazu kaum halb satt essen kann. Da unterscheidet er sich in nichts mehr von einem Gefangenen, der seine trübseligen Tage bei Wasser und Brot zubringt. Der Gefangene hat es sogar noch besser, braucht weder Wache zu halten noch Runden zu gehen, noch Schildwache zu stehen, sondern hat seine Ruhe und darf trotzdem, genau wie ein elender Garnisonssoldat, hoffen, dass er sein Gefängnis eines Tages wieder verlassen kann.

Es gab aber auch einige, die ihr Auskommen ein wenig aufbesserten, allerdings mit Methoden, von denen mir keine einzige zusagte oder ehrbar und anständig erschien. Manche nahmen sich in ihrem Elend Frauen (auch ehemalige Huren), nur um sich von ihnen und durch ihre Arbeit, etwa Nähen, Waschen, Spinnen oder Handeln und Wuchern oder gar durch Stehlen ernähren zu lassen. Unter den Frauen war sogar eine selbst Fähnrich und bekam den gleichen Sold wie ein Gefreiter. Eine andere war Hebamme und brachte damit sich und ihrem Mann so manchen guten Braten auf den Tisch. Manche konnten stärken und waschen. Die wuschen den ledigen Offizieren und Soldaten die Hemden, Strümpfe, Schlafhosen und wer weiß was noch alles, und jede von ihnen bekam dafür einen besonderen Namen. Andere verkauften Tabak und Pfeifen an die Männer, denen es daran fehlte. Wieder andere handelten mit Branntwein, und es hieß, sie würden ihn verlängern, aber mit Selbstgebranntem, so dass er trotzdem jede Probe bestand. Es gab auch eine Näherin, die sich auf verschiedene Stiche und Muster verstand und damit ihr Geld verdiente. Eine andere wusste sich allein aus dem freien Feld zu ernähren, grub im Winter nach Schnecken, sammelte im Frühling Salat, nahm im Sommer Vogelnester aus und wusste sich auch im Herbst mit tausend anderen Leckereien zu versorgen. Manche schleppten wie die Esel Holz zum Verkauf herum, und andere handelten mit noch ganz etwas anderem.

Auf diese Weise meinen Lebensunterhalt zu verdienen war nichts für mich, denn ich hatte ja schon eine Frau. Einige

Männer ernährten sich durch Spielen. Sie konnten es noch besser als die Falschspieler und wussten ihren einfältigen Kameraden mit falschen Würfeln und falschen Karten das Geld wegzunehmen. Mir aber war dieses Gewerbe zuwider. Andere arbeiteten wie die Tiere auf der Schanze und anderswo, aber dafür war ich zu faul. Manche verstanden sich auf ein Handwerk und betätigten sich darin. Aber ich Trottel hatte keines gelernt. Ja, wenn man einen Musiker gebraucht hätte, hätte ich mich wohl ganz gut geschlagen, aber in diesem Hungerland begnügte man sich mit Trommeln und Pfeifen. Manche hielten Schildwache für andere und kamen Tag und Nacht nicht von ihrem Posten. Ich aber wollte lieber hungern, als mich derart schinden. Manche schlugen sich mit Parteigehen durch, mir aber trauten sie so wenig, dass sie mich nicht mal vor das Tor ließen. Manche waren beim Mäusefangen besser als die Katzen, aber ich hasste dieses Geschäft wie die Pest. Kurzum, ich fand beim besten Willen nichts zu tun, womit ich meinen Hunger hätte stillen können. Und am meisten ärgerte es mich, dass ich mich dafür auch noch veralbern lassen musste, wenn die Kerle sagten: »Du willst ein Doktor sein und kannst doch nichts anderes als Hunger leiden?« Endlich zwang mich die Not, ein paar schöne Karpfen aus dem Graben zu mir auf den Wall zu praktizieren. Doch als der Obrist es mitbekam, musste ich zur Strafe auf dem Holzesel reiten, und die Angelei wurde mir ein für alle Mal bei Todesstrafe verboten.

Zuletzt wurde das Unglück anderer mein Glück. Denn nachdem ich einige Gelbsüchtige und ein paar Fiebernde, die besonders fest an mich geglaubt haben müssen, tatsächlich kuriert hatte, bekam ich die Erlaubnis, vor die Festung zu gehen, um dort, so lautete mein Vorwand, Wurzeln und Kräuter für meine Arzneien zu sammeln. Stattdessen legte ich Fallstricke für die Hasen aus und hatte das Glück, gleich in der ersten Nacht zwei zu fangen. Die brachte ich dem Obristen, wofür er mir nicht nur einen Taler gab, sondern auch die Erlaubnis, wenn ich keinen Wachdienst hatte, hinauszugehen und Hasen zu jagen. Weil das Land verlassen und niemand da war, der diese Tiere fing, hatten sie sich stark vermehrt – und so bekam ich wieder Oberwasser, denn bald sah es aus, als würde es vom Himmel Hasen schneien oder als könnte ich sie durch Zauberkraft in meine Fallen locken. Schließlich erkannten die Offiziere, dass sie mir trauen durften, und ließen mich auch mit anderen auf Partei gehen. Da fing ich wieder mein Soester Leben an – bloß, dass ich keine Parteien führen und kommandieren durfte wie früher in Westfalen, denn dazu musste man erst alle Wege und Stege in dieser Gegend kennen und den Rheinstrom ebenfalls.

Das 10. Kapitel. Simplicius übersteht ein unerquickliches Bad im Rhein.

Zwei Geschichten will ich noch erzählen, ehe ich berichte, wie ich von der Muskete wieder erlöst wurde – die eine handelt von großer Lebensgefahr, der ich durch Gottes Gnade entkam, die andere von der Seelengefahr, in der ich aus Eigensinn verharrte. Denn ich will meine Fehler so wenig verhehlen wie meine Tugenden, damit diese Geschichte rund und wahrhaftig wird und der unbewanderte Leser erfährt, was für seltsame Käuze es in der Welt gibt.

Wie gegen Ende des vorigen Kapitels erwähnt, durfte ich mit anderen auf Partei gehen, was in den Garnisonen nicht jedem hergelaufenen Kerl, sondern nur zuverlässigen Soldaten gestattet wird. So zogen wir einmal zu neunzehnt durch die Markgrafschaft Baden rheinaufwärts, um oberhalb von Straßburg ein Schiff aus Basel abzupassen, auf dem einige Weimarische Offiziere mit verschiedenen Gütern heimlich unterwegs sein sollten. Oberhalb von Ottenheim* fanden wir ein Fischerboot, mit dem wir auf eine günstig gelegene Insel im Fluss übersetzen wollten, von der aus man vorbeikommende Schiffe an Land zwingen konnte, und bald hatte der Fischer die ersten zehn von uns glücklich übergesetzt. Doch als dann einer aus unserem Trupp, der sich mit Booten eigentlich gut auskannte, die übrigen neun holen wollte, unter denen auch ich mich befand, schlug der Kahn unversehens um, so dass wir uns plötzlich alle im Rhein wiederfanden. Ich kümmerte mich nicht viel um die anderen, sondern versuchte mich selbst zu retten.

Obwohl ich mich so lang und breit machte, wie ich konnte, und alle Tricks eines guten Schwimmers anwendete, spielte der Strom mit mir wie mit einem Ball, warf mich in diesem Augenblick nach oben und stieß mich im nächsten auf den Grund. Ich hielt mich tapfer, so dass ich oft an die Oberfläche kam und Luft holen konnte. Wäre das Wasser aber nur ein bisschen kälter gewesen, hätte ich nicht lange durchgehalten und wäre nicht mit dem Leben davongekommen. Immer wieder versuchte ich, ans Ufer zu gelangen, aber die Strudel, die mich hin und her warfen, ließen es nicht zu, und obwohl ich schon bald auf der Höhe des Dorfes Goldscheuer* war, schien mir die Zeit so lang, dass ich an meinem Leben fast verzweifelte. Als ich jedoch an Goldscheuer vorbeigetrieben war und mich schon darauf gefasst machte, tot oder lebendig unter der Straßburger Rheinbrücke hindurchzutreiben, erblickte ich nicht weit von mir einen großen Baum, dessen Äste aus dem Wasser ragten. Die Strömung war stark und trieb mich geradewegs auf ihn zu. Ich versuchte ihn mit aller Kraft zu packen, was mir auch glückte, so dass ich schließlich mit Hilfe des Wassers und aus eigener Kraft auf den größten Ast zu sitzen kam, den ich zunächst für einen ganzen Baum gehalten hatte. Strömung und Wellen spielten ihm aber so übel mit, dass er ständig auf und nieder fuhr, was wiederum mir so furchtbar auf den Magen schlug, dass ich am liebsten Lunge und Leber ausgespuckt hätte. Ich konnte mich kaum noch halten, so sehr drehte sich alles vor meinen Augen. Fast hätte ich mich wieder ins Wasser gleiten lassen, aber ich wusste, dass mir die Kraft fehlte, auch nur den hundertsten Teil der Mühen noch einmal durchzustehen, wie ich sie schon hinter mir hatte. Also musste ich bleiben und hoffen, dass Gott mir unversehens eine Rettung schicken würde.

Mein Gewissen bot mir dabei wenig Trost, sondern hielt mir vor, wie ich solche gnädige Hilfe seit Jahren schon leichtfertig verspielt hatte. Ich hoffte trotzdem und begann so andächtig zu beten, als wäre ich in einer Klosterschule erzogen worden. Ich nahm mir vor, künftig ein frommeres Leben zu führen, und tat verschiedene Gelübde: entsagte dem Soldatenleben, schwor auch, nie wieder auf Partei zu gehen, warf meine Patronentasche und den Ranzen in den Fluss und führte mich auf, als ob ich wieder ein Einsiedler werden, meine Sünden büßen und der Barmherzigkeit Gottes für meine erhoffte Rettung bis an mein Lebensende danken wollte.

Nachdem ich zwei oder drei Stunden zwischen Bangen und Hoffen auf meinem Ast verbracht hatte, kam eben jenes Schiff den Rhein herunter, dem ich mit meinen Kameraden hatte auflauern sollen. Ich schrie, so laut ich konnte, im Namen Gottes und des Jüngsten Gerichts um Hilfe, und weil sie nicht weit von mir vorübermussten und meine jämmerliche Lage und die Gefahr, in der ich schwebte, deutlich sahen, wurden alle auf dem Schiff so sehr von Barmherzigkeit ergriffen, dass sie gleich ans Ufer steuerten, um zu beraten, wie mir zu helfen sei.

Wegen der vielen Strudel, die um mich her von den Wurzeln und Ästen des Baumes verursacht wurden, konnte man ohne Lebensgefahr weder schwimmend noch in großen oder kleinen Booten zu mir gelangen. Deshalb dauerte es lange, bis ihnen etwas einfiel. Wie mir in dieser Zeit zumute war, kann man sich denken. Schließlich schickten sie zwei Männer in einem Kahn oberhalb von mir in den Fluss, die mir ein Seil zutreiben ließen, dessen eines Ende sie bei sich behielten. Mit großer Mühe bekam ich das andere zu fassen und band es mir, so gut ich konnte, um den Leib, so dass ich wie ein Fisch an einer Angelschnur in das Boot gezogen und dann aufs Schiff gebracht wurde.

Nachdem ich so dem Tod entronnen war, hätte ich am Ufer auf die Knie fallen und der Güte Gottes für meine Errettung danken sollen, hätte auch sonst beginnen sollen, mein Leben zu ändern und mich zu bessern, wie ich es in der höchsten Not gelobt und versprochen hatte. Doch nichts davon! Als man mich fragte, wer ich sei und wie ich in diese Gefahr geraten sei, begann ich, diesen Burschen Lügen aufzutischen, dass sich der Himmel davon hätte verfinstern müssen. Ich dachte, wenn du ihnen sagst, dass du mithelfen wolltest, sie zu plündern, schmeißen sie dich gleich wieder in den Rhein. Also gab ich mich für einen vertriebenen Organisten aus und sagte, ich hätte nach Straßburg und über den Rhein gewollt, um mir eine Stelle an einer Schule oder anderswo zu suchen. Unterwegs jedoch sei ich von einer Partei erwischt, ausgezogen und in den Rhein geworfen worden, der mich bis zu jenem Baum getrieben habe. Da ich meine Lügen mit allerlei Einzelheiten auszukleiden wusste und mit Schwüren bekräftigte, glaubten sie mir und taten alles, um mich mit Speis und Trank zu kräftigen, wie ich es dringend nötig hatte.

Beim Zoll in Straßburg gingen die meisten an Land und ich mit ihnen. Während ich mich noch einmal herzlich bei ihnen bedankte, sah ich unter ihnen einen jungen Kaufmann, dessen Gesicht, Gang und Gebärden mir bekannt vorkamen. Ich konnte mich aber nicht erinnern, woher. Doch dann erkannte ich an seiner Sprache, dass es der Kornett sein musste, der mich einmal gefangen genommen hatte. Ich verstand allerdings nicht, wie aus einem so wackeren Soldaten ein Kaufmann hatte werden können, allein schon weil er von Adel war. Ich wollte wissen, ob mich meine Augen und Ohren betrogen, trat deshalb zu ihm und fragte: »Monsieur Schönstein, seid Ihr's oder seid Ihr's nicht?«

Er aber antwortete: »Ich bin kein von Schönstein, sondern ein Kaufmann.«

Darauf sagte ich: »Dann bin ich auch kein Jäger von Soest, sondern ein Organist oder vielmehr ein Landstreicher und Bettler.«

»O Bruder!«, entgegnete er. »Was zum Teufel machst du hier? Wo treibst du dich herum?«

Ich sagte: »Ach, Bruder, wenn der Himmel dich ausersehen hat, dabei mitzuhelfen, mir das Leben zu retten, wie es gerade zum zweiten Mal geschehen ist, so verlangt mein Schicksal offenbar, dass ich mich in deiner Nähe halte.«

Darauf umarmten wir uns wie zwei gute Freunde, die sich versprochen haben, einander bis in den Tod zu lieben. Ich musste in seine Herberge kommen und ihm erzählen, wie es mir ergangen war, seit ich Lippstadt verlassen hatte, um in Köln meinen Schatz zu holen. Ich verschwieg ihm auch nicht, dass ich mit einer Partei ihrem Schiff hatte auflauern wollen und was dabei herausgekommen war. Aber wie ich es in Paris getrieben hatte, davon sagte ich kein Wort, weil ich fürchtete, er könnte es in Lippstadt herumerzählen und mir Ärger mit meiner Frau machen. Er wiederum berichtete mir unter dem Siegel der Verschwiegenheit, er sei von der hessischen Generalität zu Herzog Bernhard von Weimar geschickt worden, um ihm einige kriegswichtige Mitteilungen zu machen und mit ihm über weitere Pläne und Feldzüge zu verhandeln. Nachdem er dies erledigt habe, sei er nun, wie ich ja selbst sähe, als Kaufmann verkleidet auf dem Rückweg.

Außerdem erzählte er mir, meine Liebste sei bei seiner Abreise in anderen Umständen gewesen und habe sich mit ihren Eltern und Verwandten guter Gesundheit erfreut. Auch halte mir mein Oberst den Posten eines Fähnleinführers immer noch frei. Der Kornett machte sich auch über meine Pockennarben lustig – die würden mich so entstellen, dass weder meine Frau noch die anderen Lippstädter Frauen in mir den Jäger erkennen würden. Zuletzt verabredeten wir, dass ich mich ihm anschließen und mit ihm zusammen nach Lippstadt zurückkehren würde, denn genau das hatte ich ja gewollt. Und weil ich bloß Lumpen am Leib hatte, streckte er mir etwas Geld vor, mit dem ich mich wie ein Kaufmannsgehilfe ausstaffierte.

Aber man sagt ja: Wenn etwas nicht sein soll, geschieht es nicht! Das musste auch ich bald erfahren. Denn als wir den Rhein hinunterfuhren und das Schiff bei Rheinhausen* kontrolliert wurde, erkannten und ergriffen mich die Philippsburger Soldaten und brachten mich nach Philippsburg zurück, wo ich wieder einen Musketier abgeben musste. Meinen guten Kornett verdross es genauso wie mich, dass wir uns wieder trennen mussten. Aber er konnte nicht viel für mich tun, sondern musste selbst sehen, wie er durchkam.

Das 11. Kapitel. Warum Geistliche keine Hasen essen sollen, die mit Fallstricken gefangen wurden.

Nun hat der freundliche Leser vernommen, wie es sich mit der Lebensgefahr verhielt, in die ich geriet. Was aber die Seelengefahr angeht, so muss er wissen, dass ich mich als Musketier wie ein richtiger Wilder aufführte, der sich um Gott und sein Wort nicht im Geringsten kümmerte. Keine Bosheit war mir zu groß, und alle Gnaden und Wohltaten, die ich je von Gott empfangen hatte, waren gründlich vergessen. Ich fragte nicht, wie es mir in dieser und der nächsten Welt ergehen werde, sondern lebte in den Tag hinein wie ein Tier. Niemand hätte es für möglich gehalten, dass ich bei einem frommen Einsiedler aufgewachsen war. Ich ging selten in die Kirche und zur Beichte nie. Und während mir an meinem Seelenheil nichts lag, bereitete ich meinen Mitmenschen desto mehr Ungemach. Wo ich jemanden betrügen konnte, da tat ich's und brüstete mich noch damit, so dass kaum einer ungeschoren davonkam. Ich bezog oft Prügel deshalb und musste noch öfter auf dem Esel reiten.* Man drohte mir sogar mit Galgen und Wippe*, aber es half nichts. Ich ließ von meinem gottlosen Tun nicht ab, als hätte ich nur dieses eine Ziel – auf dem schnellsten Weg in die Hölle zu kommen. Und obwohl ich keine Missetat beging, durch die ich mein Leben verwirkt hätte, war ich doch so ruchlos, dass man kaum einen größeren Wüstling – von Zauberern und Sodomiten abgesehen – hätte finden können.

Dies bemerkte auch unser Regimentskaplan, und weil er ein frommer Seeleneiferer war, ließ er mich nach Ostern zu sich kommen und wollte wissen, warum ich in dieser Zeit nicht zur Beichte und zur Kommunion gegangen sei.* Aber nachdem ich mir seine wohlgemeinten Ermahnungen angehört hatte, fertigte ich ihn genauso ab wie zuvor den Pfarrer in Lippstadt, so dass der brave Mann bei mir nichts ausrichtete, und weil ihm schien, dass Christus und Taufe an mir verloren seien, sagte er zuletzt: »Ach, du elender Mensch! Ich hatte gemeint, du irrst aus Unwissenheit, doch nun erkenne ich, dass du aus Bosheit und gleichsam vorsätzlich in der Sünde verharrst. Was glaubst du eigentlich, wer eines Tages Mitleid mit deiner armen Seele in ihrer Verdammnis haben wird? Ich jedenfalls erkläre vor Gott und der Welt, dass ich an deiner Verdammnis keine Schuld trage, denn ich habe getan und würde auch weiterhin gern und guten Willens tun, was zur Förderung deines Seelenheils nötig ist. Mir wird aber, fürchte ich, dereinst nichts anderes übrigbleiben, als deinen Leib, wenn ihn deine arme Seele im Zustand solcher Verdammnis verlässt, anstatt ihn an einem geweihten Ort bei anderen verstorbenen Christen zu begraben, auf den Schindanger zu den Kadavern des verreckten Viehs schaffen zu lassen oder an jenen Ort, wo man andere gottvergessene Leute und Verzweifelte hinbringt!«

Diese Drohung fruchtete so wenig wie die Ermahnungen zuvor, und zwar schon deshalb, weil mir das Beichten peinlich war. Was war ich bloß für ein Narr! Oft erzählte ich meine Schandtaten vor versammelter Mannschaft und log noch welche dazu. Aber jetzt, wo ich hätte in mich gehen und einem einzigen Menschen an Gottes Stelle meine Sünden demütig bekennen sollen, um Vergebung zu erlangen, war ich stumm und verstockt! *Verstockt* ist das richtige Wort, und ich blieb es, denn ich antwortete: »Ich diene dem Kaiser als Soldat, und falls ich als Soldat sterben sollte, wäre es kein Wunder, wenn ich, wie andere Soldaten – die nicht immer in geweihter Erde begraben werden können, sondern oft mit einem Platz auf dem Feld, in einem Graben oder im Magen von Wölfen und Raben vorliebnehmen müssen –, mich ebenfalls mit einem Platz außerhalb des Kirchhofs begnügen müsste.«

Mit diesen Worten verließ ich den Geistlichen, dem sein frommer Seeleneifer nichts anderes einbrachte, als dass ich ihm einmal einen Hasen, um den er mich inständig gebeten hatte, verweigerte – und zwar mit dieser Begründung: Da sich der Hase an einem Strick erhängt und selbst ums Leben gebracht habe, gehe es nicht an, dass er als ein Verzweifelter in geweihtem Erdreich begraben würde.

Das 12. Kapitel. **Simplicius wird unverhofft von der Muskete erlöst.**

So gab es bei mir keine Besserung, sondern ich wurde mit der Zeit immer schlimmer. Einmal sagte der Obrist zu mir, er wolle mich wegen meiner schlechten Führung »mit Schimpf und Schande« entlassen. Da gab ich zurück: »Ich geh aber nur, wenn auch der Ernst mitkommt.« Ich wusste ja, dass es ihm damit nicht Ernst war. Denn er wusste, dass es für mich keine Strafe, sondern eine Wohltat gewesen wäre, wenn er mich hätte laufenlassen. Also musste ich gegen meinen Willen Musketier bleiben und bis in den Sommer Hunger leiden.

Je mehr sich aber der Graf von Götz mit seiner Armee näherte, desto näher kam meine Erlösung, denn als er in Bruchsal sein Hauptquartier errichtete, schickte die Generalität meinen Herzbruder, dem ich im Lager vor Magdeburg mit meinem Geld ausgeholfen hatte, mit verschiedenen Aufträgen in unsere Festung, wo man ihn sehr ehrenvoll empfing. Ich stand gerade Schildwache vor dem Quartier des Obristen, als er eintraf. Obwohl er einen schwarzen Samtrock trug, erkannte ich ihn auf den ersten Blick, hatte aber nicht den Mut, ihn gleich anzusprechen, weil ich, wohl wissend, wie es in der Welt zugeht, fürchtete, er könnte sich meiner schämen und so tun, als würde er mich nicht kennen, weil er seinem ganzen Aufzug nach eine sehr hohe Stellung einnahm, während ich bloß ein lausiger Musketier war. Nach der Wachablösung erkundigte ich mich jedoch bei seinen Dienern nach seinem Stand und seinem Namen, um sicher zu sein, dass ich ihn nicht mit einem anderen verwechselt hatte, fand aber nachher noch immer nicht den Mut, ihn anzusprechen, sondern schrieb ihm das folgende Briefchen und ließ es ihm am nächsten Morgen durch seinen Kammerdiener bringen:

Monsieur etc. Wenn es meinem hochgeehrten Herrn belieben wollte, denjenigen, den Er mit seiner Tapferkeit schon in der Schlacht bei Wittstock aus Eisen und Fesseln errettet hat, durch Sein hohes Ansehen auch jetzt aus dem armseligsten Stand der Welt zu erlösen, in den er wie ein Spielball des unbeständigen Glücks geraten ist, so würde Ihm dieses nicht nur nicht schwerfallen, Er würde sich auch als Seinen ewigen Diener verpflichten den ohnedies Ihm in Treue verbundenen, jetzt aber in Elend und Verlassenheit ausharrenden

S. Simplicissimus.

Sobald er dies gelesen hatte, ließ er mich zu sich kommen und sagte: »Landsmann, wo ist der Mann, der Euch dies Schreiben gegeben hat?«

Ich antwortete: »Herr, er liegt in dieser Festung gefangen.«

»Nun«, entgegnete er, »dann geht hin und sagt ihm, ich würde ihm heraushelfen – und wenn man ihm schon den Strick um den Hals gelegt hätte!«

»Herr«, sagte ich, »diese Mühe muss Er sich nicht machen. Ich selbst bin der arme Simplicius und bin gekommen, um Ihm für die Befreiung bei Wittstock zu danken und Ihn zu bitten, mich von der Muskete zu erlösen, die ich hier gegen meinen Willen zu tragen gezwungen werde.« Er ließ mich gar nicht ausreden, sondern zeigte mir durch eine Umarmung, wie gern er mir helfen wollte. Kurz, er verhielt sich wie ein treuer Freund, und noch ehe er mich gefragt hatte, wie ich in diese Festung und solche Dienste geraten sei, schickte er seinen Diener zum Juden, ein Pferd und Kleider für mich zu kaufen. Inzwischen erzählte ich ihm, wie es mir ergangen war, seit sein Vater vor Magdeburg gestorben war, und als er erfuhr, dass ich der Jäger von Soest gewesen sei – von dessen Taten er manch Rühmliches gehört hatte –, da bedauerte er, dies nicht früher gewusst zu haben, denn dann hätte er mir wohl längst schon zu einer Kompanie verhelfen können.

Als nun der Jude mit einem gewaltigen Packen verschiedener Soldatenkleider kam, suchte Herzbruder die besten Sachen heraus, ließ sie mich anziehen und nahm mich mit zum Obristen. Zu dem sagte er: »Herr, ich habe in Seiner Garnison diesen Mann angetroffen, dem ich so sehr verpflichtet bin, dass ich ihn in so niedriger Stellung nicht lassen kann, auch wenn er es nicht besser verdient haben sollte. Deshalb bitte ich den Herrn Obristen, mir den Gefallen zu tun, ihn entweder besser zu behandeln oder mir zu gestatten, dass ich ihn mitnehme und ihm bei der Armee zu einem besseren Fortkommen verhelfe, wozu dem Herrn Obristen hier vielleicht die Gelegenheit fehlt.«

Der Obrist bekreuzigte sich vor lauter Verwunderung darüber, dass er mich einmal loben hörte, und sagte: »Mein hochgeehrter Herr möge mir verzeihen, aber mir scheint, Er will nur meine Bereitschaft auf die Probe stellen, Ihm zu dienen, wie es Ihm gebührt. Wenn dem so ist, dann wünsche Er sich nur etwas anderes, was in meiner Gewalt steht, und Er wird sogleich erfahren, wie gern ich Seinen Willen erfüllen werde. Was aber diesen Kerl angeht, so gehört er eigentlich nicht mir, sondern zu einem Regiment Dragoner. Das behauptet er jedenfalls. Im Übrigen ist er ein unverbesserlicher Tunichtgut und macht, seit er hier ist, meinem Profoss mehr zu schaffen als sonst eine ganze Kompanie.« Er beendete seine Rede mit einem Lachen und wünschte mir Glück auf meinen Wegen.

Meinem Herzbruder genügte das noch nicht. Er bat den Obristen, er möge mich doch ebenfalls an seiner Tafel Platz nehmen lassen, wozu der Obrist auch bereit war. Herzbruder wollte ihm nämlich in meinem Beisein erzählen, was er in Westfalen gesprächsweise durch den Grafen von der Wahl und den Kommandanten von Soest über mich gehört hatte, und stellte nun alles so dar, dass die Zuhörer mich für einen tüchtigen Soldaten halten mussten. Währenddessen hielt ich mich so bescheiden zurück, dass der Obrist und alle, die mich hier kannten, glauben mussten, ich sei nach dem Kleiderwechsel auch ein anderer Mensch geworden. Als der Obrist wissen wollte, wie ich zu dem *Doktor* in meinem Namen gekommen sei, erzählte ich ihm meine ganze Reise von Paris bis Philippsburg und wie ich die Bauern betrogen hatte, um mein Maulfutter zu verdienen, worüber alle herzlich lachten. Zuletzt gab ich unverhohlen zu, ich hätte ihn mit meinen Bosheiten so lange quälen und zermürben wollen, bis er mich wegen der vielen Klagen und um seine Ruhe zu haben, aus der Garnison verjagt hätte.

Nun erzählte der Obrist von allerlei Schelmenstreichen, die ich mir während meiner Zeit in der Garnison hatte einfallen lassen: wie ich Erbsen gekocht, sie oben mit Schmalz übergossen und das ganze Behältnis als reines Schmalz verkauft hätte; ebenso ganze Säcke voller Sand als Salz, indem ich sie unten mit Sand und oben mit Salz gefüllt hätte; wie ich dem einen hier, dem anderen dort einen Bären aufgebunden und die Leute mit Schmähzetteln geärgert hätte, so dass während der ganzen Mahlzeit wieder einmal nur von mir die Rede war. Hätte ich aber keinen so angesehenen Freund gehabt, hätten alle diese Taten als Straftaten gegolten. Ich nahm dies als Beispiel dafür, wie es an einem Hof zugehen muss, wenn ein Bösewicht die Gunst des Fürsten erlangt.

Nach der Mahlzeit stellte sich heraus, dass der Jude kein Pferd hatte, das meinem Herzbruder gut genug für mich erschien. Weil er aber in so hohem Ansehen stand, schenkte ihm der Obrist, der auf seine Gunst schwerlich verzichten konnte, eines mit Sattel und Zaumzeug aus dem eigenen Stall, auf das sich nun der Herr Simplicius setzte und mit seinem Herzbruder fröhlich zur Festung hinausritt, wobei ihm manche seiner Kameraden nachriefen: »Glück zu!«, die anderen aber aus Neid: »Je ärger der Schalk, desto größer das Glück.«

Das 13. Kapitel. Handelt von dem Orden der Merode-Brüder.

Unterwegs verabredeten Herzbruder und ich, dass ich mich von nun an als seinen Vetter ausgeben sollte, um mir mehr Ansehen zu verschaffen. Außerdem wollte er mir ein zweites Pferd und einen Knecht besorgen und mich als Freireiter* beim Regiment des Obristen von Neuneck* unterbringen, bis bei der Armee eine Offiziersstelle frei würde, zu der er mir verhelfen könnte.

So wurde ich im Handumdrehen wieder ein Kerl, der wie ein ordentlicher Soldat aussah. Aber ich brachte in diesem

Sommer wenig zustande, half im Schwarzwald hier und da ein paar Kühe stehlen und lernte den Breisgau und das Elsass kennen. Im Übrigen hatte ich wieder wenig Glück, denn nachdem mir die Weimarischen bei Kenzingen meinen Knecht samt dem einen Pferd weggefangen hatten, musste ich das andere desto mehr strapazieren und ritt es schließlich zuschanden, so dass mir nachher nichts anderes übrigblieb, als mich dem Orden der Merode-Brüder* anzuschließen. Mein Herzbruder hätte mich zwar leicht neu ausstatten können, aber weil ich meine ersten beiden Pferde so schnell verschlissen hatte, hielt er sich zurück und ließ mich zappeln, damit ich lernte, mich besser vorzusehen. Mir war es ganz recht so, denn ich fand in meinen Ordensbrüdern eine so angenehme Gesellschaft, dass ich mir bis zum Winterquartier gar nichts Besseres wünschen konnte.

Ich will nun kurz berichten, was die Merode-Brüder für Leute sind, denn zweifellos gibt es viele Leser, die noch nie von ihnen gehört haben, vor allem unter denen, die den Krieg nicht mitgemacht haben. Ich habe bisher auch noch keinen einzigen Bücherschreiber gefunden, der seinen Schriften etwas über ihre Gebräuche und Gewohnheiten, ihre Rechte und Privilegien einverleibt hätte, dabei ist es nicht nur für die derzeitigen Feldherren, sondern auch für Bauern nützlich, zu wissen, was es mit dieser Zunft auf sich hat.

Was ihren Namen angeht, so will ich doch hoffen, dass man dem tapferen General, von dem sie ihn bekommen haben, dies nicht als Unehre anrechnet, denn sonst würde ich diese Geschichten nicht jedermann so öffentlich auf die Nase binden. Ich habe mal eine Art von Schuhen gesehen, die hatten statt der Löcher krumme Nähte, damit man in ihnen besser durch den Matsch stampfen könnte. Sie hießen Mansfelder Schuhe, denn seine Soldaten haben sie erfunden. Aber wenn deshalb jemand den Mansfelder* selbst für einen Stiefelflicker hielte, würde ich ihn einen Phantasten nennen. Genauso verhält es sich mit dem Namen *Merode-Brüder*, der so lange Bestand haben wird, wie die Deutschen Krieg führen werden.

Es hat mit ihm aber folgende Bewandtnis: Als dieser General einmal für die Armee ein neues Regiment angeworben hatte, waren die Männer, wie die Bretonen, von so schwacher Konstitution, dass sie das Marschieren und anderes Ungemach, das ein Soldat im Feld auf sich nehmen muss, nicht aushalten konnten. Mit der Zeit gab es in der Brigade so viele Ausfälle, dass sie kaum noch vollzählige Fähnlein bilden konnten. Und überall, wo man einen oder mehrere Kranke und Lahme auf dem Markt, in Häusern oder hinter den Hecken und Zäunen traf und fragte: »Von welchem Regiment?«, da lautete die Antwort: »Vom Regiment Merode!« So erklärt sich, dass man schließlich alle, die, ob krank oder gesund, verwundet oder nicht, außerhalb der Marschordnung daherzockelten und nicht bei ihren Regimentern im Feld Quartier nahmen, Merode-Brüder nannte – eben jene, die früher Plünderer und Honigdiebe hießen. Denn sie gleichen den Drohnen in den Bienenkörben, die, wenn sie ihren Stachel verloren haben, nicht mehr arbeiten und keinen Honig mehr machen, sondern nur noch fressen können.

Wenn ein Reiter sein Pferd und ein Musketier seine Gesundheit verliert oder wenn ihm seine Frau oder sein Kind krank wird und zurückbleiben will, so hat man schon anderthalb Paar Merode-Brüder – ein Völkchen, das sich am ehesten mit den Zigeunern vergleichen lässt, weil es nach eigenem Belieben vor oder hinter oder neben der Armee oder mittendrin herumstreicht, und das diesen auch in Sitten und Gebräuchen ähnelt. Mal sieht man sie in Grüppchen wie die Feldhühner im Winter, Tabak rauchend und faulenzend hinter den Hecken im Schatten oder auch in der Sonne liegen oder um ein Feuer lagern, während anderswo der aufrechte Soldat bei seinem Fähnlein Hitze, Durst, Hunger, Frost und allerhand andere Widrigkeiten erduldet. Dann wieder geht eine ganze Rotte von ihnen neben der marschierenden Truppe her auf Diebstour, während mancher arme Soldat unter seinen Waffen vor Erschöpfung fast zusammenbricht. Vor, neben und hinter der Armee plündern sie alles, was sich ihnen bietet. Und was sie nicht gebrauchen können, das verderben sie, so dass die Regimenter, wenn sie in ihre Quartiere oder ins Lager kommen, dort oft nicht mal einen Schluck gutes Wasser finden. Wenn man sie aber anweist, beim Tross zu bleiben, wird dieser oft größer als die Armee selbst.

Wenn sie in Gruppen für sich marschieren, hausieren, kampieren und sich Quartier suchen, haben sie keinen Wachtmeister, der sie befehligt, keinen Feldwebel oder Sergeanten, der ihnen eins auf den Buckel gibt, keinen Korporal, der sie zum Wachdienst anhält, keinen Tambour, der sie an Zapfenstreich und Patrouillendienst erinnert, kurz niemanden, der sie anstelle eines Adjutanten in eine Schlachtordnung bringt oder wie ein Quartiermeister einlogiert, sondern sie leben wie die Freiherren. Wird aber Proviant an die Soldaten verteilt, dann sind sie die Ersten, die sich ihren Anteil holen, obwohl sie ihn nicht verdient haben. Ihre schlimmste Plage sind die Rumormeister und Generalprofosse, denn die legen ihnen, wenn sie es zu bunt treiben, bisweilen Silberschmuck aus Eisen um Hände und Füße oder schmücken sie gar mit einem Kragen aus Hanf und lassen sie an ihren allerbesten Hälsen aufhängen.

Sie wachen nicht, sie schanzen nicht, sie stürmen nicht, stellen sich auch in keine Schlachtordnung, und sie ernähren sich doch! Wie groß aber der Schaden ist, den der Feldherr, der Bauer und die Armee selbst haben, bei der sich dieses Gelichter aufhält, lässt sich gar nicht sagen. Der armseligste Reiterjunge, der nichts weiter tut als fouragieren, ist einem Feldherrn nützlicher als tausend Merode-Brüder, die ohne Not auf der faulen Haut liegen und ein Handwerk daraus machen. Der Feind fängt sie sich, und auch die Bauern klopfen ihnen bisweilen auf die Finger. Dadurch wird die Armee geschwächt und der Feind gestärkt. Und wenn so ein liederlicher Gesell – ich meine nicht die armen Kranken, sondern die unberittenen Reiter, die ihr Pferd aus Unachtsamkeit ruinieren und dann auf Merode gehen, um die eigene Haut zu schonen – wohlbehalten durch den Sommer kommt, hat man nichts von ihm, außer dass man ihn im Winter neu ausrüsten muss, damit er im Feldzug des nächsten Jahres wieder etwas zu verlieren hat. Man sollte sie wie die Windhunde zusammenkoppeln* und ihnen in den Garnisonen das Kämpfen beibringen oder sie auf die Galeeren schmieden, wenn sie ihren Dienst im Feld nicht auch zu Fuß verrichten wollen, bis sie wieder ein Pferd bekommen. Mit Schweigen übergehen will ich hier, wie sie aus Unachtsamkeit oder vorsätzlich so manches Dorf niederbrennen, wie sie so manchem Kerl aus ihrer eigenen Armee das Pferd wegnehmen, ihn ausplündern oder heimlich bestehlen oder gar umbringen – und wie leicht es für einen Spion ist, sich unter sie zu mischen, sofern er nur den Namen eines Regiments und einer Kompanie aus der Armee zu nennen weiß.

So ein ehrbarer Bruder war auch ich damals und blieb es bis zu dem Tag vor der Schlacht bei Wittenweier*, als unser Hauptquartier in Schuttern* lag. Denn als ich damals mit meinen Kameraden in das Geroldseckische Gebiet* ging, um Kühe oder Ochsen zu stehlen, wie es unsere Gewohnheit war, wurde ich von den Weimarischen gefangen, die besser wussten, was sie mit uns anfangen sollten, denn sie luden uns Musketen auf und reihten uns in die Regimenter ein – mich in das des Oberst von Hattenstein.*

Das 14. Kapitel. Ein gefährlicher Zweikampf um Leib und Leben, bei dem jedoch beide dem Tod entgehen.

Damals erkannte ich klar und deutlich, was für ein Unglückskind ich war. Ungefähr vier Wochen vor der erwähnten Schlacht hatte ich gehört, wie sich einige Götzische Offiziere über den Krieg unterhielten und einer von ihnen sagte: »Ohne Schlacht geht es diesen Sommer nicht ab. Wenn wir den Feind besiegen, werden wir den nächsten Winter in Freiburg und den Waldstädten* liegen. Und wenn wir Schläge bekommen, gehen wir trotzdem ins Winterquartier.« Aus dieser Prophezeiung hatte ich meine Schlüsse gezogen und mir gesagt: Nun freu dich, Simplicius – im nächsten Frühjahr wirst du guten Bodensee- und Neckarwein trinken und von dem profitieren, was die Weimarischen erkämpfen. Doch wie sehr hatte ich mich getäuscht! Denn nun gehörte ich selbst zu den Weimarischen, und so war es auch mir bestimmt, bei der Belagerung von Breisach* mitzutun, denn die wurde gleich nach der erwähnten Schlacht bei Wittenweier mit ganzer Kraft begonnen. Wie andere Musketiere musste ich Tag und Nacht wachen und schanzen und hatte nichts davon, außer dass ich lernte, wie man mit Laufgräben eine Festung bedrohen kann, worum ich mich in Magdeburg wenig gekümmert hatte. Im Übrigen jedoch ging es mir lausig, denn wir saßen in den Zelten zu zweit und zu dritt aufeinander, mein Beutel war leer, Wein, Bier und Fleisch waren Raritäten und Äpfel und ein halbes Brot für mich die größten Leckerbissen.

Das alles verdross mich, zumal wenn ich mir die ägyptischen Fleischtöpfe, nämlich die westfälischen Schinken und Knackwürste von Lippstadt in Erinnerung rief. Und nie dachte ich mehr an meine Frau, als wenn ich halb erstarrt vor Kälte in meinem Zelt lag. Da sagte ich mir oft: Nun, Simplicius, meinst du eigentlich, es geschähe dir Unrecht, wenn dir jemand mit gleicher Münze heimzahlte, was du in

Paris getrieben hast? Wie ein eifersüchtiger Hahnrei quälte ich mich mit solchen Gedanken, obwohl ich keinen Grund hatte, an der Ehre und Tugend meiner Frau zu zweifeln. Schließlich jedoch wurde ich so ungeduldig, dass ich meinem Hauptmann offenbarte, wer ich war und wohin ich wollte. Außerdem schrieb ich nach Lippstadt, und es gelang mir, den Obristen de Saint André und meinen Schwiegervater zu bewegen, sich mit einem Brief bei dem Herzog von Weimar für mich einzusetzen, so dass mich mein Hauptmann schließlich mit einem Pass laufenlassen musste.

Kurz vor Weihnachten verließ ich mit einem guten Gewehr bewaffnet das Lager, marschierte den Breisgau hinunter und wollte mir an Weihnachten in Straßburg zwanzig Taler abholen, die mir mein Schwiegervater geschickt hatte. Dann wollte ich mich unter die Kaufleute mischen und mit ihnen den Rhein hinunterfahren, weil es unterwegs so viele Garnisonen der Kaiserlichen gab. Als ich aber hinter Endingen an einem einsamen Haus vorüberkam, fiel plötzlich ein Schuss, der mir ein Stück aus der Hutkrempe riss. Gleich darauf stürzte ein vierschrötiger Kerl auf mich los und schrie, ich solle mein Gewehr fallen lassen. Ich erwiderte: »Bei Gott, Landsmann, dir zuliebe ganz bestimmt nicht« – und spannte meine Flinte.

Er aber zückte etwas, das eher einem Henkersschwert als einem Degen glich, und stürmte auf mich los. Als ich sah, dass er es ernst meinte, legte ich an und traf ihn an der Stirn, so dass er ins Taumeln geriet und schließlich zu Boden ging. Das nutzte ich aus, entrang ihm sein Schwert und wollte es ihm in den Leib bohren, drang aber nicht durch. Stattdessen sprang er plötzlich wieder auf und packte mich bei den Haaren. Ich schleuderte sein Schwert zur Seite und packte ihn ebenfalls. Nun begann ein wilder Kampf, bei dem sich zeigte, wie stark die Wut uns beide machte. Aber keiner konnte die Oberhand über den anderen gewinnen. Bald lag ich oben, bald er, und im Nu standen wir wieder auf den Füßen, aber nicht für lange, denn jeder suchte den Tod des anderen. Weil er so heftig danach verlangte, spuckte ich meinem Feind das Blut ins Gesicht, das mir aus Mund und Nase lief. Das half mir, denn ihn hinderte es am Sehen. Anderthalb Stunden wälzten wir uns im Schnee und zermürbten einander so sehr, dass mit bloßen Fäusten die Erschöpfung des einen die Müdigkeit des anderen nicht überwinden und keiner dem anderen aus eigener Kraft und ohne Waffen den Tod bringen konnte.

Dass ich mich in Lippstadt oft auch im Ringen geübt hatte, kam mir jetzt zugute. Ich wäre sonst verloren gewesen, denn mein Feind war viel stärker als ich und dazu noch unverwundbar. Als wir vor Erschöpfung beide fast hinüber waren, sagte er endlich: »Bruder, hör auf! Ich ergebe mich.«

Ich sagte: »Du hättest mich hier in Ruhe vorüberziehen lassen sollen.«

»Was hast du davon, wenn ich gleich sterbe?«, antwortete er.

»Und was hättest du davon gehabt, wenn du mich niedergeschossen hättest? Zumal ich keinen Heller bei mir habe!«

Da bat er um Verzeihung. Ich ließ mich erweichen und ihn aufstehen, nachdem er mir hoch und heilig versprochen hatte, er wolle nicht nur Frieden halten, sondern auch mein treuer Freund und Diener sein. Ich hätte ihm weder geglaubt noch getraut, wenn ich gewusst hätte, was für gewissenlose Untaten er schon begangen hatte.

Als wir uns gegenüberstanden, gaben wir einander die Hand darauf, dass alles, was geschehen war, vergessen sein sollte, und jeder wunderte sich, dass er im anderen seinen Meister gefunden hatte. Denn mein Gegner meinte, auch ich trüge eine Schelmenhaut* und sei deshalb unverwundbar. Ich ließ ihn in dem Glauben, damit er, wenn er seine Waffe wieder in der Hand hielt, nicht noch einmal auf mich losging. Von meinem Schuss hatte er eine große Beule an der Stirn, und ich hatte viel Blut verloren. Doch vor allem taten uns die Hälse weh, an denen wir uns so gewürgt hatten, dass keiner mehr den Kopf aufrecht halten konnte.

Weil es auf den Abend zuging und mein Gegner mir erklärte, bis hinauf an die Kinzig würde ich weder Hund noch Katze und erst recht keinen Menschen antreffen, er hingegen könne mir unweit der Straße in einem abgelegenen Häuschen ein gutes Stück Fleisch anbieten und dazu einen ordentlichen Trunk, ließ ich mich überreden und ging mit ihm. Unterwegs beteuerte er unter vielen Seufzern immer wieder, wie leid es ihm tue, dass er mich beleidigt habe.

Das 15. Kapitel. Wie Olivier seine Räuberei auch noch rechtfertigen zu können glaubt.

Ein beherzter Soldat, der sich darauf einlässt, sein Leben aufs Spiel zu setzen und geringzuschätzen, ist schon ein dummes Vieh. Aber unter tausend solchen Kerlen fände man keinen, der sich von einem, der ihn eben noch ermorden wollte, an einen unbekannten Ort zum Essen einladen ließe.

Ich fragte ihn unterwegs, zu welcher Armee er gehöre. Er habe zurzeit keinen Herrn, sondern führe seinen Krieg auf eigene Faust, antwortete er und wollte dann wissen, zu welcher Armee ich denn gehörte. Ich sagte, ich sei bei den Weimarischen gewesen, hätte aber nun meinen Abschied genommen und wolle nach Haus. Wie ich denn hieße, wollte er wissen, und als ich antwortete »Simplicius«, da drehte er sich nach mir um – ich ließ ihn nämlich vor mir gehen, weil ich ihm nicht traute – und starrte mich an.

»Heißt du nicht auch Simplicissimus?«

»Ja«, antwortete ich, »ein Schelm, wer seinen Namen verleugnet. Und wie heißt du?«

»Ach, Bruder«, erwiderte er, »ich bin Olivier, der dir vor Magdeburg wohl noch in Erinnerung ist.« Dann warf er sein Gewehr beiseite, fiel auf die Knie und bat um Verzeihung dass er mich so bösartig getäuscht habe. Er könne sich nicht vorstellen, je einen besseren Freund in der Welt zu haben als mich, da ich ja nach der Prophezeiung des alten Herzbruders seinen Tod so tapfer rächen würde.

Ich konnte mich über unsere seltsame Begegnung nicht genug wundern. Er aber meinte, das sei nichts Besonderes: »Berg und Tal kommt nicht zusammen, wohl aber Menschen. Mich wundert es vor allem, dass wir beide uns so verwandelt haben – ich aus einem Armeesekretär in einen Strauchdieb und du aus einem Narren in einen tapferen Soldaten! Ich sage dir, Bruder – mit zehntausend unseresgleichen würde wir Breisach morgen von seinen Belagerern befreien und eines Tages gehörte uns die ganze Welt.«

Unter solchen Gesprächen gelangten wir, als es gerade Nacht geworden war, zu einem abgelegenen Tagelöhnerhäuschen. Obwohl mir seine Prahlerei nicht gefiel, pflichtete ich ihm doch bei, weil ich seine Falschheit kannte. Und obwohl ich ihm nicht im mindesten traute, folgte ich ihm doch in das Häuschen, wo gerade ein Bauer die Stube einheizte. Den fragte er: »Hast du was gekocht?«

»Nein«, sagte der Bauer, »aber da ist noch der gebratene Kalbsschlegel, den ich heute von Waldkirch mitgebracht habe.«

»Nun gut«, antwortete Olivier, »dann geh und hole, was du hast, und bring auch das Fässchen Wein mit.«

Als der Bauer gegangen war, sagte ich zu Olivier: »Bruder« – ich nannte ihn so, damit er mir gewogen blieb –, »du hast einen freundlichen Hauswirt!«

»Soll ihm dafür der Teufel danken!«, sagte er. »Schließlich ernähre ich den Kerl samt Frau und Kind, und er macht obendrein noch ein gutes Geschäft, denn ich überlasse ihm alle Kleider, die ich erbeute. Mit denen kann er machen, was er will.«

Wo denn der Bauer seine Frau und sein Kind habe, wollte ich wissen.

Die habe er nach Freiburg in Sicherheit gebracht, sagte Olivier. Zweimal in der Woche besuche der Bauer sie und bringe ihm von dort sowohl Lebensmittel als auch Pulver und Blei mit. Dann erzählte er mir, dass er diese Freibeuterei schon lange betreibe. Sie bringe mehr ein, als einem Herren zu dienen, und er wolle nicht damit aufhören, solange er seinen Beutel nicht ordentlich gefüllt habe.

Ich sagte: »Du lebst gefährlich, Bruder. Was glaubst du, was aus dir würde, wenn man dich bei dieser Räuberei schnappt?«

»Ha«, rief er, »wie ich höre, ist Simplicius noch immer der Alte! Ich weiß selbst: Wer kegeln will, muss aufsetzen! Aber wen die Obrigkeit nicht hat, den kann sie auch nicht hängen!«

Ich antwortete: »Angenommen, du wirst nicht ertappt, Bruder, was allerdings sehr fraglich ist, denn der Krug geht so lange zum Brunnen, bis er bricht. Trotzdem – ein Leben, wie du es führst, ist das schändlichste von der Welt, und ich kann nicht glauben, dass du in diesem Stande sterben willst.«

»Wie bitte?«, sagte er. »Das schändlichste? Mein tapferer Simplicius, ich sage dir, die Räuberei ist die edelste Tätigkeit, der man heutzutage auf dieser Welt nachgehen kann! Sage mir doch, wie viele Königreiche und Fürstentümer sind nicht zusammengeraubt und mit Gewalt errichtet worden? Und wo auf dieser Erde wird es einem König oder Fürsten übelgenommen, wenn er die Einkünfte aus seinen Ländern genießt, die doch meistens aus Gewalttaten herrühren, die dessen Vorfahren begangen haben? Welches Handwerk könnte denn noch edler oder adeliger sein als jenes, das ich jetzt betreibe? Ich seh dir an, du willst einwenden, es seien schon so viele wegen Mord, Raub und Diebstahl gerädert, gehängt und geköpft worden. Das weiß ich auch, denn so bestimmen es die Gesetze. Du wirst aber immer nur arme und einfache Leute als Diebe hängen sehen, und das ist auch vollkommen richtig so, weil sie so vermessen waren, dieses vornehme Handwerk zu ergreifen, das doch den Tapferen und

Hochgesinnten zusteht und vorbehalten ist. Denn wo hast du je erlebt, dass eine vornehme Person von Stand durch die Justiz gestraft worden wäre, weil sie ihrem Land zu hohe Lasten auferlegt hat? Mehr noch – es wird auch kein Wucherer bestraft, der seine herrliche Kunst heimlich treibt, nämlich unter dem Mantel der christlichen Liebe. Warum sollte da ich strafbar sein, der ich meine Kunst offen, auf gut altdeutsche Art ohne Bemäntelung und Gleisnerei betreibe? Mein lieber Simplicius, du hast den Machiavelli* noch nicht gelesen! Ich habe ein aufrichtiges Gemüt und führe dieses Leben frei, offen und ohne alle Scheu. Ich fechte und setze dabei mein Leben aufs Spiel wie die alten Helden und weiß auch: Taten, bei denen sich der, welcher sie vollbringt, in Gefahr begibt, sind zulässig. Weil ich nun also mein Leben in Gefahr bringe, folgt daraus unabweislich, dass es mir zusteht und erlaubt ist, diese Kunst zu üben.«

Hierauf antwortete ich: »Ob dir Rauben und Stehlen erlaubt sind oder nicht – es ist jedenfalls gegen das Gesetz der Natur, welches da lautet: Was du nicht willst, dass man dir tu, das füg auch keinem andern zu. Und es läuft auch den weltlichen Gesetzen zuwider, die bestimmen, dass Diebe gehängt, Räuber geköpft und Mörder aufs Rad geflochten werden sollen. Und schließlich, was die Hauptsache ist, widerspricht es auch dem Willen Gottes, der keine Sünde ungestraft lässt.«

»Ich sag's ja«, antwortete Olivier, »du bist noch immer der alte Simplicius, der seinen Machiavelli nicht studiert hat. Aber wenn ich auf meine Weise eine Monarchie errichten könnte, dann möchte ich mal sehen, wer dagegen Einspruch erheben würde!«

Wir hätten wohl noch lange weiterdisputiert. Weil aber der Bauer mit dem Essen und Trinken kam, setzten wir uns an den Tisch und stillten unseren Hunger. Für meinen Magen war es höchste Zeit.

Das 16. Kapitel. Wie Olivier Herzbruders Weissagung in seinem Sinne auslegt und deshalb seinen schlimmsten Feind liebt.

Unsere Mahlzeit bestand aus Weißbrot und einem kalten, gebratenen Kalbsschlegel, dazu ein guter Schluck Wein und eine warme Stube.

»Nicht wahr, Simplicius«, sagte Olivier, »hier ist es besser als vor Breisach in den Laufgräben?«

Ich sagte: »Ja, schon – wenn man dieses Leben nur in Sicherheit und Ehren genießen könnte.«

Darüber lachte er etwas zu laut und sagte: »Sind denn die armen Teufel in den Laufgräben sicherer als wir, wo sie doch jeden Augenblick mit einem Ausfall der Belagerten rechnen müssen? Mein lieber Simplicius, die Narrenkappe hast du zwar abgelegt, wie ich sehe, aber den närrischen Kopf, der nicht begreifen kann, was gut und schlecht ist, hast du behalten, und wenn du nicht der Simplicius wärst, der nach der Prophezeiung des alten Herzbruders meinen Tod rächen soll, würde ich dir schon klarmachen, dass ich hier besser lebe als ein Freiherr.«

Ich dachte: Was soll denn das nun wieder heißen? Du musst anders mit ihm reden als bisher, sonst bringt dich dieser Unmensch doch noch um, zumal ihm jetzt auch noch der Bauer helfen könnte. Also sagte ich: »Wo hat man denn je gehört, dass der Lehrling mehr vom Handwerk versteht als der Lehrmeister? Bruder, wenn du so ein glückliches Leben hast, wie du behauptest, dann lass mich daran teilhaben. Ein bisschen Glück kann ich gut brauchen.«

»Bruder«, antwortete Olivier, »ich sage dir, ich liebe dich wie mich selbst. Und das Leid, das ich dir heute angetan habe, schmerzt mich mehr als die Kugel, mit der du mich an der Stirn getroffen und dich wie ein tapferer, aufrechter Mann gewehrt hast. Wie könnte ich dir da etwas versagen? Bleib bei mir, wenn du möchtest. Ich will für dich sorgen wie für mich selbst. Hast du aber keine Lust, bei mir zu leben, gebe ich dir einen ordentlichen Batzen Geld und gehe mit dir, wohin du willst. Und damit du siehst, dass ich es ernst meine, will ich dir auch sagen, warum ich so große Stücke auf dich halte.

Du wirst dich erinnern, wie der alte Herzbruder mit seinen Prophezeiungen immer richtig lag. Vor Magdeburg hat er mir aber auch dies geweissagt, was ich seither nie vergessen habe: ›Olivier, du magst über unseren Narren denken, wie du willst, er wird dich mit seiner Tapferkeit noch erschrecken und dir, weil du ihn provozierst, den größten Streich spielen, der dir dein Lebtag vorgekommen ist, und zwar bei einer Gelegenheit, wo ihr einander nicht erkennt. Da wird er dir dann nicht bloß dein Leben schenken, das in seinen Händen lag, sondern etwas später auch dahin kommen, wo du erschlagen wirst, und wird dort glücklich deinen Tod rächen.‹ Liebster Simplicius, wegen dieser Weissagung bin ich bereit, das Herz, das mir im Leib schlägt, mit dir zu teilen. Denn zum Teil hat sie sich ja schon erfüllt, als ich dich dazu brachte, mir eine Kugel vor den Kopf zu schießen und mein Schwert zu nehmen, was nun wirklich noch keiner geschafft hat, und als du mir das Leben gelassen hast, während ich unter dir lag und fast am Blut erstickt wäre. Deshalb bezweifle ich nicht, dass das Übrige von meinem Tod fehlschlagen könnte. Aus dieser Rache, liebster Bruder, muss ich aber schließen, dass du mein getreuer Freund bist, denn wärst du es nicht, würdest du sie nicht auf dich nehmen. So, jetzt habe ich dir mein Herz ganz geöffnet. Nun sag auch du mir, was du zu tun gedenkst.«

Ich dachte: Soll der Teufel dir trauen, ich tu's nicht! Nehm ich Geld von dir mit auf die Reise, wirst du mich vielleicht doch noch niedermachen. Bleib ich aber bei dir, muss ich fürchten, mit dir gevierteilt zu werden. Deshalb beschloss ich, ihn an der Nase herumzuführen und so lange zu bleiben, bis ich eine Gelegenheit fände, zu verschwinden, und antwortete, wenn es ihm recht sei, würde ich ungefähr eine Woche bleiben, um zu sehen, ob ich mich an seine Lebensart gewöhnen könnte. Wenn es mir gefalle, werde er einen treuen Freund und guten Soldaten an mir haben, wenn nicht, könnten wir uns jederzeit im Guten trennen. Darauf wollte er nun immer wieder mit mir anstoßen. Ich traute ihm aber nicht und tat, als wäre ich voll, bevor ich es war, um zu sehen, ob er sich über mich hermachen würde, wenn ich mich nicht mehr wehren konnte.

Nun plagten mich aber die Müllerflöhe gewaltig, die ich in großer Zahl aus Breisach mitgebracht hatte. In der Wärme mochten sie sich nicht länger in meinen Lumpen verstecken, sondern kamen herausspaziert und wollten auch ihren Spaß haben. Olivier bemerkte es und fragte, ob ich etwa Läuse hätte. »Ja, freilich«, sagte ich, »mehr, als ich in diesem Leben je Dukaten haben werde.«

»Sag das nicht«, entgegnete er, »wenn du bei mir bleibst, kannst du sehr wohl mehr Dukaten bekommen, als du jetzt Läuse hast.«

Ich antwortete: »Das ist genauso unmöglich, wie dass ich meine Läuse jetzt loswerde.«

»Oh, nein«, sagte er, »beides ist möglich« – und befahl dem Bauern, mir ein Gewand zu holen, das in der Nähe des Hauses in einem hohlen Baum lag. Es bestand aus einem grauen Hut und einem Wams aus Elchleder, dazu eine scharlachrote Hose und ein grauer Rock. Strümpfe und Schuhe wollte er mir am nächsten Morgen geben. Nach dieser Wohltat traute ich ihm schon etwas mehr als vorher und legte mich fröhlich schlafen.

Das 17. Kapitel. Wenn Simplicius rauben geht, sind seine Gedanken frommer als die von Olivier in der Kirche.

Am Morgen sagte Olivier: »Steh auf, Simplicius, wir wollen in Gottes Namen hinaus und sehen, was es für uns zu holen gibt.« Ach du lieber Gott, dachte ich, soll ich jetzt in deinem hochheiligen Namen einen Raubzug machen? Dabei habe ich früher, nach der Zeit bei meinem Einsiedel, nicht einmal ohne Verwunderung mit anhören können, wenn einer zum anderen sagte: Komm Bruder, wir wollen in Gottes Namen ein Maß Wein miteinander saufen! Denn ich hielt es für eine doppelte Sünde, sich vollzusaufen und dann auch noch in deinem Namen. O himmlischer Vater, wie habe ich mich verändert! O getreuer Gott, was soll aus mir werden, wenn ich nicht umkehre? Ach, lass nicht zu, dass ich geradewegs der Hölle zueile, weil ich keine Buße tu!

Mit solchen Worten und Gedanken folgte ich Olivier in ein Dorf, in dem es kein lebendiges Wesen mehr gab. Wir stiegen auf den Kirchturm, um Ausschau zu halten. Dort oben hatte er die Strümpfe und Schuhe versteckt, die er mir am Abend zuvor versprochen hatte, außerdem auch zwei Brote, einige Stücke gekochtes Dörrfleisch und ein halbvolles Fässchen Wein, ein Vorrat, der ihm allein für gut acht Tage gereicht hätte. Während ich meine Geschenke anzog, erklärte er mir, hier lege er sich auf die Lauer, wenn er gute Beute machen wolle. Deshalb habe er die Vorräte hier gehortet, habe für alle Fälle aber auch noch an ein paar anderen Plätzen Proviant liegen. Ich musste zwar seine Umsicht loben, gab ihm aber auch zu verstehen, wie sehr es mir missfalle, einen so heiligen, Gott geweihten Ort in dieser Weise zu beflecken.

»Was heißt hier beflecken?!«, rief er. »Wenn die Kirchen reden könnten, würden sie zugeben, dass das, was ich in ihnen treibe, verglichen mit den Lastern, denen sich andere hier schon hingegeben haben, kaum der Rede wert ist. Was glaubst du wohl, wie viel Männer und Frauen diese Kirche seit ihrer Erbauung unter dem Vorwand, Gott zu dienen, betreten haben, während sie in Wirklichkeit nur ihre neuen Kleider, ihre gute Figur, ihre Großartigkeit oder sonst was sehen lassen wollten? Da kommt einer wie ein Pfau zur Kirche und tut vor dem Altar doch so, als wolle er den Heiligen die Füße abbeten. Da steht einer in der Ecke und seufzt wie der Zöllner im Tempel, aber diese Seufzer gelten nur seiner Liebsten, an deren Zügen er seine Augen weidet und um derentwillen er überhaupt nur erschienen ist. Ein anderer kommt mit einem Bündel Papiere vor oder, wenn es sich machen lässt, sogar in die Kirche wie einer, der die Brandsteuer* einsammelt, und will dort nicht so sehr beten als vielmehr seine Schuldner mahnen. Wüsste er nicht, dass seine Debitoren in die Kirche kommen müssen, wäre er hübsch zu Hause über seinen Rechnungsbüchern sitzen geblieben. Hat eine Obrigkeit der Gemeinde eines Dorfes etwas mitzuteilen, kommt es bisweilen vor, dass der Bote dies am Sonntag bei der Kirche erledigt, so dass sich inzwischen mancher Bauer vor der Kirche mehr fürchtet als ein armer Sünder vor dem Gerichtshaus. Glaubst du nicht, dass in der Kirche viele begraben sind, die eher das Schwert, den Galgen, den Scheiterhaufen und das Rad verdient hätten? So mancher käme mit seiner Liebschaft nicht besonders weit, böte die Kirche ihm nicht eine günstige Gelegenheit. Ist etwas zu verkaufen oder zu verleihen, dient mancherorts die Kirchentür als Anschlagbrett. Mancher Wucherer, der unter der Woche nicht dazu kommt, über seine Machenschaften nachzudenken, sitzt während des Gottesdienstes in der Kirche und überlegt sich neue Schliche, wie er den Leuten das Geld abpressen kann. Andere sitzen während der Messe und der Predigt herum und palavern, als wäre die Kirche zu nichts anderem da. Und dabei geht es oft um Dinge, über die man in Privathäusern gar nicht zu reden wagte. Manche sitzen und schlafen, als ob sie den Platz gemietet hätten. Einige tun nichts, als über

Leute zu tratschen und zu sagen: Ach, wie hat doch der Pfarrer in seiner Predigt diesen oder jenen gut getroffen! Andere hören genau zu, was der Pfarrer sagt, aber nicht, um sich daran zu erbauen und zu bessern, sondern um ihn zu tadeln und über ihn herzuziehen, wenn er ihrer Meinung nach auch nur den kleinsten Fehler macht.

Ich habe Geschichten gelesen, wie Liebschaften in der Kirche nicht nur ihren Anfang nahmen, sondern auch an ihr Ziel gelangten, aber davon will ich nicht reden. Mir fällt ohnehin nicht alles ein, was ich über dieses Thema sagen könnte. Aber dies will ich noch hinzufügen: Die Menschen besudeln die Kirchen nicht nur in ihrem Leben mit Lastern, sondern erfüllen sie auch noch nach ihrem Tod mit Eitelkeit und Torheiten. Kaum hast du eine Kirche betreten, da siehst du an den Grabsteinen und Gedenktafeln, wie jene, die doch längst von den Würmern gefressen sind, noch immer protzen. Und blickst du nach oben, so fallen dir mehr Schilde, Helme, Waffen, Degen, Fahnen, Stiefel, Sporen und dergleichen ins Auge, als in mancher Rüstkammer zu finden sind. Deshalb ist es auch kein Wunder, dass sich die Bauern in diesem Krieg mancherorts in den Kirchen wie in Festungen verschanzt haben. Warum sollte da nicht auch mir, der ich Soldat bin, erlaubt sein, meinem Handwerk in der Kirche nachzugehen, wo doch einst sogar zwei geistliche Väter, bloß weil sie in der Frage der Sitzordnung uneins waren, in einer Kirche ein solches Blutbad* angerichtet haben, dass sie eher einem Metzgerschlachthaus glich als einem heiligen Ort. Ich bin ja nur von weltlichem Stand und würde mich dennoch von einem solchen geweihten Ort selbstverständlich fernhalten, wenn man hier noch zusammenkäme, um den Gottesdienst zu feiern; jene beiden hingegen waren Geistliche und zeigten selbst vor der hohen Majestät des Römischen Kaisers keinen Respekt.

Warum also sollte es mir verboten sein, mein Auskommen bei der Kirche zu suchen, wenn sich doch sonst so viele in ihr und von ihr ernähren? Ist es etwa gerecht, dass sich mancher Reiche für viel Geld in der Kirche begraben lässt, um seinen Stolz und den seiner Familie zu demonstrieren, während der Arme, der nichts geben kann – aber genauso ein Christ wie jener andere war und obendrein vielleicht ein viel frommerer Mensch als er –, draußen in irgendeinem Winkel verscharrt werden muss? Alles kommt nur darauf an, wie man die Sache sieht. Hätte ich gewusst, dass du Bedenken hast, eine Kirche als Ausguck zu gebrauchen, hätte ich mir eine andere Antwort für dich zurechtgelegt. Aber begnüge dich für jetzt mit dem, was ich gesagt habe – bis ich dann wieder anders mit dir rede.«*

Ich hätte Olivier gern geantwortet, alle diese Leute, die die Kirchen nicht in Ehren halten, seien genauso verworfen wie er und würden eines Tages den gerechten Lohn dafür bekommen. Weil ich ihm aber ohnehin nicht traute und nicht noch einmal mit ihm in Streit geraten wollte, ließ ich ihn recht behalten. Nun bat er, ich möge ihm erzählen, wie es mir ergangen sei, seit wir uns bei Wittstock aus den Augen verloren hatten, und warum ich Narrenkleider getragen hätte, als ich in das Lager vor Magdeburg kam. Aber mir tat noch immer der Hals so weh, dass ich mich entschuldigte und ihn bat, mir erst von seinem Lebensweg zu berichten, in dem es doch vielleicht allerlei interessante Episoden gebe. Er war einverstanden und fing an, sein ruchloses Leben zu erzählen.

Das 18. Kapitel. Olivier erzählt, woher er kommt und wie er seine Jugend, vor allem aber seine Schulzeit verbrachte.

»Mein Vater«, sagte Olivier, »kam in der Nähe von Aachen als Kind einfacher Leut zur Welt und trat mit jungen Jahren in die Dienste eines reichen Kaufmanns, der sein Geld im

Kupferhandel verdiente. Er machte seine Sache so gut, dass der Kaufmann ihn Schreiben, Lesen und Rechnen lernen ließ und ihm mit der Zeit die Leitung all seiner Geschäfte übertrug – wie einst Potiphar dem Joseph.* Davon hatten beide etwas, denn der Kaufmann wurde durch den Fleiß und die Umsicht meines Vaters immer reicher, mein Vater aber, weil es ihm so gutging, wurde immer stolzer, bis er sich der eigenen Eltern schämte und sie zu verachten begann, worüber sie sich oft vergeblich beklagten.

Mein Vater war fünfundzwanzig, als der Kaufmann starb und seine alte Frau und sein einziges Kind hinterließ, eine Tochter, die kurz zuvor einen Fehltritt begangen und sich von einem Ladenschwengel ein Kind hatte anhängen lassen, das seinem Großvater allerdings bald ins Grab folgte. Als nun mein Vater sah, dass diese Tochter vater- und kinderlos, aber keineswegs geldlos war, störte er sich nicht daran, dass ihr der Jungfernkranz abhandengekommen war, sondern erwog ihren Reichtum und machte sich an sie heran – was die Mutter gern zuließ, nicht nur, damit ihre Tochter wieder zu Ehren kam, sondern auch, weil mein Vater sich im Geschäft am besten auskannte und wusste, wie man mit Geld umgeht. Durch diese Heirat wurde mein Vater mit einem Schlag ein reicher Kaufmann und ich sein erster Erbe, den er dank seines Reichtums zärtlich aufziehen ließ. Ich trug Kleider wie ein Edelmann, speiste wie ein Freiherr und wurde bedient wie ein Graf, und das alles verdankte ich mehr dem Kupfer und dem Galmei* als dem Silber und dem Gold.

Ich hatte das siebte Lebensjahr noch nicht vollendet, da zeigte sich schon, was aus mir werden würde, denn was zur Nessel werden soll, brennt beizeiten. Keine Missetat war mir zu viel, und wo ich jemandem einen Streich spielen konnte, da tat ich es, denn weder mein Vater noch meine Mutter bestraften mich deswegen. Ich trieb mich mit anderen bösen Buben auf der Straße herum und getraute mich schon, es mit Knaben aufzunehmen, die stärker waren als ich. Bekam ich dann Prügel, sagten meine Eltern: Was schlägt sich so ein großer Flegel mit einem Kind? Behielt ich aber die Oberhand – indem ich kratzte, biss und mit Steinen warf –, so hieß es: Ah, unser lieber, kleiner Olivier – das wird mal ein tapferer Kerl! Davon wuchs mir der Mut. Zum Beten war ich noch zu klein, aber wenn ich fluchte wie ein Fuhrmann, hieß es: Er weiß nicht, was er sagt.

So trieb ich es immer schlimmer und kam schließlich in die Schule. Was dort andere böse Buben an Übeltaten ausheckten, aber nicht auszuführen wagten, das setzte ich ins Werk. Und wenn ich meine Bücher bekleckste oder zerriss, besorgte mir meine Mutter neue, damit sich mein geiziger Vater nicht darüber aufregte. Meinem Schulmeister spielte ich übel mit, denn allzu streng durfte er mit mir nicht sein, weil er von meinen Eltern viele Geschenke bekam und die unzuträgliche Affenliebe, die sie für mich hegten, kannte. Im Sommer fing ich Grillen und setzte sie heimlich in der Schule aus, wo sie uns einen lieblichen Gesang aufführten. Im Winter stahl ich Nieswurz und verstäubte ihn in der Ecke, wo die Knaben gezüchtigt wurden. Wenn sich dann ein Halsstarriger wehrte, wirbelte mein Pulver hoch und machte mir viel Vergnügen, weil alle niesen mussten. Doch mit der Zeit fühlte ich mich über solche einfältigen Scherze erhaben und ging mit mehr Raffinement zu Werke. Nun stahl ich oft dem einen etwas und steckte es einem anderen, dem ich eine kräftige Abreibung wünschte, in die Tasche. Ich stellte mich dabei so geschickt an, dass ich fast nie ertappt wurde. Von den Kriegen, die wir unter uns führten und bei denen ich meistens der Obrist war, und von den Schlägen, die ich dabei bezog – mein Gesicht war fast immer zerkratzt und der Kopf voller Beulen –, will ich gar nicht reden. Jeder weiß, was Jungen alles anstellen. Aber an dem, was ich erzählt habe, siehst du, wie es bei mir schon losging, als ich noch klein war.«

Das 19. Kapitel. Wie er in Lüttich studiert und sich aufgeführt hat.

»Weil der Reichtum meines Vaters von Tag zu Tag größer wurde, tauchten auch immer mehr Schmarotzer und Schmeichler bei ihm auf, die meine Klugheit lobten und meinten, ich müsse unbedingt studieren, während sie über meine Unarten kein Wort verloren oder sie wenigstens zu entschuldigen wussten, denn sie spürten, dass sie sonst weder bei meiner Mutter noch bei meinem Vater weit gekommen wären. So hatten meine Eltern an ihrem Sohn mehr Freude als eine Grasmücke an dem Kuckuck, den sie aufzieht. Sie stellten einen Hauslehrer ein und schickten mich mit ihm nach Lüttich, weniger um zu studieren, als um Französisch zu lernen. Sie wollten ja keinen Theologen aus mir machen, sondern einen Handelsmann. Den Lehrer wiesen sie an, nicht allzu streng mit mir zu sein, damit ich keinen ängstlichen, unterwürfigen Charakter davon bekäme. Er solle mich auch getrost unter die Leute lassen, damit ich nicht menschenscheu würde, und sich stets vor Augen halten, dass sie keinen Mönch, sondern einen Mann von Welt aus mir machen wollten, der wissen müsse, was Schwarz und was Weiß sei.

Solcher Direktiven bedurfte es bei meinem Lehrer nicht. Er war ja selbst zu allen Schandtaten bereit. Wie hätte er sie mir verbieten oder mich wegen geringer Verfehlungen ernstlich tadeln können, wenn er selbst viel schwerere beging? An Frauen und Saufen war ihm besonders gelegen, mir dagegen von Natur aus mehr an Raufen und Schlagen, und so lief ich bald mit ihm und seinesgleichen nachts in den Straßen herum und lernte in kurzer Zeit mehr Unarten als Latein von ihm. Was das Studium anging, verließ ich mich auf mein gutes Gedächtnis und meinen scharfen Verstand, kümmerte mich sonst wenig darum und versenkte mich dafür umso tiefer in Laster, Aberwitz und Eskapaden. Mein Gewissen war schon so ausgeweitet, dass ein großer Heuwagen hindurchgepasst hätte. Bedenkenlos las ich in der Kirche und sogar während der Predigt in den Werken Bernis, Burchiellos oder Aretinos* und hörte im ganzen Gottesdienst nichts lieber, als wenn es endlich hieß: *Ite missa est.** Im Übrigen markierte ich den feinen Pinkel, kleidete mich nach der neuesten Mode und machte mir jeden Tag zum Festtag. Weil ich mich aufführte wie ein gemachter Mann und nicht nur das Geld, das mir mein Vater zu meinem Unterhalt reichlich schickte, sondern auch das gleichfalls nicht knapp bemessene Milchgeld meiner Mutter munter springen ließ, lockten uns auch die Frauen zu sich, vor allem meinen Lehrer. Bei diesen Schlampen lernte ich schöntun, schmusen und spielen. Streiten, raufen und schlagen konnte ich schon, und vom Fressen und Saufen hielt mich mein Lehrer auch nicht ab, weil er selbst viel zu gern mittat.

Dieses herrliche Leben führten wir anderthalb Jahre, bis mein Vater durch seinen Lütticher Kontoristen davon erfuhr, bei dem wir anfangs auch gegessen hatten. Dem wurde nun befohlen, ein Auge auf uns zu haben, meinen Lehrer zu entlassen und mir die Zügel nicht mehr so lang zu lassen, sondern genau darauf zu achten, wie ich mit dem Geld umging. Das ärgerte mich und meinen Lehrer sehr, aber wir steckten trotz seiner Entlassung weiter Tag und Nacht zusammen. Weil wir aber nicht mehr mit Geld um uns werfen konnten wie bisher, schlossen wir uns einer Bande an, die den Leuten auf der Straße nachts die Mäntel stahl oder sie gar in der Maas ertränkte. Was wir auf diese Weise unter größter Gefahr errafften, verprassten wir mit unseren Huren, und um das Studium kümmerten wir uns so gut wie gar nicht mehr.

Eines Nachts jedoch, als wir uns wie gewohnt herumtrieben, um den Studenten ihre Mäntel zu entwenden, zogen wir den Kürzeren und wurden überwältigt, mein Lehrer erstochen und ich mit fünf anderen, die richtige Diebe waren, festgenommen und eingesperrt. Beim Verhör am nächsten Tag erwähnte ich den Kontoristen meines Vaters, der in der

Stadt ein angesehener Mann war. Man ließ ihn kommen, befragte ihn nach mir, und da er für mich bürgte, kam ich frei oder sollte vielmehr bis auf weiteres bei ihm zu Hause in Arrest bleiben. Inzwischen wurde mein Lehrer begraben, jene fünf als Diebe, Räuber und Mörder bestraft, mein Vater aber benachrichtigt, wie es mit mir stand. Da kam er schleunigst selbst nach Lüttich, regelte meine Angelegenheit mit Geld und hielt mir eine strenge Predigt – wegen der Sorgen und dem Unglück, das ich ihm machte, und der Verzweiflung, in die meine Mutter wegen meiner Schandtaten geraten sei –, drohte auch, er wolle mich enterben und zum Teufel jagen, wenn ich mich nicht besserte. Ich versprach Besserung und ritt mit ihm nach Hause, und damit endete denn auch mein Studium.«

Das 20. Kapitel. Heimkehr und erneuter Abschied des ehrbaren Studiosus und wie er sich im Krieg um Beförderung bemühte.

»Als mich mein Vater nach Hause brachte, stellte er fest, dass ich durch und durch verdorben sei. Ich sei kein ehrbarer Herr geworden, wie er gehofft hatte, sondern ein zänkischer Wüterich und Rechthaber, der sich Wunders was auf seine Kenntnisse einbildete. Ich hatte mich kaum ein wenig aufgewärmt, da sagte er: ›Hör zu, Olivier! Ich sehe, wie deine Eselsohren immer länger werden. Du bist eine unnütze Last der Erde, ein Bösewicht, der zu nichts taugt. Um ein Handwerk zu lernen, bist du zu alt. Um einem Herrn zu dienen, bist du zu frech. Und um ein Gewerbe zu begreifen und zu treiben, taugst du auch nicht. Was habe ich bloß angerichtet mit all dem Geld, das ich für dich ausgab! Ich hatte gehofft, meine Freude an dir zu haben und aus dir einen ehrbaren

Mann zu machen. Stattdessen musste ich dich nun aus den Händen des Henkers freikaufen. Pfui, was für eine Schande! Das Beste wäre, ich würde dich in meine Galmeimühle stecken und das Elend so lange mit Essig auswaschen lassen, bis dir ein besseres Glück beschieden sein wird, wenn du für deine Übeltaten gebüßt hast.‹

Jeden Tag musste ich mir solche Vorträge anhören, bis auch ich schließlich die Geduld verlor und meinem Vater sagte, nicht ich wäre an alledem schuld, sondern er selbst und mein Lehrer, der mich verführt habe. Dass er keine Freude an mir habe, sei nur recht und billig, da sich ja auch seine Eltern über ihn nicht freuen könnten, weil er sie wie Bettler verhungern lasse. Er griff nach einem Prügel, um mich dafür zu belohnen, dass ich ihm die Wahrheit gesagt hatte, wobei er hoch und heilig schwor, er wolle mich nach Amsterdam ins Arbeitshaus* schaffen. Da lief ich weg, begab mich noch in derselben Nacht zu einem Meierhof*, den er vor kurzem gekauft hatte, wartete einen günstigen Augenblick ab und ritt wenig später auf dem besten Hengst, den sein Pächter im Stall stehen hatte, der Stadt Köln entgegen.

Den Hengst verkaufte ich und geriet abermals in eine Gesellschaft von Spitzbuben und Dieben, wie ich in Lüttich eine verlassen hatte. Sie erkannten mich gleich an meiner Art, Karten zu spielen, und ich sie umgekehrt auch, denn wir bedienten uns der gleichen Kniffe. Ich schloss mich ihrer Zunft an und half ihnen bei nächtlichen Einbrüchen, wo ich konnte. Doch als wenig später einer von uns gefasst wurde, nachdem er einer vornehmen Dame auf dem Alten Markt ihren schweren Beutel hatte wegreißen wollen, und ich mit ansehen musste, wie er einen halben Tag lang mit einem Eisenkragen um den Hals am Pranger stand, bevor ihm ein Ohr abgeschnitten und er mit Ruten geprügelt wurde, da verging mir die Lust an diesem Handwerk.

Ich ließ mich als Soldat anwerben, denn unser Obrist, bei dem wir beide vor Magdeburg gewesen sind, suchte damals gerade Leute zur Verstärkung seines Regiments. Inzwischen hatte auch mein Vater erfahren, wohin ich gegangen war, und schrieb seinem Kontoristen in Köln, er solle Erkundigungen über mich einholen. Dies geschah, als ich mein Handgeld gerade bekommen hatte. Der Kontorist berichtete meinem Vater davon und erhielt Anweisung, mich aus der Armee freizukaufen, koste es, was es wolle. Als ich das hörte, packte mich wieder die Angst vor dem Arbeitshaus, und ich wollte ausnahmsweise einmal nicht befreit werden. Bei diesem Hin und Her erfuhr nun wiederum der Obrist, dass ich der Sohn eines reichen Kaufmanns sei, und schraubte seine Forderung so hoch, dass mein Vater es vorzog, mich dort zu lassen, wo ich war, und sich sagte, es werde mir guttun, wenn er mich im Krieg ein Weilchen zappeln ließ.

Nachher dauerte es nicht lange, bis der Schreiber meines Obristen starb und ich, wie du ja weißt, sein Nachfolger wurde. Damals begann ich große Pläne zu schmieden und zu hoffen, ich könnte Stufe um Stufe aufsteigen und schließlich gar General werden. Unser Sekretär gab mir Ratschläge, wie ich mich dabei am besten anstellen sollte. So kam es, dass ich mich, weil ich ein Großer werden wollte, von nun an ehrbar und respektabel aufführte und nicht mehr mit Lumpereien abgab. Trotzdem wollte es nicht vorangehen, bis zu dem Moment, als unser Sekretär starb. Da sagte ich mir, du musst zusehen, dass du seine Stelle bekommst. Ich zeigte mich spendabel, wo ich nur konnte, denn als meine Mutter erfuhr, dass ich auf dem Weg der Besserung sei, schickte sie mir wieder Geld.

Doch der junge Herzbruder stand sich zu gut mit meinem Obristen und wurde mir immer vorgezogen. Deshalb wollte ich ihn aus dem Weg räumen, vor allem als ich hörte, der Obrist sei fest entschlossen, ihm die Sekretärsstelle zu geben. Ich sah, dass es mit meiner heißerstrebten Beförderung noch immer nicht voranging, und wurde darüber so ungeduldig, dass ich mich von unserem Profoss stahlhart und unverwundbar machen ließ und den Herzbruder zum Duell herausfordern und mit der Klinge töten wollte. Es gelang mir jedoch nicht, an ihn heranzukommen, und auch der Profoss riet mir von meinem Plan ab. ›Wenn du ihn so erledigst, wird es dir mehr schaden als nutzen, denn dann hättest du nur den liebsten Diener des Obristen ermordet.‹ Stattdessen, riet er mir, solle ich in Herzbruders Anwesenheit etwas stehlen und ihm, dem Profoss, zukommen lassen. Er werde nachher schon dafür sorgen, dass Herzbruder die Gunst des Obristen verlöre. Ich folgte seinem Rat, nahm bei der Tauffeier des Obristen dessen vergoldeten Becher und brachte ihn dem Profoss, der damit den jungen Herzbruder dann auch wirklich aus dem Weg räumte. Du wirst ja nicht vergessen haben, wie er dir im großen Zelt des Obristen lauter junge Hündchen unter die Kleider zauberte.«

Das 21. Kapitel. Wie Simplicius Herzbruders Prophezeiung an Olivier erfüllte, als keiner den anderen erkannte.

Mir wurde grün und gelb vor Augen, als ich aus Oliviers eigenem Mund hören musste, was er meinem liebsten Freund angetan hatte, und doch keine Rache nehmen durfte. Mehr noch: ich durfte mir nicht das Geringste anmerken lassen und bat ihn deshalb, mir nun noch zu erzählen, wie es ihm nach der Schlacht bei Wittstock ergangen sei.

»In diese Schlacht«, sagte Olivier, »ging ich nicht wie ein Schreiberling, der an seinem Tintenfass klebt, sondern wie ein richtiger Soldat. Ich hatte ein gutes Pferd und war so unverwundbar wie Eisen und außerdem nicht in eine Schwadron eingebunden, konnte deshalb meine Tapferkeit sehen lassen und mich als ein Kerl erweisen, der durch seinen Degen hochzukommen oder zu sterben gedenkt. Wie ein

Wirbelsturm umkreiste ich unsere Brigade und mischte mich ein, wo ich konnte. Die Unseren sollten sehen, dass ich mit der Waffe mehr taugte als mit der Feder. Aber es half nichts, das Glück war bei den Schweden, und das Unglück der Unseren war auch mir beschieden. Ich musste sogar um Pardon bitten, nachdem ich es vorher keinem hatte geben wollen.

So kam ich wie andere Gefangene in ein Regiment Fußsoldaten, das zur Erholung nach Pommern verlegt wurde. Weil auch viele neugeworbene Burschen darunter waren, ich aber großen Einsatz zeigte, wurde ich gleich zum Korporal gemacht. Aber lange bleiben wollte ich dort nicht, sondern möglichst bald wieder zu den Kaiserlichen, denen ich mich eher zugehörig fühlte, obwohl ich bei den Schweden ohne Zweifel eher befördert worden wäre.

Abgesetzt habe ich mich dann so: Ich war mit sieben Musketieren in einen entlegenen Teil unseres Gebietes geschickt worden, wo wir fällige Kontributionen eintreiben sollten. Als ich über achthundert Gulden beisammenhatte, zeigte ich meinen Leuten das Geld und weckte damit ihre Gier. Wir vereinbarten, es unter uns zu teilen und damit zu verschwinden. Nachher überredete ich drei von ihnen, mir zu helfen, die anderen vier totzuschießen, und nachdem das erledigt war, teilten wir wieder, so dass nun jeder von uns zweihundert Gulden hatte. Damit marschierten wir nach Westfalen. Unterwegs überredete ich einen der drei, dass er mir half, die beiden anderen ebenfalls umzubringen, und als es dann noch einmal ans Teilen ging, erwürgte ich auch diesen letzten und kam glücklich nach Werl, wo ich mich anwerben ließ und mir mit meinem vielen Geld ein gutes Leben machte.

Doch es ging zur Neige, während ich gern weitergefeiert hätte. Damals hörte ich viel über einen jungen Soldaten in Soest sprechen, der sich aufs Beutemachen gut verstand und damit berühmt geworden war. Das reizte mich, es ihm nachzutun. Wegen seiner grünen Kleidung nannte man ihn den Jäger. Also ließ ich mir auch ein solches Kleid machen und stahl unter seinem Namen in seinem und unserem eigenen Gebiet, wobei ich so viele Untaten beging, dass uns beiden das Parteigehen untersagt werden sollte. Er blieb dann auch tatsächlich zu Hause, während ich in seinem Namen weiterstahl, soviel ich bekommen konnte, bis er mich deshalb zum Duell herausfordern ließ. Aber ich sagte mir: Soll der Teufel mit ihm fechten! Mit dem stand er nämlich, wie ich hörte, auf gutem Fuß. Da wäre ich mit meiner Unverwundbarkeit nicht weit gekommen.

Seiner List entging ich trotzdem nicht, denn mit Hilfe eines Knechts lockte er mich mit meinem Kameraden auf einen Schafhof und wollte mich zwingen, dort bei Mondschein und in Gegenwart zweier leibhaftiger Teufel, die er als Sekundanten bei sich hatte, mit ihm zu kämpfen. Als ich mich weigerte, zwangen sie mich, das Verächtlichste zu tun, was es auf der Welt gibt – und mein eigener Kamerad erzählte es auch noch weiter. Ich schämte mich so, dass ich dort nicht bleiben wollte, sondern nach Lippstadt ging und bei den Hessen diente. Aber auch da blieb ich nicht lange, weil man mir nicht traute, sondern zog weiter und begab mich in holländische Dienste, wo ich zwar besser bezahlt wurde, aber einen Krieg fand, der für meinen Geschmack viel zu langweilig war, denn wir wurden gehalten wie die Mönche und sollten leben wie die Nonnen.

Weil ich mich nun weder bei den Kaiserlichen noch bei den Schweden oder den Hessen mehr blicken lassen konnte, ohne mich mutwillig in Gefahr zu bringen, da ich ja bei allen dreien desertiert war, aber auch bei den Holländern nicht länger bleiben durfte, nachdem ich ein Mädchen mit Gewalt entehrt hatte, wovon das Ergebnis sich allem Anschein nach bald zeigen würde, wollte ich bei den Spaniern unterschlüpfen.* Von denen, so hoffte ich, könnte ich dann nach Hause zurückkehren und sehen, wie es meinen Eltern ging. Doch dieses Vorhaben ging gründlich schief, denn ich geriet unversehens unter die Bayerischen, mit denen ich im Tross der Merode-Brüder dann von Westfalen bis in den Breisgau marschierte. Unterwegs ernährte ich mich mit Spielen und Stehlen. Wenn ich etwas hatte, lag ich damit tagsüber auf dem Spielplatz und nachts bei den Marketendern. Und wenn ich nichts hatte, stahl ich, was ich kriegen konnte – oft zwei oder drei Pferde an einem Tag, mal von der Weide, mal aus den Quartieren, verspielte gleich wieder, was ich für sie bekam, schlich dann nachts zu den Leuten in die Zelte und stahl ihnen ihre besten Sachen unter den Köpfen weg. Unterwegs lauerte ich an den Stellen, wo es eng wurde, auf die Rucksäcke, die die Frauen mit sich schleppten, und schnitt sie ihnen vom Rücken. So brachte ich mich bis zur Schlacht bei Wittenweier durch. Dort geriet ich in Gefangenschaft, kam wieder in ein Infanterieregiment und wurde nun zu einem Weimarischen Soldaten. Aber im Lager vor Breisach gefiel es mir nicht, deshalb quittierte ich dort beizeiten den Dienst, um von nun an meinen eigenen Krieg zu führen. Und das tue ich noch immer, wie du siehst. Ich kann dir sagen, Bruder, seither habe ich so manchen stolzen Kerl umgelegt und ein schönes Sümmchen dabei gewonnen, und aufhören will ich erst, wenn ich sehe, dass es nichts mehr zu holen gibt. Aber jetzt bist du an der Reihe, mir zu erzählen, wie es dir ergangen ist.«

Das 22. Kapitel. Wie es einem geht, dem hunds- und katzenübel ist.

Als Olivier mit seiner Geschichte zu Ende war, kam ich aus dem Staunen über die göttliche Vorsehung nicht mehr heraus. Nun begriff ich, wie der liebe Gott mich in Westfalen nicht nur vor diesem Unmenschen väterlich beschützt, sondern auch dafür gesorgt hatte, dass er vor mir erschrocken war. Erst jetzt verstand ich auch, welchen Streich ich dem Olivier gespielt hatte, als wir einander nach der Prophezeiung des alten Herzbruders nicht erkannt hatten, und dass Olivier selbst diese Prophezeiung, wie man im 16. Kapitel lesen konnte, zu meinem Glück ganz anders ausgelegt hatte. Denn wenn diese Bestia gewusst hätte, dass ich der Jäger von Soest war, hätte er mir gewiss heimgezahlt, was ich ihm auf dem Schafhof angetan hatte. Ich erkannte, wie weise und dunkel zugleich Herzbruder seine Weissagung formuliert hatte, sagte mir aber auch, dass es, obwohl seine Voraussagen bisher immer genau eingetroffen waren, doch kaum möglich sei und sehr seltsam zugehen müsste, wenn ich den Tod eines Menschen rächen sollte, der den Galgen und das Rad verdient. Und schließlich wurde mir klar, wie gut ich daran getan hatte, ihm nicht meinen Lebenslauf als Erster zu erzählen, denn damit hätte ich mich verraten und ihm selbst gesagt, womit ich ihn einmal so tief gekränkt hatte.

Während mir solche Gedanken durch den Kopf gingen, fielen mir in Oliviers Gesicht einige Furchen auf, die er bei Magdeburg noch nicht gehabt hatte. Ich glaubte, es seien die Spuren, die Springinsfeld hinterlassen hatte, als er ihm in Gestalt eines Teufels das Gesicht zerkratzt hatte, und fragte Olivier, woher diese Zeichen kämen, wobei ich hinzufügte, nun habe er mir zwar sein ganzes Leben erzählt, aber anscheinend das beste Stück daraus verschwiegen und noch nicht gesagt, wer ihn so zugerichtet habe.

»Ach, Bruder«, antwortete er, »wenn ich dir all meine Taten und Streiche erzählte, würde uns beiden die Zeit zu lang. Aber damit du siehst, dass ich dir nichts verheimlichen will, werde ich dir auch hiervon die Wahrheit sagen, obwohl ich dabei nicht besonders gut wegkomme.

Inzwischen glaube ich, ein gezeichnetes Gesicht ist mir von Geburt an vorbestimmt gewesen, denn schon, als ich noch ein Kind war, zerkratzten es mir meine Mitschüler, wenn ich mit ihnen raufte. Und auch einer von den Teufeln, die dem Jäger von Soest zu Diensten waren, setzte mir so schwer zu, dass man die Spuren seiner Klauen sechs Wochen lang in meinem Gesicht sehen konnte. Aber danach war alles sauber verheilt. Die Striemen, die du jetzt siehst, haben einen anderen Ursprung, nämlich diesen: Als ich noch bei den Schweden war und in Pommern im Quartier lag, hatte ich auch eine schöne Mätresse, und der Hauswirt, bei dem ich unterkam, musste sein Bett hergeben und uns darin liegen lassen. Doch seine Katze, die ebenfalls in diesem Bett zu schlafen pflegte, kam weiterhin jede Nacht und störte uns gewaltig. Sie wollte auf ihr bequemes Lager nicht so einfach verzichten wie ihr Herr und seine Frau. Meine Mätresse, die Katzen nicht ausstehen konnte, ärgerte sich sehr darüber und erklärte, sie würde mich so lange nicht mehr lieben, wie ich die Katze nicht vertrieben hätte. Um ihre Gunst wiederzugewinnen, wollte ich tun, was sie von mir verlangte – mehr noch: ich wollte mich an der Katze rächen und mir auch daraus ein Vergnügen machen. Also steckte ich sie in einen Sack, nahm die beiden kräftigen Hofhunde meines Wirts mit – die den Katzen ohnehin feindlich gesinnt waren, mich aber gut leiden mochten – und ging mit ihnen samt der Katze im Sack auf eine schöne, große Wiese, um dort meinen Spaß zu haben.

Ich dachte, weil dort kein Baum in der Nähe war, auf den sich die Katze zurückziehen konnte, würden die beiden Hunde sie auf ebener Erde herumjagen und zu meinem Vergnügen wie einen Hasen hetzen. Aber, o Unglück! Mir wurde nicht nur hundsübel, wie man zu sagen pflegt, sondern auch katzenübel (offenbar eine seltenere Art von Übelkeit, sonst hätte man auch aus ihr längst ein Sprichwort gemacht), denn als ich die Katze aus dem Sack ließ und sie vor sich nur ein weites Feld und auf diesem ihre beiden starken Feinde, aber nichts Hohes erblickte, was ihr Zuflucht hätte bieten können, da mochte sie nicht einfach im Niederen sitzen bleiben und sich das Fell zerreißen lassen, sondern erklomm, weil sie keinen höheren Platz fand, meinen eigenen Kopf. Als ich sie von dort vertreiben wollte, fiel mir nur der Hut herunter, und je mehr Kraft ich aufbrachte, sie mir vom Kopf zu reißen, desto fester schlug sie ihre Krallen ein, um sich zu halten.

Diesem Gefecht mochten die beiden Hunde nicht lange zusehen. Sie mischten sich ein, sprangen mit offenem Maul hinten und vorn und auf beiden Seiten an mir hoch nach der Katze, die aber ihren Platz auf meinem Kopf deshalb nicht räumen wollte, sondern sich durch Festkrallen in meinem Gesicht und auf meinem Kopf so gut hielt, wie sie konnte. Wenn sie nun mit ihrer Dornenpfote nach den Hunden schlug und deren Schnauzen verfehlte, traf sie desto sicherer mich. Weil sie ihnen aber hin und wieder auch eins auf die Nasen gab, versuchten die Hunde umso energischer, sie mit den Klauen von ihrem Hochsitz herunterzuholen und taten mir dabei so manchen unerfreulichen Griff ins Gesicht. Packte ich die Katze aber selbst mit beiden Händen, um sie herunterzureißen, so biss und kratzte sie mich nach besten Kräften. Auf diese Weise wurde ich von den Hunden und der Katze gleichzeitig bekriegt und zerkratzt und derart übel zugerichtet, dass ich kaum noch wie ein Mensch aussah. Und was das Schlimmste war: während sie so nach der Katze schnappten, geriet ich auch in die Gefahr, dass mich der eine oder andere unversehens bei der Nase oder am Ohr erwischte und mir dieses oder jene abbiss. Mein Kragen und mein Wams waren so blutig wie das Gestell des Hufschmieds, wenn man an Sankt Stefan die Pferde hineinspannt und zur Ader lässt.* Ich wusste nicht, wie ich mich aus diesen Ängsten retten sollte. Da ich nicht wollte, dass mein Kapitol noch länger ein Kampfplatz für Tiere blieb, musste ich mich schließlich auf die Erde werfen, damit die beiden Hunde die Katze erwischen konnten. Sie erwürgten sie zu zweit, aber ich hatte davon längst nicht den Spaß, den ich erhofft hatte, sondern nur den Spott und ein Gesicht, wie du es jetzt noch vor dir siehst. Deshalb packte mich nachher eine solche Wut dass ich beide Hunde totschoss und meine Mätresse, die mir den Anlass zu dieser Torheit gegeben hatte, so vermöbelte, dass sie weglief, denn eine so abscheuliche Visage konnte sie einfach nicht mehr lieben.«

Das 23. Kapitel. Ein Beispiel für das Handwerk, in dem Olivier Meister war und Simplicius ein Lehrling sein sollte.

Ich hätte über Oliviers Erzählung gern gelacht, musste aber so tun, als hätte ich Mitleid mit ihm, und gerade als ich anfangen wollte, zu erzählen, wie es mir ergangen war, sahen wir in der Ferne eine Kutsche mit zwei Reitern kommen. Wir stiegen vom Kirchturm herunter und versteckten uns in einem Haus an der Straße, aus dem wir die Reisenden leicht angreifen konnten. Ich sollte mein Gewehr laden und für alle Fälle bereithalten. Olivier aber streckte mit seinem Schuss gleich einen der Reiter und dessen Pferd nieder, bevor sie uns auch nur bemerkt hatten, weshalb der zweite Reiter auf der Stelle die Flucht ergriff. Und als ich mit gespanntem Hahn den Kutscher anhalten und absteigen ließ, sprang Olivier auf ihn los und spaltete ihm mit seinem breiten Schwert den Kopf bis auf die Zähne hinunter. Er wollte auch die Frauen und Kinder niedermachen, die in der Kutsche saßen und schon mehr wie Leichen als wie Lebende aussahen. Aber das ließ ich nicht zu, sondern stellte mich dazwischen und sagte, vorher müsse er erst mich umbringen.

»Ein Narr bist du, Simplicius!«, sagte er. »Ich hätte nie gedacht, dass du dich so albern anstellst.«

»Was hast du gegen die unschuldigen Kinder? Wenn es noch Männer wären, die sich wehren können!«

»Ach, was!«, rief er. »Eier in die Pfanne, dann werden keine Jungen draus. Ich kenne diese kleinen Blutsauger. Ihr Vater, der Major, ist ein richtiger Schinder und der schlimmste Wamsklopfer auf der ganzen Welt!«

Und schon wollte er weitermorden, doch ich drängte ihn zurück, bis er sich endlich eines anderen besann.

In der Kutsche saßen die Frau eines Majors mit ihren Mägden und drei anmutigen Kindern, die mir von Herzen leidtaten. Damit sie uns nicht gleich verraten konnten, sperrten wir sie in einen Keller, in dem sie nichts als Obst und weiße Rüben zu beißen haben würden, bis jemand käme und sie befreite. Dann plünderten wir die Kutsche und ritten mit sieben schönen Pferden in den Wald, wo er am dichtesten war.

Als wir die Pferde angebunden hatten und ich mich ein wenig umsah, erblickte ich nicht weit von uns einen Mann, der still und steif an einem Baum lehnte. Ich machte Olivier auf ihn aufmerksam, weil ich glaubte, wir müssten uns vor ihm in Acht nehmen.

»Du Narr!«, antwortete er. »Das ist ein Jude, den habe ich dort angebunden. Aber vor kurzem ist der Spitzbube erfroren und verreckt.« Mit diesen Worten ging er zu ihm hinüber, tätschelte ihm mit der Hand das Kinn und sagte: »Ha, du Hund – hast mir viele schöne Dukaten gebracht!« Da rollten dem armen Kerl unversehens noch ein paar Dublonen aus dem Mund, die er dort bis in den Tod für sich behalten hatte. Olivier griff ihm in den Mund und brachte schließlich zwölf Dublonen und einen kostbaren Rubin zusammen.

»Diese Beute verdanke ich dir, Simplicius«, sagte er und schenkte mir den Rubin, während er das Geld behielt. Nun wollte er gehen und seinen Bauern holen. Mir befahl er, bei den Pferden zu bleiben, und meinte, ich solle nur aufpassen, dass mich der tote Jude nicht beißt. Damit wollte er mir unter die Nase reiben, dass ich nicht so viel Courage hätte wie er.

Nachdem er verschwunden war, fing ich an, über die gefährliche Lage nachzudenken, in der ich mich befand. Ich beschloss, eines der Pferde zu nehmen und mich davonzumachen. Doch dann fiel mir ein, Olivier könnte mich dabei ertappen und gleich niederschießen, denn mir kam der Verdacht, er wolle nur meine Zuverlässigkeit auf die Probe stellen und habe sich in der Nähe versteckt, um mich zu beobachten. Dann wollte ich zu Fuß weglaufen, musste aber fürchten, dass ich, selbst wenn ich Olivier entkäme, den Bauern des Schwarzwalds doch nicht entgehen würde, von denen es damals hieß, sie würden jedem Soldaten aufs Haupt schlagen, der ihnen in die Hände fiel. Nähmst du aber, so überlegte ich weiter, alle Pferde mit, damit Olivier dich nicht verfolgen kann, und würdest nachher von den Weimarischen erwischt, dann würden sie dich als überführten Mörder aufs Rad flechten. Kurz, ich wusste nicht, wie ich fliehen sollte, zumal ich in dem wilden Wald, in dem ich mich befand, weder Weg noch Steg kannte.

Außerdem meldete sich mein Gewissen. Mich quälte der Gedanke, dass ich die Kutsche angehalten hatte und mit schuld war, dass der Kutscher so erbärmlich umgekommen und die beiden Frauen samt den unschuldigen Kindern in den Keller gesperrt worden waren, wo sie nun vielleicht wie jener Jude zugrunde gehen und sterben würden. Ich versuchte mir einzureden, ich sei unschuldig, weil ich gegen meinen Willen in diese Sache geraten sei. Doch mein Gewissen hielt mir vor, schon wegen meiner anderen Missetaten hätte ich es längst verdient, in die Hände der Justiz zu geraten und meinen gerechten Lohn zu empfangen. Vielleicht hatte der gerechte Gott dies alles ja so eingerichtet, damit ich endlich meine Strafe bekäme. Zuletzt fasste ich wieder ein wenig Hoffnung und betete zu Gott in seiner Güte, er möge mich aus meiner Not erretten. Und als mich schließlich eine andächtige Stimmung überkam, sagte ich mir: »Du Narr! Du bist doch gar nicht eingesperrt oder gefesselt. Die ganze Welt steht dir offen. Hast du nicht Pferde genug, die Flucht zu ergreifen? Und wenn du nicht reiten willst, sind deine Füße doch schnell genug, dich davonzutragen.«

Während ich mich mit solchen Gedanken herumschlug, kam Olivier mit unserem Bauern zurück. Der führte uns mit den Pferden zu einem Hof, wo wir sie füttern und abwechselnd jeder ein paar Stunden schlafen konnten. Nach Mitternacht ritten wir weiter und kamen gegen Mittag an die Grenze zur Schweiz, wo Olivier gut bekannt war und uns eine stattliche Mahlzeit auftragen ließ. Während wir fröhlich zulangten, ließ der Wirt zwei Juden holen, die uns die Pferde zum halben Preis abkauften. Bei diesem Handel ging es so ehrbar und gerecht zu, dass es nicht vieler Worte bedurfte. Die Juden wollten vor allem wissen, ob die Pferde kaiserlich oder schwedisch gewesen seien. Als sie hörten, sie kämen von den Weimarischen, sagten sie: »Dann sollten wir sie nicht nach Basel, sondern nach Schwaben zu den Bayerischen bringen.« Ich staunte, wie gut sie informiert waren.

Wir schlemmten wie die Fürsten, und ich ließ mir vor allem die guten Waldforellen und die köstlichen Krebse schmecken. Als es Abend wurde, machten wir uns wieder auf den Weg. Unseren Bauern hatten wir mit Bratenstücken und anderen Lebensmitteln beladen wie einen Esel. So kamen wir am nächsten Tag zu einem einsamen Bauernhof, wo wir freundlich begrüßt und aufgenommen wurden und wegen des schlechten Wetters ein paar Tage blieben. Nachher kehrten wir durch tiefen Wald auf verschlungenen Wegen in das Häuschen zurück, zu dem mich Olivier gleich anfangs geführt hatte, nachdem ich ihm begegnet war.

Das 24. Kapitel. **Olivier beißt ins Gras und nimmt noch sechs andere mit.**

Während wir dort saßen und uns ausruhten, schickte Olivier den Bauern los, Lebensmittel sowie Pulver und Blei einzukaufen. Als der Bauer gegangen war, zog Olivier seine Jacke aus und sagte: »Bruder, ich mag das Teufelsgeld nicht länger allein mit mir herumschleppen«, band sich zwei Würste oder Wülste ab, die er auf dem bloßen Leib getragen hatte, und warf sie auf den Tisch: »Um das hier musst du dich von nun an kümmern, bis ich eines Tages aufhöre und wir beide genug haben. Das vermaledeite Geld hat mir schon Beulen gemacht!«

Ich erwiderte: »Bruder, hättest du davon so wenig wie ich, würde es dich nicht plagen.«

»Wie bitte?«, fiel er mir ins Wort. »Was mir gehört, gehört auch dir – und bei allem, was wir von nun an zusammen erbeuten, machen wir halbe-halbe.«

Ich griff nach den beiden Wülsten und merkte, wie schwer sie waren, denn sie enthielten lauter Goldmünzen. Ich sagte, das Geld sei bloß sehr unbequem gepackt, und wenn es ihm recht sei, würde ich es so einnähen, dass einen das Tragen nicht mal mehr halb so sauer ankäme. Er war einverstanden und ging mit mir zu einer hohlen Eiche, wo er Schere, Nadel und Faden verwahrte. Da machte ich aus einer Hose für jeden von uns einen Schulterüberwurf, eine Art Skapulier, in das ich so manchen schönen roten Batzen einnähte, und nachdem jeder das Seine unter dem Hemd angelegt hatte, kamen wir uns vor, als seien wir vorn und hinten mit lauter Gold gewappnet. Da erst fiel mir auf, wie seltsam dies war, und ich fragte Olivier, warum er eigentlich kein Silbergeld habe. Mehr als tausend Taler habe er in einem Baum liegen, lautete die Antwort. Mit denen lasse er den Bauern wirtschaften, ohne darüber mit ihm abzurechnen, weil es der Fliegenschiss nicht wert sei.

Nachdem das Geld wieder gut verpackt war, kehrten wir zu unserem Häuschen zurück, kochten etwas und wärmten uns die Nacht über am Ofen. Doch eine Stunde nach Tagesanbruch, als wir am wenigsten damit rechneten, stürmten sechs Musketiere und ein Korporal mit geladenen Gewehren und eingelegter Lunte das Haus, stießen die Stubentür auf und riefen, wir sollten uns ergeben. Olivier jedoch – der, genau wie ich, jederzeit eine gespannte Muskete und dazu sein scharfes Schwert neben sich liegen hatte und in diesem Augenblick am Tisch saß, während ich hinter der Tür neben dem Ofen stand – antwortete ihnen mit einem Paar Kugeln, die gleich zwei von ihnen zu Boden streckten, während ich den dritten umlegte und mit demselben Schuss einen vierten verwundete. Nun zückte Olivier sein kampferprobtes Schwert, mit dem man Haare hätte spalten können und das mit dem Excalibur des König Artus* in England durchaus vergleichbar war, und hieb es dem fünften von der Schulter so bis in den Bauch hinunter, dass ihm die Eingeweide herausfielen, ehe er neben ihnen zu Boden ging. Inzwischen verpasste ich dem sechsten mit meinem umgedrehten Gewehr einen Schlag auf den Kopf, dass er alle viere von sich streckte. Einen ähnlichen Hieb bekam Olivier von dem siebenten, und zwar mit solcher Gewalt, dass ihm das Hirn herausspritzte. Ich wiederum traf den, der ihm dies angetan hatte, so hart, dass er seinen Kameraden beim Totentanz Gesellschaft leisten musste. Als der Verwundete, den ich gleich anfangs getroffen hatte, sah, wie es hier zuging und dass ich auch ihm mit dem umgedrehten Gewehr ans Leder wollte, warf er seine Waffe weg und rannte davon, als wäre der Teufel hinter ihm her. Dieses ganze Gefecht dauerte nicht länger als ein Vaterunser, und doch bissen in der kurzen Zeit sieben wackere Soldaten ins Gras.

Da ich nun als Sieger allein auf dem Platz geblieben war, sah ich mir Olivier genauer an, ob vielleicht noch ein Hauch von Leben in ihm wäre. Ich fand ihn jedoch ganz entseelt.

Einem toten Körper so viel Gold zu lassen, das ihm nichts mehr nützen konnte, schien mir wenig sinnvoll. Deshalb zog ich ihm das Goldene Vlies aus, das ich erst gestern genäht hatte, und hängte es mir zu dem anderen um den Hals. Und da ich mein Gewehr zerschlagen hatte, nahm ich Oliviers Muskete und für alle Fälle auch sein Schwert an mich und machte mich aus dem Staub. Ich schlug den Weg ein, auf dem unser Bauer zurückkommen musste, ging ein Stück und setzte mich dann an den Rand, um auf ihn zu warten und zu überlegen, was ich nun weiter tun sollte.

Das 25. Kapitel. Simplicius kommt reich davon, Herzbruder hingegen taucht ärmlich auf.

Ich hatte kaum eine halbe Stunde dagesessen und gegrübelt, da kam unser Bauer daher. Er schnaubte wie ein Bär und lief so schnell, dass er mich erst bemerkte, als ich ihm in den Weg trat.

»Warum so eilig?«, fragte ich. »Ist irgendwas?«

»Macht bloß, dass Ihr wegkommt!«, antwortete er. »Da ist ein Korporal mit sechs Musketieren im Anmarsch. Die sollen Euch und Olivier gefangen nehmen und tot oder lebendig nach Lichteneck* schaffen. Mich hatten sie auch geschnappt, damit ich sie zu euch führe, aber ich bin ihnen glücklich entkommen, um euch zu warnen.«

Ich dachte: Du Schurke, verraten hast du uns und willst dir nun Oliviers Geld aus dem Baum holen! – aber ich ließ mir nichts anmerken, weil ich ihn noch als Wegweiser brauchen wollte, und sagte ihm nur, Olivier und die anderen, die ihn hätten fangen sollen, seien tot. Als er es nicht glauben wollte, ging ich auch noch mit ihm zu dem Haus, damit er das ganze Unheil und die sieben Leichen mit eigenen Augen sähe.

Ich sagte: »Den siebten von denen, die uns fangen sollten, habe ich laufenlassen, und bei Gott – könnte ich diese hier wieder lebendig machen, würde ich es sofort tun!«

Der Bauer erschrak.

»Und was jetzt?«, fragte er.

»Das steht schon fest«, antwortete ich. »Du hast die Wahl zwischen drei Möglichkeiten. Entweder du führst mich sofort auf sicheren Wegen aus dem Wald nach Villingen. Oder du zeigst mir den Baum, in dem Oliviers Geld liegt. Oder du stirbst hier und leistest diesen Toten Gesellschaft. Führst du mich nach Villingen, kannst du Oliviers Geld für dich behalten. Wenn du es mir zeigst, will ich es mit dir teilen. Willst du aber weder das eine noch das andere, schieß ich dich tot und finde trotzdem meinen Weg.«

Der Bauer wäre gern davongelaufen. Er fürchtete aber die Muskete, fiel deshalb vor mir auf die Knie und erklärte sich bereit, mich durch den Wald zu führen. Wir gingen sofort los und liefen den ganzen Tag und die ganze nächste Nacht, die zum Glück ziemlich hell war, ohne zu essen, zu trinken oder auszuruhen, bis wir bei Tagesanbruch die Stadt Villingen vor uns liegen sahen und ich den Bauern entließ. Ihn hatte die Todesangst auf diesem Weg vorangetrieben, mich aber die Begierde, mein Geld und mich selbst in Sicherheit zu bringen, und es kommt mir fast so vor, als verleihe das Gold dem Menschen große Kräfte, denn obwohl ich schwer an ihm trug, spürte ich keine besondere Müdigkeit.

Ich hielt es für ein glückliches Omen, dass man das Stadttor in dem Augenblick öffnete, als ich Villingen erreichte. Der Offizier der Wache verhörte mich. Ich gab mich als Freireiter und Angehöriger des Regiments aus, bei dem Herzbruder mich untergebracht hatte, nachdem er mich bei Philippsburg von der Muskete erlöst hatte. Nun käme ich aus dem Lager der Weimarischen vor Breisach, die mich bei Wittenweier gefangen und bei sich eingereiht hätten, und wolle wieder zu meinem bayerischen Regiment. Als der Offizier das hörte, ließ er mich von einem Musketier zum Kommandanten führen. Der allerdings schlief noch, nachdem er die halbe Nacht über Amtsgeschäften gesessen hatte, so dass ich gut anderthalb Stunden vor seinem Quartier warten musste. Weil nun die Leute gerade aus der Frühmesse kamen, war ich bald von zahlreichen Bürgern und Soldaten umringt, die alle wissen wollten, wie es vor Breisach stünde. Von dem Lärm erwachte schließlich auch der Kommandant und ließ mich zu sich kommen.

Er fing an, mich zu verhören, und ich sagte ihm das Gleiche wie der Torwache. Dann erkundigte er sich nach Einzelheiten, die die Belagerung betrafen, und wollte wissen, wie ich mich hierher durchgeschlagen hätte. Da gestand ich ihm alles: dass ich ungefähr vierzehn Tage bei einem Kerl gewesen sei, der sich ebenfalls von seiner Truppe entfernt hatte, dass ich zusammen mit ihm eine Kutsche überfallen und geplündert hätte, dass wir uns auf diese Weise von den Weimarischen hätten holen wollen, was nötig war, um uns wieder beritten zu machen, damit jeder ordentlich gerüstet zu seinem Regiment zurückkehren konnte. Gestern jedoch seien wir dann von einem Korporal und sechs anderen, die uns festnehmen sollten, überfallen worden, wobei mein Kamerad und sechs Männer des Gegners gefallen seien, während der siebte und ich davongekommen seien – jeder zu seiner Partei.

Dass ich nach Lippstadt zu meiner Frau wollte und zwei wohlgefütterte Überwürfe trug, erwähnte ich mit keinem Wort und hatte deswegen auch keine Gewissensbisse, denn was ging es diesen Kommandanten an? Er fragte auch gar nicht danach, sondern staunte bloß und wollte kaum glauben, dass ich und Olivier tatsächlich sechs Mann niedergemacht und den siebten vertrieben hätten – wiewohl mein Kamerad dabei ja ebenfalls auf der Strecke geblieben war. So kam ich auch auf Oliviers Schwert zu sprechen, das ich bei mir hatte und sehr lobte. Es gefiel dem Kommandanten so gut, dass ich schon aus Höflichkeit und weil ich einen Pass von ihm wollte, gar nicht anders konnte, als es ihm gegen einen Degen, den er mir gab, zu überlassen. Dieses Schwert war tatsächlich wunderschön und gut gemacht. Es war ein ewig währender Kalender darein graviert, und ich lasse mir nicht ausreden, dass Vulcanus* selbst es in Kriegszeiten geschmiedet und so hergerichtet hatte wie jenes Schwert, von dem es im Heldenbuch* heißt, alle anderen Klingen würden an ihm zerspringen und die wagemutigsten Feinde und Löwengemüter vor ihm davonlaufen wie ängstliche Hasen.

Nachdem der Kommandant mich entlassen und Anweisung gegeben hatte, mir einen Pass auszustellen, ging ich auf dem kürzesten Weg ins Wirthaus und wusste nicht, was ich zuerst tun sollte – schlafen oder essen. Denn beides hatte ich bitter nötig. Ich beschloss, erst meinen Hunger zu stillen – ließ mir also etwas zu essen und einen Trunk bringen und überlegte, wie ich mit meinem Geld sicher nach Lippstadt zu meiner Frau gelangen könnte. Zu meinem Regiment zurückkehren wollte ich nämlich genauso wenig wie mir den Hals brechen.

Während ich so grübelte, kam ein Kerl mit einem Stecken in der Hand in die Stube gehumpelt. Er trug einen Verband um den Kopf und einen Arm in der Schlinge, und seine Kleider waren so schäbig, dass ich ihm nicht einen Heller dafür gegeben hätte. Kaum hatte der Hausknecht ihn erblickt, da wollte er ihn wieder verjagen, weil er so übel stank und so voller Läuse war, dass man die ganze Schwabenheide* damit hätte bevölkern können. Er bat, man möge ihn doch um Gottes willen hereinlassen, damit er sich ein bisschen aufwärmen könne, aber es half nichts. Erst als ich mich erbarmte und für ihn um Einlass bat, ließ ihn der Knecht widerwillig an den Ofen. Von dort verfolgte er mit großem Appetit und, so schien es mir, geradezu andächtig, wie ich zulangte, stieß auch mehrere Seufzer aus, und als der Hausknecht einmal hinausging, um mir noch ein Stück Braten zu holen, kam er an meinen Tisch und hielt mir ein kleines billiges Tontöpfchen hin. Ich konnte mir denken, was er von mir wollte, nahm die Kanne und füllte ihm seinen Becher, bevor er mich darum bat. »Ach, Freund«, sagte er, »gebt mir, um Herzbruders willen, doch auch zu essen!« Mir fuhr ein Stich ins Herz, als er das sagte, und plötzlich erkannte ich, dass es Herzbruder selbst war. Ich wäre fast in Ohnmacht gefallen, als ich ihn in solchem Elend sah. Stattdessen fiel ich ihm nun um den Hals und bat ihn, sich zu mir zu setzen, worauf uns beiden – mir aus Mitleid, ihm aus Freude – die Augen überliefen.

Das 26. Kapitel. Ist das letzte in diesem vierten Buch, weil kein anderes mehr folgt.

Nach diesem unverhofften Wiedersehen konnten wir kaum etwas essen oder trinken. Stattdessen fragte einer den anderen, wie es ihm seit unserem letzten Zusammensein ergangen war. Weil der Wirt und sein Hausknecht ständig kamen und gingen, konnten wir über vertrauliche Dinge jedoch nicht sprechen. Der Wirt wunderte sich, dass ich mich mit einem derart verlausten Burschen abgab. Ich aber sagte ihm, zwischen braven Soldaten, die Kameraden wären, sei das im Krieg so üblich. Und nachdem ich erfahren hatte, dass Herzbruder bis vor kurzem im Spital gelegen und von Almosen gelebt hatte und dass seine Wunden schlecht versorgt waren, mietete ich bei dem Wirt ein separates Zimmerchen, legte Herzbruder dort ins Bett und bestellte den besten Wundarzt, den ich bekommen konnte, und dazu einen Schneider und eine Näherin, die ihn neu einkleiden und aus den Klauen der Läuse befreien sollten. Ich hatte gerade jene Dublonen bei mir, die Olivier dem toten Juden aus dem Mund geklaubt hatte. Die packte ich nun auf den Tisch und sagte zu Herzbruder so laut, dass es der Wirt mitbekommen musste: »Schau her, Bruder, hier ist mein Geld. Das will ich für dich ausgeben und mit dir verzehren.«

Von da an wurden wir freundlich bedient.

Dem Arzt, der zugleich auch Barbier war, zeigte ich den Rubin, der ebenfalls von dem Juden stammte und ungefähr zwanzig Taler wert war, und sagte ihm, ich bräuchte das wenige Geld, das ich bei mir hätte, für unseren Unterhalt und um meinem Kameraden neue Kleider zu verschaffen. Ihm wolle ich stattdessen diesen Ring geben, wenn er meinen Kameraden schnell und gründlich kurieren würde. Er war einverstanden und machte sich mit Eifer an die Arbeit.

So sorgte ich für Herzbruder, als wäre er mein zweites Ich, und ließ ihm ein einfaches Gewand aus grauem Tuch anfertigen. Vorher ging ich aber noch einmal wegen meines Passes zum Kommandanten und teilte ihm mit, ich hätte einen schwerverwundeten Kameraden getroffen, dessen vollständige Genesung ich abwarten wolle, denn ich könnte ihn nicht einfach im Stich lassen, das sei ich meinem Regiment schuldig. Der Kommandant lobte meinen Vorsatz, gestattete mir, so lange zu bleiben, wie ich wolle, und bot an, sobald mein Kamerad mir folgen könne, uns beide mit den nötigen Pässen zu versehen.

Als ich nachher wieder zu Herzbruder kam und allein an seinem Bett saß, bat ich ihn, mir ohne Scheu zu erzählen, wie er in diesen bemitleidenswerten Zustand geraten sei. Ich dachte, er sei womöglich aus irgendeinem wichtigen Grund oder wegen einer Verfehlung im Dienst seiner hohen Würde enthoben und in dieses Elend gestoßen worden. Er sagte jedoch:

»Bruder, du weißt ja, ich war Adjutant des Grafen von Götz und sein bester Freund und Vertrauter. Du weißt aber auch, was für ein unseliges Ende der vorige Feldzug unter seiner Generalschaft und seinem Kommando genommen hat, als wir die Schlacht bei Wittenweier verloren und obendrein nicht imstande waren, das belagerte Breisach zu entsetzen. Weil nun hierüber viel und sehr unterschiedlich gesprochen wird und der Graf nach Wien zitiert wurde, um sich zu verantworten, lebe ich aus freien Stücken in diesem Elend und wünsche mir oft, darin auch zu sterben oder mich wenigstens so lange verborgen zu halten, bis der Graf seine Unschuld bewiesen hat. Denn nach allem, was ich weiß, ist er dem Kaiser stets treu gewesen, und dass er im vergangenen Sommer so glücklos war, liegt nach meinem Erachten eher an der göttlichen Vorsehung – die die Siege gibt, wem sie will – und nicht an einer Verfehlung des Grafen.

Als wir Breisach zu entsetzen versuchten und ich das Zögern und Zaudern auf unserer Seite sah, griff ich selbst zu den Waffen und beteiligte mich an dem Angriff auf der Schiffsbrücke,* so als wollte ich die Sache ganz allein ausfechten, obwohl dies weder meine Aufgabe noch meine Pflicht war. Ich tat es, um den anderen ein Beispiel zu geben und weil wir den ganzen Sommer noch nichts zustande gebracht hatten. Mein Glück oder vielmehr Unglück wollte es, dass ich mit den vordersten Angreifern auch unter den Ersten war, die das Weiße im Auge der Feinde sahen, worauf es dann bald hoch herging. Und so wie ich beim Angriff der Erste gewesen war, war ich auch der Letzte, als wir dem Druck der Franzosen bei ihrem Vorstoß nicht widerstehen konnten, und geriet ihnen als Erster in die Hände. Ich bekam einen Schuss in den rechten Arm und im gleichen Augenblick einen zweiten in den Schenkel, so dass ich weder fliehen noch meinen Degen gebrauchen konnte. Und weil bei dem Gedränge auf der engen Brücke und der Wut des Kampfes über Pardonerbitten und Pardongeben nicht zu verhandeln war, bekam ich einen Hieb auf den Kopf, der mich zu Boden streckte. Man hielt mich für tot, riss mir, da ich vornehm gekleidet war, meine Sachen vom Leib und warf mich in den Rhein.

In meiner Not schrie ich zu Gott, empfahl mich seinem heiligen Willen, tat verschiedene Gelübde und spürte auch gleich seine Hilfe. Der Rhein spülte mich an Land, wo ich meine Wunden mit Moos verstopfte. Obwohl ich fast erfroren wäre, fühlte ich eine seltsame Kraft in mir, durch die Gott mir half, mich weiterzuschleppen, so dass ich, wenn auch schwer verwundet, zu einigen Merode-Brüdern und Soldatenfrauen gelangte, die alle Mitleid mit mir hatten, obwohl sie mich nicht kannten. Diese Leute glaubten schon nicht mehr, dass der Entsatz der Festung gelingen werde, was mir mehr weh tat als alle meine Wunden. Sie versorgten mich bei ihrem Feuer und gaben mir Kleider. Aber noch ehe ich meine Wunden verbunden hatte, musste ich mit ansehen, wie sich die Unseren zu einem schimpflichen Abzug rüsteten und ihr Vorhaben für verloren gaben, was mich ungeheuer schmerzte. Da beschloss ich insgeheim, mich niemandem zu offenbaren, um mir den Spott zu ersparen. Ich gesellte mich zu einer Gruppe Verwundeter aus unserer Armee, die einen eigenen Feldscher bei sich hatten. Dem gab ich ein kleines Kreuz aus Gold, das ich noch am Hals hängen hatte, und er hat mir dafür bis jetzt meine Wunden verbunden.

In diesem Elend, lieber Simplicius, habe ich mich bis hierher durchgeschlagen und will mich auch weiterhin niemandem offenbaren, solange ich nicht weiß, wie die Angelegenheit des Grafen von Götz ausgeht. Deine Güte und Treue sind für mich ein großer Trost, denn sie zeigt mir, dass der liebe Gott mich noch nicht verlassen hat. Heute Morgen, als ich aus der Frühmesse kam und dich vor dem Quartier des Kommandanten stehen sah, glaubte ich, Gott habe dich anstelle eines Engels zu mir geschickt, der mir in meiner Armseligkeit helfen soll.«

Ich tröstete Herzbruder, so gut ich konnte, und verriet ihm, dass ich noch mehr Geld hätte als die Dublonen, die er gesehen habe, und dass alles zu seiner Verfügung stünde. Schließlich berichtete ich ihm auch von Oliviers Ende und wie ich seinen Tod hatte rächen müssen, was Herzbruder so munter stimmte, dass es auch seinem Leib zugute kam, denn seine Wunden heilten rascher, und sein Zustand besserte sich täglich.

FÜNFTES BUCH

Das 1. Kapitel. Wie Simplicius ein Pilger wird und mit Herzbruder auf Wallfahrt geht.

Nachdem Herzbruder sich erholt hatte und seine Wunden geheilt waren, eröffnete er mir, dass er in der Stunde seiner größten Not gelobt habe, eine Wallfahrt nach Einsiedeln* zu machen. Da er gerade in der Nähe der Schweiz sei, wolle er sein Versprechen nun erfüllen, auch wenn er sich mit Betteln durchschlagen müsse. Mir gefiel die Idee. Deshalb bot ich ihm mein Geld und meine Gesellschaft dazu an und wollte uns auch gleich zwei Pferde für die Reise kaufen. Mich allerdings trieb nicht so sehr die Frömmigkeit als vielmehr der Wunsch, die Eidgenossenschaft zu sehen, das einzige Land, wo der Frieden noch blühte. Außerdem freute ich mich, dass mir diese Reise Gelegenheit bieten würde, Herzbruder einen Dienst zu erweisen, denn ich liebte ihn fast mehr als mich selbst. Er jedoch lehnte beides, meine Hilfe und meine Gesellschaft, unter dem Vorwand ab, er müsse seine Wallfahrt zu Fuß und obendrein auf Erbsen verrichten. Wäre ich bei ihm, würde ich ihn nicht nur in seiner Andacht stören, sondern wegen des langsamen, mühseligen Fortkommens auch mir selbst große Unannehmlichkeiten machen.

In Wirklichkeit wollte er mich nicht dabeihaben, weil ihn der Gedanke belastete, Geld, das durch Mord und Raub zusammengebracht worden war, für eine so fromme Reise zu verwenden. Außerdem wollte er mir keine großen Auslagen verursachen und sagte, ich hätte ohnehin schon mehr für ihn getan, als ich ihm schuldig sei und er mir je vergelten könne.

Darüber gerieten wir in einen freundschaftlichen Zank. Aber nie habe ich Leute gutmütiger miteinander streiten hören, denn jeder behauptete, er habe für den anderen noch längst nicht alles getan, was man einem Freund schuldig sei, und die Wohltaten, die ihm vom anderen zuteil geworden seien, bei weitem noch nicht wettgemacht. Trotzdem konnte ich ihn nicht dazu bringen, mich als Reisegefährten zu akzeptieren, bis ich endlich begriff, dass es in Wirklichkeit an seinem Abscheu vor Oliviers Geld und meinem gottlosen Leben lag.

Nun behalf ich mich mit Lügen und behauptete, nach Einsiedeln treibe mich vor allem der Vorsatz, mich zu bessern. Hielte er mich von einem solchen guten Werk ab und ich würde inzwischen sterben, lüde er sich eine schwere Schuld auf. So überredete ich ihn, mich jenen heiligen Ort mit ihm besuchen zu lassen, wobei ich, obwohl alles erlogen war, auch so tat, als würde ich mein verwerfliches Leben tief bereuen. Ich behauptete sogar, ich hätte mir genau wie er als Buße auferlegt, auf Erbsen nach Einsiedeln zu gehen.

Kaum war dieser Streit geschlichtet, da gerieten wir schon in den nächsten. Denn Herzbruder war allzu gewissenhaft. Er wollte nicht zulassen, dass ich mir vom Kommandanten einen Pass ausstellen ließ, der bestätigte, dass ich auf dem Rückweg zu meinem Regiment sei. »Was soll das?«, sagte er. »Wollen wir nicht nach Einsiedeln gehen, um uns zu bessern? Du aber willst gleich mit einem Betrug anfangen und den Leuten mit Lügen die Augen verkleben! ›Wer mich verleugnet vor den Menschen, den will ich auch vor meinem himmlischen Vater verleugnen‹, sagt Christus.* Was sind wir doch für feige Schwätzer! Wenn alle Märtyrer und Bekenner Christi es genauso gemacht hätten, gäbe es wenig Heilige im Himmel. Lass uns in Gottes Namen und unter seinem Schutz gehen, wohin uns unser frommer Wunsch und Vorsatz treibt, und lassen wir im Übrigen ihn walten, so wird er uns schon zu einem Ort führen, an dem unsere Seelen Ruhe finden.«

Erst als ich einwendete, man dürfe Gott nicht versuchen, sondern solle sich in die Zeitläufte fügen und dabei die Mittel gebrauchen, ohne die man nicht auskommt, zumal das Wallfahren unter Soldaten so unüblich sei, dass man uns, falls wir unser Vorhaben jemandem offenbarten, eher für Deserteure als für Pilger halten würde und wir in wer weiß welche Unannehmlichkeiten und Gefahren geraten könnten, schließlich habe sich auch der heilige Apostel Paulus, mit dem wir uns doch nicht im Entferntesten vergleichen könnten, in bewundernswerter Weise den Zeitläuften und Gebräuchen dieser Welt gefügt – erst als ich ihm all dies vorhielt, war er einverstanden, dass ich mir einen Pass für die Rückkehr zu meinem Regiment besorgte. Mit diesem Pass und einem zuverlässigen Führer verließen wir, als das Tor geschlossen wurde, die Stadt in Richtung Rottweil, schlugen jedoch bald einen Bogen und gelangten noch in derselben Nacht auf Umwegen über die Schweizer Grenze und am Morgen in ein Dorf, wo wir uns lange, schwarze Röcke, Pilgerstäbe und Rosenkränze besorgten und unseren Führer mit einem guten Lohn zurückschickten.

Dieses Land kam mir so anders als andere deutsche Länder und so fremd vor, als wäre ich in Brasilien oder China. Hier sah ich die Menschen im Frieden handeln und wandeln. Die Ställe standen voller Vieh, die Bauernhöfe wimmelten von Hühnern, Gänsen und Enten. Auf den Straßen waren die Reisenden sicher unterwegs. In den Wirtshäusern saßen die Leute und ließen es sich gutgehen. Nirgendwo war Furcht vor dem Feind, Sorge vor Plünderung oder Angst, sein Hab und Gut oder sein Leben zu verlieren. Ein jeder lebte sicher unter seinem Weinstock und Feigenbaum*, und zwar, verglichen mit anderen deutschen Ländern, in solchem Überfluss und solcher Freude, dass ich dieses Land, obwohl es nach seiner natürlichen Beschaffenheit rau genug zu sein schien, für ein Paradies auf Erden hielt. So kam es, dass ich auf dem Weg immerzu um mich blickte und aus dem Staunen nicht herauskam, während Herzbruder an seinem Rosenkranz betete und mir so manchen Verweis erteilte, denn er wollte, dass ich, wie er, in einem fort betete, woran ich mich jedoch nicht gewöhnen konnte.

In Zürich kam er mir dann auf die Schliche und sagte mir in deutlichen Worten die Meinung. Die Nacht vorher hatten wir in Schaffhausen verbracht. Die Füße hatten mir von den Erbsen furchtbar weh getan, und aus lauter Furcht, am nächsten Tag weiter auf Erbsen laufen zu müssen, hatte ich sie kochen lassen und mir wieder in die Schuhe getan, so dass ich bequem nach Zürich wanderte, während sich mein Gefährte grausam marterte und zu mir sagte: »Bruder, Gott ist dir sehr gnädig, dass du trotz der Erbsen in den Schuhen so gut vorankommst.«

»Ja«, sagte ich, »lieber Herzbruder, ich hab sie gekocht, sonst hätte ich auf ihnen nicht so weit laufen können.«

»Ach, dass Gott erbarm!«, rief er. »Was hast du getan?! Besser, du hättest sie ganz aus den Schuhen gelassen, als deinen Scherz damit zu treiben. Ich fürchte, dafür wird Gott uns beide strafen. Nimm es mir nicht übel, Bruder, wenn ich dir auf gut Deutsch und in brüderlicher Liebe sage, wie mir ums Herz ist. Ich fürchte, wenn du dich Gottes Willen nicht besser fügst, ist dein Seelenheil in höchster Gefahr. Glaub mir, ich liebe keinen Menschen mehr als dich, aber ich will dir nicht verhehlen, wenn du dich nicht besserst, kann ich dich guten Gewissens nicht weiter so lieben.«

Vor Schreck verschlug es mir die Sprache, und es dauerte einen Augenblick, bis ich ihm aufrichtig gestand, ich hätte mir die Erbsen nicht aus Frömmigkeit, sondern ihm zuliebe in die Schuhe getan – damit er mich mit auf die Reise nähme.

»Ach, Bruder«, antwortete er, »Erbsen hin oder her, du bist vom Weg zur Seligkeit weit abgekommen. Möge Gott dir die Kraft zur Besserung geben, denn ohne sie kann unsere Freundschaft nicht bestehen.«

Von da an trottete ich traurig hinter ihm her, wie einer, den man zum Galgen führt. Mein Gewissen begann mich zu plagen, und während ich grübelte, traten mir alle Untaten wieder vor Augen, die ich in meinem Leben begangen hatte. Ich beklagte den Verlust der Einfalt, die ich aus dem Wald mitgebracht und in der Welt auf vielerlei Weise verscherzt hatte, und es vertiefte meinen Kummer, dass Herzbruder kaum noch mit mir sprach, sondern mich nur seufzend ansah, als wüsste er schon, dass ich verdammt sei, und mich deshalb bejammerte.

Das 2. Kapitel. Simplicius bekehrt sich, nachdem ihn der Teufel erschreckt hat.

So kamen wir nach Einsiedeln und betraten die Kirche gerade in dem Augenblick, als dort ein Priester einen Besessenen exorzierte. Auch so etwas hatte ich noch nie gesehen. Deshalb ließ ich Herzbruder knien und beten, solange er wollte, und ging aus Neugier hin, um mir das Schauspiel anzusehen. Doch kaum war ich näher getreten, da schrie der böse Geist aus dem armen Menschen auch schon: »Oho, du Halunke! Verschlägt dich der Hagel sogar hierher? Ich dachte, ich würde dich bei meiner Heimkehr zusammen mit dem Olivier in unserer Höllenwohnung antreffen. Doch nun finde ich dich hier, du ehebrecherischer, mörderischer Hurenbock. Bildest du dir etwa ein, du könntest uns entkommen? O ihr Pfaffen, haltet euch fern von ihm. Der ist ein Heuchler und ein schlimmerer Lügner als ich selbst. Er verstellt sich nur und macht sich lustig über Gott und die Religion!«

Der Exorzist befahl dem Geist, zu schweigen. Einem eingefleischten Lügner wie ihm glaube ohnehin niemand.

»Ja, ja«, erwiderte jener, »fragt nur den Reisegefährten dieses entlaufenen Mönchs! Der kann euch erzählen, dass sich dieser Atheist nicht geschämt hat, die Erbsen zu kochen, auf denen er hierherzugehen versprochen hatte.«

Ich wusste weder aus noch ein, während ich das alles hörte und die Leute mich anstarrten. Doch der Priester wies den Geist zurecht und brachte ihn zum Schweigen. Es gelang ihm aber nicht, ihn an diesem Tag auszutreiben. Während ich vor Angst eher tot als lebendig war und zwischen Hoffen und Bangen nicht wusste, was ich tun sollte, kam auch Herzbruder dazu und tröstete mich, so gut er konnte. Den Umstehenden und vor allem den Patern versicherte er, ich sei nie im Leben ein Mönch gewesen, wohl aber ein Soldat und hätte als solcher vielleicht mehr Böses als Gutes getan. Gleichzeitig nannte er den Teufel einen Lügner, der auch die Sache mit den Erbsen viel schlimmer dargestellt habe, als sie in Wirklichkeit gewesen sei. Ich aber war so verwirrt, dass es mir vorkam, als litte ich schon die Qualen der Hölle, so dass die Geistlichen ihre liebe Müh und Not hatten, mich zu beruhigen. Sie ermahnten mich, zur Beichte und zur Kommunion zu gehen. Aber da schrie der Geist noch einmal aus dem Besessenen: »Ja, ja, das wird eine hübsche Beichte! Dieser Kerl weiß gar nicht, was Beichten ist! Was gebt ihr euch überhaupt mit ihm ab? Das ist ein Ketzer, der gehört uns. Seine Eltern waren eher noch Wiedertäufer als Kalvinische.«

Noch einmal befahl der Exorzist dem Geist, zu schweigen, und fügte hinzu: »Da wird es dich umso mehr verdrießen, wenn dir dieses arme, verlorene Schäflein wieder aus dem Maul gezogen und der Herde Christi einverleibt wird.«

Nun ließ der Geist ein furchtbares Gebrüll vernehmen, das schrecklich anzuhören war. Und doch schöpfte ich gerade aus ihm meinen größten Trost, denn ich sagte mir: Könntest du tatsächlich keine Gnade mehr vor Gott erlangen, würde sich der Teufel nicht derart aufregen.

Obwohl ich damals auf die Beichte nicht vorbereitet war und in meinem ganzen Leben noch nie auch nur daran gedacht hatte, zu beichten, sondern mich aus Verlegenheit stets davor gefürchtet hatte wie der Teufel vor dem heiligen Kreuz, empfand ich in diesem Augenblick doch eine solche Reue wegen meiner Sünden und ein solches Verlangen, Buße zu tun und ein besseres Leben zu beginnen, dass ich auf der Stelle nach einem Beichtvater verlangte. Herzbruder freute sich sehr über die plötzliche Bekehrung und Besserung, weil er aus eigener Anschauung wusste, dass ich bisher noch keiner Religion recht angehörte. Nun jedoch bekannte ich mich öffentlich zur katholischen Kirche, ging zur Beichte und, nachdem ich die Absolution erhalten hatte, zur Kommunion, worauf mir unaussprechlich leicht ums Herz wurde. Am wunderbarsten war aber, dass mich der Geist in dem Besessenen von nun an in Frieden ließ, während er mir vor der Beichte und der Absolution alle möglichen Untaten, die ich begangen hatte, so nachdrücklich vorgeworfen hatte, als sei er hier nur zu dem einen Zweck erschienen, mir meine Sünden aufzuzählen. Doch die Zuhörer glaubten ihm nichts, weil sie ihn für einen Lügner hielten und weil ihnen auch mein ehrwürdiges Pilgergewand etwas ganz anderes vor Augen stellte.

Volle vierzehn Tage blieben wir an diesem gnadenreichen Ort, wo ich Gott für meine Bekehrung dankte und über die Wunder, die sich dort zugetragen hatten, nachdachte. Das alles regte mich zu tiefer Andacht und großer Frömmigkeit an, doch diese Wirkung hielt nicht lange vor. Denn da meine Bekehrung nicht der Liebe zu Gott, sondern der Furcht vor der Verdammnis entsprungen war, wurde ich nach und nach wieder lau und träge, während die Erinnerung an den Schrecken, den mir der Böse Feind eingejagt hatte, allmählich verblasste. Und nachdem wir die Reliquien, den Kirchenschatz und andere Sehenswürdigkeiten dieses Gotteshauses lang genug betrachtet hatten, begaben wir uns nach Baden*, um dort zu überwintern.

Das 3. Kapitel. Wie die beiden Freunde den Winter verbringen.

Dort mietete ich uns eine schöne Stube samt Schlafkammer, wie die Kurgäste sie vor allem im Sommer gern benutzen – reiche Schweizer zumeist, die vor allem zum Vergnügen und zum Protzen kommen und nicht so sehr, um irgendwelche Gebrechen zu kurieren. Mit dem Logis bestellte ich auch gleich die Kost, doch als Herzbruder sah, welchen Aufwand ich trieb, mahnte er zur Sparsamkeit und erinnerte an den langen, harten Winter, der uns bevorstand. Er glaubte nämlich nicht, dass mein Geld so lange reichen könnte. Ich würde es, sagte er, im Frühling noch nötig brauchen, wenn wir wieder losziehen wollten. Auch viel Geld sei schnell vertan, wenn man immer nur davon nehme und nichts hinzutue. Wie Rauch zerstäube es und kehre nie zurück.

Nach solchen gutgemeinten Ermahnungen konnte ich Herzbruder nicht länger verheimlichen, wie prall gefüllt mein Beutel war und dass ich dieses Geld für unser beider Wohlsein ausgeben und in Anbetracht seiner Herkunft einen Meierhof* mit ihm gewiss nicht kaufen wolle, denn dabei würde kein Segen sein. Aber wenn ich es schon nicht anlegen wolle, sei es doch nur recht und billig, damit meinen liebsten Freund auf Erden zu unterstützen und Herzbruder Oliviers Geld zugute kommen zu lassen, als Ausgleich für die Schmach, die Olivier ihm bei Magdeburg angetan habe. Da ich mich dort, wo wir waren, vollkommen sicher fühlte, nahm ich meine beiden Skapuliere von den Schultern, trennte die Dukaten und Pistolen heraus und sagte zu Herzbruder, er möge mit diesem Geld nach seinem Gutdünken verfahren und solle es anlegen oder verteilen, wie es ihm für uns am nützlichsten erscheine.

Als er erkannte, wie sehr ich ihm vertraute und dass ich mir mit dem vielen Geld, wäre er nicht gewesen, auch das Ansehen eines großen Herrn hätte verschaffen können, sagte er:

»Seit ich dich kenne, beweist du mir nur immer wieder aufs Neue deine Treue, Bruder! Aber womit soll ich dir das je vergelten? Ich denke nicht nur an das Geld, das sich mit der Zeit vielleicht noch zurückzahlen ließe, sondern an deine Liebe und Treue und vor allem an das unschätzbare Vertrauen, das du mir entgegenbringst. Mit einem Wort, Bruder: Dein Edelmut macht mich zu deinem Sklaven, und was du mir Gutes tust, kann ich bewundern, aber ich kann es dir unmöglich vergelten. O ehrlicher Simplicius, dem in diesen gottlosen Zeiten, da die Welt so voller Untreue steckt, gar nicht in den Sinn kommt, dass der arme, notleidende Herzbruder sich mit dem vielen Geld davonmachen und dich selbst in die tiefste Not stürzen könnte! Ich sage dir, Bruder, mit diesem Beweis wahrer Freundschaft knüpfst du zwischen uns ein Band, das stärker ist, als wenn ein reicher Herr mir viele Tausend schenken würde. Trotzdem, Bruder, bitte ich dich, bleib selber Herr, Verwahrer und Verteiler deines Geldes. Mir genügt es, dass du mein Freund bist.«

»Was sind das für wunderliche Reden, verehrter Herzbruder?«, antwortete ich. »Du beteuerst, wie sehr du mir verbunden seist, und willst doch nicht verhüten, dass ich unser Geld zu deinem und meinem Schaden nutzlos verschwende.«

In solchem närrischen Wortwechsel ergingen wir uns, weil jeder aus lauter Liebe zum anderen ganz außer sich war. So wurde Herzbruder zugleich mein Hofmeister und mein Schatzmeister, mein Diener und mein Herr, und da wir reichlich Muße hatten, erzählte er mir, was ihm in letzter Zeit widerfahren war, wie der Graf von Götz auf ihn aufmerksam geworden sei und ihn befördert habe. Und nachher erzählte ich ihm, wie es mir seit dem Tod seines Vaters ergangen war. Denn bisher hatten wir uns nie die Zeit hierfür genommen. Als er von meiner jungen Frau in Lippstadt hörte, machte er mir Vorwürfe. Statt mit ihm in die Schweiz zu reisen, hätte ich mich erst einmal zu ihr nach Hause begeben sollen. Und als ich ihm erklärte, ich hätte es nicht übers Herz gebracht, meinen liebsten Freund im Elend zurückzulassen, drängte er mich, meiner Frau wenigstens meinen Aufenthaltsort mitzuteilen und ihr die baldige Heimkehr zu versprechen. Das tat ich und entschuldigte mich auch für mein langes Fernbleiben. Wegen allerlei widriger Umstände hätte ich nicht früher zu ihr kommen können, so lieb es mir gewesen wäre.

Herzbruder erfuhr aus den Zeitungen, dass sich der Fall des Grafen von Götz zum Guten wende, dass dieser im Begriff sei, bei der kaiserlichen Majestät seine Rehabilitation zu erwirken, bald wohl auch auf freien Fuß gesetzt werde und vielleicht gar das Kommando über seine Armee zurückerhalten solle, und berichtete seinerseits dem Grafen nach Wien über seine eigene Lage, schrieb auch an die Kurbayerische Armee wegen seiner Bagage, die er dort noch hatte, und schöpfte Hoffnung, dass ihm sein Glück wieder grünen werde. Deshalb beschlossen wir, uns im kommenden Frühling zu trennen, indem er sich zu seinem Grafen und ich mich zu meiner Frau nach Lippstadt begeben wollte.

Um aber den Winter nicht müßig verstreichen zu lassen, ließen wir uns von einem Ingenieur in der Festungsbaukunst unterweisen und zeichneten auf dem Papier mehr Fortifikationen, als die Könige von Spanien und Frankreich zusammen je hätten errichten können. Außerdem lernte ich einige Alchimisten kennen, die mich, weil sie mein Geld rochen, das Goldmachen lehren wollten, sofern ich nur das nötige Kapital zuschießen würde. Ich glaube, sie hätten mich überredet, wenn Herzbruder ihnen nicht einen Strich durch die Rechnung gemacht hätte, indem er sagte: »Wer sich auf diese Kunst wirklich versteht, hätte es nicht nötig, wie ein Bettler herumzulaufen und andere Leute um ihr Geld anzugehen.«

Während Herzbruder von dem ehrenwerten Grafen aus Wien eine freundliche, verheißungsvolle Antwort erhielt, wurde mir aus Lippstadt kein einziger Buchstabe zuteil, obschon ich an mehreren Posttagen und jeweils in doppelter

Ausfertigung geschrieben hatte. Darüber ärgerte ich mich so, dass ich in diesem Frühjahr nicht nach Westfalen aufbrach, sondern Herzbruder bat, mich nach Wien mitzunehmen und an seinem erhofften Glück teilhaben zu lassen. Also statteten wir uns von meinem Geld in jeder Hinsicht – Kleidung, Pferde, Diener, Waffen – wie zwei vornehme Reiter aus und zogen über Konstanz nach Ulm, wo wir uns ein Schiff suchten und auf der Donau binnen acht Tagen glücklich nach Wien gelangten. Unterwegs sah ich nicht viel – außer den Frauen, die am Ufer wohnten und den Vorüberfahrenden, die ihnen Komplimente zuschrien, nicht mit Worten, sondern mit dem Ding selbst antworteten, wobei sich einem Mann so mancher hübsche Einblick bot.

Das 4. Kapitel. Wie Herzbruder und Simplicius von neuem in den Krieg geraten und wieder herauskommen.

Es geht seltsam zu in der wechselhaften Welt! Man sagt: Wer alles wüsste, würde bald reich. Ich aber sage: Wer sich stets in seine Zeit zu fügen verstände, würde bald groß und mächtig. So mancher Schindhund und Halsabschneider, wie man die Geizkrägen ehrenhalber nennt, wird zwar bald reich, weil er sich auf diesen oder jenen Dreh versteht und sich nicht scheut, ihn anzuwenden. Er wird dabei aber kein großer Herr, sondern genießt oft noch weniger Ansehen als vorher, solange er noch arm war. Wer es aber versteht, sich groß und mächtig zu machen, bei dem lässt auch der Reichtum nicht lange auf sich warten. Das Glück, das Macht und Reichtum gibt, schenkte auch mir, als ich ungefähr acht Tage in Wien war, einen sehr freundlichen Blick und gute Gelegenheit, auf den Stufen von Rang und Ansehen ungehindert hochzusteigen. Ich tat's aber nicht. Warum? Ich vermute, weil mein

Fatum etwas anderes mit mir vorhatte, nämlich das, wohin mich meine Faxen brachten.

Graf von der Wahl*, unter dessen Befehl ich mir in Westfalen einen Namen gemacht hatte, hielt sich ebenfalls gerade in Wien auf, als ich mit Herzbruder dort eintraf. Bei einem Bankett, an dem neben anderen auch der Graf von Götz und verschiedene kaiserliche Kriegsräte teilnahmen, fiel ihm, als man sich über seltsame Gestalten, merkwürdige Soldaten und berühmte Fouragierer unterhielt, auch der Jäger von Soest ein, und er erzählte von ihm ein paar Geschichten in so rühmenden Worten, dass nicht wenige staunten, was ein so junger Kerl schon zuwege gebracht hatte, und zugleich bedauerten, dass der hessische Obrist Saint-André* ihm listig eine Fußfessel in Gestalt einer Frau angehängt hatte und ihn auf diese Weise dazu bringen wollte, entweder den Degen niederzulegen oder in schwedische Dienste zu treten. Graf von der Wahl hatte sich über das Spiel, das der Obrist zu Lippstadt mit mir gespielt hatte, genau unterrichtet. Herzbruder, der in der Nähe stand und etwas für mich tun wollte, bat um das Wort und sagte, er kenne den Jäger von Soest besser als sonst einen Menschen auf der Welt. Dieser Jäger sei nicht bloß ein guter Soldat, der den Pulverdampf liebe, sondern auch ein vorzüglicher Reiter, ein perfekter Fechter, ein tüchtiger Artillerist und Feuerwerker und könne es mit jedem Festungsbaumeister aufnehmen. Er habe seine Frau, mit der man ihn so schimpflich hintergangen habe, und seinen gesamten Besitz in Lippstadt zurückgelassen, um wieder in den Dienst des Kaisers zu treten. So habe er beim letzten Feldzug unter dem Grafen von Götz gedient und sei von den Weimarischen gefangen genommen worden, sei ihnen jedoch wieder entlaufen, habe zusammen mit einem Kameraden einen Korporal und sechs Musketiere, die ihn verfolgen und zurückbringen sollten, niedergestreckt und dabei noch eine ansehnliche Beute gemacht. Nun sei er mit ihm, Herzbruder, nach Wien gekommen und wolle sich wieder gegen die Feinde Seiner Römisch-Kaiserlichen Majestät gebrauchen lassen, allerdings nur unter angemessenen Bedingungen, denn einen einfachen Soldaten wolle er nicht mehr abgeben.

Die vornehme Gesellschaft war zu dieser Stunde vom Trunk schon so erheitert, dass sie ihre Neugier auf den Jäger sogleich befriedigt sehen wollte, und man schickte Herzbruder los, mich in einer Kutsche zu holen. Unterwegs erklärte er mir, wie ich mich bei diesen vornehmen Leuten aufführen sollte, denn davon hinge mein zukünftiges Glück ab. Deshalb antwortete ich dann in der Gesellschaft auf alles sehr kurz und zugespitzt, so dass man sich über mich zu wundern begann, denn ich machte den Mund nur auf, wenn ich auch eine Pointe anbringen konnte. So hinterließ ich im Ganzen einen guten Eindruck, zumal mich der Graf von der Wahl schon gelobt und einen tüchtigen Soldaten genannt hatte. Aber mit der Zeit bekam auch ich einen Rausch und muss wohl doch irgendwann zu erkennen gegeben haben, wie wenig ich bei Hofe heimisch war. Es ging dann so aus, dass mir ein Obrist der Infanterie den Befehl über eine Kompanie unter seinem Regiment anbot und ich sofort einwilligte, denn ich sagte mir: Hauptmann sein, das ist nun wirklich keine Kleinigkeit. Aber Herzbruder beklagte sich am nächsten Tag über meine Voreiligkeit und meinte, wenn ich länger abgewartet hätte, wäre ich bestimmt noch höher hinausgekommen.

So wurde ich Hauptmann über eine Kompanie, die zusammen mit mir nun zwar wieder eine komplette Führung hatte, hinten hinaus aber nur aus sieben einfachen Wachsoldaten bestand. Außerdem waren meine Unteroffiziere größerenteils alte Zausel, die nicht viel taugten, so dass wir bei der ersten Gelegenheit, als es hart auf hart ging, zersprengt wurden, während unser Graf von Götz sein Leben und mein Herzbruder durch einen Schuss seine Testikel verlor.* Mich traf es in den Schenkel, aber das war nur eine leichte Verwundung. Nachher kehrten wir nach Wien zurück, um uns kurieren zu lassen und weil wir dort unsere Habe hatten.

Obwohl auch Herzbruders Wunde bald verheilte, geriet er in einen anderen gefährlichen Zustand, dessen Ursache die Ärzte nicht gleich erkannten. Er wurde an allen vieren lahm wie ein Choleriker, den die Galle überkommt und matt macht, obwohl er sonst überhaupt nicht zu diesem Temperament und zum Zorn neigte. Trotzdem riet man ihm zu einer Kur in einem Sauerbrunnen und schlug Griesbach* am Schwarzwald vor.

So nahm das Glück unversehens eine neue Wendung. Eben noch hatte Herzbruder ein vornehmes Fräulein heiraten und hierfür sich zu einem Freiherrn und mich zu einem Edelmann machen wollen. Nun musste er dies alles überdenken. Weil er verloren hatte, womit er ein neues Geschlecht hatte auspflanzen wollen, und weil seine Lähmung sich zu einer langwierigen Krankheit auszuwachsen drohte, bei der er auf gute Freunde angewiesen war, machte er sein Testament und setzte mich als einzigen Erben seiner Hinterlassenschaft ein – vor allem, weil er sah, dass ich mein Glück seinetwegen in den Wind schlug und den Posten bei meiner Kompanie aufgab, um ihn in seinen Sauerbrunnen zu begleiten und dort gesundzupflegen.

Das 5. Kapitel. Simplicius ist als Bote unterwegs und erfährt in Gestalt des Merkur, was Jupiter mit Krieg und Frieden im Sinn hat.

Als Herzbruder wieder reiten konnte, überwiesen wir unser Bargeld – denn inzwischen hatten wir nur noch einen gemeinsamen Geldbeutel – per Wechsel nach Basel, versahen uns mit Pferden und Dienern, fuhren die Donau hinauf bis Ulm und zogen von dort zu dem erwähnten Sauerbrunnen, wo wir uns eine Wohnung mieteten. Es war Mai und angenehm zu reisen. Ich aber ritt weiter nach Straßburg, um einen Teil des Geldes, das wir von Basel hierhergesandt hatten, in Empfang zu nehmen und mich nach erfahrenen Ärzten umzusehen, die Herzbruder Medikamente verordnen und einen Plan für seine Kur aufstellen konnten. Sie kamen mit mir und stellten fest, dass Herzbruder vergiftet worden war. Weil aber das Gift nicht stark genug gewesen sei, ihn umzubringen, sei es ihm in die Gliedmaßen geschlagen und müsse nun durch verschiedene Arzneien, Gegengifte und Schweißbäder dem Körper wieder entzogen werden – eine Kur, die ungefähr acht Wochen dauern werde. Herzbruder wusste sofort, wann und von wem er vergiftet worden war – durch Leute, die seinen Posten bei der Armee haben wollten. Als er dann von den Ärzten erfuhr, eine Trinkkur im Sauerbrunnen sei für seine Behandlung überhaupt nicht erforderlich, kam er zu der Überzeugung, dass seine Rivalen auch den Arzt, der ihn im Feldlazarett behandelt hatte, bestochen hatten, damit er ihn in eine so entfernte Gegend schickte. Trotzdem entschloss er sich, seine Kur im Sauerbrunnen fortzusetzen, zum einen wegen der gesunden Luft, aber auch wegen der angenehmen Gesellschaft, die er bei den übrigen Kurgästen fand.

Ich mochte die Zeit nicht müßig vertun und wollte gern meine Frau wiedersehen, und da Herzbruder meiner Hilfe kaum bedurfte, erzählte ich ihm von meinem Plan. Er lobte ihn und bestärkte mich darin, gab mir auch ein paar kostbare Schmuckstücke mit, die ich meiner Frau in seinem Namen schenken sollte, als Entschuldigung dafür, dass er mich davon abgehalten hatte, sie früher zu besuchen. Ich ritt also nach Straßburg, besorgte mir Bargeld und erkundigte mich, wie ich am sichersten reisen könnte. Allein und zu Pferd war dies, wie sich herausstellte, unmöglich, weil die Parteien, die zwischen den zahlreichen Garnisonen der beiden kriegführenden Seiten herumstreiften, die Gegend allzu unsicher machten. Stattdessen erhielt ich einen Pass für einen Straßburger Botenläufer und setzte verschiedene Briefe an meine Frau, ihre Schwester und ihre Eltern auf, als wollte ich einen solchen Boten damit nach Lippstadt schicken. Zuletzt jedoch tat ich, als hätte ich es mir anders überlegt, brachte den Boten dazu, mir den Pass wieder auszuhändigen, schickte mein Pferd und meinen Diener zurück, kleidete mich in eine rotweiße Livree, wie die Straßburger Boten sie tragen, und fuhr selbst auf einem Schiff bis Köln, das im Krieg neutral geblieben war.

Als Erstes besuchte ich dort meinen Jupiter, der mich einst zu seinem Ganymed ernannt hatte, und wollte mich erkundigen, wie es um die Sachen stünde, die ich in Köln zurückgelassen hatte. Jupiter hatte aber gerade mal wieder seinen Rappel und war von tiefem Unwillen gegen das Menschengeschlecht erfüllt. »O Merkur*«, sagte er, als er mich sah, »was bringst du für Neuigkeiten aus Münster?* Glauben die Menschen etwa, sie könnten ohne meine Zustimmung Frieden schließen? Nie und nimmer! Sie hatten ihn – warum haben sie ihn nicht behalten? Blühten nicht alle Laster auf, als sie mich dazu brachten, ihnen den Krieg zu schicken? Womit haben sie seither verdient, dass ich ihnen wieder den Frieden gebe? Haben sie sich etwa eines Besseren besonnen? Sind sie nicht sogar noch viel schlimmer geworden und selbst mit in den Krieg gelaufen wie auf eine Kirmes? Haben sie sich etwa eines Besseren besonnen, als ich ihnen die große Teuerung schickte, in der so viele tausend Seelen verhungert sind? Hat sie das grausame Sterben, bei dem die Pest viele Millionen hinwegraffte, etwa so erschreckt, dass sie sich gebessert hätten? Nein, Merkur, und nochmals nein. Jene, die übrigblieben und den ganzen Jammer mit eigenen Augen sahen, haben sich nicht nur nicht gebessert, sondern sind viel schlimmer geworden, als sie je waren! Wenn sie aber bei so vielen schmerzlichen Heimsuchungen nicht in sich gegangen sind und unter allem Leid und aller Trübsal ihr gottloses Leben nicht aufgegeben haben, was würden sie dann erst tun, wenn ich ihnen den goldenen Frieden mit all seinen Annehmlichkeiten zurückgäbe? Ich müsste fürchten, dass sie sich, wie einst die Riesen, erdreisten, meinen Himmel zu erstürmen. Aber diese Keckheit werde ich beizeiten unterbinden und sie im Kriege hocken lassen.«

Weil ich wusste, wie man diesem Gott begegnen musste, um ihn gnädig zu stimmen, sagte ich: »Ach, großer Gott! Alle Welt seufzt nach Frieden und gelobt gründliche Besserung – wie kannst du ihnen da den Frieden noch länger verweigern?«

»Ja«, antwortete Jupiter, »sie seufzen! Aber nicht meinetwegen, sondern um ihrer selbst willen – nicht, weil jeder unter seinem Weinstock und Feigenbaum Gott loben, sondern weil er deren edle Früchte in Ruhe und mit Lust genießen will. Neulich fragte ich einen elenden Schneider, ob ich den Frieden bringen sollte. Da antwortete er, ihm sei es egal, er müsse in Kriegs- wie in Friedenszeiten mit seiner stählernen Stange fechten. Die gleiche Antwort bekam ich von einem Erzgießer, der mir sagte, wenn er im Frieden keine Glocken zu gießen habe, habe er doch im Krieg reichlich mit Kanonen und Mörsern zu tun. So antwortete mir auch ein Schmied: ›Zwar habe ich im Krieg keine Pflüge und Bauernwagen zu beschlagen, aber mir kommen doch so viel Kavalleriepferde und Armeewagen unter die Hände, dass ich auf den Frieden gut verzichten kann.‹ Da siehst du es, lieber Merkur! Warum sollte ich ihnen den Frieden gewähren? Es gibt zwar manche, die ihn herbeiwünschen, aber, wie gesagt, nur ihrem Bauch und ihrer Lust zuliebe. Auf der anderen Seite gibt es etliche, die sich wünschen, der Krieg möge weitergehen – nicht, weil ich es so will, sondern weil sie etwas davon haben. So wie sich die Maurer und Zimmerleute den Frieden wünschen, weil es bei der Wiedererrichtung der eingeäscherten Häuser etwas zu verdienen gibt, verlangen andere, die nicht glauben, mit ihrer Hände Arbeit im Frieden ein Auskommen zu finden, die Fortsetzung des Krieges, um in ihm desto hemmungsloser zu stehlen.«

Da mein Jupiter von diesen Gedanken wie besessen war, konnte ich mir ausrechnen, dass er über meine Besitztümer wenig zu sagen haben würde. Deshalb gab ich mich ihm gar nicht zu erkennen, sondern nahm den Kopf zwischen die Ohren und wanderte auf Nebenwegen, die mir alle noch bekannt waren, nach Lippstadt. Dort fragte ich nach meinem Schwiegervater, aber so, als wäre ich ein fremder Bote, und erfuhr, dass er und meine Schwiegermutter schon vor einem halben Jahr das Zeitliche gesegnet hatten und dass auch meine Liebste, kurz nachdem sie einen kleinen Sohn zur Welt gebracht hatte, der nun bei ihrer Schwester lebe, aus dieser Welt geschieden sei. Deshalb übergab ich meinem Schwager die Briefe, die ich an meinen Schwiegervater, an meine Liebste und an ihn selbst geschrieben hatte. Er wollte mich unbedingt bei sich beherbergen, um von mir als dem Boten zu erfahren, wie es dem Simplicius gehe und was er treibe. Auch meine Schwägerin unterhielt sich lange mit mir und über mich, und ich erzählte ihr alles Lobenswerte, was ich über mich wusste. Die Blatternnarben hatten mich so entstellt und verändert, dass mich niemand mehr erkannte, ausgenommen der Herr von Schönstein, der aber als mein treuer Freund den Mund hielt.

Nachdem ich meiner Schwägerin ausführlich berichtet hatte, was für schöne Pferde der Herr Simplicius sein Eigen nenne und wie viele Diener er habe und dass er sich stets in einem überall mit Gold verbrämten Rock aus schwarzem Samt zeige, da sagte sie: »Ja, das habe ich mir schon immer gedacht, dass er nicht von so einfacher Herkunft ist, wie er behauptet hat. Der hiesige Kommandant hat meinen Eltern große Hoffnungen gemacht, als er sie überredete, ihm meine Schwester selig, die eine fromme Jungfrau war, mit List an den Hals zu hängen. Ich habe auch immer befürchtet, dass es kein gutes Ende nehmen werde. Trotzdem hat er sich sehr anständig verhalten und war entschlossen, in dieser Garnison schwedische oder vielmehr hessische Dienste anzunehmen, wollte nur vorher seine Habe, die in Köln lag, hierherholen. Die Sache zog sich aber in die Länge, und schließlich hat man ihn mit einem Trick nach Frankreich gelockt. So hat er dann meine Schwester, die ihn kaum vier Wochen für sich hatte, und wohl noch ein halbes Dutzend andere Bürgerstöchter schwanger zurückgelassen, die dann eine nach der anderen mit lauter kleinen Söhnen niederkamen, meine Schwester als Letzte. Weil nun mein Vater und meine Mutter tot sind und ich und mein Mann auf Kinder nicht hoffen können, haben wir das Kind meiner Schwester als Erben unserer ganzen Hinterlassenschaft angenommen und mit Hilfe des Kommandanten von hier auch die in Köln lagernden Besitztümer seines Vaters eingeklagt, die sich auf ungefähr dreitausend Gulden belaufen, so dass der Knabe später nicht zu den Armen gehören wird. Ich und mein Mann lieben ihn so sehr, dass wir ihn seinem Vater nicht lassen würden, auch wenn er selbst käme und ihn holen wollte. Er ist außerdem unter all seinen Stiefbrüdern der schönste und seinem Vater wie aus dem Gesicht geschnitten. Ich bin mir sicher, wenn mein Schwager wüsste, was für einen prächtigen Sohn er hier hat – nichts könnte ihn aufhalten, auch wenn er sich vor seinen übrigen Hurenkindern vielleicht scheuen mag, herzukommen und dieses liebe Herzchen anzusehen.«

An dem allen und manchem, was meine Schwägerin sonst noch sagte, spürte ich, wie sehr sie mein Kind liebte, das da eben in seiner ersten Hose herumlief und mich von Herzen erfreute. Deshalb suchte ich die Schmuckstücke hervor, die mir Herzbruder als Geschenk für meine Frau mitgegeben hatte. Ich hätte sie, sagte ich, als Gruß des Herrn Simplicius dessen Liebster überreichen sollen. Da sie nun aber tot sei, hielte ich es für richtig, sie seinem Kind zu vermachen. Mein Schwager und seine Frau nahmen sie mit Freuden an und schlossen daraus, dass der Herr Simplicius über Mittel genug verfügte und ein ganz anderer Kerl sein müsse, als sie früher geglaubt hatten. Nun drang ich darauf, Abschied nehmen zu dürfen, und als mir das gewährt wurde, wollte ich im Namen des Simplicius den jungen Simplicius küssen, um seinem Vater davon berichten zu können. Als dies mit Erlaubnis meiner Schwägerin geschah, fingen meine und die Nase des Kindes an zu bluten. Mir brach fast das Herz darüber, doch ich verbarg meine Rührung, so gut es ging, machte mich, ehe noch jemand über die Ursache eines solchen Anzeichens von Sympathie ins Grübeln kam, auf den Weg und kehrte nach vierzehn mühseligen, gefahrvollen Tagen als Bettler in unseren Sauerbrunnen zurück, denn unterwegs wurde ich bis aufs Hemd ausgeraubt.

Das 6. Kapitel. Ein Streich, den Simplicius in dem Sauerbrunnen anstellte.

Nach meiner Rückkehr merkte ich, dass es sich mit Herzbruders Zustand eher gebösert als gebessert hatte, dabei war er von den Ärzten und Apothekern ärger gerupft worden als eine fette Gans. Er machte mir auch einen ziemlich kindischen Eindruck und konnte kaum mehr richtig laufen. Ich versuchte ihn, so gut ich konnte, aufzumuntern, aber es ging ihm schlecht. Er selbst spürte am Schwinden seiner Kräfte, dass er nicht mehr lange zu leben hatte, und es war sein größter Trost, dass ich bei ihm sein würde, wenn er die Augen für immer zutat.

Trotzdem ließ ich es mir gutgehen und suchte das Vergnügen, wo immer ich es zu finden glaubte, achtete allerdings stets darauf, dass es meinem Herzbruder bei seiner Pflege an nichts fehlte. Seit ich wusste, dass ich Witwer war, reizten mich die angenehmen Tage und meine Jugend wieder zur Liebe, der ich mich dann auch bald nach Kräften widmete, denn der Schrecken, der mich in Einsiedeln gepackt hatte, war längst vergessen.

In diesem Sauerbrunnen hielt sich auch eine stattliche Dame auf, die sich als Adelige ausgab*, meines Erachtens aber eher von der *mobilen* als der *nobilen* Sorte war. Dieser Mannsfalle, deren Schönheit mich reizte, machte ich den Hof, und schon bald erlaubte sie mir nicht nur, sie jederzeit zu besuchen, sondern gewährte mir auch alles Vergnügen, das ich mir nur wünschen konnte. Ihre Leichtfertigkeit war mir allerdings von Anfang an zuwider. Deshalb überlegte ich bald, wie ich sie mit Anstand wieder loswerden könnte, denn sie war, wie mir schien, eher darauf aus, mich zu schröpfen, als zu heiraten, und bedrängte mich auf Schritt und Tritt mit liebreizenden, feurigen Blicken und anderen Beweisen ihrer glühenden Zuneigung, was mir ihret- und meinetwegen oft peinlich war.

In dem Bad hielt sich auch ein vornehmer, reicher Schweizer auf, dem nicht nur sein Geld, sondern auch der Schmuck seiner Frau entwendet wurde – nichts wie Gold, Silber, Perlen und Edelsteine. Weil man nun solche Sachen so ungern verliert, wie sie schwer zu erwerben sind, suchte dieser Schweizer nach Mitteln und Wegen, sich wieder in den Besitz seiner Habe zu bringen, und ließ schließlich auch den berühmten Teufelsbanner aus dem Haus zur Geißhaut* kommen, der den Dieb durch seinen Bann so sehr quälte, dass er gar nicht anders konnte, als das Gestohlene in eigener Person dem rechtmäßigen Besitzer wieder auszuliefern, was dem Hexenmeister eine Belohnung von zehn Reichstalern einbrachte.

Diesen Schwarzkünstler hätte ich gern kennengelernt und mit ihm gesprochen. Da mir dies aber ohne Schmälerung meines Ansehens unmöglich schien, denn ich kam mir damals wieder wer weiß wie vornehm vor, sagte ich meinem Knecht, er solle sich noch am selben Abend zu ihm setzen und mit ihm trinken. Ich hatte gehört, er sei ein großer Freund des Weins, und wollte sehen, ob ich vielleicht auf diese Weise seine Bekanntschaft machen konnte, denn man erzählte mir viele seltsame Dinge über ihn, die ich nicht glauben mochte, solange ich sie nicht aus seinem eigenen Mund vernommen hatte.

Ich verkleidete mich als ein Hausierer, der mit Salben handelt, und setzte mich zu den beiden an den Tisch, um zu sehen, ob er erraten oder der Teufel ihm eingeben würde, wer ich in Wirklichkeit sei. Aber ich bekam nicht das Geringste aus ihm heraus, denn er zechte munter vor sich hin und hielt mich für das, was meine Kleider anzeigten, prostete daher zwar auch mir einige Male zu, brachte meinem Knecht jedoch viel mehr Respekt entgegen und erzählte ihm im Vertrauen, wenn der Kerl, der den Schweizer bestohlen hatte, nur ein wenig von seiner Beute in ein fließendes Wasser geworfen und damit dem Teufel einen Anteil überlassen hätte, wäre es ganz unmöglich gewesen, den Dieb zu nennen und das Verschwundene wieder herbeizuschaffen.

Diese seltsamen Mitteilungen hörte ich mit an und wunderte mich, wie der Tückische Feind mit seinen tausend Listen den armen Menschen durch solche Finessen in seine Fänge bekommt. Ich schloss daraus, dass diese Klausel zu dem Pakt gehörte, den der Teufelsbanner selbst mit dem Teufel geschlossen hatte, und dass der Trick mit dem Anteil für den Teufel im fließenden Wasser einem Dieb nicht im Geringsten helfen würde, wenn man zur Aufklärung seines Diebstahls einen anderen Teufelsbanner holen würde, in dessen Pakt diese Klausel nicht vorkam.

Nun befahl ich meinem Knecht, der im Stehlen geschickter war als jeder Böhme, er solle den Teufelsbanner betrunken machen und ihm dann seine zehn Reichstaler stehlen, gleich nachher aber ein paar Batzen davon in die Rench* werfen. Das alles tat mein Knecht sehr gewissenhaft. Als der Teufelsbanner am nächsten Morgen merkte, dass sein Geld fehlte, ging er die Wilde Rench hinauf zu einem Gebüsch – ohne Zweifel, um sich dort mit seinem dienstbaren Geist zu besprechen, wurde aber übel zugerichtet und kam ganz blau und mit lauter Kratzern im Gesicht zurück. Da tat mir der arme Wicht so leid, dass ich ihm sein Geld zurückgeben und dazu sagen ließ, da er ja nun sehe, was für ein betrügerischer, böser Kerl der Teufel sei, solle er sich aus seinem Dienst und seiner Gesellschaft verabschieden und wieder Gott zuwenden. Doch diese Ermahnung bekam mir wie dem Hund das Gras, denn von nun an hatte ich kein Glück mehr und alles ging schief. Wenig später starben mir meine schönen Pferde durch Zauberei. Aber was hätte sie auch schützen sollen? Ich lebte so gottlos wie ein Epikureer und empfahl das Meine nie in Gottes Schutz. Was hätte da diesen Zauberer hindern können, sich an mir zu rächen?

Das 7. Kapitel. Herzbruder stirbt, und Simplicius beginnt wieder, den Frauen nachzusteigen.

Mit der Zeit fühlte ich mich in dem Sauerbrunnen immer wohler. Die Gäste wurden von Tag zu Tag zahlreicher, und der Ort und das Leben dort behagten mir sehr. Mit den muntersten Besuchern schloss ich Bekanntschaft und lernte nun, vornehme Konversation zu führen und Komplimente zu machen, worauf ich bisher nie großen Wert gelegt hatte. Man hielt mich für einen Adeligen, weil meine Leute mich mit »Herr Hauptmann« anredeten und nichtadelige Soldaten meines Alters selten auf solche Posten gelangten. Daher schlossen die reichen Stutzer nicht nur Bekanntschaft, sondern auch Bruderschaft mit mir und ich mit ihnen, und Vergnügungen aller Art, Spielen, Fressen und Saufen waren meine schwerste Arbeit und Hauptsorge, wodurch allerdings so mancher schöne Dukaten verschwand, ohne dass ich es bemerkt oder viel darauf geachtet hätte, denn mein Säckel mit dem Erbe Oliviers war noch gut gefüllt.

Mit Herzbruder indessen ging es immer weiter bergab, so dass er zuletzt die Schuld der Natur bezahlen musste, nachdem die Ärzte sich erst gründlich an ihm gemästet und ihn dann verlassen hatten. Er blieb bei seinem Testament und letzten Willen und machte mich zum Erben dessen, was ihm sein Vater hinterlassen hatte. Ich wiederum sorgte für ein würdiges Begräbnis und entließ seine Diener in Trauerkleidern und mit einer ordentlichen Abfindung.

Sein Tod schmerzte mich sehr, vor allem weil man ihn vergiftet hatte, und auch wenn ich an alledem nichts ändern konnte, veränderte es doch mich, denn von nun an floh ich die Gesellschaft und suchte die Einsamkeit, um meinen betrübten Gedanken Audienz zu geben. Zu diesem Zweck verbarg ich mich in einem Gebüsch und führte mir vor Augen, was für einen Freund ich verloren hatte und dass ich einen wie ihn mein Lebtag nicht wieder finden würde. Dabei kamen mir auch allerlei Ideen, wie mein künftiges Leben einzurichten wäre, ich konnte mich aber zu nichts entschließen. Kaum hatte ich entschieden, wieder in den Krieg zu ziehen, da fiel mir ein, dass der ärmste Bauer in dieser Gegend besser dran war als ein Oberst in der Armee, denn Parteien kamen nicht in dieses Gebirge, und ich konnte mir gar nicht vorstellen, dass eine Armee in diesem Land etwas zu schaffen haben könnte oder warum sie es hätte verwüsten wollen. Alle Bauernhöfe waren wie zu Friedenszeiten gut in Schuss, und alle Ställe standen voller Vieh, während man in den Dörfern der Rheinebene weder Hund noch Katze traf.

Als ich mich so am schönsten Vogelgesang ergötzte und mir vorstellte, die Nachtigall mit ihrer Lieblichkeit bringe andere Vögel wie durch einen Bann zum Schweigen und Zuhören, sei es aus Beschämung, sei es, um ihr von der Anmut ihres Liedes etwas wegzustehlen, näherte sich auf der anderen Seite des Gewässers eine Schönheit dem Ufer, die mich, weil sie nur wie ein Bauernmädchen gekleidet war, mehr ergriff, als es ein vornehmes Fräulein je vermocht hätte.

Sie hob vom Kopf einen Korb herab, in dem sie einen Ballen frische Butter trug, um ihn im Sauerbrunnen zu verkaufen. Den kühlte sie im Wasser, damit er bei der großen Hitze nicht schmölze. Währenddessen setzte sie sich ins Gras, nahm ihren Schleier und ihren Bauernhut ab und wischte sich den Schweiß aus dem Gesicht, so dass ich sie ausgiebig betrachten und meine vorwitzigen Augen an ihr weiden konnte. Da schien mir, ich hätte in meinem Leben noch keinen schöneren Menschen gesehen. Ihr Leib zeigte vollkommene Proportionen und war ohne Tadel, Arme und Hände waren schneeweiß, das Antlitz frisch und lieblich, die schwarzen Augen voller Feuer und liebreizender Blicke. Als sie ihre Butter wieder einpackte, rief ich ihr zu: »Ach, Jungfer! Eure Butter zwar habt Ihr mit Euren schönen Händen im Wasser gekühlt, aber mein Herz habt Ihr mit Euren leuchtenden Augen in Brand gesetzt!« Kaum hatte sie mich erblickt und gehört, da ergriff sie die Flucht, ohne mir auch nur mit einem Wörtchen zu antworten, und ließ mich unter der Last all der Torheiten zurück, von denen verliebte Phantasten gepeinigt werden.

Die Begierde, von dieser Sonne stärker beschienen zu werden, trieb mich, meine Einsamkeit zu verlassen, und plötzlich klang der Gesang der Nachtigall in meinen Ohren nur noch wie Wolfsgeheul. Auch ich kehrte in den Ort zurück und schickte meinen Jungen vor, die Butterverkäuferin aufzuhalten und so lange mit ihr zu feilschen, bis ich nachgekommen wäre. Er tat, was er konnte, und ich tat nach meiner Ankunft ebenfalls, was ich konnte, fand jedoch ein steinernes Herz und eine Kälte, wie ich sie bei einem Bauernmädchen nie und nimmer erwartet hätte, die mich aber nur noch verliebter machte. Dabei hätte ich mir nach den Erfahrungen, die ich auf diesem Gebiet schon gemacht hatte, leicht ausrechnen können, dass sie sich nicht so leicht betören lassen würde.

Damals hätte ich entweder einen schlimmen Feind oder einen guten Freund brauchen können – einen Feind, der meine Gedanken auf sich gezogen und von der närrischen Liebe abgelenkt hätte; oder einen Freund, der mir mit gutem Rat geholfen und mich von meinem törichten Vorhaben abgebracht hätte. Aber leider hatte ich nur mein Geld, das mich verblendete, meine blinden Begierden, die mich verführten, weil ich ihnen freien Lauf ließ, und meine Unbesonnenheit, die mich ins Unglück stürzte und ruinierte. Schon aus dem bösen Omen der Kleider, die wir beide trugen, hätte ich Narr erschließen müssen, dass mir die Liebe zu ihr nicht bekommen würde. Denn weil mir mein Herzbruder, dem Mädchen aber die Eltern gestorben waren, trugen wir beide Trauer, als wir uns zum ersten Mal sahen. Wie sollte unserer Liebschaft da Fröhlichkeit beschert sein? Kurz, ich hatte mich schon in meine Narretei verstrickt, war deshalb ganz blind und ohne Verstand wie der Knabe Cupido* selbst, und weil ich nicht wusste, wie ich meine tierischen Begierden anders befriedigen sollte, beschloss ich, sie zu heiraten. Ich sagte mir: Du bist von Hause aus doch auch nur ein Bauernsohn und wirst dein Lebtag kein Schloss besitzen. Die Gegend hier ist gut, die hat sich den ganzen grausamen Krieg hindurch in Wohlstand und Blüte gehalten. Im Übrigen hast du noch Geld genug, auch den besten Bauernhof hier zu bezahlen. Du wirst dieses ehrbare Bauernmädchen heiraten und dir einen friedlichen Herrensitz unter all den Bauern schaffen. Und wo könntest du eine angenehmere Bleibe für dich finden als bei diesem Sauerbrunnen, wo du wegen der an- und abreisenden Badegäste gleichsam alle sechs Wochen eine neue Welt siehst und dabei beobachten kannst, wie sich der Erdkreis von einer Saison zur nächsten verändert. Solche und tausend andere Gedanken ließ ich mir durch den Kopf gehen, bis ich meiner Geliebten schließlich einen Heiratsantrag machte und, wenn auch nicht ohne Mühe, ihr Jawort erhielt.

Das 8. Kapitel. Simplicius schließt seine zweite Ehe, begegnet seinem Knan und erfährt, wer seine Eltern waren.

Ich ließ eine prächtige Hochzeit ausrichten, denn der Himmel hing mir voller Geigen. Ich kaufte nicht nur das Bauerngut, auf dem meine Braut zur Welt gekommen war, sondern begann auch einen stattlichen Neubau, der aussah, als wollte ich dort nicht bloß haus-, sondern Hof halten, und ehe die Hochzeit gefeiert war, hatte ich schon mehr als dreißig Rinder dort stehen, denn so viele konnte man das Jahr über auf dem Gut halten. Kurz, ich ließ es an nichts fehlen, auch nicht an kostbarem Hausrat, gerade so, wie es mir meine Torheit eingab. Aber die Pfeife fiel mir bald in den Dreck, denn als ich nun bei steifer Brise ins Engeland zu schiffen glaubte, kam ich wider Erwarten in Hohlland aus und begriff erst, als es längst zu spät war, warum mich meine Braut so ungern hatte nehmen wollen.

Am meisten schmerzte mich, dass ich meinen Kummer niemandem klagen konnte, ohne mich lächerlich zu machen. Mir war zwar bewusst, dass auch ich in jenem Punkt Schulden zu begleichen hatte, aber diese Erkenntnis machte aus mir keinen duldsameren und erst recht keinen anständigeren Menschen. Weil ich mich betrogen fühlte, wollte ich meine Betrügerin ebenso betrügen und fing an, herumzuschweifen, wo immer ich Einlass fand. Auch saß ich bald mehr bei der guten Gesellschaft im Sauerbrunnen als zu Hause. Mit einem Wort, ich ließ den Haushalt Haushalt sein. Meine Frau ihrerseits war genauso liederlich. Einen Ochsen, den ich zu Hause hatte schlachten lassen, salzte sie in Körben, statt in dichten Fässern ein, und als sie mir mal ein Spanferkel zubereiten sollte, da rupfte sie es wie einen Vogel. Krebse wiederum wollte sie mir auf dem Rost und Forellen am Spieß braten. Diese wenigen Beispiele zeigen schon, was für einen Schatz ich an ihr gewonnen hatte. Auch war sie einem Gläschen

Wein nie abgeneigt, teilte auch anderen braven Leuten reichlich davon aus und verhieß mir damit schon mein künftiges Verderben.

Einmal spazierte ich mit ein paar Stutzern das Tal hinunter nach dem unteren Bad*, wo wir eine Gesellschaft besuchen wollten. Da begegnete uns ein alter Bauer. Er führte eine Geiß am Strick, die er verkaufen wollte. Mir war, als hätte ich diesen Mann schon mal gesehen. Deshalb fragte ich ihn, woher er mit seiner Geiß denn käme. Er zog den Hut ab und sagte: »Gnädiger Hearr, aich darf's auch währlich neit sahn.«*

Ich entgegnete: »Du wirst sie ja nicht gestohlen haben?«

»Nein«, antwortete der Bauer, »ich bring sie aus dem Städtchen unten im Tal, aber den Namen darf ich dem Herrn nicht nennen, solang uns eine Geiß dabei zuhört.«*

Meine Begleiter fingen an zu lachen, und als ich erbleichte, glaubten sie, dies geschehe aus Ärger oder Verlegenheit darüber, dass mich der Bauer so munter auf den Arm genommen hatte. Mir ging aber etwas ganz anderes durch den Kopf. Wegen der großen Warze, die dem Bauern mitten auf der Stirn stand wie dem Einhorn sein Horn, war ich mir plötzlich fast sicher, meinen Knan aus dem Spessart vor mir zu haben, wollte aber erst einmal den Gedankenleser spielen, bevor ich mich ihm zu erkennen gab und ihn mit dem stattlichen Sohn erfreute, als den mich meine Kleider damals auswiesen. Deshalb sagte ich: »Mein lieber Vater, seid Ihr nicht im Spessart zu Haus?«

»Ja, Hearr«, sagte der Bauer.

»Haben Euch nicht vor achtzehn Jahren die Reiter Haus und Hof geplündert und niedergebrannt?«

»Ja, bei Gott, so war es«, antwortete der Bauer. »Aber ganz so lange ist es noch nicht her.«

Ich fragte weiter: »Habt Ihr damals nicht zwei Kinder gehabt, eine erwachsene Tochter und einen kleinen Jungen, der Euch die Schafe gehütet hat?«

»Herr«, antwortete mein Knan, »die Tochter war mein Kind, aber der Bub nicht. Den hab ich an Kindes statt aufziehen wollen.«

So erfuhr ich, dass ich gar nicht der Sohn dieses groben Knollfinken war – was mich zum einen erfreute, zum anderen aber betrübte, denn mir fiel ein, dass ich dann ja wohl nur ein Bastard oder ein Findelkind sein konnte. Deshalb fragte ich meinen Knan, wo er jenen Buben denn hergehabt und warum er ihn an Kindes statt aufgezogen habe.

»Ach«, sagte er, »mit ihm ist es mir seltsam ergangen. Der Krieg hat ihn mir gegeben, und der Krieg hat ihn mir wieder genommen.«

Ich fürchtete, bei seiner Erzählung werde nichts Erfreuliches über meine Herkunft herauskommen, lenkte das Gespräch deshalb wieder auf die Geiß und fragte ihn, ob er sie der Wirtin des Gasthofs in die Küche liefern wolle, was mich sehr gewundert hätte, denn altes Geißenfleisch ist nicht gerade das, was die Kurgäste im Sauerbrunnen sonst vorgesetzt bekommen.

»Ach, nein, Herr!«, antwortete der Bauer. »Die Wirtin hat selbst Geißen genug und würde für die hier nichts geben. Ich bring sie der Gräfin, die im Sauerbrunnen zur Kur ist. Der Doktor Hans in allen Gassen hat ihr verschiedene Kräuter verordnet, die erst die Geiß fresse muss. Der Doktor nimmt dann die Milch, die sie nachher dadevon gibt, tut noch angere Ärznei dazu, und die Gräfin muss es dann trinke, um wieder gesund zu werden. Die Leut sahren, mit ihrem Gedärme tät was naut stümme, aber wenn ihr die Geiß hilft, dann hätt sie mehr geschafft als wie der Doktor und all seine Abbedeeker mittenanger.«

Während er das alles berichtete, überlegte ich, wie ich mit diesem Bauern noch länger reden könnte. Schließlich bot ich ihm für die Geiß einen Taler mehr an, als der Doktor oder die Gräfin geben wollten. Er ließ sich – denn schon geringer Gewinn stimmt die Leute bald anders* – sofort darauf ein, aber nur unter dem Vorbehalt, dass er der Gräfin erst mitteile, dass ich ihm einen Taler mehr geboten hätte. Wenn sie dann bereit sei, so viel zu geben wie ich, solle sie das Vorkaufsrecht haben, wenn nicht, wolle er die Geiß mir überlassen, und in jedem Fall werde er mir am Abend mitteilen, wie der Handel stünde.

So ging mein Knan seines Weges und wir anderen des unseren. Doch lange hielt ich es bei meiner Gesellschaft nicht mehr aus, sondern kehrte bald um und ging ihm nach. Als ich ihn wiederfand, hatte er die Geiß noch bei sich, weil ihm die anderen nicht so viel für sie geben wollten wie ich, was mich bei derart reichen Leuten zwar wunderte, aber darum nicht knausriger machte. Ich führte ihn auf meinen neuerworbenen Hof, bezahlte ihm das Tier, und nachdem ich ihm einen halben Rausch eingeträufelt hatte, fragte ich ihn noch einmal, wie er an den Knaben gekommen sei, von dem wir heute schon gesprochen hatten.

»Ach, Herr«, sagte er, »der Feldzug des Mansfelders* hat ihn mir beschert, und die Schlacht bei Nördlingen* hat ihn mir wieder genommen.«

Ich sagte, das müsse ja eine interessante Geschichte sein, und bat ihn, damit uns nicht langweilig werde und weil wir doch sonst nichts zu reden hätten, solle er sie mir erzählen. Da begann er zu sprechen.

»Als der Mansfelder die Schlacht bei Höchst* verlor, zerstreute sich sein fliehendes Heer in der ganzen Gegend, weil viele nicht wussten, wohin sie sich retten sollten. Etliche kamen in den Spessart, um sich im Wald zu verstecken. Aber indem sie in der Ebene dem Tod entgingen, fanden sie ihn bei uns in den Bergen. Denn weil nun beide Kriegsparteien es für richtig hielten, einander auf unserem Grund und Boden zu berauben und niederzumachen, mischten wir Bauern uns ein und sahen zu, dass auch für uns etwas dabei abfiel. Oft war es zu gefährlich für uns, daheim bei Hacke und Pflug zu bleiben, und selten ging ein Bauer ohne Gewehr in den Wald. In diesem Drunter und Drüber geriet mir eines Tages in einem wilden, gefährlichen Waldstück nicht weit von meinem Hof, nachdem ich vorher einige Schüsse in der Nähe gehört hatte, eine schöne, junge Edelfrau auf einem stattlichen Pferd in die Hände. Zuerst glaubte ich, sie sei ein Kerl, weil sie so männlich daherritt. Aber als ich sah, wie sie Hände und Augen zum Himmel hob und mit jammervoller Stimme Gott anflehte, ließ ich die Flinte, mit der ich auf sie schießen wollte, sinken und entspannte den Hahn wieder, weil mich ihr Schreien und ihre Gebärden überzeugten, dass sie eine Frau in Nöten war. So näherten wir uns einander, und als sie mich sah, sagte sie: ›Ach, wenn Ihr ein aufrechter Christenmensch seid, so bitte ich Euch um Gottes und seiner Barmherzigkeit, ja, auch um des Jüngsten Gerichts willen, vor dem wir für all unser Tun und Lassen Rechenschaft ablegen müssen – bringt mich zu rechtschaffenen Frauen, die mir mit Gottes Beistand helfen, mich meiner Leibesfrucht zu entledigen!‹ Diese Worte, die mich an so große Dinge erinnerten, aber auch ihre liebliche Art zu sprechen und die trotz des Kummers überaus schöne und anmutige Gestalt der Frau weckten in mir ein solches Mitgefühl, dass ich ihr Pferd beim Zügel nahm und sie durch Hecken und Stauden dorthin führte, wo der Wald am dichtesten war und wohin ich selbst mit Frau, Kind, Gesinde und Vieh geflohen war. Dort brachte sie dann kaum eine halbe Stunde später den kleinen Knaben zu Welt, über den wir heute schon gesprochen haben.«

Hier schloss mein Knan seine Erzählung und wendete sich wieder dem Wein zu, denn ich goss ihm kräftig nach. Als er sein Glas geleert hatte, fragte ich: »Und wie ist es dann der Frau ergangen?«

Er antwortete: »Nachdem sie ihr Kind zur Welt gebracht hatte, bat sie mich, sein Pate zu sein und es so bald wie möglich taufen zu lassen, sagte mir ihren Namen und den ihres Mannes, damit sie im Taufbuch verzeichnet würden, öffnete ihre Reisetasche, in der sie allerlei Kostbarkeiten hatte, und schenkte mir, meiner Frau und meinem Kind, der Magd und einer dritten Frau, die bei uns war, so viel, dass wir damit zufrieden sein konnten. Aber während sie uns so großzügig bedachte und uns dabei von ihrem Mann erzählte, starb sie vor unseren Augen, nachdem sie ihr Kind noch einmal unserer Obhut empfohlen hatte.

Weil eine solche Unruhe im Land war, dass niemand daheim zu bleiben wagte, hatten wir Mühe, einen Pfarrer zu finden, der bei dem Begräbnis zugegen war und das Kind taufte. Nachdem aber beides geschehen war, meinten unser Dorfschulze und der Pfarrer, ich solle das Kind großziehen, bis es erwachsen sei, und für meine Mühen die ganze Hinterlassenschaft der Frau behalten, ausgenommen einige Rosenkränze, Edelsteine und Schmuckstücke, die ich für das Kind aufheben sollte. Meine Frau zog das Kind dann mit Geißenmilch auf.* Wir behielten den Buben gern bei uns und dachten, wenn er groß wäre, könnten wir ihm unser Mädchen zur Frau geben. Aber nach der Schlacht bei Nördlingen habe ich beide, das Mädchen und den Buben, verloren und unseren ganzen Besitz dazu.«

»Da habt Ihr mir«, sagte ich zu meinem Knan, »eine merkwürdige Geschichte erzählt und doch das Beste vergessen. Ihr habt mir nämlich nicht gesagt, wie die Frau, ihr Mann und das Kind hießen.«

»Herr«, antwortete er, »ich hätte nicht gedacht, dass Ihr auch das noch wissen wollt. Die Edelfrau hieß Susanna Ramsay, ihr Mann Oberst Sternfels von Fuchshaim, und weil ich Melchior heiße, ließ ich den Jungen auf den Namen Melchior Sternfels von Fuchshaim taufen und ins Taufbuch eintragen.«

So erfuhr ich, dass ich der leibliche Sohn meines Einsiedlers und der Schwester des Gouverneurs Ramsay war, aber leider viel zu spät, denn meine Eltern waren beide tot, und über meinen Onkel Ramsay konnte ich nur noch in Erfahrung bringen, dass die Hanauer ihn samt der schwedischen

Garnison aus der Stadt vertrieben hatten, weshalb er vor lauter Zorn bald wahnsinnig geworden sei.

Nun schüttete ich meinen Paten vollends mit Wein zu und ließ am nächsten Tag auch seine Frau holen. Als ich mich ihnen dann zu erkennen gab, wollten sie es mir erst glauben, als ich ihnen ein schwarzbehaartes Mal auf meiner Brust gezeigt hatte.

Das 9. Kapitel. Was für Wehen ihm das Kinderkriegen macht und wie er wieder Witwer wird.

Wenig später ritt ich zusammen mit meinem Paten in den Spessart hinunter, um mir dort beglaubigte Dokumente über meine Herkunft und meine eheliche Geburt zu verschaffen, was mir dank dem Kirchenbuch und dem Zeugnis meines Paten unschwer gelang. Ich besuchte auch den Pfarrer, der sich meiner in Hanau angenommen hatte. Er gab mir eine schriftliche Bestätigung mit, aus der hervorging, wo mein Vater gestorben war und dass ich bis zu seinem Tod bei diesem und später unter dem Namen Simplicius eine Zeit lang bei Herrn Ramsay, dem Gouverneur von Hanau, gelebt hatte. Außerdem ließ ich mir meine ganze Geschichte, durch Zeugen bestätigt, von einem Notar beurkunden, denn ich sagte mir: Wer weiß, wozu du das noch mal gebrauchen kannst? Diese Reise kostete mich mehr als vierhundert Taler, denn auf dem Rückweg fielen wir einer Partei in die Hände, wurden unserer Pferde beraubt und geplündert, so dass ich und mein Knan oder Pate nur knapp und so gut wie nackt mit dem Leben davonkamen.

Auch zu Hause ging es schlimm zu. Denn nachdem meine Frau erfahren hatte, dass ihr Mann ein Junker sei, spielte sie nicht bloß die vornehme Dame, sondern ließ auch den Haushalt noch mehr verlottern als bisher, was ich schweigend hinnahm, weil sie schwanger war. Obendrein kam mir auch noch ein Unglück in den Stall und raubte mir das meiste und das beste Vieh.

Das alles wäre vielleicht noch zu verschmerzen gewesen, aber – o Wunder! – ein Unglück hockt auf dem anderen. Um die gleiche Stunde, als meine Frau ihr Kind bekam, brachte auch die Magd ein Kind zur Welt, und zwar eines, das mir sehr ähnlich sah, während das Kind meiner Frau dem Knecht wie aus dem Gesicht geschnitten war. Außerdem hatte mir jene weiter oben erwähnte Dame in der gleichen Nacht ebenfalls ein Kind vor die Tür legen lassen und in einem beigefügten Brief erklärt, ich sei der Vater – so dass ich drei Kinder auf einen Schlag bekam! Mir war zumute, als müsste im nächsten Augenblick aus jeder Ecke noch eins hervorgekrochen kommen, was mir nicht wenige graue Haare machte. Aber so geht es, wenn man in einem gottlosen, verruchten Leben, wie ich es führte, immer seinen tierischen Begierden folgt.

Doch was half's? Ich musste taufen und mich von der Obrigkeit auch noch bestrafen lassen. Und weil die Herrschaft gerade schwedisch war, ich aber dem Kaiser gedient hatte, kam es mich besonders teuer zu stehen. Das waren lauter Vorspiele zu meinem abermaligen, vollständigen Ruin. Denn während mich die vielen unglücklichen Zufälle tief bekümmerten, nahm meine Frau sie auf die leichte Schulter und stichelte obendrein noch Tag und Nacht wegen des hübschen Fundes vor unserer Tür und wegen meiner hohen Geldstrafe. Hätte sie gewusst, wie es zwischen mir und der Magd stand, hätte sie mich noch mehr gequält. Aber das gute Mädchen war mir wohlgesinnt und ließ sich mit dem Geld, das ich ihretwegen sonst als Strafe hätte zahlen müssen, überreden, ihr Kind einem Stutzer zuzuschreiben, der mich im Jahr vorher bisweilen besucht hatte und auch bei meiner Hochzeit gewesen war, den sie aber sonst nicht näher kannte. Trotzdem musste sie gehen, denn mein Frau argwöhnte ebendas, was ich von ihr und dem Knecht mutmaßte, und konnte mir deshalb doch keine Vorwürfe machen, denn sonst hätte ich ihr vorgehalten, dass ich nicht in der gleichen Stunde bei ihr und der Magd hätte liegen können. Und dabei quälte mich noch der Gedanke, dass ich ein Kind meines Knechts aufziehen sollte, während meine eigenen Kinder nicht meine Erben sein sollten, und dass ich nicht nur über dies alles Schweigen wahren musste, sondern auch noch froh sein konnte, dass sonst niemand etwas davon wusste.

Solche Gedanken quälten mich tagein, tagaus, während sich meine Frau Stunde um Stunde am Wein erfreute, denn sie hatte sich seit unserer Hochzeit so sehr an das Kännchen gewöhnt, dass sie es selten absetzte und abends so gut wie nie ohne einen kräftigen Rausch schlafen ging. Auf diese Weise soff sie ihrem Kind schon bald das Leben weg und entzündete sich die eigenen Innereien so, dass es auch mit ihr wenig später zu Ende war und ich wieder Witwer wurde, was mir dermaßen zu Herzen ging, dass ich mich darüber fast krankgelacht hätte.

Das 10. Kapitel. Bericht verschiedener Bauersleute über den wundersamen Mummelsee.

Nachdem ich auf diese Weise meine ursprüngliche Freiheit wiedererlangt hatte, mein Beutel allerdings ziemlich leer, der große Haushalt hingegen mit Vieh und Gesinde schwer beladen war, nahm ich meinen Paten Melchior als Vater, meine Patin, seine Frau, als Mutter und Simplicius, den Bankert, der mir vor die Tür gelegt worden war, als meinen Erben an und übergab den beiden Alten Haus und Hof und mein ganzes Vermögen bis auf einige Goldstücke und Schmucksachen, die ich für den äußersten Notfall aufgehoben hatte, denn ich hatte einen solchen Abscheu vor dem Umgang und Zusammensein mit Frauen gefasst, dass ich, weil es mir so übel mit ihnen ergangen war, nicht wieder heiraten wollte.

Die beiden alten Eheleute, denen in landwirtschaftlichen Dingen keiner das Wasser reichen konnte, stellten meinen Haushalt schon bald auf neue Füße. Sie entledigten sich des Gesindes und des Viehs, das zu nichts taugte, und holten sich dafür anderes, das etwas einbrachte. Mein alter Knan und meine alte Meuder machten mir Hoffnung, alles würde gut werden, und versprachen, wenn ich sie nur wirtschaften ließe, würden sie dafür sorgen, dass für mich jederzeit ein Pferd bereitstünde und ich stets genug hätte, um mit einem braven Mann einen Schoppen Wein zu trinken.

Ich spürte schon bald, was für Leute auf meinem Hof nun das Sagen hatten. Mein Pate bestellte mit dem Gesinde die Felder und feilschte beim Handel mit Holz und Harz hartnäckiger als ein Jude. Meine Patin kümmerte sich um die Viehzucht und verstand sich besser darauf, die Milchpfennige zu verdienen und beisammenzuhalten, als zehn Frauen von der Art, wie ich eine gehabt hatte.

Die Vorräte wuchsen, großes und kleines Vieh war reichlich vorhanden, und es ging mit meinem Bauernhof so gut aufwärts, dass man ihn bald für den besten in der ganzen Gegend hielt. Ich aber spazierte herum und hing meinen Gedanken nach, denn als ich sah, dass meine Patin allein mit den Bienen durch Wachs und Honig mehr erwirtschaftete, als meine Frau früher mit Rindern, Schweinen und anderem Vieh zusammengebracht hatte, war mir klar, dass sie auch sonst nichts verschlafen würde.

Einmal spazierte ich zu dem Sauerbrunnen, mehr um von dem frischen Wasser dort zu trinken, und nicht, wie es früher meine Gewohnheit gewesen war, um Bekanntschaft mit den Stutzern zu machen. Denn ich fing an, die Sparsamkeit meiner Alten nachzuahmen, die mir beide rieten, mich nicht mit Leuten einzulassen, die ihr eigenes Geld und das ihrer Eltern nutzlos verschwenden. Ich geriet trotzdem in eine Gesellschaft, wenn auch von gesetzteren Leuten, die sich über eine Merkwürdigkeit unterhielten – den Mummelsee*, der ganz in der Nähe auf einem der höchsten Berge liege und angeblich unergründlich tief sei. Man hatte auch einige alte Bauersleute eingeladen, die erzählen sollten, was sie von diesem wundersamen See gehört hatten. Gespannt lauschte ich ihren Berichten, obwohl ich sie für lauter Märchen hielt, denn sie klangen so lügenhaft wie gewisse Schnurren bei Plinius.

Einer sagte, wenn man eine ungerade Zahl von Dingen, ob Erbsen, Steinchen oder sonst etwas, in ein Taschentuch binde und in den See tauche, so verändere sich deren Zahl in eine gerade. Und wenn man eine gerade Zahl von Dingen hineintauchte, zöge man nachher eine ungerade Zahl von ihnen heraus. Ein anderer behauptete, und viele bestätigten es mit Beispielen: Wenn man einen oder mehrere Steine hineinwerfe, erhebe sich, egal, wie schön das Wetter vorher gewesen sei, sogleich ein furchtbares Unwetter mit Regen, Hagel und Sturmböen. Hierüber kamen sie auf allerlei seltsame Geschichten, die sich bei dem See zugetragen hätten – von Erd- und Wassermännlein, die sich dort gezeigt und mit den Leuten geredet hätten.

Einer erzählte, einige Hirten hätten einmal ihr Vieh in der Nähe gehütet, da sei ein brauner Stier aus dem See gestiegen und habe sich zu den anderen Rindern gesellt. Gleich darauf sei ein kleines Männchen aufgetaucht und habe den Stier in den See zurücktreiben wollen. Der habe aber nicht gehorcht, bis ihm das Männchen drohte, alle Leiden, die die Menschen heimsuchten, würden auch über ihn kommen, wenn er nicht zurückwolle. Darauf hätten sich er und das Männchen wieder in den See begeben.

Ein anderer erzählte, als der See einmal zugefroren war, sei ein Bauer mit seinen Ochsen und mehreren dicken Stämmen, aus denen man Dielen schneidet, über den See gefahren, ohne Schaden zu nehmen. Doch als ihm dann sein Hund nachlief, habe das Eis nachgegeben, und der arme Hund allein sei eingebrochen und nicht wieder gesehen worden.

Ein dritter beteuerte, einmal sei ein Wilderer auf der Pirsch am See entlanggegangen und habe ein Wassermännlein darauf sitzen sehen, den Schoß voller Goldmünzen, mit denen es gespielt habe. Er habe auf das Männlein schießen wollen, doch da sei es untergetaucht, und eine Stimme habe sich vernehmen lassen: »Hättest du mich gebeten, dir in deiner Armut zu helfen, hätte ich dich und die Deinen reich gemacht.«

Diese und andere Geschichten, die mir alle wie Märchen vorkamen, die man Kindern erzählt, hörte ich an, lachte darüber und glaubte noch nicht einmal, dass es auf einem hohen Berg einen so unergründlichen See überhaupt geben könne. Es fanden sich jedoch andere Bauern, und zwar alte, glaubwürdige Männer, die erzählten, sie oder ihre Väter könnten sich noch erinnern, wie einmal verschiedene fürstliche Personen den See besucht hätten und ein regierender Herzog von Württemberg ein Floß habe bauen und zu Wasser bringen lassen, um seine Tiefe zu messen. Nachdem die Vermesser aber schon neun Zwirnnetz – ein Maß, mit dem Schwarzwälder Bauersfrauen besser zurechtkommen als ich und andere Geometer – mit einem Senkblei hinuntergelassen hatten, ohne auf Grund zu stoßen, habe das Floß gegen die Natur des Holzes plötzlich zu sinken begonnen, so dass die Leute darauf ihr Unternehmen abbrechen und sich an Land retten mussten; und noch heute könne man die Reste des Floßes am Seeufer sehen und daneben einen Stein mit dem württembergischen Wappen und einer Inschrift.

Andere erzählten unter Berufung auf viele Zeugen, ein österreichischer Erzherzog habe den See sogar abgraben wollen. Davon hätten ihm jedoch viele abgeraten, und auch die Leute aus der Umgebung hätten ihn ersucht, sein Vorhaben aufzugeben, weil sie fürchteten, das ganze Land könnte untergehen und ersaufen. Auch hätten jene Fürsten mehrere Fässer Forellen in dem See aussetzen lassen, die jedoch allesamt in weniger als einer Stunde vor ihren Augen eingegangen und durch den Abfluss des Sees davongetrieben seien. Dabei gebe es in dem Tal unterhalb des Sees, das nach diesem benannt sei, einen Fluss, der von Natur aus solche Fische hervorbringe, obwohl der Auslauf des Sees in diesen Fluss münde.

Das 11. Kapitel. Unerhörte Danksagung eines Patienten, die Simplicius auf nahezu fromme Gedanken bringt.

Diese letzten Berichte brachten mich fast dahin, auch denen, die ich anfangs gehört hatte, Glauben zu schenken, und machten mich so neugierig, dass ich beschloss, mir diesen wundersamen See anzusehen. Die anderen Zuhörer äußerten ganz unterschiedliche und einander widersprechende Meinungen darüber. Ich sagte, der deutsche Name *Mummelsee* deute darauf, dass hier Maskerade und Verhüllung im Spiel seien und seine Beschaffenheit und Tiefe sich nicht ohne weiteres ergründen ließen, und tatsächlich sei dies ja auch noch nicht gelungen, obwohl sich so vornehme Personen daran versucht hätten. Nachher kehrte ich an die Stelle zurück, wo ich im Jahr zuvor meine verstorbene Frau zum ersten Mal gesehen und das süße Gift der Liebe geschluckt hatte.

Dort legte ich mich auf die grüne Wiese in den Schatten, aber diesmal achtete ich nicht darauf, was die Nachtigallen daherpfiffen, sondern überlegte, welche Veränderungen mir seither widerfahren waren. Ich führte mir vor Augen, dass meine Verwandlung vom freien Mann zu einem Knecht der Liebe hier begonnen hatte; dass ich mich seither aus einem Offizier in einen Bauern, aus einem reichen Bauern in einen armen Edelmann, aus einem Simplicius in einen Melchior, aus einem Witwer in einen Ehemann, aus einem Ehemann in einen Hahnreih und aus einem Hahnrei wieder in einen Witwer verwandelt hatte; dass ich aus einem Bauernsohn zum Sohn eines braven Soldaten und dann doch wieder zum Sohn meines Knans geworden war. Da besann ich mich auch, wie mir seither mein Schicksal den Herzbruder geraubt und mich dafür mit zwei alten Eheleuten bedacht hatte. Ich dachte an das gottgefällige Leben und Sterben meines Vaters, an den jammervollen Tod meiner Mutter und an all die Veränderungen, die mich in meinem Leben heimgesucht hatten, und konnte zuletzt die Tränen nicht mehr zurückhalten.

Während ich mir voller Wehmut durch den Kopf gehen ließ, wie viel gutes Geld ich in meinem Leben besessen und verschwendet hatte, kamen zwei durstige Seelen oder Weinbeißer daher. Die Galle hatte sich ihnen in die Glieder geschlagen, so dass sie gichtlahm geworden waren und die Kur im Sauerbrunnen dringend brauchten. Sie ließen sich ganz in der Nähe nieder, weil es ein guter Platz zum Rasten war, und begannen, einander ihr Leid zu klagen, denn sie glaubten, allein zu sein.

Der eine sagte: »Mein Arzt hat mich hierhergeschickt, entweder weil er nicht mehr weiß, wie er mir noch helfen soll, oder weil er sich mit mir und anderen Kurgästen beim Wirt für das Fässchen Butter revanchieren will, das der ihm neulich geschickt hat. Ich wünschte, ich wäre ihm nie im Leben begegnet oder er hätte mir von Anfang an zu dem Sauerbrunnen geraten, dann hätte ich jetzt entweder mehr Geld oder wäre gesünder, denn dieser Sauerbrunnen bekommt mir vorzüglich.«

»Ach«, antwortete der andere, »ich danke meinem Gott, dass er mir nicht mehr Geld beschert hat, als ich besitze, denn besäße ich mehr und mein Doktor wüsste es, hätte er mir noch längst nicht zu dem Sauerbrunnen geraten, sondern ich hätte mit ihm und seinen Apothekern, die ihn dafür jedes Jahr schmieren, noch lange teilen müssen – und wenn ich darüber gestorben und verdorben wäre! Diese Halsabschneider empfehlen einem einen wirklich heilsamen Ort erst, wenn sie nicht mehr wissen, wie sie einen noch länger hinhalten und ausnehmen können. Ein Kranker, der sich mit ihnen einlässt und hinter dem sie Geld vermuten, bezahlt sie eigentlich nur dafür, dass sie ihn, solange sie können, krank bleiben lassen.«

Diese beiden lästerten noch lange über ihre Ärzte, aber ich will das hier nicht alles erzählen, sonst werden mir die Herren Mediziner noch feind und geben mir ein Mittel ein, das mir die Seele abführt. Ich berichte dies alles ohnehin nur, weil mich der zweite Patient mit seiner Danksagung, dass Gott ihm nicht mehr Geld beschieden habe, so gründlich tröstete, dass ich mir alle Sorgen und schweren Gedanken aus dem Kopf schlug, die mich damals wegen des Geldes erfüllten. Ich beschloss, in Zukunft weder nach Ehren noch nach Geld noch nach irgendetwas anderem zu trachten, das die Welt liebt. Ich nahm mir vor, zu philosophieren und ein gottesfürchtiges Leben zu führen, vor allem meine Verstocktheit zu bereuen und, wie mein seliger Vater, die höchste Stufe der Tugend zu erklimmen.

Das 12. Kapitel. Wie Simplicius mit den Sylphen zum Mittelpunkt der Erde fährt.

Meine Begierde, den Mummelsee zu sehen, wuchs noch, als ich von meinem Paten erfuhr, er sei selbst schon dort gewesen und kenne den Weg. Doch als er hörte, dass auch ich unbedingt hinwollte, sagte er: »Und was habt Ihr davon, wenn Ihr dort gewesen seid? Mein Herr Sohn und Patenkind wird nichts weiter sehen als einen gewöhnlichen Weiher mitten im tiefen Wald, und wenn er seine jetzige Lust erst mit unlustiger Mühsal bezahlt hat, so bleiben ihm am Ende nichts als Reue, müde Füße – denn reiten kann man dorthin schwerlich – und ein nutzloses Hin und Her. Kein Mensch hätte mich je dorthin gebracht, wenn ich nicht hätte fliehen müssen, als der Doktor Daniel« – er meinte den Duc d'Enghien* – »mit seinen Kriegern durch das Land hinunter nach Philippsburg zog.«

Seine Einwände konnten meiner Neugier nichts anhaben, und ich suchte mir einen Mann, der mich hinführen sollte. Als mein Pate sah, dass es mir ernst war, sagte er, weil die Hafersaat vorbei und auf dem Hof nichts weiter zu hauen oder zu ernten sei, wolle er selbst mit mir gehen und mir den Weg zeigen. Denn er liebte mich so, dass er mich ungern aus den Augen ließ, und weil mich die Leute in der Gegend für seinen leiblichen Sohn hielten, zeigte er sich auch gern mit mir und gab sich dabei wie ein armer, einfacher Mann, dessen Sohn durch eigenes Glück, ohne Zutun und Förderung des Vaters ein großer Herr geworden ist.

So wanderten wir über Berg und Tal und kamen in weniger als sechs Stunden zum Mummelsee, denn mein Pate war noch rüstig und so gut zu Fuß wie ein Junger. Dort oben aßen und tranken wir, was wir mitgenommen hatten, denn der weite Weg und die Höhe des Berges, auf dem der See liegt, hatten uns hungrig gemacht und erschöpft. Nachdem wir uns erfrischt hatten, sah ich mir den See an und entdeckte gleich einige behauene Hölzer darin, die mir und meinem Knan Überreste des württembergischen Floßes zu sein schienen. Die Länge und Breite des Gewässers vermaß ich mit Hilfe der Geometrie, denn es wäre sehr beschwerlich gewesen, den See zu Fuß zu umrunden und in Schritten und Schuhen zu messen. Ich zeichnete auch seine Lage in maßstäblicher Verkleinerung in mein Notizbuch. Als ich damit fertig war und sah, dass bei heiterem Himmel und lauer Luft Windstille herrschte, wollte ich auch herausfinden, was es mit dem Märchen von dem Unwetter auf sich hatte, das losbrechen sollte, wenn man einen Stein in den See warf. Das Gerücht, der See dulde keine Forellen, hatte ich nämlich schon an dem mineralischen Geschmack des Wassers bestätigt gefunden.

Um meinen Versuch anzustellen, ging ich nach links am See entlang bis zu der Stelle, wo das Wasser, das im Übrigen kristallklar ist, wegen der Tiefe des Sees kohlenschwarz zu sein scheint, so dass schon der unheimliche Anblick den Betrachter mit Grauen erfüllt. Dort begann ich, Steine hineinzuwerfen, so groß, wie ich sie eben noch tragen konnte. Mein Pate oder Knan wollte mir nicht nur nicht helfen, sondern warnte mich und bat inständig, ich solle damit aufhören. Ich aber machte eifrig weiter, und Steine, die ich nicht schleppen konnte, weil sie zu groß und zu schwer waren, die wälzte ich herbei, bis ich mehr als dreißig in den See befördert hatte. Da bedeckte sich der Himmel mit schwarzen Wolken, aus denen ein schauriges Donnern hervordrang, so dass mein Pate, der auf der anderen Seite des Sees in der Nähe des Auslaufs stand, anfing, mich zu schelten, und schrie, ich solle mich in Sicherheit bringen, damit wir nicht in den Regen und das Unwetter oder gar in noch größeres Unglück gerieten. Ich aber entgegnete ihm: »Vater, ich will bleiben und sehen, wie es ausgeht* – und wenn es Hellebarden hagelt!«

»Ja«, antwortete mein Knan, »Ihr macht es wie alle Draufgänger, die sich um nichts scheren – auch wenn die Welt darüber untergeht.«

Während ich seinem Schimpfen lauschte, ließ ich die Tiefe des Sees nicht aus den Augen, denn ich erwartete, von seinem Grund würden Blasen aufsteigen, wie sonst, wenn man Steine in stehende oder fließende Gewässer wirft. Aber nichts dergleichen geschah. Stattdesssen sah ich ganz unten, wo es dem Abgrund entgegenging, mehrere Kreaturen, die mich mit ihrer Gestalt an Frösche erinnerten, im Wasser kreiseln und herumtrudeln, wie die Schwärmer einer hoch in der Luft explodierenden und sich entfaltenden Feuerwerksrakete. Aber je näher sie mir kamen, desto größer und menschenähnlicher schienen sie zu werden, so dass mich zuerst tiefe Verwunderung und zuletzt, als ich sie ganz dicht vor mir sah, Grausen und Entsetzen überkam. »Ach«, sagte ich erschrocken und erstaunt zu mir selbst, aber doch so laut, dass es mein Knan auf der anderen Seite des Sees trotz des furchtbaren Donners hören konnte, »was für Wunderwerke hat der Schöpfer sogar auch im Bauch der Erde und in der Tiefe des Wassers geschaffen!«

Kaum hatte ich das gesagt, da war auch schon einer von diesen Wassergeistern oder Sylphen* aufgetaucht und antwortete mir: »Sieh mal einer an, das gibst du also zu, bevor du überhaupt etwas gesehen hast! Was würdest du erst sagen, wenn du im Mittelpunkt der Erde wärst und unseren Wohnsitz sehen könntest, den du mit deiner Neugier gestört hast?«

Unterdessen erschienen hier und da noch mehr Wassermännlein wie Tauchenten an der Oberfläche. Zu meiner Verwunderung hatten sie die Steine bei sich, die ich ins Wasser geworfen hatte. Der Erste und Vornehmste von ihnen, dessen Gewand wie Gold und Silber schimmerte, warf mir einen glitzernden Stein zu, so groß wie ein Taubenei und so grün und durchsichtig wie ein Smaragd, und sagte: »Nimm dieses Juwel, damit du den Leuten etwas von uns und diesem See erzählen kannst!«

Doch kaum hatte ich den Stein aufgehoben und eingesteckt, da war mir, als würde mich die Luft ersticken oder als würde ich in ihr ertrinken. Ich konnte mich nicht mehr aufrecht halten, taumelte herum wie ein Garnröllchen und stürzte schließlich in den See. Sobald ich aber im Wasser war, erholte ich mich und konnte nun dank des Steins, den ich bei mir hatte, das Wasser statt der Luft atmen. Ich konnte mich auch sogleich wie die Wassermännlein mühelos in dem See tummeln, glitt daher mit ihnen den Abgrund hinab und kam mir dabei vor, als ließe ich mich inmitten eines Vogelschwarms flatternd und kreisend aus luftiger Höhe auf der Erde nieder.

Da mein Knan dieses Wunder und meinen Schwindelanfall nur zum Teil gesehen hatte – nämlich soweit sich die Sache oberhalb des Wasserspiegels zugetragen hatte –, verließ er den See und lief nach Hause, als stünde ihm der Kopf in Flammen. Dort erzählte er, was geschehen war, vor allem, dass die Wassermännlein die Steine, die ich in den See geworfen hatte, unter lautem Gedonner wieder heraufgetragen und an ihre alten Plätze zurückgelegt, mich hingegen zuletzt mit sich nach unten genommen hätten. Manche glaubten ihm, die meisten aber hielten es für eine Lügengeschichte. Andere malten sich aus, ich hätte mich wie ein zweiter Empedokles von Agrigent* – der sich in den Ätna stürzte, damit, wenn man ihn nicht fände, alle Welt glauben sollte, er sei in den Himmel aufgefahren – selbst in dem See ertränkt und meinem Vater befohlen, solche Geschichten zu verbreiten, um meinen Namen unsterblich zu machen. Schon seit einiger Zeit habe man an meiner melancholischen Stimmung gesehen, dass ich ziemlich verzweifelt gewesen sei. Wieder andere hätten gern geglaubt, mein Ziehvater sei ein geiziger alter Mann und habe mich ermordet, um mich loszuwerden und auf meinem Hof allein der Herr zu sein. Dem widersprach jedoch, dass ich so stark und kräftig war. Immerhin kam es so weit, dass im Sauerbrunnen und in der ganzen Gegend damals von nichts anderem als vom Mummelsee, von mir und meinem Verschwinden und von meinem Paten gesprochen und gemutmaßt wurde.

Das 13. Kapitel. Der Fürst vom Mummelsee berichtet über Wesen und Herkunft der Sylphen.

Plinius schreibt am Ende des zweiten Buches über den Geometer Dionysiodoros, dessen Freunde hätten in seinem Grab einen Brief gefunden, in dem er berichtet, wie er aus seinem Grab ins innerste Zentrum der Erde gelangt sei und festgestellt habe, dass es bis dahin zweiundvierzigtausend Stadien seien. Der Fürst vom Mummelsee aber, der mich begleitete und, wie eben geschildert, vom Erdboden weggeholt hatte, versicherte mir, sie müssten vom Mittelpunkt der Erde bis an die Luft durch die halbe Weltkugel, ob zu den Deutschen oder zu deren Antipoden*, genau neunhundert deutsche Meilen* zurücklegen. Solche Reisen würden sie stets durch Seen wie diesen machen, von denen es auf der Welt so viele gebe, wie das Jahr Tage hat, und deren Enden oder Abgründe stießen alle beim Wohnsitz ihres Königs zusammen.

Diese große Entfernung durchmaßen wir nun in weniger als einer Stunde, blieben also hinter dem Lauf des Mondes nur wenig oder gar nicht zurück, und doch ging alles mühelos vonstatten. Ich spürte nicht nur keinerlei Müdigkeit, sondern konnte mich, während wir sanft abwärts glitten, mit dem Mummelsee-Fürsten auch noch über alles Mögliche unterhalten. Denn als ich merkte, wie freundlich er war, fragte ich ihn, wozu sie mich auf diesem weiten, gefährlichen und für Menschen doch sehr ungewohnten Weg mit sich nähmen. Da antwortete er mir bescheiden, ein Weg, den man in einer Stunde hinter sich bringen könne, sei nicht weit, und gefährlich sei er auch nicht, weil ich ja ihn und sein Gefolge bei mir hätte mitsamt dem Stein, den sie mir gegeben hätten. Dass mir dieser Weg aber ungewohnt vorkomme, sei nicht weiter verwunderlich. Im Übrigen habe er mich abgeholt, weil sein König etwas mit mir besprechen wolle und es so befohlen habe, und außerdem, damit ich mir die Naturwunder unter der Erde und im Wasser ansehen könne, über die ich ja schon gestaunt hätte, als ich noch auf der Erdoberfläche gestanden und kaum einen Schatten davon gesehen hätte.

Ich bat ihn, mir zu erklären, zu welchem Zweck der gütige Schöpfer so viele seltsame Seen erschaffen habe, die doch, soweit ich sähe, keinem Menschen etwas nutzten, sondern viel eher schädlich sein könnten. Darauf antwortete er: »Es ist ganz richtig, dass du fragst, wenn du etwas nicht weißt oder nicht verstehst. Diese Seen wurden aus drei Gründen erschaffen: Zum Ersten werden durch sie alle Meere, wie immer sie heißen, und vor allem der große Ozean wie mit Nägeln an der Erde befestigt. Zweitens treiben wir – und das ist unsere wichtigste Aufgabe – durch diese Seen, ähnlich wie es bei den Röhren, Schläuchen und Leitungen eurer Brunnen- und Bewässerungsanlagen geschieht, das Wasser aus den Tiefen des Ozeans in alle Quellen auf dem festen Land, wodurch dann die Brunnen auf der ganzen Welt fließen, die großen und kleinen Wasserläufe entstehen, der Boden befeuchtet, die Gewächse erquickt und sowohl die Menschen als auch das Vieh getränkt werden. Und drittens bieten sie uns, die wir ebenfalls vernunftbegabte Geschöpfe Gottes sind, Raum, darin zu leben, unsere Aufgaben zu erfüllen und Gott den Schöpfer in seinen Wunderwerken zu loben. Zu alledem sind wir und diese Seen erschaffen und werden bis zum Jüngsten Tag fortbestehen. Wenn wir aber beim Herannahen der letzten Zeit die Aufgaben, zu denen Gott und die Natur uns erschaffen und bestimmt haben, aus irgendeinem Grund nicht mehr erfüllen können, muss die Welt notwendigerweise durch Feuer zugrunde gehen. Zu einer früheren Zeit wird dies vermutlich nicht geschehen, es sei denn, ihr würdet (›bis der Mond nicht mehr ist‹, Psalm 72,7) den Mond, Venus oder Mars als Morgen- und Abendstern verlieren. Denn es müssten ja zunächst alle Generationen von Pflanzen und Lebewesen vergehen und alles Wasser verschwinden, bevor die Erde sich an der Hitze der Sonne entzünden, zu Pulver verbrennen und sich daraus wieder erneuern könnte. Aber solches Wissen ist nicht für uns bestimmt, sondern Gott allein vorbehalten, was auch immer wir darüber spekulieren und eure Chemiker mit ihrer Wissenschaft darüber faseln mögen.«

Als ich ihn so reden und die Heilige Schrift zitieren hörte, fragte ich, ob sie denn sterbliche Geschöpfe seien, die nach dieser Welt auch auf ein künftiges Leben hoffen dürften, oder ob sie Geister seien, die nur, solange die Welt besteht, den ihnen zugewiesenen Aufgaben nachgehen. Darauf antwortete er:

»Wir sind keine Geister, sondern sterbliche Leutchen mit vernünftigen Seelen, aber diese Seelen sterben und vergehen mit unseren Leibern. Gottes Werke sind zwar so wunderbar, dass keines seiner Geschöpfe sie ganz zu erfassen vermag; ich will dir aber in aller Demut berichten, was es mit unserer Art auf sich hat, damit du begreifst, worin wir uns von den anderen Geschöpfen Gottes unterscheiden.

Die heiligen Engel sind Geister nach dem Ebenbild Gottes und als solche gerecht, verständig, frei, keusch, hell, schön, klar, geschwind und unsterblich, und sie sind erschaffen, Gott in ewiger Freude zu loben, zu rühmen, zu ehren und zu preisen, in der Zeitlichkeit hier auf Erden aber sich um die Kirche Gottes zu kümmern und die allerheiligsten göttlichen Befehle auszuführen, weshalb sie denn bisweilen auch Sendboten genannt werden. Von ihnen sind so viel hunderttausend mal tausend Millionen erschaffen worden, wie es der göttlichen Weisheit gefallen hat. Erst nachdem nun aber aus ihrer großen Zahl unaussprechlich viele, die ihr hoher Stand zur Vermessenheit verleitet hatte, wegen solchen Hochmuts gefallen waren, wurden eure Voreltern von Gott nach seinem Ebenbild mit einer vernünftigen, unsterblichen Seele erschaffen und mit Leibern versehen, damit sie sich von selbst so lange vermehren können, bis ihr Geschlecht die Zahl der gefallenen Engel wieder erreicht. Zu diesem Zweck wurde die Welt mit allen anderen Geschöpfen erschaffen: damit der

Mensch, bis er sich so weit vermehrt hat, dass er die Zahl der gefallenen Engel ersetzen kann, darauf wohnen, Gott loben und sich aller anderen erschaffenen Dinge auf der ganzen Erdkugel, über die ihn Gott zum Herren gesetzt hat, zur Ehre Gottes und zur Erhaltung seines nahrungsbedürftigen Leibes bedienen möge.

Damals bestand der Unterschied zwischen dem Menschen und den heiligen Engeln darin, dass er die irdische Last seines Körpers mit sich herumschleppen musste und nicht wusste, was gut und was böse ist, so dass er auch nicht so stark und so schnell wie ein Engel sein konnte. Aber auch mit den unvernünftigen Tieren hatte der Mensch nichts gemein. Doch nachdem er durch den Sündenfall im Paradies seinen Leib dem Tod unterwarf, scheint er uns ein Mittelding zwischen den heiligen Engeln und den unvernünftigen Tieren zu sein. Denn so wie die heilige, entleibte Seele eines zwar irdischen, aber doch himmlisch gesinnten Menschen alle guten Eigenschaften eines heiligen Engels besitzt, gleicht der entseelte Leib eines irdischen Menschen wegen der Verwesung dem Aas eines unvernünftigen Tiers.

Wir selbst, so scheint uns, sind wiederum ein Mittelding zwischen euch und allen anderen lebendigen Geschöpfen auf der Welt, denn wir haben zwar, wie ihr, vernünftige Seelen, diese sterben aber zugleich mit unseren Leibern ab, so wie auch die Lebensgeister der unvernünftigen Tiere mit ihrem Tod verschwinden. Wir wissen, dass ihr durch den ewigen Sohn Gottes, von dem ja auch wir erschaffen sind, im höchsten Maße geadelt worden seid, indem er selbst Mensch geworden ist, der göttlichen Gerechtigkeit Genüge getan, den Zorn Gottes besänftigt und für euch die ewige Seligkeit wiedererworben hat, lauter Dinge, derentwegen euer Geschlecht bei weitem den Vorzug vor dem unseren genießt. Aber ich rede hier von der Ewigkeit und verstehe doch nichts davon, weil wir nicht fähig sind, sie zu genießen. Ich weiß nur von der Zeitlichkeit, in der uns der allergütigste Schöpfer zu unserer Seligkeit einen guten Verstand und so viel Einsicht in den allerheiligsten Willen Gottes geschenkt hat, wie wir brauchen, dazu auch gesunde Leiber mit einem langen Leben in edler Freiheit, genug Weisheit, Können und Kenntnis aller natürlichen Dinge, und schließlich, was das Allergrößte ist, werden wir von keiner Sünde und daher auch von keiner Strafe oder dem Zorn Gottes, ja noch nicht einmal von der geringsten Krankheit behelligt. Das alles erkläre ich dir so ausführlich und habe auch die heiligen Engel, die irdischen Menschen und die unvernünftigen Tiere einbezogen, damit du mich umso besser verstehst.«

Ich antwortete, ich hätte es trotzdem noch nicht begriffen. Wenn sie doch zu keiner Missetat fähig seien und also auch keiner Strafe unterlägen – wozu brauchten sie dann einen König? Und außerdem, wie könnten sie sich ihrer Freiheit rühmen, wenn sie einem König unterworfen seien? Und schließlich, wie könnten sie überhaupt geboren werden und wieder sterben, wenn sie weder Schmerzen noch Krankheit erlitten?

Darauf antwortete mir der kleine Fürst, sie hätten ihren König nicht, damit er zu Gericht sitze oder damit sie ihm dienten, sondern damit er, wie der König oder Anführer in einem Bienenstock, ihre Geschäfte lenke. Mit ihren Frauen verhalte es sich so, dass sie beim Koitus keine Lust verspürten und deshalb bei der Geburt eines Kindes auch keine Schmerzen litten. Ich solle dabei an das Beispiel der Katzen denken, die unter Schmerzen empfangen, aber mit Wollust gebären. Sie, die Sylphen, würden auch nicht unter Schmerzen oder aus Altersgebrechlichkeit und erst recht nicht an irgendwelchen Krankheiten sterben, sondern verlöschen wie eine Kerze, wenn sie ihre Zeit gebrannt habe, und wie bei den Kerzen verschwänden auch ihre Leiber zusammen mit ihren Seelen. Verglichen mit der Freiheit, deren er sich gerühmt habe, sei die Freiheit des allergrößten Monarchen bei uns irdischen Menschen ein Nichts und weniger als ein Schatten, denn weder wir noch andere Geschöpfe könnten die Sylphen töten oder zu etwas zwingen, zu dem sie nicht bereit seien, und erst recht könnten wir sie nicht in Gefangenschaft nehmen, weil sie ohne jede Mühe und Müdigkeit, von der sie gar nichts wüssten, Feuer, Wasser, Luft und Erde durchdringen könnten.

Darauf sagte ich: »Wenn es sich so verhält, hat unser Schöpfer euer Geschlecht weit höher gestellt und glückseliger gemacht als das unsere.«

»Ach, nein«, antwortete der Fürst, »ihr sündigt, wenn ihr das glaubt, und macht dem gütigen Gott haltlose Vorwürfe. Ihr seid um vieles glückseliger als wir, denn ihr seid zur seligen Ewigkeit erschaffen und dazu, das Antlitz Gottes unaufhörlich anzuschauen. In dieser Seligkeit wird jeder Einzelne von euch, der selig wird, in einem einzigen Augenblick mehr Freude und Wonne genießen als unser ganzes Geschlecht von seiner Erschaffung bis zum Jüngsten Tag.«

»Und was ist mit den Verdammten?«, fragte ich.

Darauf antwortete er mir mit einer Gegenfrage: »Was kann die Güte Gottes dafür, wenn einer von euch sich vergisst und sich den Geschöpfen dieser Welt und ihren schändlichen Wollüsten hingibt, wenn er seinen tierischen Begierden die Zügel schießen lässt, sich dadurch auf eine Stufe mit den unvernünftigen Tieren stellt und sich durch den Ungehorsam gegen Gott eher den höllischen als den seligen Geistern gleichmacht? Der ewige, selbstverschuldete Jammer solcher Verdammten tut dem Rang und dem Adel ihres Geschlechts aber keinen Abbruch, denn genau wie die anderen hätten auch sie in ihrem zeitlichen Leben die ewige Seligkeit erlangen können, wenn sie nur auf den Wegen, die dorthin führen, hätten wandeln wollen.«

Das 14. Kapitel. Wie Simplicius sich weiter mit dem Fürsten unterhält und was für seltsame und abenteuerliche Dinge er dabei erfährt.

Ich sagte zu dem kleinen Fürsten, da ich oben auf der Erde über solche theologischen Fragen ohnehin mehr zu hören bekäme, als ich mir nützlich machen könne, möge er mir doch lieber erklären, warum derart heftige Unwetter ausbrechen, sobald man Steine in diese Seen werfe. Denn mir fiel ein, dass ich vom Pilatussee* in der Schweiz das Gleiche gehört und von dem See Camarina in Sizilien das Gleiche gelesen hatte – woher auch der Ausdruck stammte, *Camarinam movere*, die Camarina in Bewegung versetzen.*

Er antwortete: »Weil alles Schwere, wenn man es ins Wasser wirft, nicht aufhört, nach dem Mittelpunkt der Erde zu fallen, solange es nicht auf einen Boden trifft, wo es liegen bleibt, und weil eben alle diese Seen bis zum Zentrum der Erde ganz bodenlos und offen sind, so dass hineingeworfene Steine natürlicherweise in unsere Wohnung fallen müssen und dort liegen bleiben würden, wenn wir sie nicht selbst wieder dahin schafften, wo sie hergekommen sind – so besorgen wir dies, um die Steinewerfer abzuschrecken und ihren Mutwillen zu bändigen, unter großem Getöse. Im Übrigen ist dies eine der wichtigsten Aufgaben, zu deren Erfüllung wir erschaffen wurden. Würden wir zulassen, dass man die Steine in die Seen wirft, und sie ohne Unwetter wieder herausschaffen, hätten wir es bald nur noch mit übermütigen Leuten zu tun, die sich einen Spaß daraus machen, uns täglich von überall auf der Welt Steine zu schicken. Schon daran, dass wir uns hierum kümmern, kannst du erkennen, wie notwendig wir sind. Denn wenn uns durch die vielen so beschaffenen Seen auf der ganzen Welt Tag für Tag so viele Steine nach der Mitte, wo wir wohnen, zugeworfen würden und wir die Steine nicht wegschafften, gingen die Befestigungen zu Bruch, mit denen das Meer an die Erde geheftet ist, und außerdem würden die Gänge verstopft, durch die die Quellen auf der Erde aus der Tiefe des Meeres gespeist werden, was eine überaus schädliche Verwirrung und letztlich den Untergang der ganzen Welt mit sich bringen könnte.«

Ich bedankte mich für diese Mitteilung und sagte: »Nun begreife ich, dass euer Geschlecht durch diese Seen alle Quellen und Flüsse auf der ganzen Erde mit Wasser versorgt. Da werdet Ihr mir gewiss auch erklären können, warum die Wasser sowohl in ihrem Geruch und Geschmack als auch in ihrer Kraft und Wirkung so große Unterschiede aufweisen, obwohl sie doch, soweit ich verstanden habe, jedes Mal aus der Tiefe des großen Ozeans, in den sich alles Wasser ergießt, hergenommen werden. Manche Quellen sind vorzügliche Sauerbrunnen und helfen zur Gesundheit, andere sind zwar sauer, aber unerquicklich und schädlich, und wieder andere sind sogar tödlich und giftig, wie jener Brunnen in Arkadien, mit dessen Wasser Alexander der Große durch seinen Mundschenk Iolaos vergiftet worden sein soll.* Manche Brunnenquellen sind lauwarm, andere siedend heiß und wieder andere eiskalt. Manche Quellen greifen das Eisen an wie Scheidewasser, zum Beispiel eine in der Grafschaft Zips* in Ungarn; andere, zum Beispiel eine in Thessalien, heilen alle Wunden. Manche Wasser werden zu Stein, andere zu Salz und einige auch zu Eisenvitriol. Der See bei Zirknitz* in Kärnten hat nur im Winter Wasser und liegt im Sommer völlig trocken. Der Brunnen bei Engstlen* fließt nur im Sommer und auch dann nur zu gewissen Stunden, wenn man das Vieh tränkt. Der Schändtlebach bei Obernäheim* im Elsass fließt nur, wenn dem Land ein Unglück droht. Und der Sabbatsfluss* in Syrien hört alle sieben Tage auf zu fließen, was mich jedes Mal, wenn ich darüber nachdenke und die Ursache dafür nicht finde, aufs Neue verwundert.«

Darauf antwortete der Fürst, alle diese Dinge hätten ihre natürlichen Ursachen, die größtenteils von den Naturkundigen unseres Geschlechts an den verschiedenen Gerüchen, Geschmäcken, Kräften und Wirkungen der Wasser schon erkannt und auf der Erde bekanntgemacht worden seien. Wenn ein Wasser von ihrem Wohnsitz bis zu seinem Auslauf, den wir Menschen Quelle nennen, nur durch Gestein fließe, so bleibe es ganz kalt und süß. Wenn es aber auf seinem Weg an Metallen vorbei- oder zwischen ihnen hindurchlaufe – denn der große Bauch der Erde sei innerlich keineswegs überall gleich beschaffen –, also etwa mit Gold, Silber, Kupfer, Zinn, Blei, Eisen, Quecksilber und dergleichen in Berührung komme oder durch Halbmineralien dringe, nämlich Schwefel, Salz in all seinen Arten, also Natursalz, Kristallsalz, Harnsalz, Wurzelsalz, Salpeter, Salmiak, Steinsalz, durch weiße, rote, gelbe und grüne Farben, durch Eisenvitriol, Wismut, goldenes, silbernes, bleiernes, ultramarinhaltiges Eisenerz, Alaun, Arsenik, Spießglanz, gelben Arsenik, Bernstein, Berggrün, Quecksilbersublimat etc., so nehme es deren Geschmack, Geruch, Beschaffenheit, Kraft und Wirkung an und werde auf diese Weise entweder heilsam oder schädlich für die Menschen. Aus diesem Grunde hätten wir auch so viele unterschiedliche Salze, von denen manche gut, andere schlecht seien. In Cervia und Comachio sei das Salz tiefschwarz, in Memphis rötlich, in Sizilien schneeweiß. Das Salz von Kentoripa am Ätna sei purpurn und das in Kappadozien gelblich.*

Über die warmen Wasser sagte er: »Sie erhitzen sich durch das im Inneren der Erde brennende Feuer, das, ähnlich wie unsere Seen, hier und da Luftlöcher und Kamine hat, wie sich an dem berühmten Ätna auf Sizilien, am Hekla auf Island, am Gunong-Api auf Banda im Gebiet der Molukken und an anderen Bergen erkennen lässt. Was den Zirknitzer See betrifft, so wird dessen Wasser im Sommer bei den Antipoden der Kärntner gesehen, und auch das Wasser des Engsteler Brunnens tritt zu gewissen Tages- und Jahreszeiten an anderen Stellen auf der Erde hervor und tut dort die gleiche

Wirkung wie bei den Schweizern. Genauso verhält es sich mit dem Schändtlebach in Obernäheim. Alle diese Quellen werden von Leuten aus unserem Geschlecht nach dem Willen und der Ordnung Gottes geleitet und betrieben, um sein Lob bei euch Menschen zu mehren. Mit dem Sabbatsfluss in Syrien aber verhält es sich so: Wenn wir den siebten Tag der Woche begehen, pflegen wir uns an unserem Wohnsitz bei seinem Ursprung und dem Beginn seines Kanals zu lagern und dort auszuruhen, denn es ist der schönste Ort in unserer Welt, und solange wir dem Schöpfer zu Ehren dort ausharren und feiern, kann dieser Fluss nicht fließen.«

Nach diesem Gespräch fragte ich den Fürsten, ob er mich denn auch durch einen anderen als den Mummelsee wieder an die Erdoberfläche bringen könne. »Freilich«, antwortete er, »warum nicht? Sofern es nur Gottes Wille ist. Auf diese Weise haben unsere Voreltern vor langer Zeit einige Kanaaniter, die dem Schwert des Josua* entronnen waren und sich aus Verzweiflung in einen solchen See gestürzt hatten, nach Amerika geführt, wo deren Nachkommen noch heute den See zu zeigen wissen, aus dem einst ihre Ureltern hervorgegangen sind.«

Als ich sah, dass er sich über meine Verwunderung wunderte, so als sei sein Bericht ganz und gar nicht verwunderlich, fragte ich ihn, ob denn sie sich nicht auch gelegentlich wunderten, wenn sie an uns Menschen etwas Seltsames und Ungewöhnliches entdeckten. Darauf antwortete er: »Am meisten wundert uns an euch, dass ihr, die ihr doch zur ewigen Seligkeit und zu unendlichen himmlischen Freuden erschaffen seid, euch durch die zeitlichen und irdischen Wollüste, die ohne Unlust und Schmerz genauso wenig zu haben sind wie Rosen ohne Dornen, derart betören lasst, dass ihr euer Anrecht auf den Himmel verwirkt, euch der fröhlichen Anschauung des allerheiligsten Angesichts Gottes beraubt und zu den verstoßenen Engeln in die ewige Verdammnis stürzt! Ach, wären doch wir an eurer Stelle! Wie würde sich jeder von uns befleißigen, die Prüfung, die euch in dem kurzen Augenblick eurer nichtigen, flüchtigen Zeitlichkeit auferlegt ist, besser zu bestehen als ihr. Denn das Leben, das ihr dort habt, ist doch gar nicht euer Leben. Euer Leben oder der Tod wird euch erst geschenkt, wenn ihr die Zeitlichkeit verlasst. Was ihr das Leben nennt, ist doch nur ein Moment oder Augenblick, der euch gegeben ist, damit ihr Gott darin erkennen und euch ihm nähern könnt und er euch zu sich nehme. Daher halten wir die Welt für einen Probierstein Gottes, auf dem der Allmächtige die Menschen ähnlich wie der reiche Mann das Gold und das Silber prüft, und je nachdem, welchen Wert und Gehalt er an dem Strich findet, und je nachdem, ob sie sich durch Feuer reiner machen lassen oder nicht, fügt er die guten und feinen Gold- und Silbersorten seinem himmlischen Schatz zu, die schlechten und falschen aber wirft er ins ewige Feuer, was euch auch euer Heiland und Schöpfer mit dem Gleichnis vom Weizen und Unkraut* schon deutlich genug zu verstehen gegeben hat.«

Das 15. Kapitel. Was der König mit Simplicius und Simplicius mit dem König besprochen hat.

So endete unser Gespräch, denn wir näherten uns dem Sitz des Königs, zu dem man mich ohne Zeremonien und Zeitverlust führte. Da hatte ich nun allen Grund, mich über Seine Majestät zu wundern, denn ich sah weder einen aufwendigen Hof noch große Prachtentfaltung, ja nicht einmal einen Kanzler, geheime Räte, Dolmetscher oder Trabanten und Leibwächter und auch keinen Hofnarren und weder Koch noch Kellermeister, weder Pagen noch Günstlinge noch Schmeichler. Ihn umschwebten vielmehr die Fürsten der verschiedenen Seen auf der Welt, und jeder von ihnen war nach

Art des Landes gekleidet, zu dem sich der ihm unterstellte See vom Mittelpunkt der Erde aus erstreckte. So sah ich hier Wassergeister versammelt, die aussahen wie Chinesen und Afrikaner, wie Höhlenmenschen und Bewohner von Nowaja Semlja, wie Tataren und Mexikaner, wie Samojeden und Molukker und sogar wie die Menschen, die bei den Polen der Arktis und der Antarktis leben – wahrlich, ein seltsames Schauspiel. Die beiden, die die Aufsicht über den Wildsee und den Schwarzsee* führten, waren genauso gekleidet wie der, der mich hierhergeführt hatte, weil ihre Seen in der Nähe des Mummelsees liegen. Derjenige, der für den Pilatussee zuständig war, trug einen stattlichen, breiten Bart und Pluderhosen wie ein ehrbarer Schweizer, und jener, der über den erwähnten See bei Camarina wachte, glich in Kleidung und Gebärden so sehr einem Sizilianer, dass man hätte schwören mögen, er sei sein Lebtag noch nicht aus Sizilien herausgekommen und spreche kein Wort Deutsch. Auf die gleiche Weise sah ich wie in einem Trachtenbuch auch die Gestalten der Perser, der Japaner, der Moskowiter, Finnen, Lappen und aller anderen Völker auf der ganzen Welt.

Ich brauchte nicht viele Komplimente zu machen, denn der König begann von sich aus, mit mir zu reden, und stellte mir in gutem Deutsch gleich eine Frage: »Wie kommst du dazu, uns aus purem Mutwillen einen solchen Haufen Steine zu schicken?«

Meine Antwort war kurz: »Weil es bei uns jedem erlaubt ist, anzuklopfen, wo eine Tür verschlossen ist.«

»Wenn du nun aber den gerechten Lohn für deine vorwitzige Zudringlichkeit bekämest?«, fragte er.

Ich erwiderte: »Eine größere Strafe als der Tod kann über mich nicht verhängt werden. Da ich inzwischen aber das Glück hatte, so viel Wunderbares zu sehen und zu erfahren, wie es unter Millionen Menschen keinem zweiten zuteil wurde, würde ich es für gering erachten, zu sterben, und könnte den Tod gar nicht als Strafe betrachten.«

»Ah, diese Verblendung!«, sagte hierauf der König und richtete die Augen in die Höhe wie einer, der aus Verwunderung zum Himmel aufblickt. »Ihr Menschen könnt nur einmal sterben, und ihr Christen solltet so klug sein, den Tod nicht zu suchen, solange ihr nicht sicher seid, dass ihr euch mit eurem Glauben und eurer Liebe zu Gott unzweifelhafte Hoffnung machen dürft, dass eure Seele das Angesicht des Höchsten tatsächlich erschauen wird, sobald der sterbende Leib die Augen schließt. Aber für diesmal habe ich etwas ganz anderes mit dir zu besprechen.«

Dann fuhr er fort: »Mir wurde berichtet, die Menschen auf der Erde und vor allem die Christen erwarteten in Kürze den Jüngsten Tag – nicht nur weil alle Prophezeiungen und namentlich jene, die die Sibyllen* hinterließen, sich erfüllt haben, sondern auch weil alles, was auf Erden lebt, sich in derart erschreckender Weise den Lastern ergeben hat, dass der allmächtige Gott nicht mehr lange zögern wird, der Welt ein Ende zu machen. Da nun auch unser Geschlecht mit der Welt untergehen und, obwohl wir Wasserwesen sind, im Feuer umkommen muss, versetzt uns das Herannahen einer so furchtbaren Zeit in große Angst. Deshalb haben wir dich holen lassen und wollen von dir erfahren, was für Sorgen oder Hoffnungen wir uns machen sollen. An den Sternen können wir bisher nichts ablesen, und auch an der Erdkugel deutet, soweit wir sehen, nichts auf eine bevorstehende Veränderung hin. Deshalb müssen wir uns bei jenen erkundigen, denen ihr Heiland selbst verschiedene Weissagungen über seine Wiederkehr hinterlassen hat, und ersuchen dich daher freundlich, uns anzuzeigen, ob der Glaube auf Erden noch verbreitet ist oder nicht, den der künftige Richter bei seiner Ankunft, wenn überhaupt, wohl nur unter großen Schwierigkeiten finden wird.«

Ich antwortete dem König, er habe mich nach Dingen gefragt, die mir viel zu hoch seien. Was die Zukunft bringe und wann der Herr auf die Erde zurückkehre, wisse allein Gott.

»Nun gut«, entgegnete der König, »aber dann sag mir, wie es die verschiedenen Stände auf der Welt mit den Aufgaben halten, zu denen sie berufen sind, damit ich hieraus folgern kann, ob der Untergang der Welt und unseres Geschlechts bevorsteht oder ob mir mit meinem Volk noch ein langes Leben und eine glückliche Regierungszeit beschieden sein wird. Wenn du mir die Wahrheit sagst, werde ich dir nachher Dinge zeigen, die bisher noch kaum jemand zu sehen bekommen hat, und will dir etwas schenken, woran du dein Leben lang Freude haben wirst.«

Ich schwieg und versuchte mich zu besinnen, aber der König drängte: »Los, los – fang ganz oben, bei den Höchsten an und hör mit den Niedrigsten auf, sonst kommst du nicht auf die Erde zurück.«

Ich antwortete: »Wenn ich bei den Höchsten anfangen soll, muss ich ja wohl mit den Geistlichen beginnen. Gleich welcher Religion sie angehören, stets sind sie so, wie Eusebius von Cäsarea* sie beschrieben hat: rechtschaffene Verächter des Müßiggangs, alle Lustbarkeiten meidend, arbeitsam in ihrem Beruf, geduldig, wenn man sie geringschätzt, ungeduldig, wo man sie mit Ehren überhäuft, arm an Geld und Gut, reich an Gewissen, demütig angesichts eigener Verdienste, hochmütig gegen alle Laster. Und wie die Geistlichen darauf bedacht sind, allein Gott zu dienen und andere Menschen mehr durch das Beispiel, das sie geben, als die Worte, die sie machen, für das Reich Gottes zu gewinnen, so richten auch die weltlichen Oberhäupter und Vorsteher ihr ganzes Tun und Trachten auf die gute Gerechtigkeit, die sie dann auch ohne Ansehen der Person einem jeden, ob arm oder reich, geradewegs und unverbogen zukommen und widerfahren lassen. Die Theologen sind heute lauter Hieronymusse oder Bedas, die Kardinäle nichts wie Borromäusse, die Bischöfe Augustinusse, die Äbte Hylarions und Pachomiusse*, und die übrigen Geistlichen gleichen samt und sonders einer Gemeinde frommer Eremiten in der Wüste bei Theben!*

Die Kaufleute treiben Handel nicht aus Gier oder Gewinnstreben, sondern um mit den Waren, die sie hierfür aus fernen Ländern herbeischaffen, ihre Mitmenschen zu versorgen. Die Wirte eröffnen ihre Wirtschaften nicht, um reich zu werden, sondern damit sich Hungrige, Durstige und Reisende bei ihnen erquicken und sie selbst ein Werk der Barmherzigkeit an den müden, entkräfteten Menschen vollbringen können. Auch der Arzt strebt nicht nach eigenem Nutzen, sondern nach der Gesundheit seines Patienten, und genauso machen es die Apotheker. Die Handwerker wissen nichts von Mogeln, Lügen und Betrug, sondern haben nur eines im Sinn: ihren Kunden solide, gute Arbeit zu liefern. Die Schneider verschneiden sich nie am Tuch ihrer Kunden, und die Weber bleiben aus Redlichkeit so arm, dass sich Mäuse, denen sie sonst ein Knäuel Garn nachwerfen müssten*, bei ihnen gar nicht ernähren könnten.

Der Wucher ist unbekannt, stattdessen hilft der Wohlhabende dem Bedürftigen aus christlicher Liebe, ohne sich lange bitten zu lassen. Und wenn ein Armer nicht zahlen kann, ohne sich zu ruinieren und Hunger leiden zu müssen, erlässt ihm der Reiche die Schuld aus freien Stücken. Von Hochmut spürt man nichts, denn jeder weiß und bedenkt, dass er sterblich ist. Von Neid merkt man nichts, denn jeder sieht und erkennt im anderen ein Ebenbild Gottes, das von seinem Schöpfer geliebt wird. Keiner gerät in Zorn über den anderen, denn jeder weiß, dass Christus für alle gelitten hat und gestorben ist. Von Unkeuschheit oder unordentlichen Fleischeslüsten hört man nie, denn alles, was man treibt, geschieht allein aus Lust am Kinderkriegen. Nirgendwo findet man Trunkenbolde und Saufbrüder, denn wo einer dem anderen zuprostet, begnügen sich beide mit einem christlichen Schwips. Trägheit im Gottesdienst gibt es nicht, denn jeder ist mit Fleiß und Eifer bei der Sache und stets darauf bedacht, wie er besser als alle anderen Gott dienen kann. Gerade deshalb gibt es ja jetzt auch so schwere Kriege auf Erden, weil jede Partei meint, die andere diene Gott nicht richtig.

Es gibt keine Geizhälse mehr, sondern nur noch Sparsame, keine Verschwender, sondern nur noch Freigebige, keine Kriegsgewinnler, die die Leute berauben und ins Verderben stürzen, sondern nur noch Soldaten, die das Vaterland verteidigen, keine eigensinnigen, faulen Bettler, sondern nur noch Verächter des Reichtums und Freunde der freiwilligen Armut, keine Korn- und Weinspekulanten, sondern nur noch umsichtige Leute, die Überschüsse für einen künftigen Notfall zum Wohl der Leute auf Lager legen.«

Das 16. Kapitel. Neue Nachrichten aus der Tiefe des unergründlichen Mare del Zur, auch Stiller Ozean oder Pazifik genannt.

Ich hielt inne und überlegte, was ich noch sagen könnte. Aber der König erklärte, er habe genug gehört. Wenn ich wolle, könnten mich seine Leute gleich dorthin zurückbringen, wo sie mich geholt hatten. Falls ich mich aber – »Denn ich sehe«, sagte er, »dass du sehr neugierig bist« – in seinem Reich ein wenig umschauen wolle, wozu meinesgleichen ja selten Gelegenheit habe, werde man mir überall in seinem Gebiet sicheres Geleit geben, und zum Abschied werde er mir dann etwas schenken, womit ich gewiss zufrieden sein werde. Da ich mich aber zu nichts entschließen und ihm nichts antworten konnte, wandte er sich an einige Sylphen, die eben nach den Tiefen des Mare del Zur aufbrechen wollten, um dort wie aus einem Garten und Jagdrevier Nahrung zu holen. Zu denen sagte er: »Nehmt ihn mit und bringt ihn bald wieder her, damit er noch heute den Erdboden wieder unter die Füße bekommt.« Zu mir aber sagte er, ich solle mir inzwischen überlegen, was ich mir von ihm wünschen wolle – etwas, das in seiner Macht stehe und das er mir als Belohnung und zur immerwährenden Erinnerung mitgeben wolle, wenn ich an die Erdoberfläche zurückkehrte.

So glitt ich mit den Sylphen davon – durch einen Gang, der mehrere hundert Meilen lang war und uns schließlich auf den Grund des erwähnten Stillen Ozeans führte. Dort standen Korallenbäume, groß wie Eichen, von denen sie das, was noch nicht hart und farbig geworden war, mitnahmen, denn sie essen es wie wir junges Hirschgeweih. Dort unten sah man Schneckenhäuser, hoch wie eine mächtige Bastei und breit wie ein Scheunentor, auch faustdicke Perlen, die sie statt Eiern essen, und andere noch viel seltsamere Meerwunder, die ich gar nicht alle aufzählen kann.

Der Boden war übersät mit Smaragden, Türkisen, Rubinen, Diamanten, Saphiren und anderen Edelsteinen, die meisten so groß wie bei uns die Wackersteine, die überall in den fließenden Bächen liegen. Hier und da sah man meilenhohe Felswände aufragen, die über das Wasser hinausreichten und anmutige Inseln trugen. Sie waren ringsherum mit schönen, wundersamen Meerpflanzen geschmückt und von mancherlei seltsamen kriechenden, stehenden und gehenden Geschöpfen bewohnt, wie das feste Land von Menschen und Tieren. Die unzähligen Arten großer und kleiner Fische, von denen wir eine gewaltige Menge im Wasser über uns sich tummeln sahen, erinnerten mich an die vielen verschiedenen Vögel, die sich bei uns im Frühling und Herbst in den Lüften vergnügen. Und da gerade um diese Zeit der Vollmond sehr hell schien – denn die Sonne stand über unserer Hemisphäre, so dass bei mir und unseren Antipoden gerade Nacht, bei den Europäern hingegen Tag war –, konnte ich zu meinem Erstaunen durch das Wasser hinauf den Mond und den Sternhimmel mit dem südlichen Pol sehen. Der Sylph, der mich begleitete, sagte allerdings, wenn wir dies nicht nur in der Nacht, sondern auch bei Tage sehen könnten, würde es mir noch erstaunlicher vorkommen. Dann sähe man nämlich ringsum bis in die Ferne, dass es, wie auf dem Land, auch auf dem Meeresgrund Berge und Täler gebe und dass sie noch schöner seien als die schönsten Landschaften auf der Erde.

Als er sah, wie ich auch darüber staunte, dass er und all die anderen, die bei ihm waren, zwar wie Peruaner, Brasilianer, Mexikaner und Bewohner der Ladronen oder Diebsinseln gekleidet waren, aber trotzdem sehr gut Deutsch sprachen, erklärte er mir, sie alle könnten nur eine einzige Sprache sprechen. Diese sei aber allen Völkern auf der ganzen Erde verständlich, so wie umgekehrt deren Sprachen ihnen verständlich seien. Dies komme daher, dass sich ihr Geschlecht an den Torheiten, die beim Turmbau zu Babel vorgefallen seien*, nicht beteiligt habe.

Nachdem sich meine Begleitung ausreichend proviantiert hatte, kehrten wir durch eine andere Höhle zum Mittelpunkt der Erde zurück. Unterwegs erzählte ich einigen von ihnen, ich hätte immer geglaubt, die Erde sei in der Mitte hohl und in diesem Hohlraum liefen die Pygmäen wie in einer Tretmühle immerfort herum und sorgten dafür, dass sich die Erdkugel ständig drehe, damit sie auf allen Seiten von der Sonne beschienen werde, die ja nach Meinung des Aristarch und des Kopernikus* unbeweglich in der Mitte des Himmels stehe. Wegen meiner Einfalt lachten sie mich furchtbar aus und sagten, die Ansichten jener beiden Gelehrten und meine eigenen Hirngespinste sollte ich mir getrost aus dem Kopf schlagen und lieber darüber nachdenken, was ich mir von ihrem König wünschen wolle, damit ich nicht mit leeren Händen auf die Erde zurückmüsste. Ich antwortete, die Wunder, denen ich hier begegnet sei, hätten mich so überwältigt, dass mir nichts einfiele, und bat sie, mir einen Rat zu geben, was ich mir von ihrem König wünschen könnte. Ich hätte schon daran gedacht, mir von ihm, da er doch der Herr über alle Brunnenquellen sei, einen Gesundbrunnen auf meinem eigenen Hof zu wünschen, ähnlich wie die Quelle, die sich kürzlich in Deutschland von selbst aufgetan habe, auch wenn diese nur einfaches Süßwasser führe. Der Fürst oder Regent über den Stillen Ozean und seine Höhlen antwortete darauf, so etwas stehe wohl nicht in der Macht seines Königs, und wenn es anders wäre und er mir diesen Wunsch gleichwohl erfüllen könnte, verhalte es sich doch so, dass Heilquellen auf die Dauer keinen Bestand hätten.

Ich bat ihn, mir zu erklären, woran das liege, und er antwortete: »In der Erde gibt es hier und da Hohlräume, und diese füllen sich nach und nach mit Metallen, die aus feuchten, zähflüssigen und dicken Ausdünstungen entstehen. Dabei dringt bisweilen durch die Spalten der goldenen oder silbernen Wismutmetalle aus der Mitte der Erde, von wo alle Quellen gespeist werden, auch Wasser ein, das sich dann viele hundert Jahre lang zwischen den Metallen hält und dabei deren edlen Charakter und ihre Heilkräfte annimmt. Wenn dann mit der Zeit mehr Wasser aus dem Mittelpunkt der Erde nachdrängt und, weil der Druck immer stärker wird, einen Auslauf auf dem Erdboden sucht und findet, dann wird zuerst das Wasser ausgestoßen, das jahrhundertelang zwischen den Metallen eingeschlossen war und dabei deren Kräfte angenommen hat, und übt auf den menschlichen Körper die wundersamen Wirkungen aus, die man bei solchen neuen Heilquellen sieht. Wenn aber dieses Wasser, das sich lange zwischen den Metallen gehalten hat, abgeflossen ist, folgt einfaches Wasser nach, das zwar durch dieselben Gänge fließt, aber wegen der Geschwindigkeit, mit der es fließt, die Vorzüge oder Kräfte der Metalle nicht annehmen und daher auch nicht, wie das frühere Wasser, heilsam sein kann.« Wenn mir, fuhr er fort, an der Gesundheit so viel gelegen sei, solle ich seinen König doch ersuchen, mich dem König der Salamander*, mit dem er in intensivem Briefwechsel stehe, für eine Kur zu empfehlen. Dieser könne die Körper der Menschen behandeln und durch Edelsteine bewirken, dass sie in keinem Feuer verbrennen – wie jener bemerkenswerte Stoff*, den wir auf der Erde besäßen und im Feuer zu reinigen pflegten, wenn er schmutzig geworden sei. Einen so geschützten Menschen könne man wie eine schleimige, stinkende, alte Tabakspfeife in ein Feuer setzen, das dann alle schlechten Säfte und schädlichen Feuchtigkeiten verzehrt, so dass der Patient am Ende so frisch, gesund und neugeschaffen daraus hervorgeht, als hätte er das Elixier des Theophrast* eingenommen.

Ich wusste nicht, ob mich der Kerl zum Narren hielt oder ob es ihm ernst war. Jedenfalls bedankte ich mich für seine Auskünfte und sagte, ich fürchtete, diese Kur würde mir als Choleriker zu heiß werden. Mir wäre nichts lieber, als wenn ich meinen Mitmenschen eine seltene Heilquelle auf die Erde mitbringen könne, die ihnen nützen, dem König der Sylphen zur Ehre gereichen und mir zu einem unsterblichen Namen und ewigem Andenken verhelfen würde. Wenn ich so etwas suche, sagte er, wolle er ein gutes Wort für mich einlegen, obwohl es dem König gleichgültig sei, ob man auf der Erde gut oder schlecht von ihm denke.

Unterdessen kamen wir wieder zum Mittelpunkt der Erde und vor den König, der gerade mit seinen Fürsten eine Mahlzeit einnehmen wollte. Es war ein Imbiss nach Art der griechischen Gastmähler, die man »Nephalia« nennt und bei denen weder Wein noch starker Alkohol getrunken wurden. Stattdessen tranken sie Perlen, die noch nicht hart geworden waren, als wären es rohe oder weichgekochte Eier. Die »fütterten« trefflich, wie die Bauern sagen, und gaben ihnen große Stärke.

Währenddessen konnte ich beobachten, wie die Sonne einen See nach dem anderen beschien und ihre Strahlen durch das Wasser bis hinunter in diese schreckliche Tiefe warf, so dass es den Sylphen nie an Licht fehlte. Man sah die Sonne in diesem Abgrund so hell leuchten und sogar Schatten werfen wie auf der Erde, so dass die Seen für die Sylphen tatsächlich wie Taglöcher oder Fenster waren, durch die Helligkeit und

Wärme zu ihnen drangen. Und wo es sich nicht so verhielt, weil manche Seen krumm und schief in die Tiefe reichten, da half die Reflexion, denn die Natur hatte hier und da in die Winkel ganze Felsen von Bergkristall, Diamanten und Rubinen gesetzt, die die Helligkeit weiter nach unten beförderten.

Das 17. Kapitel. Rückreise aus der Erdmitte, seltsame Hirngespinste, Luftschlösser, Prophezeiungen und eine Rechnung, die ohne den Wirt gemacht wird.

Inzwischen näherte sich die Zeit meiner Rückkehr, und der König wollte hören, womit er mir einen Gefallen tun könne. Ich sagte, mir könnte keine größere Gnade zuteil werden, als dass er auf meinem Hof eine echte medizinische Heilquelle entspringen ließe. »Ist das alles?«, fragte der König. »Ich dachte, du hättest dir aus dem Amerikanischen Meer ein paar große Smaragde mitgenommen und würdest nun darum bitten, dass wir sie dir nach oben auf den Erdboden schaffen. Jetzt sehe ich, dass ihr Christen wirklich nicht habgierig seid.« Darauf überreichte er mir einen Stein von seltsam schillernden Farben und sagte: »Den steck dir ein. Wo du ihn auf der Erde hinlegst, wird er sogleich versuchen, wieder den Mittelpunkt zu erreichen, und dabei die wegsamsten Mineralien durchdringen, bis er wieder zu uns kommt, um dir dann in umgekehrter Richtung eine wunderbare Sauerbrunnenquelle zu schicken, die dir so gut bekommen und so nützlich sein soll, wie du dich durch Mitteilung der Wahrheit um uns verdient gemacht hast.« Wenig später nahm mich der Fürst vom Mummelsee wieder in sein Gefolge auf, und wir kehrten durch seinen See auf dem gleichen Weg zurück, wie wir gekommen waren.

Diese Rückfahrt kam mir viel länger vor als die Hinfahrt, als hätten wir diesmal nicht bloß neunhundert, sondern zweieinhalbtausend deutsche Meilen zurückzulegen. Der Grund hierfür war aber wohl nur, dass mir die Zeit so lang wurde, weil ich mich mit meinen Begleitern kaum unterhielt. Sie erzählten mir bloß, dass sie bis zu drei-, vier- oder fünfhundert Jahre lebten, ohne je krank zu werden. Im Übrigen dachte ich an nichts als meinen Sauerbrunnen und überlegte, wohin ich ihn platzieren und wie ich ihn mir zunutze machen würde.

Da entwarf ich schon Pläne, was für stattliche Gebäude ich in seiner Nähe errichten würde, damit die Badegäste ordentlich untergebracht waren und ich ihnen eine anständige Miete abknöpfen konnte. Ich überlegte, wie ich die Ärzte durch Schmiergeld dazu bringen würde, dass sie meinen neuen Wunder-Sauerbrunnen allen anderen, sogar dem von Schwalbach*, vorziehen und mir eine Menge reicher Badegäste zuführen würden. Schon ließ ich in Gedanken ganze Berge abtragen, damit sich die An- und Abreisenden nicht über mühsame Wege zu beschweren brauchten. Schon stellte ich schlaue Hausknechte, sparsame Köchinnen, umsichtige Zimmermädchen, wachsame Stallknechte und reinliche Bad- und Brunnenverwalter ein und malte mir aus, an welcher Stelle ich mitten im wilden Gebirge bei meinem Hof einen schönen, ebenen Park anlegen und darin allerlei seltene Gewächse pflanzen wollte, wo die Herren Badegäste und ihre Frauen lustwandeln, die Kranken sich erfrischen und die Gesunden sich mit verschiedenen kurzweiligen Spielen unterhalten und erholen konnten. Sodann sollten mir die Ärzte – allerdings wohl gegen Honorar – eine klangvolle Abhandlung über meinen Brunnen und seine Vorzüge zu Papier bringen, die ich zusammen mit einem Kupferstich meines Bauernhofs im Aufriss und im Grundriss drucken lassen wollte und an der sich jeder Kranke, dem der Prospekt in die Hand kam, schon halb gesundlesen und wieder Hoffnung schöpfen konnte. Ich ließ auch schon alle meine Kinder aus Lippstadt kommen und sorgte dafür, dass sie etwas lernten, womit sie sich in meinem neuen Bad nützlich machen konnten. Nur Bader und Arzt sollte mir keines werden, denn ich wollte meine Gäste zwar schröpfen, aber nicht auf dem Rücken, sondern an ihrem Geldbeutel, und zwar so lange wie möglich.

In solchen Gedanken und Wunschbildern schwelgend, kam ich wieder an die Luft, als mich der Fürst, sogar mit trockenen Kleidern, aus seinem Mummelsee an Land setzte. Den Edelstein, den er mir vor unserer Hinfahrt gegeben hatte, musste ich schnell zurückgeben, sonst wäre ich in der Luft ertrunken oder hätte zum Atemholen den Kopf wieder ins Wasser tauchen müssen. Danach segneten wir einander wie Leute, die für immer voneinander Abschied nehmen. Er tauchte weg und fuhr in die Tiefe hinab zu den Seinen. Ich aber machte mich mit dem Stein, den mir der König gegeben hatte, so froh und glücklich auf den Weg, als hätte ich auf der Insel Kolchis das Goldene Vlies erobert.

Aber ach! Meine Freude, die doch auf einem nunmehr unvergänglichen Fundament zu gründen schien, währte nicht lang. Denn kaum hatte ich den Wundersee hinter mir gelassen, da begann ich mich in dem unheimlichen Wald zu verirren, weil ich nicht darauf geachtet hatte, von welcher Seite mein Knan mich an den See geführt hatte. Ich war aber schon ein gutes Stück gegangen, bevor mir dies auffiel, und schmiedete immer noch neue Pläne, wie ich den kostbaren Sauerbrunnen auf meinem Hof anlegen und einrichten und mir damit einen geruhsamen Herrensitz schaffen könnte. So kam ich mehr und mehr von dem Ort ab, zu dem es mich am meisten hinzog, und was das Schlimmste war – ich begriff es erst wirklich, als die Sonne langsam unterging und ich mir nicht mehr zu helfen wusste. Da stand ich nun ratlos mitten in der Wildnis, ohne Proviant und ohne Waffe, die mir für die bevorstehende Nacht gewiss nützlich gewesen wären. Doch ich tröstete mich mit dem Stein, den ich aus dem innersten Eingeweide der Erde mitgebracht hatte.

Geduld, Geduld!, sagte ich mir. Der hier wird dich für alle Nöte, die du überstanden hast, entschädigen. Gut Ding will Weile haben, und das Vorzügliche ist ohne große Mühe und Arbeit nicht zu haben, sonst würde sich jeder Narr ohne viel Schnaufen und Schuften einen so herrlichen Sauerbrunnen verschaffen, wie du ihn in der Tasche hast.

Nachdem ich mich mit solchen Worten selbst ermuntert hatte, schöpfte ich aus der neuen Entschlossenheit auch neue Kraft, so dass ich beherzter als zuvor dahinwanderte, obwohl mich die Nacht bald einholte. Der Vollmond leuchtete zwar, aber die hohen Tannen ließen weniger von seinem Licht zu mir herunter als früher am selben Tag das tiefe Meer. Trotzdem kam ich voran, bis ich gegen Mitternacht in der Ferne ein Feuer erblickte. Ich ging geradewegs darauf zu und sah schon von weitem einige Waldbauern dabei, die Harz gesammelt hatten. Obwohl solchen Burschen nicht immer zu trauen ist, rieten mir der eigene Mut und die Not, sie anzusprechen. Ich schlich mich an und überraschte sie mit den Worten: »Gute Nacht oder guten Tag oder guten Morgen oder guten Abend, ihr Herren! Sagt mir doch, welche Zeit es ist, damit ich euch richtig grüßen kann.« Zitternd vor Schreck saßen oder standen die sechs da und wussten nicht, was sie mir antworten sollten, denn da ich zu den Längsten gehöre, wegen des Todes meiner Frau noch schwarze Trauerkleidung trug und außerdem einen mächtigen Prügel dabeihatte, auf den ich mich wie ein wilder Mann stützte, kam ich ihnen unheimlich vor.

»Wie?«, sagte ich. »Will mir denn keiner antworten?«

Es dauerte ein ganze Weile, bis sich einer besann und sagte: »Wear ischt dann der Hair?«

Daran erkannte ich, dass er ein Schwabe war, die man oft, aber zu Unrecht, für einfältig hält. Ich sei ein fahrender Schüler, erklärte ich ihnen, und soeben aus dem Venusberg* zurückgekehrt, wo ich eine Menge wundersamer Künste erlernt hätte.

»Oho!«, antwortete der älteste Bauer. »Jetzt glaube ich, dass ich den Frieden, Gott sei Dank, wirklich noch erleben werde – wenn die Studenten wieder zu reisen anfangen!«

Das 18. Kapitel. Simplicius verschüttet seinen Sauerbrunnen am falschen Ort.

So kamen wir miteinander ins Gespräch, und sie waren so höflich, mich an ihr Feuer einzuladen und mir ein Stück Schwarzbrot mit Magerkäse anzubieten, was ich beides gern annahm. Schließlich fassten sie solches Vertrauen zu mir, dass sie glaubten, als fahrender Scholar könnte ich ihnen auch wahrsagen. Da ich mich in der Physiognomik und der Chiromantie ein wenig auskannte, begann ich, jedem von ihnen etwas aufzutischen, von dem ich glaubte, dass er es gern hören würde, denn ich fühlte mich in der Gesellschaft dieser Waldbrüder nicht recht wohl und wollte kein Misstrauen bei ihnen wecken. Sie wünschten von mir allerlei Künste und Kniffe zu erlernen, doch ich vertröstete sie auf den nächsten Tag und bat sie, mich ein wenig schlafen zu lassen. Nachdem ich also auch noch den Zigeuner gespielt hatte, legte ich mich etwas abseits hin – allerdings mehr, um zu horchen und herauszufinden, wie sie über mich dachten, und weniger, um zu schlafen, obwohl es am Appetit dazu nicht fehlte. Je mehr ich nun schnarchte, desto wacher wurden sie, steckten die Köpfe zusammen und rieten um die Wette, wer ich sein könnte. Ein Soldat könne ich nicht sein, meinten sie, weil ich einen schwarzen Rock trug, aber auch kein Bürgersmann, weil ich zu einer so ungewöhnlichen Zeit in der Einsamkeit des Muckenlochs – so hieß der Wald – aufgetaucht sei. Zuletzt einigten sie sich darauf, dass ich ein verirrter Handwerksgesell sein müsse, der die Lateinschule besucht habe, oder eben, wie ich selbst behauptet hatte, ein fahrender Scholar, weil ich so gut wahrsagen könne.

»Ja«, fing bald wieder einer an, »aber alles hat er eben doch nicht gewusst. Er könnte auch ein nichtsnutziger Soldat sein, der sich verkleidet hat, um unser Vieh und unsere Schleichwege im Wald auszukundschaften. Wüssten wir's doch bloß! Dann würden wir ihn so schlafen legen, dass er das Aufwachen vergisst!« Aber gleich meldete sich ein anderer zu Wort, der ihm widersprach und mich für etwas anderes hielt. Währenddessen lag ich da, spitzte die Ohren und dachte: Wenn diese Halunken über mich herfallen, müssen erst mal ein paar von ihnen ins Gras beißen, bevor sie mich kriegen.

Während sie berieten und ich mich ängstigte, war mir plötzlich, als läge neben mir einer, der ins Bett pisst, denn ehe ich mich's versah, war alles um mich herum nass! O Wunder! Da war Troja verloren, und all meine herrlichen Pläne zerrannen zu nichts. Denn an dem Geruch erkannte ich, dass es mein Sauerbrunnen war. Ich war so wütend, dass ich fast allein auf die sechs Bauern losgegangen wäre und mich mit ihnen geschlagen hätte.

»Ihr gottlosen Flegel«, rief ich, nachdem ich mit meinem Prügel in der Hand aufgesprungen war, »an dem Sauerbrunnen, der da hervorsprudelt, wo ich gelegen habe, könnt ihr erkennen, wer ich bin. Ihr bräuchtet euch nicht zu wundern, wenn ich euch alle wegen eurer bösen Gedanken strafen und zum Teufel schicken würde.«

Dabei schnitt ich so gruselige Grimassen, dass sie sich vor mir grausten. Doch im nächsten Augenblick besann ich mich und erkannte, was für eine Torheit ich da begehen wollte. Nein, dachte ich, besser den Sauerbrunnen verlieren als das Leben, das dir leicht abhanden kommen kann, wenn du dich mit diesen Lümmeln anlegst. Deshalb schlug ich, ehe sie sich besinnen konnten, wieder einen freundlicheren Ton an und sagte: »Steht auf und probiert den wunderbaren Sauerbrunnen, den ihr und alle Harz- und Holzmacher mir zu verdanken habt und von nun an in dieser Wildnis genießen könnt!«

Da verstanden sie gar nichts mehr, sondern starrten einander bloß wie lebendige Stockfische an, bis sie sahen, dass ich in aller Ruhe den ersten Schluck aus meinem Hut nahm. Schließlich standen sie einer nach dem andern von dem Feuer auf, bei dem sie gesessen hatten, betrachteten das Wunder und probierten das Wasser. Aber statt mir dankbar zu sein, begannen sie zu schimpfen. Ihnen wäre es lieber gewesen, sagten sie, wenn ich meinen Sauerbrunnen irgendwo anders zum Sprudeln gebracht hätte, denn wenn ihre Herrschaft etwas davon erführe, müsste der ganze Bezirk Dornstetten* in Fronarbeit Wege hierher bauen, was sie viel Mühe und Ärger kosten würde.

»Aber ihr habt doch alle etwas davon!«, sagte ich. »Da könnt ihr eure Hühner, eure Eier, eure Butter, euer Vieh und vieles andere besser zu Geld machen.«

»Nein, nein, nein!«, sagten sie. »Die Herrschaft setzt einen Verwalter ein. Der allein wird reich, während wir seine Narren sein werden und ihm Wege und Stege instand halten müssen und überhaupt nichts davon haben.«

Schließlich gerieten sie miteinander in Streit. Zwei von ihnen wollten den Sauerbrunnen behalten, während die vier anderen verlangten, ich solle ihn wieder abschaffen, was ich, wenn es in meiner Macht gestanden hätte, bestimmt auch von allein getan hätte, egal, ob sie einverstanden gewesen wären oder nicht.

Da es inzwischen Tag geworden war und ich nichts weiter bei ihnen zu schaffen hatte, ja, sogar fürchten musste, dass wir uns am Ende noch in die Haare geraten würden, sagte ich ihnen, wenn sie nicht wollten, dass die Kühe im ganzen Baiersbronner Tal* allesamt rote Milch gäben, solange der Brunnen lief, sollten sie mir auf der Stelle den Weg nach Seebach* zeigen. Sie waren einverstanden und gaben mir zu diesem Zweck zwei von ihnen mit, weil sich einer allein nicht getraute.

So machte ich mich wieder auf den Weg, und obwohl die ganze Gegend ohnehin unfruchtbar war und außer Tannenzapfen nichts hervorbrachte, hätte ich sie am liebsten noch tiefer ins Elend verwünscht, weil ich dort all meine Hoffnung verloren hatte. Ich ging jedoch schweigend mit meinen Wegführern fort, bis ich auf die Höhe des Gebirges kam, von wo aus ich mich wieder allein zurechtfinden konnte. Hier sagte ich zu ihnen: »Ihr könnt von eurem neuen Sauerbrunnen mächtig profitieren, wenn ihr eurer Obrigkeit die Quelle zeigt. Bestimmt spränge für euch eine ansehnliche Belohnung heraus, weil der Fürst den Brunnen zum Nutzen und zur Zierde des Landes ausbauen und zur Vermehrung seiner Einnahmen überall bekanntmachen würde.«

»Ja«, sagten sie, »so dumm sind wir nicht, uns den Stock, mit dem wir dann verprügelt werden, selbst zu schneiden. Uns wäre es lieber, dich würde der Teufel holen und deinen Sauerbrunnen dazu. Du hast ja gehört, warum wir ihn nicht haben wollen.«

»Trottel seid ihr!«, sagte ich. »Oder soll ich euch hinterhältige Schurken nennen, weil ihr vom Weg der Rechtschaffenheit eurer Vorfahren so weit abgekommen seid? Die waren ihrem Fürsten so treu, dass er sich rühmen durfte, er könne seinen Kopf jedem seiner Untertanen in den Schoß legen und ruhig darin schlafen. Ihr elenden Wichte dagegen seid nicht mal so ehrlich, zum Nutzen eures hochlöblichen Fürsten und zum Wohle so manches elenden Kranken diesen heilsamen Sauerbrunnen bekannt zu machen – bloß weil ihr ein bisschen Arbeit fürchtet, die euch im Laufe der Zeit sogar vergolten würde und von der eure Nachfahren einen großen Vorteil hätten. Was macht es da schon aus, wenn jeder dafür ein paar Tage Frondienst tut?«

»Wie bitte?«, sagten sie. »Eher würden wir im Frondienst dich totschlagen, damit keiner von dem Brunnen erfährt.«

»Dazu bräuchte es mehr als zwei von eurer Sorte!«, rief ich, holte mit meinem Prügel aus und jagte sie damit zum Teufel. Danach ging ich in westlicher und südlicher Richtung bergab, erreichte gegen Abend mit vieler Mühe und Anstrengung meinen Hof und fand bestätigt, was mir mein Knan prophezeit hatte, dass ich nämlich von dieser Wallfahrt nichts haben würde als müde Füße und ein nutzloses Hin und Her.

Das 19. Kapitel. Einiges über die ungarischen Wiedertäufer und ihre Lebensweise.

Nach meiner Rückkehr lebte ich zurückgezogen und saß am liebsten über den Büchern, die ich mir zu allen erdenklichen Themen in großer Zahl besorgte, vor allem solche, die Stoff zum Nachdenken boten. Was die Grammatiker und Schulmeister lernen sollten, war mir im Nu verleidet, und auch von der Arithmetik hatte ich nach kurzer Zeit genug. Die Musiklehre hasste ich bald ebenfalls wie die Pest und schlug meine Laute in tausend Stücke. Mathematik und Geometrie ließ ich mir gefallen, bis ich auf die Astronomie kam, dann machte ich Schluss mit jenen beiden und hielt mich eine Zeit lang mit großem Vergnügen an diese und die Astrologie. Doch irgendwann kamen auch sie mir falsch und ungewiss vor, und ich wollte mich nicht länger mit ihnen abgeben. Stattdessen griff ich zur *Ars magna et ultima* des Raimundus Lullus*, fand aber nur viel Geschwafel mit wenig dahinter, und weil ich in diesem Werk bloß eine Topik, eine Anleitung zum Hervorsuchen von Problemen, erblickte, ließ ich sie liegen und machte mich über die Kabala der Juden und die Hieroglyphen der Ägypter her, stellte zuletzt aber fest, dass unter all meinen Künsten und Wissenschaften keine besser sei als die Theologie, wenn man durch sie dahin kommt, Gott zu lieben und ihm zu dienen.

Nach ihren Maßstäben dachte ich mir nun für die Menschen eine Lebensweise aus, die für Engel vielleicht besser geeignet war als für Menschen – eine Gesellschaft, zu der sich verheiratete und ledige Männer und Frauen zusammentun sollten, die in der Art der Wiedertäufer danach strebten, unter der Leitung eines verständigen Vorstehers durch ihrer Hände Arbeit ihren Lebensunterhalt zu verdienen und in der übrigen Zeit durch Gotteslob und Gottesdienst ihr Seelenheil zu fördern. In Ungarn* hatte ich gesehen, wie die Wiedertäufer auf ihren Höfen ein solches Leben führen, und war so beeindruckt gewesen, dass ich mich ihnen aus freien Stücken angeschlossen oder ihre Lebensweise zumindest für die allerseligste auf Erden gehalten hätte, wenn diese braven Leute sich nicht in falsche und von der allgemeinen christlichen Kirche verworfene, ketzerische Meinungen verwickelt und verrannt hätten.

In ihrem Leben und Gebaren erinnerten sie mich an die jüdischen Essener, die Flavius Josephus* und andere beschrieben haben. Sie verfügten über große Vorräte und Überfluss an Lebensmitteln, die sie aber durchaus nicht verschwendeten. Fluchen, Murren oder Ungeduld gab es bei ihnen nicht, ja, man hörte nie ein unnützes Wort. Ich sah die Handwerker in ihren Werkstätten stets emsig bei der Arbeit, als ob sie es für Lohn täten. Der Lehrer unterrichtete die Jugend, als wären es allesamt seine eigenen Kinder. Nirgendwo sah ich Männer und Frauen vermischt. Vielmehr ging jedes Geschlecht an dafür bestimmten Orten der ihm aufgetragenen Arbeit nach. Ich sah Zimmer, in denen sich nur Wöchnerinnen aufhielten, denen dort zusammen mit ihren Kindern ohne Beistand der Männer von ihren Mitschwestern alle notwendige Pflege reichlich zuteil wurde. In anderen besonderen Sälen standen nur Wiegen von Säuglingen, die von eigens hierfür bestimmten Frauen gewickelt und versorgt wurden, so dass sich ihre Mütter damit begnügen konnten, ihnen dreimal am Tag zu bestimmten Zeiten die milchreichen Brüste zu bieten. Diese Aufgabe, den Frauen im Kindbett und den Kindern aufzuwarten, war allein den Witwen vorbehalten. Anderswo sah ich das weibliche Geschlecht nur spinnen, so dass man über hundert Kunkeln oder Spinnrocken in einem Raum antreffen konnte. Die eine war Wäscherin, die zweite Bettenmacherin, die dritte eine Viehmagd, die vierte eine Schüsselwäscherin, die fünfte deckte den Tisch, die sechste verwaltete die Weißwäsche, und so wusste auch jede andere, was sie zu tun hatte. Und so wie die verschiedenen Aufgaben unter den Frauen sorgfältig verteilt waren, kannte auch jeder Mann und jeder Jüngling seine Aufgabe.

Wurde jemand krank, so bekam er oder sie einen eigenen Krankenpfleger oder eine Pflegerin zugewiesen. Außerdem stand ihnen ein Arzt und Apotheker zur Verfügung. Wegen ihrer gesunden Ernährung und Lebensweise wurden sie allerdings selten krank, und ich habe bei ihnen so manchen stattlichen, hochbetagten Mann gesehen, der sich in gesunder Ruhe seines Alters erfreute, wie man es anderswo selten sieht.

Alle hatten ihre bestimmten Stunden zum Essen und zum Schlafen, aber nicht eine Minute zum Spielen oder Spazierengehen, ausgenommen die Jugend, die nach jedem Essen der Gesundheit wegen mit ihrem Erzieher spazieren gehen, dabei aber auch beten und geistliche Lieder singen musste. Es gab unter ihnen keinen Zorn, keine Eifersucht, keine Rachgier, keinen Neid, keine Feindschaft, keine Sorge um irdische Güter, keine Anmaßung und kein schlechtes Gewissen. Kurz, es herrschte überall eine liebliche Harmonie, die nur ein Ziel zu haben schien: das Menschengeschlecht und das Reich Gottes in aller Ehrbarkeit zu vermehren. Kein Mann sah seine Frau, außer wenn er zur bestimmten Zeit mit ihr in seiner Schlafkammer war, in der sich, abgesehen von einem gemachten Bett, nichts befand als ein Nachttopf neben einem

Krug Wasser und einem weißen Handtuch, so dass er mit gewaschenen Händen abends zu Bett und morgens wieder an seine Arbeit gehen konnte. Außerdem sprachen alle einander mit *Schwester* und *Bruder* an, aber dieser ehrbar vertrauliche Umgang hatte doch keine Unkeuschheit zur Folge.

Eine so selige Lebensgemeinschaft, wie die wiedertäuferischen Ketzer sie pflegten, hätte ich gern gegründet, denn sie schien mir sogar die klösterliche noch zu übertreffen. Ich dachte: Könntest du unter dem Schutz der Obrigkeit ein so ehrbares christliches Gemeinwesen schaffen, wärst du ein zweiter Dominikus oder Franziskus.* Ach, sagte ich auch oft, was wärst du für ein seliger Mensch, wenn du die Wiedertäufer dazu bringen könntest, unseren christlichen Glaubensgenossen ihre Lebensweise nahezubringen! Wie viel hättest du erreicht, wenn du deine Mitchristen dazu bewegen könntest, ein allem Anschein nach so ganz und gar christliches und ehrbares Leben zu führen wie diese Wiedertäufer! Ich sagte mir zwar auch: Du Narr, was gehen dich die anderen Leute an? Werd ein Kapuziner*, die Frauen bist du doch sowieso leid! Doch dann dachte ich wieder: Morgen bist du nicht wie heute. Wer weiß, welcher Mittel es noch bedarf, dich auf dem Weg Christi zu halten? Heute neigst du zur Keuschheit, aber vielleicht brennst du schon morgen wieder vor Verlangen.

Lange trug ich mich mit solchen Gedanken und hätte meinen Hof und mein ganzes Vermögen gern einer solchen christlichen Lebensgemeinschaft gestiftet, um in ihr selbst Mitglied zu werden. Aber mein Knan prophezeite mir gleich, dass ich solche Leute nie und nimmer zusammenbringen würde.

Das 20. Kapitel. Enthält einen kurzweiligen Spaziergang vom Schwarzwald bis nach Moskau in Russland.

In diesem Herbst kamen französische, schwedische und hessische Truppen in unsere Gegend, um sich zu erholen, und blockierten* gleichzeitig die Reichsstadt in unserer Nähe, die einst von einem englischen König* erbaut worden war und seinen Namen trug. Deswegen flohen die Leute mit ihrem Vieh und ihren wertvollsten Sachen in die Bergwälder. Ich machte es wie meine Nachbarn und ließ das Haus einigermaßen leer zurück, in dem dann ein reformierter schwedischer Obrist einquartiert wurde. Der fand in meinem Studierzimmer noch ein paar Bücher, die ich in der Eile nicht hatte mitnehmen können – Lehrbücher der Mathematik und Geometrie, auch ein hauptsächlich für Ingenieure bestimmtes Buch über den Festungsbau –, und schloss daraus, dass sein Quartier keinem einfachen Bauern gehören könne. Er zog Erkundigungen über mich ein, versuchte, mich ausfindig zu machen, und brachte mich durch eine Mischung aus höflichen Einladungen und versteckten Drohungen schließlich dahin, ihn auf meinem eigenen Hof zu besuchen. Dort empfing er mich freundlich und wies seine Leute an, mir nichts sinnlos zu zerstören oder zu beschädigen. Durch seine gefällige Art bewog er mich, ihm von mir und vor allem von meinem Geschlecht und meiner Herkunft zu erzählen. Da wunderte er sich, dass ich mitten im Krieg unter Bauern lebte und zusah, wie andere ihr Pferd an meinen Zaun banden, während ich doch das meine an den Zaun eines anderen hätte binden können und davon mehr Ehre gehabt hätte. Ich solle den Degen wieder umhängen, riet er mir, und die Gaben, die Gott mir verliehen habe, nicht hinter dem Ofen und dem Pflug verkommen lassen. Wenn ich in schwedische Dienste träte, würde ich mit meinen Talenten und meiner Kriegserfahrung gewiss bald Karriere machen.

Ich antwortete ihm nüchtern. Ohne Freunde, die einem unter die Arme griffen, seien die Aussichten auf eine Beförderung wohl eher gering. Worauf er erwiderte, mit meinen Fertigkeiten würde ich bestimmt bald Freunde gewinnen und befördert werden. Außerdem würde ich bei der schwedischen Hauptarmee ohne Zweifel einflussreiche Verwandte finden, denn ihr gehörten viele vornehme schottische Adelige an. Ihm selbst, so sagte er noch, habe Torstenson* ein Regiment versprochen, und wenn dieses Versprechen gehalten werde, woran er nicht zweifle, wolle er mich sofort zu seinem Oberstleutnant machen.

Mit solchen Worten machte er mir den Mund wässrig, und weil noch wenig Hoffnung auf Frieden war und mir daher eher weitere Einquartierungen und womöglich der vollständige Ruin drohten, beschloss ich, wieder mitzumachen, und versprach dem Obristen, ihn zu begleiten, wenn er sein Wort halten und mir den Posten eines Oberstleutnants bei seinem künftigen Regiment geben würde.

Die Sache wurde vereinbart, und ich ließ meinen Knan oder Paten holen, der sich mit meinem Vieh noch in Baiersbronn aufhielt. Ihm und seiner Frau überschrieb ich meinen Hof als Eigentum, allerdings mit der Klausel, dass nach seinem Tod mein unehelicher Sohn Simplicius, der mir vor die Tür gelegt worden war, diesen Hof mit allem, was dazugehörte, erben sollte, denn eheliche Erben gab es ja nicht. Als ich meine Angelegenheiten geregelt und die nötigen Anordnungen zur weiteren Erziehung meines natürlichen Sohnes getroffen hatte, holte ich mein Pferd und was ich noch an Geld und Schmuck hatte, denn die erwähnte Blockade war plötzlich aufgehoben worden, so dass wir früher als erwartet aufbrechen und uns zur Hauptarmee in Marsch setzen mussten. Ich übernahm bei dem Obristen die Aufgaben eines Verwalters und versorgte ihn und seinen Haushalt, indem ich mit seinen Knechten zum Stehlen und Rauben oder, wie man auf Soldatisch sagt, zum Fouragieren ausritt.

Die Versprechungen, die Torstenson gemacht hatte, gingen keineswegs so weit, wie mein Obrist behauptet hatte. Im Gegenteil, mir schien, er werde in der Truppe ziemlich scheel angesehen. »Ach«, sagte er mir dazu, »irgendein falscher Hund muss mich beim Generalstab angeschwärzt haben. Da wird meines Bleibens nicht mehr lange sein.« Und weil er argwöhnte, dass meine Geduld Grenzen hatte, fälschte er Briefe, denen zufolge er in Livland, wo er zu Hause war, ein frisches Regiment anwerben solle, und überredete mich, mit ihm in Wismar ein Schiff zu besteigen und nach Livland zu fahren. Aber dort war es dann auch Essig, denn er hatte nicht nur kein Regiment anzuwerben, sondern erwies sich auch als ein bettelarmer Edelmann, denn alles, was er hatte, stammte aus dem Besitz seiner Frau.

Obwohl ich mich schon zweimal von ihm hatte täuschen und so weit fortlocken lassen, ließ ich es auch ein drittes Mal geschehen. Er zeigte mir Briefe, die er aus Moskau erhalten hatte und in denen ihm angeblich ein hoher Posten bei der Armee angeboten wurde. So jedenfalls übersetzte er mir diese Schreiben ins Deutsche und machte viel Aufhebens von der guten Bezahlung, die ihm in Aussicht gestellt werde. Und weil er auch Frau und Kinder gleich mitnehmen wollte, sagte ich mir: Er wird sich ja nicht für nichts auf den weiten Weg machen, und begleitete ihn hoffnungsfroh auf seiner Reise, zumal ich in diesem Augenblick ohnehin weder Mittel noch Gelegenheit hatte, nach Deutschland zurückzukehren.

Sobald wir aber an die russische Grenze kamen und mehreren deutschen Soldaten, hauptsächlich Offizieren, begegneten, die soeben aus dem Armeedienst entlassen worden waren, wurde mir die Sache unheimlich, und ich sagte zu meinem Obristen: »Was zum Teufel machen wir hier? Wo Krieg ist, da gehen wir weg, und wo Soldaten nicht gebraucht und abgedankt werden, da gehen wir hin!« Er aber beschwichtigte mich, ich solle ihm nur vertrauen, er wisse besser, was zu tun sei, als diese Taugenichtse.

Nachdem wir wohlbehalten in Moskau angekommen waren, wurde mir bald klar, dass die ganze Sache in eine falsche Richtung lief. Mein Obrist besprach sich zwar jeden Tag mit wichtigen Leuten, aber mehr mit Metropoliten als mit Fürsten, was mir nicht unbedingt verdächtig, aber doch reichlich pfäffisch vorkam. Seltsame Gedanken und Vermutungen gingen mir durch den Kopf, aber ich ahnte nicht, was er vorhatte. Schließlich verkündete er, mit dem Krieg sei es hier nichts mehr, und sein Gewissen dränge ihn, die griechisch-orthodoxe Religion anzunehmen. Da er mir nun nicht weiter helfen könne, wie er versprochen hatte, gebe er mir den guten Rat, es genauso zu machen wie er. Seine Majestät der Zar sei über mich und meine Talente unterrichtet, und wenn ich mich fügte, werde er geruhen, mir als einem Edelmann ein ansehnliches Herrengut mit vielen Untertanen zu überlassen – ein allergnädigstes Angebot, das ich tunlichst nicht ausschlagen solle, da man jedem nur raten könne, sich einen so großen Monarchen lieber zum allergnädigsten Herrn als zu einem ungnädigen Großfürsten zu machen.

Ich erschrak und wusste nicht, was ich darauf sagen sollte. Anderswo hätte ich den Obristen meine Antwort lieber fühlen als hören lassen. Doch hier, wo ich mir sowieso schon wie ein Gefangener vorkam, musste ich einen anderen Ton anschlagen und schwieg erst einmal lange, bevor ich mich zu einer Antwort entschloss. Ich sei, sagte ich schließlich, in der Absicht gekommen, Seiner Majestät dem Zaren als Soldat zu dienen, wozu er, der Herr Obrist, mich selbst ermuntert habe. Wenn nun Seine Majestät der Zar meine Kriegsdienste nicht benötige, so könne ich daran nichts ändern und ihm auch keinen Vorwurf daraus machen, dass ich die weite Reise vergeblich unternommen hätte, schließlich habe er mich ja nicht zu sich bestellt. Dass er mir nun so hohe Gnaden erweisen wolle, sei für mich eine große Ehre, die ich aber nicht annehmen könne und nicht verdient hätte, weil ich mich zurzeit nicht entschließen könne, einer anderen Religion beizutreten, sondern nur den einen Wunsch hegte, wieder im Schwarzwald auf meinem Bauernhof zu sitzen und niemandem zur Last zu fallen oder Unannehmlichkeiten zu machen.

Darauf antwortete er: »Der Herr mag tun, was er für richtig hält. Mir scheint allerdings, wenn ihm Gott und sein Glück so zulächeln, wie es hier geschieht, sollte er beiden herzlich dafür danken. Wenn er sich aber nicht helfen lassen und auch nicht wie ein Fürst leben will, dann erkennt er hoffentlich doch an, dass ich für ihn getan habe, was in meinen Kräften steht.« Darauf machte er eine tiefe Verbeugung und ging. Nicht einmal bis vor die Tür wollte er sich von mir begleiten lassen.

Während ich noch ganz perplex dasaß und über meine Lage nachdachte, hörte ich zwei russische Wagen vor unserer Wohnung und sah vom Fenster aus, wie der Herr Obrist mit seinen Söhnen in den einen und die Frau Obristin mit ihren Töchtern in den anderen einstiegen. Die Lakaien trugen die Livree des Zaren. Außerdem waren einige Geistliche dabei, die dem Ehepaar voller Ergebenheit zu Diensten waren.

Das 21. Kapitel. Wie es Simplicius in Moskau weiter erging.

Seit dieser Zeit bewachten mich einige Leibgardisten des Zaren, nicht offen, sondern heimlich, so dass ich nichts davon merkte. Meinen Obristen und seine Familie bekam ich überhaupt nicht mehr zu Gesicht und hörte nichts mehr von ihnen. Damals gingen mir, wie man sich vorstellen kann, seltsame Gedanken durch den Kopf, und die Zahl meiner grauen Haare nahm erheblich zu. Ich schloss Bekanntschaft mit den Deutschen, die sich als Kaufleute oder Handwerker regulär in Moskau aufhielten, und klagte ihnen mein Leid und dass man mich mit List hintergangen habe. Sie trösteten mich und gaben mir Ratschläge, wie ich am besten nach Deutschland zurückkehren könnte. Doch sobald sie erfuhren, dass mich der Zar mit aller Macht im Land behalten wolle, verstummten sie und hielten sich sogar von mir fern. Plötzlich wurde es schon schwierig, selbst für mich allein eine Bleibe zu finden. Mein Pferd hatte ich samt Sattel und Zaumzeug ja längst verkauft, und ich trennte heute den einen, morgen den nächsten Dukaten aus meinen Kleidern, nachdem ich sie vorher mit so viel Umsicht darein eingenäht hatte. Schließlich begann ich, auch meine Ringe und Schmucksachen zu versilbern, in der Hoffnung, mich mit dem Erlös über Wasser zu halten, bis ich eine Gelegenheit fand, nach Deutschland zurückzukehren. Inzwischen verging ein Vierteljahr, an dessen Ende jener Obrist mit seinem ganzen Hausstand den orthodoxen Glauben angenommen und ein Herrengut und viele Untertanen verliehen bekommen hatte.

Um diese Zeit erschien ein Erlass, in Zukunft würden unter den Einheimischen wie unter den Ausländern Müßiggänger, die den Arbeitsamen das Brot wegäßen, nicht mehr geduldet, sondern schwer bestraft. Ausländer, die nicht arbeiten wollten, müssten das Land innerhalb eines Monats, die Stadt Moskau aber binnen vierundzwanzig Stunden verlassen. Daraufhin taten sich an die fünfzig von uns zusammen, um in Gottes Namen gemeinsam durch Podolien* nach Deutschland zu reisen. Wir waren aber noch keine zwei Stunden von der Stadt entfernt, als uns russische Reiter einholten und erklärten, Seiner Majestät dem Zaren habe es sehr missfallen, dass wir es gewagt hätten, uns in so großer Zahl zusammenzurotten und ohne Pässe nach Belieben in seinem Land herumzuschweifen. Für diese Unbotmäßigkeit, so fügten sie hinzu, könne uns Seine Majestät auch nach Sibirien schicken.

Auf dem Rückweg in die Stadt erfuhr ich, wie es um mich stand. Der Anführer des Reitertrupps sagte mir klipp und klar, der Zar wolle mich nicht aus dem Land lassen, und riet mir, mich dem Willen Seiner Majestät zu fügen, ihre Religion anzunehmen und, wie der Obrist, ein stattliches Herrengut nicht geringzuschätzen, denn wenn ich es ausschlüge und bei ihnen nicht als Herr leben wolle, müsste ich eben gegen meinen Willen als Knecht hier dienen. Es sei Seiner Majestät nicht zu verdenken, wenn sie einen Mann, der so erfahren und beschlagen sei, wie es der Obrist geschildert habe, nicht mehr aus dem Land lassen wolle. Ich wehrte ab und sagte, der Obrist habe kräftig übertrieben und mir mehr Fertigkeiten, Talente und Kenntnisse zugeschrieben, als ich wirklich besäße. Ich sei zwar ins Land gekommen, um dem Zaren und der edlen russischen Nation, auch wenn es mein Blut kosten sollte, gegen ihre Feinde zu dienen, doch könne ich mich noch nicht entschließen, meine Religion zu wechseln. Falls ich aber, ohne mein Gewissen zu beschweren, dem Zaren auf diese oder jene Weise dienen könne, würde ich es an Einsatz nicht fehlen lassen.

Man trennte mich von den anderen und quartierte mich im Haus eines Kaufmanns ein, wo ich nun ganz offen unter Bewachung stand, allerdings auch Tag für Tag mit vorzüglichen Speisen und köstlichen Getränken vom Hof verpflegt wurde. Außerdem kamen jeden Tag Leute zu Besuch, die mich gelegentlich auch zu sich einluden. Einer von diesen, ein sehr gewitzter Mann, sollte sich offenbar besonders um mich kümmern. Er kam jeden Tag und unterhielt sich freundlich mit mir, denn inzwischen konnte ich ganz gut Russisch sprechen. Wir unterhielten uns hauptsächlich über technische Dinge, Kriegsmaschinen und andere Apparate, Festungsbaukunst, Artillerie und so weiter. Nachdem er mehrmals versucht hatte, durch geschicktes Fragen herauszufinden, ob ich mich nicht doch den Absichten des Zaren fügen würde, schließlich aber die Hoffnung aufgegeben hatte, ich würde meine Meinung ändern, forderte er zuletzt, wenn ich schon kein Russe werden wolle, solle ich doch zu Ehren des großen Zaren seinem Volk immerhin etwas von meinem

Wissen mitteilen. Der Zar werde sich für meine Bereitschaft mit kaiserlicher Gnade erkenntlich zeigen. Darauf antwortete ich, Seiner Majestät in dieser Weise zu dienen sei stets mein Anliegen gewesen, deswegen sei ich ja ins Land gekommen und sei auch jetzt noch immer bereit dazu, obwohl ich sähe, dass man mich wie einen Gefangenen behandle.

»Nicht doch, werter Herr!«, antwortete er. »Ihr seid nicht gefangen. Vielmehr liebt Seine Majestät Euch so sehr, dass sie nicht wüsste, wie sie ohne Euch auskommen sollte.«

»Warum«, fragte ich, »werde ich dann bewacht?«

»Weil«, so antwortete er mir, »Seine Majestät fürchtet, es könnte Euch ein Leid zustoßen.«

Als er mein Angebot verstanden hatte, erklärte er mir, Seine Majestät planten, im eigenen Land Salpeter zu gewinnen und Schießpulver herstellen zu lassen. Da es aber niemanden gebe, der sich darauf verstehe, würde ich Seiner Majestät einen willkommenen Dienst erweisen, wenn ich mich dieses Vorhabens annähme. Man werde mir dafür genügend Leute und ausreichende Mittel zur Verfügung stellen, und er selbst bitte mich sehr herzlich, dieses Ansinnen nicht auszuschlagen, denn sie wüssten inzwischen, wie gut ich mich in diesen Dingen auskenne. Darauf antwortete ich: »Mein Herr, ich sage es noch einmal – wenn ich Seiner Majestät dem Zaren mit etwas dienen kann, vorausgesetzt, dass sie gnädigst geruhe, mir meine Religion nicht zu nehmen, so werde ich es an Fleiß nicht fehlen lassen.« Da wurde dieser Russe – es war einer der vornehmsten Fürsten – sehr fröhlich und wollte immer wieder mit mir anstoßen, noch mehr als ein Deutscher.

Am nächsten Tag schickte der Zar zwei Fürsten und einen Dolmetscher, die mit mir einen Kontrakt schlossen und mir im Namen des Zaren ein kostbares russisches Gewand verehrten. Ein paar Tage später begann ich, nach Salpetererde zu suchen und den Russen, die mir zur Verfügung standen, beizubringen, wie man den Salpeter von der Erde scheidet und reinigt. Gleichzeitig fertigte ich die Pläne für eine Pulvermühle an und lehrte einige andere, wie man die Holzkohle herstellt, so dass wir in kurzer Zeit eine ordentliche Menge Pulver sowohl für Jagdflinten als auch für Kanonen fabrizierten, denn ich hatte Leute genug dazu und obendrein noch meine persönlichen Diener, die mir aufwarten oder, genauer gesagt, mich im Auge behalten sollten.

Nachdem alles so gut begonnen hatte, besuchte mich bald auch der Obrist in russischen Gewändern und mit großem Gefolge. Durch dieses Gepränge wollte er mich ohne Zweifel dazu bringen, dass ich mich ebenfalls umtaufen ließe. Aber ich wusste, dass die Gewänder aus der Truhe des Zaren stammten und, wie am Zarenhof üblich, dem Obristen nur geliehen waren, um mich zu locken.

Damit der Leser versteht, was es hiermit auf sich hat, will ich ein Beispiel aus meiner eigenen Erfahrung geben. Eines Tages war ich bei den Pulvermühlen, die ich außerhalb von Moskau am Fluss hatte errichten lassen, gerade damit beschäftigt, die mir unterstellten Leute für die Arbeit an diesem und am nächsten Tag einzuteilen, als plötzlich Alarm geschlagen wurde. Hunderttausend Tataren zu Pferd hatten sich, das Land plündernd, schon bis auf vier Meilen genähert und waren weiter auf dem Vormarsch. Da musste ich mich mit meinen Leuten schleunigst zum Hof begeben, wo wir aus der Waffenkammer und dem Marstall* des Zaren gerüstet wurden. Statt eines Brustharnischs bekam ich einen Seidenpanzer, ein gestepptes Wams, das zwar jeden Pfeil aufhielt, aber gegen Kugeln keinerlei Schutz bot, außerdem Stiefel, Sporen, einen prächtigen Kopfputz mit einem Busch aus Reiherfedern, einen haarscharf geschliffenen, mit purem Gold und Edelsteinen verzierten Säbel und außerdem ein Pferd aus dem Besitz des Zaren, wie ich mein Lebtag noch keines gesehen, geschweige denn geritten hatte. Ich und das Zaumzeug glänzten vor lauter Gold, Silber, Edelsteinen und Perlen. Bewaffnet war ich mit einem spiegelblanken, stählernen Streitkolben, der so gut verarbeitet und ausgewuchtet war, dass jeder, dem ich damit einen Schlag versetzte, gleich tot war. Kurz, der Zar selbst hätte nicht besser gerüstet sein können.

Mir folgte eine weiße Fahne mit schwarzem Doppeladler*, der von überall her mehr und mehr Menschen zuströmten, so dass wir, ehe zwei Stunden vergangen waren, an die vierzigtausend, und nach vier Stunden an die sechzigtausend Pferde stark waren, mit denen wir gegen die Tataren vorrückten. Alle Viertelstunde bekam ich neue mündliche Befehle vom Zaren, die immer wieder das eine besagten: Da ich mich als Soldat ausgegeben hätte, solle ich heute zeigen, dass ich einer sei, damit auch Seine Majestät sich davon überzeugen könne. Von Minute zu Minute wurde unser Haufen größer, einzelne und ganze Gruppen schlossen sich uns an, aber in der Eile und dem Durcheinander sah ich niemanden, der dieses Corps kommandieren und in eine Schlachtordnung hätte bringen können.

Ich will hier nicht alles erzählen, denn für meine Geschichte ist dieses Treffen ohne Belang. Deshalb nur so viel: Wir überraschten die Tataren, die auf müden Pferden, mit schwerer Beute beladen, unterwegs waren, in einem Tal oder einer Senke, als sie am wenigsten damit rechneten, und drangen von allen Seiten mit solcher Wut auf sie ein, dass wir ihren Verband gleich zu Beginn schon sprengten. Beim ersten Angriff rief ich denen, die hinter mir ritten, auf Russisch zu: »Nun wohlan, mache es jeder wie ich!« Der Ruf verbreitete sich rasch, während ich schon mit verhängtem Zügel auf die Feinde losstürmte und dem ersten, auf den ich stieß, dem Sohn eines Fürsten, den Kopf mit solcher Wucht einschlug, dass sein Hirn an meinem stählernen Kolben hängenblieb. Die Russen folgten meinem heroischen Beispiel, so dass die Tataren dem Angriff nicht standhielten, sondern die Flucht ergriffen.

Ich gebärdete mich wie ein Rasender oder vielmehr wie einer, der aus Verzweiflung den Tod sucht und nicht finden kann. Ich schlug alles nieder, was mir entgegenkam, ob Tatar oder Russe, während diejenigen, die der Zar zu meiner Bewachung abgestellt hatte, mir mit solchem Eifer folgten, dass ich den Rücken immer frei hatte. Die Luft war so voller Pfeile, als würden Bienen schwärmen, und schließlich traf einer auch mich in den Arm, denn ich hatte mir die Ärmel zurückgestreift, um mit Säbel und Streitkolben ungehindert niedermetzeln und totschlagen zu können. Bevor ich mir diesen Pfeil fing, hatte mir das Herz im Leib gelacht über all das Blutvergießen. Doch kaum sah ich mein eigenes Blut fließen, da verwandelte sich das Lachen in blinde Wut.

Als sich nun aber die grimmigen Feinde zur Flucht wandten, befahlen mir einige Fürsten im Namen des Zaren, ihrem Kaiser die Nachricht von unserem Sieg über die Tataren zu bringen. So kehrte ich mit einem Gefolge von ungefähr hundert Pferden zurück. Auf dem Ritt durch die Stadt zum Palast des Zaren wurde ich von den Menschen mit Jubel und Glückwünschen empfangen. Als ich dann aber von dem Treffen Bericht erstattet hatte – dies übrigens, obwohl der Kaiser schon wusste, wie die Sache verlaufen war –, musste ich meine fürstlichen Gewänder gleich wieder ablegen. Sie wurden in die Kleiderkammer des Zaren zurückgebracht, dabei waren sie, wie das Zaumzeug, über und über mit Blut bespritzt und fast verdorben, und ich hatte geglaubt, zumindest sie würden mir samt dem Pferd als Lohn dafür, dass ich mich so ritterlich geschlagen hatte, überlassen werden. Daran sah ich, wie es um die russische Kleiderpracht bestellt war, mit der mich mein Obrist hatte beeindrucken wollen – alles war geliehen, weil es, wie auch alles andere in Russland, allein dem Zaren gehörte.

Das 22. Kapitel. Auf was für einem kurzen und angenehmen Weg er zu seinem Knan zurückkehrte.

Immerhin wurde ich fürstlich verpflegt, solange meine Wunde heilte. Obwohl weder tödlich noch lebensgefährlich verletzt, lief ich ständig in einem mit Zobel gefütterten Schlafrock aus Goldbrokat herum, und mein Lebtag habe ich keine bessere Küche genossen als damals. Mehr hatte ich allerdings nicht von meinen Mühen – abgesehen von dem Lob, das mir der Zar zollte und der Neid einiger Fürsten wieder verleidete.

Als ich ganz gesund war, schickte man mich auf einem Schiff die Wolga abwärts nach Astrachan, wo ich, wie in Moskau, eine Pulvermühle errichten sollte, denn der Zar konnte diese Festung an der Grenze seines Reiches auf dem weiten, gefährlichen Weg über das Wasser von Moskau nicht regelmäßig mit gutem, frischem Pulver versorgen. Ich übernahm den Auftrag gern, denn man versprach mir, sobald ich ihn erfüllt hätte, werde mich der Zar nach Holland ausreisen lassen und mir, Seiner Hoheit und meinem Verdienst entsprechend, eine namhafte Summe Geldes mitgeben. Aber ach – wenn wir uns unserer Hoffnungen und Vorhaben am sichersten und gewissesten zu sein glauben, kommt unversehens ein Wind und wirft alles über den Haufen, woran wir so lange gebaut haben!

Der Gouverneur in Astrachan empfing mich, als wäre ich sein Zar, und schon bald konnte ich mit der Arbeit beginnen. Seine Munition war zu lange liegengeblieben und dabei vollkommen verfault und verschimmelt und tat daher keine Wirkung mehr. Nun goss ich sie gleichsam um, ähnlich wie ein Blechschmied, der aus alten Zinnlöffeln neue macht. So etwas hatten die Russen noch nie gesehen, und manche von ihnen hielten mich deshalb und wegen meiner sonstigen Kenntnisse für einen Zauberer, andere für einen neuen Heiligen oder Propheten und wieder andere für einen zweiten Empedokles oder Gorgias von Leontinoi*.

Doch als ich, weil mir die Arbeit so gut von der Hand ging, einmal die Nacht über außerhalb der Festung in der Pulvermühle blieb, wurde ich von einem Trupp Tataren überfallen, die mich und einige andere bis tief in ihr eigenes Land entführten, wo ich die Wunderpflanze Borametz, deren Frucht dem Lammfell gleicht, nicht nur wachsen sah, sondern auch kosten konnte. Dort überließen sie mich im Tausch gegen verschiedene chinesische Handelswaren den Niutschi-Tataren, die mich später dem König von Korea, mit dem sie eben einen Waffenstillstand ausgehandelt hatten, als besonderes Geschenk verehrten.

In Korea begegnete man mir mit großem Respekt, weil ich im Säbelkampf allen überlegen war und dem König außerdem beibrachte, wie er, mit dem Rücken zur Zielscheibe stehend und die Muskete auf der Schulter nach hinten gerichtet, trotzdem ins Schwarze treffen konnte, wofür er mir auf mein untertäniges Ersuchen hin die Freiheit schenkte und mich über Japan nach Macao* zu den Portugiesen gehen ließ, die sich aber wenig um mich kümmerten. Wie ein verirrtes Schaf, das seine Herde verloren hat, lief ich bei ihnen herum, bis ich unter wundersamen Umständen von türkischen oder mohammedanischen Seeräubern gefangen genommen wurde, die mich ein ganzes Jahr auf dem Meer und bei den sonderbaren Völkern der ostindischen Inseln herumschleppten und dann an Kaufleute aus Alexandria in Ägypten verkauften. Diese brachten mich mit ihren Waren nach Konstantinopel. Weil nun der türkische Kaiser damals gerade eine Anzahl Galeeren gegen die Venezianer ausrüstete und großer Mangel an Ruderern herrschte, mussten viele türkische Geschäftsleute ihre christlichen Sklaven abliefern, allerdings gegen Bezahlung. Auch mir erging es so, denn ich war ein junger, kräftiger Kerl, und so musste ich nun Rudern lernen. Dieser schwere Dienst dauerte aber kaum zwei

Monate, dann wurde unsere Galeere in der Levante von den Venezianern aufgebracht, wobei ich und alle meine Genossen aus der Gewalt der Türken befreit wurden.

Nachdem diese Galeere mit reicher Beute und einigen vornehmen Türken als Gefangenen nach Venedig gebracht worden war, wurde ich auf freien Fuß gesetzt, weil ich nach Rom und Loreto* pilgern wollte, um mir diese Orte anzusehen und Gott für meine Befreiung zu danken. Einen Pass für diese Reise bekam ich ohne Schwierigkeiten und außerdem von aufrechten Leuten, vor allem von einigen Deutschen, eine ansehnliche Unterstützung, so dass ich mir ein langes Pilgergewand besorgen und meine Reise antreten konnte.

Nun begab ich mich auf dem kürzesten Weg nach Rom, wo ich gut zurechtkam, denn dort konnte ich von großen und kleinen Leuten reichlich Almosen erbetteln. Nach ungefähr sechs Wochen machte ich mich auf den Weg nach Loreto, zusammen mit anderen Pilgern, unter ihnen auch Deutsche und vor allem einige Schweizer, die ebenfalls nach Hause wollten. Von Loreto kehrte ich dann über den Gotthard und durch die Schweiz in den Schwarzwald zurück zu meinem Knan, der meinen Hof gehütet hatte, und brachte nichts weiter mit heim als den Bart, der mir in der Fremde gewachsen war.

Drei Jahre und ein paar Monate war ich unterwegs gewesen, hatte in dieser Zeit verschiedene Meere befahren, vielerlei Völker gesehen und bei ihnen so viel erlebt – allerdings mehr Schlechtes als Gutes –, dass sich ein dickes Buch darüber schreiben ließe. Inzwischen war der Deutsche Frieden* geschlossen worden, so dass ich in sicherer Ruhe bei meinem Knan leben konnte. Ich ließ ihn weiter für Haus und Hof sorgen und setzte mich wieder über die Bücher, die mir Arbeit und Vergnügen zugleich waren.

Das 23. Kapitel. **Ist sehr kurz und geht nur den Simplicius an.**

So las ich eines Tages, wie einige römische Gesandte das Orakel von Delphi befragten, was sie tun sollten, um ihre Untertanen in Frieden zu regieren, und wie das Orakel ihnen zur Antwort gab: *Nosce te ipsum* – Erkenne dich selbst. Da besann ich mich und wollte mir, weil ich ohnehin Muße genug hatte, Rechenschaft von dem Leben geben, das ich geführt hatte. So sprach ich zu mir: Dein Leben ist kein Leben gewesen, sondern ein Tod; deine Tage waren ein schwerer Schatten, deine Jahre ein schwerer Traum, deine Freuden schwere Sünden, deine Jugend ein Phantasiegebilde, dein Wohlergehen ein Alchimistenschatz, der zum Schornstein hinausfährt und sich verflüchtigt, bevor du es merkst. Durch viele Gefahren bist du dem Krieg nachgezogen und hast darin viel Glück und viel Unglück gehabt, warst bald oben und bald unten, bald groß und bald klein, bald reich und bald arm, bald fröhlich und bald betrübt, bald beliebt und bald verhasst, bald geehrt und bald verachtet. Aber du, meine arme Seele – was hast du auf dieser langen Reise nun zuwege gebracht? Gewonnen hast du dies: Ich bin arm an Besitz, mein Herz ist schwer von Sorgen, für alles Gute bin ich zu faul, zu träge, zu verdorben, und was das Schlimmste ist: mein Gewissen ist mit Ängsten schwer beladen, während du, meine Seele, selbst mit Sünden überhäuft und abscheulich besudelt bist! Der Leib ist müde, der Verstand verwirrt, die Unschuld dahin, der beste Teil meiner Jugend vertan, die kostbare Zeit verloren. Nichts ist da, was mich erfreut, und obendrein bin ich mir selber feind. Als ich nach dem seligen Tod meines Vaters in diese Welt kam, war ich einfältig und rein, aufrecht und redlich, wahrhaftig, demütig, zurückhaltend, maßvoll, keusch, schamhaft, fromm und andächtig; doch wurde ich bald boshaft, falsch, verlogen, hochmütig, ungebärdig und in jeder Hinsicht gottlos, und alle diese Laster erlernte ich ohne einen Lehrmeister.

An meiner Ehre war mir nicht um ihrer selbst willen gelegen, sondern um mich zu erhöhen. Die Zeit war mir wertvoll nicht für mein Seelenheil, sondern für mein Leibeswohl. Mein Leben habe ich oft in Gefahr gebracht und habe mich doch nie bemüht, es zu bessern, um friedlich und selig sterben zu können. Ich sah nur das Jetzt und meinen zeitlichen Nutzen und dachte nie an die Zukunft und erst recht nicht daran, dass ich einmal vor Gottes Angesicht Rechenschaft würde ablegen müssen!

Mit solchen Gedanken quälte ich mich jeden Tag, und gerade in dieser Zeit stieß ich auf die Schriften des Antonio de Guevara*, aus denen ich hier einiges mitteilen möchte, weil sie die Kraft hatten, mich vollends von der Welt abzubringen.

Das 24. Kapitel. Ist das allerletzte und zeigt an, wie und warum Simplicius diese Welt wieder verlassen hat.

Leb wohl, Welt, denn dir ist nicht zu trauen, und nichts ist von dir zu hoffen. In deinem Haus ist das Vergangene schon verschwunden, das Gegenwärtige verschwindet uns unter den Händen, und das Zukünftige hat nie angefangen. Das Beständigste zerfällt, das Stärkste zerbricht, und das Ewigste nimmt ein Ende. Und so bist du tot unter Toten und lässt uns in hundert Jahren nicht eine Stunde leben.

Leb wohl, Welt, denn du nimmst uns gefangen und lässt uns nicht wieder frei. Du fesselst uns und bindest uns nicht wieder los. Du betrübst und tröstest nicht. Du raubst und gibst nichts zurück. Du verklagst uns und hast keinen Grund dazu. Du verurteilst und schenkst keiner Partei Gehör. So tötest du uns ohne Urteil und begräbst uns ohne Sterben! Bei dir ist keine Freude ohne Kummer, kein Friede ohne Uneinigkeit, keine Liebe ohne Argwohn, keine Ruhe ohne Furcht, keine Fülle ohne Mangel, keine Ehre ohne Makel, kein Hab und Gut ohne schlechtes Gewissen, kein Rang ohne Beschwerde und keine Freundschaft ohne Falschheit.

Leb wohl, Welt, denn in deinem Palast verspricht man, ohne geben zu wollen. Geleisteter Dienst bleibt ohne Bezahlung. Man liebkost, um zu töten. Man befördert, um zu stürzen. Man hilft, um zu ruinieren. Man ehrt, um Schande zu bereiten. Man entleiht, um nicht zurückzugeben. Man straft, ohne zu vergeben.

Gott behüte dich, Welt, denn in deinem Haus werden die großen Herren und ihre Günstlinge gestürzt, die Unwürdigen befördert, die Verräter gnädig behandelt und die Treuen in die Wüste geschickt. Die Bösen werden in Ruhe gelassen und die Unschuldigen verurteilt. Die Weisen und Qualifizierten schickt man weg und bestellt die Unfähigen mit großer Besoldung. Den Hinterlistigen schenkt man Glauben, und die Aufrichtigen und Redlichen genießen kein Vertrauen. Ein jeder tut, was er will, und keiner, was er soll.

Leb wohl, Welt, denn in dir wird niemand bei seinem richtigen Namen genannt. Den Arroganten nennt man kühn, den Verzagten vorsichtig, den Hitzkopf emsig, den Nachlässigen friedfertig. Einen Verschwender nennt man grandios und einen Knauser bescheiden. Einen hinterlistigen Schwätzer und Phrasendrescher nennt man wortgewandt und den Schweigsamen einen Narren oder Phantasten. Den Ehebrecher und Jungfrauenschänder nennt man Frauenheld. Den Niederträchtigen nennt man einen Edelmann, den Rachsüchtigen einen Eiferer und den Sanftmütigen einen Toren. Und so verkaufst du uns das Richtige als das Falsche und das Falsche als das Richtige.

Leb wohl, Welt, denn du verführst jeden. Den Ehrgeizigen verheißt du Ehre, den Ruhelosen Veränderung, den Hochmütigen Gnade beim Fürsten, den Nachlässigen Ämter, den Geizhälsen große Schätze, den Fressern und Lüstlingen Freuden und Wollüste, den Feindseligen Rache, den Dieben

Heimlichkeit, den Jungen langes Leben und den Kriechern die beständige Gunst ihrer Herren.

Leb wohl, Welt, denn in deinem Palast finden weder Wahrheit noch Treue eine Bleibe! Wer mit dir redet, muss sich schämen. Wer dir traut, wird betrogen. Wer dir folgt, wird verführt. Wer dich fürchtet, dem ergeht es noch übler als allen anderen. Wer dich liebt, wird schlecht belohnt. Und wer sich am meisten auf dich verlässt, wird auch den größten Schaden davon haben. Bei dir hilft kein Geschenk, das man dir gibt, kein Dienst, den man dir erweist, kein freundliches Wort, das man dir schenkt, keine Treue, die man dir hält, und keine Freundschaft, die man dir bezeugt. Stattdessen betrügst, stürzt, schändest, besudelst, bedrohst, verzehrst und vergisst du jeden. Deshalb weint, seufzt, jammert und klagt jeder, und jeder geht unter und nimmt ein Ende. Bei dir sieht und lernt man nichts als einander hassen bis zum Erwürgen, reden bis zum Lügen, lieben bis zum Verzweifeln, Handel treiben bis zum Stehlen, bitten bis zum Betrügen und sündigen bis zum Sterben.

Gott behüte dich, Welt, denn während man dir folgt, vertut man die Zeit in Gedankenlosigkeit – die Jugend mit Rennen, Laufen und Springen über Zaun und Stiege, über Weg und Steg, über Berg und Tal, durch Wald und Wildnis, über See und Wasser, in Regen und Schnee, in Hitze und Kälte, bei Wind und Wetter; das Mannesalter geht dahin mit Erzgewinnen und Erzschmelzen, Steinhauen und Steinschneiden, Hacken und Zimmern, Pflanzen und Bauen, mit Pläneschmieden und Absichtenhegen, mit Beraten und Beschlüssefassen, mit Sorgen und Klagen, Kaufen und Verkaufen, Zanken, Hadern, Kriegen, Lügen und Betrügen; das Alter geht dahin in Jammer und Elend, der Geist wird schwach, der Atem riechend, das Gesicht runzlig, der Rücken krumm, die Augen schwach, die Glieder zittern, die Nase trieft, der Kopf wird kahl, das Gehör verfällt, der Geruchssinn geht verloren, der Geschmack verschwindet, man seufzt und ächzt, ist faul und schwach und hat im Grunde nichts als Mühsal und Arbeit bis in den Tod.

Leb wohl, Welt, denn in dir will niemand fromm sein. Täglich richtet man Mörder, vierteilt Verräter, hängt Diebe, Straßenräuber und Piraten, köpft Totschläger, verbrennt Zauberer, bestraft Meineidige und treibt Aufrührer aus dem Land.

Gott behüte dich, Welt, denn jene, die dir dienen, tun nichts als faulenzen, einander belästigen und verspotten, den Jungfrauen den Hof machen, mit schönen Frauen tändeln und liebäugeln, mit Würfeln und Karten spielen, mit Kupplern feilschen, mit Nachbarn zanken, Neuigkeiten herumerzählen, sich neue Schliche ausdenken, Wucher treiben, neue Moden, neue Listen und neue Laster in Umlauf bringen.

Leb wohl, Welt, denn niemand begnügt sich mit dir und ist mit dir zufrieden. Wer arm ist, will besitzen. Wer reich ist, will viel gelten. Wer missachtet wird, will hoch steigen. Wer beleidigt ist, will sich rächen. Wer sich der Gunst erfreut, will auch befehlen. Wer lasterhaft ist, der will nichts als gute Laune.

Leb wohl, Welt, denn an dir ist nichts beständig. Die hohen Türme werden vom Blitz zerschlagen und die Mühlen vom Wasser weggeschwemmt. Das Holz wird von Würmern, das Korn von Mäusen, das Obst von Raupen und die Kleider von Motten gefressen. Das Vieh geht am Alter, der beklagenswerte Mensch an der Krankheit zugrunde. Der eine hat den Schorf, der zweite den Krebs, der dritte den Wolf, der vierte die Franzosen, der fünfte das Podagra, der sechste die Fußgicht, der siebte die Wassersucht, der achte Gallensteine, der neunte Blasensteine, der zehnte die Schwindsucht, der elfte das Fieber, der zwölfte den Aussatz, der dreizehnte die Fallsucht und der vierzehnte die Torheit. In dir, o Welt, tut nicht einer, was der andere tut. Denn wenn einer weint, so lacht der andere, und wenn einer seufzt, ist der andere fröhlich. Einer fastet, der andere zecht. Einer prasst, der andere leidet Hunger. Einer reitet, der andere geht zu Fuß. Einer redet, der andere schweigt. Einer spielt, der andere arbeitet. Und wenn der eine geboren wird, stirbt der andere. So lebt auch der eine nicht wie der andere. Der eine herrscht, der andere dient. Einer weidet die Menschen, ein anderer hütet die Schweine. Einer folgt dem Hof, der andere dem Pflug. Einer reist auf dem Meer, der andere fährt über Land zu Jahr- und Wochenmärkten. Einer arbeitet im Feuer, der andere in der Erde. Der eine fischt im Wasser, der andere fängt Vögel aus der Luft. Einer tut schwere Arbeit, der andere stiehlt und beraubt das Land.

Gott behüte dich, o Welt, denn in deinem Haus führt man weder ein frommes Leben, noch finden alle darin den gleichen Tod. Der eine stirbt schon in der Wiege, der zweite in der Jugend auf dem Bett, der dritte am Strick, der vierte am Schwert, der fünfte auf dem Rad, der sechste auf dem Scheiterhaufen, der siebte im Weinglas, der achte in einem Fluss, der neunte erstickt im Fleischtopf, der zehnte am Gift, der elfte stirbt am Schlag, der zwölfte in einer Schlacht, der dreizehnte durch Zauberei, und der vierzehnte ertränkt seine arme Seele im Tintenfass.

Gott behüte dich, Welt, denn aller Umgang mit dir ist mir verleidet. Das Leben, das du uns gibst, ist eine armselige Pilgerfahrt, ein unbeständiges, ungewisses, mühseliges, raues, flüchtiges, unreines Leben voller Elend und Irrtum, das man viel mehr einen Tod als ein Leben nennen müsste, in dem wir alle Augenblicke durch die Fährnisse der Unbeständigkeit und auf so vielerlei Art zu Tode kommen! Aber die Bitterkeit des Todes, mit der du umgeben und durchsalzen bist, genügt dir nicht. Du betrügst auch noch die meisten durch Schmeicheln, Locken und falsche Verheißung. Du gibst ihnen aus dem goldenen Kelch, den du in der Hand hältst, Bitterkeit und Falschheit zu trinken und machst sie blind, taub, toll, voll und besinnungslos. Wohl denen, die deine Gesellschaft ausschlagen, die deine kurzen, im Nu vorüberfliehenden Freuden verachten, die dich meiden und mit einer so arglistigen, verworfenen Betrügerin nicht zugrunde gehen wollen. Denn du machst aus uns einen finsteren Abgrund, einen elenden Erdklumpen, ein Kind des Zorns, ein stinkendes Aas, einen schmutzigen Nachttopf in der Jauchegrube, eine Schüssel der Verwesung voller Gräuel und Gestank. Denn wenn du uns lange genug mit Schmeicheln, Liebkosen, Drohen, Schlagen, Plagen, Martern und Peinigen belagert und gequält hast, dann überlässt du den ausgemergelten Körper dem Grab und setzt die Seele im Ungewissen aus. Denn auch wenn nichts gewisser ist als der Tod, weiß der Mensch doch nicht, wie, wann und wo er sterben wird und – was das Ärgste ist –, wo seine Seele hinfahren und wie es ihr dort ergehen wird. Doch wehe dann der armen Seele, die dir, o Welt, gedient und gehorcht hat, die deinen Lüsten und deiner eitlen Pracht gefolgt ist. Denn nachdem eine solche sündige und unbekehrte arme Seele mit einem raschen Schrecken unversehens aus dem armseligen Leib geschieden ist, wird sie nicht mehr, wie der Leib im Leben, von Dienern, Freunden und Verwandten umgeben sein, sondern von der Schar ihrer allergräulichsten Feinde vor den Richerstuhl Christi geführt werden. Darum, o Welt, behüt' dich Gott, denn ich weiß, eines Tages wirst du auch mich aussetzen und mich verlassen, nicht bloß wenn meine arme Seele vor dem Angesicht des strengen Richters erscheinen wird, sondern auch wenn das allerschrecklichste Urteil »Gehet hin von mir, ihr Verfluchten, in das ewige Feuer«* usw. gefällt und gesprochen wird.

Leb wohl, o Welt, o schnöde, schlimme Welt, o stinkendes, elendes Fleisch. Denn deinetwegen, weil er dir gefolgt ist, dir gedient und gehorcht hat, wird, wer gottlos und unbußfertig ist, zu ewiger Verdammnis verurteilt, wo ihn in alle Ewigkeit nichts anderes erwartet als statt genossener Freude Leid ohne Trost, statt des Zechens Durst ohne Tränkung, statt des Fressens Hunger ohne Sättigung, statt der Herrlichkeit und Pracht Finsternis ohne Licht, statt der Wollüste Schmerzen ohne Linderung, statt des Herrschens und Triumphierens

Heulen, Weinen und Wehklagen ohne Unterlass, Hitze ohne Kühlung, Feuer ohne Löschung, Kälte ohne Maß und Elend ohne Ende.

Gott behüte dich, o Welt, denn statt der Freuden und Wollüste, die du verheißen hast, werden böse Geister die unbußfertige, verdammte Seele packen und sie augenblicklich in den Abgrund der Hölle reißen. Dort wird sie nichts sehen als lauter schreckliche Gestalten von Teufeln und Verdammten, nichts als Finsternis und Dampf, Feuer ohne Glanz, und nichts hören als Schreien, Heulen, Zähneklappern und Gotteslästern. Dann ist alle Hoffnung auf Gnade und Milderung dahin. Ansehen und Rang zählen nicht. Je höher einer gestiegen ist und je schwerer er gesündigt hat, desto tiefer wird er gestürzt, desto härtere Pein muss er erleiden. Wem viel gegeben ist, von dem wird viel gefordert, und je mehr Pracht sich einer bei dir, o schlimme, schnöde Welt, geleistet hat, desto mehr Qualen und Leiden verabreicht man ihm nun, denn so fordert es die göttliche Gerechtigkeit.

Gott behüte dich, o Welt, denn auch wenn der Leib eine Zeit lang bei dir in der Erde liegen bleibt und verfault, so wird er doch am Jüngsten Tag wieder aufstehen und muss nach dem letzten Urteil zusammen mit der Seele in der Hölle ewig brennen. Dann wird die arme Seele sagen: Sei verflucht, Welt! Durch deine Anstiftung habe ich Gott und mich selbst vergessen und bin dir in deiner eitlen Pracht, deiner Bosheit, Sünde und Schande mein Leben lang gefolgt. Verflucht sei die Stunde, in der mich Gott erschuf! Verflucht sei der Tag, an dem ich auf dir, o schlimme, böse Welt, geboren wurde! O ihr Berge, Hügel und Felsen, fallt auf mich und verbergt mich vor dem grimmigen Zorn des Lammes, vor dem Angesicht dessen, der auf dem Stuhl sitzt. Ach, wehe und abermals wehe, in alle Ewigkeit!

O Welt! Du unreine Welt! Deshalb beschwöre ich dich, bitte dich, ersuche dich, ermahne dich und erhebe das Wort gegen dich, dass du keinen Anteil mehr an mir haben mögest, so wie ich umgekehrt nicht mehr auf dich setzen und hoffen will, denn du weißt, dass ich mir dies vorgenommen habe: *Posui finem curis, spes et fortuna valete* – Ich habe der Sorge ein Ende gemacht; Hoffnung und Glück, lebt wohl!

Alle diese Worte erwog ich mit Eifer und beharrlichem Nachdenken, und sie ergriffen mich so stark, dass ich die Welt verließ und wieder ein Einsiedler wurde. Ich hätte mich gern bei meinem Sauerbrunnen im Muckenloch niedergelassen, aber die Bauern der Umgebung wollten es nicht zulassen, obwohl es mir eine angenehme Wildnis gewesen wäre. Sie fürchteten, ich würde der Obrigkeit den Brunnen verraten und dafür sorgen, dass sie, die Bauern, nachdem der Frieden nun wiedererlangt war, Wege und Stege dahin bauen müssten. Deshalb begab ich mich in eine andere Wildnis und fing mein Spessarter Leben wieder an. Ob ich aber, wie mein seliger Vater, bis an mein Ende darin verharren werde, steht dahin. Gott schenke uns allen seine Gnade, auf dass wir von ihm erlangen, woran uns am meisten gelegen ist, nämlich ein seliges

ENDE.

CONTINUATIO

Continuatio
des abenteuerlichen Simplicissimus

oder
Schluss desselben

Durch
German Schleifheim
von Sulsfort

Mompelgart
Bei Johann Fillion, 1669.

O wunderbares Tun! O unbeständigs Stehen!
Wenn einer wähnt, er steh, so muss er weitergehen.
O schlüpferigster Stand! Dem statt vermeinter Ruh
Schnell und zugleich der Fall sich nähert zu,
Gleich wie der Tod selbst tut. Was solch hinflüchtig Wesen
Mir habe zugefügt, das wird hierin gelesen;
Woraus zu sehen ist, dass Unbeständigkeit
Allein beständig sei – immer, in Freud und Leid.

Das 1. Kapitel. Ist eine kleine Vorrede und kurze Erzählung, wie dem neuen Einsiedler sein neuer Stand bekam.

Wenn jemand glaubt, ich würde meinen Lebenslauf nur erzählen, um anderen die Zeit zu vertreiben oder, wie es Schalksnarren und Spaßmacher tun, um die Leute zum Lachen zu bringen, so täuscht er sich gewaltig. Denn viel Lachen ist mir selbst zuwider, und wer die kostbare, unwiederbringliche Zeit ungenutzt verstreichen lässt, verschwendet sinnlos diese Gottesgabe, die uns verliehen ist, um in ihr und mit ihr das Heil unserer Seelen zu erwirken. Warum sollte ich Beihilfe zu so unnützer Torheit leisten und mich ohne Sinn und Grund zum Unterhaltungskasper anderer Leute machen? Als ob ich nicht wüsste, dass ich dadurch mitschuldig würde an den Sünden dieser anderen. Über solche Künste, lieber Leser, fühle ich mich denn doch ein wenig erhaben. Wer sich einen Narren kauft, bekommt gleich einen zweiten umsonst dazu – sich selbst. Wenn ich bisweilen etwas spaßhaft daherkomme, so geschieht das wegen jener Weichlinge, die heilsame Pillülen nur schlucken mögen, wenn man sie vorher überzuckert und vergoldet hat. Selbst ehrwürdigste Männer, die sich ausschließlich mit ernsthaften Schriften abgeben, legen ein solches Buch eher beiseite als eines, das ihnen hier und da ein kleines Lächeln abnötigt.

Man könnte mir vielleicht auch vorwerfen, ich ginge übertrieben satirisch zu Werke. Aber verdenken kann man es mir nicht, denn wenn die Laster der Allgemeinheit im allgemeinen durchgehechelt und angeprangert werden, hört jeder geduldiger zu, als wenn die eigenen Untugenden freundlich gerügt werden. Der theologische Stil zum Beispiel ist beim Herrn Jedermann, dem ich meine Geschichte doch erzähle, zurzeit leider nicht so willkommen, dass ich mich seiner gern bedienen würde. Man sieht es schon an den Marktschreiern und Quacksalbern (die sich selbst vornehm Mediziner, Augenärzte, Bruch- und Steinchirurgen nennen und sich mit Brief und Siegel auf gutem Pergament als solche auch ausweisen können), wenn sie mit ihrem Hans Wurst oder Hans Supp* auf den Markt kommen und schon beim ersten Schrei und Hopser ihres Narren mehr Zulauf und Hörer bekommen als der eifrigste Seelenhirte, der mit sämtlichen Glocken seiner Kirche dreimal hat läuten lassen, weil er den ihm anvertrauten Schäflein eine gesunde, heilbringende Predigt halten will.

Aber wie dem auch sei, ich erkläre hiermit vor aller Welt, dass mich keine Schuld trifft, falls sich jemand darüber ärgert, dass ich den *Simplicissimus* nach jener Mode ausstaffiert habe, die die Leute selbst verlangen, wenn man ihnen etwas Nützliches beibringen will. Wenn sich aber jemand mit der äußeren Hülle begnügt, ohne auf den Kern zu achten, der darin verborgen ist, so wird er, wie bei jeder unterhaltsamen Geschichte, am Ende zwar zufrieden sein, aber entgangen ist ihm, was ich ihm eigentlich mitteilen wollte. Und nun fange ich dort wieder an, wo ich das fünfte Buch habe enden lassen.

Der liebe Leser hat dort erfahren, dass und warum ich wieder Einsiedler geworden war. Deshalb sollte ich nun wohl erzählen, wie es mir dabei erging. Während der ersten Monate, solange der erste Eifer vorhielt, ging es sehr gut. Die Begierde nach fleischlichen Wollüsten oder, besser gesagt, Unlüsten, denen ich früher so sehr ergeben gewesen war, dämpfte ich gleich anfangs ohne allzu große Mühe. Denn weil ich dem Bacchus und der Ceres nicht mehr diente, wollte sich auch Venus nicht mehr bei mir einstellen.* Aber vollkommen war ich deshalb noch lange nicht, sondern jederzeit tausend

Anfechtungen ausgesetzt. Wenn ich mich zum Beispiel auf meine früheren Streiche und Untaten besann, um hierdurch meine Reue zu wecken, fielen mir gleichzeitig auch die Wollüste ein, die ich hin und wieder dabei genossen hatte, was mir nicht immer gut bekam und auch meinem geistlichen Streben nicht förderlich war. Inzwischen habe ich hierüber viel nachgedacht und weiß: Der Müßiggang ist mein größter Feind, und die Freiheit, in der ich lebte – keinem Geistlichen gehorchend, der sich meiner angenommen hätte –, war die Ursache dafür, dass es mich in dem neuen Leben, das ich begonnen hatte, nicht allzu lange hielt.

Ich wohnte auf einem hohen Berg im Schwarzwald, Mooskopf genannt und ringsum von einem finsteren Tannenwald bewachsen. Von dort oben hatte ich eine schöne Aussicht – nach Osten in das Oppenauer Tal und seine Seitentäler; nach Süden in das Tal der Kinzig und über die Grafschaft Geroldseck, wo das hohe Schloss zwischen seinen Nachbarbergen aussah wie der König bei einem aufgestellten Kegelspiel*; nach Westen überblickte ich das Ober- und Niederelsass und nach Norden die Markgrafschaft Baden-Durlach bis hinunter zum Rhein, wo die Stadt Straßburg mit ihrem hohen Münsterturm wie das Herz inmitten eines Leibes prangte. An dieser Aussicht und der Betrachtung so schöner Landschaften erfreute ich mich mehr als am eifrigen Gebet, wozu mich auch mein Fernrohr, dem ich noch nicht entsagt hatte, sehr ermunterte. Wenn ich es in der dunklen Nacht nicht mehr gebrauchen konnte, nahm ich das Instrument, das ich zur Stärkung des Gehörs erfunden hatte, und lauschte nach den Bauernhunden, die eine Wegstunde von mir entfernt bellten, oder nach einem Wild, das sich in meiner Nähe regte.

Mit solchen Torheiten gab ich mich ab und ließ mit der Zeit auch das Arbeiten und Beten bleiben, wodurch sich einst die Einsiedler in Ägypten Leib und Seele erhalten haben. Anfangs, als ich noch neu in der Gegend war, ging ich in den umliegenden Tälern von Haus zu Haus und bat zu meinem

Lebensunterhalt um Almosen. Dabei nahm ich nie mehr, als ich wirklich brauchte, und Geld überhaupt nicht, was meinen Nachbarn wie ein Wunder und ein Zeichen geradezu apostolischer Heiligkeit erschien. Sobald aber bekannt war, wo ich wohnte, kam kein Nachbar mehr zu mir, der nicht etwas zu essen mitgebracht hätte. Sie rühmten meine Frömmigkeit und mein Einsiedlerdasein auch anderswo, so dass bald sogar von weiter her, ob aus Neugier oder Frömmigkeit, Leute den mühsamen Weg zu mir auf sich nahmen und mich mit ihren Gaben besuchten. Da hatte ich an Brot, Butter, Salz, Käse, Speck, Eiern und dergleichen keinen Mangel, sondern Überfluss. Ich wurde hierdurch aber nicht etwa gottesfürchtiger, sondern erkaltete und wurde mit der Zeit immer nachlässiger und schlimmer, so dass man mich fast einen Heuchler oder falschen Heiligen hätte nennen können. Immerhin hörte ich nicht auf, über Tugend und Laster nachzudenken und darüber, was ich zu tun hätte, wenn ich in den Himmel wollte. All dies geschah aber planlos, ohne guten Rat und ohne den festen Vorsatz, dabei den Ernst aufzubringen, den meine Lage und ihre Besserung verlangten.

Das 2. Kapitel. Wie Luzifer sich aufführte, als er die Nachricht vom Deutschen Frieden erhielt.

Wir lesen, dass vor Zeiten bei den gottergebenen, frommen Anhängern der christlichen Kirchen die Askese oder Abtötung des Fleisches hauptsächlich in Beten, Fasten und Wachen bestand. Aber so wie ich bei den ersten beiden Obliegenheiten wenig Eifer zeigte, ließ ich mich auch von der süßen Betäubung des Schlafes leicht besiegen, wann immer die Natur von mir verlangte, ihr diese Schuldigkeit, die wir ja mit allen Tieren gemein haben, zu tun.

Einmal faulenzte ich im Schatten einer Tanne und hing meinen unnützen Gedanken nach, nämlich der Frage, ob der Geiz oder die Verschwendung das größte oder schlimmste Laster sei. Ich sagte, unnütze Gedanken! – und ich sage es noch einmal. Denn, lieber Leser, was brauchte mich die Verschwendung zu kümmern, wo ich doch gar nichts zu verschwenden hatte? Und was ging mich der Geiz an, da doch der Stand, den ich mir selbst und freiwillig gewählt hatte, ein Leben in Armut und Anspruchslosigkeit von mir verlangte? Aber, o Torheit, ich verbiss mich so sehr in diese Frage, dass sie mich nicht mehr losließ und ich darüber einschlummerte. Womit man im Wachen umgeht, das plagt einen oft auch im Traum, und auch mir erging es damals so. Denn kaum waren mir die Augen zugefallen, da sah ich in einer tiefen, abscheulichen Schlucht den Großfürsten der Hölle, Luzifer, auf seinem Thron sitzen – allerdings mit Ketten angebunden, so dass er nicht nach Belieben in der Welt wüten konnte. Die vielen Höllengeister um ihn her stellten ihn jedoch in seiner höllischen Macht durch eifriges Dienen zufrieden.

Während ich dem Treiben dieses Hofgesindes zusah, kam plötzlich ein schneller Bote durch die Luft geflogen, ließ sich vor Luzifer nieder und sagte: »O großer Fürst, der Abschluss des Deutschen Friedens hat fast ganz Europa wieder in Ruhe versetzt. Überall erschallen das *Gloria in excelsis* und das *Te Deum laudamus* zum Himmel, und jeder wird nun wieder bestrebt sein, unter seinem Weinstock und Feigenbaum Gott zu dienen.«

Als Luzifer diese Nachricht vernahm, erschrak er zuerst so heftig, wie er den Menschen ihr Glück missgönnte. Doch sobald er sich ein wenig erholt hatte und überschlug, welche Einbußen sein Höllenreich bei den bis dato gewohnten Erträgen erleiden würde, überkam ihn eine schreckliche Wut. Er knirschte so gräulich mit den Zähnen, dass es weit und breit zu hören war, und seine Augen funkelten vor Zorn und Unmut so grausig, als würden Schwefelflammen wie Blitze herausschlagen und seine ganze Behausung erfüllen, so dass sich nicht nur die armen, verdammten Menschen und niederen Höllengeister, sondern sogar die vornehmsten Fürsten und geheimsten Räte davor entsetzten. Zuletzt rannte er mit seinen Hörnern gegen die Felsen, dass die ganze Hölle davon erzitterte, und begann derart zu wüten und zu toben, dass seine Gefolgsleute glaubten, er sei dem Ende nahe oder werde in Wahnsinn und Torheit verfallen. Eine Zeit lang wagte niemand, sich ihm zu nähern oder gar das Wort an ihn zu richten.

Schließlich fasste sich Belial ein Herz und sagte: »Großmächtiger Fürst, wie verträgt sich diese Raserei mit Eurer unvergleichlichen Hoheit? Hat denn der größte Herr von allen vergessen, wer er ist? Oder was hat dieser Anfall zu bedeuten, der Eurer herrlichen Majestät weder nützlich sein noch zum Ruhm gereichen kann?«

»Ach!«, antwortete Luzifer. »Wir alle haben verschlafen und aus eigener Faulheit zugelassen, dass unsere liebste Schling- und Sündenpflanze, *Lerna malorum**, die wir so mühsam auf der ganzen Erde verbreitet und so fleißig gepflegt hatten und deren Früchte wir mit großem Gewinn regelmäßig gesammelt haben, auf deutschem Gebiet nun ausgejätet ist und, wenn wir nichts unternehmen, auch bald aus ganz Europa vertrieben sein wird. Aber keiner von euch hat etwas bemerkt. Ist es nicht ein Schande für uns alle, dass wir die wenigen, kurzen Tage, die der Welt noch bleiben, so unnütz verstreichen lassen? Ihr schläfrigen Maulaffen, wisst ihr nicht, dass wir in dieser letzten Zeit unsere reichste Ernte einfahren sollen? Das nenne ich gut geherrscht auf Erden, wenn wir kurz vor dem Ende der Welt wie alte Hunde alle Kraft und Lust zum Jagen verlieren. Der Anfang dieses Krieges und sein weiterer Verlauf entsprachen dank satter Erträge zwar ganz unseren Erwartungen – aber was haben wir jetzt zu hoffen, wenn Mars Europa mit Ausnahme von Polen* verlässt und *Lerna malorum* ihm, wie sie es zu tun pflegt, auf dem Fuße folgt?«

Nachdem er diese Ansicht aus lauter Verdruss und Zorn mehr herausgedonnert als ausgesprochen hatte, drohte er wieder in seine vorige Wut zu verfallen. Aber Belial hielt ihn noch davon ab, indem er bemerkte: »Aber deswegen müssen wir den Mut doch nicht sinken lassen und uns anstellen wie schwache Menschen, denen der Wind ins Gesicht bläst. Weißt du denn nicht, großer Fürst, dass durch den Wein mehr Menschen zu Fall kommen als durch das Schwert? Sollte den Menschen und zumal den Christen ein geruhsamer Friede, der die Wollust auf seinem Rücken mit ins Land schleppt, nicht schädlicher sein als Mars und sein Krieg? Ist denn nicht bekannt, dass die Tugenden der Braut Christi, der Kirche, nie heller leuchten als in tiefster Trübsal?«

»Ich will und wünsche aber«, antwortete Luzifer, »dass die Menschen in ihrem zeitlichen Erdenleben so tief im Unglück sitzen sollen, wie nach ihrem Tod in der ewigen Qual. Statt dessen lassen wir aus lauter Trägheit zu, dass es ihnen in der Zeitlichkeit nun gutgeht und sie am Ende womöglich auch noch in der Ewigkeit ihr Seelenheil erlangen.«

»Ha!«, entgegnete Belial. »Wir kennen doch beide meinen Beruf, der mich nicht ruhen lässt, mit ganzer Kraft deinen Willen und Wunsch zu erfüllen, dass *Lerna malorum* sich auch weiter in Europa halte. Und wenn nicht, so werde ich dieser Dame* andere Kletten ins Haar setzen. Indessen wird deine Hoheit aber bitte auch bedenken, dass ich nichts erzwingen kann, wenn jenes höhere Walten* der Dame etwas anderes gönnt.«

Das 3. Kapitel. Seltsamer Aufzug des höllischen Hofstaats und ähnlichen Gelichters.

Die beiden Höllengeister führten ihr freundschaftliches Gespräch mit einem solchen Getöse, dass die ganze Hölle in Aufruhr versetzt wurde und die höllischen Heerscharen in Windeseile zusammenströmten, um zu hören, was etwa zu tun sei. Da erschienen Luzifers erstes Kind, der Hochmut mit seinen Töchtern, der Geiz mit seinen Kindern, der Zorn zusammen mit Neid und Hass, Rachgier, Missgunst, Verleumdung und anderen Verwandten, dann auch die Wollust mit ihrem Anhang aus Geilheit, Völlerei, Müßiggang und dergleichen, ebenso die Faulheit, die Untreue, der Mutwille, die Lüge, der Vorwitz, der die Jungfrauen ziert, die Falschheit mit ihrem hübschen Töchterlein, der Schmeichelei, die statt eines Fächers eine Süßholzraspel bei sich trug – sie alle bildeten eine seltsame Prozession, denn jeder kam in seiner speziellen Livree, teils aufs prächtigste herausgeputzt, teils bettelarm gewandet, und wieder andere, die Unschamhaftigkeit und ihresgleichen, gingen fast nackt. Manche waren fett und wohlbeleibt wie Bacchus, andere gelblich bleich und so mager wie ein alter, ausgemergelter Ackergaul. Manche schienen freundlich und anmutig wie Venus, andere so mürrisch wie Saturn, wieder andere so grimmig wie Mars und die Nächsten so tückisch und duckmäuserisch wie Merkur. Der eine war so stark wie Herkules oder so schlank und schnell wie Hippomenes*, ein anderer war lahm und hinkte wie Vulcanus, so dass man angesichts so unterschiedlicher Gestalten und Gewandungen hätte glauben können, sie seien das Wütende Heer*, von dem uns die Alten so viele Wunderdinge erzählt haben. Neben denen, die ich erwähnt habe, traten noch viele auf, die ich nicht erkannte oder deren Namen ich nicht wusste, zumal auch manche vermummt oder maskiert daherkamen.

Vor diesem ungeheuren Schwarm hielt Luzifer eine flammende Rede, in der er alle zusammen und jeden Einzelnen wegen seiner Nachlässigkeit tadelte und ihnen vorwarf, wegen ihrer Versäumnisse ziehe sich *Lerna malorum* nun aus Europa zurück. Besonders hart ging er mit der Faulheit ins Gericht, nannte sie eine unfähige Schlampe, die ihm seine Getreuen verderbe, verbot ihr sogar für immer und ewig den Zutritt zu seinem Höllenreich und befahl ihr, sich irgendwo auf der Erde einen Unterschlupf zu suchen.

Danach forderte er die Übrigen mit ernsten Worten auf, sich mit mehr Einsatz als bisher bei den Menschen einzunisten, und drohte mit furchtbaren Strafen, falls er das geringste Anzeichen dafür entdecke, dass jemand seine Amtsgeschäfte nicht eifrig genug in seinem, Luzifers, Sinne führe. Außerdem gab er neue Anweisungen und Unterlagen an alle aus und machte denen, die sich tapfer einsetzen würden, große Versprechungen.

Es schien, als neigte sich diese Reichsversammlung ihrem Ende zu und alle höllischen Stände würden an ihre Arbeit zurückkehren, da kam ein zerlumpter, bleichgesichtiger Kerl auf einem alten, schäbigen Wolf angeritten. Ross und Reiter sahen so verhungert, abgemagert, matt und hinfällig aus, als hätten sie schon lange in einem Grab oder auf dem Schindanger gelegen. Dieser Bursche beklagte sich nun über eine stattliche Dame, die auf einem neapolitanischen Pferd im Wert von hundert Pistolen vor ihm einhertrappelte. Alles, was sie und das Pferd an sich hatten, glitzerte von Perlen und Edelsteinen. Die Steigbügel, die Sattelbeschläge, die Stangen, die Schnallen, das Mundstück oder Gebiss und die Kinnketten – alles war aus purem Gold. Die Hufbeschläge an den Füßen des Pferdes waren aus feinem Silber, so dass von Hufeisen keine Rede sein konnte. Die Dame selbst wirkte imposant, prachtvoll und beherzt und blühte rötlich im Gesicht, wie eine Rose am Spalier oder als wenn sie leicht berauscht wäre, obwohl sie sich im Übrigen frisch und munter gebärdete. Um sie herum roch es so stark nach Haarpulver, Balsam, Moschus, Ambra und anderen Düften, dass wohl jede Mutter bei einer solchen Tochter aus der Haut gefahren wäre. Kurz, alles an ihr war so kostbar, dass ich sie für eine Königin gehalten hätte, wenn sie denn gekrönt gewesen wäre. Und doch muss sie eine sein, denn man sagt von ihr, sie allein herrsche über das Geld und nicht das Geld über sie. Deshalb wunderte ich mich anfangs, dass es der elende Schindhund auf dem Wolf wagen durfte, gegen sie aufzumucken. Aber er gab sich kühner, als ich ihm zugetraut hätte.

Das 4. Kapitel. Wettstreit zwischen der Verschwendung und dem Geiz – ist etwas länger als das vorige.

Er drängte sich nämlich bis zu Luzifer selbst vor und sprach: »Großmächtiger Fürst! Auf der ganzen Erde ist mir kaum jemand mehr zuwider als diese junge Hündin dort, die sich bei den Menschen als Freigebigkeit ausgibt, um mich unter diesem Namen mit Hilfe des Hochmuts, der Wollust und der Völlerei in Verruf zu bringen und niederzuhalten. Sie ist es, die, wie die Spreu in der Futterwanne, überall hervorquillt, um mich bei meiner Arbeit und meinen Geschäften zu behindern und wieder einzureißen, was ich zum Gedeihen und Nutzen deines Reiches mühsam aufbaue! Weiß man denn im Höllenreich nicht mehr, dass die Menschenkinder selbst mich eine Wurzel allen Übels nennen? Wie soll mir der herrliche Titel aber Freude und Ehre machen, wenn diese junge Rotznase mir vorgezogen werden will? Muss ich auf meine alten Tage noch erleben, dass ich – ich sage, ich, einer der verdienstvollsten Räte, einer der vornehmsten Diener und größten Förderer deines Staates und deiner höllischen Erträge – diesem jungen Miststück weichen und den Vortritt lassen soll, das Wollust und Hochmut bloß gezeugt haben, damit es mir eine Last sei? Nie und nimmer, großmächtiger Fürst, wäre es deiner Hoheit würdig – und es widerspräche auch deiner Absicht, das Menschengeschlecht sowohl hier unten als auch auf der Erde zu quälen –, wenn du dieser Modenärrin bestätigen würdest, dass es recht ist, wie sie sich mir gegenüber benimmt. Aber indem ich ›recht‹ sage, habe ich mich schon versprochen, denn mir ist der Unterschied zwischen recht und unrecht selbstverständlich gleichgültig. Ich wollte nur sagen, es schadet deinem Reich, wenn der Fleiß, den ich seit unvordenklichen Zeiten und bis heute unverdrossen an den Tage lege, mit Verachtung bedacht, mein Ansehen und meine Wertschätzung bei den Menschen dadurch geschmälert und ich selbst hierdurch aus ihren Herzen gelöscht und vertrieben werden sollte. Befiehl deshalb dieser jungen, dummdreisten Landstreicherin, dass sie mir als dem Älteren Platz machen und aus dem Weg gehen und mich bei meiner Arbeit für dein Reich nicht weiter behindern soll, so wie es früher war, als man von ihr auf der ganzen Welt noch nichts wusste.«

Nachdem der Geiz seine Meinung noch mit vielen weiteren Argumenten vorgetragen hatte, antwortete die Verschwendung, es wundere sie vor allem, dass ihr Großvater es wage, so rücksichtslos wie ein zweiter Herodes gegen die eigene Familie vom Leder zu ziehen. »Er nennt mich«, sagte sie, »eine junge Hündin, was insofern zutrifft, als ich seine Enkelin bin. Aber meinen eigenen Vorzügen wird dieser Titel nicht im Entferntesten gerecht. Er macht mir einen Vorwurf daraus, dass ich bisweilen als Freigebigkeit auftrete und unter diesem Deckmantel meinen Geschäften nachgehe. Einfältiges Geplapper eines alten Gecken, das den Spott mehr verdient als ich mit meinem Tun eine Strafe! Weiß denn dieser alte Narr nicht, dass es unter allen Höllengeistern keinen gibt, der sich nicht bisweilen, je nachdem, wie die Sache liegt und was die Lage erfordert, als einen Engel des

Lichts ausgäbe? Mein ehrenwerter Herr Großvater soll sich nur an die eigene Nase fassen. Stellt er selbst sich nicht, wenn er bei den Menschen anklopft und unterzukommen sucht, als die Sparsamkeit vor? Soll ich ihn deshalb etwa tadeln oder gar verklagen? Nein, durchaus nicht! Ich bin ihm nicht mal böse. Schließlich müssen wir alle uns solcher Schliche und Betrügereien bedienen, um bei den Menschen Zutritt zu erlangen oder uns unbemerkt einzuschleichen. Und ich möchte hören, was ein rechtschaffener, frommer Mensch – denn nur solche brauchen wir zu hintergehen, die gottlosen bekommen wir sowieso – sagen würde, wenn einer von uns bei ihm ankäme und sagte: ›Ich bin der Geiz, ich will dich in die Hölle bringen! Ich bin die Verschwendung, ich will dich ins Verderben stürzen! Ich bin der Neid, komm mit mir, dann ist dir die ewige Verdammnis sicher! Ich bin der Hochmut, lass mich herein, dann mach ich dich dem Teufel gleich, den Gott aus seiner Nähe verstoßen hat! Ich bin der Soundso, wenn du es machst wie ich, wird es dich viel zu spät gereuen, weil du der ewigen Pein dann nicht mehr entrinnen kannst.‹ Meinst du nicht, großmächtiger Fürst«, sagte sie, »ein solcher Mensch werde sagen: In aller hunderttausend Namen! Mach dich fort, in den Abgrund der Hölle zu deinem Großvater, der dich geschickt hat, und lass mich in Frieden? Gibt es einen unter euch«, fuhr sie, an alle gewandt, fort, »der nicht schon abgewiesen worden wäre, wenn er es gewagt hat, mit der Wahrheit, die ohnehin überall verhasst ist, aufzutreten? Soll ich allein der Dummkopf sein, der sich mit der Wahrheit herumschleppt und es dem Großvater von uns allen nicht nachtun darf, dessen wichtigste geheime Waffe die Lüge ist?

Genauso dürftig sieht es aus, wenn mich der alte Pfennigfuchser mit der Behauptung herabsetzen will, Hochmut und Wollust seien meine Helfer. Wenn sie es sind, so tun sie nur, was ihnen aufgegeben ist, und leisten ihren Beitrag zur Stärkung des Höllenreichs. Es wundert mich sehr, dass er mir nicht zugestehen will, was ihm selbst doch unentbehrlich ist.

Zeigen die Protokolle der Hölle nicht klar und deutlich, dass diese beiden so manchem armen Tropf ins Herz gestiegen sind und dem Geiz den Weg bereitet haben, ehe er selbst auch nur daran denken und es wagen konnte, einen solchen Menschen anzugreifen? Man schlage nur nach, so wird man feststellen, dass denen, die der Geiz verführt, entweder der Hochmut vorher eingeredet hat, sie müssten etwas haben, womit sie Eindruck schinden können, ehe sie sich sehen lassen könnten, oder aber der Kitzel der Wollust hat ihnen geraten, sie müssten einiges zusammenschachern, bevor sie in Freuden und Wollust leben können. Warum will nun mein lieber Großvater nicht, dass diese beiden, die ihm selbst so manchen guten Dienst erwiesen haben, auch mir helfen? Was aber das Fressen und die Völlerei angeht, so kann ich nichts dafür, wenn der Geiz seine Untertanen so streng regiert, dass sie kein so angenehmes Leben führen können wie die Meinigen. Gewiss, ich halte sie hierzu schon deshalb an, weil ich dazu berufen bin, und er lässt die Seinigen auch nicht darben, solange nur ihr Geldbeutel verschont bleibt. Aber trotzdem sage ich nicht, er tue etwas Ungereimtes, denn hier in unserem Höllenreich ist es von alters her üblich, dass jedes Mitglied dem anderen die Hand bietet, damit wir gemeinsam eine Kette bilden.

Was den Titel meines Ahnherrn betrifft – dass man ihn von jeher und bis heute die Wurzel allen Übels nennt und er nun fürchtet, ich könnte ihm durch meine Erfolge Einbußen verursachen oder ihn gar von seinem ersten Platz verdrängen –, so möchte ich dazu sagen, dass ich ihm die Ehre, die ihm seit eh und je gebührt und die ihm auch die Menschenkinder erweisen, weder missgönne noch wegnehmen will. Andererseits wird es mir unter den Höllengeistern aber auch keiner verdenken, wenn ich versuche, durch eigene Vorzüge meinen Großvater zu übertreffen oder doch wenigstens in der Wertschätzung der Leute mit ihm gleichzuziehen – was ihm doch mehr zur Ehre als zur Schande gereichen würde, weil ich ja zugegebenermaßen von ihm abstamme. Über meine Herkunft hat er allerdings etwas Falsches in Umlauf gebracht, weil er sich meiner schämt. Ich bin nämlich nicht, wie er behauptet, die Tochter der Wollust, sondern die seines Sohnes, des Überflusses, der mich mit der hochmütigen Hoffart, der ältesten Tochter des allergrößten Höllenfürsten, gezeugt hat – übrigens um die gleiche Zeit, als er mit der Torheit auch die Wollust zeugte. Weil ich also dank solcher Ahnen und solcher Herkunft um nichts weniger vornehm bin als Mammon, der Geiz, und mit meinen Eigenschaften – auch wenn ich nicht ganz so klug zu sein scheine – doch ebenso nützlich wie dieser alte Knacker zu sein glaube, wenn nicht sogar nützlicher, will ich nicht nur nicht vor ihm zurückweichen, sondern tatsächlich den Vorrang beanspruchen, und hoffe deshalb, dass der Großfürst und das ganze höllische Heer mich dabei unterstützen und ihn dahin bringen werden, die Schmähungen, die er gegen mich gerichtet hat, zu widerrufen, mich von nun an bei meinem Tun nicht weiter zu behelligen und als hochrangiges Mitglied des Höllenreiches zu akzeptieren.«

»Wen würde es nicht schmerzen«, erwiderte der Geiz auf seinem Wolf, »wenn er sieht, was für ungeratene Kinder er hervorgebracht hat und wie sehr sie aus der Art schlagen? Und ich soll mich obendrein auch noch verkriechen und den Mund halten, wenn mir dieses Weibsbild nicht nur andauernd in die Quere kommt, sondern, schlimmer noch, durch seine Widerspenstigkeit mir mein ehrwürdiges Alter vergällen und sich über mich erheben will.«

»Ach, Alter«, antwortete die Verschwendung, »du bist nicht der erste Vater, den seine Kinder übertroffen haben!«

»Aber noch öfter«, antwortete Mammon, »haben sich Eltern über ihre ungeratenen Kinder beklagen müssen!«

»Was soll das Gezänk?«, sagte Luzifer. »Jeder möge darlegen, inwiefern er unserem Reich mehr Nutzen bringt als der andere. Danach wollen wir dann urteilen, wem von euch der Vorzug gebührt, denn darum geht es doch vor allem. Bei diesem Urteil wollen wir weder Alter noch Jugend, weder die Herkunft noch sonst etwas berücksichtigen. Denn der, von dem sich zeigt, dass er jenem höheren Walten am stärksten entgegenarbeitet und den Menschen am meisten schadet, soll auch, wie es von jeher Brauch ist, bei uns den besten Platz einnehmen.«

»Großer Fürst«, antwortete Mammon, »da mir erlaubt wird, hier darzulegen, worin meine Talente bestehen und auf wie vielfältige Weise ich mich um den Höllenstaat verdient mache, zweifle ich nach allem, was ich gehört habe, nicht daran, dass mir, wenn ich alles ausführlich und begreiflich erläutert habe, das ganze Höllenreich nicht nur den Vorzug vor der Verschwendung zuerkennen, sondern mir meinen Verdiensten gemäß auch wieder die Ehre und den Platz des alten Pluto* einräumen wird, als der ich hier einst den Vorsitz führte und höchsten Respekt genoss. Ich will jetzt nicht noch einmal darauf hinweisen, dass die Menschen selbst mich die Wurzel allen Übels, den Ursprung und die Brutstätte von allem nennen, was ihnen an Leib und Seele schädlich, unserem Höllenreich dagegen nützlich ist. Denn dies alles ist inzwischen so bekannt, dass selbst die Kinder schon Bescheid wissen. Ich will mich auch nicht lange dabei aufhalten, dass mich die Anhänger jenes höheren Waltens deswegen täglich loben und wie sauer Bier anpreisen, indem sie mich bei den Menschen in Verruf bringen – obwohl mir dies durchaus zur Ehre gereicht, zeigt es doch, dass ich mir trotz aller Verfolgung durch die Jünger jenes Waltens bei den Menschen Zugang und einen festen Platz zu verschaffen und diesen auch gegen heftige Anfeindungen zu behaupten weiß. Wäre mir dies nicht schon Ehre genug, könnte ich darauf hinweisen, dass ich sogar über diejenigen herrsche, die jenes höhere Walten selbst ermahnt, sie könnten nicht zugleich ihm und mir dienen*, und sein Wort würde unter mir erstickt wie der gute Samen unter den Dornen. Aber ich will von alldem schweigen, denn, wie gesagt, das sind alte, längst bekannte Geschichten. Aber eines, nur dieses eine, will ich zu meinem Ruhm sagen: dass unter allen Geistern und Angehörigen des Höllenreiches keiner die Absicht unseres Großfürsten besser in die Tat umsetzt als ich. Denn dieser will und wünscht doch nichts anderes, als dass die Menschen sowohl in ihrer Zeitlichkeit kein geruhsames, vergnügliches, friedliches Leben wie auch in der Ewigkeit kein seliges Leben führen und genießen sollen.

Seht doch bloß und staunt, wie sich schon diejenigen zu quälen anfangen, bei denen ich gerade mal einen Fuß in die Tür bekommen habe, und wie jene sich unablässig ängstigen, die mir ihr Herz zu öffnen beginnen. Werft auch einen Blick auf jene, die ich ganz für mich eingenommen habe, und sagt mir, ob es auf der ganzen Erde eine elendere Kretaur gibt oder ob je ein Höllengeist einen so großen oder standhaften Märtyrer in seiner Gewalt gehabt und gepeinigt hat wie den, den ich in unser Reich ziehe. Immerzu raube ich ihm den Schlaf, den seine Natur so dringend von ihm fordert, und wenn sie ihn doch einmal zwingt, ihr diese Schuldigkeit zu tun, dann quäle und beunruhige ich ihn trotzdem mit allerlei sorgenvollen, schweren Träumen so sehr, dass er nicht nur keine Ruhe findet, sondern selbst noch im Schlaf mehr sündigt als manch anderer im Wachen.

Mit Speisen und Trank und allem, was sonst zur Befriedigung der leiblichen Bedürfnisse vonnöten ist, halte ich die Wohlhabenden viel knapper, als andere, weniger Begüterte es gewohnt sind. Und wenn ich der Eitelkeit gegenüber nicht bisweilen ein Auge zudrücken würde, müssten sie sich auch schlechter kleiden als die armseligsten Bettler. Ich gönne ihnen keine Freude, keine Ruhe, keinen Frieden, keine Lust – kurz, nichts von dem, was sie gut nennen und was ihren Leibern oder gar ihren Seelen gut bekäme, nicht einmal jene Wollüste, hinter denen andere Weltkinder so her sind und derentwegen sie uns in die Arme laufen. Selbst die Wollüste des Fleisches, denen doch von Natur aus alles nachjagt, was sich auf Erden regt, versalze ich ihnen mit Bitterkeit, indem ich blühende Jünglinge mit alten, abgelebten, unfruchtbaren, garstigen Vetteln und holde Jungfrauen mit eisgrauen, eifersüchtigen Hahnreien verkuppele und unglücklich mache. Ihr größtes Vergnügen ist es, sich in Sorgen und Kummer zu grämen, und ihre höchste Befriedigung besteht darin, ihr Leben in schweren Mühen und saurer Arbeit zu verschleißen und sich für ein wenig roten Staub, den sie am Ende doch nicht mitnehmen können, nach der Hölle durchzukämpfen.

Ich lasse nicht zu, dass sie rechtschaffen beten oder gar in guter Absicht Almosen geben, und obwohl sie oft fasten oder, besser gesagt, Hunger leiden, geschieht dies nicht aus Frömmigkeit, sondern um mir zuliebe etwas einzusparen. Ich treibe sie in Leibes- und Lebensgefahren – nicht nur auf Schiffen über das Meer, sondern auch unter die Wellen und bis auf den tiefsten Grund. Sie müssen für mich die innersten Eingeweide der Erde durchwühlen, und wenn es in der Luft etwas zu fischen gäbe, so müssten sie für mich auch dort das Fischen lernen. Von den Kriegen, die ich anstifte, und dem Übel, das daraus erwächst, will ich gar nicht reden, denn das ist allgemein bekannt. Ich will auch nicht aufzählen, wie viele Wucherer, Taschendiebe, Einbrecher, Räuber und Mörder ich mache. Ich bin ja berühmt dafür, dass sich jeder, der zu mir hält, bittere Sorgen, Angst, Not, Mühe und Arbeit aufhalst. Und wie ich sie am Leib so grässlich martere, dass es eines anderen Henkers nicht bedarf, quäle ich sie auch an ihrem Gemüt, dass kein anderer Höllengeist vonnöten ist, ihnen einen Vorgeschmack auf die Hölle zu bieten oder sie in unserer Gefolgschaft zu halten. Ich ängstige den Reichen. Ich unterdrücke den Armen. Ich verblende die Gerechtigkeit. Ich verjage die christliche Liebe, ohne die niemand selig wird. Und Barmherzigkeit gibt es auch nicht bei mir!«

Das 5. Kapitel. Der Einsiedel wird aus seiner Wildnis in ein Schiff auf dem Meer zwischen England und Frankreich versetzt.

Während sich der Geiz noch in Selbstlob und Herabsetzung der Verschwendung erging, kam ein altersschwacher, ausgemergelter Höllenkerl mit einem Buckel angeflattert. Er schnaufte wie ein Bär oder als hätte er gerade ein Wettrennen mit einem Hasen hinter sich. Gleich spitzten alle Anwesenden die Ohren und wollten hören, was er Neues brächte oder was für ein Wildbret er erjagt hätte, denn in diesem Punkt galt er für noch geschickter als die anderen Geister. Bei Licht betrachtet, steckte aber nichts dahinter als ein Beinahe. Denn aus seinem Bericht ersah man gleich, dass er sich vergeblich an einen englischen Edelmann namens Julus und seinen Diener Avarus, die aus ihrem Vaterland nach Frankreich reisten, herangemacht hatte, um beide oder wenigstens einen von ihnen zu verführen. Doch bei dem einen hatte er wegen dessen edler Art und tugendhafter Erziehung, bei dem anderen wegen dessen Einfalt und Frömmigkeit nichts ausrichten können und bat nun Luzifer, ihm mehr Beistand mitzugeben.

Gerade schien Mammon seine Ansprache beenden und die Verschwendung mit der ihren beginnen zu wollen. Aber Luzifer sagte: »Genug geredet – jetzt wollen wir Taten sehen. Jede Partei in diesem Streit soll sich einen der beiden Engländer vornehmen und ihn so lange und heftig bearbeiten, verführen, verfolgen und durch ihre Kunst und ihr Geschick anfechten, bis es einer von ihnen oder beiden gelungen ist, ihre Beute an sich zu fesseln und unserem Höllenreich einzuverleiben. Wer die seine am besten und festesten verschnürt hierher schafft oder heimbringt, hat gewonnen und soll den Vortritt vor dem anderen haben.«

Damit waren alle einverstanden, und beide Parteien einigten sich nach einem Vorschlag des Hochmuts darauf, dass sich Mammon den Avarus, die Verschwendung hingegen den Julus vornehmen sollte, unter der ausdrücklichen Bedingung, dass keiner den anderen bei der Verfolgung seines Mannes behindern oder ihn sich auf die eigene Art gefügig machen dürfe – außer wenn es im Interesse des Höllenreichs unbedingt erforderlich sei. Es war erstaunlich, zu sehen, wie eifrig nun die anderen Laster diesen beiden Glück wünschten und ihnen Begleitung und Beistand und ihre Dienste anboten. Wenig später ging die Höllenversammlung auseinander, und es erhob sich ein starker Wind, der mich mit der Verschwendung und dem Geiz samt ihren Begleitern und Helfern im Nu zu dem Meer zwischen England und Frankreich trug und auf dem Schiff absetzte, mit dem die beiden Engländer unterwegs waren und das sie nun bald verlassen wollten.

Der Hochmut ging geradewegs auf Julus zu und sagte: »Werter Ritter, ich bin das Ansehen, und da Ihr gerade ein fremdes Land betretet, könnte es ratsam sein, dass Ihr mich als Hofmeister einstellt. Hier könnt Ihr den Einwohnern durch besonders elegantes Auftreten zeigen, dass Ihr kein einfacher Edelmann seid, sondern aus dem alten Königshaus stammt. Und selbst wenn dem gar nicht so wäre, könnte es nichts schaden, den Franzosen zur höheren Ehre Eurer eigenen Nation klarzumachen, was die Engländer für wackere Leute sind.«

Darauf ließ Julus durch seinen Diener Avarus dem Kapitän die Überfahrt in lauter großen, dicken, aber lieblich anzusehenden Goldmünzen bezahlen, wofür sich der Kapitän bei Julus mit einem untertänigen Bückling bedankte und ihn etliche Male mit *Gnädiger Herr* anredete. Das machte sich der Hochmut zunutze, um dem Avarus zu sagen: »Sieh mal, wie einer geehrt wird, der von solchem Kies viel bei sich hat!« Doch der Geiz sagte zu Avarus: »Würdest du so viel davon besitzen, wie dein Herr hier gerade ausgibt, dann solltest du anders damit umgehen. Denn was man erübrigen und beiseite tun kann, legt man besser mit Zinsen an, so dass man später etwas davon hat, statt es auf Reisen, die ohnehin nur voller Mühen, Sorgen und Gefahren stecken, nutzlos durchzubringen.«

Kaum hatten die beiden Jünglinge das feste Land betreten, da flüsterte der Hochmut der Verschwendung zu, er habe schon beim ersten Anklopfen nicht bloß Zutritt zu Julus' Herz, sondern wahrscheinlich schon einen festen Platz darin bekommen, und fügte hinzu, die Verschwendung, solle sich auch des Beistands der anderen Begleiter versichern, damit sie ihr Vorhaben desto sicherer verwirklichen könne. Er, der Hochmut, wolle sie zwar nicht im Stich lassen, müsse nun aber auch ihrem Gegner, dem Geiz, genauso Hilfe leisten, wie er ihr Hilfe geleistet habe.

Geneigter, hochverehrter Leser, wenn ich hier eine Geschichte zu erzählen hätte, würde ich mich kürzer fassen und nicht so umständlich daherkommen. Ich muss gestehen, auch mein eigener Vorwitz verlangt von einem Geschichtenschreiber, dass er vorwärts kommt und niemanden unnötig aufhält. Aber was ich hier darstelle, ist eine Vision oder ein Traum, also etwas ganz anderes. Da darf ich nicht hetzen, sondern muss gewisse Einzelheiten und spezielle Umstände erwähnen, um den Leuten klarzumachen, was ich hier mitteilen möchte. Ich möchte nämlich an einem Beispiel zeigen, wie aus einem winzigen Funken allmählich ein großes Feuer wird, wenn man es an Vorsicht fehlen lässt. Denn genauso selten, wie einer in dieser Welt mit einem Sprung den höchsten Grad der Heiligkeit erreicht, wird aus einem Frommen schlagartig und von einem auf den anderen Augenblick ein Bösewicht. All das geht langsam, *peu à peu* und stufenweise vor sich, und diese Stufen zum Verderben darf ich, damit sich jeder rechtzeitig davor hüten kann, in meiner Vision nicht außer Acht lassen, weshalb ich sie denn hier ausgiebig beschreibe. Denn diesen beiden Jünglingen erging es wie einem Wild, das beim Anblick des Jägers zuerst nicht weiß, ob es fliehen oder stehenbleiben soll, oder gar erlegt wird, ehe es den Schützen überhaupt gesehen hat.

Die beiden tappten zwar schneller als gewöhnlich in die Falle, aber der Grund hierfür war, dass bei ihnen der Zunder offen dalag und für die Funken dieses oder jenes Lasters leicht erreichbar war. Denn so wie junges Vieh, wenn es den Winter hinter sich hat und im Frühling aus dem verdrießlichen Stall auf die lustige Weide gelassen wird, anfängt herumzuspringen, ohne an gefährliche Klüfte und spitze Zaunstecken zu denken, macht es mangels Erfahrung und Umsicht auch die unbesonnene Jugend, wenn sie nicht mehr unter der Rute der väterlichen Zucht steht, sondern den Eltern aus den Augen und in die langersehnte Freiheit kommt.

Was der Hochmut, wie oben beschrieben, der Verschwendung mitgeteilt hatte, war nicht einfach so dahingesagt. Er begab sich vielmehr gleich zu Avarus und traf dort den Neid und die Missgunst, die der Geiz als seine Wegbereiter geschickt hatte. Hierauf nahm der Hochmut Rücksicht, als er sagte: »Hör mal, Avarus, bist du nicht genauso ein Mensch wie dein Herr? Bist du nicht genauso ein Engländer wie Julus? Wie kommt es, dass man ihn einen gnädigen Herrn nennt und dich seinen Knecht? Hat England euch nicht beide geboren und gleichermaßen auf die Welt gebracht? Wie kann es da sein, dass man ihn hier, wo er genauso wenig Eigentum besitzt wie du, als gnädigen Herrn betrachtet, dich aber als einen Sklaven traktiert? Seid ihr nicht beide, einer wie der andere, über das Meer gekommen? Hätte er nicht genauso wie du, hättet ihr beide als Menschen nicht zugleich darin ertrinken müssen, wenn euer Schiff auf der Reise untergegangen wäre? Wäre er etwa, weil er von Adel ist, wie ein Delphin unter den Sturmwellen hinweg in einen sicheren Hafen entronnen? Oder hätte er sich vielleicht wie ein Adler über die Wolken, die den Anfang und die grausame Ursache eures Schiffsbruchs in sich bargen, hinausschwingen und so dem Untergang entgehen können? Nein, Avarus. Julus ist genauso ein Mensch wie du, und du bist genauso ein Mensch wie er. Warum aber wird er dir so weit vorgezogen?«

Hier fiel Mammon dem Hochmut ins Wort und sagte: »Wozu soll das gut sein – jemanden zum Fliegen ermuntern, bevor ihm die Federn dafür gewachsen sind? Als wüsste man nicht, dass es das Geld ist, was Julus ist. Er ist sein Geld, und nichts sonst, gar nichts! Er besteht aus seinem Geld. Er ist, was sein Geld aus ihm macht. Mein Lieber, lass mir ein bisschen Zeit, dann werden wir sehen, ob ich dem braven Avarus durch Fleiß und Gehorsam nicht genauso viel Geld, wie Julus jetzt verschwendet, beschaffen und ihn dadurch zu genauso einem Stutzer machen kann, wie jetzt Julus einer ist.«

So waren schon die ersten Anfechtungen des Avarus dazu angetan, dass er nicht nur genau zuhörte, sondern auch beschloss, sich ihnen zu ergeben. Und Julus versäumte es ebenfalls nicht, den Einflüsterungen des Hochmuts voller Eifer nachzuleben.

Das 6. Kapitel. Wie Julus und Avarus nach Paris reisen und sich dort die Zeit vertreiben.

Der »Gnädige Herr«, also Julus, übernachtete in dem Ort, wo wir an Land gegangen waren, und blieb auch den nächsten Tag und die folgende Nacht noch dort, um sich auszuruhen, seinen Wechsel in Empfang zu nehmen und Vorbereitungen für eine Reise durch die spanischen Niederlande nach Holland* zu treffen. Dessen vereinigte Provinzen wollte er gern sehen, und sein Herr Vater hatte ihm dies sogar ausdrücklich befohlen. Dazu mietete er einen Reisewagen – eigentlich nur für sich selbst und seinen Diener Avarus, aber Hochmut, Verschwendung und Geiz und ihr von alldem träumender Begleiter wollten nicht zurückbleiben und suchten sich jeder einen Platz, der Hochmut oben an der Decke, die Verschwendung neben dem Julus, der Geiz im Herzen des Avarus, und ich hockte mich auf das »Narrenkistlein«, das Gepäckfach an der Rückseite des Wagens, denn die Bescheidenheit, die diesen Platz sonst eingenommen hätte, war nicht mit von der Partie.

So hatte ich das Glück, im Schlaf viele schöne Städte betrachten zu können, die auch im Wachen nur die Allerwenigsten je im Leben zu Gesicht bekommen. Unsere Reise ging glücklich vonstatten, und wo sich doch einmal bedrohliche Hindernisse zeigten, räumte des Julus schwerer Geldbeutel sie aus dem Weg. Denn das Geld saß ihm locker, und er ließ sich, weil wir durch mehrere feindliche Garnisonen reisen mussten, überall die nötigen Geleit- und Passpapiere ausstellen.

Ich achtete allerdings wenig auf die Sehenswürdigkeiten in diesen Gegenden, sondern beobachtete vor allem, wie die erwähnten Laster mit der Zeit immer mehr Besitz von den beiden jungen Männern ergriffen und wie sich ihnen neue Laster hinzugesellten. Ich sah, wie Julus bald auch von der Neugier und der Unkeuschheit – einer Sünde, von der man glaubt, mit ihr werde der Hochmut gestraft – bestürmt und eingenommen wurde, weshalb wir uns an Orten, wo es leichte Mädchen gab, länger aufhielten und mehr Geld vertaten, als nötig gewesen wäre. Avarus wiederum raffte unter allen erdenklichen Mühen so viel Geld zusammen, wie er nur konnte. Er betrog nicht nur seinen Herrn, sondern auch unsere Wirte und Gastgeber, wo immer sich eine Möglichkeit bot, entwickelte sich außerdem bald zu einem tüchtigen Kuppler und hatte keine Scheu, bisweilen selbst bei den Leuten, die uns beherbergten, etwas zu stehlen, und wenn es bloß ein silberner Löffel war.

So kamen wir durch Flandern, Brabant, den Hennegau, durch Holland, Seeland, Zutphen, Geldern, Mecheln und über die französische Grenze schließlich nach Paris, wo Julus die schönste und komfortabelste Wohnung nahm, die er bekommen konnte. Seinen Avarus kleidete er wie einen Edelmann und nannte ihn einen Junker, damit die Leute ihn selbst für umso vornehmer hielten und glaubten, wenn ein Adeliger sein Bedienter sei und ihn mit *Gnädiger Herr* anrede, könne er selbst kein kleiner Hansel sein, so dass man ihn tatsächlich bald für einen Grafen hielt. Er suchte sich auch gleich einen Lautenisten, einen Fechter, einen Tanzmeister, einen Reitlehrer und einen Ball- oder Tennismeister, nicht so sehr um etwas von ihren Künsten zu lernen, sondern um sein Ansehen zu erhöhen. Das waren nun aber lauter Leute, die sich meisterlich darauf verstanden, solchen eben flügge gewordenen Burschen das Geld aus der Tasche zu ziehen. Sie machten ihn bald mit Frauen bekannt, wo es dann nicht ohne Spendieren abging, und führten ihn noch in andere Kreise ein, wo man die Leute zu schröpfen pflegt und er bloß den Geldbeutel zu öffnen brauchte. Denn die Verschwendung hatte die Wollust mit all ihren Töchtern schon eingeladen, den Julus gemeinsam zu belagern und zu ruinieren.

Anfangs begnügte er sich zwar mit Ballschlagen, Ringstechen, Komödie, Ballett und ähnlich ehrbaren Vergnügungen, bei denen er zusah oder auch selbst mittat. Doch mit zunehmender Gewöhnung und je besser er sich auskannte, begab er sich auch an Orte, wo man seinem Geld mit Würfeln und Karten zusetzte, bis er schließlich in den üppigsten Hurenhäusern herumschweifte. In seiner Wohnung aber ging es zu wie am Hof des König Artus. Da bewirtete er täglich zahlreiche Schmarotzer nicht einfach mit Kraut oder Rüben, sondern mit teuren französischen Potagen und köstlichen spanischen Olla Podriden*, so dass ihn eine einzige Mahlzeit oft mehr als fünfundzwanzig Pistolen kostete, vor allem wenn man die Musiker mitrechnet, die er meistens dazuholte.

Viel Geld schluckten auch die neuen Kleidermoden, die in rascher Folge aufkamen und sich bald wieder veränderten – eine Torheit, in der er besonders glänzen konnte, weil ihm als adeligem Ausländer keine Tracht verboten war. Da musste denn alles mit Gold bestickt und verbrämt sein, und es verging kein Monat, in dem er sich nicht neu eingekleidet hätte, und kein Tag, an dem er seine Perücke nicht mehrmals gepudert hätte. Denn obwohl er von Natur aus schönes Haar besaß, hatte der eitle Hochmut ihn überredet, es abzuschneiden und sich nach allgemeinem Brauch mit fremdem Haar zu schmücken. Die Sonderlinge, die sich mit ihrem eigenen, natürlichen Haar behälfen, so führte er an, gäben damit, auch wenn es schön sei, nur zu verstehen, dass sie arme Schlucker seien und sich die lausigen hundert Dukaten für ein paar schöne Perücken nicht leisten könnten. Kurz, alles musste so kostbar und kostspielig sein, wie es sich der Hochmut nur ausdenken und die Verschwendung ihm eingeben konnte.

Obwohl dem Geiz, der den Avarus schon ganz für sich eingenommen hatte, diese Lebensweise ganz und gar widerwärtig erschien, sorgte er doch dafür, dass sie dem Avarus durchaus gefiel, weil er sie sich so leicht zunutze machen konnte. Mammon hatte ihn nämlich inzwischen bewogen, sich der Untreue zu ergeben und sich durch sie zu bereichern. Daher ließ Avarus keine Gelegenheit mehr aus, seinem Herrn, der sein Geld ohnehin nutzlos verschleuderte, so viel er konnte abzuzwacken. Er bezahlte keine Näherin oder Wäscherin, ohne ihr von ihrem gewöhnlichen Lohn etwas abzuziehen und es heimlich in die eigene Tasche zu stecken. Noch den geringsten Kleiderflicker- oder Schuhputzerlohn stockte er gegenüber seinem Herrn auf und behielt den Zuschlag für sich, und bei den großen Ausgaben, ob rechtschaffen oder schändlich, sackte er erst recht ein, was er bekommen konnte. Die Sänftenträger, bei denen sein Herr viel Geld versenkte, wechselte er sofort aus, wenn sie ihm keinen Anteil an ihrem Verdienst gaben. Der Pastetenbäcker, der Garkoch, der Weinschenk, der Holzhändler, der Fischverkäufer, der Bäcker und andere Lebensmittellieferanten mussten ihren Gewinn fast mit ihm teilen, wenn sie Julus als guten Kunden behalten wollten, denn er war von dem Gedanken, seinem Herrn durch Besitz von Geld und Gut gleich zu werden, so besessen wie einst Luzifer, als er sich, mit Gaben des Allerhöchsten schon reich versehen, auch noch erkühnte, seinen Stuhl neben den mächtigen Thron des großen Gottes zu rücken.

So lebten beide Jünglinge sorg- und bedenkenlos dahin, bevor sie erkannten, wie sie lebten. Denn Julus war an weltlichem Besitz so reich wie Avarus arm. Deswegen meinte jeder, er lebe seinem Stand gemäß oder so, wie es sein Stand und seine Lage erforderte – der eine, indem er seinen Reichtum zur Schau stellte und mit ihm auftrumpfte, der andere, indem er seiner Armut abzuhelfen und Wohlstand zu erlangen versuchte und jede Gelegenheit nutzte, die sein verschwenderischer Herr ihm hierzu bot. Der innere Wächter, das Licht der Vernunft, der Zeuge, der nie ganz schweigt, nämlich das Gewissen, versäumte es dennoch nicht, beiden ihre Fehler rechtzeitig vorzuhalten und sie zur Besserung zu ermahnen.

»Vorsicht! Vorsicht!«, sagte eine Stimme zu Julus. »Verschwende nicht länger so unnütz, was deine Vorfahren vielleicht mit großer Mühe und Arbeit und vielleicht sogar, indem sie ihr Seelenheil darüber verloren, für dich erworben und so getreulich aufgespart haben. Lege es lieber so an, dass du es von nun an vor Gott, den ehrbaren Leuten und auch vor deinen Nachkommen verantworten und dich damit sehen lassen kannst!«

Doch auf diese und andere heilsamen Ermahnungen und bedenkenswerten Einwände, die den Julus zum Maßhalten bewegen sollten, lautete die Antwort: »Wie bitte? Ich bin kein Faulpelz und kein Pfennigfuchser, sondern ein Kavalier. Soll ich bei meinen edelmännischen Betätigungen etwa wie ein Bettler oder Lümmel auftreten? Nein, das geht nicht und war auch so nie üblich. Ich bin nicht hierhergekommen, um Hunger und Durst zu leiden, und erst recht nicht, um wie ein alter Geizkragen zu schachern, sondern um als anständiger Kerl von meinen Renten zu leben!«

Wenn dann aber die lobenswerten Eingebungen, die er nur »melancholische Gedanken« nannte, trotz solcher Widerworte keine Ruhe gaben, sondern weiter mahnten, ließ er sich das Lied »Laßt uns unsern Tag genießen, Gott weiß, wo wir morgen sind« vorspielen, ging zu Frauen oder suchte andere lustige Gesellschaft, wo er sich einen Rausch ansoff, so dass es mit ihm immer schlimmer und er am Ende gar ein Epikureer wurde.

Auch den Avarus ermahnte eine innere Stimme, dass der Weg zu Reichtum und Besitz, den er eingeschlagen habe, die größte Untreue von der Welt sei. Und sie fügte hinzu, er habe nicht nur die Aufgabe, seinem Herrn zu dienen, sondern solle auch Schaden von ihm abwenden, seinen Nutzen mehren, ihn zu einem ehrlichen, tugendhaften Leben anhalten, vor schändlichen Lastern warnen und ihm vor allem nach Kräften helfen, seinen irdischen Besitz zusammenzuhalten und zu bewahren. Stattdessen reiße er diesen Besitz an sich und helfe obendrein mit, Julus immer tiefer ins Laster zu stürzen. Wie er denn glaube, dies vor Gott, dem er für alles Rechenschaft schuldig sei, vor den frommen Eltern des Julus, die ihren einzigen Sohn in seine Obhut gegeben und ihm anvertraut hätten, und schließlich auch vor Julus selbst verantworten zu können, wenn dieser älter geworden sei und eines Tages erkenne, dass er durch seine, des Avarus, Achtlosigkeit und Untreue für alles Gute verloren sei und seinen Reichtum nutzlos verschwendet habe?

»Aber das, Avarus, ist noch nicht alles! Denn indem du dir wegen dem Geld des Julus und wegen ihm selbst so schwere Schuld auflädst, besudelst du auch dich mit dem schändlichen Laster des Diebstahls und machst dich des Stranges und des Galgens würdig. Du tauchst deine vernünftige, ja himmlische Seele in den Schlamm der irdischen Güter, die du treulos und sträflich zusammenzuscharren gedenkst, während Krates von Theben*, ein Heide, sie ins Meer warf, um sich von ihnen nicht verderben zu lassen – und dabei hatte er die seinen rechtmäßig erworben! Daran kannst du ermessen, wie sehr sie dein Untergang sein werden, wenn du sie nun umgekehrt aus dem großen Meer deiner Untreue hervorholen willst. Wie kannst du bloß glauben, dass sie dir gut bekommen werden?«

Solche und ähnliche Ermahnungen der gesunden Vernunft und seines Gewissens vernahm Avarus bei sich, aber es fehlte ihm nicht an Ausreden, um seine Bosheit zu beschönigen und zu rechtfertigen. »Was«, so sagte er im Anschluss an die Sprüche Salomos, Kapitel 26, über den Julus, »was nutzen diesem Toren Ehre, Geld und gutes Leben? Er weiß nichts damit anzufangen. Außerdem hat er ohnehin genug. Und wer weiß, wie seine Eltern es erworben haben? Ist es da nicht besser, ich nehme mir, was er doch sowieso verschwendet, damit es nicht in fremde Hände fällt?«

So folgten beide jungen Männer ihren verblendeten Begierden und ersäuften sich bald im Abgrund der Wollust, bis Julus schließlich die lieben Franzosen bekam und ungefähr vier Wochen schwitzen und sich Leib und Geldbeutel purgieren lassen musste. Aber besser machte ihn das nicht und diente ihm auch nicht zur Warnung. Vielmehr bewahrheitete sich an ihm das bekannte Sprichwort: »Da der Kranke genesen, viel ärger er gewesen.«

Das 7. Kapitel. Avarus macht krumme Finger, Julus hingegen Schulden. Julus' Vater aber reist in eine andere Welt.

Avarus stahl so viel Geld zusammen, dass ihm dabei selbst angst und bange wurde, weil er nicht mehr wusste, wohin damit und wie er seine Untreue vor Julus weiter verbergen sollte. Um ihm Sand in die Augen zu streuen, ersann er eine

List. Er wechselte einen Teil seines Goldes in große deutsche Silbermünzen, packte sie in eine Tasche und kam damit tief in der Nacht zum Bett seines Herrn gelaufen, um ihm in wohlgesetzten Lügenworten zu berichten, was er soeben für einen Fund gemacht habe.

»Gnädiger Herr«, sagte er, »über diese Beute bin ich vorhin gestolpert, als mich ein paar Kerle vor dem Haus Eurer Liebsten verjagten. Wenn das gemünzte Metall nicht so anders geklungen hätte als die Eingeweide eines Verstorbenen, hätte ich schwören können, ich sei auf eine Leiche getreten.«

Mit diesen Worten schüttete er das Geld aus und fuhr fort: »Was raten mir Euer Gnaden zu tun, damit dies Geld wieder an seinen rechtmäßigen Herrn kommt? Ich hoffe ja doch, er wird mir dafür ein ordentliches Trinkgeld geben.«

»Du Narr«, antwortete Julus, »hast du was, dann behalte es. Was für eine Nachricht bringst du mir von dem Fräulein, wie hat sie sich entschlossen?«

»Ich konnte heute Abend nicht mit ihr sprechen«, antwortete Avarus, »weil ich mich, wie gesagt, vor diesen Kerlen in Sicherheit bringen musste, und dann bin ich plötzlich über das Geld hier gestolpert.« So behalf sich Avarus mit einer Lüge, wie es alle angehenden Diebe tun, wenn sie behaupten, sie hätten gefunden, was sie in Wirklichkeit gestohlen haben.

Um diese Zeit bekam Julus von seinem Vater einen Brief und darin einen scharfen Tadel wegen seines ärgerlichen Lebenswandels und weil er so furchtbar viel Geld verschwende. Von den englischen Kaufleuten, mit denen er korrespondierte und bei denen Julus seine Wechsel einlöste, hatte der Vater alles über das Treiben von Julus und Avarus erfahren, bloß nicht, dass Avarus seinen Herrn unbemerkt bestahl, und war aus lauter Kummer hierüber schwer erkrankt. Er schrieb den Kaufleuten, sie sollten seinem Sohn in Zukunft nur noch so viel geben, wie ein einfacher Adeliger in Paris unbedingt zum Leben benötige, und fügte hinzu, falls sie ihm mehr gäben, würde er ihnen diese Auslagen nicht erstatten. Dem Julus aber drohte er, wenn er sich nicht besserte und sein Leben nicht änderte, würde er ihn enterben und nicht mehr als seinen Sohn ansehen.

Julus erschrak hierüber zwar sehr, nahm sich aber doch nicht vor, sparsamer zu leben. Und selbst wenn er, um seinen Vater zu besänftigen, seine Ausgaben hätte einschränken wollen, wäre er dazu nicht mehr imstande gewesen, denn er steckte schon zu tief in Schulden. Er hätte riskiert, bei seinen Gläubigern und folglich auch bei allen anderen seinen Kredit zu verlieren, wovon ihm der Hochmut mit aller Macht abriet, weil es seinem Ansehen geschadet hätte, das er sich durch freigebiges Spendieren erworben hatte.

Deswegen wandte sich Julus an seine Landsleute und sagte ihnen: »Ihr Herren wisst, dass mein Vater nicht nur Anteile an vielen Schiffen, die nach Ost- und Westindien gehen, besitzt, sondern auf seinen Gütern in unserer Heimat auch jedes Jahr an die vier- oder fünftausend Schafe zu scheren hat, so dass keiner ihm gleichkommt und erst recht keiner ihn übertrifft. Hinzu kommen das Barvermögen und die Liegenschaften, die er besitzt. Ihr wisst auch, dass ich eines Tages Alleinerbe des gesamten Vermögens meines Vaters sein werde und dass er nicht mehr lange zu leben hat. Wer will mir da zumuten, dass ich hier wie ein armer Schlucker lebe? Würde das nicht unserer ganzen Nation zur Schande gereichen? Ich bitte euch, ihr Herren, erspart mir diese Schande und helft mir wie bisher mit etwas Geld aus, das ich euch dankbar zurückerstatten und bis dahin zu den üblichen Bedingungen verzinsen werde, und nachher will ich jedem noch etwas dazugeben, so dass ihr mit mir zufrieden sein werdet.«

Da zuckten einige mit den Achseln und entschuldigten sich, sie hätten zurzeit keine Mittel übrig. In Wirklichkeit aber waren sie ehrlich gesinnt und wollten Julus' Vater nicht erzürnen. Andere jedoch überlegten, wie sie den Julus ausnehmen könnten, wenn sie ihn erst einmal in den Klauen hätten. Wer kann schon wissen, sagten sie sich, wie lange der

Alte noch lebt. Und auf jeden Sparer folgt ein Verschwender. Aber auch wenn der Vater ihn enterben will, kann er ihm das Erbteil der Mutter nicht nehmen. Kurz, sie liehen dem Julus noch tausend Dukaten. Dafür verpfändete er ihnen, was sie als Sicherheit haben wollten, und versprach ihnen jährlich acht Prozent Zinsen. Alles wurde schriftlich niedergelegt. Doch lange kam Julus damit nicht aus. Denn nachdem er vorhandene Schulden bezahlt und Avarus seinen Anteil beiseite geschafft hatte, blieb Julus nicht mehr viel, so dass er bald wieder etwas leihen und neue Sicherheiten geben musste, was wiederum sein Vater bald von anderen Engländern erfuhr, die an dem Handel nicht beteiligt waren. Der Alte geriet darüber in solchen Zorn, dass er denen, die seinem Sohn über seine Anordnungen hinaus Geld gegeben hatten, eine Abmahnung schicken ließ, die sie an sein früheres Schreiben erinnerte und ihnen zu verstehen gab, dass er ihnen davon keinen Heller erstatten werde, sondern sie, sobald sie nach England zurückkehrten, vor dem Parlament als Verderber der Jugend verklagen werde, die seinem Sohn Beihilfe zur Verschwendung geleistet hätten. Dem Julus selbst schrieb er eigenhändig, er dürfe sich von nun an nicht mehr seinen Sohn nennen und solle ihm nie mehr unter die Augen kommen.

Kaum waren diese Nachrichten eingetroffen, da ging es mit Julus wieder bergab. Zwar hatte er noch etwas Geld, aber viel zu wenig, um weiter seine verschwenderische Pracht zu entfalten oder sich die nötige Ausrüstung zu beschaffen und irgendwo einem Herrn mit einigen Pferden im Krieg zu dienen, wozu ihn Hochmut und Verschwendung drängten. Weil ihm aber auch hierfür niemand mehr etwas leihen wollte, bat er seinen treuen Avarus, er möge ihm aus dem, was er gefunden hatte, das Nötige vorstrecken. Doch Avarus antwortete: »Euer Gnaden wissen ja, dass ich ein armer Schüler war und nichts besitze außer dem, was mir Gott neulich beschert hat.«

O du heuchlerischer Schalk, dachte ich bei mir. Hat dir Gott etwa auch beschert, was du deinem Herrn gestohlen hast? Müsstest du ihm da nicht, wenn er in Not ist, mit seinem eigenen Geld zu Hilfe kommen – und dies umso mehr, als du, solange er noch etwas besaß, kräftig mitgeholfen hast, das Seine zu verfressen, zu versaufen, zu verhuren, zu verspielen und zu verjuxen? Du Spitzbube! Wie ein Schaf bist du aus England gekommen, aber in Frankreich, seit der Geiz von dir Besitz ergriffen hat, bist du ein Fuchs geworden, ja sogar ein Wolf.

»Würde ich nun«, sprach Avarus weiter, »mit solchen Gottesgaben nicht behutsam umgehen und sie nicht als künftigen Lebensunterhalt anlegen, müsste ich fürchten, mir alles Glück, auf das ich vielleicht noch hoffen darf, zu verscherzen. Wen Gott grüßt, der soll ihm danken. Ein solcher Fund wird mir wohl mein Lebtag nicht noch einmal zuteil. Soll ich ihn da an einer Stelle deponieren, bei der selbst reiche Engländer nichts mehr hinterlegen wollen, weil sie sich die besten Sicherheiten schon reserviert haben? Wer würde mir zu so was raten? Zudem haben Euer Gnaden selbst zu mir gesagt, wenn ich etwas hätte, sollte ich es behalten. Im Übrigen liegt mein Geld auf der Wechselbank, und ohne große Zinsverluste kann ich nicht jederzeit darüber verfügen.«

Diese Worte schmeckten Julus überhaupt nicht, weil er es nicht gewohnt war, dass sein treuer Diener oder andere Leute in diesem Ton mit ihm sprachen. Aber der Schuh, den ihm Hochmut und Verschwendung angezogen hatten, drückte ihn so sehr, dass er sie schluckte, ihnen sogar zustimmte und den Avarus durch Bitten doch dazu brachte, ihm all sein ergaunertes und gestohlenes Geld zu leihen. Dafür sollte der Dienstlohn des Avarus und das, was er binnen vier Wochen an Zinsen darauf hätte bekommen können, der Hauptsumme zugeschlagen und diese mit acht Prozent jährlich verzinst werden. Als Sicherheit für den geliehenen Betrag und die Zinsen sollte ihm ein Freiherrengut verpfändet werden, das Julus von einer Schwester seiner Mutter geerbt hatte. Dies alles wurde in Anwesenheit der anderen Engländer, die als

Zeugen hinzugebeten worden waren, in aller Form schriftlich festgehalten, und die Summe belief sich auf sechshundert Pfund Sterling, was in unserem Geld ein stattliches Sümmchen ausmacht.

Kaum war der Vertrag geschlossen, die Schuldverschreibung aufgesetzt und das Geld ausgezahlt, da erreichte den Julus die Nachricht von einem erfreulichen Trauerfall, dass nämlich sein Herr Vater das Zeitliche gesegnet hatte. Sogleich legte Julus geradezu üppige Trauerkleider an und traf Vorbereitungen, so bald wie möglich nach England zu fahren, mehr um die Erbschaft anzutreten, als um seine Mutter zu trösten. Staunend sah ich, dass Julus plötzlich wieder, wie früher, einen Haufen Freunde um sich hatte. Ich sah auch, wie er heucheln konnte, denn wenn er mit anderen Leuten zusammen war, gab er sich tief bekümmert. Wenn er aber mit Avarus allein war, sagte er: »Wäre der Alte noch länger am Leben geblieben, hätte ich mich bis nach Hause durchbetteln müssen, vor allem, wenn du, Avarus, mir mit deinem Geld nicht zu Hilfe gekommen wärst.«

Das 8. Kapitel. Julus verabschiedet sich auf Edelmännisch nach England. Avarus aber wird zwischen Himmel und Erde befestigt.

Schleunig machte sich Julus mit Avarus auf den Weg, nachdem er zuvor sein übriges Gesinde, die Lakaien, die Pagen und andere ähnlich unnütze, gefräßige oder verschwenderische Leute, in Ehren entlassen hatte. Wollte ich nun aber sehen, wie diese Geschichte ausging, musste ich wohl oder übel mitkommen. Wir reisten allerdings nicht alle mit der gleichen Bequemlichkeit. Julus, der bisher ja nichts Besseres als Reiten gelernt hatte, ritt auf einem ansehnlichen Hengst.

Hinter ihm saß die Verschwendung, als wäre sie seine Braut oder Geliebte. Avarus ritt einen Wallach, den Geiz im Rücken. Es sah aus, als würde ein Marktschreier oder Landfahrer mit seinem Affen auf die Kirmes ziehen. Der Hochmut flog hoch in der Luft daher, als ginge ihn die Reise nicht viel an. Die übrigen behilflichen Laster marschierten wie ein Geleitschutz nebenher. Ich aber hielt mich mal hier, mal dort am Schwanz eines der Pferde fest, um ebenfalls mit fortzukommen und England zu sehen, denn ich dachte, nachdem ich schon so manches Land besucht hatte, würde mir dieses enge mal etwas Neues bieten. Bald erreichten wir die Hafenstadt, wo wir vorher auch ausgestiegen waren, und segelten mit gutem Wind in kurzer Zeit glücklich hinüber.

Bei der Ankunft fand Julus auch seine Mutter in den letzten Zügen, und tatsächlich verschied sie noch am selben Tag, so dass er, als einziger Erbe und eben mündig geworden, auf einen Schlag Herr und Meister über die Hinterlassenschaft seiner Eltern wurde. Da ließ sich wieder besser leben als zuletzt in Paris. Denn er hatte auch ein beträchtliches Vermögen an barem Geld geerbt und lebte wie der Reiche bei Lukas im 16. Kapitel, ja sogar wie ein Fürst. Ständig lud er Gäste ein oder wurde selbst eingeladen, und der Kreis seiner Bekannten wuchs mit jedem Tag. Zu Wasser und zu Lande führte er nach englischem Brauch die Töchter und Frauen anderer Leute spazieren, hielt sich einen eigenen Trompeter, einen Kunstreiter, einen Kammerdiener, einen Spaßmacher, einen Reitknecht, einen Kutscher, zwei Lakaien, einen Pagen, einen Jäger, einen Koch und weiteres Gesinde. Ihnen allen, besonders aber dem Avarus, seinem treuen Reisegefährten, den er zu seinem Hofmeister, Verwalter und Faktotum gemacht hatte, begegnete er mit großer Milde und ließ auf den Avarus auch jenes Freiherrngut, das er ihm in Frankreich schon verpfändet hatte, als Bezahlung für seine Hauptschuld samt Zinsen und Dienstlohn überschreiben, obwohl es ein Mehrfaches davon wert war. Kurz, er verhielt sich gegenüber jedermann so, dass man hätte glauben können, er entstamme nicht bloß, wie er sich in Frankreich oft gerühmt hatte, dem alten Königshaus, sondern dem Geschlecht des Königs Artus selbst, der für seine Freigebigkeit bis ans Ende der Welt gepriesen werden wird.

Trotzdem hörte Avarus nicht auf, in diesem Wasser zu fischen und auf seinen Vorteil zu spitzen. Er bestahl seinen Herrn mehr als zuvor und schacherte mit seinem Geld schlimmer als ein fünfzigjähriger Jude. Der übelste Streich, den er Julus spielte, bestand aber darin, dass er sich mit einer Dame aus ehrbarem Hause einließ, sie nachher mit seinem Herrn verkuppelte und ihm ein Dreivierteljahr später das kleine Balg zuschreiben ließ, das er ihr doch selbst angehängt hatte. Weil sich Julus aber nicht entschließen konnte, sie zu heiraten, gleichwohl aber in einer heiklen Lage war, weil er mit ihr Umgang gehabt hatte, trat nun der getreue Avarus als Helfer in der Not auf und ließ sich überreden, die Ehre einer Dame wiederherzustellen, mit der er sich schon vor Julus und mehr als dieser vergnügt und die er selbst zu Fall gebracht hatte – wobei er sich abermals ein beträchtliches Gut aus dem Besitz des Julus unter den Nagel riss, während sich die Gunst seines Herrn, so treuer Dienste wegen, noch verdoppelte. Trotzdem hörte Avarus nicht auf, Julus weiter zu rupfen, solange noch Flaumfedern vorhanden waren, und als schließlich nur noch Stoppeln übrig waren, verschonte er auch diese nicht.

Eines Tages fuhr Julus in einem Lustschiff mit seinen nächsten Verwandten auf der Themse spazieren. Auch der Bruder seines Vaters, ein weiser, vernünftiger Herr, war mit von der Partie und wandte sich vertraulicher als sonst in höflichen Worten und mit nur gelindem Tadel an ihn, um ihm vor Augen zu führen, dass die Art, wie er seinen Besitz verwalte, zu wünschen übriglasse. Er täte gut daran, auf sich und das Seine besser zu achten als bisher, und wenn die Jugend wüsste, was das Alter braucht, würde sie einen Dukaten eher hundertmal umdrehen als einmal ausgeben. Julus lachte bloß darüber, zog einen Ring vom Finger und warf ihn in die Themse mit den Worten: »Ach, Onkel, so wie mir dieser Ring nicht wieder in die Hand kommen wird, kann ich auch meinen Besitz unmöglich vertun.«

Der Alte seufzte und entgegnete: »Vorsicht, Herr Neffe. Auch die Besitztümer eines Königs lassen sich vertun, und einen Brunnen kann man leerschöpfen. Nehmt Euch in Acht!«

Aber Julus wandte sich von ihm ab und hasste ihn wegen seiner gutgemeinten Ermahnung mehr, als er ihn dafür hätte lieben sollen.

Wenig später kamen mehrere Kaufleute aus Frankreich, die das Darlehn, das sie Julus in Paris gewährt hatten, samt den Zinsen zurückbezahlt haben wollten, nachdem sie Nachricht erhalten hatten, wie er lebte und dass ein Schiff mit reicher Ladung, das noch seine Eltern nach Alexandria geschickt hatten, von Seeräubern auf dem Mittelmeer gekapert worden war. Julus bezahlte sie mit Schmuckstücken, ein sicheres Zeichen dafür, dass sein Bargeld zur Neige ging. Bald trafen Meldungen ein, ihm sei ein zweites Schiff an der Küste Brasiliens untergegangen und eine englische Flotte, an der die Eltern des Julus große Anteile gehabt hatten, sei in der Nähe der Molukken von den Holländern zum Teil zerstört, zum Teil beschlagnahmt worden. Diese Nachrichten verbreiteten sich rasch im ganzen Land, und bald wollten alle, die noch etwas von Julus zu bekommen hatten, ausbezahlt werden, so dass es plötzlich aussah, als rücke das Unglück von allen Enden der Welt gleichzeitig gegen ihn vor. Doch alle diese Stürme erschreckten ihn nicht so sehr wie sein Koch, der ihm eines Tages voller Verwunderung einen goldenen Ring zeigte, den er in einem Fisch gefunden hatte und in dem Julus sogleich seinen eigenen erkannte, wohl wissend, mit welchen Worten er ihn in die Themse geworfen hatte.

Er war tief betrübt und fast ohne Hoffnung, schämte sich aber, die Leute merken zu lassen, wie ihm zumute war. Da hörte er, dass der älteste Sohn des enthaupteten Königs* mit einer Armee in Schottland gelandet sei, dort gut vorankomme und nun hoffe, das Reich seines Vaters zurückzuerobern. Diese Gelegenheit wollte Julus nutzen, um sein Ansehen zu erhalten. Mit dem, was ihm geblieben war, rüstete er sich und seine Leute, brachte auch eine ansehnliche Reiterkompanie zusammen und erhob Avarus zu ihrem Leutnant, dem er Berge von Gold versprach, wenn er mitmachte – all dies unter dem Anschein, es geschehe zugunsten des Lord-Protektors Cromwell. Doch als alles zum Aufbruch bereit war, ging er mit seiner Kompanie im Eilmarsch dem jungen schottischen König entgegen und vereinigte sich mit dessen Truppen – ein geschicktes Manöver, wenn der König mehr Glück gehabt hätte. Doch Cromwell zersprengte seine Streitmacht, Julus und Avarus kamen nur knapp mit dem Leben davon und durften sich nachher nirgendwo mehr blicken lassen. Wie wilde Tiere mussten sie sich in den Wäldern durchschlagen und mit Rauben und Stehlen ernähren, bis sie schließlich dabei geschnappt und hingerichtet wurden – Julus immerhin mit dem Beil, Avarus mit dem Strang, den er schon längst verdient hatte.

Darüber kam ich wieder zu mir oder erwachte zumindest aus dem Schlaf, ließ mir meinen Traum oder diese Geschichte noch einmal durch den Kopf gehen und kam am Ende zu dem Schluss, dass die Freigebigkeit leicht in Verschwendung und die Sparsamkeit leicht in Geiz ausarten kann, wenn es an der Weisheit fehlt, die die Freigebigkeit und die Sparsamkeit mäßigt und in Grenzen hält. Ob bei dem Wettstreit aber nun der Geiz oder die Verschwendung den ersten Platz errungen hat, kann ich nicht sagen, glaube aber, dass sie noch immer und jeden Tag von neuem miteinander um den Vorrang streiten.

Das 9. Kapitel. Baldanders kommt zu Simplicissimus und lehrt ihn mit beweglichen und unbeweglichen Dingen sprechen und sie verstehen.

Einmal spazierte ich im Wald umher und hing meinen müßigen Gedanken nach, da stieß ich auf eine lebensgroße, steinerne Figur. Sie lag auf dem Boden und sah aus wie eine Statue, die einen alten deutschen Helden darstellt, denn sie war altertümlich gekleidet wie ein römischer Soldat, vorn mit einem großen Schwabenlatz, und schien mir sehr kunstfertig und naturgetreu gearbeitet. Als ich sie genauer betrachtete und mich fragte, wie sie in diese Wildnis geraten sein mochte, kam mir der Gedanke, es habe vielleicht vor vielen Jahren ein heidnischer Tempel auf diesem Berg gestanden und sie sei das Götzenbild darin gewesen. Deshalb sah ich mich nach alten Fundamenten um, fand jedoch keine. Stattdessen stieß ich auf einen Hebel, den wahrscheinlich irgendein Holzfäller zurückgelassen hatte. Ich nahm ihn, trat zu der Figur, um sie auf die andere Seite zu drehen und zu sehen, wie sie dort beschaffen war. Doch kaum hatte ich ihr den Hebel unter den Hals geschoben und sie ein wenig angehoben, da begann sie sich von selbst zu bewegen und sagte: »Lass mich in Frieden, ich bin Baldanders.«

Ich erschrak, erholte mich jedoch gleich wieder und sagte: »Dass du bald anders bist, sehe ich, denn erst warst du ein toter Stein, und jetzt bist du ein Leib, der sich bewegt. Und was bist du sonst noch, der Teufel oder seine Mutter?«

»Nein«, antwortete er, »keins von beiden, sondern *bald anders*, wie du ja gerade selbst gesagt und erkannt hast. Und wie solltest du mich auch nicht kennen, wo ich doch an allen Tagen deines Lebens stets bei dir gewesen bin? Dass ich aber nie mit dir gesprochen habe, wie ich es am letzten Tag im Juli des Jahres 1534 mit dem Nürnberger Schuster Hans Sachs* tat, liegt daran, dass du mich nie beachtet hast, obwohl ich dich mehr als andere Menschen bald groß und bald klein, bald reich und bald arm, bald vornehm und bald niedrig, bald lustig und bald traurig, bald böse und bald gut, mit einem Wort bald so und bald anders gemacht habe.«

Ich sagte: »Wenn du nichts anderes kannst als das, so hättest du dich mir wohl auch diesmal nicht gezeigt.«

Baldanders antwortete: »Mich gibt es seit den Zeiten des Paradieses, und ich werde da sein und wirken, solange die Welt besteht. Und auch dich, ob es dir gefällt oder nicht, werde ich nicht verlassen, bis du wieder zu der Erde wirst, aus der du hervorgegangen bist.«

Ich fragte ihn, ob er den Menschen denn zu nichts anderem nützlich sei, als sie und ihr Leben immer wieder zu verändern.

»O doch!«, antwortete er. »Ich kann sie eine Kunst lehren, wie sie mit allen Dingen, die von Natur eigentlich stumm sind, etwa mit Stühlen und Bänken, Kesseln und Schüsseln usw., reden können. Schon den Hans Sachs habe ich darin unterrichtet, wie man in seinen Büchern nachlesen kann, wo er von Gesprächen berichtet, die er mit einem Dukaten und einer Rosshaut geführt hat.«

»Ach, lieber Baldanders«, sagte ich, »wenn du, mit Gottes Hilfe, auch mich diese Kunst lehren könntest, würde ich dir mein Leben lang dankbar sein.«

»Ja, sicher«, antwortete er, »das will ich gern tun«, nahm mein Buch, das ich gerade bei mir hatte, und schrieb, nachdem er sich in einen Schreiber verwandelt hatte, folgende Worte hinein:

Ich bin der Anfang und das Ende und gelte an allen Orten.

Manoha, gilos, timad, isaser, sale, lacob, salet, enni nacob idil dadele neuaw ide eges Eli neme meodi eledid emonatan desi negogag editor goga naneg eriden, hohe ritatan auilac, hohe *ilamen eriden diledi sisac usur sodaled auar, amu salif ononor macheli retoran; Ulidon dad amv ossosson, Gedal amu bede neuaw, alijs, dilede ronodaw agnoh regnoh eni tatä hyn lamini celotah, isis tolostabas oronatah assis tobulu, Wiera saladid egrivi nanon ägar rimini sisac, heliosole Ramelv ononor windelishi timinituz, bagoge gagoe hananor elimitat.**

Als er dies geschrieben hatte, wurde er zu einer großen Eiche, bald darauf zu einer Sau, sodann zu einer Bratwurst und unversehens – mit Verlaub – zu einem großen Bauernhaufen, der sich in eine schöne Kleewiese verwandelte und, ehe ich mich's versah, in einen Kuhfladen, der wiederum zu einer schönen Blume oder einem Zweig wurde, sich dann in einen Maulbeerbaum und nachher in einen schönen seidenen Teppich usw. verwandelte,* bis er schließlich wieder menschliche Gestalt annahm und diese noch öfter wechselte, als jener Hans Sachs von ihm berichtet hat. Weil ich von so sprunghaften, schnellen Verwandlungen weder bei Ovid* noch sonst irgendwo gelesen hatte – denn den erwähnten Hans Sachs kannte ich damals noch nicht –, glaubte ich, der alte Proteus* sei von den Toten auferstanden, um mich mit seinem Gaukelspiel zu foppen, oder der Teufel selbst wolle mich als Einsiedler in Versuchung führen und betrügen. Nachdem er mir aber noch erklärt hatte, dass er mit mehr Recht als der türkische Kaiser den Mond in seinem Wappen führe und dass die Unbeständigkeit seine Bleibe, die Beständigkeit aber seine schlimmste Feindin sei, um die er sich allerdings keinen Deut schere, weil sie sowieso meistens vor ihm Reißaus nehme, verwandelte er sich in einen Vogel, flog rasch davon und ließ mir das Nachsehen.

Ich setzte mich ins Gras und betrachtete die Wörter, die mir Baldanders hinterlassen hatte, um die Kunst, die ich von ihm erlernen wollte, daraus zu begreifen. Ich getraute mich aber nicht, diese Wörter auszusprechen, weil sie mir seltsam undeutsch und so unverständlich vorkamen wie jene, mit denen Teufelsbanner die Höllengeister beschwören und anderen Zauber treiben. Ich sagte mir: Wer weiß, was für ein Hexengespenst du herbeilockst, wenn du sie aussprichst. Vielleicht ist dieser Baldanders der Satan selbst gewesen, der dich hierdurch in Versuchung führen will. Du weißt doch, wie es den alten Einsiedlern ergangen ist.

Trotzdem konnte ich mich aus lauter Vorwitz von den Wörtern in meinem Buch nicht losreißen, sondern betrachtete sie immer wieder und überlegte hin und her. Gern hätte ich mit stummen Dingen reden können, so wie andere ja auch die unvernünftigen Tiere verstanden haben sollen. Mit der Zeit wurde ich immer begieriger, und weil ich, ohne mich hier viel rühmen zu wollen, ein ziemlich gewiefter Entzifferer bin und, um nur ein kleines Beispiel zu geben, einen ganzen Brief auf einen Faden und sogar auf ein Haar schreiben kann, dessen Bedeutung kein Mensch herauszufinden oder zu erraten vermag, und außerdem auch schon verschiedene Geheimschriften, etwa die Steganographie des Trithemius*, entschlüsselt habe, sah ich auch diese Schrift nun mit anderen Augen an und fand rasch heraus, dass Baldanders mir jene Kunst nicht nur durch seine anschaulichen Beispiele, sondern auch in dieser Schrift mit guten deutschen Wörtern viel offener mitgeteilt hatte, als ich erwartet hatte. Damit gab ich mich zufrieden und dachte nicht mehr viel an meine neue Wissenschaft, sondern ging zu meiner Behausung und las in den Legenden der alten Heiligen nicht nur, um mich in meiner Abgeschiedenheit an guten Beispielen zu erbauen, sondern auch zum Zeitvertreib.

Das 10. Kapitel. Der Eremit verwandelt sich aus einem Wald- in einen Wallbruder.

Beim ersten Griff, mit dem ich das Buch aufschlug, kam mir das Leben des heiligen Alexius unter die Augen. Da las ich, mit welcher Verachtung aller Bequemlichkeit er das reiche Haus seines Vaters verlassen, die heiligen Stätten mit großer Andacht besucht und schließlich sein Pilgerdasein und sein Leben in größter Armut mit unvergleichlicher Geduld und wunderbarer Beharrlichkeit unter einer Treppe selig beschlossen hatte. »Ach, Simplicius!«, sagte ich zu mir. »Und was tust du? Liegst hier auf der faulen Haut und dienst weder Gott noch den Menschen! Wer wird einem, der allein ist, wieder aufhelfen, wenn er fällt? Ist es nicht besser, dass du deinen Mitmenschen dienst und sie dir, statt hier ohne freundlichen Umgang mit ihnen in der Einsamkeit zu hocken wie eine Nachteule? Bist du nicht ein totes Glied der menschlichen Gesellschaft, solange du hier bleibst? Wie willst du den Winter überstehen, wenn dieses Gebirge mit Schnee bedeckt ist und dir die Nachbarn zu deinem Lebensunterhalt nichts mehr bringen? Jetzt verehren sie dich noch, als wärst du ein Orakel, aber wenn ihre Neugier erlahmt, werden sie dich kaum noch eines Blickes würdigen, und statt dir, wie jetzt, etwas zu bringen, werden sie dich vor ihrer Tür mit ›Helf' dir Gott‹ abspeisen. Vielleicht ist Baldanders dir erschienen, damit du dich beizeiten vorsiehst und auf die Unbeständigkeit dieser Welt einstellst.« Solche und ähnliche Bedenken und Gedanken quälten mich, bis ich endlich beschloss, mich aus einem Wald- in einen Wallbruder oder Pilger zu verwandeln.

Da nahm ich meine Schere und stutzte meinen langen Rock, der mir bis auf die Füße reichte und, solange ich ein Einsiedel gewesen war, nicht nur als Kleid, sondern auch als Unterbett und Zudecke gedient hatte. Die abgeschnittenen Stücke nähte ich an den passenden Stellen außen und innen wieder an, und zwar so, dass ich sie als Säcke oder Taschen benutzen und das, was ich erbetteln würde, darin verwahren konnte. Weil ich keinen richtigen Pilgerstab mit einem schön gedrehten Knopf besaß, nahm ich den Ast von einem wilden Apfelbaum, der wohl auch dazu getaugt hätte, einen Gegner mit einem Degen in der Faust schlafen zu legen. Später hat mir dann ein freundlicher Schlosser, dem ich auf meiner Wanderschaft begegnete, diesen Prengel noch mit einer kräftigen Eisenspitze versehen, so dass ich mich mit ihm wohl auch gegen Wölfe hätte wehren können, falls mir welche begegnet wären.

So gerüstet, machte ich mich auf den Weg durch das wilde Schapbachtal und besorgte mir von dem Pfarrer dort einen Schein oder eine Bestätigung, dass ich unweit seiner Pfarre als Eremit gelebt hätte, nun aber die heiligen Stätten andächtig aufsuchen wolle. Dieser Pfarrer traute mir jedoch nicht recht.

»Mein Freund«, sagte er, »ich schätze, du hast irgendwas verbrochen und verlässt deine Wohnung deshalb so plötzlich. Oder du willst ein zweiter Empedokles von Agrigent werden, der sich in den Feuerberg Ätna stürzte, um die Leute glauben zu machen, er sei, weil man ihn nirgendwo finden konnte, in den Himmel aufgefahren. Und wenn nun eine von diesen Vermutungen zuträfe und ich, indem ich dir etwas Besseres bescheinige, dir dabei auch noch geholfen hätte?«

Aber da ich nicht auf den Mund gefallen war, konnte ich den Anschein frommer Einfalt und Aufrichtigkeit wahren und ihn trotz allem dazu bringen, mir die erbetene Bestätigung auszustellen. Dabei glaubte ich, an ihm eine Art von heiligem Neid oder frommer Eifersucht zu spüren. Mein Verschwinden schien ihm ganz recht zu sein, weil die einfachen Leute wegen meines ungewöhnlich strengen und vorbildlichen Lebens mehr von mir hielten als von manchen Geistlichen in der Umgebung, obwohl ich, verglichen mit den wahrhaft rechtschaffenen Geistlichen und Dienern Gottes, doch nur ein elender Halunke war.

Damals war ich noch nicht so gottlos, wie ich dann wieder wurde, sondern konnte wohl noch als gutwillig und wohlgesinnt gelten. Doch sobald ich andere alte Landstreicher kennenlernte, mit ihnen Umgang pflegte und mich viel mit ihnen unterhielt, wurde ich mit der Zeit immer schlimmer, so dass man mich schließlich sogar für einen Vorsteher, Zunftmeister und Oberaufseher jener Gesellen hätte halten können, die die Landstreicherei nur betreiben, um damit ihren Lebensunterhalt zu bestreiten. Mein Gewand und meine Gestalt waren wie geschaffen, die Freigebigkeit der Leute zu wecken. Wenn ich in eine Ortschaft kam oder – vor allem an Sonn- und Feiertagen – in eine Stadt gelassen wurde, so versammelte sich gleich eine Menschenmenge um mich wie um einen Marktschreier, der ein paar Narren, Affen und Meerkatzen bei sich hat. Da hielten mich dann manche wegen meines langen Haars und meines wilden Bartes und weil ich bei jedem Wetter ohne Hut ging, für einen alten Propheten, andere für irgendeinen Sonderling, die meisten aber für den Ewigen Juden, der bis zum Jüngsten Tag in der Welt herumlaufen muss. Ich nahm kein Geld als Almosen an, denn ich hatte schon als Einsiedler gesehen, wie nützlich diese Gewohnheit war. Wenn mich jemand drängen wollte, etwas anzunehmen, sagte ich: »Bettler sollen kein Geld haben«, und bewirkte damit, dass man mir, während ich ein paar Heller verschmähte, mehr zu essen und zu trinken brachte, als ich mir für etliche bessere Münzen hätte kaufen können.

So marschierte ich das Tal der Gutach hinauf, über die Höhe des Schwarzwalds nach Villingen und von dort in Richtung der Schweiz. Außer dem, was ich schon erzählt habe, widerfuhr mir auf diesem Weg nichts Erwähnenswertes oder Ungewöhnliches. Den Weg nach Einsiedeln kannte ich ja schon, so dass ich niemanden danach fragen musste, und als ich nach Schaffhausen kam, wurde ich nicht nur eingelassen, sondern auch nach vielem Unfug, den das Volk mit mir trieb, von einem ehrbaren, wohlhabenden Bürger freundlich beherbergt. Es war allerdings auch höchste Zeit, dass dieser weitgereiste Junker, der in der Fremde selbst viel Saures und viel Süßes erlebt haben musste, auftauchte und sich meiner annahm, denn gegen Abend fingen ein paar böse Buben an, mich mit Straßendreck zu bewerfen.

Das 11. Kapitel. Seltsames Gespräch des Simplicius mit einem Schermesser.

Mein Gastgeber hatte einen Schwips, als er mich in sein Haus mitnahm. Umso genauer wollte er wissen, woher ich käme, welchem Beruf ich nachginge und dergleichen. Und als er hörte, dass ich viele Länder durchwandert hätte, die nicht jeder zu sehen bekommt, und von ihnen erzählen konnte, vom Moskowiterland, von der Tatarei, von Persien, China, der Türkei und der Heimat unserer Antipoden, da staunte er gewaltig und schenkte mir nichts als Veltliner und Etschtaler Wein ein. Er hatte selbst Rom, Venedig, Ragusa*, Konstantinopel und Alexandria gesehen. Als ich ihm nun von vielen Sehenswürdigkeiten und Bräuchen an diesen Orten erzählen konnte, glaubte er mir auch, was ich über entferntere Länder und Städte zum Besten gab, denn ich hielt mich an den Spruch des Samuel von Golau*:

Wer lügen will, der lüg von Ferne!
Wer zieht hin und fraget gerne?

Und als ich sah, wie gut es mir gelang, kam ich mit meinen Erzählungen fast in der ganzen Welt herum und war sogar in dem dichten Wald des Plinius* gewesen, den man bisweilen angeblich bei den Aquae Cutiliae antrifft, nachher aber weder am Tag noch in der Nacht wiederfinden kann, sosehr man auch sucht. In der Tatarei hatte ich sogar von der anmutigen Wunderpflanze Borametz gegessen. Dabei hatte ich sie mein Lebtag nicht gesehen* und konnte meinem Gastgeber trotzdem so ausgiebig von ihrem köstlichen Geschmack berichten, dass ihm das Wasser im Mund zusammenlief. »Das Fruchtfleisch«, sagte ich, »schmeckt wie Krebs, es hat eine Farbe wie Rubin oder wie ein roter Pfirsich und einen Duft wie Melonen und Orangen.« Außerdem erzählte ich ihm, an welchen Schlachten, Gefechten und Belagerungen ich in meinem Leben teilgenommen hatte, log aber auch einiges hinzu, weil ich sah, dass er es so haben wollte, denn er ließ sich mit solchen Geschichten, wie die Kinder mit Märchen, gern auf den Arm nehmen, bis er darüber entschlummerte und ich in eine schön eingerichtete Kammer geführt wurde, wo ich in einem weichen Bett dann so prompt einschlief, wie es mir schon lange nicht mehr widerfahren war.

Ich erwachte viel früher als die übrigen Hausbewohner, konnte meine Kammer aber nicht verlassen, weil ich nicht wusste, wo ich eine Last abladen sollte, die zwar nicht groß, aber je länger, desto beschwerlicher zu tragen war. Schließlich entdeckte ich hinter einem Wandbehang einen hierfür gedachten Ort, den manche eine Kanzlei zu nennen pflegen, und fand mich also in dieser Hinsicht viel besser versorgt, als ich in meiner Not zu hoffen gewagt hatte. Eilends nahm ich Platz und dachte darüber nach, wie sehr doch dieser kunstvoll ausgeschmückten Kammer meine edle Wildnis vorzuziehen sei, weil sich in ihr Fremde und Heimische ohne Angst und Drangsale, wie ich sie eben überstanden hatte, überall hinhocken können. Nach solchen Erwägungen und als mir darüber auch die Lehre und die Kunst des Baldanders wieder einfielen, riss ich aus einem neben mir hängenden Heft ein Blatt Papier, um an ihm zu vollziehen, wozu es mitsamt seinen Kameraden verurteilt und dort gefangen gesetzt war.

»Ach«, sagte das Blatt, »so muss denn nun auch ich für meine treuen Dienste und all die Quälereien und Gefahren, die mir zugemutet wurden, für all die Mühen und Ängste, das Elend und den Jammer, die ich während so langer Zeit überstanden habe, den Dank der treulosen Welt erfahren und entgegennehmen? Ach, warum hat mich nicht schon in meiner Jugend ein Fink oder Dompfaff aufgefressen und gleich Kot aus mir gemacht? Dann hätte ich meiner Mutter, der Erde, sofort wieder dienen und durch meine natürliche Dickleibigkeit mithelfen können, ein liebliches Waldblümchen oder Kräutlein hervorzubringen, statt hier einem Landstreicher den Hintern wischen und schließlich im Scheißhaus untergehen zu müssen. Warum werde ich nicht wenigstens auf dem Abort eines Königs von Frankreich gebraucht, dem der König von Navarra den Arsch wischt?* Das hätte mir immerhin mehr Ehre eingebracht, als einem entlaufenen Mönch zu dienen.«

Ich antwortete: »Ich höre schon an deinen Reden, was für ein nichtswürdiger Gesell du bist und dass du keine würdigere Grablege verdient hast als die, in der ich dich jetzt versenken werde. Es ist einerlei, ob du von einem König oder einem Bettler an einem solchen stinkenden Ort begraben wirst, von dem du so grob und unhöflich sprechen magst, wie du willst, über den ich mich jedoch, als ich ihn fand, herzlich gefreut habe. Hast du aber über deine Unschuld und die treuen Dienste, die du dem Menschengeschlecht geleistet hast, etwas vorzubringen, so sprich. Da im Haus noch alles schläft, will ich dir gern Gehör schenken und dich, je nachdem, was dabei herauskommt, vor dem Untergang und Verderben, das dir droht, bewahren.«

Hierauf antwortete das Schermesser*: »Meine Voreltern wurden nach dem Zeugnis des Plinius, Buch 20, Kapitel 23, zuerst in einem Wald gefunden, wo sie auf eigenem Grund und Boden in ursprünglicher Freiheit wohnten und ihr Geschlecht vermehrten. Als wildes Gewächs wurden sie in die Dienste der Menschen gezwungen und allesamt Hanf genannt. Von diesem bin ich zu Zeiten des Kaisers Wenzel* als Same in dem Dorf Goldscheur entsprossen und aufgezogen worden, über das man sagt, es wachse dort der beste Hanfsamen der Welt. Da pflückte mich der Landmann, der mich aufgezogen hatte, von den Stängeln meiner Eltern und verkaufte mich zu Beginn des Frühlings an einen Händler, der mich mit anderen, von anderswo stammenden Hanfsamen mischte und mit uns allen schacherte. Er verkaufte mich einem Bauern in der Nachbarschaft und hatte an jedem Sester* einen halben Goldgulden Gewinn, weil unser Preis plötzlich in die Höhe ging. So war dieser Krämer der zweite, der einen Gewinn von mir hatte, denn den ersten hatte ja schon der, der mich aufzog und zum ersten Mal verkaufte. Der Bauer aber, der mich dem Händler abgehandelt hatte, warf mich in einen gut gedüngten, fruchtbaren Acker, wo ich im Gestank von Pferde-, Schweine-, Kuh- und anderem Mist verrotten und verderben musste. Doch brachte ich hier aus mir selbst einen hohen, stolzen Hanfstängel hervor, in den ich mich nun nach und nach verwandelte, so dass ich in meiner Jugend bald zu mir sagte: ›Nun wirst du, wie deine Urahnen, ein fruchtbarer Vermehrer deines Geschlechts werden und mehr Samenkörner hervorbringen als alle anderen vor dir.‹ Doch kaum hatte sich meine Keckheit mit solchen Hoffnungsbildern gekitzelt, da musste ich viele Vorübergehende sagen hören: ›Seht doch, was für ein großer Acker, und am Ende werden lauter Galgenstricke daraus!‹ – was mir und meinen Brüdern kein gutes Omen zu sein schien. Wir trösteten uns jedoch damit, dass ein paar ehrwürdige, alte Bauern sagten: ›Seht doch, was für ein schöner, guter Hanf das ist!‹ Doch wie sich bald herausstellte, wollten die Menschen aus Habgier und Not leider nicht zulassen, dass wir uns weiter vermehrten. Denn als wir glaubten, nun würden auch wir bald Samen hervorbringen, wurden wir von etlichen starken Kerlen unbarmherzig aus der Erde gezogen und wie gefangene Übeltäter in großen Packen gebündelt, wofür sie dann wieder ihren Lohn und damit den dritten Gewinn empfingen, den die Menschen aus uns zu erlösen pflegen.

Aber damit war es noch lange nicht genug, sondern unsere Leiden und die Tyrannei der Menschen fingen erst an, denn die wollten aus uns, einem Gewächs von Rang und Namen, ein pures ›Menschengedicht‹ – wie manche das liebe Bier nennen – erkünsteln. Deshalb schleppte man uns in eine tiefe Grube, schichtete uns übereinander und beschwerte uns derart mit Steinen, dass wir wie in einer Presse steckten. Und hiervon bekamen jene, die diese Arbeit verrichteten, den vierten Gewinn. Dann ließ man die Gruben voll Wasser laufen, als sollten wir ertränkt werden. Dabei waren wir ohnehin kaum noch bei Kräften. In dieser Beize ließ man uns liegen, bis auch der letzte Schmuck unserer schon welken Blätter vollends verfault war und wir selbst fast erstickten und verdarben. Erst dann ließ man das Wasser wieder ab, schaffte uns heraus und legte uns auf eine grüne Wiese, wo sich bald die Sonne, bald der Regen, bald der Wind so über uns hermachten, dass die liebliche Luft selbst sich vor lauter Entsetzen über unser Elend und unseren Jammer veränderte und ringsum alles derart verstänkerte, dass kaum noch jemand bei uns vorüberging, der sich nicht die Nase zuhielt oder wenigstens ›Pfui, Teufel!‹ rief. Trotzdem bekamen jene, die sich mit uns abgaben, davon den fünften Gewinn als Lohn. In diesem Zustand mussten wir ausharren, bis Sonne und Wind uns unserer letzten Feuchtigkeit beraubt und zusammen mit dem Regen vollkommen gebleicht hatten. Dann verkaufte uns unser Bauer für den sechsten Gewinn an einen Hänfer oder Hanfbereiter. So bekamen wir den vierten Herrn seit der Zeit, als ich nur ein kleines Samenkorn gewesen war. Der legte uns in einem Schuppen kurz zur Ruhe – so lange nämlich, bis ihm seine anderen Geschäfte die Zeit ließen und er die nötigen Tagelöhner beisammenhatte, um uns weiter zu quälen. Als dann der Herbst vorbei und alle andere Feldarbeit getan war, holte er uns nacheinander hervor, stellte jeweils zwei Dutzend von uns in einem Kämmerchen hinter den Ofen und heizte dermaßen ein, als sollten wir die lieben

Franzosen ausschwitzen.* In der höllischen Not und Gefahr, die wir dabei ausstanden, dachte ich oft, wir würden bald samt dem Haus in Flammen aufgehen und zum Himmel fahren, wie es oft tatsächlich geschieht. Als wir dann durch diese Hitze noch brennbarer waren als die besten Schwefelhölzer, lieferte er uns einem noch strengeren Henker aus, der uns packenweise unter die Breche nahm und uns all unsere inneren Gliedmaßen hunderttausendmal kleiner zerstieß, als man dem schlimmsten Mörder die seinen bricht. Damit unsere zerbrochenen Glieder sauber herausfielen, schlug er uns anschließend aus Leibeskräften mit einem Stock so heftig, dass man hätte glauben können, er sei verrückt geworden und nicht nur der Schweiß, sondern noch etwas anderes, das sich darauf reimt, würde aus ihm hervorbrechen. Und hierdurch wurde er der siebte, der auf unsere Kosten einen Gewinn mitnahm.

Wir dachten, nun könne niemand mehr etwas ersinnen, um uns noch schlimmer zu peinigen, denn wir waren inzwischen ja so voneinander getrennt, zugleich aber auch so miteinander verbandelt und verzaust, dass keiner mehr wusste, wer er war und wo er war, sondern jede Faser und jeder Bast nur noch zugeben konnte, wir seien gebrochener Hanf. Doch da erst packte man uns auf eine Hanf-Bläue, eine Vorrichtung, in der wir so gestampft, gestoßen, zerquetscht und geschunden, mit einem Wort, so zerrieben und zermalmt wurden, als wollte man Amianth, Asbest*, Baumwolle, Seide oder zumindest einen zarten Flachs aus uns machen. Aus dieser Arbeit wurde dem Bläueler der achte Gewinn zuteil, den die Menschen aus mir und meinesgleichen schöpfen.

Noch am selben Tag wurde ich als ein gutgebläuter und geschwungener Hanf einigen alten Frauen und Lehrmädchen übergeben, die mich furchtbarer marterten, als es mir je zuvor widerfahren war. Sie zerlegten mich nämlich mit unaussprechlicher Grausamkeit auf ihren verschiedenen Hecheln, hechelten zuerst das grobe Werg, dann den Spinnhanf und schließlich den einfachen Hanf von mir weg, bis ich endlich als zarter Hanf und gute Handelsware gelobt, zum Verkauf glattgestrichen, eingepackt und in einen feuchten Keller gelegt wurde, damit ich mich nachher desto geschmeidiger anfühlte und schwerer wiegen würde. So wurde mir abermals eine kurze Ruhe zuteil, und ich freute mich, dass ich endlich, indem ich so viel Leid überstanden hatte, zu einem Material geworden war, das euch Menschen nötig und nützlich ist. Unterdessen hatten jene Frauen den neunten Lohn an mir verdient, was mir ein besonderer Trost war und mich hoffen ließ, wir hätten nun, da wir uns zur Neun, dieser Engels- und Wunderzahl, durchgekämpft hatten, alle Martern hinter uns.«

Das 12. Kapitel. Das Thema wird vertieft und das Urteil vollstreckt.

»Am nächsten Markttag schaffte mich mein Herr in einen Raum, den man Fasskammer nennt. Dort wurde ich geprüft, als gute Handelsware erkannt und gewogen, dann an einen Zwischenhändler verkauft, verzollt, auf einen Wagen geladen, nach Straßburg transportiert, in die Markthalle gebracht, noch einmal geprüft, für gut befunden, verzollt und an einen Kaufmann verkauft, der mich von Karrenziehern zu sich führen und in einem sauberen Raum lagern ließ. Bei der ganzen Transaktion bekam mein ehemaliger Herr, der Hänfer, den zehnten, der Hanfbeschauer den elften, der Waagemeister den zwölften, der Zöllner den dreizehnten, der Zwischenhändler den vierzehnten, der Fuhrmann den fünfzehnten, die Markthalle den sechzehnten und die Karrenzieher den siebzehnten Gewinn. Diese Letzteren steckten mit ihrem Lohn auch den achtzehnten Gewinn ein, denn sie brachten mich mit ihren Karren noch zu dem Schiff, auf dem ich dann rheinabwärts bis nach Zwolle* gebracht wurde, wobei es mir allerdings unmöglich ist, aufzuzählen, wer alles unterwegs Zoll- und sonstige Gebühren erhoben und also auch seinen Gewinn durch mich gehabt hat, denn ich war so eingepackt, dass ich nichts mitbekam.

In Zwolle genoss ich wieder nur eine kurze Ruhepause, denn ich wurde dort von der mittleren oder englischen Ware getrennt, und dann aufs Neue zerspalten und gemartert, mitten entzweigerissen, geklopft und gehechelt, bis ich so rein und zart wurde, dass man aus mir etwas hätte spinnen können, das reiner war als Klosterzwirn. Dann wurde ich nach Amsterdam verschickt, dort gekauft und wieder verkauft und dem weiblichen Geschlecht übergeben, das aus mir feines Garn machte, wobei es mich immerfort küsste und leckte, so dass ich glauben musste, nun habe es mit all meinem Leiden endlich ein Ende. Doch wenig später wurde ich gewaschen, gewunden, dem Weber ausgeliefert, aufgespult, mit Webkleister bestrichen, auf den Webstuhl gespannt, gewoben und zu feiner holländischer Leinwand verarbeitet, sodann gebleicht und an einen Kaufmann veräußert, der mich ellenweise weiterverkaufte.

Bis ich so weit kam, erlitt ich aber etliche Verluste. Das erste und gröbste Werg, das von mir abging, wurde zu Lunte versponnen, in Kuhdreck gekocht und später verbrannt.* Aus dem zweiten Abgang spannen alte Frauen ein grobes Garn, das zu Zwillich und Sackleinwand verwoben wurde. Aus dem dritten Abgang wurde ein immer noch ziemlich grobes Garn, das man Bärtlein-Garn nennt, aber als Hanfgarn verkauft. Aus dem vierten Abgang wurde ein feineres Garn und Tuch hergestellt, das aber doch mit mir nicht zu vergleichen war – genauso wenig wie die dicken Seile, die man aus meinen Kameraden macht, den anderen Hanfstängeln, die zu Schleißhanf verarbeitet werden, so dass tatsächlich mein ganzes Geschlecht den Menschen äußerst nützlich ist und ich gar nicht aufzählen kann, was dieser oder jener noch an Gewinn aus ihm zieht. Den letzten Abgang erlitt ich selbst, indem sich der Weber ein paar Garnknäuel unter den Nagel riss.

Von jenem Kaufmann erwarb mich eine Edelfrau, die das ganze Tuch in Stücke schnitt und sie ihrem Gesinde zum neuen Jahr schenkte. So wurde der Teil, aus dem ich größtenteils herstamme, der Kammerdienerin zuteil, die ein Hemd daraus machte und sich gern in mir zeigte. Da erfuhr ich, dass nicht alle, die man Jungfrauen nennt, auch welche sind, denn nicht nur der Schreiber, sondern auch der Herr selbst wussten sich ihrer zu bedienen. Hässlich war sie nämlich nicht. Doch das ging nicht lange gut, denn einmal sah die Frau mit eigenen Augen, wie die Dienerin ihre Stelle vertrat. Sie schimpfte deswegen aber nicht viel, sondern tat wie eine vernünftige Dame, zahlte die Dienerin aus und gab ihr einen freundlichen Abschied. Dem Junker allerdings gefiel nicht, dass ihm dieser Zahn gezogen wurde. Er fragte seine Frau, warum sie ihre Dienerin entlassen wolle, wo sie doch so geschwind, geschickt und fleißig sei. »Nur keine Sorge, lieber Mann«, antwortete die Dame, »von nun an will ich mich selbst um ihre Arbeit kümmern.«

Darauf begab sich meine Jungfer mit ihrer ganzen Habe, in der ich das beste Hemd war, in ihre Heimat nach Cambrai* und brachte einen ziemlich schweren Beutel mit, denn ihr Herr und die Frau hatten sie gut entlohnt, und sie selbst hatte fleißig gespart. In Cambrai allerdings ging es nicht so üppig zu wie dort, wo sie herkam. Sie fand jedoch einige Verehrer, die sich in sie vernarrten und für die sie auch wusch und nähte, denn hieraus machte sie nun eine Profession, mit der sie ihren Lebensunterhalt verdiente. Unter diesen Leuten war ein junges Großmaul, dem sie das Seil über die Hörner warf und sich ihm als Jungfrau verkaufte. Die Hochzeit fand statt, doch kaum war der Küssmonat verflossen, da wurde deutlich, dass sich die jungen Eheleute ein Leben, wie sie es bisher bei ihren Herren gewohnt gewesen waren, mit ihrem Vermögen und ihren Einkünften nicht leisten konnten. Auch zeigte sich um diese Zeit in Luxemburg ein Mangel an Soldaten, und so wurde der Mann meiner jungen Frau dort ein Kornett – vielleicht aber auch deshalb, weil ein anderer den Rahm schon weggelöffelt und ihm Hörner aufgesetzt hatte.

Damals wurde ich nach und nach immer unansehnlicher und brüchiger. Deshalb zerschnitt mich meine Frau zu Windeln, denn sie erwartete einen jungen Erben. Von diesem Bankert wurden wir dann täglich verunreinigt und ebenso oft wieder von ihr gewaschen, was uns schließlich so fadenscheinig machte, dass wir auch hierzu nicht mehr taugten und meine Frau uns wegwarf. Die Hausbesitzerin jedoch, die eine sparsame Wirtschafterin war, hob uns wieder auf, wusch uns aus und legte uns zu anderen alten Lumpen auf den Dachboden. Dort mussten wir ausharren, bis ein Mann aus Epinal* kam, der in der Gegend herumzog, um unsereins zu sammeln, und uns mit heim zu einer Papiermühle nahm, wo wir einigen alten Frauen übergeben wurden, die uns in lauter kleine Fetzen rissen, während wir einander unter lautem Jammergeschrei unser Elend klagten. Damit war die Sache aber noch immer nicht erledigt, denn in der Papiermühle wurden wir zu einer Art Kinderbrei zerstoßen, so dass man den Hanf und den Flachs in uns nicht mehr unterscheiden konnte. Dann wurden wir in Kalk und Alaun gebadet und sogar in Wasser aufgelöst, so dass man hätte sagen können, wir seien ganz vergangen. Doch plötzlich wurde ich zu einem feinen Bogen Schreibpapier erschaffen, wuchs mit anderen Kameraden zu einem Buch und endlich einem Ries heran, kam dann wieder unter die Presse und wurde zuletzt zu einem Ballen* gepackt und auf die bevorstehende Messe nach Zurzach* geschafft, wo ein Kaufmann aus Zürich uns kaufte, mit zu sich nach Hause nahm und das Ries, in dem ich mich befand, dem Verwalter oder Schaffner eines reichen Herrn verkaufte, der ein großes Buch oder Journal aus mir machte. Bis dahin aber war ich seit meiner Zeit als Lump den Leuten wohl sechsunddreißigmal durch die Hände gegangen.

Dieses Buch nun*, in dem ich als ein rechtschaffener Papierbogen zwei Blätter darstellte, schätzte der Verwalter so hoch wie Alexander der Große den Homer. Es war sein Vergil, in dem Augustus so fleißig studierte; sein Oppian, in dem Antonius, der Sohn des Kaisers Severus, so emsig las; es war für ihn, was die *Kommentare* des jüngeren Plinius für den Largius Licinius waren*; es war sein Tertullian, den Cyprianus stets zur Hand hatte; seine *Paedia Cyri* oder Erziehung des Kyrus, mit der sich Scipio so viel beschäftigte; sein Philolaus Pythagoricus, an dem Plato so großes Gefallen hatte; sein Speusippus, den Aristoteles so schätzte; sein Cornelius Tacitus, der dem Kaiser Tacitus so viel Freude machte; sein Comminaeus, den Karl V. für den größten Schriftsteller hielt, es war mit einem Wort seine Bibel, in der er Tag und Nacht studierte – allerdings nicht, um ehrliche und korrekte Abrechnungen aufzustellen, sondern um seine Hinterziehungen zu bemänteln, seine Untreue und seine Betrügereien zu vertuschen und alles so hinzubiegen, dass es in sich schlüssig schien.

Als dieses Buch vollgeschrieben war, wurde es in den Schrank gestellt und blieb dort, bis der Herr und die Herrin das Zeitliche segneten, so dass ich eine längere Ruhe genoss. Nachdem aber die Erben geteilt hatten, zerrissen sie mich, machten Packpapier aus mir und legten mich zwischen einen gefalteten, verbrämten Rock, damit Stoff und Besatz keinen Schaden nähmen. So gelangte ich in dieses Haus und wurde, nachdem alles wieder ausgepackt war, an diesen Ort verbannt, um hier den Lohn für meine der Menschheit treu geleisteten Dienste zu empfangen, nämlich Untergang und Verderben – doch davor kannst du mich nun retten!«

Ich antwortete: »Weil sich dein Wachstum und deine Aufzucht der Fruchtbarkeit der Erde verdanken und aus ihr genährt haben, weil diese Fruchtbarkeit durch die *excrementa* der Tiere erhalten werden muss und weil du ohnehin an diese Materie schon gewöhnt bist und dich in unflätigen Reden über sie ergehst, ist es nur recht und billig, wenn du an deinen Ursprung zurückkehrst, wozu dich ja auch dein eigener Herr verdammt hat.« Damit vollstreckte ich das Urteil, doch vorher sagte das Schermesser noch: »So, wie du jetzt mit mir umgehst, wird auch mit dir der Tod verfahren, wenn er dich wieder zu Erde macht, aus der du genommen wurdest. Und nichts wird dich davor bewahren, so wie du mich für diesmal hättest retten können.«

Das 13. Kapitel. Welche Kunst Simplicius seinen Gastgeber zum Dank für das Nachtlager lehrt.

Am Abend zuvor war mir eine Aufstellung all der Künste verlorengegangen, in denen ich mich bisher betätigt hatte. Ich hatte sie angefertigt, um den Überblick zu behalten und nichts zu vergessen, hatte aber nicht dazugeschrieben, wie und mit welchen Mitteln man dabei zu Werke gehen muss. Zur Veranschaulichung setze ich den Anfang dieses Verzeichnisses hierher.

Lunten oder Zündschnüre so herrichten, dass man sie nicht riecht, denn durch diesen Geruch werden Musketiere oft verraten und ihre Pläne durchkreuzt.

Lunten so herrichten, dass sie auch brennen, wenn sie nass geworden sind.

Pulver so herrichten, dass es auch dann nicht brennt, wenn man einen glühenden Stahl hineinsteckt, was den Festungen sehr nützlich ist, die diesen gefährlichen Gast in großen Mengen beherbergen müssen.

Menschen oder Vögel nur mit Pulver beschießen, so dass sie eine Zeit lang wie tot daliegen, nachher aber wieder unverletzt aufstehen können.

Einem Menschen doppelte Kraft verschaffen, ohne dabei Eberwurz oder andere verbotene Mittel zu verwenden.

Wenn man bei einem Ausfall die Geschütze des Feindes nicht zu zerstören vermag, doch im Handumdrehen dafür sorgen, dass sie beim nächsten Schuss zerspringen müssen.

Jemandem seine Flinte so verderben, dass er das Wild damit nicht trifft, sondern nur verjagt, bis man sie mit einem bestimmten Mittel wieder ausputzt.

Indem man das Gewehr auf die Schulter legt und der Zielscheibe den Rücken zukehrt, eher ins Schwarze treffen, als wenn man anlegt und zielt, wie es üblich ist.

Dafür sorgen, dass einen keine Kugel trifft.

Ein Instrument herrichten, mit dem man vor allem in stiller Nacht wunderbarerweise alles hören kann, was in unglaublicher Ferne ertönt oder gesprochen wird, wie es sonst keinem Menschen möglich ist – nützlich vor allem für Schildwachen und bei Belagerungen.

So hatte ich viele Künste in jener Aufstellung notiert, die nun mein Gastgeber gefunden und aufgehoben hatte. Er kam damit in meine Kammer, hielt sie mir hin und fragte, ob es denn möglich sei, solche Dinge auf natürliche Weise zu bewirken. Es falle ihm schwer, dies zu glauben, er müsse jedoch gestehen, dass er in seiner Jugend, als er bei dem Feldmarschall von Schauenburg* in Italien diente, von mehreren Leuten gehört habe, die Fürsten von Savoyen seien gegen Kugeln gefeit. Der Feldmarschall habe dies an dem Prinzen Thomas*, den er in einer Festung belagerte, ausprobieren wollen. Als nun einmal beide Seiten eine Waffenruhe von einer Stunde vereinbart hatten, um die Toten zu begraben und eine Unterredung abzuhalten, habe er einem Korporal seines Regiments, der als der sicherste Schütze der ganzen Armee galt und mit seinem Rohr auf fünfzig Schritt einer brennenden Kerze den Docht putzen konnte, ohne sie auszulöschen, den Befehl gegeben, er solle den Prinzen, der sich zu der Besprechung auf die Brustwehr des Walls begeben hatte, im Auge behalten und ihm unmittelbar nach Ablauf der Waffenruhe eine Kugel hinüberschicken. Der Korporal hatte sorgfältig auf die Zeit geachtet und den Prinzen während der ganzen Waffenruhe nicht aus den Augen und dem Visier gelassen, und als die Zeit mit dem Glockenschlag um war und auf beiden Seiten jedermann sich wieder in Sicherheit begab, hatte er auf ihn abgedrückt. Doch wider Erwarten versagte sein Gewehr, und bis er es wieder gespannt hatte, war der Prinz hinter die Brustwehr gelangt. Darauf habe der Korporal in Anwesenheit des Feldmarschalls, der sich zu ihm in den Laufgraben begeben hatte, auf einen Schweizer aus der Leibgarde des Prinzen gedeutet, habe gezielt und ihn so getroffen, dass er Hals über Kopf den Wall herunterkugelte, woran denn deutlich zu erkennen gewesen sei, dass etwas an der Behauptung sein müsse, kein Fürst von Savoyen sei durch Gewehrschüsse zu treffen oder zu verwunden. Ob dies nun auch durch Künste wie die meinen bewirkt werde oder ob auf diesem hohen Fürstenhaus eine besondere Gnade Gottes ruhe, da es ja, wie man sagt, dem Geschlecht des königlichen Propheten David entstamme, wisse er nicht.

Ich antwortete, dann wisse ich es auch nicht, aber die Künste in meinem Verzeichnis seien natürliche und hätten mit Zauberei nichts zu tun, und wenn er mir das nicht glaube, solle er mir einfach sagen, welche von ihnen ihm die wundersamste und unmöglichste zu sein scheine, dann würde ich ihm auf der Stelle eine Probe davon geben, vorausgesetzt, sie erfordere keine längeren Vorbereitungen, denn ich wolle bald aufbrechen und meine Reise fortsetzen. Er sagte, am unmöglichsten komme ihm vor, dass Schießpulver nicht brennen solle, wenn man es mit Feuer in Berührung bringe – außer, wenn ich es vorher ins Wasser schütten würde. Wenn ich ihm dies mit natürlichen Mitteln demonstrieren könne, wolle er mir auch bei den anderen Künsten – immerhin sechzig an der Zahl – glauben, was er nicht sehe und vor einer solchen Demonstration auch nicht glauben könne. Ich bat ihn, nur rasch Pulver für einen Schuss und noch eine gewisse andere Materie herbeizuschaffen, die ich dazu brauchte, und außerdem Feuer, dann würde ich ihm zeigen, dass es bei dieser Kunst mit rechten Dingen zugehe. Als alles beisammen war, sagte ich ihm, wie er verfahren solle, und ließ ihn dann anzünden. Da konnte er jedoch nicht mehr als ein paar Krümel in Brand setzen, obwohl er eine Viertelstunde herumhantierte und dabei nichts anderes zuwege brachte als glühendes Eisen ebenso wie Lunte und glühende Kohlen im Pulver selbst auszulöschen.

»Ja«, sagte er schließlich, »aber jetzt ist das Pulver verdorben.«

Statt zu antworten, machte ich mich selbst ans Werk und sorgte ohne viel Aufwand, ehe er bis sechzehn zählen konnte, dafür, dass das Pulver, als er es noch kaum mit dem Feuer angerührt hatte, schon verbrannte. – »Ach!«, sagte er, »hätte man diese Kunst in Zürich gekannt, hätten sie neulich keinen so großen Schaden erlitten, als ihnen das Gewitter in den Pulverturm schlug.«*

Nachdem er gesehen hatte und sicher war, dass dies eine natürliche Kunst gewesen war, wollte er auch rasch noch wissen, durch welches Mittel der Mensch sich vor Gewehrkugeln schützen könne. Doch ich hatte keine Lust, ihm auch das noch mitzuteilen. Er bedrängte mich mit Freundlichkeiten und Versprechungen. Ich aber sagte, ich bräuchte weder Geld noch Reichtum. Da kam er mir mit Drohungen, worauf ich antwortete, Pilger, die nach Einsiedeln wollten, solle man ihres Weges ziehen lassen. Er warf mir vor, ich sei undankbar, dabei habe er mich so freundlich bewirtet, worauf ich erwiderte, was er bisher von mir gelernt habe, sei Dank genug. Als er nicht lockerlassen wollte, beschloss ich, ihn an der Nase herumzuführen, denn da hätte ein Größerer kommen müssen als er, um mir diese Kunst mit Freundlichkeit oder Gewalt zu entlocken. Weil ich sah, dass ihm jedes Mittel recht war, wenn es nur dafür sorgte, dass ihn kein Schuss traf, überlistete ich ihn, wie Baldanders mich überlistet hatte, und gab ihm, um kein Lügner zu werden und ihm die richtige Kunst trotzdem nicht zu verraten, diesen Zettel:

Das Mittel der folgenden Schrift verhüte, dass dich eine Kugel trifft.

Asa, vitom, rahoremarhi, ahe, menalem renah, oremi, nasiore ene, nahores, ore, eldit, ita, ardes, inabe, ine, nie, nei, alomade, sas, ani, ita, ahe, elime, arnam, asa, locre, rahel, nei, olube, aroseli, ditan, Veloselas, Herodan, ebi, menises, asa, elitira, luo, harsari, erida, sacer, elachimai, nei, elerisa.

Als ich ihm diesen Zettel schenkte, schenkte er ihm seinerseits Glauben, und zwar gerade weil es so ein Kauderwelsch war, das seiner Meinung nach niemand verstehen konnte. Er ließ mich also in Gnaden ziehen und wollte mir sogar noch ein paar Taler als Wegzehrung mitgeben, die ich jedoch nicht annahm, anders als das Frühstück zum Abschied, das ich mir gern gefallen ließ. Dann marschierte ich den Rhein hinunter nach Eglisau. Doch da, wo der Rhein seinen Fall hat und einen Teil seines Wassers unter großem Sausen und Brausen gleichsam in Staub verwandelt, setzte ich mich nieder.

Mir kamen Bedenken, ob ich nicht zu weit gegangen war, indem ich meinen Gastgeber, der mich doch freundlich bewirtet hatte, mit der Offenbarung meiner Kunst hinters Licht geführt hatte. Vielleicht, so überlegte ich, wird er diesen Zettel mit den närrischen Wörtern eines Tages an seine Kinder oder an Freunde weitergeben und die werden sich womöglich darauf verlassen und sich unnötig in Gefahr begeben und dabei vorzeitig in Gras beißen. Und wer wäre dann schuld an ihrem frühen Tod, wenn nicht du? Ich wollte schon zurücklaufen und die Sache richtigstellen. Weil ich aber fürchtete, wenn er mich wieder zu fassen bekäme, würde er mich erst recht nicht wieder fortlassen oder mir wenigstens meinen Betrug heimzahlen, ging ich doch weiter nach Eglisau und erbettelte mir dort Speise, Trank, Nachtlager und einen halben Bogen Papier, auf den ich schrieb:

Edler und frommer, hochgeehrter Herr, ich bedanke mich nachträglich noch einmal für die gute Herberge und bitte Gott, er möge es dem Herrn tausendmal vergelten. Im Übrigen mache ich mir Sorgen, der Herr könnte sich in Zukunft zu weit in Gefahren vorwagen und Gott versuchen, weil Er durch mich von einer so vorzüglichen Kunst gegen das Schießen erfahren hat. Deshalb möchte ich den Herrn warnen und Ihm die Kunst genauer erläutern, damit sie Ihm nicht zum Unheil und Schaden gereiche. Ich habe geschrieben: »Das Mittel der folgenden Schrift verhüte, dass dich eine Kugel trifft.«

Der Herr möge dies richtig verstehen, indem Er aus jedem undeutschen Wort, die allesamt weder Zauber- noch andere Kräfte enthalten, die mittleren Buchstaben herausnimmt und sie der Reihe nach aneinandersetzt. So ergibt sich: »Steh an ein Ordt, da niemant hinscheust, so bistu sicher.« Dem möge der Herr folgen, mich in freundlicher Erinnerung behalten und mir keinen Betrug vorwerfen, womit ich uns beide dem Schutz Gottes befehle, der nur den beschützt, den er beschützen will. Datum usw.

Am nächsten Tag wollte man mich nicht durchlassen, weil ich kein Geld für den Wegzoll hatte. Da musste ich zwei Stunden herumsitzen, bis ein ehrbarer Mann kam, der die Gebühr um Gottes willen für mich entrichtete. Dies Geld scheint mir aber kein anderer als ein Teufel gewesen zu sein, denn der Zöllner sagte zu ihm: »Was meint Ihr, Meister Christian? Getraut Ihr Euch, diesen Kerl ins Verderben zu stürzen?«

»Ich weiß nicht«, antwortete Meister Christian. »An einem Pilger habe ich meine Kunst noch nicht erprobt. Bei euch Zöllnern weiß ich, dass sie mir gelingt.«

Nun stand der Zöllner mit langer Nase da, während ich nach Zürich weiterging. Erst von dort schickte ich meinen Brief nach Schaffhausen zurück, weil mir bei der Sache nicht ganz geheuer war.

Das 14. Kapitel. Allerlei Aufschneidereien des Pilgers, wie sie auch ein Fiebertraum seltsamer nicht hervorbringt.

Damals erfuhr ich, dass man ohne Geld in der Welt schlecht vorankommt, auch wenn man für den eigenen Lebensunterhalt gern darauf verzichten will. Andere Pilger, die Geld hatten und auch nach Einsiedeln wollten, setzten sich ins Schiff und ließen sich den See hinauffahren. Ich hingegen musste auf Umwegen und zu Fuß dahinwandeln, bloß weil ich den Fährmann nicht bezahlen konnte. Aber ich machte mir nichts daraus, sondern teilte mir den Weg in kurze Tagesreisen ein und gab mich mit jeder Unterkunft zufrieden, wäre es auch das Beinhaus auf dem Friedhof gewesen. Wenn mich aber ein neugieriger Mensch wegen meiner Seltsamkeit aufnahm und etwas Wundersames von mir hören wollte, so lieferte ich es ihm nach Wunsch, erzählte von allem, was ich auf meinen weiten Reisen gesehen, gehört und erlebt zu haben vorgab, und war mir nicht zu schade, die Einfälle, Lügen und phantastischen Ideen der alten Autoren und Dichter als lautere Wahrheit anzuführen und so darzustellen, als wenn ich selbst dort und dabei gewesen wäre.

So hatte ich zum Beispiel* unter den Völkern Kleinasiens eines gesehen, die Thybier, dessen Angehörige in einem Auge zwei Augäpfel und in dem anderen das Bildnis eines Pferdes haben, und bewies es mit dem Zeugnis des Philarchos. Ich war an der Quelle des Ganges bei den Astomern gewesen, die nicht essen und nicht mal Münder haben, sondern sich nach dem Zeugnis des Plinius allein durch die Nase und von Gerüchen ernähren. Ich war auch bei den bithynischen Frauen in Skythien und bei den Tribaliern in Illyrien gewesen, die in jedem Auge zwei Augäpfel haben, wie Appollonides und Hesigonus bezeugen. Vor einigen Jahren hatte ich auch die Bewohner des Berges Mylas kennengelernt, die, wie Megasthenes berichtet, Füße wie Füchse und an jedem Fuß acht Zehen haben. Eine Zeit lang hatte ich mich bei den Troglodyten im Westen aufgehalten, die, wie Ktesias bezeugt, weder Kopf noch Hals besitzen, sondern Augen, Mund und Nase auf der Brust tragen. Ebenso bei den Einschenklern oder Schattenfüßlern, die nur einen Fuß besitzen, mit dem sie aber ihren ganzen Leib vor Regen und Sonnenschein beschirmen, und mit diesem einzigen großen Fuß schneller laufen können als ein Hirsch. Ich hatte die Anthropophagen in Skythien und die Kaffern in Indien gesehen, die Menschenfleisch fressen; die Andabaten, die mit verbundenen Augen ins Gefecht ziehen und kämpfen; die Agriophaner, die Löwen- und Pantherfleisch fressen; die Arimpher, die unter Bäumen ohne jeden Schutz sicher einschlafen; die Bactrianer, die so maßvoll leben, dass bei ihnen Fressen und Saufen die schlimmsten Laster sind; die Samojeden, die hinter Moskau unter dem Schnee wohnen; die Insulaner am Persischen Golf bei Ormuz, die wegen der großen Hitze dort im Wasser schlafen; die Grönländer, deren Frauen Hosen tragen; die Berbeter, die alle über Fünfzigjährigen schlachten und den Göttern opfern; die Indianer hinter der Magellan-Straße am Pazifischen Ozean, deren Frauen kurze Haare tragen, während die Männer lange Zöpfe haben; die Condeer, die sich von Schlangen ernähren; die Nichtdeutschen hinter Livland, die sich zu bestimmten Zeiten im Jahr in Werwölfe verwandeln; die Gapier, die ihre Alten, wenn sie siebzig Jahre alt geworden sind, durch Hunger hinrichten; die schwarzen Tataren, deren Kinder mit Zähnen auf die Welt kommen; die Geter, die alles miteinander teilen, auch die Frauen; die Himatopoden oder Riemenfüßler, die wie Schlangen auf der Erde kriechen; die Brasilianer, die Fremde mit Tränen empfangen, und die Mosinezer, die ihre Gäste mit Prügel begrüßen; ja, ich hatte sogar die Mondweiber gesehen, die, wie Herodot behauptet, Eier legen und daraus Menschen brüten, die zehnmal größer sind als die in Europa.

Ich hatte auch viele wundersame Brunnen gesehen, etwa jenen am Ursprung der Weichsel, dessen Wasser zu einem Stein wird, aus dem man Häuser baut; oder den Brunnen bei Zips in Ungarn, dessen Wasser Eisen frisst oder, genauer gesagt, in einen Stoff verwandelt, aus dem dann durch Feuer Kupfer gemacht wird, während sich der Regen in Vitriol verwandelt; ebendort auch einen giftigen Brunnen, dessen Wasser, wenn man den Erdboden damit tränkt, nur noch Wolfskraut hervorbringt und der wie der Mond ab- und zunimmt; und ebenfalls dort einen dritten Brunnen, der im Winter warm ist, im Sommer aber aus nichts als Eis besteht, mit dem man den Wein kühlen kann; ich hatte die zwei Brunnen in Irland gesehen – wer das Wasser des einen trinkt, den macht es alt und grau, während das Wasser des anderen schön und jung macht; den Brunnen bei Engstlen in der Schweiz, der nur läuft, wenn das Vieh auf der Weide zur Tränke kommt; dann auch die verschiedenen Brunnen auf Island, der eine bringt heißes Wasser hervor, der zweite kaltes, der dritte Schwefel und der vierte geschmolzenes Wachs; außerdem die Wassergruben zu St. Stephan im Saanenland in der Eidgenossenschaft, den die Leute als Wetterkalender gebrauchen, weil das Wasser trüb ist, wenn Regen kommt, während es klar bleibt, wenn schönes Wetter bevorsteht; ebenso den Schändtlebach bei Obernäheim im Elsass, der nicht fließt, außer wenn ein großes Unglück wie Hunger, Pest oder Krieg das Land heimsucht; den giftigen Brunnen in Arkadien, der Alexander den Großen um sein Leben brachte; die Wasser von Sybaris, die graue Haare wieder schwarz machen, und die Quellen von Sessa Aurunca, die den Frauen die Unfruchtbarkeit nehmen; die Wasser auf der Insel Ischia, die Harngrieß und Nierensteine vertreiben; die des Clitumnus, in dem die Ochsen weiß werden, wenn man sie darin badet; die bei Solennio, die die Wunden der Liebe heilen; den Brunnen Aleos, der das Feuer der Liebe entzündet; den Brunnen in Persien, aus dem nur Öl, und einen anderen unweit von Kronweißenburg, aus dem nur Karrensalbe und Wagenschmiere quillt; die Wasser auf der Insel Naxos, an denen man sich betrinken kann; und den Brunnen von Arethusa, der lauter Zuckerwasser hervorbringt.

Auch konnte ich alle bekannten Seen, Sümpfe und Teiche beschreiben, etwa den See bei Zirknitz in Kärnten, dessen Wasser bei Trockenheit versickert und Fische von zwei Ellen Länge hinterlässt; die Bauern fangen sie, säen dann auf dem Seegrund, mähen und ernten dort, bis im Herbst das Wasser, achtzehn Ellen tief, wieder erscheint und im nächsten Frühjahr eine ebenso große Menge Fische hervorbringt wie zuvor; das Tote Meer in Judäa; Loch Lomond in der Grafschaft Lennox, der vierundzwanzig Meilen lang ist und viele Inseln umfasst, unter ihnen auch eine schwimmende, die mit dem Vieh und allem, was darauf ist, vom Wind hin und her getrieben wird; ich wusste auch Bescheid über den Federsee in Schwaben, den Bodensee bei Konstanz, den Pilatussee auf dem Berg Fractmont, den Camarina-See auf Sizilien, den See Boebeis in Thessalien, den Gigeo in Lydien, den Marette in Äygpten, den Stymphalide in Arkadien, den Lasconio in Bythinien, den Ikomede in Äthiopien, den Thesprotio bei Ambrakia, den Trasimeno in Umbrien, den Meotide-Sumpf in Skythien und über viele andere mehr.

Ich hatte auch viele bekannt Flüsse in der Welt gesehen – Rhein und Donau in Deutschland, die Elbe in Sachsen, die Moldau in Böhmen, den Inn in Bayern, die Wolga in Russland, die Themse in England, den Tajo in Spanien, den Amphrisum in Thessalien, den Nil in Ägypten, den Jordan in Judäa, den Hippan in Skythien, den Bagrada in Afrika, den Ganges in Indien, den Rio della Plata in Amerika, den Eurota in Lakonien, den Euphrat in Mesopotamien, den Tiber in Italien, den Cidnus in Cilitien, den Achelos zwischen Ätolien und Arcarnanien, den Boristenes in Thrakien und den Sabatticus in Syrien, der nur sechs Tage lang fließt und am siebten verschwindet; auch einen Fluss in Sizilien, in dem nach dem

Zeugnis des Aristoteles erwürgte und erstickte Vögel und andere Tiere wieder lebendig werden; dann auch den Gallus in Phrygien, der nach Ovids Meinung dem, der daraus trinkt, den Verstand raubt; ich hatte auch den Brunnen des Plinius bei Dodona gesehen und selbst ausprobiert, dass brennende Kerzen darin verlöschen, ausgelöschte sich aber entzünden, wenn man sie nur daran hält; auch war ich bei dem Brunnen von Apollonia gewesen, dem sogenannten Becher des Nymphaeums, der, wie Theopompus berichtet, dem, der daraus trinkt, alles Unglück ankündigt, das ihm noch bevorsteht.

Auch mit Geschichten von anderen Wunderdingen in der Welt konnte ich aufwarten, etwa von den Calaminischen Wäldern, die sich nach Belieben von einem Ort zum anderen treiben lassen; ich war auch in dem Ciminischen Wald gewesen, wo ich meinen Pilgerstab nicht in die Erde stecken durfte, weil sich dort alles, was in die Erde kommt, gleich so festwurzelt, dass man es nicht mehr herausziehen kann, und zu einem großen Baum wird; auch die beiden bei Plinius erwähnten Wälder hatte ich gesehen, die mal dreieckig, mal viereckig und mal rund sind; und nicht zuletzt auch den Felsen, den man zu gewissen Zeiten mit einem Finger bewegen kann, zu anderen Zeiten aber selbst mit der allergrößten Kraft nicht.

Kurzum, ich konnte von Merkwürdigkeiten und Wunderdingen nicht nur daherlügen, sondern hatte sie auch alle mit eigenen Augen gesehen, selbst so berühmte Bauwerke wie die Sieben Weltwunder, den Turm zu Babel und ähnliche, die schon vor vielen hundert Jahren vom Erdboden verschwunden sind. Genauso machte ich es, wenn ich auf Vögel, Tiere, Fische und Pflanzen zu sprechen kam, um meinen Gastgebern, die es nicht anders wollten, die Ohren zu kitzeln. Hatte ich es jedoch mit klugen Leuten zu tun, trieb ich es nicht ganz so bunt, und schließlich gelangte ich nach Einsiedeln, verrichtete dort meine Andacht und wanderte dann weiter nach Bern, um mir diese Stadt anzusehen und dann durch Savoyen weiter nach Italien zu gehen.

Das 15. Kapitel. Wie es Simplicius in einigen Nachtherbergen erging.

Ich hatte eine angenehme Reise, weil ich gutherzige Leute fand, die mir von dem, was sie übrighatten, gern abgaben, mich beherbergten und mir zu essen gaben – und dies umso lieber, als sie sahen, dass ich nie um Geld bat oder welches annahm, auch wenn mir jemand ein oder zwei Angster* geben wollte. In der Stadt sah ich einen noch sehr jungen, vornehm herausgeputzten Menschen stehen, dem mehrere Kinder um die Beine liefen, die Vater zu ihm sagten. Darüber wunderte ich mich sehr, denn ich wusste noch nicht, dass die Söhne mancher Familien so früh heiraten, um desto früher in Amt und Würden aufzusteigen. Er sah mich an mehreren Türen betteln, und als ich mit einer tiefen Verbeugung – denn einen Hut zum Abziehen trug ich nicht – an ihm vorüberwollte, ohne ihn, wie es manche unverschämten Bettler zu tun pflegen, auf der Straße anzusprechen, langte er in die Tasche und sagte: »He, warum fragst du nicht auch mich nach einem Almosen? Sieh mal hier, da hast du einen Blutzger*!«

Ich antwortete: »Herr, dass Er kein Brot bei sich hat, habe ich mir schon gedacht, deshalb habe ich auch nicht gefragt. Aber an Geld liegt mir nichts, weil es sich für Bettler nicht gehört, welches zu haben.«

Inzwischen waren etliche Leute stehengeblieben, wie ich es schon fast gewohnt war, während er mir antwortete: »Du scheinst mir ein hochmütiger Bettler zu sein, wenn du dieses Geld verschmähst!«

»Nein, Herr. Er möge mir glauben«, sagte ich, »dass ich es gerade deshalb nicht will, damit es mich nicht hochmütig macht.«

»Und wo willst du unterkommen, wenn du kein Geld hast?«, fragte er mich.

»Wenn mir Gott und brave Leute gönnen, dass ich mich unter irgendeinem Verschlag ausruhe, was ich jetzt dringend nötig hätte, dann fühle ich mich gut versorgt und bin zufrieden.«

»Wenn ich wüsste, dass du keine Läuse hast«, sagte er, »würde ich dich bei mir aufnehmen und dir ein gutes Bett geben.«

Ich erwiderte, ich hätte genauso wenig Läuse wie Heller, wisse aber trotzdem nicht, ob es für mich ratsam sei, in einem Bett zu schlafen, weil mich das verweichlichen und von meiner harten Lebensweise abbringen könnte. Da tauchte noch ein vornehmer Mann auf, ein alter Herr, zu dem der junge sagte: »Seht mal hier, ein zweiter Diogenes!«

»Na, na, Herr Vetter«, sagte der Alte, »was redet Ihr denn da? Hat er denn schon jemanden angebellt oder gebissen?* Gebt ihm ein Almosen und lasst ihn seines Weges ziehen!«

Worauf der Junge antwortete: »Aber er nimmt kein Geld, Herr Vetter! Und will auch sonst nichts annehmen.« Dann erzählte er dem Alten, was ich gesagt und getan hatte.

»Ha!«, sagte dieser. »Viel Köpf, viel Sinn!« – befahl dann seinem Diener, mich in ein Wirtshaus zu führen und dem Wirt für alles, was ich an diesem Abend verzehren würde, zu bürgen. Der junge Herr aber rief mir noch nach, ich solle am nächsten Morgen auf jeden Fall zu ihm kommen, er wolle mir ein gutes Frühstück mit auf den Weg geben.

So entrann ich dem Getümmel, wo man mich mehr drangsalierte, als ich hier schildere, kam aber nur aus dem Fegefeuer in die Hölle, denn im Wirtshaus wimmelte es von Betrunkenen und Verrückten, die mir in einer Weise zusetzten, wie ich es auf meiner ganzen Pilgerreise noch nicht erlebt hatte. Jeder wollte wissen, wer ich sei. Der eine sagte, ich sei ein Spion oder Schnüffler; der Nächste sagte, ich sei ein Wiedertäufer; der dritte hielt mich für einen Narren, der vierte für einen frommen Propheten; die allermeisten aber glaubten, ich sei der schon erwähnte Ewige Jude, und wollten mich zwingen, zu beweisen, dass ich nicht beschnitten sei. Doch schließlich erbarmte sich der Wirt, zerrte mich von ihnen weg und sagte: »Lasst mir den Mann in Frieden! Ich frage mich, wer närrischer ist – er oder ihr?« Dann ließ er mich zu meiner Schlafkammer führen.

Am nächsten Tag begab ich mich zu dem Haus des jungen Herrn, der mir das Frühstück versprochen hatte. Aber er war nicht daheim. Stattdessen kam seine Frau mit ihren Kindern herunter, vielleicht um den kuriosen Kauz zu sehen, von dem ihr der Mann erzählt haben mochte. Dem, was sie sagte, entnahm ich gleich – sie schien anzunehmen, ich es wüsste schon –, dass ihr Mann beim Senat sei und allen Grund habe, zu hoffen, dass er an diesem Tag die Stelle eines Landvogts oder Landamtmannes bekommen werde. Ich solle nur ein bisschen warten, er werde bald zurückkehren.

Wie wir so sprachen, kam er auch schon die Gasse herauf und schien mir bei weitem nicht so munter wie gestern Abend. Als er bei der Tür war, sagte sie zu ihm: »Ach, Schatz, was seid Ihr geworden?« Er aber lief die Treppe hinauf und sagte nur im Vorübergehen zu ihr: »Ein Hundsfott bin ich geworden!«

Da dachte ich: Hier wird es heute nichts mit der Großzügigkeit – und schlich davon. Die Kinder aber liefen mir nach und konnten nicht genug von mir bekommen. Andere gesellten sich zu ihnen, vor denen sie sich nun damit brüsteten, was für ein ehrenvolles Amt ihr Vater gerade bekommen hatte. Ich musste über ihre Einfalt und Torheit lachen, als sie den anderen Kindern zuriefen: »Jawohl! Unser Vater ist ein Hundsfott geworden!«

Als ich merkte, dass es mir in der Stadt längst nicht so gut erging wie auf dem Land, nahm ich mir vor, Städte, wenn möglich, zu umgehen. Lieber hielt ich mich an Milch, Käse, Quark, Butter und vielleicht ein wenig Brot, das mir der Landmann überließ, bis ich in die Nähe der Grenze nach Savoyen kam. In dieser Gegend wanderte ich eines Tages bis über die Knöchel im Matsch daher und näherte mich gerade einem Schloss, als es wie aus Eimern schüttete. Der Schlossherr selbst sah mich zum Glück kommen und wunderte sich nicht nur über meinen seltsamen Aufzug, sondern auch über meine Geduld, und weil ich mich bei dem starken Regen nicht mal unterstellen wollte, obwohl das Haus reichlich Gelegenheit dazu bot, hielt er mich fast für einen Narren. Er schickte aber doch seinen Diener zu mir herunter – ob aus Mitleid oder Neugier, weiß ich nicht. Der sagte zu mir, sein Herr wünsche zu wissen, wer ich sei und was es zu bedeuten habe, dass ich bei diesem scheußlichen Regenwetter einen Bogen um sein Haus mache.

Ich antwortete: »Mein Freund, sagt Eurem Herrn, ich sei ein Spielball des wandelbaren Glücks, ein Exempel des Wandels und ein Spiegel der Unbeständigkeit des menschlichen Lebens; dass ich aber so im Unwetter herumlaufe, bedeutet nur, dass mir noch niemand eine Herberge angeboten habe, seit es angefangen hat zu regnen.«

Als der Diener seinem Herrn das mitteilte, sagte der: »So redet kein Narr. Außerdem wird es bald Nacht, und dieses Wetter ist so schlimm, dass man keinen Hund vor die Tür jagen würde.« Er ließ mich also ins Schloss und in die Gesindestube führen, wo ich meine Füße wusch und meinen Rock trocknete.

Dieser Edelmann hatte einen Burschen, der sein Verwalter, der Erzieher seiner Kinder und außerdem sein Schreiber oder, wie sie neuerdings heißen wollen, sein Sekretär war. Der befragte mich nun: Woher? Wohin? Aus welchem Land? Von welchem Stand? Ich sagte ihm, was mit mir sei und wo ich gelebt und auch als Einsiedler gewohnt hätte und dass ich nun die heiligen Stätten besuchen wolle. Er berichtete alles seinem Herrn, der mich daraufhin zum Nachtmahl an seinen Tisch einlud, wo ich nicht übel bewirtet wurde und auf Wunsch des Schlossherrn alles, was ich seinem Schreiber erzählt hatte, noch einmal wiederholen musste. Seine Fragen nach der Gegend, aus der ich kam, gingen so ins Einzelne, dass man hätte glauben können, er stamme selbst von dort.

Und als die Schlafenszeit kam, begleitete er mich und den Diener, der mit einer Kerze voranging, zu einer schön eingerichteten Kammer, die auch eines Grafen würdig gewesen wäre. Die übertriebene Höflichkeit wunderte mich. Ich konnte mir keinen anderen Reim darauf machen, als dass er sie mir aus frommer Achtung erwies, weil er, wie ich glaubte, einen gottseligen Pilger in mir sah. Es steckte jedoch etwas anderes dahinter. Denn nachdem ich mich hingelegt hatte und er mit seinem Diener und dem Licht schon bei der Tür war, sagte er: »Nun denn, Herr Simplicius, schlafe Er gut! Ich weiß ja, dass Er sich vor Gespenstern sonst nicht fürchtet. Aber ich sage Ihm – die, die in diesem Zimmer umgehen, lassen sich nicht mit einer Peitsche verjagen!« Damit schloss er die Tür und ließ mich in Ängsten und Sorgen zurück.

Ich überlegte hin und her und kam lange nicht darauf, woher mich dieser Herr kennen konnte, so dass er mich sogar bei meinem früheren Namen nannte. Aber nach langem Nachdenken fiel mir ein, dass ich einmal, als mein Freund Herzbruder schon gestorben war, im Sauerbrunnen mit ein paar Edelleuten und Studenten zusammengesessen hatte und wir dabei auf die Nachtgeister zu sprechen gekommen waren. Es waren auch zwei Schweizer dabei gewesen, zwei Brüder, die Wunders was erzählten, wie es im Haus ihres Vaters nicht nur des Nachts, sondern oft auch tagsüber rumore. Ich hatte ihnen damals widersprochen und mehr als überheblich behauptet, wer sich vor Nachtgeistern fürchte, sei auch sonst ein Feigling. Da hatte sich einer von beiden weiß verkleidet, war bei Nacht in mein Zimmer geschlichen und hatte angefangen zu rumpeln. Er wollte mich ängstigen, und wenn ich erschrak und vor lauter Furcht starr im Bett lag, wollte er mir die Decke wegnehmen und mich nachher, wenn der Streich gelungen war, ausschimpfen und mir auf diese Weise meine Überheblichkeit heimzahlen. Doch als er anfing herumzuspuken und ich davon erwachte, sprang ich gleich aus dem Bett, stolperte zufällig über eine Peitsche und bekam den Geist auch schon bei den Flügeln zu fassen. »Holla«, rief ich, »wenn die Geister in Weiß umgehen, werden die Mädchen zu Frauen – aber hier habt Ihr Euch verirrt, Herr Geist!« Mit diesen Worten schlug ich wacker zu, bis er sich von mir losriss und aus der Tür wischte.

Als mir diese Geschichte wieder einfiel und ich noch einmal über die letzten Worte meines Gastgebers nachdachte, dämmerte mir, was die Glocke geschlagen hatte. Ich sagte mir: Wenn sie über die fürchterlichen Gespenster im Haus ihres Vaters die Wahrheit gesagt haben, dann liegst du hier bestimmt in dem Zimmer, wo sie am schlimmsten poltern. Haben die beiden aber bloß aus lauter Langeweile aufgeschnitten, werden sie dich nun bestimmt ebenfalls auspeitschen lassen, dass du es so bald nicht vergisst.

In solchen Gedanken stand ich auf und wollte aus dem Fenster springen. Doch es war vergittert, und was das Schlimmste war – ich hatte keine Waffe, ja nicht mal meinen kräftigen Pilgerstab, mit dem ich mich zur Not gut hätte wehren können. Also legte ich mich wieder hin, auch wenn ich nicht schlafen konnte, und wartete voller Bangen und Zagen, was mir diese unheimliche Nacht bringen würde.

Gegen Mitternacht öffnete sich die Tür, obwohl ich sie von innen fest verriegelt hatte. Als Erstes trat ein ansehnlicher, würdevoller Mann mit langem weißem Bart ein, angetan mit einem altertümlichen Talar aus weißem Atlas, der mit goldenen Blumen und Zibetkatzenfell gefüttert war. Ihm folgten drei stattliche Männer, und indem sie eintraten, wurde es im ganzen Zimmer hell, als hätten sie Fackeln bei sich, obwohl ich nirgendwo eine Kerze oder sonst ein Licht erblickte. Ich zog die Decke bis über Mund und Nase, so dass ich nur noch mit den Augen hervorschaute wie ein erschrockenes, ängstliches Mäuschen, das in seiner Höhle sitzt und aufpasst, ob alles sicher ist, bevor es herauskommt. Sie hingegen traten an mein Bett und sahen mich lange an, wie ich reglos dalag und sie ebenfalls betrachtete. Das ging eine Weile so, dann begaben sie sich in eine Ecke des Zimmers, hoben eine Steinplatte auf, die dort in den Boden eingelassen war, und holten darunter alles hervor, was ein Barbier braucht, um jemandem den Bart zu richten. Mit diesen Instrumenten kamen sie auf mich zu, stellten einen Stuhl mitten ins Zimmer und gaben mir mit Winken und Deuten zu verstehen, ich solle aufstehen, mich auf den Stuhl setzen und mich von ihnen barbieren lassen. Weil ich aber still liegen blieb, streckte der Vornehmste von ihnen die Hand nach meiner Decke aus, um sie wegzuziehen und mich mit Gewalt auf den Stuhl zu setzen. Da kann sich jeder vorstellen, wie mir das Grauen den Rücken hinaufkroch. Ich hielt die Decke gepackt und sagte: »Ihr Herren, was wollt ihr? Was braucht ihr mich zu scheren? Ich bin ein armer Pilger und habe außer dem eigenen Haar nichts, um meinen Kopf vor Regen, Wind und Sonne zu beschirmen. Außerdem scheint ihr mir keine Barbiersleute zu sein. Lasst mich also ungeschoren.«

Darauf antwortete der Vornehmste: »Und ob wir Scherer sind! Und was für welche! Aber du kannst uns helfen, und wenn du ungeschoren bleiben willst, musst du versprechen, uns zu helfen.«

Ich antwortete: »Wenn es in meiner Macht steht, euch zu helfen, verspreche ich, alles zu tun, was ich kann und was euch vonnöten ist. Sagt mir also, wie ich euch helfen soll.«

Hierauf sprach der Alte: »Ich bin der Urgroßvater des jetzigen Schlossherrn und habe mit meinem Vetter aus der Familie X. wegen zwei Dörfern, Y. und Z., die dieser rechtmäßig besaß, einen unrechtmäßigen Streit angefangen und mit List und Spitzfindigkeit erreicht, dass diese drei hier zu unseren befangenen Richtern gewählt wurden, die ich dann durch Versprechungen und Drohungen dazu brachte, dass sie mir jene beiden Dörfer zuerkannten. Dann begann ich, die dortigen Untertanen so zu scheren, zu schröpfen und ihnen den Kopf zu waschen, dass ich einen Haufen Geld zusammenbrachte. Das liegt nun dort in der Ecke und ist seither mein Scherzeug gewesen und hat mich geschoren und gequält und für meine Schererei büßen lassen. Wenn nun dieses Geld wieder unter die Leute kommt – die beiden Dörfer sind schon gleich nach meinem Tod wieder an ihren rechtmäßigen Herrn gelangt –, so wäre mir sehr geholfen, und dabei kannst du mir helfen, indem du meinem Urenkel dies alles berichtest. Damit er dir auch wirklich glaubt, lasse dich morgen in den sogenannten Grünen Saal führen. Dort wirst du ein Bildnis von mir finden. Vor dem sollst du ihm erzählen, was du von mir gehört hast.«

Nachdem er so gesprochen hatte, streckte er mir seine Hand entgegen, damit ich ihm durch Handschlag versicherte, dass ich alles getreulich so besorgen würde. Weil ich aber oft gehört hatte, einem Geist solle man nie die Hand geben, hielt ich ihm den Zipfel von meinem Betttuch hin, und der verbrannte auch tatsächlich, sowie er ihn ergriff. Nun trugen die Geister ihre Schergeräte wieder an ihren früheren Platz, legten den Stein darüber, stellten auch den Stuhl an die Stelle, wo er vorher gestanden hatte, und gingen nacheinander aus dem Zimmer. Schwitzend wie ein Braten auf dem Feuer lag ich da und war doch so kühn, trotz aller Angst einzuschlafen.

Das 16. Kapitel. Wie der Pilger das Schloss wieder verlässt.

Es war längst hell, als der Schlossherr mit seinem Diener wieder an mein Bett trat. »Nun, Herr Simplicius«, sagte er, »wie ist es Ihm heute Nacht ergangen? Hat Er keine Peitsche gebraucht?«

»Nein, Monsieur«, antwortete ich, »bei denen, die hier drinnen hausen, war sie nicht nötig, anders als bei dem, der mir im Sauerbrunnen einen Streich spielen wollte.«

»Aber was war denn nun?«, fragte er weiter. »Fürchtet Er sich noch immer nicht vor Geistern?«

»Dass es ein Spaß sei, mit Geistern umzugehen, werde ich bestimmt nicht mehr behaupten, aber auch nicht, dass ich sie fürchte. Wie es war, das zeigt schon dieses angesengte Laken. Und ich werde dem Herrn alles erzählen, sobald Er mich in Seinen Grünen Saal führt, wo ich ihm das Porträt des Hauptgeists, der bisher hier umgegangen ist, zeigen soll.«

Er sah mich überrascht an und ahnte schon, dass ich mit den Geistern gesprochen haben musste, nicht nur, weil ich von seinem Grünen Saal wusste, den bisher noch niemand erwähnt hatte, sondern auch, weil das angesengte Laken es bezeugte.

»Also glaubt Er jetzt, was ich Ihm damals im Sauerbrunnen erzählt habe?«, fragte er.

»Wozu brauche ich den Glauben, wenn ich etwas selbst weiß und erfahren habe?«

»Ja«, sagte er, »ich würde tausend Gulden dafür geben, wenn ich diese Plage aus dem Haus hätte.«

Darauf erwiderte ich: »Der Herr sei unbesorgt. Er wird sie loswerden, ohne dass es Ihn auch nur einen Heller kostet. Er wird sogar noch Geld dazubekommen.«

Nun stand ich auf, und wir gingen sofort in den Grünen Saal hinüber, der als Salon und zugleich als Kunstkammer diente. Unterdessen traf auch des Schlossherrn Bruder ein, den ich im Sauerbrunnen mit der Peitsche geschlagen hatte. Sein Schloss lag ungefähr zwei Stunden entfernt, und sein Bruder hatte ihn meinetwegen rasch holen lassen. Weil er nun ein ziemlich mürrisches Gesicht machte, fürchtete ich, er sei womöglich immer noch auf Rache aus. Aber ich ließ mir nichts anmerken, und als wir den Saal betraten, erblickte ich zwischen anderen kunstvollen Gemälden und Antiquitäten auch das Porträt, das ich suchte.

»Dieser hier«, sagte ich zu den beiden Brüdern, »ist euer Urgroßvater gewesen und hat der Familie von X. zwei Dörfer, nämlich Y. und Z., unrechtmäßig weggenommen, die inzwischen wieder an ihren rechtmäßigen Herrn zurückgelangt sind. Außerdem hat euer Urgroßvater den Dörfern auch einen namhaften Geldbetrag abgepresst und zu seinen Lebzeiten in dem Zimmer, in dem ich heute Nacht für meine Peitschenhiebe im Sauerbrunnen gebüßt habe, einmauern lassen, weshalb er bis heute mit seinen damaligen Helfern in diesem Haus herumspukt.« Wenn sie wollten, dass er zur Ruhe komme und es im Haus wieder geheuer zugehe, sollten sie das Geld an sich nehmen und so verwenden, wie sie glaubten, es vor Gott verantworten zu können. Ich würde ihnen noch zeigen, wo es liege, und dann meines Weges ziehen.

Weil ich über ihren Urgroßvater und die beiden Dörfer die Wahrheit gesagt hatte, glaubten sie, auch was ich ihnen über den verborgenen Schatz mitteilte, sei nicht gelogen. Wir begaben uns also zurück in mein Schlafzimmer und hoben die Steinplatte auf, unter der die Geister das Scherzeug hervorgeholt und nachher wieder versteckt hatten. Doch wir fanden nur zwei noch ganz neu aussehende Tontöpfe, der eine mit rotem, der andere mit weißem Sand gefüllt, weshalb die beiden Brüder ihre Hoffnung auf einen Schatz gleich wieder begruben. Ich aber verzagte nicht, sondern freute mich über die Gelegenheit, endlich einmal erproben zu können, was der wunderbare Paracelsus im neunten Band seiner *Okkulten Philosophie* über die Verwandlung verborgener Schätze schreibt. Deshalb wanderte ich mit den beiden Töpfen und dem, was sie enthielten, zu der Schmiede im Vorhof des Schlosses, stellte sie ins Feuer und sorgte ordentlich für Hitze, wie wenn man Metall schmelzen will. Und nachdem ich sie wieder hatte erkalten lassen, fanden wir in dem einen Topf eine große Masse Dukatengold und in dem anderen einen Klumpen vierzehnlötiges Silber* – wir konnten also nicht erkennen, um was für Münzen es sich vorher gehandelt hatte.

Bis wir diese Arbeit getan hatten, war es Mittag, aber als wir uns zu Tisch setzten, bekam mir weder das Essen noch das Trinken. Mir wurde so übel, dass man mich zu Bett bringen musste. Ich weiß nicht, ob es daran lag, dass ich mich ein paar Tage vorher im Regenwetter gar zu hemmungslos kasteit hatte, oder daran, dass mich in der vergangenen Nacht die Geister so sehr erschreckt hatten.

Zwölf Tage musste ich das Bett hüten und fühlte mich sterbenskrank. Gut taten mir nur ein Aderlass und die Pflege, die mir zuteil wurde. Inzwischen ließen die beiden Brüder, weil sie einen Betrug fürchteten, ohne mein Wissen einen Goldschmied kommen, der die zusammengeschmolzenen Massen prüfen sollte. Als dann die Echtheit geklärt war und sich im ganzen Haus auch kein Gespenst mehr regte, konnten sie kaum an sich halten vor lauter Dankbarkeit – ja, sie sahen in mir einen Heiligen, der um alle Geheimnisse wusste und den Gott ihnen geschickt hatte, um in ihrem Haus die Dinge wieder ins Lot zu bringen. Deshalb wich der Schlossherr kaum einmal von meinem Bett, und es war seine größte Freude, wenn er sich mit mir unterhalten konnte. So ging es, bis ich wieder ganz hergestellt war.

In dieser Zeit erzählte mir der Schlossherr freimütig, wie sich eines Tages, als er selbst noch ein kleiner Junge war, ein waghalsiger Landfahrer bei seinem Vater gemeldet und versprochen hatte, den Geist zur Rede zu stellen und das Haus hierdurch von dem Spuk zu befreien, und wie jener sich dann zu diesem Zweck in das Zimmer hatte einschließen lassen, in dem auch ich die erste Nacht hatte verbringen müssen. Damals seien jedoch die gleichen Geister, genau wie ich sie beschrieben hatte, über ihn gekommen, hätten ihn aus dem Bett gezerrt, auf einen Sessel gesetzt und ihm, so sei es ihm vorgekommen, den Kopf gewaschen, ihn geschoren und stundenlang so gepiesackt und geängstigt, dass man ihn am nächsten Morgen halb tot auf dem Boden gefunden habe. Auch sei ihm in dieser Nacht der Bart und sein Haar mit einem

Schlag ganz grau geworden, obwohl er sich am Abend vorher als ein schwarzhaariger Mann von dreißig Jahren zu Bett gelegt hatte. Nun gestand mir der Schlossherr auch, er habe mich nur deshalb in dieses Zimmer gelegt, weil er sich für seinen Bruder an mir rächen und mich von dem überzeugen wollte, was er Jahre zuvor über die Geister gesagt hatte und was ich nicht hatte glauben wollen. Dann bat er mich um Verzeihung und beteuerte, von nun an würde er sein Leben lang mein treuer Freund und Diener sein.

Als ich ganz wiederhergestellt war und weiterziehen wollte, bot er mir ein Pferd, Kleider und Geld für unterwegs an. Weil ich aber alles ausschlug, wollte er mich auch nicht weglassen. Ich solle ihn, so bat er, nicht zum undankbarsten Menschen auf der Welt machen. Wenn ich schon meine Wallfahrt unbedingt in jenem armseligen Gewand vollenden wolle, solle ich doch wenigstens etwas Geld annehmen. »Wer weiß, wo es der Herr einmal brauchen wird?«

Ich musste lachen und erwiderte: »Mein Herr, es wundert mich, wie Er mich immerzu einen Herrn nennt, obwohl Er doch sieht, wie sehr ich darauf aus bin, ein armer Bettler zu bleiben.«

»Nun gut«, sagte er, »dann bleibe Er hier bei mir wohnen und nehme Sein Almosen jeden Tag an meiner Tafel entgegen.«

»Herr«, entgegnete ich, »wenn ich das täte, wäre ich dann nicht ein noch größerer Herr als Er selbst? Aber wie würde das meinem tierischen Leib bekommen, wenn er wie der Reiche im Gleichnis sorglos in den Tag hineinlebte? Würde er bei solchem Wohlstand nicht über die Stränge schlagen? Wenn mein Herr mir ein Geschenk machen will, so bitte ich Ihn, mir meinen Rock füttern zu lassen, denn es geht auf den Winter zu.«

»Gottlob«, antwortete er, »so findet sich also doch etwas, wie ich meine Dankbarkeit zeigen kann!« Dann ließ er mir einen Schlafrock geben, bis mein Rock gefüttert war – mit Wolltuch, denn ein anderes Futter wollte ich nicht annehmen. Als dies geschehen war, ließ er mich ziehen und gab mir für seine Verwandten ein paar Briefe mit, nicht so sehr, um ihnen etwas mitzuteilen, als vielmehr, um mich ihnen zu empfehlen.

Das 17. Kapitel. Wie er über das Mittelmeer nach Ägypten fährt und ans Rote Meer entführt wird.

So wanderte ich los und nahm mir vor, in meiner Armut die allerheiligsten und berühmtesten Orte der Welt zu besuchen, denn mir schien, Gott habe einen besonders gnädigen Blick auf mich geworfen. Ich glaubte, er habe Wohlgefallen an meiner Demut und meiner freiwilligen Armut gefunden und werde mir deshalb nun überall weiterhelfen, wie ich ja auch schon in jenem Schloss seine Hilfe und Gnade deutlich verspürt und genossen hatte.

In dem Gasthaus, wo ich die erste Nacht verbrachte, setzte sich ein Botenläufer zu mir, der vorgab, den gleichen Weg wie ich zu haben, nämlich nach Loreto. Weil ich den Weg dorthin nicht kannte und auch mit der Sprache nicht gut zurechtkam, er andererseits behauptete, kein besonders schneller Läufer zu sein, vereinbarten wir, zusammenzubleiben und einander Gesellschaft zu leisten. Oft hatte er an den gleichen Orten zu tun, wo ich Briefe meines Schlossherrn abgeben sollte und wo wir dann nicht selten fürstlich bewirtet wurden. Wenn wir aber in einem Wirtshaus einkehren mussten, war er es, der mich einlud und freihielt, was ich auf die Dauer nicht annehmen wollte, weil mir schien, dass ich ihm damit nur half, seinen sauer verdienten Lohn zu verschwenden. Er aber sagte, er habe ja auch einen Nutzen von mir, wenn er da, wo ich Briefe abzugeben hätte, als mein Begleiter mitessen und sein Geld sparen könne.

So überwanden wir das hohe Gebirge und kamen zusammen in das fruchtbare Italien. Erst dort gestand mir mein Gefährte, der Schlossherr habe ihn beauftragt, mich zu begleiten und für meine Reisekosten aufzukommen, und bat mich, ich möge ihn weiter bei mir behalten und das freiwillige Almosen, das mir sein Herr nachschicke, nicht verschmähen, sondern dem vorziehen, was ich sonst erst allerlei unwilligen Leuten abbetteln müsste. Ich staunte über die Redlichkeit jenes Schlossherrn, wollte aber dennoch nicht, dass sein verkappter Bote bei mir blieb und noch mehr für mich auslegte. Ich gab vor, ich hätte schon mehr Ehre und Wohltaten von ihm empfangen, als ich ihm je wieder erstatten könnte. In Wahrheit aber hatte ich mir vorgenommen, auf allen Trost von anderen Menschen zu verzichten und mich in tiefster Demut allein dem lieben Gott zu überlassen und mein Kreuz zu tragen. Auch von diesem Gefährten hätte ich niemals Wegweisung und Wegzehrung angenommen, wenn ich gewusst hätte, dass er eigens zu diesem Zweck bestellt war.

Als er sah, dass ich seine Gesellschaft nicht länger dulden, sondern mich von ihm trennen wollte, und ich ihn bat, seinem Herrn einen Gruß von mir zu bestellen und ihm noch einmal für all seine Wohltaten zu danken, nahm er mit betrübter Miene Abschied und sagte: »Nun gut, werter Simplicius, auch wenn Ihr jetzt nicht glauben mögt, wie herzlich gern mein Herr Euch Gutes tun möchte, werdet Ihr es noch erfahren, wenn Euch das Rockfutter zerreißt oder Ihr Euren Rock ausbessern lassen wollt.« Mit diesen Worten ging er davon, als würde ihn der Wind wegblasen.

Ich fragte mich: Was hat der Kerl mit seinen Worten bloß gemeint? Dass sein Herr es bereut, mir den Mantel gefüttert zu haben, kann ich mir nicht vorstellen. Nein, Simplicius, sagte ich zu mir, er hat diesen Boten auf seine Kosten nicht einen so weiten Weg machen lassen, um dich hier noch einmal daran zu erinnern, dass er dir den Rock hat füttern lassen. Es muss etwas anderes dahinterstecken.

Als ich nun den Rock genauer untersuchte, stellte ich fest, dass er in die Nähte einen Dukaten neben den anderen hatte einnähen lassen, so dass ich, ohne es zu wissen, eine Menge Geld mit mir genommen hatte. Der Gedanke machte mich ganz unruhig, und mir wäre es lieber gewesen, der Schlossherr hätte sein Geld behalten. Ich überlegte hin und her, wie ich es anlegen oder gebrauchen sollte. Erst fiel mir ein, ich könnte es ihm zurückbringen. Dann kam mir die Idee, ich könnte wieder einen Haushalt gründen oder mich in einem Stift einkaufen. Doch zuletzt beschloss ich, mir damit Jerusalem anzusehen, denn ohne Geld ist dort nicht hinzukommen.

Nun ging ich geradewegs nach Loreto und von da nach Rom. Eine Zeit lang blieb ich dort, verrichtete meine Andacht und lernte einige Pilger kennen, die ebenfalls das Heilige Land besuchen wollten. Mit einem von ihnen, einem Genueser, wanderte ich in dessen Vaterland. Dort sahen wir uns nach einer Gelegenheit um, über das Mittelmeer zu kommen, und fanden ohne langes Suchen ein Schiff, das mit einer Ladung Handelswaren bereitlag, nach Alexandria abzugehen, und nur auf günstigen Wind wartete.

Die Allmacht des Geldes über die Weltmenschen hat etwas Wunderbares, ja Göttliches an sich. Meine Frömmigkeit hätte noch so sehr funkeln können – wenn ich nur Bleigeld bei mir gehabt hätte, hätte mich der Kapitän oder Schiffsherr schon wegen meines schäbigen Gewandes nicht mitgenommen. Denn als er mich zum ersten Mal sah, schlug er mein Ansinnen rundweg ab. Kaum hatte ich ihm jedoch eine Handvoll Dukaten gezeigt, die für meine Reise verwendet werden sollten, da war er einverstanden, ohne dass ich noch viel bitten und um den Preis für die Überfahrt feilschen musste. Stattdessen gab er persönlich mir auch noch gute Ratschläge, welchen Proviant ich mitnehmen und was ich mir außerdem für die Reise besorgen sollte. Ich tat, wie er mir riet, und fuhr dann mit ihm in Gottes Namen los.

Während der ganzen Fahrt gerieten wir kein einziges Mal durch Sturm oder widrige Winde in Gefahr. Vor den Seeräubern allerdings, die mehrmals auftauchten und Anstalten machten, uns anzugreifen, musste unser Kapitän das Schiff öfter in Sicherheit bringen, wobei es ihm wegen dessen Schnelligkeit ratsam schien, unser Heil in der Flucht und nicht in der Gegenwehr zu suchen. Auf diese Weise kamen wir früher nach Alexandria, als es die Seeleute auf unserem Schiff erwartet hatten, worin ich ein gutes Omen für meine weitere Reise sah. Ich bezahlte meine Passage und kam bei den Franzosen unter, von denen sich immer einige in dieser Stadt aufhalten. Von ihnen erfuhr ich, dass ich meine Reise nach Jerusalem fürs Erste nicht fortsetzen konnte, weil der türkische Pascha von Damaskus gerade im Krieg war und gegen seinen Kaiser rebellierte, so dass keine Karawane, ob stark oder schwach, aus Ägypten nach Judäa hinüberkonnte, es sei denn, sie hätte sich mit sträflichem Leichtsinn in Gefahr bringen und alles verlieren wollen.

Zu dieser Zeit war in Alexandria, wo die Luft ohnehin ziemlich ungesund ist, eine bösartige Seuche ausgebrochen, weshalb viele Menschen die Stadt verließen und anderswo Zuflucht suchten, vor allem die europäischen Kaufleute, die sich vor dem Tod mehr fürchten als Türken und Araber. Mit einer solchen Gruppe begab auch ich mich auf dem Landweg nach Rosetta, einer großen Ortschaft am Nil, wo wir ein Schiff bestiegen und mit vollen Segeln nilaufwärts bis zu einem Ort fuhren, der ungefähr eine Stunde von der großen Stadt Kairo entfernt liegt und Alt-Kairo genannt wird. Gegen Mitternacht stiegen wird dort aus, suchten uns eine Herberge und erwarteten den Tag, bevor wir nach Kairo selbst, der jetzigen Metropole, gingen, wo ich die verschiedensten Völkerschaften versammelt fand. Auch sieht man dort ebenso viele seltsame Pflanzen wie Menschen, aber am allerseltsamsten kam es mir vor, dass die Einwohner in eigens dazu gebauten Öfen Hunderte von Hühnerküken aus Eiern ausbrüten ließen, um die sich die Hennen, seit sie sie gelegt hatten, keinen Augenblick mehr zu kümmern brauchten. Das besorgten nun vor allem alte Frauen.

Ich bin zwar nie in einer großen, volkreichen Stadt gewesen, in der man sich billiger verköstigen konnte als hier, aber da mir trotz des wohlfeilen Lebens die restlichen Dukaten nach und nach dahinschmolzen, konnte ich mir leicht ausrechnen, dass ich hier nicht einfach abwarten konnte, bis sich der Aufruhr des Pascha von Damaskus gelegt hatte und der Weg nach Jerusalem, das ich besuchen wollte, wieder sicher war. Deshalb ließ ich meiner Lust auf andere Dinge, die mich neugierig machten, freien Lauf. So gab es auf der anderen Seite des Nils einen Ort, wo man Mumien ausgräbt. Den besuchte ich mehrmals, ebenso die Stelle, wo die beiden großen Pyramiden des Pharao und der Rhodope stehen*, und machte mir den Weg dorthin so vertraut, dass ich Fremde, die ihn nicht kannten, allein dorthin führen konnte. Doch eines Tages hatte ich Pech. Denn als ich wieder einmal mit ein paar Leuten zu den alten Gräbern wanderte, um Mumienpulver* zu holen und die fünf Pyramiden dort zu betrachten, rückten uns einige arabische Räuber auf den Pelz, die ausgezogen waren, um dort Straußenjäger zu fangen. Sie schnappten uns und führten uns auf entlegenen Wegen durch die Wüste bis ans Rote Meer, wo sie den einen hier, den anderen dort verkauften.

Das 18. Kapitel. Mit großem Glück und viel Geld kommt der wilde Mann wieder auf freien Fuß.

Ich allein blieb übrig, denn als die vier obersten Räuber sahen, wie sich die närrischen Leute über meinen gewaltigen Schweizer- oder Kapuzinerbart und mein langes Haar wunderten, weil sie so etwas nicht kannten, kam ihnen die Idee, daraus ein Geschäft zu machen. Sie nahmen mich als ihren Teil der Beute, trennten sich von ihren übrigen Kumpanen, zogen mir den Rock aus und kleideten mich um die Scham mit einer schönen Art von Moos, das in den Wäldern im fruchtbaren Teil Arabiens an manchen Bäumen wächst. Da ich ohnehin barfuß und barhäuptig herumlief, bot ich einen seltsamen, fremdartigen Anblick. So führten sie mich denn als wilden Mann in den Dörfern und Städten am Roten Meer herum, stellten mich gegen Geld zur Schau und behaupteten, sie hätten mich im wüsten Teil Arabiens fern aller menschlichen Behausung gefunden und gefangen. Vor den Leuten durfte ich kein Wort sprechen, denn die Räuber hatten mir mit dem Tod gedroht, wenn ich es täte. Das Schweigen fiel mir nicht leicht, denn inzwischen konnte ich ein bisschen Arabisch stottern. Aber ich durfte den Mund nur aufmachen, wenn ich mit ihnen allein war. Da behauptete ich dann, mir würden diese Vorführungen gut gefallen, zumal ich auch etwas davon hätte – denn sie verköstigten mich mit dem, was sie selbst tranken und aßen, vor allem mit Reis und Schaffleisch. Sie erlaubten mir auch, mich nachts und tagsüber, wenn wir unterwegs waren und es kühl wurde, in meinen Rock zu hüllen, in dem noch einige Dukaten steckten.

So fuhr ich über das Rote Meer, denn meine vier Herren suchten der Reihe nach die Städte und Marktflecken an seinen beiden Ufern auf und verdienten mit mir in kurzer Zeit eine Menge Geld, bis wir schließlich in eine große Handelsstadt kamen, wo ein türkischer Pascha residiert und Leute aus der ganzen Welt sich aufhalten, weil hier die Waren aus Indien ankommen, die dann auf dem Landweg nach Aleppo und Kairo und von da über das Mittelmeer weiterbefördert werden.

Dort gingen zwei von meinen Herren, nachdem sie bei der Obrigkeit die Erlaubnis eingeholt hatten, mit Schalmeien zu den wichtigsten Plätzen der Stadt und verkündeten, wie sie es immer taten, wer einen wilden Mann sehen wolle, den man in der Wüste des steinigen Arabien gefangen habe, solle sich da und da hinbegeben. Unterdessen saßen die beiden anderen mit mir in unserer Herberge und putzten mich heraus. Das heißt, sie kämmten mir Haar und Bart auf das zierlichste und mit mehr Sorgfalt, als ich je darauf gewendet hatte, damit nur ja keines der Härchen verlorenging, die ihnen so viel einbrachten. Wenig später strömten die Menschen in unglaublicher Menge zusammen, und es entstand ein großes Gedränge, in dem sich auch Herren befanden, an deren Kleidung ich erkannte, dass sie Europäer waren. Da sagte ich mir: Jetzt ist die Erlösung nah. Der Betrug und die Schurkerei deiner Herren wird auffliegen. Aber noch hielt ich mich zurück und schwieg, bis ich einige von ihnen Deutsch und Holländisch, andere Französisch und wieder andere Italienisch sprechen hörte. Als sie dann anfingen, ihre verschiedenen Ansichten über mich auszutauschen, konnte ich nicht länger stillhalten, sondern brachte, damit mich alle Nationen Europas auf einmal verstünden, immerhin noch genug von meinem eingerosteten Latein zusammen, um zu sagen: »Ihr Herren, euch alle bitte ich um Christi, unseres Erlösers willen, errettet mich aus den Händen dieser Räuber, die mich hier betrügerischerweise zur Schau stellen.«

Kaum hatte ich dies gesagt, da zückte einer von meinen Herren den Säbel und wollte mich zum Schweigen bringen, obwohl er mich nicht verstanden hatte. Aber die redlichen Europäer verhinderten dies, und so fügte ich auf Französisch hinzu: »Ich bin Deutscher und wollte nach Jerusalem pilgern. Dazu hatte ich mir die nötigen Pässe der Paschas in Alexandria und Kairo besorgt, aber als ich wegen des Krieges um Damaskus nicht weiterkonnte, sondern in Kairo bleiben und eine Gelegenheit abwarten musste, um meine Reise fortzusetzen, haben mich diese Männer unweit der Stadt zusammen mit einigen anderen ehrbaren Leuten entführt und dann mit mir um des Geldes willen viele tausend Menschen betrogen.«

Nachher bat ich die Deutschen, mich als ihren Landsmann nicht im Stich zu lassen. Inzwischen versuchten meine unrechtmäßigen Herren, Einspruch zu erheben. Doch aus der Menge traten zwei Beamte der Kairoer Obrigkeit hervor, die bezeugten, sie hätten mich vor einem halben Jahr in ihrer Heimat gesehen, und zwar bekleidet. Hierauf beriefen sich die Europäer gegenüber dem Pascha, vor dem meine vier Herren erscheinen mussten und der mich, nachdem er die Klage und die Antwort darauf gehört und auch die Aussage der beiden Zeugen für richtig befunden hatte, auf freien Fuß setzte. Die vier Räuber aber schickte er, weil sie die Pässe des Pascha missachtet hatten, auf die Galeeren im Mittelmeer. Das Geld, das sie zusammengebracht hatten, sollte zur Hälfte an die Staatskasse fallen, die andere Hälfte sollte wiederum geteilt und der eine Teil mir als Entschädigung für die ausgestandenen Leiden überlassen werden, während mit dem anderen die übrigen Personen, die mit mir gefangen und verkauft worden waren, freigekauft werden sollten. Dieses Urteil wurde öffentlich verkündet und gleich vollzogen, so dass ich neben meiner Freiheit auch meinen Rock und obendrein eine schöne Summe Geldes bekam.

Als ich nun von den Ketten, an denen mich die Halunken wie einen wilden Mann herumgeschleppt hatten, befreit war, wieder meinen alten Rock trug und das Geld bekommen hatte, das mir nach dem Urteil des Pascha zustand, wollte mich jeder von den Vertretern oder Residenten der verschiedenen europäischen Nationen bei sich beherbergen – die Holländer, weil sie mich als ihren Landsmann ansahen, die Übrigen, weil sie in mir einen Anhänger ihrer Religion erblickten. Ich bedankte mich bei allen besonders dafür, dass sie mich mit vereinten Kräften so christlich aus meiner zwar lächerlichen, aber doch auch gefährlichen Gefangenschaft befreit hatten, und überlegte gleichzeitig, was ich nun tun sollte, da ich wider Erwarten und gegen alle Hoffnung plötzlich wieder viel Geld und viele Freunde hatte.

Das 19. Kapitel. Nach einem Schiffbruch wird Simplicius und dem Zimmermann ein eigenes Land zuteil.

Meine Landsleute gaben mir den Rat, mich neu einzukleiden, und weil ich nichts zu tun hatte, schloss ich mit allen Europäern Bekanntschaft, die mich aus christlicher Nächstenliebe und wegen der wundersamen Geschichten, die ich zu erzählen hatte, gern bei sich sahen und oft einluden. Als sich dann zeigte, dass wenig Hoffnung auf ein Ende des Krieges in Syrien und Judäa bestand und ich meine Reise nach Jerusalem so bald nicht fortsetzen und vollenden konnte, änderte ich meine Pläne und beschloss, mit einer großen portugiesischen Kracke, die fertig beladen zur Heimreise bereitlag, nach Portugal zu fahren und, statt nach Jerusalem zu pilgern, dort Santiago de Compostela zu besuchen. Nachher wollte ich mich dann zur Ruhe setzen und von dem leben, was mir Gott bescherte.

Damit die Reise nicht zu teuer für mich würde – denn sobald ich das viele Geld bekommen hatte, fing ich an zu geizen –, vereinbarte ich mit dem portugiesischen Oberkaufherrn auf dem Schiff, dass er all mein Geld, um es für seine Zwecke zu verwenden, an sich nehmen und mir erst in Portugal zurückerstatten sollte. Statt mir Zinsen zu zahlen, sollte er mich mitfahren und unterwegs an seiner Tafel essen lassen. Dafür würde ich ihm zu Wasser und zu Land, wo immer es notwendig war, jederzeit gern zu Diensten sein. Dabei machte ich die Zeche allerdings ohne den Wirt, denn ich ahnte nicht, was der liebe Gott mit mir vorhatte, und ließ mich umso lieber auf die weite, gefährliche Reise ein, als die vorige über das Mittelmeer so glücklich verlaufen war.

Nachdem wir an Bord gegangen und aus dem Arabischen Golf oder Roten Meer in den Ozean gelangt waren, nahmen wir bei günstigem Wind Kurs auf das Kap der Guten Hoffnung und segelten bei einem Wetter, wie wir es uns angenehmer nicht hätten wünschen können, einige Wochen dahin. Doch als wir glaubten, bald auf der Höhe der Insel Madagaskar zu sein, erhob sich plötzlich ein solcher Sturm, dass uns kaum Zeit blieb, die Segel einzuholen. Je länger er blies, desto stärker wurde er, so dass wir auch die Masten umlegen und das Schiff dem Willen und der Gewalt der Wellen überlassen mussten, die uns in dem einen Augenblick fast hoch bis an die Wolken rissen und im nächsten wieder in den Abgrund stürzten. Ungefähr eine halbe Stunde ging das so, und es lehrte uns sehr andächtig beten. Schließlich aber warfen uns die Wellen mit solcher Wucht auf eine verborgene Felsklippe, dass das Schiff mit einem grauenhaften Krachen in Stücke brach, wobei sich ein jämmerliches, elendes Geschrei erhob. Auf einen Schlag war die ganze Umgebung übersät mit Kisten, Ballen und Schiffstrümmern. Da sah man oben auf den Wellenbergen und in den tiefen Tälern zwischen ihnen, wie die unglückseligen Menschen sich an das Erstbeste klammerten, was ihnen in ihrer Not zwischen die Hände geriet, wie sie mit erbärmlichem Geschrei ihren Untergang bejammerten und Gott ihre Seelen befahlen.

Ich und ein Zimmermann lagen auf einem großen Trümmerteil des Schiffes, das von einigen Querhölzern noch zusammengehalten wurde. An denen hielten wir uns fest und sprachen einander Mut zu. Nach einiger Zeit flaute der grausame Wind langsam ab. Die wütenden Wellen des zornigen Meeres beruhigten sich und wurden kleiner. Doch nun brach die stockfinstere Nacht mit einem schrecklichen Platzregen über uns herein, so dass wir schon glaubten, wir sollten mitten auf dem Meer von oben her ersäuft werden. Das ging so bis Mitternacht, und wir hatten in dieser Zeit schwer zu leiden. Dann klarte der Himmel auf, so dass wir die Sterne sehen konnten und voller Bestürzung erkannten, dass uns der Wind von der Küste Afrikas ins weite Meer hinaus und in die Richtung des unbekannten Südlands getrieben hatte.

Gegen Morgen wurde es abermals so dunkel, dass wir einander nicht sehen konnten, obwohl wir dicht nebeneinanderlagen. In dieser Finsternis und in diesem erbärmlichen Zustand trieben wir dahin, bis wir plötzlich merkten, dass wir auf Grund gestoßen waren und still lagen. Der Zimmermann hatte eine Axt im Gürtel stecken. Mit ihr prüfte er die Wassertiefe und stellte fest, dass sie auf der einen Seite kaum einen Schuh betrug. Das freute uns von Herzen und gab uns unzweifelhafte Hoffnung, Gott habe uns an Land geholfen, was ein lieblicher Duft zu bestätigen schien, den wir wahrnahmen, als wir wieder etwas zur Besinnung kamen. Bei dieser Finsternis jedoch und weil wir beide vollkommen erschöpft waren und lieber den Anbruch des Tages abwarten wollten, getrauten wir uns nicht, ins Wasser zu steigen und dieses Land zu suchen. Dabei glaubten wir, in der Ferne schon Vögel singen zu hören, wie es denn auch tatsächlich der Fall war. Denn als sich der liebe Tag im Osten zeigte, sahen wir in der Dämmerung tatsächlich mit Buschwerk bewachsenes Land vor uns. Durch immer seichteres Wasser wateten wir ihm entgegen, bis wir endlich, von Freude ergriffen, trockenes Land erreichten. Da fielen wir auf die Knie, küssten die Erde und dankten Gott im Himmel, dass er uns so väterlich erhalten und an Land gebracht hatte. Und so bin ich auf diese Insel gekommen.*

Noch wussten wir nicht, ob wir uns in einer bewohnten oder unbewohnten Gegend, auf dem Festland oder nur auf einer Insel befanden. Aber wir merkten gleich, dass der Boden sehr fruchtbar sein musste, denn um uns her war alles so üppig und dicht mit Büschen und Bäumen bewachsen wie auf einem Hanfacker, so dass wir nur mühsam vorwärtskamen. Doch als es vollends Tag geworden war und wir uns vom Strand ungefähr eine Viertelstunde landeinwärts durch das Buschwerk vorangearbeitet hatten und dabei auf keinerlei Anzeichen von menschlicher Besiedlung gestoßen waren, wohl aber überall auf fremdartige Vögel, die nicht die geringste Scheu vor uns hatten und sich mit bloßen Händen fangen ließen, da ahnten wir, dass wir auf einer unbekannten, aber sehr fruchtbaren Insel sein mussten. Wir fanden Zitronen, Orangen und Kokosnüsse, die uns willkommene Erfrischung boten, und als die Sonne aufging, gelangten wir zu einer Ebene, auf der überall jene Sorte Palmen wuchs, aus der man Palmwein gewinnt, was meinen Kameraden, der ihn nur zu gerne trank, über die Maßen fröhlich stimmte. Dort setzten wir uns in die Sonne, zogen unsere Kleider aus und hängten sie zum Trocknen an die Bäume. Später streifte jeder für sich, nur mit einem Hemd bekleidet, in der Gegend herum. Mein Zimmermann öffnete mit seiner Axt den Stamm eines der Palmbäume und stellte fest, dass sie reichlich Wein hatten. Aber wir besaßen kein Gefäß, um ihn aufzufangen, und nicht mal Hüte, denn die hatten wir bei dem Schiffbruch verloren.

Als die gute Sonne unsere Kleider getrocknet hatte, zogen wir sie wieder an und bestiegen den hohen Felsenberg, der rechter Hand im Norden zwischen dieser Ebene und dem Meer lag. Von dort oben sahen wir, dass wir nicht auf dem festen Land, sondern auf einer Insel waren, deren Umfang nicht größer als anderthalb Wegstunden war. Weil wir ringsum kein Land erblickten, wurden wir traurig und verloren alle Hoffnung, je wieder Menschen zu sehen. Doch dann trösteten wir uns mit dem Gedanken, dass die Güte Gottes uns an diesen sicheren und so überaus fruchtbaren Ort gelenkt hatte und nicht an einen, der unfruchtbar oder von Menschenfressern bevölkert war. Wir begannen zu überlegen, wie wir uns hier einrichten könnten. Und weil wir wie Gefangene dazu verurteilt waren, gemeinsam auf dieser Insel zu leben, schworen wir einander zunächst einmal feste Treue.

Auf dem Felsenberg wimmelte es nicht nur von Vögeln, es gab dort auch so viele Nester voller Eier, dass wir aus dem Staunen nicht herauskamen. Wir tranken jeder ein paar von ihnen und nahmen noch mehr mit nach unten, wo wir am

Fuß des Berges die Quelle des Baches mit süßem Wasser fanden, der sich nach Osten ins Meer ergießt und so stark ist, dass er ein Mühlrad treiben könnte. Auch darüber freuten wir uns sehr und beschlossen, uns an dieser Quelle niederzulassen.

In unserem neuen Haushalt hatten wir an Hausrat nichts als eine Axt, einen Löffel, drei Messer, eine Piron oder Gabel und eine Schere. Mein Kamerad hatte zwar noch ungefähr dreißig Dukaten bei sich, die wir gern für Feuerzeug hergegeben hätten, wenn wir es nur hätten kaufen können. Aber Dukaten nutzten uns hier überhaupt nichts, sie waren noch weniger wert als mein Pulverhorn, das immerhin mit nassem Schießpulver gefüllt war. Die Nässe hatte es in einen weichen Brei verwandelt, so dass ich es erst an der Sonne trocknen musste. Dann streute ich etwas davon auf einen Stein, legte etwas leicht Entzündliches darüber – Moos und Baumwolle von den Kokospalmen waren reichlich vorhanden –, fuhr dann mit einem Messer durch das Pulver und machte Feuer, was uns so froh machte wie unsere Errettung aus dem Meer. Hätten wir auch Salz, Brot und Trinkgefäße gehabt, so hätten wir uns für die glücklichsten Menschen auf der ganzen Welt gehalten, obwohl wir vierundzwanzig Stunden zuvor noch zu den unglücklichsten gezählt hatten. So treu und barmherzig ist Gott – Ehre sei ihm in Ewigkeit, amen.

Wir fingen uns einige Vögel, die zahlreich und ohne Scheu bei uns herumliefen, rupften und wuschen sie und steckten sie dann an einen hölzernen Spieß. Da fing ich an, den Braten zu wenden, während mein Kamerad Holz herbeischaffte und eine Hütte baute, in der wir, wenn es wieder regnen würde, Schutz finden konnten, denn der Regen, der aus Indien nach Afrika herüberzieht, ist sehr ungesund. Das fehlende Salz ersetzten wir durch Zitronensaft, um unsere Speisen schmackhaft zu machen.

Das 20. Kapitel. Was für eine schöne Köchin sie einstellen und wie sie sie mit Gottes Hilfe wieder loswerden.

Das war die erste Mahlzeit, die wir auf unserer Insel zu uns nahmen, und nachher sammelten wir trockenes Holz, um unser Feuer zu unterhalten. Gern hätten wir gleich die ganze Insel in Augenschein genommen, aber nach den Strapazen, die wir überstanden hatten, drängte uns der Schlaf zur Ruhe, und die hielten wir bis zum nächsten Morgen, als es schon längst wieder hell geworden war. Nun wanderten wir an dem Bach oder *rivière* entlang bis zur Mündung, wo er sich ins Meer ergießt, und sahen dort voller Staunen, wie eine ungeheure Menge Fische, so groß wie mittelgroße Lachse oder große Karpfen, dem süßen Wasser zustrebte und den Bach hinaufdrängte. Es sah aus, als würde eine Herde Schweine mit Gewalt dort hineingetrieben. Weil wir auch Ananas und Süßkartoffeln, zwei köstliche Früchte, fanden, versicherten wir uns gegenseitig, wir kämen uns – obwohl es hier keine vierfüßigen Tiere gab – vor wie im Schlaraffenland, wenn wir nur ein wenig Gesellschaft gehabt hätten, die uns beim Genuss des Reichtums an Früchten, Fischen und Vögeln auf dieser Insel half. Wir fanden aber keinerlei Anzeichen dafür, dass jemals Menschen hier gewesen waren.

Während wir weiter berieten, wie wir unseren Haushalt führen und wirtschaften sollten, woher wir Geschirr nehmen wollten, um darin zu kochen und den Palmwein zu sammeln und gehörig gären zu lassen, damit wir ihn recht genießen könnten – während wir unter solchen Gesprächen am Ufer entlangspazierten, sahen wir draußen auf dem Meer etwas treiben, das wir auf die große Entfernung nicht erkennen konnten, obwohl es uns größer erschien, als es dann wirklich war. Denn als es sich näherte und an unsere Insel getrieben wurde, erkannten wir, dass es eine Frau war, die halb tot auf einer Kiste lag und sich mit beiden Händen an deren Griffen festhielt. Aus christlicher Liebe zogen wir sie auf das trockene Land, und als wir an ihrer Kleidung und verschiedenen Zeichen in ihrem Gesicht zu erkennen glaubten, dass sie eine abessinische Christin sei, bemühten wir uns umso mehr, sie wieder zu sich zu bringen, indem wir sie – unter Wahrung allen Anstands, der ehrbaren Frauen unter solchen Umständen gebührt – auf den Kopf stellten, bis sie eine große Menge Wasser von sich gegeben hatte. Zur Belebung und Stärkung hatten wir nur einige Zitronen bei uns, hielten ihr daher die belebende Feuchtigkeit, die sich in deren äußerster Schale findet, unter die Nase und rüttelten sie außerdem, bis sie sich endlich regte und anfing, Portugiesisch zu sprechen.

Sobald mein Kamerad sie reden hörte und sich ein wenig lebendige Farbe in ihrem Gesicht zeigte, sagte er zu mir: »Diese Abessinierin ist als Magd einer vornehmen portugiesischen Dame auf unserem Schiff mitgefahren. Ich habe beide gut gekannt. Sie sind in Macao eingestiegen und wollten bis zu der Insel Annabon* mit uns fahren.«

Als die Frau ihn sprechen hörte, wurde sie sehr munter, nannte ihn bei seinem Namen und berichtete nicht nur von ihrer ganzen Reise, sondern sagte ihm auch, wie froh sie sei, dass sie und er noch lebten und sich nun als Bekannte auf dem trockenen Land und fern aller Gefahr wieder getroffen hätten. Der Zimmermann fragte sie, was für Waren in der Kiste seien, worauf sie antwortete, darin fänden sich mehrere Stücke chinesisches Tuch, verschiedene Waffen und außerdem allerlei großes und kleines Porzellangeschirr, das ihr Herr einem vornehmen Fürsten in Portugal habe schicken wollen. Darüber freuten wir uns sehr, waren dies doch lauter Dinge, die wir dringend brauchten. Dann bat sie uns, wir sollten so freundlich sein, sie bei uns aufzunehmen. Gern wolle sie uns mit Kochen, Waschen und anderen Diensten als Magd zur Hand gehen und uns als leibeigene Sklavin untertan sein, wenn wir sie nur in unseren Schutz nähmen und zuließen, dass sie mit uns ihr Leben hier so führe, wie es das Glück und die Natur dieser Gegend erlaubten.

Mit großer Mühe schleppten wir die Kiste zu der Stelle, die wir uns zum Wohnsitz erwählt hatten. Wir öffneten sie und fanden darin tatsächlich lauter Sachen, wie wir sie uns in unserer damaligen Lage und für unseren Haushalt passender nicht hätten wünschen können. Wir packten alles aus und trockneten es an der Sonne, wobei sich unsere neue Köchin sehr emsig und anstellig zeigte. Dann machten wir uns daran, Geflügel zu schlachten, zu kochen und zu braten, und während der Zimmermann daranging, Palmwein zu zapfen, stieg ich auf den Berg, um Eier zu holen, die uns hartgekocht das Brot ersetzen sollten.

Auf meinem Weg dachte ich voller Dankbarkeit an die großen Gaben und Gnaden, die Gott uns in seiner barmherzigen Vorsehung mit väterlicher Milde schon erwiesen hatte und weiter in Aussicht stellte. Ich fiel nieder auf mein Angesicht und sprach mit ausgestreckten Armen und erhobenem Herzen: »Ach! Ach! Du allergütigster himmlischer Vater, nun erlebe ich am eigenen Leib, wie du unsere Bitten williger erfüllst, als wir es von dir erbitten könnten. Ja, allerliebster Herr, du hast uns mit dem Überfluss deiner göttlichen Reichtümer schon reichlich versehen, bevor wir armen Kreaturen auch nur daran gedacht haben, sie von dir zu erflehen. Ach, treuer Vater, möge es deiner unermesslichen Barmherzigkeit doch auch gefallen, allergnädigst dafür zu sorgen, dass wir deine Gaben und Gnaden nur so gebrauchen, wie es deinem allerheiligsten Willen und Wohlgefallen beliebt und deinem großen, unaussprechlichen Namen zur Ehre gereicht, auf dass wir dich mit allen Auserwählten schon hienieden wie auch einst im Himmel loben, ehren und preisen mögen.«

Mit solchen und noch vielen ähnlichen Worten, die alle innig und andächtig aus dem Innersten meiner Seele kamen, wanderte ich herum, bis ich so viel Eier beisammenhatte, wie wir brauchten, und kehrte damit zu unserer Hütte zurück, wo das Abendessen auf der Kiste, die wir mitsamt der Köchin an diesem Tag aus dem Meer gefischt hatten und die mein Kamerad nun als Tisch gebrauchte, schon bereitstand.

Während ich Eier gesucht hatte, war mein Kamerad – ein Bursche von zwanzig und ein paar Jahren, während ich schon über vierzig war – mit unserer Köchin zu einem Einverständnis gelangt, das ihm und mir nur Verderben bringen sollte. Denn sobald sie allein waren und angefangen hatten, von alten Geschichten zu sprechen, aber auch von der Fruchtbarkeit dieser gesegneten und mehr als glückseligen Insel und davon, was man aus ihr alles herausholen könnte, nahm die Vertraulichkeit zwischen ihnen bald so zu, dass sie auch von Trauung zu reden begannen. Allerdings wollte die vermeintliche Abessinierin hiervon nichts hören, es sei denn, mein Kamerad, der Zimmermann, würde sich zum alleinigen Herrn der Insel machen und mich aus dem Weg räumen. Sie könnten unmöglich eine friedliche Ehe führen, wenn noch ein unverheirateter Mann bei ihnen wohne.

»Er bedenke doch selbst«, sagte sie zu meinem Kameraden, »wie Ihn das Misstrauen und die Eifersucht plagen würden, wenn Er mich geheiratet hätte und der Alte sich jeden Tag mit mir unterhielte – auch wenn er gar nicht vorhätte, einen Hahnrei aus Ihm zu machen. Ich habe eine bessere Idee, was zu tun wäre, wenn ich je heiraten und auf dieser Insel, die sicherlich tausend und mehr Menschen ernähren kann, das Menschengeschlecht vermehren sollte. Der Alte soll mich heiraten! Dann ginge es nur um vielleicht zwölf, allenfalls vierzehn Jahre, in denen ich mit ihm wohl eine Tochter zeugen könnte, um sie dann Ihm« – sie meinte den Zimmermann – »in die Ehe zu geben. Er wird dann noch nicht so alt sein wie der Alte jetzt, und in der Zwischenzeit würde die sichere Hoffnung, dass der eine des anderen Schwiegervater und der andere des einen Schwiegersohn werden würde, alles Misstrauen zwischen euch aus dem Weg räumen und mich vor aller Gefahr, in die ich sonst geraten könnte, bewahren. Eine junge Frau wie ich würde sich natürlich lieber einen jungen als einen alten Mann nehmen, aber wir müssen uns in die Lage fügen, in der wir sind, damit ich und die Kinder, die ich zur Welt bringen werde, in Frieden leben können.«

Diese Rede, die sich viel länger hinzog, als ich sie hier wiedergebe, ebenso wie die Schönheit und Munterkeit der vermeintlichen Abessinierin, die meinem Kameraden im Schein des Feuers noch mehr ins Auge sprangen als vorher, betörten den braven Zimmermann so sehr, dass er sich zu dem Ausruf hinreißen ließ, lieber wolle er den Alten, womit er mich meinte, ins Meer werfen und die ganze Insel zerstören als sich eine Dame, wie sie eine sei, entgehen lassen. Hierauf verabredeten die beiden, dass er mich mit seiner Axt hinterrücks oder im Schlaf erschlagen wolle, denn er fürchtete sich vor meiner Körperkraft und auch vor meinem Pilgerstab, einem mächtigen Prengel, den er mir selbst geschnitzt hatte.

Nachdem sie dies beschlossen hatten, zeigte sie meinem Kameraden in der Nähe unserer Behausung eine schöne Töpfererde, aus der sie nach Art der Frauen, die an der Küste Guineas wohnen, schönes Tongeschirr herstellen könne, und machte allerlei Vorschläge, wie sie sich und ihre Nachkommen auf dieser Insel sesshaft machen und ernähren und ihnen bis ins hundertste Glied ein ruhiges, vergnügliches Leben verschaffen wolle. Über die Maßen rühmte sie dabei die Nützlichkeit der Kokospalme, aus deren Baumwolle sich Kleider für sie selbst und alle ihre Kinder und Kindeskinder machen ließen.

Da kam ich Unglücksmensch zurück und ahnte nichts von dem, was sich hier zusammenbraute, sondern setzte mich, um zu genießen, was angerichtet war, und sprach nach löblichem Christenbrauch ein Dankgebet. Sobald ich aber das Kreuzzeichen über die Speisen und meine Tischgenossen machte und den Segen Gottes herabrief, verschwand auf einen Schlag unsere Köchin mitsamt der Kiste und allem, was sie enthalten hatte, und hinterließ nur einen so grausigen Gestank, dass mein Kamerad davon in Ohnmacht fiel.

Das 21. Kapitel. Wie die beiden nachher miteinander lebten und sich in ihre Lage fügten.

Sobald er sich erholt und seine sieben Sinne wieder beieinanderhatte, kniete er vor mir nieder, faltete die Hände, sagte zehn Minuten lang immer nur: »Ach, Vater! Ach, Bruder! Ach, Vater! Ach, Bruder!« – und begann dann, diese Worte wiederholend, so bitterlich zu weinen, dass er vor lauter Schluchzen kein verständliches Wort mehr herausbrachte und ich schon glaubte, der Schreck und der Gestank hätten ihm den Verstand geraubt. Als er aber gar nicht mehr damit aufhören wollte und mich immer wieder um Verzeihung bat, sagte ich: »Liebster Freund, was soll ich Euch denn verzeihen, da Ihr mir doch nie im Leben ein Leid zugefügt habt? Sagt mir doch, wie ich Euch helfen kann.«

»Um Verzeihung bitte ich«, sagte er, »weil ich gegen Gott, gegen Euch und gegen mich selbst gesündigt habe« – und fing nun von neuem an zu klagen und hörte nicht auf, bis ich ihm sagte, ich wisse nichts Böses von ihm, und wenn er doch etwas begangen habe, was sein Gewissen belaste, so würde ich es ihm, soweit es mich beträfe, von ganzem Herzen gern verzeihen, und falls er sich gegen Gott vergangen habe, so wolle ich diesen gemeinsam mit ihm um Barmherzigkeit und Gnade anflehen. Darauf umschlang er meine Beine mit den Armen, küsste meine Knie und sah mich so sehnsüchtig und traurig an, dass ich verstummte, weil ich nicht wusste und nicht darauf kam, was eigentlich mit ihm los war. Erst als ich ihn freundschaftlich in die Arme schloss, an meine Brust drückte und ihn bat, mir zu sagen, was er auf dem Herzen habe und wie ihm zu helfen sei, beichtete er mir in allen Einzelheiten, was er mit der vermeintlichen Abessinierin besprochen hatte und was er mir hatte antun wollen – Gott, der Natur, der Nächstenliebe und dem Gesetz der Freundschaft, die wir einander feierlich geschworen hatten, zum Trotz.

Dabei ließen all seine Worte und Gesten deutlich erkennen, wie inbrünstig er bereute und wie zerknirscht er im tiefsten Herzen war.

Ich tröstete ihn, so gut ich konnte, und sagte, vielleicht habe Gott dies als Warnung über uns verhängt, damit wir uns in Zukunft umso wachsamer vor den Fallstricken und Versuchungen des Teufels in Acht nähmen und in beständiger Gottesfurcht lebten. Er habe zwar allen Grund, Gott wegen seiner bösen Absichten von Herzen um Verzeihung zu bitten, aber noch mehr schulde er ihm Dank für die Güte und Barmherzigkeit, mit der er ihn aus der List und den Fallstricken des bösen Satan errettet und vor dem zeitlichen und ewigen Verderben bewahrt habe. Wir beide müssten auf dieser Insel noch mehr Vorsicht walten lassen, als wenn wir in der Welt unter den Menschen wohnten. Denn wenn hier der eine oder andere von uns oder gar wir beide zu Fall kämen, so sei niemand da, der uns wieder aufhälfe, außer der liebe Gott, den wir deshalb umso eifriger vor Augen haben und ohne Unterlass um Hilfe und Beistand anflehen müssten.

Unser Gespräch tröstete ihn zwar etwas, zufriedengeben wollte er sich damit aber nicht, sondern bat demütig, ich solle ihm wegen seines Verbrechens eine Buße auferlegen. Um ihn aus seiner Niedergeschlagenheit, so gut es ging, ein wenig aufzurichten, sagte ich: Da er doch Zimmermann sei und seine Axt noch bei sich habe, solle er am Meerufer dort, wo sowohl wir als auch unsere Teufelsköchin gestrandet waren, ein Kreuz errichten. So würde er nicht nur eine Gott wohlgefällige Buße verrichten, sondern auch dafür sorgen, dass der böse Geist, der das Zeichen des heiligen Kreuzes scheut, unsere Insel nicht mehr so leicht heimsuchen könne.

»Ach«, antwortete er, »ich will nicht nur ein Kreuz in der Ebene, sondern noch zwei andere für das Gebirge anfertigen und dort aufstellen, wenn ich nur deine Huld und Gnade, o Vater, wiedererlange und darauf hoffen darf, dass Gott mir vergibt.« Voller Eifer machte er sich gleich ans Werk und hörte nicht auf zu arbeiten, bis die drei Kreuze fertig waren, von denen wir eines am Strand und die zwei anderen auf den beiden höchsten Gipfeln des Gebirges errichteten. Sie trugen folgende Inschrift:

Gott dem Allmächtigen zu Ehren und dem Feind des Menschengeschlechts zum Verdruss hat Simon Meron aus Lissabon in Portugal mit Rat und Hilfe seines treuen Freundes Simplicius Simplicissimus aus Oberdeutschland dieses Zeichen für das Leiden unseres Erlösers aus christlicher Gesinnung angefertigt und hier aufgerichtet.

Von nun an führten wir ein etwas frommeres Leben als vorher, und damit wir den Sabbat auch gehörig würdigen und feiern konnten, schnitt ich, da wir keinen Kalender hatten, jeden Tag eine Kerbe in einen Stecken und am Sonntag ein Kreuz. An diesem Tag saßen wir dann zusammen und unterhielten uns über heilige und göttliche Dinge. Etwas anderes blieb mir nicht übrig, weil ich noch keinen Ersatz für Papier und Tinte gefunden hatte, um mir Notizen zu machen und zu unserer Erbauung etwas schriftlich aufzuzeichnen.

Am Schluss dieses Kapitels muss ich noch einer sonderbaren Sache gedenken, die uns an dem Abend, als uns unsere hübsche Köchin verließ, sehr erschreckte und ängstigte, während wir in der ersten Nacht auf der Insel nichts davon bemerkt hatten, weil uns der Schlaf wegen der überstandenen Strapazen und unserer Erschöpfung sofort überwältigte. Es handelte sich um Folgendes: Während uns noch vor Augen stand, mit welcher List der böse Teufel in Gestalt der Abessinierin uns hatte ins Verderben stürzen wollen, und wir deshalb nicht schlafen konnten, sondern noch lange wach lagen und die meiste Zeit mit Beten verbrachten, sahen wir, sobald es ein wenig finster geworden war, um uns her eine ungeheure Menge Lichter in der Luft schweben, die so viel Helligkeit von sich gaben, dass wir die Früchte an den Bäumen von den

Blättern unterscheiden konnten. Zuerst glaubten wir, es sei eine neue List, mit der uns der Widersacher quälen wolle, und wurden deshalb ganz still und ängstlich. Doch dann begriffen wir, dass es sich um eine Art von Johannis- oder Glühwürmchen, wie man sie in Deutschland nennt, handelte, die aus der Fäulnis eines bestimmten Holzes entstehen, das auf dieser Insel wächst. Sie leuchten so stark, dass sie einem eine hell brennende Kerze ersetzen können, wie ich denn auch später dieses Buch zum größeren Teil bei ihrem Licht geschrieben habe. Wären sie in Europa, Asien und Afrika so verbreitet wie hier, würden sie den Kerzenhändlern das Geschäft verderben.

Das 22. Kapitel. **Fortsetzung der obigen Erzählung und wie Simon Meron das Leben und die Insel verlässt und Simplicius als ihr alleiniger Herr zurückbleibt.**

Als uns klar wurde, dass wir bleiben mussten, wo wir waren, begannen wir auch anders zu wirtschaften. Aus einem schwarzen Holz, das, wenn es getrocknet ist, fast so hart wie Eisen wird, machte mein Kamerad für uns beide Hacken und Schaufeln, mit denen wir als Erstes jene drei Kreuze eingruben. Zweitens leiteten wir Meerwasser in Gruben, wo es sich wie in denen, die ich im ägyptischen Alexandria gesehen hatte, in Salz verwandeln sollte. Drittens legten wir einen schönen Garten an, weil wir den Müßiggang für den Anfang unseres Verderbens hielten. Viertens stauten wir den Bach und bauten ihn so aus, dass wir sein Wasser nach Belieben umleiten und das alte Bett trockenlegen konnten, so dass wir dort Fische und Krebse mit den bloßen Händen und gleichsam trockenen Fußes auflesen konnten. Fünftens fanden wir neben diesem Flüsschen eine vorzügliche Tonerde, und obwohl wir weder Töpferscheibe noch Rad und erst recht keinen Bohrer oder andere Werkzeuge hatten, um uns ein Gerät zum Drehen von Geschirr zu bauen, und das Handwerk auch nicht gelernt hatten, ersannen wir doch eine Methode, mit der wir zustande brachten, was wir haben wollten. Nachdem wir die Erde geknetet und so angerichtet hatten, wie sie sein sollte, rollten wir sie zu Würsten in der Länge und Dicke von englischen Tabakspfeifen, klebten diese spiralförmig übereinander und formten so alles, was wir an Geschirr brauchten, große und kleine Töpfe und Schüsseln zum Kochen und zum Trinken. Als uns der erste Brand gelungen war, hatten wir keinen Grund mehr, uns über irgendeinen Mangel zu beklagen, denn obwohl uns das Brot fehlte, hatten wir doch genug getrockneten Fisch, den wir als Brot nahmen. Mit der Zeit kam auch unsere Salzerzeugung in Gang, so dass wir uns wirklich über gar nichts mehr beklagen konnten, sondern lebten wie einst die Menschen im Goldenen Zeitalter.

So lernten wir nach und nach, aus Eiern, getrocknetem Fisch und Zitronenschalen, indem wir die beiden letzten Zutaten zwischen zwei Steinen zu feinem Mehl zerrieben, in Vogelschmalz, das uns die sogenannten Dronten lieferten, wohlschmeckende Kuchen zu backen. Da lernte auch mein Kamerad, den Palmwein in großen Töpfen zu sammeln und ihn ein paar Tage stehen zu lassen, bis er vergoren war. Nachher soff er sich dann so voll, dass er nur noch herumtorkelte, und dies geschah zuletzt fast jeden Tag, sosehr ich ihn davon abzubringen versuchte. Er sagte dann, wenn man den Wein zu lange stehen lasse, werde er zu Essig, was nicht falsch war. Wenn ich ihm aber erwiderte, dann solle er eben nicht so viel auf einmal zapfen, sondern nur das, was er wirklich brauche, entgegnete er, es sei Sünde, Gottes Gaben zu verschmähen. Man müsse die Palmen beizeiten zur Ader lassen, damit sie nicht an ihrem eigenen Blut erstickten. Also musste ich seinen Gelüsten ihren Lauf lassen, wenn ich mir nicht ständig

Vorwürfe anhören wollte, ich würde ihm nicht gönnen, was wir umsonst und überreichlich haben könnten.

Auf diese Weise lebten wir wie die ersten Menschen im Goldenen Zeitalter, als der gütige Himmel ihnen, ohne dass sie arbeiten mussten, alles Nötige aus der Erde hervorwachsen ließ. Aber kein Leben auf dieser Welt ist so süß und glückselig, dass es nicht bisweilen durch die Galle des Leidens verbittert würde, und auch uns erging es nicht anders. Denn im gleichen Maße, wie sich die Lage in Küche und Keller bei uns täglich besserte, verschlechterte sich von Tag zu Tag der Zustand unserer Kleider, bis sie uns am Leib verfaulten. Zum Glück hatten wir bisher noch nie einen Winter und nicht mal die geringste Kälte erlebt, obwohl wir, als wir nackt zu werden begannen, meinen Kerbhölzern nach schon über anderthalb Jahre auf der Insel zugebracht hatten. Das Wetter war beständig so, wie es bei den Europäern im Mai und Juni zu sein pflegt, außer dass es etwa im August und in der Zeit davor stark regnete und kräftig gewitterte. Aber von einer Sonnenwende zur anderen verlängern oder verkürzen sich Tage und Nächte in diesen Breiten um nicht mehr als fünf Viertelstunden.

Nun waren wir auf dieser Insel zwar allein, wollten aber doch nicht nackt wie das unvernünftige Vieh herumlaufen, sondern bekleidet wie ehrbare Christen aus Europa. Hätte es hier vierfüßige Tiere gegeben, wäre uns geholfen gewesen und wir hätten uns aus ihren Bälgen Kleider machen können. Es gab aber keine, und so zogen wir den großen Vögeln, den Dronten und Pinguinen, die Häute ab und machten uns Unterkleider daraus. Weil wir diese Häute aber mangels der nötigen Gerätschaften und Materialien nicht gehörig bearbeiten konnten, wurden sie hart, unbequem und zerbröselten uns bald am Leib. Die Kokosbäume trugen zwar reichlich Baumwolle, doch spinnen und weben konnten wir sie nicht. Mein Kamerad, der mehrere Jahre in Indien gewesen war, zeigte mir aber vorne an den Spitzen ihrer Blätter eine Art scharfen Dorn. Wenn man den abknickt und die Faser, an der er noch hängt, den Grat des Blattes entlang abzieht, wie man es beim Abfädeln von Stangenbohnen macht, so bleibt an dem spitzen Dorn ein Faden hängen, der so lang ist wie der Grat oder das Blatt selbst, und man hat Nadel und Faden in einem. So konnte ich diese gleichen Blätter mit einem von ihnen selbst stammenden Faden zusammennähen und uns Unterkleider aus ihnen machen.

Während wir so zusammen wirtschafteten und es dahin gebracht hatten, dass wir uns über zu viel Arbeit, Not, Mangel oder Trübsal nicht mehr beklagen konnten, zechte mein Kamerad seinen Palmwein, wie er es angefangen hatte und inzwischen gewohnt war, bis er sich schließlich Lunge und Leber entzündete und wenig später mich, die Insel und den *Vin de Palm* durch einen vorzeitigen Tod verließ. Ich begrub ihn, so gut ich konnte, und machte ihm in Gedanken an die Unbeständigkeit der menschlichen Natur und anderes mehr die folgende Grabinschrift:

Dass ich nun hier und nicht im Meere wurd begraben,
Und auch nicht in der Höll, liegt daran, dass um mich gestritten haben
Drei Ding! Das erste der wütende Ozean,
Das zweite der grausame Feind, der höllische Satan.
Diesen entkam ich, weil Gott mir half aus meinen Nöten,
Aber vom Palmwein, dem dritten, ließ ich mich töten.

So wurde ich allein Herr über die Insel und fing wieder ein Einsiedlerleben an – nicht nur, weil sich so ausgiebig Gelegenheit dazu bot, sondern auch, weil ich einen festen Willen und Vorsatz dazu hatte. Zwar machte ich mir die Güter und Gaben dieses Ortes gern und voller Dankbarkeit gegen Gott zunutze, dessen Güte und Allmacht mir sie so reichlich beschert hatte, ich achtete aber auch stets darauf, diesen Überfluss nicht zu missbrauchen. Oft wünschte ich mir, es wären mehr ehrbare Christenmenschen, die anderswo Armut und Mangel leiden mussten, bei mir und könnten an den hier vorhandenen Gottesgaben teilhaben. Zu wissen, dass es Gott dem Allmächtigen leicht möglich gewesen wäre, wenn er den Willen dazu gehabt hätte, wunderbarerweise mehr Menschen so wie mich hierher zu versetzen, war mir oft Anlass, ihm für seine Vorsehung und dafür, dass er sich um mich, vor vielen tausend anderen Menschen, so väterlich gekümmert und mir dieses ruhige, friedliche Leben beschert hatte, demütig zu danken.

Das 23. Kapitel. Der Mönch beschließt seine Geschichte und setzt diesen sechs Büchern ein Ende.

Mein Kamerad war noch keine Woche tot, als ich bemerkte, dass es um meine Hütte spukte. »Nun denn, Simplicius«, dachte ich, »du bist allein. Könnte dich da der böse Geist nicht wieder heimsuchen wollen? Meinst du nicht, dass dieser Tunichtgut dir das Leben schwermachen will? Aber was kümmert er dich, da du doch Gott zum Freund hast? Du brauchst nur etwas, womit du dich sinnvoll beschäftigen kannst, sonst werden dich Müßiggang und Überfluss zu Fall bringen. Von jenem abgesehen, hast du hier doch keinen Feind außer dir selbst und der Üppigkeit und Annehmlichkeit dieser Insel. Darum rüste dich zum Kampf mit dem, der sich für den Allerstärksten hält. Und wenn er mit Gottes Hilfe besiegt ist, wirst du, so Gott will, durch seine Gnade auch dein eigener Herr bleiben.«

Solche Gedanken ließen mich während einiger Tage nicht mehr los. Sie gaben mir Kraft und machten mich andächtig, denn dass mir ein Kampf mit dem bösen Geist bevorstand, hielt ich für gewiss. Doch diesmal hatte ich mich selbst betrogen. Als ich nämlich eines Abends wieder hörte, wie sich draußen etwas regte, trat ich vor meine Hütte, die bei dem Felsen stand, unter dem die Hauptquelle des süßen Wassers lag, das durch die Insel ins Meer floss. Da sah ich meinen Kameraden an der Felswand stehen und mit den Fingern in einer Spalte kratzen. Ich erschrak, wie man sich denken kann, fasste jedoch rasch wieder Mut, befahl mich dem Schutz Gottes, indem ich mich bekreuzigte, und sagte mir: Was sein muss, muss sein – besser heute als morgen. Darauf trat ich zu dem Geist, sprach zu ihm die Worte, die man bei solchen Gelegenheiten verwendet, und begriff bald, dass es tatsächlich mein verstorbener Kamerad war, der dort, als er noch lebte, seine Dukaten versteckt hatte, um sie, wenn eines Tages ein Schiff zu der Insel käme, wieder hervorzuholen und mitzunehmen. Er habe sich, so gab er mir zu verstehen, auf dieses bisschen Geld, mit dem er irgendwann wieder nach Hause zu gelangen hoffte, mehr verlassen als auf Gott und müsse dafür nun nach seinem Tod mit solcher Unruhe büßen und mich gegen seinen Willen belästigen. Auf seinen Wunsch nahm ich das Geld heraus, ohne ihm den geringsten Wert beizumessen, was man mir ohne weiteres glauben wird, wenn man sich nur klarmacht, dass ich überhaupt nichts damit anfangen konnte.

Dies war der erste Schreck, der mich traf, seit ich allein war. Nachher setzten mir auch andere Geister zu, aber davon will ich hier nicht berichten, sondern nur sagen, dass ich es mit Gottes Hilfe und Gnade dahin brachte, dass ich keinen einzigen Feind mehr spürte, ausgenommen die eigenen Gedanken, die oft hierhin und dorthin schweiften. Denn zollfrei, wie man von ihnen zu sagen pflegt, sind selbst die Gedanken vor Gott nicht, sondern es kommt die Zeit, da auch für sie Rechenschaft gefordert wird.

Damit mich nun meine Gedanken möglichst nicht mit Sünden befleckten, versuchte ich nicht nur, mir all jene, die nichts taugten, aus dem Kopf zu schlagen, sondern stellte mir auch jeden Tag eine Aufgabe in Gestalt einer körperlichen Arbeit, die neben dem gewohnten Gebet zu verrichten war. Denn da der Mensch zur Arbeit wie der Vogel zum Fliegen geboren ist, macht der Müßiggang die Seele wie den Leib nur krank und stürzt sie, wenn man es am wenigsten erwartet, zuletzt ins Verderben. Deshalb legte ich einen Garten an, den ich noch weniger brauchte als der Wagen ein fünftes Rad – schließlich konnte man die ganze Insel mit Fug und Recht einen Lustgarten nennen. Meine Arbeit diente auch nur dem Zweck, dies und jenes in eine bessere Ordnung zu bringen, wenngleich die natürliche Unordnung, in der die Gewächse beieinander stehen, manchem wohl anmutiger vorgekommen wäre, und sollte, wie gesagt, außerdem dem Müßiggang ein Ende machen.

Ach, wie oft wünschte ich mir, wenn ich meinen Leib erschöpft hatte und ihm Ruhe gewähren musste, geistliche Bücher, um mich an ihnen zu trösten, zu ergötzen und zu erbauen. Aber ich hatte keine. Doch ich hatte früher einmal von dem Ausspruch eines Heiligen gelesen, die ganze, weite Welt sei ihm ein großes Buch*, in dem er die Wunderwerke Gottes erkenne und immer wieder zu dessen Lob angeregt werde, und nahm mir vor, es so zu machen wie er, obwohl ich ja eigentlich gar nicht mehr in der Welt war. So musste meine kleine Insel für mich die ganze Welt sein und auf ihr jedes Ding und sogar jeder einzelne Baum eine Anregung zur Frömmigkeit und ein Anstoß zu Gedanken, wie sie ein aufrechter Christ haben soll.

Sah ich ein stachliges Gewächs, so besann ich mich auf die Dornenkrone Christi. Sah ich einen Apfel oder einen Granatapfel, dachte ich an den Sündenfall unserer Voreltern und bejammerte ihn. Zapfte ich Palmwein aus einem Baum, stellte ich mir vor Augen, wie freigebig mein Erlöser am Pfahl des heiligen Kreuzes sein Blut für mich vergossen hatte. Sah ich vor mir das Meer oder einen Berg, erinnerte ich mich an dieses oder jenes Wunder, das unser Heiland an solchen

Orten gewirkt hatte. Fand ich einen oder mehrere Steine, die sich zum Werfen eigneten, stellte ich mir vor, wie die Juden Christus hatten steinigen wollen. War ich in meinem Garten, so dachte ich an das angstvolle Gebet am Ölberg oder an das Grab Christi und daran, wie er nach der Auferstehung Maria Magdalena im Garten erschienen war. Mit solchen und ähnlichen Gedanken ging ich täglich um, aß nie, ohne an das letzte Abendmahl Christi zu denken, und kochte mir nie etwas zu essen, ohne dass mich das Feuer dabei an die ewigen Qualen der Hölle erinnert hätte.

Schließlich fand ich heraus, dass sich mit Brasiliensaft*, der aus verschiedenen Hölzern auf dieser Insel zu gewinnen war, sobald man ihn mit Zitronensaft mischt, vorzüglich auf eine bestimmte Art großer Palmblätter schreiben lässt, was mich sehr freute, denn nun konnte ich richtige Gebete konzipieren und aufschreiben. Als ich schließlich in tiefer Reue meinen ganzen Lebenslauf überdachte, mir die Übeltaten, die ich seit meiner Jugend begangen hatte, wieder vor Augen führte und erkannte, dass der barmherzige Gott mich trotz meiner großen Sünden bisher nicht nur vor der ewigen Verdammnis bewahrt, sondern mir auch Zeit und Gelegenheit gegeben hatte, mich zu bessern, zu besinnen, ihn um Verzeihung zu bitten und ihm für seine Wohltaten zu danken – da schrieb ich alles, woran ich mich noch erinnern konnte, in dieses Buch, das ich aus den erwähnten Blättern gemacht hatte, und legte es zusammen mit den erwähnten Dukaten, die mein Kamerad hinterlassen hatte, an diesen Platz, damit, wenn über kurz oder lang Leute hierherkommen sollten, sie dies alles finden und daraus ersehen können, wer früher einmal diese Insel bewohnt hat.

Wenn nun heute oder morgen, ob vor oder nach meinem Tod, jemand dies findet und liest, so bitte ich ihn, falls ihm darin Wörter auffallen, die einer, der sich bessern will, nicht aussprechen, geschweige denn aufschreiben sollte, sich darüber nicht zu ärgern, sondern zu bedenken, dass die Erzählung kurzweiliger Händel und Geschichten auch bequeme Wörter braucht, um sie darzustellen. Und wie die Mauerraute nicht so leicht vom Regen nass wird, kann auch ein rechtschaffenes, frommes Gemüt nicht von jedem Diskurs, und mag er noch so leichtfertig anmuten, ohne weiteres angesteckt, vergiftet und verdorben werden. Ein ehrlich gesinnter christlicher Leser wird sich vielmehr wundern und die Barmherzigkeit Gottes preisen, wenn er liest, dass einem so schlimmen Kerl, wie ich einer war, von Gott doch die Gnade zuteil wurde, der Welt zu entsagen und ein Leben zu führen, in dem er zur ewigen Herrlichkeit zu kommen und die selige Ewigkeit neben dem heiligen Leiden des Erlösers zu erlangen hofft durch ein seliges Ende.

Bericht des Jean Cornelissen aus Harlem, eines holländischen Schiffskapitäns, an seinen guten Freund German Schleifheim von Sulsfort über den Simplicissimus

Das 24. Kapitel. Jean Cornelissen*, ein holländischer Schiffskapitän, kommt auf die Insel und verschafft mit seinem Bericht diesem Buch einen Anhang.

Ohne Zweifel erinnert sich Derselbe noch gut daran, dass ich bei unserer Abreise versprochen habe, Ihm die größte Rarität mitzubringen, auf die ich in Indien oder während unserer ganzen Reise stoßen würde. Nun habe ich zwar auch einige seltsame Meeres- und Landgewächse gesammelt, mit denen der Herr Seine Kunstkammer bereichern kann, aber am meisten Erstaunen und Aufmerksamkeit verdient doch, wie mir scheint, das beigefügte Buch, welches ein Oberdeutscher*, der ganz allein auf einer Insel mitten im Meer wohnt, mangels Papier aus Palmblättern angefertigt und in dem er sein ganzes Leben beschrieben hat. Ich muss dem Herrn aber doch etwas ausführlicher berichten, wie mir dieses Buch in die Hände kam, was für ein Mann dieser Deutsche ist und wie er lebt, obwohl er in seinem Buch selbst ausgiebig davon erzählt.

Als wir auf den Molukken unsere Ladung vollständig an Bord genommen hatten und Kurs auf das Kap der Guten Hoffnung nahmen, merkten wir bald, dass unsere Heimreise nicht so rasch vonstatten gehen würde, wie wir anfangs gehofft hatten, denn meistens waren die Winde so widrig und wechselhaft, dass wir viel herumgetrieben wurden, ohne recht voranzukommen, weshalb es auf allen Schiffen unserer Flotte mehr Kranke als gewöhnlich gab. Unser Admiral ließ einen Schuss abfeuern und eine Flagge hissen und wies damit alle Kapitäne an, auf sein Schiff zu kommen. Dort wurde beratschlagt und endlich beschlossen, dass wir versuchen wollten, die Insel Sankt Helena* zu erreichen, um dort die Kranken zu versorgen und auf günstigeres Wetter zu warten. Falls unsere Flotte durch einen Sturm auseinandergerissen würde, sollten die ersten Schiffe, die bei jener Insel anlangten, vierzehn Tage auf die übrigen warten. Der Plan und dieser Beschluss waren gut, denn es kam, wie wir befürchtet hatten. Ein Sturm zerstreute die Flotte derart, dass kein einziges Schiff in der Nähe eines anderen blieb. Als ich mich nachher mit dem mir anvertrauten Schiff allein wiederfand und widrige Winde, Trinkwassermangel und die vielen Kranken uns weiterhin zu schaffen machten, musste ich mich mit Lavieren behelfen, ohne dass wir der, wie wir schätzten, noch vierhundert Meilen entfernten Insel Sankt Helena viel näher kamen, solange der Wind sich nicht drehte.

In dieser Notlage – während wir vergeblich herumkreuzten, der Zustand der Kranken sich weiter verschlechterte und ihre Zahl täglich zunahm – erblickten wir eines Tages fern im Osten etwas, das wie ein einzelner Felsen aussah. Wir nahmen Kurs darauf und hofften, in dieser Meeresgegend vielleicht Land zu finden, auch wenn auf unseren Seekarten nichts dergleichen verzeichnet war. Während wir uns diesem Felsen von Norden her näherten, schien er uns ein steiniges, unfruchtbares, einsam im Meer liegendes Gebirge zu sein, das man nicht besteigen und bei dem man auch nicht landen konnte. Andererseits verhieß uns der Geruch, dass wir in der Nähe von gutem Land sein müssten. Auch saßen unzählige Vögel auf den Höhen oder umflatterten sie, und bei genauerem Hinsehen entdeckten wir auf den höchsten Gipfeln zwei Kreuze, die von Menschenhand aufgerichtet worden sein mussten, woraus wir schließen konnten, dass dieses Gebirge wohl doch zu besteigen war. Deshalb segelten wir auf die andere Seite des Gebirges und fanden dort einen schmalen

Landstrich von solcher Anmut, wie ich mein Lebtag noch keinen gesehen hatte, weder in Ost- noch in Westindien. Über gutem Sandgrund, zehn Klafter tief, gingen wir vor Anker und schickten ein Boot mit acht Mann an Land, die erkunden sollten, ob es dort nichts gäbe, womit wir unsere Vorräte auffrischen könnten.

Sie kehrten bald mit einer Masse verschiedener Früchte zurück, darunter Zitronen, Orangen, Kokosnüsse, Ananas und Süßkartoffeln, und berichteten, was uns am meisten erfreute, dass auf der Insel sehr gutes Trinkwasser zu finden sei. Außerdem seien sie einem Deutschen begegnet, der sich anscheinend schon lange auf der Insel aufhalte. Trotzdem liefen überall Vögel herum, die sich mit bloßen Händen fangen ließen, so dass sie sie mit Stöcken hätten totschlagen können und eine ganze Bootsladung mitgebracht hätten. Wahrscheinlich, so meinten sie, habe der Deutsche, auf einem Schiff irgendetwas verbrochen und sei zur Strafe auf dieser Insel ausgesetzt worden, was uns allen einleuchtend erschien. Außerdem sei er offenbar nicht ganz richtig im Kopf, sondern ein echter Narr, denn es sei kein vernünftiges Wort aus ihm herauszubekommen gewesen.

Das waren nun Nachrichten, die die ganze Mannschaft und vor allem die Kranken sehr ermunterten. Deshalb wollten auch alle anderen gleich an Land, um sich dort zu erquicken. Ich schickte ein Boot nach dem anderen hinüber, damit die Kranken sich dort erholen konnten und das Schiff mit frischem Wasser versorgt wurde, denn beides war dringend nötig. So kamen die meisten von uns auf die Insel, wo wir nicht etwa eine karge Einöde, sondern ein Paradies auf Erden fanden.

Mir wurde auch bald klar, dass jener Deutsche kein solcher Tor und erst recht kein Übeltäter sein konnte, wie unsere Männer anfangs gemeint hatten. Denn er hatte alle Bäume, die von Natur aus eine glatte Rinde besaßen, mit biblischen und anderen schönen Sprüchen versehen, um sich selbst daran zu erbauen und auf Gott zu besinnen. Wo keine vollständigen Sprüche standen, hatte er zumindest die vier Buchstaben der Inschrift auf dem Kreuz Christi, INRI*, oder die Namen Jesus und Maria und eines der Leidenswerkzeuge hingesetzt, woraus wir schlossen, dass er ein Papist sein müsse, weil uns dies alles doch sehr päpstisch vorkam. Hier stand in Lateinisch *memento mori*, dort in Hebräisch *Ieschua Hanosrum Melech Haichudim**, anderswo Ähnliches in Griechisch, Deutsch, Arabisch oder Malaiisch (der Sprache von ganz Indien) – und dies alles zu dem Zweck, sich hierbei in christlicher Frömmigkeit der himmlischen und göttlichen Dinge zu erinnern.

Wir fanden auch das Grab seines Kameraden, das der Deutsche in seiner Lebensbeschreibung erwähnt, und ebenso das dritte Kreuz, das sie gemeinsam am Meerufer aufgestellt hatten, weshalb unsere Mannschaft diesem Ort – vor allem, weil auch in so gut wie alle Bäume Kreuze eingekerbt waren – den Namen Kreuzinsel gab. Die kurzen, sinnreichen Sprüche waren für uns aber doch lauter rätselhafte, dunkle Orakel, auch wenn wir aus ihnen ersehen konnten, dass ihr Autor kein Narr, sondern ein sinnreicher Poet und vor allem ein zutiefst frommer Christ sein musste, der viel Zeit mit Nachdenken über himmlische Dinge verbrachte.

Den folgenden Reim, den wir ebenfalls in einen Baum geschnitten fanden, hielt unser Schiffsgeistlicher, der mit mir herumging und sich von dem, was er fand, vieles aufschrieb, für den großartigsten, vielleicht weil er ihm neu war. Er lautete so:

Ach, allerhöchstes Gut! Du wohnest so im finstern Licht,
*Dass man vor Klarheit groß den großen Glanz kann sehen nicht!**

Dazu meinte unser Kaplan, der ein überaus gelehrter Mann war: »Weiter und zu höherer Einsicht kommt kein Mensch auf Erden, es sei denn, Gott selbst in seiner Gnade offenbarte ihm mehr von diesem höchsten Gut.«

Unterdessen durchstreiften meine gesunden Seeleute die ganze Insel, um Erfrischungen für sich und die Kranken zu sammeln, aber auch, um nach dem Deutschen zu suchen, den alle Offiziere des Schiffes gern gesehen und gesprochen hätten. Sie fanden ihn jedoch nicht, wohl aber eine unheimliche Felsenhöhle voller Wasser, in der sie ihn vermuteten, weil ein schmaler Pfad hineinführte. Doch wegen des darin stehenden Wassers und der großen Finsternis konnten sie nicht hinein. Denn auch wenn sie Fackeln und Pechkränze anzündeten, um damit tiefer in die Höhle vorzudringen, verlöschten diese allesamt, bevor die Männer einen halben Steinwurf weit hineingelangt waren, womit sie viel Zeit unnütz vertaten.

Das 25. Kapitel. Die Holländer erleben eine wundersame Verwandlung, während sich Simplicius in seiner Festung verbirgt.

Als unsere Leute mir von ihren vergeblichen Anstrengungen berichteten und ich selbst hingehen wollte, um zu sehen, wie wir den Deutschen finden könnten, erschütterte ein Erdbeben die Insel so gewaltig, dass meine Begleiter glaubten, sie werde im nächsten Augenblick untergehen. Fast gleichzeitig wurde ich dringend zu den Matrosen gerufen, die an Land gegangen waren und von denen der größte Teil in einen seltsamen, sehr besorgniserregenden Zustand verfallen war. Da stand einer mit blankem Degen fechtend vor einem Baum und behauptete, er müsse den allergrößten Riesen besiegen. Ein anderer starrte freudig erregt in den Himmel und erklärte den anderen, als wäre es die reine Wahrheit, er sehe dort oben

Gott und die himmlischen Heerscharen in himmlischer Freude versammelt. Ein dritter starrte furchtsam und zitternd auf den Erdboden und behauptete, er sehe in der schrecklichen Grube vor sich den bösen Teufel samt seinem Gefolge wie in einem Abgrund herumwimmeln. Der Nächste schlug mit einem Prügel um sich, so dass ihm niemand näher kommen konnte, und doch schrie er, man möge ihm gegen all die Wölfe helfen, die ihn zerreißen wollten. Hier saß einer auf einem der Wasserfässer, die wir an Land gebracht hatten, um sie zu säubern und wieder zu füllen, gab ihm die Sporen und wollte es tummeln wie ein Pferd. Dort saß einer mit einer Angel auf dem trockenen Land und zeigte den anderen die Fische, die bald anbeißen würden. Mit einem Wort: Viel Köpf, viel Sinn – denn jeder hatte seine eigene, sonderbare Anwandlung, die sich mit der des anderen nicht vergleichen ließ. Einer kam zu mir gelaufen und sagte ganz ernsthaft: »Herr Kapitän, ich bitte Ihn um hunderttausend Gotteswillen, Er möge Gerechtigkeit walten lassen und mich vor den gräulichen Kerlen da beschützen!« Als ich ihn fragte, wer ihm denn Böses tun wolle, deutete er auf die anderen, die genauso närrisch und wirr im Kopf waren wie er, und antwortete: »Diese Tyrannen wollen mich zwingen, zwei Tonnen Hering, sechs westfälische Schinken und zwölf holländische Käse samt einer Tonne Butter auf einmal zu essen! Aber wie soll das gehen, Herr Kapitän? Es ist doch unmöglich. Ich müsste daran ersticken oder platzen!« Mit solchem Hokuspokus im Kopf liefen sie herum, was vielleicht ganz unterhaltsam gewesen wäre, wenn man gewusst hätte, dass es irgendwann auch wieder aufhört, ohne bleibende Schäden zu hinterlassen. Stattdessen wurde mir und den anderen, die noch bei klarem Verstand waren, angst und bange, weil immer mehr von unseren Leuten durchdrehten und wir selbst nicht wussten, wie lange wir von diesem seltsamen Zustand noch verschont bleiben würden.

Unser Schiffsgeistlicher, der ein sanftmütiger, frommer Mann war, und einige andere glaubten, der Deutsche, dem unsere Leute anfangs auf der Insel begegnet waren, müsse ein Heiliger, ein Freund und Diener Gottes sein, an dem dieser sein Wohlgefallen habe. Deshalb habe uns der Himmel gestraft, als unsere Leute begannen, ihm durch Abholzen der Bäume, Verwüstung seiner Anpflanzungen und Totschlagen der Vögel seinen Wohnsitz zu zerstören. Andere Diensthabende meinten jedoch, er könnte auch ein Zauberer sein, der uns mit Erdbeben und Wahnwitz von der Insel vertreiben oder hier gar umbringen wolle. Am besten wäre es, wenn wir ihn gefangen nähmen und zwängen, unseren Leuten ihren Verstand zurückzugeben. Jede Seite beharrte auf ihrer Meinung, aber mich beunruhigten sie beide, denn ich sagte mir: Wenn er ein Freund Gottes ist und diese Strafe seinetwegen über uns gekommen ist, dann wird Gott ihn auch weiter vor uns beschützen. Ist er aber ein Zauberer und imstande, solches Unheil zu stiften, wie wir mit eigenen Augen gesehen und am eigenen Leib erlitten haben, dann wird ihm auch noch mehr einfallen, so dass wir ihn nicht zu fassen kriegen. Und wer weiß? Vielleicht steht er gerade jetzt unsichtbar hier unter uns!

Schließlich fassten wir den Entschluss, ihn zu suchen und uns seiner zu bemächtigen, sei es im Guten oder mit Gewalt, und zogen noch einmal mit Fackeln, Pechkränzen und Laternen, in denen Kerzen brannten, zu der Höhle. Es erging uns aber wie beim ersten Mal. Wir vermochten kein Licht hineinzubringen, und auch das Wasser, die Finsternis und die scharfen Felsen hinderten uns daran, weiter vorzudringen, obwohl wir es mehrmals versuchten. Da fingen die einen an zu beten, die anderen begannen zu fluchen, und wir alle wussten in unseren Ängsten nicht mehr, was wir tun oder lassen sollten.

Als wir so in der finsteren Höhle standen und alle nur jammerten und klagten, weil wir weder aus noch ein wussten, hörten wir plötzlich von weit her die Stimme des Deutschen, der uns aus der Tiefe der Höhle zurief: »Ihr Herren, warum bemüht ihr euch vergeblich, zu mir und überhaupt hier hereinzukommen. Seht ihr denn nicht, dass es unmöglich ist? Wenn ihr mit dem, was euch Gott auf diesem Stück Land zur Stärkung beschert, nicht vorliebnehmen, sondern euch auch noch an mir, einem armen, nackten Mann, der nichts als sein Leben besitzt, bereichern wollt, dann kann ich euch nur sagen: Daraus wird nichts! Deshalb bitte ich euch um Christi, unseres Erlösers, willen – lasst ab von eurem Plan. Genießt die Früchte dieses Landes, aber lasst mich in Frieden und hier in meiner Zuflucht bleiben, in die mich eure fast tyrannischen Drohreden, die ich gestern in meiner Hütte mit anhören musste, getrieben haben, sonst kommt, was der liebe Gott verhüten möge, noch ein Unglück über euch.«

Da war guter Rat teuer. Doch unser Geistlicher besann sich und schrie zurück: »Wenn Euch gestern jemand belästigt hat, dann tut uns das von Herzen leid. Das waren einfache Matrosen, die von Anstand nichts wissen. Wir kommen nicht, um zu räubern und Beute zu machen. Wir wollen Euch um Rat fragen, wie unseren Leuten zu helfen sei, von denen die meisten auf dieser Insel den Verstand verloren haben. Außerdem würden wir mit Euch als einem Christen und Landsmann gern sprechen, möchten Euch, dem letzten Gebot unseres Erlösers gemäß, auch Liebe, Ehre, Treue und Freundschaft erweisen und Euch, wenn Ihr wollt, mit uns zurück in Euer Vaterland nehmen.«

Die Antwort darauf lautete, er habe gestern zwar deutlich gehört, wie wir über ihn dächten, er wolle aber, dem Gebot unseres Heilands folgend, Böses mit Gutem vergelten und uns nicht verheimlichen, wie unseren Leuten aus ihrem Wahnwitz herauszuhelfen sei. Wir sollten, so sagte er, denjenigen, die in diesen Zustand geraten seien, von den Pflaumen, mit denen sie ihren Verstand verschluckt hätten, auch die Kerne zu essen geben, dann würde es allen im Nu wieder bessergehen. Wir hätten, so sagte er, auch ohne seinen Rat darauf kommen können, denn bei den Pfirsichen sei es doch genauso – deren schädliche Kälte werde wettgemacht, wenn man nachher zum Ausgleich ihren hitzigen Kern esse.* Falls wir die Bäume, die jene Pflaumen tragen, nicht kennen würden, sollten wir auf die Inschrift achten, mit der jeder von ihnen bezeichnet sei:

Verwundere dich über meine Natur
*Ich mach es wie Circe, die Zauber-Hur.**

Diese Antwort und das, was der Deutsche anfangs gesagt hatte, zeigte uns, dass die Leute, die wir als Erste auf die Insel geschickt hatten, ihn erschreckt und dazu bewogen haben mussten, sich in diese Höhle zurückzuziehen. Wir erkannten auch, dass er ein Mann von deutscher Redlichkeit sein musste, weil er uns, obwohl unsere Leute ihn belästigt hatten, doch erklärte, wodurch sie den Verstand verloren hatten und wie sie wieder geheilt werden könnten. Da erst begriffen und bereuten wir, dass wir so böse und falsch über ihn gedacht hatten, und erkannten, dass wir zur Strafe hierfür in diese gefährliche, finstere Höhle geraten waren, aus der wir, so schien es uns, ohne Licht nicht wieder herauskommen konnten, weil wir uns viel zu tief hineingewagt hatten. Deshalb erhob unser Geistlicher seine Stimme noch einmal und rief in flehendem Ton: »Ach, redlicher Landsmann! Diejenigen, die Euch gestern mit ihren losen Reden gekränkt haben, sind einfache Leute gewesen, die schlimmsten Grobiane von unserem Schiff. Jetzt hingegen steht hier der Kapitän mit seinen vornehmsten Offizieren und möchte Euch um Verzeihung bitten, Euch freundlich begrüßen und Euch anbieten, alles für Euch zu tun, was in unseren Kräften steht, und Euch, wenn Ihr wollt, aus dieser trübseligen Einsamkeit wieder mit uns nach Europa zu nehmen.«

Doch die Antwort lautete, er bedanke sich zwar für unser freundliches Angebot, sei aber nicht gewillt, irgendetwas davon anzunehmen. Denn wie er durch Gottes Gnade nun schon fünfzehn Jahre in der größten Annehmlichkeit an diesem Ort alle Hilfe und Gesellschaft von Menschen habe entbehren können, so habe er auch noch nicht den Wunsch, nach Europa zurückzukehren und törichterweise sein jetziges vergnügliches Leben durch eine so weite und gefährliche Reise in ein ruheloses, immerwährendes Elend zu verwandeln.

Das 26. Kapitel. Nachdem sich Simplicius mit seinen Belagerern geeinigt hat, kommen seine Gäste wieder zur Vernunft.

Nach dieser Mitteilung hätte uns der Deutsche eigentlich nicht weiter zu kümmern brauchen, wenn wir nur aus seiner Höhle hätten herauskommen können. Aber es war unmöglich, zum einen, weil uns das nötige Licht fehlte, zum anderen aber auch, weil wir auf die Hilfe der Unsrigen nicht zählen konnten, die in ihrer Verrücktheit noch immer auf der Insel herumtobten. Deshalb hatten wir große Angst und versuchten, den Deutschen mit goldenen Worten zu überreden, uns aus der Höhle zu helfen. Er jedoch ließ sich auf nichts ein, bis wir ihm unsere Lage und die unserer Leute draußen in bewegenden Worten vor Augen stellten und er selbst einsah, dass wir uns ohne seinen Beistand auch untereinander nicht helfen konnten. Im Namen Gottes des Allmächtigen hielten wir ihm vor, wenn er uns aus Eigensinn sterben und verderben ließe, würde er sich am Jüngsten Tag dafür verantworten müssen, und fügten hinzu, falls er uns nicht helfe, lebendig aus der Höhle zu kommen, werde er uns, nachdem wir darin zugrunde gegangen seien, eben tot herausschleppen müssen und werde dann auf der Insel wohl noch etliche andere Tote finden, die allen Grund hätten, ewige Rache auf sein Haupt herabzuwünschen, weil er ihnen nicht rechtzeitig geholfen hatte, bevor sie sich, wie zu befürchten sei, in ihrem Wahnsinn gegenseitig umbrachten. Nach so viel gutem Zureden versprach er endlich, uns aus der Höhle zu führen. Vorher allerdings mussten wir ihm noch in christlicher Treue und alter deutscher Redlichkeit versprechen, fünf Bedingungen wahrhaftig, beständig, fest und unverbrüchlich einzuhalten.

Erstens – dass wir diejenigen, die wir als Erste auf die Insel geschickt hatten, wegen dem, womit sie sich an ihm vergangen hatten, weder mit Worten noch mit Taten strafen würden; zweitens – dass im Gegenzug auch vergeben und vergessen sein solle, wie er, der Deutsche, sich vor uns versteckt habe und so lange auf unser Bitten und Drängen nicht habe eingehen wollen; drittens – dass wir ihn als freien, niemandem unterworfenen Menschen nicht gegen seinen Willen dazu bringen dürften, mit uns nach Europa zu fahren; viertens – dass wir keinen von uns auf der Insel zurücklassen sollten; und fünftens – dass wir niemandem, weder schriftlich noch mündlich und erst recht nicht mit einer Seekarte, kundtun und offenbaren dürften, wo und unter welchem Breitengrad diese Insel liege.

Kaum hatten wir ihm all dies versprochen, da zeigte er sich mit vielen Lichtern, die wie Sterne aus der Finsternis hervorstrahlten. Wir sahen sofort, dass es kein Feuer war, denn Haar und Bart hingen ihm voll davon und wären ihm in diesem Falle doch verbrannt. Wir glaubten, es seien lauter Karfunkel, von denen es heißt, sie würden im Finstern leuchten. Nun stieg er zwischen den Felsen langsam herab, musste an vielen Stellen durchs Wasser waten und kam uns auf verschlungenen Wegen, die wir nie und nimmer gefunden hätten, auch wenn wir im Besitz von Licht gewesen wären, langsam näher. Es war wie in einem Traum und nicht wie in einer wahren Geschichte, und der Deutsche glich eher einem Gespenst als einem wirklichen Menschen, so dass einige von uns glaubten, nun seien auch wir, wie unsere Leute draußen auf der Insel, dem unsinnigen Wahn verfallen.

Als er nach einer halben Stunde – denn so lange brauchte er für den beschwerlichen Weg – bei uns ankam, gab er jedem nach deutscher Sitte die Hand, hieß uns freundlich willkommen und bat um Verzeihung dafür, dass er so lange gezögert hatte, uns wieder ans Tageslicht zu bringen. Dann reichte er jedem eines von seinen Lichtern. Aber das waren keine Edelsteine, sondern schwarze Käfer, so groß wie die Hirschkäfer in Deutschland. Unten am Hals hatten sie einen weißen Fleck von der Größe eines Pfennigs, der im Finstern viel heller leuchtete als jede Kerze, so dass wir dank dieser wundersamen Lichter mit unserem Deutschen glücklich wieder aus der grausigen Höhle kamen.

Er war ein großer, kräftiger, wohlgestalter Mann mit geraden Gliedmaßen und von lebhafter Farbe, mit korallenroten Lippen, hübschen schwarzen Augen und sehr heller Stimme. Das lange Haar und der Bart waren schwarz, nur hier und da mit ein paar grauen Haaren durchsetzt. Das Haar hing ihm bis über die Hüfte, der Bart bis über den Nabel hinunter. Um die Scham trug er einen Schurz aus Palmblättern und auf dem Kopf einen breiten, aus Binsen geflochtenen Hut, der mit Gummi überzogen war und vor Regen und Sonne gleichermaßen Schutz bot. Im Übrigen sah er ungefähr so aus, wie die Papisten ihren heiligen Onuphrius* darstellen.

In der Höhle wollte er nicht weiter mit uns sprechen, aber sobald wir draußen waren, erklärte er uns den Grund hierfür. Es verhalte sich mit ihr so, dass, wenn man drinnen großen Lärm mache, die ganze Insel davon erschüttert werde und ein solches Erdbeben entstehe, dass man glauben könnte, sie werde untergehen. Als sein Kamerad noch gelebt habe, hätten sie das viele Male ausprobiert. Uns fiel hierzu das große Erdloch in der Nähe der Stadt Wyborg in Finnland ein, von dem Johannes Rauhe im Kapitel 22 seiner *Kosmographie* berichtet.* Außerdem tadelte er uns dafür, dass wir die Höhle so leichtfertig betreten hätten, und erzählte, er und sein Kamerad hätten ein ganzes Jahr damit verbracht, einen Weg hinein zu erkunden, was ihnen aber, wenn sie jene Käfer nicht gehabt hätten, auch in vielen Jahren nicht gelungen wäre, weil in ihrem Inneren eben alle Feuer verlöschen.

Unterdessen näherten wir uns seiner Hütte. Die Unseren hatten sie geplündert und verwüstet, was mich sehr ärgerte. Er aber betrachtete sie ungerührt und ließ durch nichts erkennen, dass ihm hiermit ein Leid widerfahren sei. Er fing sogar an, mich zu trösten, indem er sagte, es sei ja gegen meinen Willen und meinen Befehl geschehen, und wer könne schon wissen, wozu dies alles gut sei – vielleicht auch dazu, ihm selbst deutlich zu machen, wie weit er sich der Anwesenheit und der Gesellschaft der Menschen, vor allem aber der Christen und seiner europäischen Landsleute erfreuen könne. Die Beute, die die Zerstörer seiner armen Behausung gemacht hätten, belaufe sich auf nicht mehr als dreißig Dukaten in klingender Münze, und die gönne er ihnen gern. Der größte Verlust sei allerdings ein Buch, in dem er mit vieler Mühe sein ganzes Leben geschildert habe und wie er schließlich auf diese Insel gekommen sei. Doch auch dies könne er leicht verschmerzen, denn er könne ja ein zweites anfertigen, wenn wir ihm nur nicht alle Palmen abhauten und ihn selbst am Leben ließen. Nun drängte er aber selbst zur Eile, um denen, die ihren Verstand mit den Pflaumen verschluckt hatten, so rasch wie möglich zu helfen.

So kamen wir zu den besagten Bäumen, bei denen anfangs die Kranken und die Gesunden ihr Lager aufgeschlagen hatten. Nun bot sich uns hier ein abenteuerlicher Anblick. Kein Einziger war dort noch bei Sinnen. Die wenigen, die ihren Verstand behalten hatten, waren vor den Verrückten entweder auf das Schiff geflohen oder hatten sich irgendwo auf der Insel versteckt. Der Erste, der uns begegnete, war ein Büchsenmeister. Auf allen vieren kam er angekrochen, grunzte wie eine Sau und sagte immerzu: »Malz, Malz« – denn weil er sich einbildete, er sei eine Sau, wollte er, dass wir ihm Malz zu fressen gaben. Auf Anraten des Deutschen gab ich ihm ein paar von den Kernen jener Pflaumen, mit denen sie alle ihren Grips verschluckt hatten, und versicherte ihm, wenn er die gegessen habe, werde er bald gesund werden. Und tatsächlich – kaum hatte er sie zu sich genommen und in sich warm werden lassen, da richtete er sich auf und fing wieder an, vernünftig zu reden. Genauso heilten wir auch alle anderen in weniger als einer Stunde. Man kann sich vorstellen, wir froh ich darüber war und wie sehr ich mich dem Deutschen verpflichtet fühlte, denn ohne seine Hilfe und seinen Rat wären wir mit der ganzen Mannschaft, dem Schiff und allen Gütern bestimmt zugrunde gegangen.

Das 27. Kapitel. **Schluss dieses ganzen Werkes und Abschied der Holländer.**

Nachdem sich unsere Lage so sehr gebessert hatte, ließ ich den Trompeter zum Sammeln blasen, um auch die wenigen Gesunden herbeizurufen, die sich ihren Verstand bewahrt hatten und irgendwo auf der Insel herumirrten. Als alle wieder beisammen waren, stellte sich heraus, dass trotz allem Drunter und Drüber kein Einziger verlorengegangen war. Deswegen hielt unser Kaplan eine schöne Predigt, in der er die Wunder Gottes pries und besonders den Deutschen, der ziemlich missmutig zuhörte, so sehr lobte, dass der Matrose, der sich sein Buch und die dreißig Dukaten unter den Nagel gerissen hatte, beides aus freien Stücken wieder herausgab und ihm zu Füßen legte. Aber der Deutsche wollte das Geld nicht mehr, sondern bat mich, es mit nach Holland zu nehmen und dort zum Andenken an seinen verstorbenen Kameraden armen Leuten zu schenken. »Auch wenn ich tonnenweise Gold hätte«, sagte er, »könnte ich doch nichts damit anfangen.« Das vorliegende Buch aber, das ich dem

Herrn hiermit übersende, schenkte mir der Deutsche zur freundlichen Erinnerung an ihn.

Ich ließ vom Schiff Arak, spanischen Wein, einige westfälische Schinken und anderes holen, und ließ – zu seiner Ehre und um ihn zu bewirten – auch kochen und braten. Er aber nahm von solchen Höflichkeiten nichts an, sondern begnügte sich mit sehr wenigem, nämlich der einfachsten Speise, was dem deutschen Wesen und deutscher Lebensart, soweit man hört, vollkommen zuwider ist. Unsere Leute hatten ihm seinen ganzen Vorrat an Palmwein weggesoffen, deswegen begnügte er sich mit Wasser, wollte weder spanischen noch Rheinwein trinken und war dennoch fröhlich, weil er sah, dass wir lustig waren. Seine größte Freude aber bestand darin, sich um die Kranken zu kümmern, die er allesamt mit der Aussicht auf rasche Wiederherstellung tröstete. Er sagte auch, es freue ihn sehr, dass er den Menschen und besonders den Christen, die seine Landsleute seien, nachdem er sie so viele Jahre habe entbehren müssen, nun einmal zu Diensten sein könne. Er war sowohl ihr Koch als auch ihr Arzt, denn er besprach mit unserem Medicus und Barbier in allen Einzelheiten, was bei jedem Patienten zu tun und zu lassen sei, weshalb ihn Offiziere und Mannschaft fast wie einen Abgott verehrten.

Ich überlegte, wie ich ihm meinerseits zu Diensten sein könnte. Ich hielt ihn bei mir und ließ unsere Zimmerleute ohne sein Wissen eine neue Hütte für ihn errichten, ähnlich den hübschen Gartenhäusern bei uns in Holland. Dabei war mir klar, dass er weit mehr verdient hatte, als ich für ihn tun konnte oder er von mir annehmen wollte. Unsere Gespräche waren sehr freundschaftlich, aber leider viel zu kurz, und wenn ich etwas fragte, das ihn selbst und sein Leben betraf, verwies er mich auf das hier beigefügte Buch und sagte, darin habe er ausführlich genug beschrieben, woran zu denken ihn jetzt nur noch verdrießen würde. Als ich ihm vorschlug, er solle trotzdem wieder unter Menschen gehen, damit er nicht eines Tages einsam wie ein unvernünftiges Tier sterben müsse, und gerade jetzt biete sich ihm doch ein gute Gelegenheit, mit uns in sein Vaterland zurückzukehren, da antwortete er: »Mein Gott, wozu bedrängt Ihr mich? Hier ist Frieden, dort ist Krieg. Hier weiß ich nichts von Hochmut, von Geiz, von Zorn, von Neid und Eifersucht, von Falschheit, Betrug und allen möglichen Sorgen um Nahrung und Kleidung oder Ehre und Ansehen. Hier ist eine stille Einsamkeit ohne Zorn, Hader und Zank, eine Sicherheit vor unnützen Begierden, eine Bastion gegen alle unordentlichen Gelüste, ein Schutz gegen die vielfältigen Fallstricke der Welt und eine stille Ruhe, in der man allein dem Allerhöchsten dienen, seine Wunder bedenken und ihn loben und preisen kann. Als ich noch in Europa lebte, war da – ach, was für ein Jammer, dass man so etwas von Christen sagen muss – nichts als Krieg, Brand, Mord, Raub, Plündern, Frauen- und Jungfrauenschänden. Als aber die Güte Gottes diesen Plagen samt der schrecklichen Pest und dem grausamen Hunger schließlich ein Ende machte und dem armen, bedrängten Volk zu seinem Wohl wieder den edlen Frieden schickte, da traten aufs Neue alle möglichen Laster des Wohllebens hervor – Fressen, Saufen, Glücksspiel, Hurerei, Knabenschänden, Ehebruch –, die den ganzen Schwarm der übrigen Laster nach sich ziehen, bis es endlich so weit kommt, dass jeder ganz offen daran arbeitet, sich selbst durch Unterdrückung des anderen groß zu machen, und dabei keine List, keinen Betrug und keine Intrige auslässt. Am schlimmsten ist aber, dass keine Hoffnung auf Besserung besteht, da jeder glaubt, wenn er an acht Tagen in die Kirche geht und sich einmal im Jahr zum Schein mit Gott versöhnt*, habe er als frommer Christ nicht nur seine Pflicht getan, sondern Gott sei ihm für diese halbherzige Andacht auch noch etwas schuldig. Warum sollte ich zu solchen Leuten zurückkehren wollen? Müsste ich, wenn ich diese Insel, auf die mich der liebe Gott wunderbarerweise versetzt hat, wieder verließe, nicht fürchten, dass es mir auf dem Meer wie dem Jonas ergeht? Nein!«, sagte er. »Davor möge Gott mich behüten.«

Als ich sah, dass er keinerlei Lust verspürte, mit uns zu kommen, machte ich einen neuen Anlauf und fragte ihn, wie er sich denn so einsam und allein ernähren und durchschlagen könne. Und ob er sich nicht fürchte, so viele hundert und tausend Meilen entfernt von anderen guten Christenmenschen zu leben? Und vor allem, ob ihm der Gedanke an die Stunde seines Todes keine Sorge mache – wer ihm dann mit Trost und Gebet und, falls er krank sei, mit Pflege und Hilfe beistehen würde? Ob er dann nicht von aller Welt verlassen wäre und wie ein Tier oder Vieh verenden müsse? Worauf er mir antwortete, was seine Ernährung angehe, versorge ihn die Güte Gottes mit mehr, als tausend Leute wie er verzehren könnten. Das ganze Jahr über habe er so gut wie jeden Monat eine andere Sorte Fisch zu essen, die alle zu der Insel kämen, um in deren süßem Wasser oder davor zu laichen. Eine ähnliche Wohltat Gottes seien ihm all die Vögel, die sich zu bestimmten Zeiten bei ihm niederließen, sei es, um auszuruhen und zu fressen, sei es, um Eier zu legen und Junge auszubrüten. Von der Fruchtbarkeit der Insel, die ich ja mit eigenen Augen sähe, wolle er gar nicht sprechen. Was aber die Hilfe der Menschen angehe, die ihm bei seinem Hinscheiden fehlen werde, so bereite ihm dieser Gedanke nicht den geringsten Kummer, wenn er nur Gott zum Freund habe. Solange er bei den Menschen in der Welt gelebt habe, hätten ihm Feinde stets mehr Verdruss bereitet, als Freunde ihm Freude gemacht hätten, und selbst die Freunde machten einem oft mehr Unannehmlichkeiten, als man von einer Freundschaft erhoffen sollte. Wenn er hier keine Freunde habe, die ihn liebten und ihm zu Diensten seien, so habe er doch auch keine Feinde, die ihn hassten – und zum Sündigen könnten einen die einen genauso verführen wie die anderen. Das bleibe ihm hier nun erspart, so dass er umso geruhsamer Gott dienen könne. Anfangs habe er zwar viele Versuchungen erdulden und bestehen müssen, die teils aus ihm selbst erwachsen, teils vom Erbfeind aller Menschen ausgegangen seien, doch immer wieder habe er in den Wunden seines Erlösers, die inzwischen seine einzige Zuflucht seien, Hilfe, Trost und Rettung gesucht und gefunden.

Bei solchen Gesprächen verbrachte ich meine Zeit mit dem Deutschen. Unterdessen ging es unseren Kranken von Stunde zu Stunde besser, so dass am vierten Tag kein einziger mehr Beschwerden hatte. Wir besserten am Schiff aus, was nötig war, nahmen frisches Wasser und anderes von der Insel an Bord und fuhren, nachdem wir uns sechs Tage auf der Insel genügend ermuntert und erholt hatten, am siebten Tag nach der Insel Sankt Helena ab, wo wir einen Teil der Schiffe unserer Flotte fanden, die ebenfalls ihre Kranken pflegten und auf die übrigen Schiffe warteten. Von dort sind wir dann glücklich hierher nach Holland gelangt.

Anbei erhält der Herr auch einige von den leuchtenden Käfern, mit denen ich und der Deutsche die genannte Höhle noch einmal besucht haben, die wahrhaftig eine gruselige Wunderspelunke ist. Drinnen lagerten zahlreiche Eier, die sich, wie mir der Deutsche sagte, dort ein ganzes Jahr lang halten, weil es eher kühl als kalt dort ist. Im hintersten Winkel der Höhle verwahrte er Hunderte dieser Käfer. Deshalb war es dort so hell wie in einem Zimmer, in dem viel zu viele Kerzen brennen. Er erzählte mir, die Käfer würden zu einer gewissen Jahreszeit aus einer bestimmten Sorte Holz hervorwachsen, würden dann aber binnen vier Wochen von einer Gattung fremder Vögel, die um diese Zeit ankommen und Junge ausbrüten, allesamt aufgefressen, so dass auch er sich einen Vorrat von ihnen anlegen müsse, um sie das Jahr über anstelle von Kerzen vor allem in der Höhle zu gebrauchen. Dort behielten sie das ganze Jahr über ihre Kraft, während die leuchtende Feuchtigkeit an der Luft rasch austrockne, so dass sie, wenn sie nur acht Tage tot seien, schon nicht mehr den geringsten Schein von sich gäben. So hatte der Deutsche allein mit diesen armseligen Käfern die ganze Höhle für sich erkundet und zu einem sicheren Aufenthalt gemacht – und wir hätten ihn mit keiner Macht der Welt, selbst wenn wir hunderttausend Mann stark gewesen wären, gegen seinen Willen daraus hervorholen können.

Wir schenkten ihm bei unserer Abreise eine Lupe, so dass er mit Hilfe der Sonne Feuer machen konnte. Es war das Einzige, was er sich von uns erbat. Obwohl er sonst nichts annehmen wollte, ließen wir ihm eine Axt, eine Schaufel, eine Hacke, zwei große Stücke Baumwollstoff aus Bengalen, ein halbes Dutzend Messer, eine Schere, zwei Kupferkessel und außerdem ein paar Kaninchen da, um zu erproben, ob sie sich auf der Insel vermehren würden. So nahmen wir denn sehr freundlich Abschied voneinander. Im Übrigen halte ich diese Insel für den gesündesten Ort auf der ganzen Welt, denn unsere Kranken sind dort binnen fünf Tagen alle miteinander wieder zu Kräften gekommen, und der Deutsche selbst hat in der ganzen Zeit, die er dort verbrachte, von einer Krankheit nie etwas an sich wahrgenommen.

Schluss

Hochverehrter, wohlgeneigter, lieber Leser! Dieser *Simplicissimus* ist ein Werk von Samuel Greifnson vom Hirschfeld. Ich habe es nämlich nach dessen Ableben unter seinen hinterlassenen Schriften gefunden, und außerdem bezieht er selbst sich in diesem Buch auf den von ihm verfassten *Keuschen Joseph* und in seinem *Satirischen Pilger* wiederum auf diesen seinen *Simplicissimus,* den er teils schon in seiner Jugend geschrieben hat, als er noch ein Musketier war. Warum er hier aber seinen Namen durch Umstellung der Buchstaben verändert und statt jenes Namens nun German Schleifheim von Sulsfort auf die Titelseite gesetzt hat, weiß ich nicht. Im Übrigen hat er noch mehr scharfsinnige satirische Dichtungen hinterlassen, die, wie ich dem Leser nicht verhehlen möchte, ebenfalls sehr wohl gedruckt und an den Tag gegeben werden könnten, wenn dieses vorliegende Werk Anklang finden sollte. Diesen letzten Teil habe ich nicht zurückhalten wollen, nachdem er selbst die ersten fünf Teile schon bei Lebzeiten zum Druck befördert hatte. Der Leser lebe wohl. Rheinnec, den 22. April anno 1668.

H. J. C. V. G.
P. zu Cernhein*

ANHANG

Anmerkungen

Titelkupfer und Titelseite

8 *Das Titelkupfer* – mit seinen Verszeilen tritt an die Stelle einer Vorrede. Man vermutet, Grimmelshausen selbst habe es entworfen oder zumindest erdacht – möglicherweise im Gedanken an Horaz, der die Beschreibung eines lächerlichen Wesens aus wahllos zusammengewürfelten Gliedern an den Beginn seiner *Ars Poetica* stellt, um daran eine Erörterung über Freiheit und Willkür in der Kunst anzuschließen. – Nach einer falschen, im 17. Jh. aber geläufigen Etymologie wurde die Satire mit den Satyrn, den antiken Waldgöttern, in Verbindung gebracht. Das satyrhafte Mischwesen des Kupferstichs ist aus heterogenen menschlichen und tierischen Körperteilen zusammengesetzt, ein »monstrum compositum«, das als Sinnbild sowohl für den inneren Zustand der Titelgestalt als auch für den aus vielfältigen Form- und Stoffelementen zusammengesetzten Roman stehen könnte. Die beiden ausgestreckten Finger der Hand vor dem Buch scheinen nicht auf etwas zu zeigen, sondern formen – abgesehen davon, dass sie das Buch aufgeschlagen halten – eine Geste der Verhöhnung, des »Hörneraufsetzens«. Die Zeichnungen auf den Seiten des Buches lassen sich als bildliche Stichwörter zur Erzählung des Romans deuten: Krone, Birett der Geistlichen, Narrenkappe, Geldbeutel und Münzen, Kanone, Würfel, Fliege (Biene?), Festungsturm, Trinkglas, Wickelkind, Degen, Stadt mit Kirchtürmen, Baum, Segelschiff (im Sturm?),

Laus (Floh?), Salbentopf, Kröte (?). Die Masken zu Füßen des Monstrums könnten auf Vermummung und das Spiel mit Rollen und Pseudonymen hindeuten.

9 *Mompelgart* – Der fiktive Druckort, Montbeliard, dt. Mömpelgard, zwischen Mulhouse und Besançon gelegen, gehörte damals und bis 1792 zu Württemberg.

Johann Fillion – Pseudonym für Wolff Eberhard Felßecker, der das auf 1669 vordatierte Buch schon 1668 in Nürnberg herausbrachte.

Erstes Buch

15 *Zuckerbastels Diebeszunft in Prag* – Eine von einem Zuckersieder geführte Diebsbande in Prag aus Niclas Uhlenharts *Historia von Isaak Winckelfelder und Jobst von der Schneidt,* Augsburg 1617.

16 *edler Baum, auf dem Bratwürste ... wachsen* – Im Schlaraffenland.

mit Minerva um die Wette – Arachne, die Minerva-Athene zum Wettstreit aufforderte, wurde von dieser schließlich in eine Spinne verwandelt. Ovid, *Metamorphosen,* 6. Buch.

Fenster ... aus Papier ... Murano – Die Stadt in der Nähe Venedigs war berühmt für ihre Glaswaren. Von der langwierigen Verfertigung des Papiers aus Hanf und Flachs handeln die Kap. 11 und 12 der Continuatio.

18 *Amphisteides* - Ein exemplarischer Dummkopf der griechischen Komödie.

Suidas – Bis ins 20. Jh. fälschlich für einen griechischen Historiker gehalten – in Wirklichkeit Titel einer byzantinischen Enzyklopädie: Suda = evtl. »Bollwerk« (gegen die Unwissenheit). G. hat seine Kenntnis jedoch aus seiner wichtigsten Quelle: Thomaso Garzoni, *Piazza Universale, d.i. Allgemeiner Schauplatz oder Markt und Zusammenkunfft aller Professionen, Künsten ...,* Frankfurt 1619.

19 *Bubulci … – Bubulci*: Ochsentreiber; *Statilii*: diese römische Familie hatte den Beinamen *tauros*, Stiere; *Vituli*: vitulus, Kalb; *Vitellii*: Kälbchen; *Annii, Caprae*: zwei römische Viehzüchterfamilien.

20 *Cornutus* – Stoischer Philosoph, Verfasser eines Werkes über die Natur der Götter.

Mescha – 2. Könige 3,4.

Ismail Sophi – Schah Ismail I., 1485–1524.

Philon der Jude – Philon (Iudaeus) von Alexandria (gest. 40 n. Chr.).

21 *Bub, bis fleißig …* – Bub, sei fleißig. Lass die Schafe nicht zu weit voneinander laufen, und spiel wacker auf der Sackpfeife, dass der Wolf nicht kommt und Schaden tu, denn er ist ein solcher vierbeiniger Schelm und Dieb, der Menschen und Vieh frisst. Und wenn du aber fahrlässig bist, will ich dir den Buckel vollhauen. – Knan, sag mir auch, wie der Wolf aussieht! Ich hab noch keinen Wolf gesehen. – Ach, du dummer Esel, du bleibst dein Leben lang ein Narr. Ich möchte wissen, was aus dir werden wird. Bist schon so ein großer Tölpel und weißt noch nicht, was der Wolf für ein vierfüßiger Schelm ist.

22 *Podagra* – Gicht.

23 *Kürassiere* – Mit einem Brustharnisch (»Kürass«) gepanzerte Reiter.

25 *das Goldene Vlies von Kolchis* – In der griechischen Mythologie das Fell des Goldenen Widders in Kolchis, zu dessen Eroberung die Argonauten ihre große Fahrt unternahmen.

28 *Junge, komm heröver …* – Junge, komm herüber, oder – soll mich der Teufel holen – ich schieße dich, dass dir der Dampf zum Hals herausgeht.

30 *Sankt Wilhelmus* – Der hl. Wilhelm von Maleval wird oft in eine Rüstung oder ein Kettenhemd geschmiedet oder mit Eisenketten umwunden dargestellt.

30 *der große Antonius* – Die Legende des hl. Antonius Eremita, der als Einsiedler ein Felsengrab in der ägyptischen Wüste bewohnte, lebt vor allem von der Vielzahl der Dämonen und Teufel, die ihn heimgesucht haben.

31 *Komm, Trost der Nacht ...* – Dieses Lied ist eine Nachdichtung von Philipp Nicolais »Wie schön leucht uns der Morgenstern« von 1599.

35 *Kerb* – Hessisch für Kirmes, Kirchweih.

38 *Sankt Gertraud* – Der Festtag der hl. Gertrud von Nivelles, der Patronin der Feld- und Gartenfrüchte, am 17. März bezeichnet den Beginn der Feldarbeit.

39 *Aristoteles im 3. Buch von De anima* – Aristoteles, »Von der Seele«, III, 4.

Averroes – Arabischer Philosoph (1126–1198), verfasste Kommentare zu den meisten Werken des Aristoteles.

Simplicius – Von lateinisch: *simplex* – einfach, einfältig; *simplicitas* – die Einfachheit, Offenheit, Natürlichkeit, Einfalt, Naivität.

43 *Gideons Krieger* – Vgl. Buch der Richter 7,5–7.

45 *unter Wasser ... wie die Stadt Villingen* – Bei einer langen Belagerung im Jahre 1634 versuchten die Schweden, Villingen durch Aufstauen der Brigach unter Wasser zu setzen.

48 *Gladiatorenspiele* – In ihren Anfängen im 3. Jh. v. Chr. waren Gladiatorenspiele ein fester Bestandteil von Begräbnisfeierlichkeiten.

49 *Timon* – Ein legendärer Sonderling und Misanthrop im Athen des 5. Jh. v. Chr., vor allem bekannt durch einen Dialog des Lukian und Shakespeares Drama »Timon von Athen«.

Berge zu Haar – G. verdreht die Wörter wohl absichtlich.

52 *Fouragieren* – Zunächst das oft gewaltsame Beschaffen von »Fourage«, d.h. Heu, Hafer, Stroh und allem, was zum Unterhalt der Pferde einer Truppe nötig ist,

dann das Plündern allgemein, samt Brandschatzen, Vergewaltigung und Massaker. Die Fouragiertrupps werden auch als »Partei« bezeichnet. So nimmt der Ausdruck »auf Partei gehen« die Bedeutung von Fouragieren und Plündern an. G. gibt selbst eine anschauliche Erklärung des Begriffs in Buch 2, Kap. 15, S. 162.

54 *jagte ihm ... eine Kugel an die Stirn* – Der erste einer Reihe von Kriegern im *Simplicissimus*, die sich durch Magie »kugelfest«, d. h. unverwundbar gemacht haben.

55 *Auf jedem Wipfel saß ein Adeliger* – Hier beginnt die sog. »Ständebaum-Allegorie« (Kap. 15-18).

Partisanen – Stoßwaffe mit breiter, zweischneidiger Eisenspitze, ähnlich der Hellebarde.

58 *Pikenieren* – Piken- oder Spießträger.

die mit den Fähnlein – Die Fähnriche, der unterste Offiziersgrad.

60 *Ein junger Stier wird vorgestellt ...* – Nach der Emblamata-Sammlung von J. W. Zincgref, *Sapientia Picta*, 1624. Die Zeile »trotz dem von vielen Jahren« ist wohl so zu verstehen: Trotz dem anderen, der viele Jahre älter ist.

in den Gesetzen des Honorius über die Ehrenämter – Sie bilden einen Teil des *Corpus Iuris Civilis*, der Gesetzessammlung des Kaisers Justinian.

61 *Johannes de Platea* – Rechtsgelehrter in Bologna (15. Jh.).

Seneca – Römischer Dichter und Philosoph (4 v. Chr. – 65 n. Chr.). *Epistulae morales ad Lucilium*, 39,2.

Faustus Poeta – Publius Faustus Andrelinus, italienischer Humanist (1450–1517).

Glückssoldaten – Bei G. »Soldaten von Fortün« – häufig mit »Glücksritter« gleichgesetzt, im Grunde aber: nichtadelige Offiziere.

62 *Die Lampe leucht' dir fein ...* – Ebenfalls nach Zincgref. Vgl. Anm. zu S. 60.

63 *Johann von Werth* – Kaiserlich-bayerischer Reiterführer bäuerlicher Herkunft (1595–1652).

63 *Stallhans* – Torsten Stålhandske (1594–1644), schwedischer Reiterführer, zuvor Schneider.

der Kleine Jacob – Jacob Mercier (1588–1633), schwedisch-hessischer Heerführer, zunächst Schuster.

Saint-André – Daniel Rollin von Saint-André (1602–1661), schwedisch-hessischer Heerführer, zuvor wahrscheinlich Schäfer. 1635 Kommandant von Lippstadt, vgl. Buch 3, Kap. 15.

Tamerlan – Timur Lenk (ca. 1335–1405), Herrscher in Zentralasien. Die Liste von Aufsteigern aus kleinen Verhältnissen übernimmt G. aus Garzoni, *Piazza Universale*, 19. Diskurs: »Von Nobilisten oder Edelleuten« .

Johannes Tzimisces kam aus der Schule – Johannes I. Tzimiskes (924–976), Kaiser von Byzanz seit 969, kam durch den Sturz und die Ermordung seines Vorgängers Nikephoros II. Phokas an die Macht.

64 *Die Steineich, durch den Wind getrieben ...* – Ebenfalls nach Zincgref. Vgl. Anm. zu S. 60.

65 *Schlacht bei Nördlingen* – Am 6. September 1634, ein Sieg der kaiserlichen Truppen über die Schweden und ihre Verbündeten.

66 *Gelnhausen* – Das protestantische Gelnhausen, der Geburtsort von G., wurde im September 1634 und noch einmal im Januar 1635 von kaiserlichen Truppen heimgesucht. Nur bei dieser zweiten Gelegenheit waren Truppen des auf der Seite der Schweden kämpfenden Herzogs Bernhard von Weimar (1604–1639) in der Stadt. G. fasst die beiden Geschehnisse offenbar zusammen, denn die Romanhandlung ist hier ja nicht im Winter, sondern in der Erntezeit angesiedelt.

67 *Fernambuk* – Aus dem brasilianischen Rotholz gewonnener Farbstoff – auch zum Schreiben geeignet. Es ist der »Brasiliensaft«, mit dem der Einsiedler auf der Kreuzinsel schließlich auch das vorliegende Buch auf Palmblätter schreibt. Continuatio, Kap. 23.

69 *Dragoner* – Soldaten, die sich zu Pferd fortbewegen, aber als Infanteristen kämpfen. Sie werden als Schutztruppe für die reguläre, schwere Reiterei eingesetzt.

70 *Simplicius … einer vom rechten Kraut* – Als *Simplicia* wurden in der alten Medizin die einfachen, unzusammengesetzten Arzneimittel bezeichnet, z. B. Samen, Wurzeln und Kräuter.

71 *Steckenknecht* – Der für Prügeln und Foltern zuständige Gehilfe des Henkers oder des Profoss, der die Feldpolizei und die Militärgerichtsbarkeit unter sich hat.

74 *Hofmeister* – Verwalter, Oberaufseher des Hofes, Aufseher über das Gesinde.

75 *papistische Bücher über das Leben der alten Eremiten* – Mönchs- und Einsiedlerlegenden, die bei den Papisten – den Katholiken – in weitaus höherem Ansehen standen als bei den Lutheranern.

Schlacht bei Höchst – Bei Höchst am Main schlug die Armee der katholischen Liga unter Tilly am 22. Juni 1622 die Truppen des Herzogs Christian von Braunschweig. 1622 erweist sich so als das Geburtsjahr des Simplicissimus. Es könnte auch dasjenige von G. sein.

76 *Mansfelder* – Ernst, Graf von Mansfeld (1580–1626), Söldnerführer der protestantischen Union, als solcher an der Schlacht bei Höchst beteiligt und unterlegen.

78 *Hanau war … blockiert* – Anders als die auf Einnahme einer Festung zielende Belagerung bezweckt eine Blockade nur die Absperrung eines Ortes oder Gebietes vom Verkehr, insbesondere vom Handelsverkehr.

80 *Ramsay* – James Ramsay (ca. 1589–1638), schwedischer Heerführer von schottischem Adel, 1634–1638 Gouverneur von Hanau, verhinderte 1635/36 eine Einnahme der Stadt durch die Kaiserlichen.

81 *»Richtet nicht …«* – Luk. 6,37.

82 *»Offenbar sind aber die Werke des Fleisches …«* – Galater 5,19–21.

84 *dem Bacchus und der Ceres* – Der Gott des Weines steht hier für die Trunksucht, die Göttin des Ackerbaus für Völlerei.

86 *»Liebet eure Feinde ...«* – Matth. 5,44–48.

88 *»Ihr sollt überhaupt nicht schwören ...«* – Matth. 5,34–37.

90 *wie der selige Herr Samuel* – Vermutlich eine Anspielung auf den Einsiedler.

93 *Säckel des Fortunatus* – Der nie versiegende Geldbeutel des Helden aus dem 1509 anonym erschienenen deutschen Volksbuch *Fortunatus.*

das Titularbuch – Handbuch der Titel und Anreden.

94 *edel ... in hochgeboren eingeschoben* – Hochgeboren ist im 17. Jh. eine Anrede für Grafen, Hochedelgeboren eine Anrede für höhere Beamte.

95 *wo allseits Zwietracht herrscht* – Die Reihe der zwieträchtigen Paarungen stammt größtenteils aus Garzoni, *Piazza Universale*, 62. Diskurs: »Von Hofleuten ...«.

96 *Jonathan und ... David* – Gemeint ist die Freundschaft zwischen David und Jonathan, dem Sohn Sauls. Vgl. 1. Samuel 13 f.

Je pète – Franz.: Ich furze.

97 *Schloss Braunfels* – Bei Wetzlar gelegen, wurde am 28. Januar 1635 auf Befehl Ramsays, des Gouverneurs von Hanau, eingenommen.

Löffel ... an diesem Tag erst bekommen – Er wird als Zeichen der Zugehörigkeit zum Haushalt durch den Hausvater überreicht.

99 *französische Potagen und spanische Olla Podriden* – Franz. Suppen und span. Eintopf aus Gemüse und Fleisch.

Gnaeus Manlius – G. M. Vulso war seit 189 v. Chr. Befehlshaber in Kleinasien. Seine mit der Einfuhr von Luxusartikeln im großen Stil verbundene Rückkehr nach Rom wurde später als der Beginn des allgemeinen Sittenverfalls gedeutet.

100 *kotzten wie die Gerberhunde* – Diese erbrechen sich besonders häufig, weil sie Abgeschabtes von den Häuten fressen.

102 *der arme Lazarus* – Die Verkörperung der Armut nach Luk. 16,19–31. Hier die Flüchtlinge aus dem Umland von Hanau.

104 *Bilsenkraut* – Ein Heilkraut und Rauschmittel, das mit Hexenfahrten und ihrer Darstellung in Verbindung gebracht wird.

106 *einen Fuchs schießen* – Hier: Erbrechen. Vielleicht in Anlehnung an die Bergmannssprache, wo der Ausdruck verwendet wurde, wenn entzündetes Pulver, statt seine Sprengwirkung zu tun, wieder zum Bohrloch herausfährt.

109 *Fourierschützen* – Einfache Fußsoldaten, die den Fouragereitern als Bedeckung mitgegeben werden.

Zweites Buch

115 *meines Buches »Schwarz und Weiß«* – *Schwarz und Weiß* war der ursprüngliche Titel von G.'s 1666 erschienenem *Satyrischem Pilgram.* Der »Sechste Satz« darin, eigentlich das sechste Kapitel, bestehend aus »Satz«, »Gegensatz« und »Nachklang«, handelt vom Tanzen.

121 *Zorn einiger saturnischer Sturköpfe* – Saturn, der griechische Kronos, wird hier als Gott der Melancholiker und des allgemeinen Missmuts aufgefasst.

124 *wollte ... jeder links vom anderen gehen* – Da die rechte Seite die bessere wäre, versuchen beide Offiziere einander in gegenseitiger Ehrerbietung zu übertreffen.

125 *Fünf und Neun auf der Trommel zu schlagen* – Hier geht es wohl um das Auszählen eines bestimmten Trommelrhythmus.

129 *Eumeniden* – Die Rachegöttinnen der griechischen Mythologie. Eine von ihnen ist Tisiphone, die Rächerin des Mordes.

129 *Athamas* – Er wurde von Juno mit Wahnsinn gestraft, weil er die Kinder aus seiner ersten Ehe umzubringen versuchte.

134 *die alte Circe* – In der *Odyssee* verwandelt die Zauberin Circe die Gefährten des Odysseus in Schweine.

136 *Simonides Melicus ... Metrodorus Sceptius* – Der griechische Lyriker S. Melicus (556–468 v. Chr.) gilt als Erfinder der Gedächtniskunst oder Mnemonik. Der Philosoph und Politiker M. Sceptius (2. Jh. v. Chr.) hat ein Lehrbuch der Gedächtniskunst verfasst.

Der Pfarrer sprach weiter – G. hat die im Folgenden gegebenen Beispiele für besondere Gedächtnisstärke und Gedächtnisschwäche vor allem bei Garzoni und Plinius gesammelt.

137 *Der Einsiedler Antonius ...* – Der hl. Antonius war der Überlieferung zufolge des Lesens unkundig. Auch deshalb nennt er die Welt selbst ein Buch, in dem er nicht müde werde zu lesen – ein Gedanke, auf den G. in Buch 2, Kap. 10 und in der Continuatio, Kap. 23, noch zu sprechen kommt.

138 *Schramhans ... »Fasciculus Historiarum«* – Hier mischt sich eine wahrscheinlich fiktive Narrenfigur mit einem fiktiven Werk unter die Vielzahl der Autoritäten.

Kallisto ... Jupiter – Die Nymphe Kallisto wurde von Jupiter verführt und von dessen Gattin Juno in eine Bärin verwandelt. Jupiter/Zeus selbst verwandelte sich in einen schönen Stier, als er Europa, die Schwester des Kadmos, raubte und auf seinem Rücken nach Kreta trug.

143 *in die Fußstapfen des ... Königs Nebukadnezar* – Im Buch Daniel 4,25–30, wird erzählt, wie N. wegen seines Hochmuts für sieben Jahre aus der Gemeinschaft der Menschen unter die Tiere des Feldes verstoßen wird und Gras fressen muss. Danach wird er von Gott aus seinem tierischen Dasein wieder erlöst.

144 *Quintus Curtius* – Römischer Geschichtsschreiber (1. Jh. n. Chr.).

Marcus Sergius – Sein Ruhm rührt daher, dass er, nachdem er die rechte Hand im Kampf verloren hatte, noch mehrmals ins Gefecht ging und mit der linken weiterkämpfte.

Manlius Capitolinus – Er rettete 390 v. Chr. das Kapitol mit Hilfe der dortigen Gänse vor den Galliern. Später wurde der plebejerfreundliche Konsul unter dem Vorwurf, er habe eine Alleinherrschaft angestrebt, verurteilt und hingerichtet.

145 *Zeuxis ... die Vögel in der Luft betrog* – Der griechische Maler soll Trauben so natürlich dargestellt haben, dass sein Bild Vögel anlockte. (Sein Konkurrent Parrhasios malte dann allerdings einen so echt aussehenden Vorhang, dass Zeuxis ihn wegziehen wollte, um das Bild dahinter zu sehen.)

Archimedes ... ein großes Schiff über den Markt von Syrakus gezogen – Die Erfindung, die Archimedes zu dieser legendären Wundertat befähigte, war der Flaschenzug.

146 *das Wort ... jenes heiligen Mannes* – Gemeint ist der hl. Antonius Eremita. Vgl. Anm. zu S. 137.

147 *Orb ... Braunfels ... Staden* – Orb, östlich von Gelnhausen im Spessart gelegen, wurde im Oktober 1634 von Ramsays Truppen geplündert, Braunfels bei Wetzlar am 28. Januar 1635 (vgl. Buch 1, Kap. 26) und Staden, östlich von Friedberg in Hessen, am 24. Mai 1635.

151 *ältere Tiere ... noch ganz anders mit euch reden* – In den folgenden Ausführungen über den Verstand der Tiere stützt sich G. vor allem auf Pierre Boaystuau, *Le Théâtre du Monde oder Schauplatz der Welt*, Leipzig 1659 (I,3), und Garzoni, 23. Diskurs.

152 *Alraune* – Wilder Lauch, vielleicht auch Bärlauch.

Adlerstein – Hohle Steine, die in ihrem Inneren einen zweiten Stein enthalten, der beim Schütteln klappert, daher auch »Klapperstein«. Dem Volksglauben nach sollen Adler solche Steine in ihre Nester holen, um die Jungen vor Gefahren zu schützen und sich das Eierlegen zu erleichtern.

154 *Wat wollts met deesem Kerl ...* – »Was ist bloß mit dem Kerl? Der hat den Teufel im Leib. Der ist besessen. Aus dem spricht der Teufel.«

156 *Ohm* – Altes Hohlmaß: ein Ohm = ca. 150 Liter.

159 *Zwiebelland* – Gleichbedeutend mit Schlaraffenland.

160 *Kardinal Richelieu* – Armand-Jean du Plessis, Herzog von Richelieu (1585–1642), maßgeblicher Berater des französischen Königs Ludwig XIII., nutzte den Dreißigjährigen Krieg durch ein Bündnis mit Schweden, um die Vormachtstellung der Habsburger im Kaiserreich und in Spanien zu brechen.

Herzog Bernhard von Weimar – 1604–1639. Protestantischer Heerführer in schwedischen und französischen Diensten im Kampf gegen die Kaiserlichen.

einen Trupp Kroaten – Eine Entführung von Hanauer Kindern durch einen Trupp kroatischer Reiter aus dem Heer des auf Seiten der Kaiserlichen kämpfenden Obristen Johann Ludwig, Graf von Isolani (1586–1640), hat es im Winter 1634/35 nachweislich gegeben.

161 *Mih weme ... sebao* – Die Kroaten bei G. sprechen Böhmisch: »Den Narren nehmen wir mit und bringen ihn zum Obristen.« – »Bei Gott, ja. Wir setzen ihn aufs Pferd. Der Obrist spricht Deutsch, er wird seinen Spaß mit ihm haben.«

mich bekam der Obrist Corpes – Der Obrist Marco de Corpes (gest. 1638) war Unterführer im Heer des kaiserlichen Obristen Isolani (vgl. Anm. zu S. 160).

163 *die Streitmacht der Hessen zu schwächen ... Melander* – Als Trossjunge des Obristen Corpes befindet sich Simplicius nun auf der Seite der Kaiserlichen in Gegnerschaft zu den hessischen Truppen des Landgrafen Wil-

helm V., der sich als einer der ersten deutschen Fürsten den Schweden angeschlossen hatte. Melander, eigentlich Peter Holzapfel, war zu dieser Zeit Generalleutnant des Landgrafen von Hessen-Kassel.

171 *Simon der Zauberer* – Simon Magus suchte die Gabe des Heiligen Geistes von den Aposteln durch Geld zu erlangen (vgl. Apostelgeschichte 8) und wurde daher zum Namensgeber der »Simonie«. Ein Himmelfahrtsversuch, den er zu Zeiten des Kaisers Nero mit Hilfe böser Geister unternommen haben soll, scheiterte.

Nikolaus Remigius – Verfasser einer *Daemonolatria* (1598), einer Beschreibung von Zauberern und Zauberinnen in drei Büchern, deren dt. Übersetzung G. verwendet hat.

172 *Majolus* – Italienischer Bischof (Ende des 16. Jhs.), Verfasser von *Dies caniculares*, das 1650 unter dem Titel *Hundstägige Erquickstund* in Deutsch erschien.

Olaus Magnus – Der gelehrte letzte katholische Erzbischof von Uppsala (1490–1557), Verfasser der *Historia de gentibus septentrionalibus* (1555). Zu der Episode um Hadingus und Odin vgl. O. M., *Die Wunder des Nordens*, Frankfurt 2006 (Die Andere Bibliothek, Bd. 261), S. 177.

Torquemada – Antonio de Torquemadas Novellensammlung *Jardin de flores curiosas* (1570) erschien unter dem Titel *Hexameron oder Sechs Tageszeiten* 1652 in Kassel, übersetzt vom dortigen Landgrafen Hermann IV.

Grillandus – Paulus Grillandus, neapolitanischer Jurist und Theologe, schrieb *De sortilegiis et haereticis eorumque poenis* (Von den Wahrsagern und Ketzern und ihrer Bestrafung), Frankfurt 1592.

kein Salz zur Hand – Die Speisen der Hexen und Zauberer müssen salzlos sein, weil sie sonst den biblischen Vorschriften für die Opfer genügen würden (3. Moses 2,13; Mark. 9,49).

172 *Doktor Faust* – Über ihn berichtet das in vielen Ausgaben verbreitete Volksbuch *Historia von D. Johann Fausten* (1587): »Von dreien fürnehmen Grafen, so D. Faustus ... in Lüften hinführete«.

174 *Lager vor Magdeburg* – Im Sommer 1636 belagerten kaiserliche Truppen unter dem General Melchior, Graf von Gleichen und Hatzfeld, und Truppen des Kurfürsten von Sachsen Johann Georg I. gemeinsam Magdeburg, das von den Schweden Anfang Juli geräumt wurde.

179 *Holzesel, auf die man die Soldaten zur Strafe setzt* – Holzgerüste, auf denen straffällige Infanteristen mehrere Stunden, manchmal auch mehrere Tage sitzen mussten. Zur Verschärfung der Strafe wurden ihnen Gewichts- oder Ziegelsteine an die Füße gebunden.

180 *Rumormeister, Profosse, Henker und Steckenknechte* – Die Dienstgrade der Feldpolizei, die jedem Regiment beigegeben war.

183 *Saumilch* – Schweinemilch galt in der Volksmedizin als Mittel gegen Trunksucht, Raserei, Gemütskrankheit. Einem Schlafenden auf die Stirn gestrichen, bewirkt sie, dass er drei Tage lang schläft.

184 *der Herr Dicis et non facis* - Wörtlich: Der Herr »Du redest darüber und tust es nicht«. Thomas Mann hat diese wie viele andere Wendungen aus dem *Simplicissimus* für die Ausgestaltung der Figur des Ehrenfried Kumpf, des »saftigsten Sprechers an der ganzen Hochschule« (von Halle), in seinem *Doktor Faustus,* Kap. 12, verwendet.

185 *Aktaion* – Als er auf der Jagd die Göttin Artemis mit ihren Nymphen beim Baden überraschte, verwandelte sie ihn in einen Hirsch.

187 *Profoss* – Chef der Feldpolizei bei einem Regiment.

Siebdreher – Siebdrehen war eine magische Praxis zur Aufklärung von Diebstählen, geheimen Verbrechen und Verwundungen, die man von Unbekannten empfangen hatte.

187 *diese Konjunktion von Saturn und Merkur* – In der Konjunktion der beiden Planetengötter verbinden sich die negativen Eigenschaften des teuflisch finsteren Profoss und des hinterhältigen Olivier.

191 *sogar hundert Dukaten* – Taler waren große Silber-, Dukaten große Goldmünzen.

192 *Schlacht bei Wittstock* – Am 4. Oktober 1636. Vgl. Kap. 27.

194 *General von Hatzfeld* – Vgl. Anm. zu S. 174.

195 *Wallenstein ... wie man ihm in Eger mitgespielt* – Der astrologiegläubige Albrecht Freiherr von Wallenstein, kaiserlicher Heerführer, wurde am 25. Februar 1634 im böhmischen Eger ermordet.

Magdeburg ... dieser Stadt ... aus nichts als Leinwand und Stroh – Magdeburg war im Mai 1631 durch Kaiserliche Truppen unter Tilly weitgehend zerstört worden. Bei diesem wahrscheinlich größten Massaker des Dreißigjährigen Krieges wurden etwa 20000 Einwohner der Stadt getötet. 1636, zum Zeitpunkt der Romanhandlung, war die Stadt noch nicht wieder aufgebaut.

196 *Achilles, als seine Mutter ihn in Mädchenkleidern zu König Likomedes schickte* – So handelt Thetis, die Mutter des Achill, weil sie die Prophezeiung kennt, dass ihr Sohn im Kampf um Troja fallen wird.

die Schanze bei Werben ... Havelberg ... Perleberg – Das sind die Stationen des Weges, den die kaiserliche Armee nach der Einnahme von Magdeburg und vor der Schlacht bei Wittstock von Ende August bis Mitte September 1636 zurücklegt.

200 *Johan Banér* – Schwedischer Feldherr (1596–1641), der künftige Sieger der Schlacht bei Wittstock.

201 *Generalauditor oder Generalprofoss* – Auch General-Gewaltiger genannt: der Chef der Militärgerichtsbarkeit der gesamten Armee, im Unterschied zum Regiments-

auditor oder Regimentsschultheiß. Beide Instanzen sind an den folgenden Szenen beteiligt.

203 *Domine, non sum dignus ...* – Das Gebet zur Kommunion in der lateinischen katholischen Messe: »O Herr, ich bin nicht würdig, dass du eingehst unter mein Dach; aber sprich nur ein Wort, so wird meine Seele gesund.«

205 *Anfangs kämpften beide Armeen* – Die nun folgende Schilderung der Schlacht bei Wittstock (4. Oktober 1636) hat man wegen ihrer Eindringlichkeit lange als starkes Indiz dafür betrachtet, dass sie auf G.s eigenem Erleben beruht. Tatsächlich aber folgt G. hier bis in die Einzelheiten einer literarischen Vorlage – dem Roman *Arcadia* von Philip Sidney (1580, veröffentlicht posthum 1590) in der von Martin Opitz (1638) überarbeiteten Übersetzung eines gewissen Valentinus Theocritus von Hirschberg (1629). Ein schlüssiger Beweis dafür, dass G. an der Schlacht *nicht* teilgenommen hat, ergibt sich hieraus aber nicht.

208 *das Amt, das einst David beim König Saul innehatte* – David spielte für Saul die Harfe, wenn diesen der böse Geist überkam. 1. Samuel 16,14–23.

211 *Fouragieren oder Parteigehen* – Vgl. Anm. zu S. 52.

bezahlte Schutzwache im Paradies – Wie man im weiteren erfährt, ist das gemischtkonfessionelle in der Nähe von Soest gelegene Frauenkloster so klug, sich den Schutz beider Kriegsparteien zu erkaufen.

212 *jeden Tag zwei Ohmen* – Ein Ohm = 150 Liter.

die Schlacht bei Pavia – Am 24. Februar 1534, also mehr als hundertzehn Jahre vor dem Zeitpunkt der Romanhandlung, hatte Kaiser Karl V. bei Pavia den französischen König Franz I. besiegt.

217 *Graf von Götz* – Johann Wenzel, Graf von Götz (1599–1645), Feldherr in wechselnden Diensten. 1636 in Westfalen steht er in bayerischen Diensten gegen Schweden und Hessen, geht von dort 1638 an den Ober-

rhein nach Offenburg und Breisach. G. ist diese Wege als Leibdragoner in seiner Armee mitgegangen.

218 *Belagerung von Ostende* – Es machte den Ruhm Ostendes aus, dass sich die Stadt drei Jahre lang, von 1601 bis 1604, der Belagerung durch die Spanier widersetzt hatte.

220 *wie ein Stadthaus gebaut* – D.h. mit steinernem Sockel und bemaltem Fachwerk.

223 *wie einst dem Aktaion* – Vgl. Anm. zu S. 185.

224 *Springinsfeld* – Der Gestalt des hier erstmals erwähnten »treuesten Kameraden« des Simplicius ist eine große Zukunft bei G. beschieden, nicht nur im *Simplicissimus* selbst, sondern auch in anderen Werken des »simplicianischen« Zyklus, namentlich in *Der seltsame Springinsfeld* (1670).

Drittes Buch

231 *auf Partei ging* – Vgl. Anm. zu S. 52.

235 *Werl* – Der damals ebenfalls von Kaiserlichen gehaltene Ort, liegt etwa zwölf Kilometer westlich von Soest.

240 *Wahrsagerin von Soest* – Sie tritt in Buch 3, Kap. 17, auf.

unweit von Dorsten – Dorsten war einer der Orte (neben Lippstadt und Coesfeld), die noch von der gegnerischen Seite, den Schweden und Hessen, gehalten wurde.

Da kam ein einzelner Mann des Wegs – Hier beginnt die sog. »Jupiter-Episode« (Kap. 3–5), in der die Utopie einer von einem »deutschen Helden« geschaffenen Welt ohne Krieg und Religionszwist entworfen und zugleich ironisiert wird.

241 *höheres Walten* – Im Original »Numen«, ein Begriff, mit dem die Gottheit eher als Kraft denn als Person gekennzeichnet wird. In Kap. 2 der Continuatio verwenden auch die Höllengeister diesen Begriff, um das Wort *Gott* zu vermeiden.

241 *die Soester, ihren großen Gott und seinem goldenen Lendentuch* – Ein romanisches Kruzifix in Soest mit silberner Christusfigur, aber goldenem Lendentuch. Warum die Soester mit diesem Kreuz gehänselt wurden, ist nicht klar. Möglicherweise, so Könnecke (Bd. 1, S. 213 f.), stand es in dem Ruf, jungen Mädchen, die vor ihm beteten, zu einem Mann zu verhelfen.

242 *Styx* – In der griechischen Mythologie der Fluss der Unterwelt, bei dem die Götter ihre unverbrüchlichen Eide schwören.

Pans eigener Sohn – Pan, der Flöte spielende Wald- und Hirtengott, hier wohl – auf dem Weg über griech. *pan* = alles – aufgefasst als Allgottheit.

Ganymed – Zeus bedachte den schönen Jüngling mit ewiger Jugend und ließ ihn zum Olymp entführen, wo er als Mundschenk diente.

Lykaon – Lykaon, der König von Arkadien, brachte eine Sintflut über die Erde, als er Zeus Menschenfleisch opferte.

243 *Venus* – Hier als Göttin der Schönheit angesprochen.

Narziss, Adonis – Zwei weitere männliche Schönheiten der griechischen Mythologie neben Ganymed.

werde ich sie in der Stunde seiner Geburt ... freundlich ansehen – Eine astrologisch gedeutete Konstellation der Planeten Jupiter und Venus.

244 *Pallas* – Pallas Athene, die Göttin der Weisheit.

Vulcanus – Der Gott des Feuers, der den übrigen Göttern ihre Waffen schmiedet, dem Jupiter-Zeus etwa seine Donnerkeile.

Tamerlan – Vgl. Anm. zu S. 63.

246 *Fabricius* – Gaius Fabricius Luscinus (Konsul 282 v. Chr.) gilt in der römischen Überlieferung als ein Muster an Sittenstrenge und Unbestechlichkeit, insbesondere bei den Verhandlungen mit König Pyrrhos nach der Schlacht bei Asculum 279 v. Chr.

247 *Manoah* – Eine Stadt in »Eldorado«, dem phantastischen Goldland, das die Europäer im spanischen Guayana, dem heutigen Venezuela, entdecken zu können glaubten.
die alten Deutschen – Gemeint sind Germanen und Goten in der Zeit der Völkerwanderung.

248 *Erysichthon* – Mit unstillbarem Heißhunger bestraft wurde E. von der Göttin des Ackerbaus, weil er einen ihr geweihten Hain gefällt hatte.
Momus oder Zoilus – Momus ist der Gott des Spottes und des Tadels. Zoilus (3. Jh. v. Chr.) ist durch sein Gemäkel an Homer und Plato schon in der Antike zum Inbegriff des kleinlichen Kritikers geworden.
Theon – Ein weiterer, sophistischer Kritiker.
Merkur und Battus – Battus wird von Merkur in einen Stein verwandelt, nachdem er sein Versprechen gebrochen hat, so schweigsam zu sein wie ein Stein. Ovid, *Metamorphosen*, 2. Buch.

249 *Ptolemäus Philadelphus* – Der Legende nach rief dieser ägyptische König (3. Jh. v. Chr.) 72 jüdische Schriftgelehrte zusammen, die die Bibel aus dem Hebräischen ins Griechische übersetzen sollten. Alle Übersetzungen waren gleich – so entstand die *Septuaginta*, die für spätere Zeiten autoritative Fassung des Alten Testaments.

250 *Pluto* – Der Gott der Unterwelt verschmilzt im Mittelalter mit Plutus, dem Gott des Geldes und des Reichtums, und wird zu einer Verkörperung des Teufels.

251 *einen solchen Ketzer mit Buchsbaum bestecken* – Vom Buchsbaum heißt es, er halte den Teufel und andere böse Kräfte fern. Das Sprichwörterlexikon von K. F. W. Wander kennt die Wendung: Einen mit Buchsbaum bestecken und dem Teufel zum Jahrmarkt schenken.
Dädalus – Der mythische Architekt und Bildhauer konstruierte für sich und seinen Sohn Ikarus Flügel, um von der Insel Kreta zu fliehen. Dädalus gelangte nach Sizilien, während Ikarus bekanntlich ins Meer stürzte.

251 *Moscus* – Er verspottet auch bei Garzoni zusammen mit Zoilus (vgl. Anm. zu S. 248) die alten Götter.

Ehebruch des Mars – Vulcanus überraschte seine Gemahlin Venus beim Ehebruch mit dem Kriegsgott Mars.

Apollo – Gott der Weisheit und des Gesangs.

252 *Priapus* – Der Gott der Felder, der Gärten, der Fruchtbarkeit und der Sinneslust.

Stall des Augias – In ihm häufte sich der Mist von dreitausend Rindern. Eine der Aufgaben des Herkules bestand darin, ihn an einem einzigen Tag zu reinigen.

Daphitas – Ein griechischer Grammatiker (3. Jh. v. Chr.), der wegen seiner Spöttereien mit dem Tod bestraft wurde.

Anaxarchos – Ein Sophist (um 340 v. Chr.), der durch lose Reden den Zorn des Nikokreon von Zypern auf sich zog. Noch in dem Trog, in dem dieser ihn zerstampfen ließ, mochte er den Mund nicht halten.

Phalaris – Ein Tyrann in Agrigent (um 570 v. Chr.), der seine Feinde in einem glühenden Ochsen aus Erz verbrennen ließ.

im Haus der Hölle neben Hesiod und Homer – Hesiod und Homer befinden sich in der Hölle, weil sie sich erdreisteten, auch über die Verbrechen der Götter zu schreiben.

253 *Io, Kallisto, Europa* – Drei Geliebte des Jupiter/Zeus. Juno/Hera, die Gemahlin des Jupiter verwandelt zur Strafe Io in eine Kuh und Kallisto in eine Bärin.

Apollo von den Raben – Die Raben, als Diener Apollos, berichteten diesem von der Untreue einer seiner Geliebten, worauf Apollo die tierischen Boten verfluchte. Seither sind die Raben schwarz.

257 *Kokytos* – Ein Fluss in der Unterwelt.

Hochzeit des Peirithoos – Bei der Hochzeit des Zeus-Sohnes Peirithoos, des Königs der Lapithen, kam es zu einem Kampf, bei dem die Kentauren den Lapithen unterlagen.

258 *Johann von Werth* – Vgl. Anm. zu S. 63.

259 *Graf von der Wahl* – Joachim Christian, Graf von der Wahl (1590–1644), bayerischer Heerführer.

263 *wenn ein Dragoner vom Pferd fällt, steht ein Musketier wieder auf* – Vgl. die folgende Anm.

265 *nur ein Zwitter zwischen Reiter und Musketier* – Eben ein Dragoner. Reiter – Kavalleristen – waren mit Pistolen und einem kurzen Gewehr, dem Karabiner, bewaffnet. Dragoner waren beritten, kämpften aber zu Fuß, mit langen Musketen.

268 *Wer hangt, der langt* – Wer hängen soll, greift nach allem Rettenden, an das er sich halten kann.

270 *Doppelhakenbüchsen* – Schwere Feuerwaffen mit bis zu 1,90 m langem Lauf, die bei Belagerungen verwendet wurden. Sie konnten nur mit Stützgestellen abgefeuert werden und waren oft auf Wagen montiert.

271 *Quartierschlangen oder Halbkartaunen* – Mit Quartierschlangen wurden Kugeln abgefeuert, die 1 bis 2,5 kg wogen, mit Halbkartaunen solche von 7 bis 14 kg.

273 *Gefreiter* – Die erste Stufe der Soldatenkarriere.

274 *Pfalzgraf* – Pfalzgrafen waren in jedem Teil des Reiches für die Verleihung von Wappen und die Nobilitierung zuständig.

276 *die Königin von Saba* – Sie bewunderte den König Salomon schon von fern und suchte ihn auf, um sich davon zu überzeugen, dass all das Wunderbare zutraf, das sie über ihn gehört hatte. Ihre Erwartungen wurden noch übertroffen. Vgl. 1. Könige 10.

279 *den ältesten Joachimstalern* – Die Urform des deutschen Talers – erstmals 1519 aus dem Silber von Joachimsthal in Böhmen geprägt.

893 Goldstücke – Durch Buchstabenkabbalistik lassen sich aus dieser Zahl die Initialen von G.s Vornamen ableiten: 8 = H(ans), 9 = I(Jakob), 3 = C(hristoffel). Man kann auch weiter gehen und durch Vertauschung der Buchstaben die Dreifaltigkeitschiffre ICH und die Chiffre für Jesus IHC ableiten.

281 *schon in meinem Buch »Schwarz und Weiß«* – Gemeint ist G.s *Satyrischer Pilgram* und darin der »Fünfte Satz«: Vom Geld. Vgl. Anm. zu S. 115.

283 *Doppelbecher* – Auch Jungfern- oder Brautbecher genannt, im 16. und 17. Jh. ein modisches Prunktrinkgeschirr, das aus zwei Bechern bestand. Der größere ist als weibliche Figur mit langem Rock gestaltet, die einen kleineren, drehbar angebrachten Becher in Händen hält. Das Paar trinkt aus den beiden Bechern, ohne einen Tropfen zu verschütten – die Frau aus dem kleineren, der Mann aus dem größeren.

287 *Kornett* – Kornett ist der niedrigste Offiziersgrad bei der Kavallerie und entspricht dem Fähnrich der Infanterie. Dieser Kornett wird im weiteren Verlauf der Handlung wieder auftauchen und hat dann auch einen Namen, es ist der Herr von Schönstein.

288 *in eine Festung ... kaum zwei Meilen von unserer Garnison entfernt* – Gemeint ist Lippstadt, von Soest etwa 15 Kilometer entfernt, die deutsche Meile zu 7,5 Kilometer gerechnet.

289 *den Regimentsschulzen* – Regimentsschultheiß, Regimentsauditor, Verhörbeamter, vgl. Anm. zu S. 201.

291 *N. de S.A.* – Nicolas Daniel Rollin von Saint-André (1602–1661), Obrist auf Seiten der Schweden und Hessen.

294 *Sirenen* – Drei vogelgestaltige Jungfrauen, die an ihrer Insel vorübersegelnde Schiffsleute mit ihrem Gesang anlocken, um sie zu töten.

301 *wenn mir mein Pflegevater über den Weg laufe und die Tochter meiner Säugamme hinter sich herziehe* – Dieser Augenblick ergibt sich in Buch 5, Kap. 8.

302 *der unvergleichliche Roman* Arcadia – Hier erwähnt G. selbst den Roman von Philip Sidney, dem er auch literarische Anregungen entnommen hat. Vgl. hierzu Anm. zu S. 205.

Seneca – Für den Stoiker Seneca ist jede Leidenschaft eine Raserei.

Thomas Thomai in seinem »Welt-Gärtlein« – Das Werk des Italieners Tommaso Tomai *Idea del giardino del mondo* erschien 1582 in Bologna, eine deutsche Übersetzung unter dem Titel *Hortulus Mundi, das ist Welt-Gärtlein* 1620 in Frankfurt.

303 *Aurora ... Endymion* – Ein Katalog leidenschaftlich liebender Göttinnen und der Männergestalten, denen ihre Zuneigung galt, zusammengestellt aus Garzoni und anderen enzyklopädischen Werken der Zeit.

Martinstag ... Fastnacht – Zwischen dem Martinstag, zugleich der Beginn der Karnevalssaison (11. 11.), und Fastnachten ruht die Feldarbeit: Zeit und Gelegenheit für ausgedehntes Feiern.

306 *in meinem Josephsroman* – G. unterschiebt dem Simplicissimus seinen Romanerstling *Keuscher Joseph* von 1666.

307 *als wärt Ihr mein eigener Sohn* – Der Pfarrer wechselt im Laufe des Gesprächs von der besonders höflichen Anrede in der 3. Person Singular »Er« zur etwas weniger förmlichen 2. Person Plural »Ihr« und schwankt danach zwischen beiden.

308 *nach Genf gehen, weil ich der Aussprache nach ein Hochdeutscher sei* – Der heimliche Hauptgedanke des kalvinistischen Pfarrers ist wohl, S. ein Studium in der Hochburg des Kalvinismus zu empfehlen – der ausgesprochene Nebengedanke, dass ein aus dem Süden stammender Deutscher besser mit dem Schweizerdeutschen, ein Niederdeutscher besser mit dem Holländischen zurechtkomme.

308 *der Herr ist Papist* – Prostestantisch-polemisch für »Katholik«.

309 *weder bei uns noch bei den Lutheranern zum Tisch des Herrn* – Der Pfarrer gehört zu den Kalvinisten oder Reformierten. Die Teilnahme am Abendmahl wurde überwacht. Vgl. Anm. zu S. 375.

310 *Conrad Vetter und Johannes Nas* – Zwei Schriftsteller der Gegenreformation – der Jesuit Conrad Vetter (1546–1622) und der Franziskaner Johann Nas (1535–1590).

Spangenberg gegen Franziskus – Von dem lutherischen Prediger und Historiker Cyriakus Spangenberg (1528–1604) sind Angriffe gegen den hl. Franz von Assisi nicht bekannt.

Ananias – Er war einer von denen, die den Paulus bekehrten. Apostelgeschichte 9,10.

312 *Bohnenkönig* – Wird am Dreikönigstag derjenige, dem die in den Kuchen eingebackene Bohne zuteil wird.

319 *seine Tochter in die Ehe gegeben ... wie Pythagoras* – Pythagoras soll ein für seinen Schwiegersohn ungünstiges Testament aufgesetzt haben.

321 *musste Graf von Götz ... Westfalen räumen* – Vgl. Anm. zu S. 217.

322 *eine Stadt, die er ... nur pro forma Köln nennt* – Nach Dieter Breuer vielleicht ein Hinweis darauf, dass Köln nur ein Deckname für eine andere Stadt in G.s näherem Lebens- und Wirkungskreis sein könnte, etwa Offenburg.

ihre Moer dartoo brühen – Rheinisch: ... und es dazu auch ihrer Mutter besorgen – *brühen* von *briuden:* zur Braut machen, einer Frau beiliegen.

326 *Philemon ... Demokrit* – Philemon, Komödiendichter in Syrakus (gest. etw. 264 v. Chr.), soll sich über einen eigenen Witz zu Tode gelacht haben. Demokrit gilt als der über die Torheit der Welt lachende Philosoph.

Viertes Buch

343 *ein paar hundert Pistolen* – Pistolen waren spanische Goldmünzen. Nach ihrem Vorbild wurde auch der französische Louisdor eingerichtet.

345 *die Rolle des um seine Eurydike bangenden Orpheus* – Der Sänger Orpheus steigt nach dem Tod seiner Gattin Eurydike in die Unterwelt hinab und bewegt deren Fürsten Pluto und dessen Frau Proserpina, ihm seine Frau zurückzugeben. Vor lauter Liebe kann er die einzige Bedingung nicht einhalten, sich auf dem Rückweg in die Oberwelt nicht nach ihr umzuschauen. So kehrt er doch allein zurück und wird schließlich von den Bacchantinnen, den Priesterinnen des Weingottes Bacchus, zerrissen.

347 *Beau Allemand* – Schöner Deutscher.

Herkules ... mit ... Acheloos um die schöne Deianeira kämpfte – Der Flussgott Acheloos warb in Gestalt eines Drachen, eines Stiers und eines Menschen mit Stierkopf um Deianeira, wurde von Herkules jedoch besiegt.

350 *Basiliskenaugen* – Der Basilisk ist ein schlangenartiges, giftiges Fabelwesen, dessen Blick tödlich ist.

356 *Malum Neapolitanum* – Im Original: Mal de Nable, die Neapolitanische Krankheit – gemeint ist Syphilis.

357 *einigen Offizieren der Weimarischen Armee* – Dass sich Offiziere aus der Armee des Herzogs Bernhard von Sachsen-Weimar in Paris aufhalten, ist vor dem Hintergrund seiner seit der Schlacht bei Nördlingen 1634 engen Beziehungen zu Frankreich durchaus motiviert. Er selbst war 1636 und 1637 zweimal in Paris, um Streitigkeiten im Zusammenhang mit den Unterstützungszahlungen beizulegen, die Frankreich ihm und seinem Heer leistete.

mich als einen Offizier im Dienst des Königs betrachten – Die Weimarischen Offiziere erklären Simplicius gegenüber dem französischen Bürgermeister zu einem der Ihren, der wie sie im Dienst der Franzosen steht.

358 *die lieben Franzosen* – Gemeint ist auch hier die Syphilis.

360 *wie der Verlorene Sohn* – Im Gleichnis bei Luk. 15,11–32.

362 *Theriak* – Ein seit der Antike bekanntes Universalheilmittel aus bis zu siebzig verschiedenen Ingredienzien, das angeblich auch zur Abwehr von Vergiftungen dienlich war.

Galmei – Zinkerz.

365 *ein halbes Lot* – Ein Lot entspricht $^{1}/_{32}$ Pfund. Bei einem Pfund zu 500 Gramm entspräche das 15,6 Gramm – ein halbes Lot also etwa 8 Gramm.

366 *Im Fleckensteinischen Gebiet* – Im Wasgau, westl. der lothringischen Stadt Wissembourg (Weißenburg).

Philippsburg – Südl. von Speyer auf der rechten Rheinseite.

Schloss Wagelnburg – Wegelnburg, westl. von Wissembourg.

369 *Ottenheim* – Südwestl. von Offenburg, am rechten Rheinufer.

370 *Goldscheuer* – Nordwestl. von Offenburg, am rechten Rheinufer.

374 *Rheinhausen* – Zwischen Speyer und Philippsburg.

375 *auf dem Esel reiten* – Vgl. Anm. zu S. 179.

Wippe – Eine frühe Form des *Waterboarding*: ein Wippgalgen mit einem eisernen Käfig an einem Arm, in dem die Delinquenten bis kurz vor dem Ertrinken unter Wasser getaucht wurden.

in dieser Zeit nicht zur Beichte und zur Kommunion gegangen – Der Empfang der Sakramente zur Osterzeit wurde von der Obrigkeit überwacht. Vgl. Anm. zu S. 309.

380 *Freireiter* – Reiter mit eigener Ausrüstung und eigenem Knecht.

des Obristen von Neuneck – Alexander von Neuneck und zu Glatt, Obrist in bayerischen Diensten.

381 *Merode-Brüder* – Möglicherweise spielt G. hier mit dem Wort Marodeur (aus dem franz. *maraud* – »Lump, Taugenichts«) und dem Namen des schwedischen Obristen

Werner von Merode, dessen Regiment 1635 meuterte und in einzelnen Haufen führerlos und plündernd – »marodierend« – durchs Land zog. Außerdem gab es auf kaiserlicher Seite noch einen General Johann II., Graf von Merode.

381 *Mansfelder* – Vgl. Anm. zu S. 76.

384 *wie die Windhunde zusammenkoppeln* – Windhunde wurden bei der Jagd zu dritt an einen Hetzriemen gebunden, so dass sie gemeinsam jagten und einander ergänzten.

Schlacht bei Wittenweier – Bei Wittenweier, westl. von Lahr am Rhein gelegen, besiegte Bernhard von Weimar am 9. August 1638 den Grafen Götz auf seinem Marsch nach Süden, um das belagerte Breisach zu entsetzen.

Hauptquartier in Schuttern – Im Kloster Schuttern, zwischen Lahr und Appenweier im Rheintal gelegen, befand sich am Tag vor der Schlacht bei Wittenweier das Hauptquartier des Grafen Götz.

in das Geroldseckische Gebiet – Östlich von Lahr, um die Burg Hohen-Geroldseck.

Oberst von Hattenstein – Philipp Eustachius, Freiherr von Hattenstein (gest. 1644), Obrist in weimarischen Diensten.

385 *den Waldstädten* – Die vier damals österreichischen Städte Rheinfelden, Säckingen, Laufenburg und Waldshut.

Breisach – Diese wichtige, von kaiserlichen Truppen gehaltene Festung wurde seit April 1638 von Truppen Bernhards von Weimar belagert, die durch französische Truppen unter Turenne Verstärkung erhielten. Kaiserliche Truppen, die die Festung entsetzen sollten, wurden mehrfach zurückgeschlagen, so Graf Götz in der Schlacht bei Wittenweier. Die ausgehungerte Festung ergab sich Bernhard von Weimar am 17. Dezember 1638. G. lässt seine drei wichtigsten Gestalten an den Ereignissen um Breisach teilnehmen: Simplicissimus bei den Weimarern, Herzbruder in der scheiternden Armee des Grafen Götz und Olivier als kaiserlichen Soldaten, der in die Gefangenschaft der Weimarer gerät.

387 *trüge eine Schelmenhaut* – Sei durch Magie unverwundbar.

391 *den Machiavelli noch nicht gelesen* – Niccolò Machiavelli (1469–1527) galt vor allem durch seine 1532 veröffentlichte Schrift *Il Principe* (Der Fürst) als Verfechter der Skrupellosigkeit im menschlichen Handeln, vor allem in der Politik.

396 *Brandsteuer* – Gemeint sein könnte hier ein Schutzgeld gegen Brandschatzung. Seit dem Mittelalter gab es aber auch genossenschaftliche Feuerversicherungen.

397 *in einer Kirche ein solches Blutbad* – Im Jahre 1063 kam es im Dom zu Goslar in Anwesenheit des Kaisers Heinrich IV. bei der Festlegung der Sitzordnung für den Pfingstgottesdienst zu einer blutigen Auseinandersetzung zwischen dem Abt Widerad von Fulda und dem Bischof Wetzel von Hildesheim und ihren bewaffneten Begleitern. Empört über den Mangel an Respekt ihm gegenüber, verließ der Kaiser die Kirche.

398 *bis ich dann wieder anders mit dir rede* – Olivier erklärt selbst, dass er »machiavellistisch« rede, nämlich so, wie es die Gelegenheit eben erfordert.

399 *die Leitung all seiner Geschäfte übertrug wie einst Potiphar dem Joseph* – 1. Moses 39. G. selbst hat die Josephs-Geschichte in seinem ersten Roman *Keuscher Joseph* (1666) erzählt.

Galmei – Zinkerz. Es wurde unter anderem bei Aachen abgebaut.

402 *in den Werken Bernis, Burchiellos, Aretinos* – Francesco Berni (ca. 1490–1536), Domenico Burchiello (gest. 1448), Pietro Aretino (1492–1556). Alle drei galten als pornographische Schriftsteller.

402 *Ite missa est* – Schlusswort der lateinischen katholischen Messe: Geht, die Messe ist zu Ende.

404 *nach Amsterdam ins Arbeitshaus* – Arbeitshäuser, in denen »erwachsene unbändige, in dem Müßiggang und Bosheit verwilderte Leute … unter der Aufsicht eines Zuchtmeisters … bezwungen, gebessert und streng gehalten werden« (Zedler, Bd. 63, »Zucht-Haus«), entstanden damals nicht nur in Holland, aber dasjenige von Amsterdam war besonders bekannt.

Meierhof – Ein in Erbpacht vergebenes Bauerngut.

408 *bei den Spaniern unterschlüpfen* – In die benachbarten Spanischen Niederlande überwechseln, die den größten Teil des heutigen Belgien umfassten.

412 *wenn man an Sankt Stefan die Pferde … zur Ader lässt* – Unter die üblen Gewohnheiten an diesem Tag (dem 26. Dezember) rechnet der Zedler (Bd. 39, »Stephani-Fest«), »dass einige abergläubische Leute … ihren Pferden zur Ader lassen, wenn sie dieselben vorher durch starkes Reiten erhitzt haben.« Damit verbinde sich die Vorstellung, dass der Heilige die Pferde das ganze Jahr über vor Schaden bewahre.

418 *König Artus* – Durch seine Tafelrunde und ihre Ritter eine der Zentralgestalten der mittelalterlichen Sagenwelt und ihrer Heldenepen.

419 *Lichteneck* – Die Burg Lichteneck bei Kenzingen im Breisgau war seit der Schlacht bei Wittenweier von den Weimarischen besetzt.

422 *Vulcanus* – Vgl. Anm. zu S. 244.

Heldenbuch – Gemeint sind wahrscheinlich das Schwert Siegfrieds und das gedruckte *Straßburger Heldenbuch*, eine von mehreren existierenden Sammlungen mittelalterlicher Heldendichtungen.

so voller Läuse, dass man die ganze Schwabenheide damit hätte bevölkern können – Gemeint ist die Leutkircherheide, wo sich unter der »Laustanne« das fahrende Volk niedergelassen haben soll, um sich abzulausen.

425 *Breisach ... Angriff auf der Schiffsbrücke* – Bei dem Versuch, Breisach zu entsetzen, nahm die Armee des Grafen Götz die Schiffsbrücke am 24. Oktober 1638 ein, zog aber nach verlustreichem Gefecht noch in derselben Nacht wieder ab. Es war nach Wittenweier die zweite Niederlage des Grafen von Götz in diesem Feldzug. Sie hatte die kriegsgerichtlichen Untersuchungen zur Folge, von denen Herzbruder hier berichtet.

Fünftes Buch

431 *Einsiedeln* – Im Schweizer Kanton Schwyz.

432 *Wer mich verleugnet vor den Menschen* – Luk. 12,9.

433 *unter seinem Weinstock und Feigenbaum* – Micha 4,4.

437 *Baden* – Kurort im Schweizer Kanton Aargau.

438 *Meierhof* – Vgl. Anm. zu S. 404.

442 *Graf von der Wahl* – Vgl. Anm. zu S. 259.

Obrist Saint-André – Vgl. Anm. zu S. 63.

443 *Gelegenheit, als ... Graf von Götz sein Leben ... verlor* – Der historische Graf von Götz fiel in der Schlacht bei Jankau am 6. März 1645. In der Chronologie des Romans haben wir allerdings erst das Jahr 1640 erreicht.

444 *Griesbach* – Kurort im Schwarzwald, den auch G. selbst oft aufgesucht hat – im Tal der Rench unterhalb des Kniebis gelegen.

446 *O Merkur* – Jupiter sieht in dem als Straßburger Botenläufer verkleideten Simplicissimus den Götterboten.

Neuigkeiten aus Münster – Die Verhandlungen, die 1648 im Westfälischen Frieden das Ende des Dreißigjährigen Krieges besiegelten, begannen 1644 in Münster.

451 *eine stattliche Dame, die sich als Adelige ausgab* – Dass es sich bei dieser Dame um die Courasche handelt, erzählt G. erst im siebten Teil des simplizianischen Zyklus: *Trutz Simplex oder Ausführliche und wunderseltsame Lebens-*

beschreibung der Erzbetrügerin und Landstörzerin Courasche (1670), wo er (in Kap. 24) die Courasche im Detail auf die Darstellung des Simplicissimus antworten lässt.

451 *Teufelsbanner aus dem Haus zur Geißhaut* – Ein Teufelsbeschwörer in einem Haus an der Gaishut, einem Wohnplatz in der Nähe von Gengenbach, konnte nachgewiesen werden.

452 *Rench* – Sie entspringt bei Bad Griesbach am Kniebis westl. von Freudenstadt und fließt durch Oberkirch und Renchen in den Rhein.

456 *Cupido* – Auch Amor, griech. Eros, der Liebespfeile verschießende kindliche Sohn der Liebesgöttin Venus.

458 *dem unteren Bad* – Im Renchtal: Peterstal – das obere Bad ist Griesbach.

Gnädiger Hearr, aich ... – Gnädiger Herr, ich darf's Euch wirklich nicht sagen.

solang uns eine Geiß dabei zuhört – Der Ort, dessen Name vor einer Geiß nicht genannt werden soll, ist Gaisbach, heute ein Ortsteil von Oberkirch, wo G. von 1649 bis 1661 als Verwalter der Schauenburg tätig war und zeitweise auch seine Gastwirtschaft »Silberner Stern« führte.

459 *bald anders* – Der »Bald anders«-Gesichtspunkt der immerwährenden Verwandlung und Veränderung wird in der Continuatio, Kap. 9, entfaltet.

460 *des Mansfelders* – Vgl. Anm. zu S. 76.

Schlacht bei Nördlingen – Vgl. Anm. zu S. 65.

Schlacht bei Höchst – Vgl. Anm. zu S. 75.

462 *zog das Kind dann mit Geißenmilch auf* – Hier klärt und bewahrheitet sich die Prophezeiung der Wahrsagerin von Soest (Buch 3, Kap. 17) vollständig.

467 *Mummelsee* – Er liegt nordöstlich von Oberkirch unterhalb des Gipfels der 1164 Meter hohen Hornisgrinde auf einer Höhe von 1036 Meter ü. M. und ist (heute) 17 Meter tief.

472 *Duc d'Enghien* – Louis II. de Bourbon, Herzog von Enghien, der »große Condé« (1621–1686). Nach einem vergeblichen Versuch, das von dem bayerischen General Franz von Mercy gehaltene Freiburg Anfang August 1644 einzunehmen, marschierte Louis nach Philippsburg, wo er am 25. August erschien. In die Chronologie des Romans, mit der wir uns im Jahre 1642 bewegen, fügt sich dieses historische Datum nicht.

473 *ich will ... sehen, wie es ausgeht* – In der 3. Auflage des Buches *Mundus Subterraneus* (Die unterirdische Welt) von Athanasius Kircher (Amsterdam 1678) findet sich ein Kupferstich des Mummelsees und dazu der Bericht eines gewissen Elias Georgius Loretus: er habe am 12. Mai 1666 den Mummelsee mit zwei Begleitern besucht und ein furchtbares Unwetter ausgelöst, als er drei Steine in den See warf. Man hat vermutet, G., damals Bürgermeister von Renchen, könnte einer der beiden Begleiter dieses Herrn gewesen sein.

474 *Sylphen* – Für Paracelsus (*Liber de Nymphis, Sylphis, Pygmaeis, Salamandris et de ceteribus spiritis*) sind Sylphen Luftgeister. G. verwandelt sie in Wassergeister.

475 *Empedokles von Agrigent* – Der Legende nach soll sich der griechische Arzt und Naturforscher (483–423 v. Chr.) in den Ätna gestürzt haben.

476 *Antipoden* – Wörtlich: Gegenfüßler. Die Bewohner der gegenüberliegenden Seite der Weltkugel.

deutsche Meilen – Eine deutsche Meile entspricht etwa 7,5 Kilometer.

482 *Pilatussee* – In der Nähe des Pilatus am Vierwaldstättersee gelegen.

Camarinam movere – Der Sumpf bei Camarina auf Sizilien sollte einem Orakelspruch zufolge nicht verändert (movere), d. h. nicht trockengelegt werden. Indem die Bewohner sich nicht daran hielten, bahnten sie ihren Feinden bei einer späteren Belagerung einen Weg in die

Stadt. Simplicius versteht das *movere* offenbar im Sinne von »das Wasser in Unruhe versetzen«.

483 *Iolaos* – Er soll Alexander den Großen als dessen Obermundschenk mit dem Wasser des Styx in Arkadien vergiftet haben.

Grafschaft Zips in Ungarn – Das für seinen Reichtum an Mineralvorkommen und Mineralquellen bekannte Komitat Szepes.

See bei Zirknitz – Vgl. Continuatio, Kap. 14 (S. 605), wo das Thema Quellen und Seen noch einmal aufgegriffen wird.

Brunnen bei Engstlen – Im Schweizer Kanton Unterwalden, südl. von Engelberg.

Schändtlebach bei Obernäheim – Im Elsass.

Sabbatsfluss – Eine phantastische Erklärung hierfür findet sich auf S. 485.

484 *in Cervia und Comachio ... Memphis ... Kentoripa* – Salzfundorte in Italien, Ägypten und auf Sizilien.

485 *Schwert des Josua* – Vgl. Buch Josua, 11 ff.

486 *Gleichnis vom Weizen und Unkraut* – Matth. 13,24 ff.

487 *Wildsee und Schwarzsee* – Der Wildsee liegt wenige Kilometer südlich des Mummelsees. Mit Schwarzsee ist möglicherweise der kleine Mummelsee in der Nähe des größeren gemeint.

488 *Sibyllen* – »Gottbesessene« Weissagerinnen aus der Antike.

489 *Eusebius von Cäsarea* – Eusebius (etwa 270–340) verfasste die erste christliche Kirchengeschichte.

lauter Hieronymusse ... Pachomiusse – Die Aufzählung vorbildlicher Kirchenmänner nennt den Kirchenvater und Bibelübersetzer Hieronymus (340–420), den angelsächsischen Theologen und Geschichtsschreiber Beda Venerabilis (um 673–735), den hl. Carlo Borromeo (1538–1584), den Kirchenvater Augustinus von Hippo (354–430), den Asketen und Einsiedler Hilarion von

Gaza (291–371) und den Mönch und Klostergründer Pachomios (ca. 290–346).

489 *in der Wüste bei Theben* – Dort lebten die ersten christlichen Mönche und Einsiedler.

490 *Mäuse, denen sie ... ein Knäuel Garn nachwerfen müssten* – »Mit etwas nach den Mäusen werfen« steht humorvoll verhüllend für »etwas zur Seite schaffen, stehlen«.

493 *Torheiten ... beim Turmbau zu Babel* – Die Sylphen haben also am Turmbau zu Babel nicht mitgewirkt und waren deshalb nachher auch nicht von der Sprachverwirrung betroffen, die Gott zur Strafe für ihre Vermessenheit über die Menschen brachte. 1. Mose 11,5–9.

Aristarch ... Kopernikus – Aristarchos (um 300 v. Chr.), griech. Mathematiker, und Nikolaus Kopernikus (1473–1543) – zwei Vertreter des heliozentrischen Weltbildes.

494 *König der Salamander* – Die Salamander sind nach Paracelsus die Bewohner des Feuerreiches.

495 *jener bemerkenswerte Stoff* – Gemeint ist vermutlich Asbest.

das Elixier des Theophrast – Vermutlich ein Wundermittel des Theophrastus Bombastus von Hohenheim, genannt Paracelsus (1493–1541).

497 *dem von Schwalbach* – Gemeint ist Bad Schwalbach nordwestl. von Wiesbaden.

499 *aus dem Venusberg zurückgekehrt* – Dieter Breuer macht darauf aufmerksam, dass sich der Ausdruck nicht nur auf das unterirdische Reich der Sylphen, sondern auch auf eine von G. benutzte Quelle beziehen könnte: Heinrich Kornmanns, *Mons Veneris*, Frankfurt 1614 – wodurch Simplicius seine Reise zum Mittelpunkt der Erde andeutungsweise zum Leseabenteuer machen würde.

502 *Dornstetten* – Östl. von Freudenstadt gelegen.

Baiersbronner Tal – Nordwestl. von Freudenstadt.

502 *Seebach* – Zehn Kilometer nordöstl. des Mummelsees, entgegen der Richtung, die Simplicius einschlagen müsste, um nach Oberkirch und Gaisbach zurückzukehren.

504 *»Ars magna et ultima« des Raimundus Lullus* – Wörtlich: »Große und höchste Kunst«, ein um 1305 entstandenes Werk des spanischen Philosophen, Logikers und Theologen (1232–1316).

505 *in Ungarn* – G. selbst war nicht in Ungarn, konnte Wiedertäufern aber auch im Schwarzwald begegnen.

die jüdischen Essener, die Flavius Josephus ... beschrieben – Der jüdische Geschichtsschreiber Flavius Josephus (37–100) hat neben seiner Geschichte des jüdischen Kriegs auch eine Geschichte der Juden verfasst, in der er unter anderem die nach strengen Regeln in der Abgeschiedenheit lebende Sekte der Essener beschreibt.

507 *ein zweiter Dominikus oder Franziskus* – Zwei Gründer und Namenspatrone bedeutender Mönchsorden.

Kapuziner – Ein franziskanischer Bettelorden, der seine Angehörigen zu einem eremitischen, der Kontemplation geweihten Leben anhält.

508 *blockierten* – Vgl. Anm. zu S. 78.

Reichsstadt ... von einem englischen König erbaut – Offenburg soll einer Sage zufolge von einem englischen König namens Offo gegründet worden sein.

509 *Torstenson* – Linnerdt Torstenson, Feldmarschall der schwedischen Armee (1603–1651).

513 *Podolien* – Region im Südwesten des Russischen Reiches, die an Österreich grenzt. Vielleicht ist auch Polen gemeint.

516 *Marstall* – Das Gebäude für Pferde und Gefährte, besonders von fürstlichen Personen.

517 *weiße Fahne mit schwarzem Doppeladler* – Die Fahne des Russischen Reiches.

520 *Gorgias von Leontinoi* – Griechischer Philosoph und Rhetor (um 480 – um 380 v. Chr.)

Macao – Portugiesische Kolonie an der Südküste Chinas.

521 *Loreto* – Bedeutender italienischer Wallfahrtsort, südöstl. von Ancona.

der Deutsche Frieden – Der Westfälische Frieden, 1648 in Münster und Osnabrück geschlossen, bedeutete das Ende des Dreißigjährigen Krieges.

523 *Antonio de Guevara* – Guevara (1480–1545) war Hofprediger Karls V. Seine Schriften wurden von Aegidius Albertinus ins Deutsche übersetzt – G. zitiert aus *Verachtung des Hoflebens und Lob des Landlebens* (München 1604).

528 *Gehet hin von mir …* – Matth. 25,41.

Continuatio

534 *Titelkupfer* – Es zeigt den geflügelten Pegasus, das Musenross der Dichter. *Ad Astra Volandum*: Die Sterne gilt es zu erreichen.

542 *Hans Supp* – Der französische Bruder des »Hans Wurst«, Jean Potage (= Suppe).

Bacchus … Ceres … Venus – Sie verkörpern den Wein, das gute Essen und die Liebe.

543 *Geroldseck … das hohe Schloss* – Schloss Hohengeroldseck östlich von Lahr. Es haben sich zwei Zeichnungen dieses Schlosses von G.'s Hand erhalten.

546 *Lerna malorum* – Eigentlich ist »Lerna« der Sumpf, in dem die vielköpfige Hydra haust, der Sündenpfuhl. G. hat eine Pflanze aus ihm gemacht.

mit Ausnahme von Polen – Polen lag seit 1647 im Krieg mit Kosaken, Russen und Schweden.

547 *dieser Dame andere Kletten ins Haar setzen* – Die Dame ist Europa, in der griechischen Mythologie eine Geliebte des Zeus.

547 *jenes höhere Walten* – Bei G. »Numen« – die Höllengeister verwenden den Ausdruck, um das Wort *Gott* zu vermeiden. Vgl. Anm. zu S. 241.

548 *schnell wie Hippomenes* – Die für ihre Schnelligkeit berühmte Atalante besiegt ihre Freier beim Wettlauf – von Hippomenes allerdings wird sie mit Hilfe Aphrodites durch eine List besiegt.

das Wütende Heer – Auch Wilde Jagd, das von Wotan angeführte Gespensterheer der germanischen Mythologie, das durch die Lüfte fährt und häufiger gehört als gesehen wird.

555 *den Platz des alten Pluto* – Vgl. Anm. zu S. 250.

nicht zugleich ihm und mir dienen – Vgl. Matth. 6,24: »Niemand kann zwei Herren dienen ...«

562 *spanische Niederlande ... Holland* – Das heutige Belgien war noch unter spanischer Herrschaft. Die Unabhängigkeit Hollands, der nördlich gelegenen »Vereinigten Niederlande«, wurde 1648 im Westfälischen Frieden international anerkannt.

564 *französischen Potagen ... spanischen Olla Podriden* – Vgl. Anm. zu S. 99.

567 *Krates von Theben* – Griechischer Philosoph aus der Schule der Kyniker (etwa 365 – etwa 285 v. Chr.).

577 *der älteste Sohn des enthaupteten Königs* – Nach der Hinrichtung des englischen Königs Karl I. und der Abschaffung des Oberhauses im Jahre 1649 kam dessen Sohn Karl II. aus den Niederlanden nach Schottland, um von dort den Kampf gegen den Lordprotektor Oliver Cromwell aufzunehmen, unterlag aber im September 1651 in der Schlacht bei Worcester.

578 *am letzten Tag im Juli des Jahres 1534 mit ... Hans Sachs* – Das Gedicht des Meistersingers Hans Sachs »Baldanderst so bin ich genannt, der ganzen Welte wohlbekannt« ist auf den 31. Juli 1534 datiert. Hans Sachs hat auch Dialoge mit Gegenständen, einem Dukaten

und einer »elend klagenden Rosshaut«, verfasst – lauter Anregungen für G., besonders für das Gespräch mit dem Schermesser (Kap. 11 u. 12).

579 *Manoha, gilos, timad ...* – Die geheime Lehre des Baldanders lautet: »Magst dir selbst einbilden, wie es einem ieden Ding ergangen, hernach einen Discurs daraus formirn und davon glauben, was der Wahrheit ähnlich ist, so hastu, was dein närrischer Vorwitz begehret.«

580 *Als er dies geschrieben hatte ... verwandelte* – Die Eicheln der Eiche werden von einer Sau gefressen; aus ihr wird eine Bratwurst, und diese verwandelt sich zu Bauernkot, der eine Kleewiese düngt, auf der Kühe weiden, deren Fladen als Dünger für einen Maulbeerbaum dienen, der Seidenraupen als Nahrung dient, aus deren Gespinst ein Seidenteppich wird.

weder bei Ovid ... – Dem Verfasser der klassischen *Metamorphosen.*

Proteus – Dieser dem Poseidon untergeordnete Meergreis macht von seiner Gabe der Weissagung nur widerwillig Gebrauch und versucht sich derartigen Zumutungen zu entziehen, indem er die unterschiedlichsten Gestalten annimmt.

581 *die Steganographie des Trithemius* – Johannes Trithemius oder Tritheim (1462–1516), gelehrter Kleriker mit einem Hang zum Phantastischen und Mysteriösen, schrieb u. a. eine Anleitung zum Herstellen von Geheimschriften unter dem Titel *Steganographia.*

585 *Ragusa* – Das heutige Dubrovnik an der Ostküste der Adria.

Samuel von Golau – G. verändert das Pseudonym »Salomon von Golaw« unter dem Friedrich von Logau seine hier zitierte Sammlung von Epigrammen, *Deutscher Sinngetichte Drey Tausend,* herausgebracht hat.

dem dichten Wald des Plinius – Plinius schreibt in seiner *Historia Naturalis,* II, 96, auf dem sagenhaften See

Aquae Cutiliae bei Reate (Rieti) in Mittelitalien habe es eine schwimmende Insel gegeben.

586 *Borametz ... mein Lebtag nicht gesehen* – Simplicius widerspricht hier dem eigenen Bericht in Buch 5, Kap. 22, über seine Reise durch die Tatarei, wo er der Pflanze Borametz schon begegnet ist.

587 *König von Frankreich ... dem der König von Navarra den Arsch wischt* – Der König von Frankreich war in Personalunion zugleich auch der von Navarra.

Schermesser – Warum bezeichnet G. das Stück Klopapier, mit dem Simplicius sich hier unterhält, als Schermesser? Etwa, weil sich das Papier an dieser Stelle, da es wenigstens einem König dienen will, als geltungssüchtiger Emporkömmling erweist – wie der Emporkömmling in dem G. bekannten Sprichwort: »Kein Schermesser also scharf schiert, wie ein Knecht der zum Edelmann wird«? – Aus dem bäuerlichen Leben ist andererseits bekannt, dass dem Rindvieh das Hinterteil bisweilen nicht anders gesäubert werden kann, als indem man es rasiert.

zu Zeiten des Kaisers Wenzel – Der deutsche Kaiser Wenzel regierte von 1378 bis 1400. Demzufolge würde sich die im Folgenden erzählte Lebensgeschichte des Klopapiers, da sie bis in die Zeit nach dem Westfälischen Frieden reicht, über einen Zeitraum von 250 bis 300 Jahren erstrecken.

588 *Sester* – Altes badisches Hohlmaß = 15 Liter.

590 *als sollten wir die lieben Franzosen ausschwitzen* – Eine Anspielung auf die Methoden zur Behandlung der Syphilis.

Amianth, Asbest – Feinnadelige Mineralien, die ihrerseits zur Bezeichnung von feinen Hanfqualitäten (Bergflachs) verwendet wurden.

592 *Zwolle* – Holländische Stadt an der Ijssel, dem bei Arnheim abzweigenden Mündungsarm des Rheins, der ins Ijsselmeer fließt.

592 *Lunte ... in Kuhdreck gekocht* – Neben Holzasche, ungelöschtem Kalk und Salpeter gehörte auch frischer Kuh- und Pferdemist zu dem Sud, mit dem die Lunte durch Kochen in einem Kessel getränkt wurde.

593 *Cambrai* – In Nordfrankreich.

594 *Epinal* – Französische Stadt westlich der Vogesen, bekannt für ihre Papier- und Druckindustrie.

Bogen ... Buch ... Ries ... Ballen – Alte Papiermaße: 24 Bogen = 1 Buch; 20 Buch = 1 Ries; 10 Ries = 1 Ballen.

Zurzach – Auf der Schweizer Rheinseite gelegen, südlich von Waldshut-Tiengen.

595 *Dieses Buch nun ...* – Die folgende Aufzählung einiger namhafter Personen und ihrer bevorzugten Lektüre hat G. aus Garzoni, *Piazza Universale*, 66. Diskurs »Von Factoren und Curatoren ...« übernommen.

Largius Licinius – Er soll dem jüngeren Plinius 400 000 Sesterzen für die 160 Hefte umfassende Exzerptsammlung (*electorum commentarii*) angeboten haben, die der ältere Plinius seinem Neffen hinterlassen hatte.

597 *Feldmarschall von Schauenburg* – Hannibal von Schauenburg aus der Familie, der auch G.s Dienstherr Hans Reinhard von Schauenburg angehörte. Möglicherweise handelt es sich hier um eine Familienüberlieferung.

Prinz Thomas – Thomas Franz von Savoyen (1596–1656).

599 *Zürich ... als ihnen das Gewitter in den Pulverturm schlug* – Das Unglück ereignete sich am 10. Juni 1652.

602 *So hatte ich zum Beispiel* – G. hält sich in diesem Kapitel hauptsächlich an das, was Garzoni, *Piazza Universale*, in seinem 86. Diskurs »Von Wallern und Reisern« über die Aufschneidereien der Weitgereisten mitteilt.

607 *Angster* – Kleine Schweizer Münze – zwei Pfennig.

Blutzger – Kleine Schweizer Silbermünze.

608 *schon jemanden angebellt oder gebissen* – Anspielung auf den »Kyniker«, wörtlich: Hundephilosoph – Diogenes.

616 *vierzehnlötiges Silber* – Ein Wert für den Feingehalt an Silber, der sechzehnte Teil einer »Mark«, die aus 14 Teilen Silber und 2 Teilen Kupfer = 16 Lot besteht.

623 *die beiden großen Pyramiden des Pharao und der Rhodope* – Gemeint sind wohl die Pyramiden von Gizeh. Dass die dortige Mykerinos-Pyramide von der Hetäre Rhodope erbaut worden sei, hat schon Herodot nicht glauben wollen (*Historien* II, 134).

Mumienpulver – Das Wort »Mumie« bezeichnet im 17. Jh. sowohl den einbalsamierten Leichnam als auch das zur Herstellung von Arzneien aus Mumien gewonnene Pulver.

629 *bin ich auf diese Insel gekommen* – G. entwirft hier eine Robinsonade *avant la lettre*. Defoes *Robinson Crusoe* erschien erst 1719. Seine Anregung bekam G. aus Henry Nevilles Buch *The Isle of Pines*, das 1668 in deutscher Übersetzung erschien und von den Schicksalen holländischer Seefahrer auf der Insel Mauritius erzählt.

633 *Annabon* – Insel im Golf von Guinea

646 *die ganze, weite Welt ... ein großes Buch* – Der des Lesens unkundige hl. Antonius Eremita soll auf die Frage eines Philosophen, wie er die Einsamkeit ohne Buch aushalte, geantwortet haben, die Welt selbst sei sein Buch und von dieser Lektüre könne er nicht genug bekommen.

647 *Brasiliensaft* – Aus Fernambukholz gewonnener rötlicher Farbstoff.

649 *Jean Cornelissen* – Möglicherweise eine Anspielung auf Cornelius Jansen (1585–1638), den Begründer des Jansenismus.

Oberdeutscher – Im Unterschied zu Niederdeutscher bzw. Holländer.

650 *Sankt Helena* – G. verlegt die Insel aus dem Atlantik in den Indischen Ozean.

652 *INRI* – Iesus Nazarenus Rex Iudaeorum, Jesus aus Nazareth, König der Juden.

Ieschua Hanosrum Melech Haichudim - Die Kreuzesinschrift auf Hebräisch.

Ach, allerhöchstes Gut ... – G. hat die Anregung zu diesem Vers aus den ersten Zeilen eines Sonetts von Vittoria Colonna bezogen, das er in Garzonis *Piazza Universale*, 152. Diskurs, »Von Poeten«, fand. Dort lauten die Worte so: »Herr, der du droben wohnst, in unforschlichem Licht, Und Finsternis so dick, dass man dich kennet nicht.«

657 *Bei den Pfirsichen ... ihren hitzigen Kern* – Bei Zedler (Bd. 27, Sp. 1420) liest man: »Das nächste und sicherste Mittel aber, ihnen [den Pfirsichen] ihre Schädlichkeit zu benehmen, ist, den Kern mit zu genießen.« Gemeint ist nicht der harte Stein, sondern der nussähnliche Kern in seinem Inneren.

Circe, die Zauber-Hur – In Homers *Odyssee* verwandelt die Zauberin Circe die Gefährten des Odysseus in Schweine.

660 *ihren heiligen Onuphrius* – Als Sohn eines abessinischen Fürsten geboren, zieht sich O. in die Einsamkeit der Felsenklöster von Göreme in Kappadokien (Türkei) zurück und lebt dort mit langem Haar, wallendem Bart und bekleidet nur mit einem Blätterschurz.

Erdloch in der Nähe der Stadt Wyborg ... Johannes Rauhe – Wenn man etwas Lebendiges in dieses Loch wirft, soll ein großes Getöse entstehen. Die Kosmographie Rauhes erschien 1623 in Frankfurt. Auch Olaus Magnus hat das Loch bei Wyborg auf seiner Karte verzeichnet – Blatt F, g. Vgl. O. M., *Wunder des Nordens*, Frankfurt 2006, S. 69, 71.

664 *einmal im Jahr zum Schein mit Gott versöhnt* – Die Erfüllung der Pflicht zur Beichte und Kommunion zu Ostern wurde amtlich kontrolliert. Vgl. Anm. zu S. 375.

668 *H. J. C. V. G., P. zu Cernhein* – In dieser Schlussbemerkung, die eigentlich alles enthält, was zur Enträtselung der Anagramm-Pseudonyme ihres Verfassers nötig ist, wartet G. ausnahmsweise einmal mit den Initialen seines wirklichen Namens auf. »Cernhein« ist wie »Rheinnec« am Ende der Schlussbemerkung ein Anagramm auf den zwischen Achern und Appenweier gelegenen Ort Renchen, wo er von 1667 bis zu seinem Tod im August 1676 »P.« – Praetor –, d. h. Schultheiß, Statthalter oder Bürgermeister war.

»Mich übersetzen? Ist das Ihr Ernst?« Ein Werkstattgespräch

Es war an einem Freitagabend, Mitte Februar. Vormittags hatte ich die erste Korrektur von Buch Fünf des *Simplicissimus* abgeschlossen und war eben von einer ziemlich langen, aber erfreulich kurzweiligen Besprechung im Verlag über unser Grimmelshausen-Projekt an meinen Schreibtisch zurückgekehrt. Da stand er plötzlich hinter mir und starrte misstrauisch auf den Bildschirm, wo sich gerade die Datei *Gri01.doc* öffnete. Nicht mein elektronisches Schreibgerät irritierte ihn.

Was lese ich da? »Aus dem Deutschen des 17. Jahrhunderts ...«? Soll das heißen, Sie übersetzen mich? Aus dem Deutschen ins Deutsche? Ist das Ihr Ernst?

Und ein großes Vergnügen ist es auch!

Für mich wohl weniger, fürchte ich ... Man ist ja so wehrlos in der Lage, in der ich mich befinde. Was habe ich mir nicht schon alles gefallen lassen müssen! Umgeschrieben haben sie meinen Simplicissimus, *zusammengestrichen, gesäubert, zensiert – für die Jugend, für den guten Geschmack, für Volk und Nation ... Aber übersetzt – ins Deutsche, meine ich – hat mich noch niemand! So dreist war noch keiner.*

Ja, Übersetzen ist eine ziemlich brutale Operation. Aber gekürzt, gesäubert und zensiert wird dabei nicht.

Wozu machen Sie sich überhaupt die Mühe? Wollen Sie denn behaupten, dass man mich in meinem eigenen Land nicht mehr versteht?

Sie wissen ja, Sprachen verändern sich immerzu – kaum merklich für die, die sie gerade sprechen, aber unübersehbar, wenn man zurückblickt und ältere Bücher aufschlägt. Dreihundertvierzig Jahre sind da keine Kleinigkeit. Die Unverständlichkeiten häufen sich.

Aber was sind dreihundertvierzig Jahre gegen die achthundert Jahre eines Parzival*?! Den übersetzt man inzwischen ja auch immer mal wieder – mit wechselndem Erfolg, wie ich gesehen habe. Trotzdem, was meine Bücher betrifft, finde ich immer noch: Hände weg! Sollen sich die Leute lieber ein bisschen Mühe geben, auch wenn's schwerfällt!*

Sie werden lachen! Viele meinen, es gehe ganz ohne Mühe, und wundern sich über die Idee, den *Simplicissimus* zu übersetzen. »Wozu denn das?«, sagen sie. »Den kann man doch lesen!« Aber wenn man dann nachfragt, ob sie es auch getan oder wenigstens versucht haben, werden die meisten kleinlaut, schütteln den Kopf oder geben zu, sie seien über zehn oder zwanzig Seiten nicht hinausgekommen.

Immerhin sind sie ehrlich.

An Heuchlern, die nur so tun, als ob, fehlt es nicht. Aber es gibt auch Leute, die sich wirklich Mühe geben oder geben müssen. Die erarbeiten sich Ihr Buch in Oberstufen-Leistungskursen und Universitätsseminaren. Das sind die *happy few!,* könnte man sagen. Aber es stimmt leider nicht. Denn erstens sind sie gar nicht so wenige, und zweitens sind die meisten von ihnen nicht besonders *happy*. Neulich fragte mich ein junger Mann, woran ich gerade sitze. Als ich es ihm sagte, zuckte er zusammen und seufzte: »Am *Simplicissimus* bin ich in der Schule gescheitert!«

Na, das klingt ja geradezu nach Missbrauch! Eine Quälerei sollte mein Buch nun wirklich nicht sein – im Gegenteil! Und es war auch keine, als es herauskam.

Vor dreihundertvierzig Jahren ...

Und heute? Wo liegt das Problem? Was quält?

Ich glaube, da kommt Verschiedenes zusammen. Wie gesagt, das Unverständliche oder schwer Begreifliche nimmt zu – Wörter und Wendungen, die außer Gebrauch und so sehr in Vergessenheit geraten sind, dass man sie wie Vokabeln einer fremden Sprache in Wörterbüchern nachschlagen muss. Und dann sind da auch – besonders tückisch! – etliche nach wie vor gebräuchliche Wörter, deren Bedeutung sich im Laufe der Zeit verschoben hat, ohne dass man es ihnen gleich ansieht, die sogenannten »falschen Freunde«.

Was sind denn das für Kerle?

Zum Beispiel das Wort *etliche* selbst. Heutzutage denkt man dabei an *ziemlich viele,* im *Simplicissimus* dagegen bedeutet es *einige wenige, ein paar.* Drei Leute sind dort schon etliche. Oder das Wort *Gewehr.* Heute denkt dabei jeder an eine Schusswaffe. In Ihrem Buch bedeutet es aber an den meisten Stellen *Waffen* überhaupt, *Bewaffnung, Rüstung* – ein Degen gehört genauso zum *Gewehr* wie ein Brustpanzer oder eine Muskete.

Aber solche »harten« Übersetzungsschwierigkeiten sind nur ein Teil des Problems. Mindestens genauso wichtig und genauso verständniserschwerend sind unzählige kleinere Stolpersteine – Merkwürdigkeiten, Rätsel, Zweifelsfälle, die

die meisten Leser mit ein wenig Nachdenken selbst klären können, alte Wortformen, altertümliche Schreibungen, absonderliche grammatische Strukturen und, mit Verlaub, eine gewisse Unübersichtlichkeit des Textbildes mangels gliedernder Satzzeichen und Absätze.

Das alles erweckt den Anschein, als wäre die Prosa Ihres Romans mit einer Kruste oder, sagen wir, einer Patina überzogen, die den heutigen Leser vor eine schwierige Wahl stellt. *Entweder* er liest langsam, hält bei jedem Stutzpunkt inne und räumt ihn mit eigenem Nachdenken aus dem Weg. Dann wird das Lesen ausgebremst und verwandelt sich in ein Entziffern, in ein Übersetzen im Kopf. Für manche Leser, für die Übersetzer unter ihnen, kann das einen großen Reiz haben. Es ist aber nicht jedermanns Sache. *Oder* der Leser liest, wie er es gewohnt ist: zügig – und merkt bald, wie er nicht mehr alles mitbekommt. Eine Dunstschicht scheint sich über den Text zu legen, die vieles verschwimmen und nur die gröberen Konturen noch einigermaßen klar erkennen lässt. So bietet der *Simplicissimus* heutigen Lesern die Chance, sich auf zweierlei Weise zu verirren – entweder im Dunst des nur halb Verstandenen oder in Schwärmen von Einzelheiten, die der Klärung und Erklärung bedürfen.

Und Sie nehmen ihnen das Entziffern nun ab?

Ich versuche es – durch Übersetzen. Es wäre allerdings vermessen, zu behaupten, dass bei dieser Operation, wenn der Übersetzer nur genügend Treue walten lässt, nichts verlorenginge. Manches, auch manches Reizvolle, geht beim Übersetzen unter. Das ist unvermeidlich. Aber anderes kommt, wenn die Sache gelingt, wieder zum Vorschein oder lässt sich auf neue Weise sichtbar machen. Ich hoffe jedenfalls, dass diese Übersetzung denen, die sie nun lesen werden, zu Entdeckungen verhilft, mit denen sie nicht gerechnet haben. Ihr *Simplicissimus* ist nämlich nicht das, was er unter jener

Dunstglocke zu sein scheint – er ist keine altbackene, muffig und fast ungenießbar gewordene Scharteke, sondern ein Roman, der mit seinem Scharfsinn, seinem Witz und seiner gedankenspielerischen Kunstfertigkeit, mit seiner Großartigkeit und Eindringlichkeit zu den allerbesten gehört, die es in unserer Literatur gibt. Ich würde mich freuen, wenn die Übersetzung wieder erkennbar, erlebbar und lesbar macht, dass uns Ihr Roman viel näher kommen und viel direkter ergreifen und packen kann, als wir es von einem dreihundertvierzig Jahre alten Buch je erwartet hätten.

Genug gepredigt, Herr Übersetzer. Warten wir ab, was die Leute dazu sagen!

Sprach's und war im nächsten Augenblick verschwunden. Dabei hätte ich ihm gern noch ein paar Fragen gestellt! Zum Beispiel die nach seinem Geburtstag ...

Der »Simplicissimus« und sein Erfinder. Biographische Andeutungen und Hinweise zur Werkgeschichte

Nicht einmal das Jahr von Grimmelshausens Geburt kennen wir mit Gewissheit. Zur Wahl stehen 1621 und – mit größerer Wahrscheinlichkeit – 1622. Er kam in der protestantischen Reichsstadt Gelnhausen im Tal der hessischen Kinzig zur Welt. Die Adelsfamilie, der er angehörte, stammte aus einem Dorf in Thüringen, Grimmelshausen an der Werra, südöstlich von Meiningen gelegen. Sie hatte sich im 16. Jahrhundert in Gelnhausen angesiedelt. Aber der Großvater Melchior Christoffel war Bäcker und Gastwirt. Sein Adelstitel scheint ihm nicht mehr viel bedeutet zu haben. 1597 legte er ihn ab.

Authentische Dokumente aus den ersten zwanzig Jahren von Grimmelshausens Leben gibt es nicht. Den *Abenteuerlichen Simplicissimus* als Autobiographie zu lesen war und ist deshalb besonders verführerisch, allerdings in Anbetracht des Erfindungsreichtums und der Fabulierlust seines Verfassers auch hochriskant. Gustav Könnecke hat in den ersten Jahrzehnten des 20. Jahrhunderts mit dem Gespür des Archivars, der er war, und dem Eifer eines Kriminalisten den Versuch gemacht, das Erlebte vom Erfundenen zu trennen. In seinen *Quellen und Forschungen zur Lebensgeschichte Grimmelshausens* unternimmt er einen akribischen Abgleich zwischen dem, was Grimmelshausen in seinen Werken, vor allem im *Simplicissimus*, erzählt oder andeutet, und dem, was sich aus der historischen Überlieferung der Zeit in Quellen nachweisen lässt. So ergibt sich, dass der Dichter in jungen

Jahren zwar nicht wie sein Held auf einem weltabgeschiedenen Hof im Spessart und dann bei einem Einsiedler im tiefen Wald aufgewachsen ist, sondern als Stadtkind in Gelnhausen. Wohl aber hat er prägende Jahre seiner Kindheit ohne Eltern mit einem alten Mann, seinem Großvater, zugebracht, bis er in den Krieg geriet.

Als Grimmelshausen vier oder fünf Jahre alt war, starb sein Vater Johannes Christoph. Die Mutter heiratete bald wieder und zog zu ihrem Mann, dem Sohn eines Buchhändlers, nach Frankfurt am Main. Ihren Sohn Christoffel ließ sie beim Großvater in Gelnhausen, wo er die Lateinschule besuchte – bis 1634. Im September dieses Jahres wurde die Stadt von kaiserlichen Truppen verwüstet und geplündert, und im Januar 1635 kam es zu einem zweiten Überfall. Ein Teil der Einwohner – unter ihnen wahrscheinlich auch der zwölf- oder dreizehnjährige Grimmelshausen – floh nach Hanau, das damals von schwedisch-hessischen Truppen gehalten wurde, die unter dem Kommando eines schottischen Heerführers standen, James Ramsay.

Gustav Könnecke konnte zeigen, dass sich im Winter 1634/35 in Hanau mit hoher Wahrscheinlichkeit jene Episode zugetragen hat, die Grimmelshausen in seinem Roman (Buch 2, Kap. 14–15) erzählt und die seinen heranwachsenden Helden für lange Jahre in den Krieg zog: Kroatische Reiter entführten um diese Zeit eine Gruppe von Hanauer Kindern, die auf dem zugefrorenen Festungsgraben spielten, um Lösegeld für sie zu erpressen.

Nur lückenhaft lässt sich Grimmelshausens Weg durch den dreißigjährigen »Deutschen Krieg« nachzeichnen, der 1618, drei oder vier Jahre vor seiner Geburt, begonnen hatte. Aber Könnecke vermag immerhin zu zeigen, dass sich in den Stationen der militärischen Laufbahn des Simplicissimus das Soldatenleben seines Erfinders widerspiegelt.

Im Sommer 1636 ist Grimmelshausen wahrscheinlich als Trossjunge bei den kaiserlichen und sächsischen Truppen, die das von Schweden gehaltene Magdeburg belagern und im Juli zurückerobern. Er ist zu jung, als dass er am 4. Oktober 1636 in der Schlacht bei Wittstock mitgekämpft haben könnte, wo Kaiserliche und Sachsen von den Schweden unter Johan Banér geschlagen werden. Aber er scheint sich, wie der Simplicius seines Romans, in der Nähe des Geschehens aufgehalten zu haben.

1637 ist er in Westfalen, gehört hier wahrscheinlich dem Leibdragonerregiment des kaiserlichen Feldmarschalls Johann Wenzel, Graf von Götz an, aber nach wie vor nicht als regulärer Soldat.

Anfang 1638 wird dieses Regiment an den Oberrhein verlegt, um die von Kaiserlichen gehaltene und von Bernhard von Weimar belagerte Festung Breisach zu entsetzen. Das Unternehmen scheitert. Bernhard von Weimar kann die völlig ausgehungerte Festung Anfang Dezember 1638 einnehmen. Der erfolglose Graf von Götz ist schon vorher abgesetzt und verhaftet worden.

1639 gehört Grimmelshausen, inzwischen 17 oder 18 Jahre alt, dem Regiment des kaiserlichen Obristen Hans Reinhard von Schauenburg an, das nach dem Fall von Breisach die Festung Offenburg erfolgreich gegen die Truppen Bernhards von Weimar verteidigt. Im Laufe der Jahre steigt er vom Musketier zum Schreiber in der Regimentskanzlei auf. Aus dieser Tätigkeit haben sich seit 1644 Schriftstücke von seiner Hand erhalten.

1648, gegen Ende des Krieges, wird Grimmelshausen Kanzleisekretär im Regiment des Freiherrn Johann Burkard von Elter, eines Schwagers von Hans Reinhard von Schauenburg, und nimmt noch an einem Feldzug nach Bayern gegen dort operierende Schweden und Franzosen teil. In Vilshofen in der Oberpfalz wird er im Juli 1649 abgedankt.

Um diese Zeit scheint er zum katholischen Glauben übergetreten zu sein. Die Trauung mit Catharina Henninger, der zwanzigjährigen Tochter eines Wachtmeisters beim Schauenburgischen Regiment, am 30. August 1649 in Offenburg wird jedenfalls nach katholischem Ritus vollzogen. In der Heiratsurkunde taucht das vom Großvater einst abgelegte Adelsprädikat »von« wieder auf. Zwischen 1650 und 1669 kommen zehn Kinder zur Welt.

Von 1649 bis 1661 arbeitet Grimmelshausen als »Schaffner« oder Guts- und Burgverwalter der Familie von Schauenburg in Gaisbach, das heute ein Ortsteil von Oberkirch ist. In den Jahren 1656 bis 1658 betreibt er im dortigen Schaffnerhaus neben der Kirche, das bis heute erhalten geblieben ist, auch die Gastwirtschaft »Silberner Stern«, die heute wieder existiert. Von 1662 bis 1665 ist er Verwalter auf einer anderen Burg in der Nachbarschaft, die dem Straßburger Arzt Johannes Küeffer gehört. Danach versucht er sich noch einmal als Gastwirt, bevor er 1667 Schultheiß im nahe gelegenen Renchen wird und damit in den Dienst des Bischofs von Straßburg, Franz Egon von Fürstenberg, tritt, zu dessen Territorium Renchen gehört. Zu seinen Aufgaben als Schultheiß gehören die niedere Gerichtsbarkeit, das Eintreiben von Steuern und Abgaben und die Aufrechterhaltung der öffentlichen Ordnung.

Friedlich geht es in seiner Zeit als Schultheiß nur fünf Jahre lang zu. 1673 eröffnet Ludwig XIV. am Oberrhein einen neuen Kriegsschauplatz, unterstützt vom Straßburger Bischof – dem Dienstherrn Grimmelshausens –, der ein eifriger Parteigänger Frankreichs ist. Nun erscheinen auch wieder kaiserliche Regimenter im Land. Durch Truppenaushebungen, Eintreibung von Abgaben und Einquartierungen nehmen die Belastungen für Land und Leute erneut zu, und die Lage ähnelt fast wieder der im Dreißigjährigen Krieg. Auch Renchen und seine Umgebung werden schwer in Mitleidenschaft gezogen, vor allem im Zusammenhang mit der Schlacht bei Sasbach am 27. Juli 1675, in der die Kaiserlichen Truppen ihre Vorherrschaft am rechten Rheinufer wieder festigen können.

Grimmelshausen scheint in dieser Zeit noch einmal Soldat gewesen zu sein. Auch davon und von den Wirren dieses Krieges ist in der Eintragung des Renchener Kirchenbuches die Rede, die seinen Tod am 17. August 1676 festhält: »Es verstarb im Herrn der ehrbare Johannes Christopherus von Grimmelshausen, ein Mann von großem Geist und hoher Bildung, Schultheiß dieses Ortes, und obgleich er wegen der Kriegswirren Militärdienst leistete und seine Kinder in alle Richtungen verstreut waren, kamen aus diesem Anlass doch alle hier zusammen, und so starb der Vater, vom Sakrament der Eucharistie fromm gestärkt, und wurde begraben. Möge seine Seele in heiligem Frieden ruhen.« Catharina stirbt sechs Jahre nach ihrem Mann, am 23. März 1683.

*

Grimmelshausens Schulzeit war auf die wenigen Jahre an der Gelnhäuser Lateinschule beschränkt gewesen und hatte durch den Überfall auf die Stadt und die Flucht nach Hanau ein vorzeitiges Ende gefunden. Für seine weitere Bildung hat der spätere Musketier, Militärschreiber, Regimentssekretär, Burgverwalter und Bürgermeister selbst gesorgt. Ob er schon in Westfalen zu lesen und zu schreiben begann, wie er es von seinem Simplicissimus erzählt, weiß man nicht. In späteren Jahren jedoch muss er ein eifriger Leser gewesen sein. Gut möglich, dass er sich, wie sein Simplicissimus, Bücher von befreundeten Pfarrern lieh, dass er Lektüre in den Bibliotheken der Burgherren fand, denen er als Verwalter diente, oder auch im Kloster Allerheiligen, einige Kilometer östlich von Gaisbach. Gut möglich auch, dass ihn seine Mutter, die in Frankfurt mit dem Sohn eines Verlegers verheiratet war, und schließlich auch die Verleger, die seine Werke druckten, mit Lesestoff versorgten. Anregungen aus dem Umgang mit Schriftstellerkollegen und Gelehrten hat er dagegen, wie es scheint, kaum empfangen. Er beobachtete das literarische

Geschehen seiner Zeit, kommentierte es gelegentlich auch, blieb aber als Literat ein Außenseiter.

Der Grimmelshausen-Forscher Günther Weydt hat ein Verzeichnis von mehr als hundert Werken zusammengestellt, die der Verfasser des *Simplicissimus* nachweislich oder wahrscheinlich kannte und benutzt hat. Noch umfangreicher ist das Quellenverzeichnis, das Dieter Breuer seiner Ausgabe des *Simplicissimus* beigefügt hat. Enzyklopädische Werke waren für Grimmelshausen eine ständige Anregung, vor allem die deutsche Übersetzung von Tomaso Garzonis *Piazza Universale, das ist Allgemeiner Schauplatz oder Markt und Zusammenkunfft aller Professionen, Künsten, Geschäfften, Händlen und Handwercken, so in der gantzen Welt geübt werden*, Frankfurt 1619, aber auch das *Théâtre du Monde Oder Schauplatz der Welt* von Pierre Boaystuau, das 1659 auf Deutsch in Leipzig erschien, und die Folge der Kriegschroniken des *Theatrum Europaeum*. Grimmelshausen kennt die deutsche Literatur des 16. und seines 17. Jahrhunderts. Er zitiert die Bibel nach Luthers Übersetzung. Er verweist auf Hans Sachs und Paracelsus, bezieht sich auf Fischart, Ulenhart, Zincgref, Harsdörffer, Moscherosch und Zesen. Auch spanische, französische und englische Werke in deutscher Übersetzung haben ihn angeregt und geprägt – vor allem Charles Sorels *Francion* (deutsch 1662), Mateo Alémans *Guzmán de Alfarache* (deutsch 1615), die Schriften Antonio de Guevaras, eines Predigers am Hof Karls V., Philip Sidneys *Arcadia* (deutsch 1638), und für den Robinsonaden-Schluss der *Continuatio* muss ihm ein druckfrisches Exemplar von Henry Nevilles *Die neu-entdeckte Insul Pines* (deutsch 1668) zur Verfügung gestanden haben.

Wann Grimmelshausen angefangen hat, sich literarisch zu betätigen, weiß man nicht. Schriftstücke von seiner Hand, die er als Militärschreiber, als Regimentssekretär und als Burgverwalter abfasste, haben sich in größerer Zahl erhalten. Aber kein einziges Manuskript, kein Tagebuch, kein Brief zeugt von seiner schriftstellerischen Arbeit oder seinem

Privatleben. Erhalten sind die gedruckten Werke in ihren verschiedenen Auflagen, die meisten von ihnen – auch der *Simplicissimus* – bei Wolff Eberhard Felßecker in Nürnberg erschienen, die letzten, seit 1672, bei Georg Andreas Dollhopf in Straßburg, einige auch als Raubdrucke in Frankfurt und Hamburg. Alle Werke Grimmelshausens wurden in den letzten zehn Jahren seines Lebens veröffentlicht, seit 1666. Ihre Publikationsgeschichte ist zum Teil sehr verwickelt, und diese Unübersichtlichkeit war beabsichtigt. Die Verwendung von Pseudonymen war in jener Zeit nichts Ungewöhnliches. Dass diejenigen, die Grimmelshausen sich ausdachte, über seinen Tod hinaus so lange gewahrt blieben, hängt wohl mit seinem literarischen Außenseitertum zusammen – damit, dass es an literarischen Freunden und Bekannten fehlte, die Bescheid wussten und früher oder später etwas hätten ausplaudern können. Nur drei Bücher – die Romane *Dietwalt und Amelinde* (1670), *Prinz Proximus und Lympida* (1672) und seinen *Zweiköpffigen Ratio Status* (1670) – hat Grimmelshausen unter seinem richtigen Namen herausgebracht, jeweils mit dem lateinischen Zusatz *Gelnhusanus* – »aus Gelnhausen«. Bei den übrigen hat er wechselnde Pseudonyme verwendet, besonders gern Anagramme, die er aus den Buchstaben seines um Hans und Jacob verkürzten Namens bildete.

German Schleifheim von Sulsfort
Melchior Sternfels von Fuchshaim
Samuel Greifnson vom Hirschfeld
Simon Leugfrisch von Hartenfels
Israel Fromschmidt von Hugenfelß
Michael Rechulin von Sehmsdorff
Erich Stainfels von Grufensholm
Philarchus Grossus von Trommenheim
Aceeeffghhiillmmnnoorrssstuu
Signeur Meßmahl

Der abentheurliche Simplicissimus Teutsch erschien zuerst 1668 – vorausdatiert, wie es Verleger damals häufig praktizierten, auf das Jahr 1669. So blieb der Eindruck, es handele sich um eine Neuerscheinung, länger erhalten. Über die Zahl der gedruckten Exemplare gibt es keine Angaben. Aber die Zahl der Auflagen, die in den folgenden Jahren erschienen, und ihre rasche Folge lassen einen enormen Erfolg vermuten. Schon im Jahre 1669 brachte Felßecker in Nürnberg eine zweite Ausgabe heraus und außerdem als gesondertes Buch eine Fortsetzung, die *Continuatio* – ohne Seitenzahlen, so dass sie sich auch späteren Auflagen des *Simplicissimus* beibinden ließ.

Im gleichen Jahr lockte der verlegerische Erfolg auch schon den ersten Raubdrucker an, den Frankfurter Verleger Georg Müller. Der begnügte sich nun aber nicht mit einem bloßen Nachdruck, sondern fügte seiner Ausgabe gleich die soeben erschienene *Continuatio* bei und ließ außerdem den gesamten Text überarbeiten. Wirkliche und vermeintliche Satzfehler wurden korrigiert, unklare Stellen, die vor allem in der bei Felßecker offenbar sehr hastig produzierten *Continuatio* zahlreich vorhanden waren, wurden nach Gutdünken geklärt und gewisse oberdeutsche Spracheigenheiten des Verfassers getilgt.

Erstaunlicherweise hatten die editorischen Bemühungen von unbefugter Hand Rückwirkungen auf die späteren Auflagen der rechtmäßigen Originalausgabe – in geringerem Maße auf deren dritte Auflage, die ebenfalls 1669, vorausdatiert auf 1670 und nun um die *Continuatio* vervollständigt, erschien, in starkem Maße aber auf die vierte Auflage, die darüber zum heute so genannten »Barock-Simplicissimus« wurde. Felßecker ließ sie nach dem Vorbild der Frankfurter Ausgabe im Text überarbeiten, ließ zwanzig Kupferstichillustrationen hinzufügen und sämtliche Kapitelüberschriften in Paarreime umdichten – nicht zu ihrem Vorteil, wie man aus heutiger Sicht wohl feststellen darf. Hinzu kamen, neben der *Continuatio*, drei weitere Continuationen, die mit hoher Wahrscheinlichkeit nicht von Grimmelshausen stammen.

Ob und in welchem Umfang diese Erweiterungen und Veränderungen mit oder ohne Wissen und Mitwirkung des Verfassers zustande kamen, ob also dieser »Barock-Simplicissimus« als Ausgabe letzter Hand gelten kann, ist ungewiss. Deshalb wird, seit die Erscheinungsfolge der frühen Ausgaben und die Abhängigkeitsverhältnisse zwischen ihnen geklärt sind, die erste Auflage von 1668/69 als Textgrundlage für Neuausgaben vorgezogen.

Zu Grimmelshausens Lebzeiten erschien noch ein unveränderter Nachdruck dieser letzten Ausgabe. Nach seinem Tod brachten der Sohn des Verlegers und später sein Enkel eine Gesamtausgabe der Werke Grimmelshausens in drei Bänden heraus – erstmals 1683/84 – mit neuen Kupferstichen und neuen Zusätzen, moralisierenden Ergänzungen in gereimten Versen zu jedem einzelnen Kapitel.

Der Erfolg des *Simplicissimus* dürfte die Veröffentlichung weiterer Werke aus der Feder ihres anonymen Verfassers beschleunigt und erleichtert haben. Dies gilt vor allem für jene Bücher, die heute zusammen mit dem *Simplicissimus* als »simplicianischer Zyklus« bezeichnet werden. Ob Grimmelshausen diesen Zyklus von vornherein geplant hatte oder ob er sich durch die Resonanz, die sein großes Buch fand, zum Weiterschreiben anregen ließ, weiß man nicht. Die rasche Erscheinungsfolge könnte ein Indiz dafür sein, dass es zumindest Vorarbeiten gab.

Nach der *Continuatio*, die dem *Simplicissimus* als sechstes Buch noch angefügt wurde, erschien 1670 die Geschichte jener »stattlichen Dame von der eher *mobilen* als *nobilen* Sorte«, deren Bekanntschaft Simplicissimus im 6. Kapitel von Buch 5 macht und die ihm drei Kapitel später jenes Kind vor die Tür legen lässt, das ihm dann als natürlicher Sohn und Erbe erhalten bleibt. Einen Namen erhält diese Dame allerdings erst in ihrer eigenen Erzählung, die sich schon im Titel als eine Gegenrede zur Geschichte des Simplicissimus ankündigt: *Trutz Simplex: Oder ausführliche und wunderseltzame Lebensbeschreibung der Ertzbetrügerin und Landstörtzerin* [Landstreicherin] *Courasche.* Ebenfalls 1670 erscheint auch die Geschichte eines Bundesgenossen des Simplicissimus, den die Leser aus den in Westfalen spielenden Episoden seiner Geschichte kennen: *Der seltzame Springinsfeld. Das ist kurtzweilige, lusterweckende und recht lächerliche* [vergnügliche] *Lebens-Beschreibung eines weiland frischen, wolversuchten* [erfahrenen] *und tapffern Soldaten.* Den Schluss des simplicianischen Zyklus bildet *Das Wunderbarliche Vogel-Nest* in zwei Büchern, die 1672 und 1675 erscheinen.

Zusammengenommen sind diese vier Fortsetzungen nicht ganz so umfangreich wie der *Simplicissimus* und seine *Continuatio,* und erst im letzten Teil, in der Vorrede zum zweiten Buch des *Wunderbarlichen Vogel-Nests,* erklärt der Verfasser, dass »alles von diesen simplicianischen Schriften aneinanderhängt und weder der ganze *Simplicissimus* noch eines von den obengenannten letzten Traktätlein allein und außerhalb dieses Zusammenhangs angemessen verstanden werden kann«.

Das Wort »simplicianisch« ist hier, wie es scheint, schon zu einer Art Markenname geworden, dem wohl gerade deshalb besondere Wichtigkeit zukam, weil ein echter Autorenname fehlte, der den Zusammenhang des Werkes hätte stiften oder erkennbar machen können. Als »simplicianisch« konnten aber auch die meisten anderen Schriften gelten, die Grimmelshausen nach dem *Simplicissimus* noch herausbrachte, ohne sie dem Zyklus selbst zuzuordnen – im Jahre 1670: *Simplicianischer zweiköpffiger Ratio Status, Beernhäuter* und *Gauckel-Tasche*; 1672: *Verkehrte Welt, Rathsstübel Plutonis* und *Stoltzer Melcher*; 1673: *Teutscher Michel, Galgen-Männlin* und *Bart-Krieg* – und außerdem verschiedene Kalenderprojekte, an denen er mitwirkte.

Doch der Erfolg des *Simplicissimus* inspirierte nicht nur seinen Schöpfer – er rief auch Nachahmer auf den Plan. Die Pseudonymität, in die sich jener Schöpfer gehüllt hatte, die Tatsache, dass er selbst seinen Helden gleichsam zum Begründer einer literarischen Stilrichtung gemacht hatte, wird ihnen ihr Wirken erleichtert und etwaige Skrupel gemindert haben, den eigenen Hervorbringungen das Erfolg verheißende Etikett »simplicianisch« anzuheften. Auch ein seriöser Autor wie Johann Beer scheute sich nicht, am fremden Glanz zu partizipieren und einen »Simplicianischen Welt-Kucker« (1677–79) in vier Teilen erscheinen zu lassen. Für die Zeit bis etwa 1740 sind mehr als zwei Dutzend solcher »Simpliciaden« bekannt geworden – darunter der *Frantzösische Kriegs-Simplicissimus* (1682/83), ein *Ungarischer oder dacianischer Simplicissimus* (1683), ein *Straßburgischer Staats-Simplicius* (1684), sodann auch des *Simplicissimi Alberner Brieff-Steller und Lächerliches Titular-Buch* (1725) und der durch künstliche Mittel zu neuem Leben erweckte Simplicissimus: *Simplicissimus Redivivus. Das ist: der in Franckreich wieder belebte und curieus becörperte alte Simplicius, welcher mit der Französischen Armee nach Prag marschiret ist, dabey viele wunderliche Abentheuer erlebt hat* (1744).

*

So kam es, dass Goethe den *Simplicissimus*, als er ihn 1809 las, nicht nur lobte – »in der Anlage tüchtiger und lieblicher als der *Gil Blas*« –, sondern auch anmerkte: »Nur können sie kein Ende finden, Verleger und Publikum«.

Den Namen Grimmelshausen indessen kannte das 18. Jahrhundert nicht, und auch Goethe war noch auf dem Wissensstand von Zedlers *Großem vollständigem Universal-Lexikon*, das 1743 in Band 37 unter dem Stichwort »Simplicissimus« mitteilte: »Dieses Wort findet man bei den Titeln verschiedener Bücher als einen erdichteten Namen vorgesetzt.« Lessing empfahl 1787 dem *Allgemeinen Gelehrten-Lexicon* die Aufnahme des bislang vernachlässigten »Samuel Greifenson aus Hirschfeld«. Und im Auftrag von Clemens Brentano, der ihm den *Simplicissimus* als »eins der vortrefflichsten Bücher« pries, gab Friedrich Karl von Savigny im *Kaiserlich privilegierten Reichs-Anzeiger* am 17. August 1803 (ein Zufall – aber es ist das Sterbedatum des wirklichen Grimmelshausen, sein 127. Todestag!) eine Suchanzeige nach dem *Simplicissimus* und den »übrigen Schriften des Melchior von Fuchsheim« auf.

Die Verhältnisse begannen sich erst zu klären, als Karl Eduard von Bülow in den dreißiger Jahren des 19. Jahrhunderts einen Plan aufgriff, den sein Freund Ludwig Tieck lange vorher schon einmal in Erwägung gezogen und dann wieder verworfen hatte: den *Simplicissimus* auf eine Weise neu herauszugeben, die dem Original die Treue hielt – anders als die im Stil ihrer Zeit geschönten, gezähmten, mit moralischen Kommentaren durchsetzten Ausgaben, in denen das Buch vom 17. ins 18. Jahrhundert gelangt war.

Inzwischen hatten die Romantiker den Sinn für die Schönheit der Volkspoesie geschärft – und als ein Werk der Volkspoesie galt ihnen auch der *Simplicissimus*. Zugleich hatten sich in der gelehrten Auseinandersetzung mit älterer Literatur aber auch neue Maßstäbe für den sorgfältigen, kritischen Umgang mit den Texten, in denen sie überliefert war, herausgebildet – Maßstäbe, denen von Bülows Edition der *Abenteuer des Simplicissimus* von 1836 nicht genügte. Auch er hatte es wieder für nötig befunden, den Text zu glätten und von Derbheiten und vermeintlich seichten Scherzen zu säubern. Es gab Besprechungen, es gab Kritik. Viel neue Aufmerksamkeit wurde auf den alten Roman gelenkt, und so geschah es, dass bei der Beschäftigung mit von Bülows Ausgabe mehrere Gelehrte – Hermann Kurz, Julius Ludwig Klee, Theodor Echtermeyer, Wilhelm Arthur Passow – fast gleichzeitig und unabhängig voneinander in den Jahren 1837 und

1838 die anagrammatischen Pseudonyme, hinter denen sich Grimmelshausen verborgen gehalten hatte, auflösten und damit sein Leben und sein Werk im Zusammenhang sichtbar, lesbar und erforschbar machten.

Bis die biographische Forschung, vorangetrieben vor allem von Gustav Könnecke, auch nur die Umrisse der Lebensgeschichte des neuentdeckten Schriftstellers nachzuzeichnen vermochte, vergingen allerdings noch Jahrzehnte. Die verwickelte Druckgeschichte des *Simplicissimus* mit seinen zahlreichen frühen Ausgaben konnte gar erst in der ersten Hälfte des 20. Jahrhunderts geklärt werden, besonders durch die Forschungen von Jan Hendrik Scholte. Und die Debatten um ein angemessenes Verständnis des *Simplicissimus* und seine Deutung wurden, wenn der Eindruck nicht täuscht, mit mehr Vehemenz geführt, als dies in Auseinandersetzungen um Werke der älteren deutschen Literatur sonst der Fall ist.

Eine frühe Antwort auf die Frage, was der *Simplicissimus* eigentlich sei, lautete, es handele sich um eine Persiflage und Parodie auf Wolfram von Eschenbachs *Parzival*. Etwas später avancierte er dann zum Bindeglied zwischen *Parzival* und Goethes *Wilhelm Meister* und war nun ein Meilenstein auf dem Weg in die Gipfelregion des deutschen Entwicklungsromans. Hiergegen erhob sich wiederum der Einwand, angesichts der moralischen Sprunghaftigkeit des Simplicissimus im Auf und Ab seines von den Wirren des Krieges geprägten Daseins könne von einer stetigen Entwicklung und einer sich innerlich heranbildenden und bereichernden Individualität nicht die Rede sein, weshalb man den *Simplicissimus* vielleicht mit mehr Recht einen Bekehrungsroman nennen könnte. Aber den ganzen Reichtum dieses Buches machen solche Bestimmungen genauso wenig erkennbar wie all die anderen Benennungen, die sich anführen lassen: Schelmenroman, Picaro-Roman, Abenteuerroman, komischer Roman, satirischer Roman, autobiographischer Roman, Kriegsroman, Zeit- und Sittenbild und außerdem – in einigen seiner Teile –

Utopie, erotische Groteske, phantastischer Reisebericht und Robinsonade.

In seiner Studie über Werk und Wirkung Grimmelshausens lässt Volker Meid die Vielfalt der Deutungen, die dem *Simplicissimus* in der Literaturwissenschaft zuteil geworden sind, Revue passieren – etwa Friedrich Gundolfs Gliederung der ersten fünf Bücher in die Abfolge von »Tumbheit, Narrheit, Sünde, Strafe, Buße«; Jan Hendrik Scholtes These, dem Roman liege das klassische Schema des fünfaktigen Dramas zugrunde; und Günther Weydts Theorie, Grimmelshausen habe sein Buch nach einem verborgenen Planetenschema komponiert – und kommt zu dem Ergebnis, der *Simplicissimus* sei ein »untaugliches Objekt für spirituelle Gesamtdeutungen«.

Die Germanistik der Nazizeit hat es sich nicht nehmen lassen, Grimmelshausen für die ideologischen Zwecke des Dritten Reiches in Anspruch zu nehmen. Aus dieser Perspektive nahm sich die Ansprache des utopischen Phantasten Jupiter über den deutschen Helden und sein scharfes Schwert (Buch 3, Kap. 3–5) wie das prophetische Zentrum des ganzen Romans aus. Und im Jahre 1939 huldigte der Germanist Julius Petersen seinem Schöpfer Grimmelshausen tatsächlich als einem »Propheten des Dritten Reiches, der das Wunder ahnte, das über uns gekommen ist, und der die Wege voraussah, auf denen es als Fügung Gottes und Tat eines deutschen Helden zustande kommen werde«.

Thomas Mann hat sich durch den Kult, der in Deutschland damals auch mit Grimmelshausen getrieben wurde, den Blick nicht verstellen lassen, als er 1944, gegen Ende des Zweiten Weltkrieges, den Lesern im neutralen Schweden in einem Vorwort die erste schwedische Übersetzung des *Simplicissimus* empfahl: »Es ist ein Literatur- und Lebens-Denkmal der seltensten Art, das in voller Frische fast drei Jahrhunderte überdauert hat und noch viele überdauern wird, ein Erzählwerk von unwillkürlichster Großartigkeit, bunt, wild, roh, amüsant, verliebt und verlumpt, kochend von Leben, mit Tod und Teufel auf Du und Du, zerknirscht am Ende und gründlich müde einer in Blut, Raub, Wollust sich vergeudenden Welt, aber unsterblich in der elenden Pracht seiner Sünden. Europa ist heute wieder in der rechten seelischen Verfassung für dieses Buch. Es bildet dafür eine große erfahrene Lesergemeinde.«

*

Curt Hohoff notierte 1978 in seinem Band über Grimmelshausen in der Reihe der Rowohlt-Monographien: »Eine Übersetzung Grimmelshausens in die moderne Sprache gibt es nicht. Sie wäre dringend zu wünschen.« Die Bedingungen für eine Lektüre des *Simplicissimus* sind im deutschen Sprachraum seither nicht günstiger geworden. Engländer und Amerikaner haben es in dieser Hinsicht besser. Ihnen steht seit zehn Jahren die vorzügliche *Simplicissimus*-Übersetzung von Mike Mitchell zur Verfügung, die einen Leser-Rezensenten auf der Website eines großen amerikanischen Internet-Buchversenders zu dem Jubelruf veranlasste: *The fascinating thing about this is: Even after nearly 400 years it's easy to read.* Der junge Rezensent übertreibt ein wenig – nicht nur beim Alter des Buches, um das es ihm geht. Er übersieht auch vor lauter Begeisterung, dass eine Lektüre des *Simplicissimus* ganz so *easy* doch nicht ist und es wohl auch vor dreihundert Jahren nicht war. Dennoch teilt sich, wie mir scheint, in seiner freudigen Botschaft an die Lesergemeinde im Internet eine authentische Erfahrung von Zugänglichkeit und eindringlicher Lektüre mit und ein Erstaunen darüber, dass sie dank einer Übersetzung möglich war. Während der Arbeit an meiner Übersetzung hat mich dieser Satz, auf den ich schon während der Vorarbeiten zu diesem Projekt gestoßen war, als Ermutigung und Ermunterung immer begleitet.

Zu dieser Ausgabe

Grundlage der hier vorgelegten Übersetzung ist der Text des *Simplicissimus* und der *Continuatio*, den Dieter Breuer 1989 innerhalb seiner dreibändigen Grimmelshausen-Ausgabe im Deutschen Klassiker Verlag, Frankfurt am Main, ediert hat. Seine Ausgabe bietet auf der Grundlage der *Simplicissimus*-Ausgabe von Jan Hendrik Scholte (Halle 1958) unter Berücksichtigung der Ausgabe von Rolf Tarot (Tübingen 1967) eine zeichengenaue Wiedergabe der Erstdrucke des *Simplicissimus* von 1668 (vorausdatiert auf 1669) und der *Continuatio* von 1669.

Beim Übersetzen erwies sich – vor allem zur kritischen Selbstkontrolle, aber auch bei der Erschließung schwieriger Stellen – ein Vergleich mit der englischen Übersetzung gelegentlich als hilfreich, die Mike Mitchell 1999 von den ersten fünf Büchern des *Simplicissimus* vorgelegt hat. In geringerem Maße gilt dies auch für die französische Übersetzung, die Maurice Colleville 1926 (Neuauflagen 1963 und 1988) ebenfalls von den ersten fünf Büchern des *Simplicissimus* vorgelegt hat, wobei er allerdings den sogenannten »Barock-Simplicissimus« zugrunde legte.

Bei der Zusammenstellung der Anmerkungen habe ich mich dankbar auf den umfangreichen Stellenkommentar gestützt, den Dieter Breuer seiner Ausgabe beigegeben hat, aber auch auf den Anhang, mit dem Alfred Kelletat seine Ausgabe ergänzt hat, sowie auf die Anmerkungen in der Ausgabe des Reclam-Verlags, die Volker Meid mit einem neuen Nachwort versehen hat und deren Anmerkungen auf eine

Simplicissimus-Ausgabe von Hans Heinrich Borcherdt aus dem Jahre 1922 zurückgehen und von Hubert Kulick neu bearbeitet wurden.

Literaturhinweise

Verwendete Ausgaben

Der abentheurliche Simplicissimus Teutsch, hrsg. von Dieter Breuer, Frankfurt am Main: Deutscher Klassiker Verlag 1989 (Grimmelshausen, Werke I,1).

Courasche / Springinsfeld / Wunderbarliches Vogelnest I und II / Rathsstübel Plutonis, hrsg. von Dieter Breuer, Frankfurt am Main: Deutscher Klassiker Verlag 1992 (Grimmelshausen, Werke I,2).

Verkehrte Welt. Grimmelshausens satirische Schriften, historische und Legendenromane, hrsg. von Dieter Breuer, Frankfurt am Main: Deutscher Klassiker Verlag 1997 (Grimmelshausen, Werke II).

Der abenteuerliche Simplicissimus Teutsch, hrsg. von Hans Heinrich Borcherdt, neu bearb. von Hubert Kulick, mit einem Nachwort von Volker Meid, Stuttgart: Reclam 1996.

Der Abenteuerliche Simplicissimus Teutsch, hrsg. von Alfred Kelletat. München: Deutscher Taschenbuch Verlag 1975.

The Adventures of Simplicius Simplicissimus, ins Englische übers. und mit Einl. von Mike Mitchell, Sawtry, Cambs, England: Dedalus 1999.

Les aventures de Simplicius Simplicissimus / Abentheuerlicher Simplicius Simplicissimus, zweisprachige Ausgabe, ins Französische übers. von Maurice Colleville, Paris: Aubier 1988 (zuerst 1926).

Verwendete und weiterführende Literatur

Berghaus, Peter u. Günther Weydt (Hrsg.), *Simplicius Simplicissimus. Grimmelshausen und seine Zeit,* Münster: Landschaftsverband Westfalen Lippe 1976. (Ausstellungskatalog).

Boehncke, Heiner, *Volkskultur im Text. Studien zur Verkehrten Welt in der europäischen Literatur des Barock,* Habilitation, Frankfurt am Main 1990.

Breuer, Dieter, *Grimmelshausen-Handbuch,* München: Fink 1999.

Gebauer, Hans Dieter, *Grimmelshausens Bauerndarstellung. Literarische Sozialkritik und ihr Publikum,* Marburg: Elwert 1977.

Gersch, Hubert, *Geheimpoetik. Die »Continuatio des abentheurlichen Simplicissimi« interpretiert als Grimmelshausens verschlüsselter Kommentar zu seinem Roman,* Tübingen: Niemeyer 1973.

Geulen, Hans, »›Arcadische‹ Simpliciana. Zu einer Quelle Grimmelshausens und ihrer strukturellen Bedeutung für seinen Roman«, in: *Euphorion* 63 (1969), S. 426–437.

Grass, Günter, *Das Treffen von Telgte* (1979), Neuwied: Luchterhand 1987 (Werkausgabe in zehn Bänden, Bd. VI, hrsg. v. Christoph Sieger).

Gundolf, Friedrich, »Grimmelshausen und der Simplicissimus« (1923), in: Weydt, 1969.

Hohoff, Curt, *Johann Jacob Christoph von Grimmelshausen in Selbstzeugnissen und Bilddokumenten,* Reinbeck: Rowohlt 1978.

Könnecke, Gustav, *Quellen und Forschungen zur Lebensgeschichte Grimmelshausens.* Bd. 1: *Grimmelshausens Leben bis zum Schauenburgischen Schaffnerdienst,* Weimar: Gesellschaft der Bibliophilen 1926; Bd. 2: *Schauenburgischer Privatdienst, Wirt, Schaffner und Schultheiß,* Leipzig: Insel 1928. Reprint: zwei Bände in einem, Hildesheim, New York: Olms 1977.

Koeppen, Wolfgang, »Grimmelshausen oder Gemein mit jedermanns Angst«, in: W. K., *Die elenden Skribenten. Aufsätze*, Frankfurt am Main: Suhrkamp 1981.

Kunert, Günter, »Deutsche Einfalt. Nach Wiederlesen des *Simplicissimus*«, in: G. K., *Diesseits des Erinnerns*, München: Hanser 1982.

Mann, Thomas, Vorwort zur ersten schwedischen Ausgabe von Grimmelshausens »Simplicius Simplicissimus« (1944), in: Th. M., *Gesammelte Werke in 13 Bänden*, Frankfurt am Main: Fischer 1974. Bd. 13 – Nachträge.

Meid, Volker, *Grimmelshausen. Epoche – Werk – Wirkung*, München: Beck 1984.

Peters, Jan (Hrsg.), *Ein Söldnerleben im Dreißigjährigen Krieg. Eine Quelle zur Sozialgeschichte*, Berlin: Akademie-Verlag 1993.

Scholte, Jan Hendrik, »Der Simplicissimus Teutsch. Die klassische Urform« (1950), in: Weydt, 1969.

– »Das finstere Licht«, in: J. H. S., *Der Simplicissimus und sein Dichter*, Tübingen: Niemeyer 1950.

– »Grimmelshausen und die Ortenau«, in: J. H. S., *Der Simplicissimus und sein Dichter*, Tübingen: Niemeyer 1950.

Sodmann, Timothy, »›Min God / wat vor en prave Kerl is mi dat!‹. Niederdeutsch in den Werken Grimmelhausens«, in: Heßelmann, Peter, *Grimmelshausen und Simplicissimus in Westfalen*, Bern etc.: Lang 2006 (Beihefte zu *Simpliciana*, Bd. 2).

Weydt, Günther, *Nachahmung und Schöpfung im Barock. Studien zu Grimmelshausen*, Bern, München: Francke 1968.

– (Hrsg.), *Der Simplicissimusdichter und sein Werk*, Darmstadt: Wissenschaftliche Buchgesellschaft 1969.

Wimmer, Ruprecht, »Der Herr Facis et (non) Dicis. Thomas Manns Übernahmen aus Grimmelshausen«, in: *Thomas Mann Jahrbuch*, Bd. 3, Frankfurt am Main: Klostermann 1990.

Danksagung

Dieses Buch geht auf eine Idee und eine Initiative von Heiner Boehncke zurück. Ohne den Anstoß, den er gab, ohne seine Begeisterung für Grimmelshausen, ohne seine Überzeugung, dass der *Simplicissimus* für Leser und Radiohörer von heute gegenwärtig erhalten oder wieder zugänglich gemacht werden sollte, wäre die Ausgabe, die wir nun vorlegen, nicht zustande gekommen. Er hat mich ermuntert und ermutigt, endlich einmal aus dem Deutschen ins Deutsche zu übersetzen. Er hat meine Arbeit mit Rat und Tat und mit aufmerksamer Lektüre des Manuskripts begleitet. Und er hat obendrein dazu beigetragen, dass ich diese Arbeit, die zugleich ein großes, an Erfahrungen ungemein reiches Vergnügen war, unter komfortablen Bedingungen tun und mich dabei ganz auf dieses Projekt konzentrieren konnte. Ihm gilt mein erster und größter Dank – auch dafür, dass er die Verbindung nach Gelnhausen, dem Geburtsort Grimmelshausens, knüpfte, zu Gerhard Kleespies und Jürgen Steigerwald von der Kreissparkasse Gelnhausen, denen ich für die Förderung, die sie unserem Vorhaben zuteil werden ließen, sehr herzlich danke. Ohne ihre Großzügigkeit hätte die vorliegende Ausgabe nicht verwirklicht werden können. Danken möchte ich auch der Sparkassen-Kulturstiftung Hessen-Thüringen, die die Arbeit an der Übersetzung des *Simplicissimus* ebenfalls unterstützt hat. Thomas Appl vom Kulturamt der Stadt Gelnhausen danke ich für das Engagement, mit dem er sich für unser Grimmelshausen-Projekt eingesetzt hat. Für die freundliche Aufnahme des *Simplicissimus* in die »Andere Bibliothek«

danke ich den Herausgebern Klaus Harpprecht und Michael Naumann sowie Palma Müller-Scherf und dem ganzen Team des Eichborn Verlags, das mit viel Freude und seinem ganz speziellen, wunderbaren Elan und Engagement bei der Sache war – vor allem Stephan Gallenkamp, Cosima Schneider, Susanne Reeh, Christina Hucke, Uta Niederstraßer, Dominique Pleimling, Bernd Spamer und Kerstin Seydler. Hans Sarkowicz, dem Kulturchef im Hörfunk des Hessischen Rundfunks, danke ich für die freundliche Aufmerksamkeit, mit der er die Entstehung der *Simplicissimus*-Übersetzung begleitet hat. Großer Dank gebührt auch Rainer Wieland in Berlin, der das Manuskript mit bewährt scharfem Blick und guten Vorschlägen lektoriert hat.

Frankfurt am Main, Ende April 2009
Reinhard Kaiser

Register

Das Register zielt nicht so sehr auf die literarischen Gestalten und den Verlauf der Handlung des Romans. Es versucht, vor allem die enzyklopädische Dimension dieses Weltbuches ein Stück weit zu erschließen, die Realitäten, die in ihm zur Sprache kommen, seine Lebens- und Gedankenwelt, historische Personen und Ereignisse, Orte und zentrale Motive.

A

M

O

P

Q

R

S

V

W

Herzlichen Glückwunsch – Sie haben gerade die Sonderausgabe eines Bandes aus der **Anderen Bibliothek** gelesen – nicht nur für DIE ZEIT »in ihrer Art eine der schönsten Buchreihen der Welt«. Wenn Ihnen der Band gefallen hat und Sie gerne weitere Entdeckungen aus den Bereichen Literatur, Reisebuch, Klassiker, Sachbuch und Essay machen wollen, dann sollten Sie jetzt weiter lesen:

Die wichtigsten Fakten zur ANDEREN BIBLIOTHEK im Eichborn Verlag:

Programm: Klaus Harpprecht und Michael Naumann

Jeden Monat erscheint ein neuer Band in hochwertiger Ausstattung

Die Erstausgabe ist limitiert und nummeriert

Abonnenten der Anderen Bibliothek erhalten die Bände zum Vorzugspreis

Nur Abonnenten erhalten garantiert eine limitierte und nummerierte Erstausgabe

Individuelle buchbinderische Herstellung mit Fadenheftung und Qualitätseinband

Das Abonnement

Das Abonnement hat eine Mindestlaufzeit von einem Jahr (zwölf Bände) und kann danach jederzeit gekündigt werden. Als persönliches Dankeschön erhalten Sie eine exklusive Abo-Prämie.

Bitte informieren Sie sich im EichbornVerlag unter der Telefonnummer 069/25 60 03-21 oder unter www.eichborn.de

Der Simplicissimus-Bestseller in ungekürzter Lesung

Hans Jacob Christoffel von Grimmelshausen
Der abenteuerliche Simplicissimus Deutsch
Aus dem Deutschen des 17. Jahrhunderts von Reinhard Kaiser
Sprecher: Felix von Manteuffel
19 CDs, 1672 Minuten
Digipaks im Schuber
€ 69,95 (D) / sFr 119,-
ISBN 978-3-8218-6329-0

»Was für ein Lesefest (…) noch heute hätte der große Roman, von Reinhard Kaiser erzählerisch neu beatmet und in einer Prachtausgabe kredenzt, das Zeug dazu, ein Volksbuch der Deutschen des 21. Jahrhunderts zu werden.« *Harro Zimmermann, Radio Bremen*

»Ein kleines Wunder des Literaturbetriebs« *Mathias Schreiber, Der Spiegel*

»Kaiser ist ein Meister-Operateur: Auch wer die Originalversion kennt und sich durch die barocken Satzungetüme gewühlt hat, wird seine Freude an dem flüssigen und kernigen Deutsch haben, dass den Simplicissimus ins Hier und Jetzt trägt, ohne dass der Originaltext etwas von seinem zeitgenössischen Zauber verloren hätte. So gesehen ist es ein kleines Sprachwunder, das Kaiser vorgelegt hat.
Markus Paul, Nürnberger Zeitung

EICHBORN

NOSCE TE
Auriculas asini
Ô Caput elle=
hic tumultuatur humanum genus,
AMERICA
TERRA AUSTRALI
Democritus Abderites deridebat,
Heraclitus Ephesius deflebat,
Epichthonius Cosmopolites deformabat.
STVL' TVS FACTVS EST OM' NIS HO' MO.